BASTEI
LÜBBE

Hedwig Courths-Mahler

Dora Linds Geheimnis

Die schöne Miß Lilian

Sein Kind

BASTEI LÜBBE

BASTEI-LÜBBE-TASCHENBUCH
Band 12 931

Printed in Germany März 1999
Einbandgestaltung: Roland Winkler
Titelfoto: Bastei Eigenproduktion
Satz: hanseatenSatz-bremen, Bremen
Druck und Bindung: Elsnerdruck, Berlin
ISBN 3-404-12931-8

1

Fräulein Barbara von Buchenau stieg mit großen Schritten in ihren schweren, nichts weniger als zierlichen Wasserstiefeln über den Buchenauer Gutshof hinweg.

Mit einer wahren Befriedigung trat sie mitten in die tiefsten Wassertümpel, die der ausgiebige Landregen gebildet hatte. Ihre Brust sog in tiefen Atemzügen die herbe, feuchte Vorfrühlingsluft ein, die von allerlei landwirtschaftlichen Düften durchzogen war. Der Regen war zur rechten Zeit gekommen. Die Erde brauchte das segenspendende Naß.

Fräulein Barbara machte selten ein vergnügtes Gesicht, aber heute sah sie lachend zu, wie der Märzwind die offenstehenden Stalltüren zuwarf und alle Ecken ausfegte.

Sie sah prüfend zum Himmel hoch: »Heute und morgen hält der Regen bestimmt noch an, und dann ist es vorläufig genug«, sagte sie vor sich hin. Sie pflegte sich häufig mit sich selbst zu unterhalten. Auf ihren weiten einsamen Ritten durch Feld und Wald hatte sie sich das angewöhnt.

Buchenau war von ihrem Vater auf ihren einzigen Bruder vererbt worden. Ihr Anteil an dem väterlichen Erbe blieb als Hypothek auf dem Gut stehen, und der Bruder war verpflichtet, ihr die Zinsen zu zahlen.

Das geschah aber leider recht unregelmäßig; denn der Bruder führte mit seiner hübschen Frau ein flottes, leichtes Leben als Offizier eines Regiments. Sehr gut waren die Verhältnisse auf Buchenau schon nicht, als der Vater starb; der Bruder aber brachte es vollends herunter, und es kam unter den Hammer. Barbaras Erbteil, als letzte Hypothek eingetragen, war so gut wie verloren. Aber gerade in jener Zeit machte sie eine Erbschaft von einer männerfeindlichen Tante, die ihren Bruder im Testament übergangen hatte und Barbara ihr ganzes Vermögen hinterließ unter der Bedingung, daß sie selbst Buchenau kaufen und bewirtschaften sollte. Sie möge, so hieß es in dem Testament, beweisen, daß die Buchenauer Frauen »mehr Grütze im Kopf« hätten als die Männer, und daß sie tüchtiger und zuverlässiger wären.

Diesen Beweis hatte Barbara von Buchenau allerdings mit den Jahren erbracht. Ihr Bruder verlor in jener Zeit auch noch seine heißgeliebte Frau, und in der Verzweiflung schoß er sich eine Kugel durch den Kopf. Er hinterließ nichts als eine kleine Tochter, und dieses hilflose Wesen nahm Barbara zu sich.

Barbara, die in Buchenau aufgewachsen war und es nie auf längere Zeit verlassen hatte, hing mit allen Fasern ihres Seins an der Heimatscholle. Sie löste die Hypotheken von Buchenau und übernahm die Verwaltung des Gutes. Mit solcher Energie ging sie an die Arbeit, schaffte und arbeitete so unermüdlich, daß sie wirklich in einigen Jahren das heruntergewirtschaftete Gut wieder zum Blühen und Gedeihen gebracht hatte.

Freilich hatte sie darüber ihre Jugend versäumt und ihr Glück vergessen. Einmal hatte auch für sie trotz allem die Stunde geschlagen, wo ihr Herz laut und rebellisch nach seinem Recht verlangte. Das war, als auf dem Nachbargut, dem Majorat Reckenberg, ein neuer Majoratsherr seinen Einzug hielt.

Ihm, Georg von Reckenberg, flog ihr Herz entgegen, und sie verliebte sich in ihn sogleich beim ersten Sehen, ohne mehr von ihm zu wissen als seinen Namen.

Erst einige Zeit darauf erfuhr sie, daß er schon seit Jahren verheiratet war und bereits einen zwölfjährigen Sohn besaß, obwohl er noch nicht vierzig Jahre zählte. Als seine Familie ihm einige Wochen später nach Rekkenberg folgte, war Barbara von Buchenau schon innerlich mit ihrer Enttäuschung fertiggeworden. Sie war keine heiße leidenschaftliche Natur, und es gelang ihr, sich im Zaum zu halten. Aber eine gewisse stille Neigung hatte sie stets für Georg von Reckenberg behalten.

In der Folge hatte sich zwischen ihr und der Familie von Reckenberg ein freundschaftlich-nachbarlicher Verkehr herausgebildet. Barbara gab an Georg von Reckenbergs Frau und Sohn etwas von der warmen Zuneigung ab, die sie für ihn empfand, und diesen drei Menschen gegenüber zeigte sie sich freundlicher und zugänglicher als anderen.

Da Frau von Reckenberg eine stille, sanfte Frau war, die sich der schroffen Art Barbaras freundlich anpaßte, so bestand auch zwischen den beiden Frauen eine Art Freundschaftsverhältnis.

Als Barbaras Bruder sich erschossen hatte, erschien es ihr selbstverständlich, daß sie sich seines verwaisten Kindes annehmen mußte. Sie nahm es zu sich und zog es auf. Aber sie tat es in ihrer schroffen, unliebenswürdigen Art, wenn auch in strenger Pflichterfüllung. Und sie sah in der kleinen Raina auch ihre einstige Erbin, da sie nicht mehr daran dachte, sich zu verheiraten. Sie hätte sich in ihrer energischen selbstherrlichen Art auch schwerlich einem Mann anzupassen vermocht.

Dafür, daß sie Raina aufzog und in ihr ihre Erbin sah, maßte sie sich aber auch das Recht an, das Kind ganz nach ihrer Willkür zu formen und in die ihr genehme Schablone zu pressen. Vielleicht glaubte Barbara dadurch etwaige erbliche Anlagen in Rainas Charakter zu ersticken. Aber statt diese zu einem energischen, zielbewußten Menschen zu erziehen, lähmte sie von Anfang an fast despotisch jede Willensregung, und so wuchs Raina zu einem unselbständigen, zaghaften Geschöpf heran, das ängstlich bedacht war, die Tante nicht zu erzürnen, und ein bedauernswertes Schattendasein führte.

Selbst in bezug auf ihr Äußeres mußte Raina sich den Befehlen ihrer Tante fügen. Sie durfte sich nur nach Tante Barbaras Geschmack kleiden und frisieren und bekam dadurch, trotz ihrer Jugend, einen entschieden altjüngferlichen Anstrich.

Als Raina siebzehn Jahre alt war, kam Tante Barbara mit Herrn und Frau von Reckenberg überein, daß Raina die Gattin des einzigen Sohnes von Georg von Reckenberg werden sollte. Die beiden jungen Leute kannten sich wenig, waren nie viel zusammengewesen. Aber Raina wagte kein Wort des Widerspruchs, als ihr Tante Barbara, sobald sie die Zeit gekommen glaubte, die Mitteilung machte, was sie über sie beschlossen hatte. Nur ein feines Rot huschte über ihr stilles Gesicht. Tante Barbara hätte auch keinen Widerspruch gelten lassen.

Arnulf von Reckenberg hatte sich gleichfalls den Wünschen seiner Eltern gefügt. Er war zehn Jahre älter als

Raina und durchaus nicht streng und sklavisch erzogen wie diese. Auch liebte er sie keineswegs, und der Gedanke an eine Ehe mit ihr war ihm gleichbedeutend mit der Aufgabe aller sonnigen Lebensfreuden. Aber da er einsah, daß er eines Tages würde heiraten müssen, so erschien ihm Raina als eine bequeme Lebensgefährtin, fügsam und anspruchslos. Und die Hauptsache war, daß Buchenau an Reckenberg grenzte und, da Raina die Erbin ihrer Tante war, sich dadurch sein Besitz hübsch abrunden würde.

Arnulf war zwar durchaus kein berechnender junger Mann. Das hätte seinem vornehmen Charakter widerstrebt. Aber seine Eltern stellten es ihm vor wie eine Art Pflicht, seinen Besitz zu vergrößern, und es war in diesen Kreisen üblich, solche Heiraten zu schließen, daß er an einen ernsthaften Widerstand nicht dachte. Er machte nur zur Bedingung, daß man ihm noch einige Jahre Freiheit gönnte. Das gestand man ihm gerne zu, da die beiden jungen Leute noch nichts zu versäumen hatten.

Arnulf und Raina betrachteten sich also schon mit einem Gefühl der Unabwendbarkeit als Verlobte und künftige Ehegatten, obwohl sich in ihrem Verhältnis zueinander gegen früher nicht das geringste geändert hatte.

Seit kurzem hatte sich Arnulf in die nahe Garnison versetzen lassen. Sie lag nur zwei gute Stunden von Reckenberg und Buchenau entfernt, und er war jetzt öfter an dienstfreien Tagen daheim. Aber in Buchenau machte er nach wie vor nur seine kurzen, formellen Besuche; denn »Tante Barbara« ließ in ihrer Nähe nicht viel Behagen aufkommen, und Raina zog ihn keineswegs an.

Mit einem gewissen Mitleid sah er auf Raina und gelobte sich gutmütig, daß er ihr ein behaglicheres Leben schaffen wollte, wenn sie erst seine Frau sei. Aber zu sagen hatte er ihr nichts, und ihr unbeholfenes Wesen machte ihn verlegen.

Es hätte wohl kaum zwei Menschen geben können, die so schlecht zueinander paßten, wie der schneidige, elegante Reiteroffizier und die linkische, altjüngferlich wirkende Raina.

Arnulf dachte oft bei ihrem Anblick mit einem gelinden Grauen: »Wenn sie erst meine Frau ist, muß ihr Mama beibringen, sich anders zu kleiden. Dann wird sie vielleicht etwas präsentabler aussehen, denn jetzt ist sie einfach unmöglich.« Er war immer sehr froh, wenn er nach einem Pflichtbesuch Buchenau verlassen konnte.

Weder Raina noch Arnulf von Reckenberg sehnten sich nach einer baldigen Vereinigung, aber da Raina inzwischen einundzwanzig Jahre alt geworden war, sollte nun zu Pfingsten die Hochzeit stattfinden.

Jetzt war es März, und der Frühling wollte ins Land ziehen. Da gab es in Buchenau alle Hände voll zu tun; denn die Felder mußten bestellt werden.

Fräulein Barbara von Buchenau war eben von einem langen Ritt durch den Regen nach Hause zurückgekehrt. Nun sehnte sie sich nach trockenen Kleidern.

Befriedigt, daß sie ein schweres Stück Arbeit hinter sich hatte, stapfte sie dem Haus zu, nachdem sie einem Knecht ihr Pferd übergeben hatte mit der Weisung, es gut trockenzureiben.

Raina stand nun unter der Tür und sah mit ihren großen, tiefblauen Augen zaghaft in Tante Barbaras Gesicht.

»Arme Tante, du bist so naß geworden. Ich habe schon trockene Sachen für dich zurechtlegen lassen. Tina erwartet dich oben in deinem Zimmer, um dir beim Umkleiden behilflich zu sein«, leblosen Art, die so wenig zu ihrer kräftigen Jugend paßte.

Fräulein Barbara schüttelte ihr nasses Kleid aus und sah zu Raina empor.

»Ja, schaden kann es nichts, wenn ich trockenes Zeug auf den Leib kriege. In zehn Minuten bin ich umgezogen. Sorge, daß dann der Tee fertig ist. Ich freue mich auf einen warmen Trunk, der Märzwind bläst verteufelt frisch«, sagte sie ohne Freundlichkeit.

»Es wird alles bereit sein, Tante Barbara.«

Das alte Fräulein stapfte durch den mit Steinfliesen ausgelegten weiten Flur, der durch das ganze Haus lief, bis zu dem vorderen Portal, und stieg die schwere, breite Eichentreppe zum ersten Stock empor. Dabei rief sie der Mamsell und einem Hausmädchen, die aus den im Erdgeschoß liegenden Wirtschaftsräumen kamen, mit ihrer lauten, herrischen Stimme einige Befehle zu.

Raina blieb noch eine Weile an der offenen Tür stehen und sog mit tiefen Atemzügen die frische Luft ein.

Jetzt röteten sich die Wangen freilich etwas lebhafter, und man sah nun erst, was sie für eine außerordentlich schöne Hautfarbe hatte. Und wer sich die Mühe nahm, dies junge Gesicht mit Aufmerksamkeit zu betrachten, der konnte wohl noch manchen feinen, stillen Reiz darin entdecken.

So aber, wie Raina jetzt aussah, bekam sie nur der liebe Gott zu sehen. Und als jetzt Schritte hinter ihr laut wurden und sie sich umwandte, da hatte sie das Gesicht schon wieder in den starren, scheuen Ausdruck gezwängt, der ihm meist eigen war. Im Hausflur stand ein sauber gekleidetes Mädchen mit einem Tablett, auf dem Teegerät stand.

Raina schloß hinter dem Mädchen die Tür und ging hinauf in ihr Zimmer, um die praktische Arbeitsschürze gegen ein etwas zierlicheres weißes Stickereischürzchen umzutauschen

Ohne sich aufzuhalten, strich sie mit einer Bürste sorgsam das Haar glatt zurück, daß ja nicht ein widerspenstiges Löckchen hervorstrebte. Tante Barbara liebte das nicht und nannte es unordentlich. Dann eilte Raina ins Wohnzimmer hinab, rückte auf dem sauber gedeckten Teetisch alles ordentlich zurecht und nahm dann eine Handarbeit, um nicht müßig zu sitzen, wenn Tante Barbara kam.

Diese hatte sich schnell umgekleidet. Statt des durchnäßten Reitkleides trug sie ein ebenso derbes, praktisches Hauskleid wie Raina und darüber eine schwarzseidene Schürze. Ihr noch sehr starkes, graumeliertes Haar war glatt und straff aus der Stirn zurückgestrichen und zu einem festen unkleidsamen Knoten am Hinterkopf aufgesteckt.

Genau auf die gleiche Art war auch Rainas reiches, blondes Haar geordnet, nur stand der Flechtknoten, weil er viel größer war, noch unkleidsamer vom Kopf ab. Man ahnte nicht, welch eine herrliche, leichtgelockte Flut dieses goldschimmernden Haares in dieser barbarischen Frisur gewaltsam zusammengedrängt war.

Die beiden Damen nahmen nun am Teetisch Platz. Meist wurden beim Tee allerlei hauswirtschaftliche Fragen besprochen, und Raina mußte berichten, was in Abwesenheit der Tante geschehen war.

Heute hatte sie von einem Besuch zu melden. »Als du nach Tisch kaum fortgeritten warst, kam Herr Kommerzienrat Planitz. Er wollte dich in geschäftlicher Angelegenheit sprechen«, sagte sie.

Fräulein Barbara machte ein schlaues Gesicht. »Aha! Er will natürlich Abschlüsse machen für seine Konservenfabrik. Schon im Februar ist er mir damit gekommen. Alles will er haben, was an Obst und Gemüse auf Buchenauer Boden wächst, nicht eine Mohrrübe will er sich entgehen lassen. Ich möchte doch wissen, was er damit bezweckt. In Reckenberg hat er auch schon seine Fühler ausgestreckt, und Baron Kranzau hat ihm sicher schon die ganze Ernte versprochen, ehe sie ausgesät ist. Er kann ja dieses Jahr scheinbar die Zeit gar nicht erwarten.«

»Ich dachte, er macht seine Abschlüsse immer schon im Frühjahr«, erwiderte Raina.

Tante Barbara zog nachdenklich die Stirn zusammen.

»Hm! 1912 schloß ich im Mai mit ihm ab und 1913 Ende April. Dieses Jahr kommt er nun gar schon im März. Und er ist so dringlich. Während er uns sonst an sich herankommen ließ, damit er die Preise recht drükken konnte, kommt er dieses Jahr von selbst und so zeitig! Da steckt etwas dahinter. Sein Eifer ist mir verdächtig. Er ist ein schlauer Fuchs, der nichts ohne Berechnung tut.«

»Vielleicht hat er jetzt nur gerade Zeit zu den Abschlüssen, Tante Barbara.«

Die alte Dame schüttelte den Kopf: »Nein, nein, er muß etwas Besonderes im Auge haben. Sogar bei den Kleinbauern ist er persönlich gewesen. Das tut er doch sonst nicht. Sie haben ihm die ganze Ernte verschreiben müssen. Er hat etwas vor, und ich werde nicht weniger schlau sein. Hofft er auf großen Gewinn, so will ich auch davon profitieren.«

»Du könntest ihn ja fragen, weshalb ihm so viel daran liegt.«

Tante Barbara lachte auf: »Meinst du, er würde mir reinen Wein einschenken? Er wird sich bestimmt hüten! Aber jedenfalls werde ich meine Bedingungen stellen. Ich habe es Herrn von Reckenberg auch schon gesagt, daß er gut auf Preise halten soll, wenn er mit dem Kommerzienrat abschließt. Wann will er denn wiederkommen?«

»Morgen nachmittag, Tante Barbara. Ich sagte ihm, daß er zur Teestunde kommen solle; dann seiest du bestimmt zu Hause. Er fragte, ob er seine Frau und seine Tochter mitbringen dürfe, und ich habe gesagt, wir würden uns freuen. Es ist dir doch recht so?«

»Natürlich. Eine andere Antwort konntest du ja gar nicht geben, und der gute Kommerzienrat ergreift nun einmal jede Gelegenheit, sich auf einen gesellschaftlichen Stand mit der Aristokratie zu stellen, obwohl man doch nur Geschäfte mit ihm abschließt.

Na – zum Glück ist seine Frau eine ganz nette Person, mit der man ein Wort reden kann. Sie ist mir zwar nicht sonderlich sympathisch, und ihr Toilettenaufwand ist mir zuwider, aber auf eine Stunde kann man sie ertragen. Die Angenehmste von der Familie ist die Tochter. Sie protzt wenigstens nicht mit dem Reichtum ihres Vaters, und im Vergleich zu ihrer Mutter wirkt sie in ihrem Äußeren direkt bescheiden.«

»Ja, Tante Barbara, Dora Planitz und ihre Mutter sind grundverschiedene Charaktere. Sie gefällt mir auch sehr gut.«

»Das habe ich gemerkt. Du hast dich in letzter Zeit ein wenig mit ihr angefreundet.«

Eine feine Röte stieg in Rainas Wangen.

»Dora Planitz ist sehr lieb zu mir. Sie ist mir mehr entgegengekommen als sonst eine junge Dame. Es wäre doch unhöflich, wollte ich das nicht freundlich erwidern.«

»Nun ja, ich habe nichts dagegen. Sie hat ein feines, vornehmes Wesen, und es ist mir kaum verständlich, wie Planitz zu so einer Tochter kommt.«

»Ja, sie gleicht ihrem Vater in keiner Weise. Ihrer Mutter sieht sie wenigstens äußerlich ähnlich.«

»Der Kommerzienrat ist aber sehr stolz auf seine Tochter, und er hat sicher die Absicht, sie mit einem Aristokraten zu verheiraten. Ich glaube, sie soll Baronin Kranzau werden. Erst hat Planitz entschieden Absichten auf Arnulf gehabt. Er bemühte sich auffallend, seine Tochter mit ihm zusammenzubringen. Aber da habe ich ihm eine Andeutung gemacht, daß Arnulf mit dir versprochen ist, und er hat seine Bemühungen eingestellt. Nun wendet er Kranzau sein Interesse zu, und da hat er wohl mehr Glück. Der Baron braucht Geld.«

Rainas Gesicht war still und unbewegt. Sie mußte nur denken, daß Dora Planitz ihrer Meinung nach viel zu schade sei für einen Mann wie Baron Kranzau.

Erst nach einer Weile fragte sie leise: »Du hast dem Kommerzienrat gesagt, daß ich mit Arnulf versprochen bin?«

Die Tante nickte energisch: »Jawohl, ich hielt es für nötig. Übrigens wird ja jetzt zum Osterfest euere Verlobung ohnedies bekanntgegeben. Ich habe mit Arnulfs Eltern besprochen, daß wir am ersten Ostertag eine kleine Verlobungsfeier veranstalten. Die Einladungen dazu habe ich bereits herumgeschickt, gestern vormittag. Und für dich habe ich ein weißes Kleid bestellt. Arnulfs Mutter hat mir diese Bestellung abgenommen. Sie fährt dieser Tage in die Stadt, um Besorgungen zu machen, und da will sie bei Keller und Reiner etwas für dich aussuchen. Ich kann mich jetzt ohnedies nicht darum kümmern, und so ein Festkleid kann man nicht im Haus arbeiten lassen.«

Auch diese Nachricht nahm Raina anscheinend gleichmütig auf. Sie war es gewöhnt, daß Tante Barbara in allen Dingen über ihren Kopf hinweg Verfügungen traf, auch wenn es ihren persönlichsten Angelegenheiten galt.

Daß Frau von Reckenberg sich bereit erklärt hatte, das Kleid zu Rainas Verlobungsfeier zu besorgen, hatte einen besonderen Grund. Arnulf hatte seiner Mutter gegenüber geäußert, daß er sich über Rainas geschmacklose Anzüge ärgere. Und da Frau von Reckenberg selbst schon die Beobachtung gemacht hatte, daß Tante Barbara für Raina ganz unmögliche Kleider arbeiten ließ, hatte sie es diplomatisch angefangen, um Raina zu einem etwas kleidsameren Gewand für ihre Verlobung zu verhelfen. Ganz freie Hand hatte ihr aber Barbara nicht gelassen; sie hatte ihr genaue Angaben gemacht und den Preis bestimmt. Von alldem wußte Raina aber nichts.

Tante Barbara kam nun auf ein anderes Thema.

»Es ist mir doch sehr lieb, daß Arnulf sich in unsere Garnison hat versetzen lassen. Wenn ihr ja auch über kurz oder lang nach Reckenberg übersiedelt, da Arnulf nur noch einige Jahre Offizier bleiben soll, so wäre es mir doch nicht recht gewesen, wenn du ihm in die ferne Garnison hättest folgen müssen, zumal in seinem alten Regiment viel Aufwand getrieben wurde und immer einer den anderen überbot. Hier in unserer Garnison geht es bescheidener zu. Und ich kann dann jede Woche einmal mit dem Wagen hinüberkommen und bei euch nach dem Rechten sehen.

Euren Haushalt richte ich so ein, daß ihr die Möbel dann, wenn Arnulf den Dienst quittiert, mit nach Rekkenberg nehmen könnt. Dort sollen eure Zimmer damit ausgestattet werden, die jetzt leer stehen. Ich habe das alles mit Arnulfs Eltern besprochen. Die Möbel sind bereits bestellt. Sie sollen sich den Räumen des Schlosses anpassen. Für eure Stadtwohnung werden sie wohl ein bißchen schwer und massig sein, aber das ist ja doch nur vorübergehend.«

Raina saß mit gesenkten Kopf da und hörte an, was die Tante sprach. Ein scharfer Beobachter hätte vielleicht an dem leisen Beben ihrer Lippen und an der kleinen Falte zwischen den schön gezeichneten Brauen gesehen, daß sie nicht ruhig und gleichmütig war, wie sie scheinen wollte. Aber Tante Barbara war in diesem Fall kein scharfer Beobachter. Sie gestand Raina überhaupt kein Recht zu, selbst etwas zu wollen oder zu wünschen. Fest war sie davon überzeugt, daß sie für Raina immer das Beste und Wünschenswerteste traf. Raina war es auch wirklich so ziemlich gleichgültig, was die Tante über ihr Leben beschloß, sie war stumpf und willenlos geworden. Nur über Arnulf und ihr Verhältnis zu ihm grübelte sie oft. So fragte sie sich schon seit einiger Zeit, warum Arnulf aus seinem alten Regiment, wo er sich so wohl befand, nach D. hatte versetzen lassen, da er doch ohnedies in einigen Jahren den Dienst quittieren wollte.

Darauf kam sie nicht, daß er es nur getan hatte, um die unbeholfene, unscheinbare Raine nicht als seine Frau unter die durchweg sehr eleganten und weltgewandten Damen seines Regiments zu verpflanzen. Es waren darunter einige, mit denen Arnulf recht lebhaft geflirtet hatte, und deren Spott er nun fürchtete.

In D. war Rainas Erscheinung schon bekannt. Mit den Damen dieser neuen Garnison war sie schon oft zusammengetroffen, und die waren nicht so anspruchsvoll und weltdamenhaft. Zwar stach Raina auch von ihnen gewaltig ab, aber sie wußten doch alle, daß Raina sich unter Tante Barbaras Zepter so unvorteilhaft entwickelt hatte, und waren an ihren Anblick gewöhnt.

Arnulf hätte ja vielleicht vorgezogen, nach seiner Verheiratung sogleich für immer nach Reckenberg zu gehen. Aber ihm graute davor, sich mit der »langweiligen Raina« dort festzusetzen. Er hielt es für besser, diese erst einmal ein bißchen aufzumuntern und vom Einfluß ihrer Tante zu lösen. Vor allen Dingen wollte er aber sich selbst in dieser Zwischenstation auf die beschauliche Stille des Landlebens vorbereiten.

2

Am nächsten Nachmittag traf zur Teestunde der Kommerzienrat Robert Planitz mit Frau und Tochter in Buchenau ein.

Der Kommerzienrat liebte es, sich mit den Aristokratenfamilien der Garnison und der Umgegend auf einen vertraulich gesellschaftlichen Fuß zu stellen, und war nicht feinfühlig genug zu merken, daß diese mehr oder weniger deutlich einen gewissen Abstand hielten. Liebenswürdig kam man höchstens seiner Frau entgegen, und unbedingte Gleichberechtigung erkannte man nur seiner Tochter zu.

Daß man den Kommerzienrat trotz seiner Unbeliebtheit mit in Kauf nahm, lag daran, daß er mit den Gutsbesitzern der ganzen Umgegend in reger Geschäftsverbindung stand. Er hatte in D. vor fast zwanzig Jahren seine ersten großen Konservenfabriken bauen lassen. Von Jahr zu Jahr hatte er diese vergrößert und den Betrieb erweitert. So war er schwerreich geworden.

Sein Ehrgeiz ging dahin, seine Tochter mit einem Vollblutaristokraten zu verheiraten.

Als er nun von Fräulein von Buchenau erfuhr, daß Arnulf von Reckenberg als künftiger Gatte ihrer Nichte ausschied, wandte er sein Interesse auf Baron Kranzau.

Dieser war in den dreißiger Jahren, ein stattlicher, echter Junker. Allerdings genoß er nicht den besten Ruf. Er galt für ziemlich brutal, trank und spielte, stellte in wenig vornehmer Weise den Frauen nach und pochte auf seine Herrenrechte. Aber das störte den Kommerzienrat nicht. Er war selbst ein ziemlich derber und roher Genußmensch und nannte den Baron lachend einen »ganzen Kerl«.

Baron Kranzau war auch scheinbar durchaus nicht abgeneigt, Dora Planitz zu seiner Frau zu machen. Das schöne stolze Mädchen reizte seine Sinne, und der Reichtum ihres Vaters sollte ihm sehr zustatten kommen, da er mit schwierigen Verhältnissen zu kämpfen hatte und Kranzau nur noch mit großen Anstrengungen halten konnte. So kamen sich der Baron und der Kommerzienrat in ihren Wünschen entgegen, ohne sich vorläufig darüber auszusprechen.

Wie aber stand Dora Planitz diesen Plänen gegenüber?

Sie begegnete Baron Kranzau genauso stolz und unnahbar, wie allen anderen Herren, die sich werbend in ihre Nähe drängten. Ihr Vater hatte wohl bereits durchblicken lassen, daß er wünsche, Dora möge sich Baron

Kranzau gegenüber nicht so ablehnend verhalten wie gegen die anderen Herren, aber wie Dora diesen Wink aufgenommen hatte, wußte er nicht.

Zwischen Vater und Tochter herrschte ein seltsames Verhältnis. Der Vater war sichtlich stolz auf seine schöne Tochter und erfüllte ihr jeden Wunsch, ehe sie ihn ausgesprochen hatte. Wenn er hätte warten wollen, bis sie einen Wunsch aussprach, so hätte er ihr wohl nie einen erfüllen können; denn Dora war gegen keinen Menschen so kalt und zurückhaltend wie gegen ihren Vater. Sie hatte eine ganz eigene, seltsame Art, über ihn hinwegzusehen und ihm auszuweichen. Nie richtete sie ungefragt das Wort an ihn, noch viel weniger brachte sie ihm eine töchterliche Zärtlichkeit entgegen.

Auch für ihre Mutter hatte Dora nicht viel Zärtlichkeit. Es war eine sonderbare Fremdheit im Verkehr zwischen beiden; denn auch die Mutter brachte der Tochter nicht viel Liebe entgegen.

Sah man diese drei Menschen zusammen, so hatte man das Gefühl, als fehle zwischen ihnen jede Harmonie.

Als der Kommerzienrat mit seinen Damen am Portal des Buchenauer Herrenhauses vorfuhr, das mit seiner schmucklosen, grauen Fassade ziemlich nüchtern aussah, kam ihnen Raina von Buchenau in einem ihrer »unmöglichen« Kleider entgegen. In ihrer stillen, scheuen Art begrüßte sie Doras Eltern, während sie dieser selbst mit einem schüchternen, freundlichen Blick die Hand reichte.

Dora umfaßte Rainas Hand mit warmem, festem Druck und sah mit einem herzlichen, mitleidigen Blick auf das schlechtgekleidete Mädchen.

Raina führte die Herrschaften in das Empfangszimmer.

Der Kommerzienrat, der im vornehmsten Teil der Stadt eine palastähnliche Villa bewohnte, fand die Einrichtung von Buchenau wenig kostbar. Aber Vornehmheit ließ sich diesen Räumen nicht absprechen. Und davor beugte sich der Kommerzienrat widerstandslos.

Im Empfangszimmer kam ihnen Fräulein Barbara von Buchenau entgegen. Sie hatte auch heute, wie Raina, nur eines ihrer derben, schlichten Hauskleider an. Es sah fast aus, als wolle sie damit gegen die kostbare, hochmoderne Besuchstoilette der Kommerzienrätin Protest erheben.

In ihrer wenig verbindlichen Art bewillkommnete sie ihre Gäste. Dem Kommerzienrat sah sie sogar ein wenig kampfbereit entgegen. Nur Dora begrüßte sie um einen Ton freundlicher.

Man plauderte fünf Minuten in formeller Weise miteinander. In Doras Gesicht zuckte es dabei wie leiser Spott. Aber als Raina einmal in ihre Augen sah, leuchtete ihr eine warme, echte Güte entgegen. Die beiden jungen Mädchen waren etwa im gleichen Alter, doch Dora in ihrer sicheren, weltgewandten Art wirkte entschieden älter und reifer als Raina.

Nun bat Fräulein Barbara ihre Gäste hinüber ins Wohnzimmer, wo der Teetisch bereitstand. Man ließ sich nieder und setzte beim Tee das belanglose Gespräch fort. Als aber Tante Barbara ihre zweite Tasse Tee geleert hatte, sah sie der Kommerzienrat mit seinen kleinen, schlauen Augen erwartungsvoll an. Sie nickte ihm zu, als habe sie ihn verstanden.

»Ja, Herr Kommerzienrat, dann können wir wohl an unsere Geschäfte gehen«, sagte sie in einem fast kriegerischen Ton.

Er verneigte sich mit einem Lächeln, das seinem Gesichte etwas Faunisches gab.

»Wenn es Ihnen recht ist, mein gnädiges Fräulein, ich bin bereit.«

Sie erhob sich zu ihrer stattlichen Höhe: »So kommen Sie, Herr Kommerzienrat. In meinem Arbeitszimmer sind wir ungestört. Ihre Damen nehmen inzwischen mit der Gesellschaft meiner Nichte fürlieb.«

Der Kommerzienrat sprang auf. Seine untersetzte, behäbige Gestalt war sehr beweglich. Mit einem verbindlichen Lächeln und einer etwas komisch wirkenden Verbeugung ließ er Fräulein Barbara an sich vorüber zur Tür hinausgehen.

Im Arbeitszimmer der Hausherrin begann nun ein wahrer Kampf. Der Kommerzienrat war schlau und gerieben, Fräulein Barbara hartnäckig und gleichfalls auf ihren Vorteil bedacht.

Er wollte so ziemlich alle Erzeugnisse des Buchenauer Bodens mit Beschlag belegen, außer der Getreideernte, und sie sagte ihm auf den Kopf zu, daß er mit ganz besonderen Absichten in diesem Jahr so enorme Abschlüsse zu machen gedenke.

Damit traf sie allerdings den Nagel auf den Kopf. Der Herr Kommerzienrat hatte eine Spekulation vor durch allerlei geschäftliche Beziehungen, die bis in die höchsten militärischen Kreise reichten. Seit Jahren war er Armeelieferant, und in der letzten Zeit hatte er besonders große Vorbestellungen erhalten. Und er war nicht der Mann, solche Anzeichen ungenützt zu lassen.

Natürlich fiel es ihm nicht ein, Fräulein von Buchenau oder sonst einen Menschen in seine Karten sehen zu lassen, und deshalb sagte er auch jetzt mit dem harmlosesten Gesichte der Welt:

»Was soll ich für einen besonderen Grund haben, mein gnädiges Fräulein, als für meine Arbeiter Arbeit und für meine Fabriken genügend Material zu schaffen?«

Aber Fräulein Barbara glaubte nicht an diese Harmlosigkeit. Sie hob abwehrend die Hand.

»Mir machen Sie nichts vor, Herr Kommerzienrat! Ich weiß, daß Sie ein gutes Geschäft mit unseren Erzeugnissen machen wollen.«

Er lachte biedermännisch, aber seine Augen funkelten wie die eines Fuchses.

»Ja doch, mein gnädiges Fräulein, das leugne ich gar nicht! Gute Geschäfte wollen wir doch schließlich alle machen, Sie, ich und meine anderen Lieferanten. Das ist doch nichts Besonderes. Also – gehen Sie auf mein Angebot ein? Alles, was in Buchenau wächst und ich in meinen Fabriken verwerten kann, sichern Sie mir vertraglich zu. Ich zahle Ihnen dafür dieselben Preise wie im Vorjahre.«

Fräulein Barbara sah ihn spöttisch an:

»Das möchten Sie wohl, Herr Kommerzienrat! Aber darauf gehe ich nicht ein. Soll ich Ihnen alles zusichern, dann tue ich es nur unter der Bedingung, daß Sie zwanzig Prozent Aufschlag zahlen.«

Sie wußte ganz genau, daß der Kommerzienrat von diesen zwanzig Prozent die Hälfte abhandeln würde. Im Grunde rechnete sie nur mit zehn Prozent; deshalb forderte sie zwanzig.

Der Kommerzienrat fuhr auf, wie von der Tarantel gestochen: »Zwanzig Prozent! Aber meine Gnädigste, wo denken Sie hin? Das ist ganz ausgeschlossen! Solch eine Preiserhöhung ist doch in keiner Weise gerechtfertigt. Da müßte ich zusetzen. Ich will doch auch leben«, ereiferte er sich.

Er wußte zwar, daß er bei zwanzig Prozent Aufschlag

auch noch ein ganz gutes Geschäft machen würde; aber er wollte eben ein noch besseres machen. Und so begann nun zwischen ihm und Fräulein Barbara ein hartnäckiges Feilschen und Handeln. Schließlich einigten sich beide Parteien auf zwölf Prozent Preiserhöhung.

Fräulein Barbara triumphierte, daß sie statt zehn zwölf herausgehandelt hatte, und der Kommerzienrat triumphierte, daß er nicht teurer hatte kaufen müssen. So waren beide Teile mit dem Ergebnis der Schlacht sehr zufrieden und verließen den Kampfplatz in bester Stimmung.

Fräulein Barbara nahm sich vor, sofort nach der Entfernung des Kommerzienrats hinüber nach Reckenberg zu telephonieren. Mit ihrem Freund Reckenberg hatte sie ausgemacht, daß sie die Preise um zehn Prozent erhöhen und davon nicht abgehen wollten. Nun sie aber zwölf Prozent erhalten hatte, sollte Georg von Reckenberg auch davon profitieren. Das gab immerhin einen hübschen Extranutzen, den sie ihm gönnte, wie sich selbst.

Jetzt gesellte sie sich mit dem Kommerzienrat zu den drei Damen und ließ sich von Raina noch eine Tasse Tee kredenzen.

Dora Planitz hatte sich beim Eintritt ihres Vaters erhoben und war an das Fenster getreten. Die Sonne schien siegreich zwischen den Regenwolken.

»Es ist jetzt wunderschön draußen, und ich möchte sehr gern in Ihrem schönen Park spazierengehen, gnädiges Fräulein. Dürfte mich wohl Fräulein Raina ein wenig begleiten?« wandte sie sich an die Hausherrin.

»Gewiß kann Raina mit Ihnen gehen«, erwiderte diese.

Raina erhob sich und verließ mit Dora den Raum.

Im Park schoß schon überall der grüne Rasen empor, und die Vögel zwitscherten eifrig in den blätterlosen Bäumen, als wollten sie den warmen Sonnenschein begrüßen, der sich nach dem Regen schüchtern hervorwagte.

Die beiden jungen Damen sahen sich lächelnd an, als ein Vogel plötzlich dicht vor ihrem Gesicht vorbeiflog.

»Es will Frühling werden«, sagte Dora, und Raina nickte aufatmend.

Dann gingen sie wieder schweigend weiter.

»Warum sehen Sie mich so forschend an, Fräulein Raina?« begann Dora auf einmal.

»Ich muß Sie bewundern, Fräulein Dora – Sie sind so schön«, sagte Raina, ihre Schüchternheit bezwingend.

Mitleidig und voll echter Güte sah Dora in Rainas Augen. »Das könnten Sie auch sein, wenn Sie nur wollten. Sie wissen wohl gar nicht, daß Sie sehr schöne Augen und noch manche andere Schönheit besitzen. Zum Beispiel Ihr herrliches Haar. Aber Sie machen sich ja gewaltsam unschön und unansehnlich. Verzeihen Sie mir, wenn ich das ausspreche, aber ich meine, man müßte Ihnen das einmal vor Augen halten. Ich wollte es schon längst tun. Es ist ein Unrecht, was Sie an sich selbst und an dem lieben Gott begehen. Die Gaben, die er Ihnen verliehen hat, müßten Sie besser ausnützen.«

Ganz erschrocken starrte Raina in Doras Gesicht.

Sie wurde dunkelrot vor Verlegenheit: »Tante Barbara will es so«, sagte sie ängstlich.

»Aber es kommt doch nicht auf Ihr Fräulein Tante an, sondern auf Sie.«

Raina schüttelte hilflos den Kopf »O nein, da irren Sie; in Buchenau geschieht nur, was Tante Barbara will, und ich darf ganz sicher nichts gegen ihren Willen tun. Ich möchte es auch nicht. Sie müssen wissen, daß ich Tante alles verdanke und von ihr in jeder Beziehung abhängig bin. Das ist ganz anders als bei Ihnen. Sie haben Ihre Eltern, deren Pflicht es ist, für Sie zu sorgen, und die Ihnen liebevoll Ihren freien Willen lassen.«

So viel und so lebhaft hatte Raina wohl noch nie zu einem Menschen gesprochen, aber Doras gütig-verständnisvolle Art löste ihr immer ein wenig die Zunge, und ihr gegenüber war sie schon manchmal aus ihrer scheuen Art herausgetreten.

Doras Stirn hatte sich finster zusammengezogen. Dann sagte sie bitter: »Sie halten mich wohl für sehr glücklich, Fräulein Raina? Der Schein trügt! Glauben Sie mir, ich bin nicht viel besser daran als Sie, wenn ich auch ein wenig energischer meine Freiheit wahre als Sie.«

Ganz betroffen sah Raina in ihre traurigen Augen. »Ach – sind Sie nicht glücklich? Ich habe Sie immer ein wenig beneidet. Ihr Herr Vater scheint mir so stolz auf Sie, und Ihre Frau Mutter hat Sie doch auch gewiß sehr lieb.«

Dora preßte den Mund fest zusammen. Ihre Augen sahen mit einem düsteren Ausdruck vor sich hin. Dann wandte sie sich Raina wieder zu. Ohne auf ihre Worte einzugehen, sagte sie leise:

»Ich glaube, es gibt kaum einen Menschen auf der Welt, der einsamer in seinem Herzen ist als ich. Bisher glaubte ich, Sie seien vielleicht ebenso einsam, und deshalb fühlte ich mich zu Ihnen hingezogen. Ich habe immer die Absicht gehabt, Sie zu bitten, mir eine Freundin zu sein. Andere junge Damen sind meinem Herzen so fremd, und alle haben Eltern, Geschwister und Verwandte. Sie allein schienen mir so einsam wie ich. Aber ich fand nie eine Gelegenheit, Sie um Ihre Freundschaft zu bitten. Und nun ist es ja wohl zu spät.«

Mit klopfendem Herzen hatte ihr Raina zugehört. Alles, was Dora sagte, rüttelte an der Stumpfheit ihres Wesens und berührte sie wie ein warmer, lebendiger Quell. Sie drückte in ihrer Erregung die Hände aufs Herz und sah Dora mit glänzenden Augen an.

»Warum – warum ist es zu spät?« fragte sie atemlos.

Dora strich sich über die Stirn. »Ich habe gehört, daß Sie mit Herrn von Reckenberg versprochen sind und daß demnächst Ihre Verlobung offiziell wird. Eine Braut hat anderes zu tun, als Freundschaft zu schließen mit einer Einsamen.«

Raina schüttelte mit einer bei ihr befremdlichen Energie den Kopf »O nein, glauben Sie das nicht. Es würde mich sehr – oh, sehr freuen, wenn Sie mich Ihrer Freundschaft für wert halten würden. Aber ich fürchte, ich bin zu unbedeutend, um Ihnen etwas sein zu können.«

Dora blieb stehen, sah sie groß und ernst an und faßte ihre Hand. »Man hat Ihnen wohl eine sehr bescheidene Meinung über sich selbst beigebracht?« fragte sie mitleidig.

Raina atmete tief auf. »Ich weiß selbst, daß ich sehr unbedeutend bin und gar nicht liebenswert.«

»So? Und das sagt eine Braut – die Braut eines unserer glänzendsten und schneidigsten Offiziere? Ich denke, Herr von Reckenberg hat einen besseren Blick dafür. Er wird sicher wissen, wie liebenswert Sie sind und welch ein Kleinod sich in einer so bescheidenen Hülle birgt.«

Raina schüttelte mit schmerzlichem Unwillen den Kopf »Bitte, sagen Sie so etwas nicht! Ich bin ein ganz armseliger, bescheidener Kieselstein, kein Kleinod. Und das weiß Arnulf von Reckenberg ganz genau. Das heißt, im Grunde kennt er mich überhaupt nicht, und es lohnt ihm auch nicht die Mühe. Er weiß ganz sicher noch viel weniger von mir als andere Leute.«

»Und hat sich doch mit Ihnen verlobt?« fragte Dora und sah Raina noch viel mitleidiger an.

Diese sah wieder scheu und befangen zu Boden. »Er hat sich nur dem Willen seiner Eltern gefügt, wie ich mich Tante Barbaras Willen fügen mußte. Wir sind ja nur füreinander bestimmt worden, damit Buchenau an die Reckenbergs kommt, weil ich doch Tante Barbaras Erbin sein werde«, sagte sie tonlos, in ihr Schicksal ergeben. Und doch hörte Doras feines Ohr aus diesen resignierten Worten einen heimlich quälenden Schmerz herausklingen.

»Ach, deshalb allein wird Sie Herr von Reckenberg nicht zu seiner Frau machen. Sicher sind Sie ihm lieb und wert«, sagte sie tröstend.

Raina schüttelte den Kopf. »Nein, nein, glauben Sie das nicht, ich bin ganz Nebensache bei diesem Plan.«

Etwas in diesen Worten griff Dora ans Herz. Wieder faßte sie Rainas Hand mit festem, warmem Griff. »Arme Raina! Mir scheint doch, daß Sie noch beklagenswerter sind als ich. Meinen Willen habe ich mir wenigstens nicht knebeln lassen, und nichts und niemand könnte mich zwingen, einem ungeliebten Mann meine Hand zu reichen.« Ganz verzagt sah Raina in Doras Gesicht. Sie seufzte.

»Ich habe, glaube ich, keinen Willen mehr, er ist mir zerbrochen worden. Ich habe immer nur tun müssen, was Tante Barbara über mich beschlossen hat, und bin wohl nie eine Kampfesnatur gewesen.«

Dora sah sie lange an. Dann streckte sie ihr impulsiv die Hand hin. »Lassen Sie uns Freundinnen sein, Raina – wollen Sie?«

Rainas tiefblaue Augen leuchteten in jäher Freude auf, und Dora sah, wie schön diese Augen sein konnten.

»Ob ich will? Ach – so von ganzem Herzen gern, liebe Dora!«

Sie sahen sich beide eine Weile groß und ernst in die Augen und hielten sich bei den Händen. Hier wurde nicht eine jener oberflächlichen Mädchenfreundschaften geschlossen, die so leicht vergessen und gelöst werden. Es war ihnen beiden ernst mit dem Gelöbnis der Treue, das sie tauschten.

Nach einer Weile atmete Dora tief auf und legte den Arm vertraulich um Rainas Gestalt. »Ich will dir sogleich einen großen Beweis meiner Freundschaft geben, Raina. Daß ich dir unbedingt vertrauen kann, weiß ich. Du wirst nicht ausplaudern, was ich dir unter dem Siegel der Verschwiegenheit enthüllen will und was für andere Menschen ein Geheimnis bleiben muß. Willst du mir das versprechen?«

Raina fühlte sich so glücklich und gehoben durch Doras Freundschaft, daß es in ihrer einsamen jungen Seele sang und klang.

»Du kannst gewiß sein, liebe Dora, daß mir jedes deiner Worte heilig sein wird. Was du mir sagst, bleibt unser Geheimnis, solange du es willst.«

Dora drückte ihr die Hand. Dann zog sie Raina zu einer Bank und begann: »Wenn ich dir meine Eröffnung gemacht habe, wirst du mich besser verstehen und wissen, saß ich recht habe, wenn ich mich einen einsamen Menschen nenne. Du wirst erschrecken, wenn ich dir sage, daß es auf der ganzen Welt keinen Menschen gibt, den ich mehr hasse und verachte, als den Mann, der sich mein Vater nennt!«

Raina zuckte zusammen bei diesen düster hervorgestoßenen Worten Doras. Sie erschrak bis ins Herz hinein. »Um Gottes willen, Dora – das ist ja schrecklich«, sagte sie fassungslos.

Dora richtete sich auf, als habe sie eben eine schwere Last von sich geworfen.

»Ach, Raina, wenn du wüßtest, was es für eine Wohltat für mich ist, daß ich es einmal aussprechen konnte! Mir war immer, als müsse ich daran ersticken und als wüchse mein Groll. Immer größer, je länger ich ihn in mir verschließen mußte. Schon als Kind empfand ich eine tiefe, quälende Abneigung gegen ihn, die ich mir nicht erklären konnte. Mir war immer, als müsse ich entsetzt seine Hand von mir stoßen, wenn er mich anfaßte, und daß ich es nicht durfte, machte mich ganz elend. Ich kam mir falsch und heuchlerisch vor, daß ich ihn meine Abneigung nicht merken lassen durfte. Und doch schämte ich mich furchtbar dieses Hasses, weil ich mir das Gefühl nicht erklären konnte. Zwar sah und hörte ich mancherlei von ihm, was mir mißfiel. Ich merkte, daß er hart und mitleidlos mit Menschen verfuhr, die von ihm abhängig waren, sah, daß er wehrlose Tiere mit Fußtritten bedachte, und anderes mehr; aber das gab mir noch kein Recht, meinen Vater zu hassen! Dabei überhäufte er mich mit Geschenken und tat alles, was er mir an den Augen absehen konnte. Das beschämte mich namenlos. Er warb förmlich um meine Zuneigung, die er doch als sein gutes Recht hätte fordern können. Es verursachte mir nur Pein. Du kannst mir glauben, daß ich namenlos litt; denn ich hielt mich für schlecht und undankbar. Wie eine schwere Last schleppte ich diese unerklärliche Abneigung mit mir herum.

Zu meiner Mutter konnte ich mich nicht flüchten mit diesem Zwiespalt meines Herzens; denn ich wagte nicht, mich ihr anzuvertrauen. Sie war ja stets von der lebhaftesten Geselligkeit in Anspruch genommen, und ich merkte, daß ich ihr lästig fiel, wenn ich nur einmal eine Frage an sie richtete, die sie zum Nachdenken zwang oder sie von ihren geselligen Freuden ablenkte. Kinder sind feinfühlig, und ich merkte, daß meine Mutter mich nicht sehr liebhatte und zufrieden war, wenn ich sie nicht in Anspruch nahm. Das entfremdete mich auch meiner Mutter, die ich so gern voll Zärtlichkeit geliebt hätte, weil mich mein Herz dazu trieb. Siehst du, liebe Raina, so war auch ich ein sehr einsames Kind und wäre auch viel einsamer gewesen, wenn sich nicht in unserm großen, glänzenden Haushalt wenigstens ein Mensch gefunden hätte, der mir Liebe und Verständnis entgegenbrachte, und dem ich Liebe geben konnte. Das war eine alte treue Dienerin – meine Christine! Nein, Raina, sieh mich nicht so entsetzt an und verurteile mich nicht, ehe du mich ganz zu Ende gehört hast. Du wirst dann manches begreiflich finden. Aber – ich langweile dich doch nicht?«

Raina sah mit atemlosen Interesse in das schöne Mädchenantlitz, das die Erregung bleich gemacht hatte. Unwillkürlich faßte sie beruhigend nach Doras Hand und streichelte sie in schüchterner Zärtlichkeit. Diese Berührung löste zwei funkelnde Tropfen aus Doras Augen. Sie wischte sie hastig ab und fuhr fort: »Als ich mich mit dieser fürchterlichen, mir unverständlichen Abneigung nicht mehr allein abfinden konnte – es war an meinem sechzehnten Geburtstage –, da flüchtete ich mich in meiner Herzensnot zu meiner alten Christine, die mich von Kind auf an gewartet und gepflegt hatte und auch in Krankheitsfällen an meinem Bett saß, wenn meine Mutter keine Zeit für mich hatte. Ich war wieder, wie stets, sehr reich beschenkt worden und konnte doch keine Dankbarkeit empfinden. Ich beichtete Christine rückhaltlos meine Gefühle und klagte mich verzweifelt an, daß ich schlecht und undankbar sei. Sie hörte mich seltsam ergriffen an und streichelte mein Haar mit bebenden Händen. Als ich zu Ende war, sagte sie leise:

›Es gibt eine Gerechtigkeit im Himmel, mein armes Dorchen! Ich sehe, wie du dich quälst, und das kann und will ich nicht mit ansehen, ohne dir zu helfen. Man hat mir zwar verboten, dir ein Geheimnis zu verraten, das außer mir nur der Herr Kommerzienrat und die Frau Kommerzienrätin wissen; aber ehe ich es zulasse, daß du dich so marterst, will ich dir alles sagen. Ich hab' dich viel zu lieb, mein Dorchen, als daß ich dir nicht helfen sollte. Du brauchst dir keine Vorwürfe zu machen, daß du den Herrn Kommerzienrat nicht lieben kannst. Das hat der liebe Gott nicht zugelassen, mein Dorchen, weil er gerecht ist. Der Herr Kommerzienrat ist gar nicht dein Vater!‹

Ich schrie auf vor Erregung und schüttelte Christine wie im Fieber.

›Nicht mein Vater? Nicht mein Vater?‹ rief ich und fühlte, daß eine Last von mir abfiel, die mich fast zu Boden gedrückt hatte.

›Nein, Dorchen, du bist die Tochter von Hans Lind, deiner Mutter erstem Mann‹, sprach Christine feierlich. Und dann erzählte sie mir, daß meine Mutter zwei kurze Jahre mit einem jungen, vermögenslosen Kaufmann verheiratet gewesen war. Dieser hatte eine Anstellung gehabt im Geschäft meines Stiefvaters. Damals lebte dieser noch in einer großen süddeutschen Stadt und hieß noch nicht Herr Kommerzienrat, obwohl er schon ein reicher Mann war.

Meine Eltern lebten in sehr schlichten Verhältnissen; denn meine Mutter war eine ganz arme Waise gewesen, als sie mein Vater heiratete, und dieser hatte auch nur sein auskömmliches Gehalt, von dem er noch kleine Ersparnisse machen konnte. Christine war damals als einzige Bedienung bei meinen Eltern, die ein kleines, aber behagliches Heim hatten. Mein Vater hat meine Mutter namenlos geliebt. Sie soll damals wunderschön gewesen sein. Aber obwohl ihr mein Vater am liebsten die Sterne vom Himmel geholt hätte, mußte er ihr manchen Wunsch versagen. Sie liebte Glanz und Wohlleben und verlangte von meinem Vater mehr, als er schaffen konnte, obwohl sie aus viel bescheideneren Verhältnissen stammte.

Als meine Eltern ein Jahr verheiratet waren, kam ich auf die Welt, und mein Vater mußte nun sein Einkommen noch besser zusammenhalten, damit ein Notgroschen übrigblieb. Das gefiel aber meiner Mutter nicht. Sie verlangte nach kostspieligen Zerstreuungen, und obwohl mein Vater, um sie zufriedenzustellen, sich noch einen Nebenverdienst schaffte und bis in die Nacht hinein arbeitete, konnte er den unersättlichen Vergnügungsdurst und die Putzsucht meiner Mutter nicht befriedigen. Sie verlangte mehr und mehr!

Eines Tages holte meine Mutter meinen Vater vom Geschäft ab, und bei dieser Gelegenheit erblickte sein Prinzipal meine Mutter zum ersten Mal. Sie muß auf ihn wohl einen großen Eindruck gemacht haben; denn als meine Eltern nach Hause kamen, hörte Christine, wie meine Mutter im eitlen Gefallen darüber scherzte, wie sprachlos sie Herr Planitz angestarrt habe und wie seine Augen sie angefunkelt hätten.

Seit jenem Tag stellte Robert Planitz meiner Mutter nach. Er besuchte sie sogar in meines Vaters Abwesenheit unter den nichtigsten Vorwänden und machte ihr den Hof in einer Weise, daß Christine meinen Vater aufmerksam machen wollte. Aber meine Mutter verbot ihr plötzlich, meinem Vater etwas von diesen Besuchen zu erzählen. Christine schwieg schweren Herzens. Mein Vater tat ihr leid. Sie wußte, wie sehr er seine Frau liebte.

Dann kam der Karneval. Meine Mutter wurde immer unzufriedener mit ihrem Schicksal, weil sie bedachte, daß sie es besser haben könnte, wenn sie nur wollte. Der Chef ihres Mannes bedrängte sie mit glänzenden Verlockungen, und sie lauschte mit glühenden Wangen den Versprechungen von Glanz und Wohlleben.

Sie verlangte dann von ihrem Mann, daß er mit ihr einen Maskenball besuche. Mein Vater mußte es ihr verweigern, da solch kostspielige Vergnügungen über seine Verhältnisse gingen. Sie trotzte und grollte, und in dieser Stimmung gab sie dem Versucher Gehör und ließ sich bereden, mit diesem hinzugehen.

Damit der Gatte nichts merke, schickte ihn sein Prinzipal auf eine Geschäftsreise. Wahrscheinlich war aber meinem Vater doch mancherlei aufgefallen, was sein Mißtrauen weckte. Das Wesen meiner Mutter erschien ihm sehr verändert, und irgendeine Ahnung beeinflußte ihn, seine Geschäfte schneller zu erledigen, um am Abend, wo der Ball stattfinden sollte, zurück sein zu können. Vielleicht wollte er auch dennoch den Wunsch meiner Mutter erfüllen. Er kam jedenfalls mit zwei Dominos, die er geliehen hatte, nach Hause, fand aber seine Gattin – nicht daheim!

Christine, die bei mir zurückgeblieben war, erschrak sehr, als mein Vater plötzlich vor ihr stand und nun ein Verhör mit ihr anstellte. Sie erzählte ihm nun alles, was sie selbst wußte; denn es hatte ihr ohnedies schon das Herz abgedrückt, da sie meinem Vater sehr ergeben war. So erfuhr er auch, daß am Nachmittag ein eleganter, rosaseidener Domino abgegeben worden sei mit allem Zubehör zu einer Toilette für den Ball. Meine Mutter hatte alles am Abend angelegt und war eine halbe Stunde früher, als mein Vater heimkam, in einem eleganten Wagen abgeholt worden.

Mein Vater«, fuhr Dora Planitz in ihrer Schilderung fort, »war wie von Sinnen. Er ließ sich von Christine den Anzug meiner Mutter genau beschreiben. Dann warf er den einen der Dominos über, die er mitgebracht hatte, und raste davon. Wie Christine später von meiner Mutter erfuhr, war mein Vater auf den Ball geeilt, hatte wohl eine Stunde lang meine Mutter dort gesucht und sie schließlich in einer Loge gefunden, zusammen mit seinem Prinzipal und in einer Situation, die ihm wohl die Untreue meiner Mutter bewiesen hatte. Er schlug in seinem maßlosen Zorn seinen Prinzipal mit der Faust zu Boden, daß er blutend zusammenbrach, und wandte meiner Mutter mit einem stummen Blick der Verachtung den Rücken. Ehe ihn jemand aufhalten konnte, hatte er sich entfernt und kam totenbleich vor Erregung nach Hause. Er sagte Christine, zwischen ihm und seiner Frau sei alles aus, und er habe seinen Chef niedergeschlagen. Ob er noch am Leben sei, wisse er nicht. Aber er wolle nicht abwarten, bis man ihn ins

Gefängnis stecke. Er habe sich sein Recht genommen und den Räuber seiner Ehre gezüchtigt. Und nun wolle er Deutschland verlassen und nach Amerika gehen, um sich eine neue Existenz zu gründen. Gefangennehmen lasse er sich nicht für eine Tat, die er nicht bereuen könne. Und er riß mich aus meinem Bettchen und wollte mich mitnehmen. Christine, die mich sehr liebhatte und meinen Vater sehr wohl verstehen konnte, hielt mich fest und bat ihn, so ein zartes Kind nicht in eine ungewisse Zukunft mit sich zu nehmen. Und was meine Mutter auch getan habe, ein so zartes Kind gehöre zu seiner Mutter. Sie bat ihn flehentlich, mich zu lassen, wo ich sei.

Mein Vater herzte und küßte mich in seiner Verzweiflung heiß und innig und legte mich Christine in die Arme. Sie mußte ihm schwören, mich nicht zu verlassen, bis er mich zu sich rufen könne in ruhige, sichere Verhältnisse. Dann gab er Christine von seinen kleinen Ersparnissen alles, was er entbehren konnte, mit der Weisung, das Geld für mich zu verwenden und für mich treulich zu sorgen, bis er von sich hören lassen würde.

Christine versprach ihm alles, um ihn zu beruhigen. Er tat ihr furchtbar leid in seiner Verzweiflung. Aber trösten konnte ihn die treue Seele nicht. Noch einmal küßte mich mein Vater, dann eilte er davon.

Eine Stunde später kam meine Mutter furchtsam nach Hause. Sie glaubte, mein Vater sei noch anwesend. Weinend erzählte sie, was auf dem Ball geschehen war, und als sie von Christine hörte, daß mein Vater für immer fort sei und nach Amerika wolle, brach sie schluchzend zusammen und schalt sich selbst aus wegen ihres Leichtsinns.

Der Mann, den mein Vater zu Boden geschlagen hatte, war durch diesen Schlag nur betäubt gewesen. Als er zu sich kam, fuhr er nach Hause. Er hütete sich, Anzeige zu erstatten, und erfand ein Märchen, wie er zu der Verwundung gekommen war. So blieb mein armer Vater unverfolgt. Er hätte nicht nötig gehabt, die Heimat zu verlassen. Aber ihn hatte wohl noch mehr der Schmerz um die Untreue seiner Frau davongetrieben als die Sorge um seine Sicherheit.

Auf meiner Mutter Bitte hatte dann der Prinzipal meines Vaters Erkundigungen einziehen lassen nach dessen Verbleib. Und er brachte in Erfahrung, daß mein Vater von Hamburg aus mit einem Schiff abgereist sei, das drei Tage später mit Mann und Maus untergegangen war. Niemand hatte sich retten können, außer einem Steward und einem Heizer, die man von einer Planke aufgefischt hatte, nachdem sie fast zwei Tage auf dem Meer getrieben waren. Diese beiden Männer erstatteten Meldung von dem Schiffbruch und bezeugten, daß außer ihnen niemand mit dem Leben davongekommen sei.

Da die Schiffspapiere bewiesen, daß mein Vater als Passagier die Reise mit diesem Schiff gemacht hatte, erhielt meine Mutter die Bestätigung, daß sie Witwe sei. Sie war einige Zeit sehr bedrückt und hat sich wohl ernste Vorwürfe gemacht. Aber der Mann, der meines Vaters Glück vernichtet und ihn dadurch in den Tod getrieben hatte, ließ nicht von meiner Mutter ab. Und da er ihr ein glänzendes Los bieten konnte und sie in einer keineswegs beneidenswerten Lage war, nahm sie seine Werbung schließlich an. Es war noch kein Jahr vergangen seit jenem Ballabend, als meine Mutter die Gattin von Robert Planitz wurde!

Christine hatte meiner Mutter alles berichtet, was sie mit meinem Vater gesprochen hatte. Sie hatte ihr auch das Geld übergeben, das mein Vater zurückgelassen hatte, und ihr gesagt, daß sie meinem Vater versprochen habe, mich nicht zu verlassen, bis er mich zu sich rufen könne.

Es war wohl das Schuldbewußtsein, das meine Mutter und ihren zweiten Gatten bestimmte, Christine nicht von mir zu trennen. Christine ging also mit mir und meiner Mutter in das Haus meines Stiefvaters und dann mit hierher nach D., wo niemand ahnte, daß meine Mutter schon einmal verheiratet war. Alle hielten mich hier für das Kind von Robert Planitz. Er hatte mich adoptiert und gab sich für meinen rechten Vater aus. Christine mußte versprechen, gegen jedermann zu schweigen, vor allen Dingen auch gegen mich.

Dies Versprechen hat sie gehalten bis zu jenem Tag, als sie mich so elend und verzweifelt sah, daß ich den Mann, den ich für meinem Vater hielt, hassen mußte.

Ich hatte also gefühlt, daß er mir fremd war, daß ich nicht Blut von seinem Blut war. Es empörte mich, daß er mir seinen Namen aufgezwungen, daß man in meiner Seele das Andenken an meinen armen Vater ausgelöscht hatte. Und doch war es mir eine unsägliche Wohltat, daß ich in ihm nicht mehr meinen Vater zu sehen brauchte. Nie habe ich ihm seither mehr den Namen Vater gegeben, nie hat er mich wieder berühren dürfen, ohne daß ich mich ihm entzogen hätte. Ich hasse den Namen, den er mir aufgezwungen hat. Ins Gesicht möchte ich ihm schreien: ›Ich heiße Dora Lind und habe nichts mit dir gemein!‹ Meinen Namen möchte ich von ihm zurückfordern und seinen Reichtum ihm vor die Füße werfen.

Meiner Mutter bin ich im tiefsten Herzen entfremdet. Ich kann es nicht verstehen und nicht verzeihen, daß sie dieses Mannes Gattin wurde und es duldete, daß ich ihn Vater nennen muß und von meinem Vater nichts höre.

Ich bin kein sanfter, fügsamer Charakter wie du, meine liebe Raina! Als mir Christine das alles erzählt hatte, wollte ich vor meiner Mutter und vor diesen Mann hintreten, meinen Namen von ihnen fordern und ihnen sagen, wie empört ich sei, daß sie das Andenken an meinen Vater in mir getötet hatten. Aber Christine flehte mich an zu schweigen, weil sie sonst sicher aus dem Haus gewiesen würde und von mir gehen müsse. Am liebsten wäre ich mit ihr gegangen, aber ich war noch ein halbes Kind, unfähig, mir selbst mein Brot zu verdienen, viel weniger noch imstande, für Christine zu sorgen, wenn ich sie um ihre Stellung brachte. Das zwang mich, zu schweigen und alles gehen zu lassen, wie es ging. Aber ich war nun eine Fremde im Hause des Kommerzienrats Planitz.

Mit der Zeit wurde ich ruhiger und suchte meiner Mutter gerecht zu werden. Christine redete mir zu, meine Mutter nicht zu verdammen. Sie sei nun einmal ein Charakter, der am Äußerlichen hänge, und damals wohl leichtsinnig, aber nicht so schuldig gewesen, daß ich ihr nicht verzeihen könne. Und dann, nach meines Vaters Tod, habe sie eben das gute Leben gelockt. Ich wisse nicht, wie schwer die Armut zu tragen sei.

Siehst du, meine Raina, so half mir Christine wenigstens, daß ich meiner Mutter wieder wie früher begegnen konnte. Sie ahnt nicht, daß ich alles weiß. Aber meinen Stiefvater kann ich nun mit dem Bewußtsein hassen, daß ich ein Recht dazu habe, und ich ginge lieber heute als morgen von ihm fort. Seit dem Tag, da ich erfuhr, daß ich nicht seine Tochter bin, habe ich unablässig darüber nachgedacht, wie ich mich vor seinen Wohltaten schützen kann. Alle Welt hält mich für seine Erbin, und von allen Seiten bewirbt man sich um mich, aber sie können sich alle die Mühe sparen, die auf die reiche Erbin spekulieren! Ich weiß, daß ich lieber sterben als dieses Erbteil antreten würde. Mein Sinnen und Denken ging unablässig dahin mich unabhängig zu machen von dem Reichtum dieses Mannes. Und gottlob – es ist mir gelungen! Ich kleide mich zum Ärger meiner Mutter und meines Stiefvaters viel schlichter, als sie es wünschen. Du wirst nie kostbaren Schmuck oder dergleichen an mir sehen. Weißt du, warum das geschieht? Ich will dir auch das anvertrauen: Um nichts von meinem Stiefvater annehmen zu müssen, verdiene ich mir seit gut zwei Jahren selbst, was ich brauche, heimlich, ohne daß ein Mensch außer meiner Christine etwas davon ahnt. Das Geld, das mir mein Stiefvater für meine Toiletten anweist, benütze ich, um arme, bedürftige Menschen zu unterstützen.«

Raina staunte sie mit großen Augen an: »Wie verdienst du denn Geld, Dora?«

Ein leises Lächeln zuckte um Doras Mund.

»Ich bin sozusagen ein Sprachgenie, meine kleine Raina. Es gelang mir, einem großen Verlag Übersetzungen von Romanen zu verkaufen, und dann versuchte ich mich auch selbst mit einigen Novellen, die gut gefielen und mir noch mehr einbrachten. Das alles geht durch Christines Hand über eine Deckadresse. Niemand ahnt, daß ich für Geld schreibe. Wenn ich stundenlang an meinem Schreibtisch sitze, glauben meine Mutter und mein Stiefvater, ich beschäftige mich mit Brief- oder Tagebuchschreiben. Sie machen ihre Scherze darüber und ahnen nicht, wie ernsthaft mir das alles ist.

Ich schreibe natürlich unter einem Decknamen. So verdiene ich mir meine Kleider und dergleichen selbst. Wenn ich Schmuck geschenkt bekomme, lege ich ihn in eine Schatulle. Ich trage ihn niemals. Fragt man mich, warum ich es nicht tue, dann sage ich, daß ich es nicht liebe, wenn sich junge Mädchen mit Schmuck behängen. Mein Stiefvater lacht dann über diese Marotte, wie er es nennt, aber er meint stolz und befriedigt, ich hätte das auch nicht nötig und sähe auch ohne Schmuck stolz und vornehm genug aus. Seither verschont er mich etwas mit seinen Geschenken und läßt mich gewähren, wenn ich mich einfach kleide. Meine Mutter repräsentiert ja genügend den Reichtum ihres Gatten. Ich aber bin froh, daß ich mir einigermaßen meine Unabhängigkeit wahren kann, und wäre es nicht um Christine und meine Mutter, ich ginge noch heute aus seinem Haus und verdiente mir selbst mein Brot, obwohl die Schriftstellerei ein schweres und mageres Brot ist.

So, meine Raina, nun habe ich mir einmal alles von der Seele gesprochen, was ich noch nie einem Menschen offenbart habe. Ich danke dir, daß du mich so geduldig und teilnahmsvoll angehört hast, und bitte dich nochmals, alles in deiner Seele zu verschließen, was ich dir anvertraute.«

Raina richtete sich auf; mit großen bangen Augen hatte sie dieser Beichte gelauscht. Zum ersten Mal sah sie in eine »Welt voll Sünd' und fehle«. Und wenn sie auch nicht alles so recht erfassen und verstehen konnte, meinte sie doch, daß Dora fast bedauernswerter war, als sie selbst. Sie faßte die Hände der Freundin und sah ihr voll warmer Teilnahme in die Augen:

»Arme Dora – arme, liebe Dora, – du mußt viel gelitten haben«, sagte sie leise und streichelte dann schüchtern ihren Arm.

Dora strich sich über die Stirn: »Ja, Raina, ich habe gelitten, und ich leide noch. Du ahnst nicht, wie sehr sich alles in mir gegen den Gedanken empört, daß ich im Haus dieses Mannes leben muß. Er ist schlecht – schlecht und niedrig, glaube es mir. Ich kenne ihn, ich habe ihn mit scharfen Blicken beobachtet und weiß mehr von ihm, als ihm lieb ist. Er ist einer jener Menschen, die über Leichen gehen, wenn es ihr Vorteil heischt. Und ich bin froh, daß er nicht mein Vater ist. Aller Welt möchte ich es künden, und es ist eine große Sehnsucht in mir, frei zu sein von dem Zwang, in seiner Gesellschaft leben zu müssen. Ich warte auf den Tag, wo ich sein Haus verlassen kann.«

Raina seufzte: »Du bist aus dem anderen Holze geschnitzt als ich Dora. Ich glaube, du bist sehr mutig und energisch und würdest vielleicht dein Leben zwingen, wenn du allein den Kampf damit aufnehmen müßtest.«

Hoch und stolz richtete sich Dora auf: »Ja, das würde ich, Raina.«

»Ich könnte es nicht«, erwiderte diese bedrückt. »Weißt du, manchmal, wenn Tante Barbara mich gar zu arg duckt, dann regt sich leise ein Gefühl in mir, als dürfe ich es mir nicht gefallen lassen. Zum Beispiel damals, als sie mir so kurz und bündig sagte, ich müsse Arnulf von Reckenbergs Frau werden, da war ich einen Augenblick drauf und dran, lieber davonzulaufen. Aber dann wagte ich doch kein Wort des Widerspruchs und fügte mich.«

»Du armes Ding! Weil heute deine energische Tante allen Willen in dir totgeschlagen hat! Wir sind wirklich zwei bedauernswerte Geschöpfe. Mir hilft ja auch all meine Energie nichts. Es gibt eben Dinge, gegen die man mit aller Willenskraft nicht entkommen kann. Aber eins weiß ich sicher: An einen Mann, den ich nicht liebe, ließe ich mich sicher nicht binden!«

Raina senkte die Augen und machte ein scheues, ängstliches Gesicht: »Ach, Dora!«

Diese zog sie in ihre Arme. »Nein, nein, ich will dich nicht quälen. Du mußt tun, wozu dich deine Wesensart treibt, und ich muß tun, was mir die meine vorschreibt. Aber von heute an wollen wir einander ehrlich helfen und uns unser Schicksal dadurch erleichtern, daß wir einander alles anvertrauen, was uns drückt.«

Mit einem lieben, zaghaften Lächeln sah Raina in Doras Gesicht: »Das wird schon werden, Dora! Ich habe ja noch nie eine Freundin gehabt, und zu dir habe ich so großes Vertrauen! Aber – nur in einer Sache kann ich mich dir nicht mitteilen. Das will ich dir gleich ehrlich sagen. Da ist etwas in mir, das ich am liebsten auch mir selbst nicht eingestehe, weil es mich so sehr beschämt. Und demütigt. Das muß ich also für mich behalten. Sonst will ich in allen Dingen ganz offen und ehrlich zu dir sein, nach echter Freundesart.«

Forschend sah Dora in Rainas gerötetes Gesicht. Sie war klug und feinfühlig und ahnte, was Raina am liebsten sich selbst verschwiegen hätte. Sicher liebte sie heimlich im tiefsten Herzen den Mann, den man ihr ausgewählt hatte, und da sie nicht wiedergeliebt wurde, schämte sie sich dieser Liebe.

›Arme kleine Raina‹, dachte sie mitleidig. Und der Wunsch wurde stark und lebendig in ihr, Raina zu helfen, sie gewissermaßen unter ihren Schutz zu nehmen. Arnulf von Reckenberg war blind und taub, wenn er dieses liebenswerte Geschöpf gleichgültig übersah. Sie war es wert, daß man unter dem vernachlässigten Äußeren nach dem echten Gold ihres Charakters suchte. Vielleicht konnte man ihm ein wenig die Augen öffnen. In der Gesellschaft sprach man darüber, daß er einer reizenden jungen Witwe, die sehr kokett und oberflächlich war, den Hof machte. Die Baronin Gundheim – so hieß die junge Witwe – bevorzuge ihn, hatte Dora gehört. Wenn Raina etwas merkte, dann mußte es sie sehr kränken, sofern sie Arnulf von Reckenberg liebte.

Aber diese Gedanken behielt Dora für sich.

Die beiden jungen Damen plauderten noch über mancherlei und kamen sich in dieser Stunde näher, als sonst Menschen im jahrelangen Verkehr.

Als sie dann wieder ins Haus zurückgekommen waren, brach der Kommerzienrat alsbald mit seinen Damen auf.

In ihrer guten Laune über das vorteilhaft abgeschlossene Geschäft forderte Tante Barbara Dora auf, recht oft nach Buchenau zu kommen. Raina werde sich sehr freuen, sie zu sehen, da sie wenig Umgang mit jungen Damen habe.

Diese Einladung nahm Dora dankend an, und ein Blick in Rainas Augen und ein warmer Händedruck verrieten dieser, daß Dora oft davon Gebrauch machen würde. Vorläufig vermieden es die beiden jungen Damen wie auf Verabredung, sich im Beisein der anderen du zu nennen.

Die arme Raina war froh und glücklich. Doras so herzlich gebotene Freundschaft tat ihr wohl und schien ihr wie ein köstliches Geschenk.

Was Dora ihr über ihr Aussehen gesagt hatte, klang in ihr nach. Als sie am Abend allein in ihrem Zimmer war, löste sie ihr reiches Haar, das wie ein goldschimmernder, welliger Mantel ihre Gestalt umgab, und versuchte, es in ähnlicher Weise zu ordnen, wie Dora das ihre. Aber das war für ihre ungeübten Hände nicht so einfach. Es mißlang ihr vollständig. Die reiche Haarfülle ließ sich nicht so leicht auf andere Weise frisieren.

Aber Raina fand, daß sie selbst mit wirrem, ungeordnetem Haar hübscher aussah, als mit dem straff und glatt zurückgenommenen und dem dicken, abstehenden Knoten. Ja – sie fand sogar, daß sie in ihrem weißen Nachthemd und den locker für die Nacht eingeflochtenen Zöpfen viel besser aussah, als in ihrem besten Staatskleid mit der gräßlichen Frisur, die Tante ein für allemal befohlen hatte. Aber vor diesen Gedanken errötete sie schon, als seien sie ein schlimmes Unrecht gegen Tante Barbara.

Mit einem tiefen Seufzer ging sie zu Bett und streckte sich aus. Sie faltete die Hände über der blütenweißen Decke und sah mit großen Augen in das Dunkel der Nacht. Heute war ein ereignisreicher Tag für sie gewesen. Aber schließlich dachte sie doch, wie jeden Abend, vor dem Einschlafen an Arnulf von Reckenberg und wünschte sich sehnlichst, daß sie so schön und elegant sein möge wie Dora, damit sich Arnulf ihrer nicht zu schämen brauchte.

Tante Barbara legte sich an diesem Abend mit einem sehr befriedigten Gefühl zu Bett. Sie freute sich, daß sie dem Kommerzienrat statt zehn Prozent zwölf abgeknöpft hatte und daß ihr Freund Georg von Reckenberg ihren Weisungen einen gleichen Erfolg zu danken haben würde. Dieser hatte ihr am Telephon gesagt, daß sich der Kommerzienrat für den nächsten Vormittag bei ihm angemeldet habe.

Ja – Fräulein Barbara war sehr mit sich zufrieden. Sie ahnte nicht, daß, wenige Zimmer von ihr entfernt, ein junges Menschenkind gegen den harten, unbeugsamen Willen rang, der es gebunden und geknebelt hatte.

Und draußen rüttelte der Frühlingssturm an den Fensterläden, als wolle er eine junge Seele befreien.

3

Arnulf von Reckenberg machte wieder einmal in Buchenau den pflichtschuldigen Besuch. Er brachte Raina einen Blumenstrauß, erkundigte sich artig nach ihrem und Tante Barbaras Befinden und quälte sich, eine Unterhaltung mit Raina in Gang zu bringen.

Aber das gelang ihm nur schwer. Ihm gegenüber war Raina noch viel schüchterner und unbeholfener als gegen andere Menschen. Sie wurde abwechselnd rot und blaß, sah scheu an ihm vorbei und gab ihm nur einsilbige Antworten auf seine Fragen.

Dabei merkte sie nur zu gut, wie es ungeduldig in seinen Augen aufzuckte und sein Blick mißbilligend über sie glitt. Als er sich so eine Weile abgequält hatte, seufzte er verstohlen, sah nach der Uhr und wünschte sehnlichst, sich wieder entfernen zu können. Das machte Raina noch viel befangener.

Daß Tante Barbara dieser Unterredung als Anstandsdame beiwohnte, erleichterte die Sache für beide Teile nicht. Man sprach auch über das bevorstehende Verlobungsfest, das am ersten Ostertag stattfinden sollte. Natürlich traf Tante Barbara alle Bestimmungen darüber allein. Raina wurde nicht gefragt. Nur Arnulf fragte sie schließlich, ob sie mit allem einverstanden sei, was beschlossen worden war.

Da warf sie einen scheuen Blick in seine Augen, und als sie darin die brennende Ungeduld sah, stotterte sie heftig hervor, es sei ihr alles recht so. Und dabei schrie es doch in ihrem Herzen verzweifelt: Nein, ich bin mit alledem nicht einverstanden, es quält mich namenlos, daß ich wie eine seelenlose Ware behandelt werde. Es ist mir furchtbar, daß ich einem Mann aufgedrängt werde, dem ich nur eine Last bin, der in mir nur ein überflüssiges Anhängsel an Buchenau sieht und der keine Ahnung hat von dem, was in meiner Seele lebt. Sie mußte denken, was Arnulf wohl für Augen machen würde, wenn sie so zu ihm sprechen würde.

Scheu sah sie zu ihm hinüber, und da er gerade mit Tante Barbara sprach und seine Augen nicht mit dem kritischen, ungeduldigen Blick auf ihr ruhten, der sie so einschüchterte, betrachtete sie ihn mit forschenden Augen.

Ihr Herz klopfte rasch und laut dabei: Dora hatte ihn einen der schneidigsten und glänzendsten Offiziere genannt, und damit hatte sie recht gehabt. Er war eine bezwingende, strahlende Erscheinung. Auf seiner schlanken, sehnigen Gestalt saß ein schmaler, rassiger Kopf mit ausdrucksvollen, stahlblauen Augen. Warmes, sprühendes Leben leuchtete aus diesen Augen, und um den schmallippigen Mund lag ein energischer, fester Zug, der davon zeugte, daß Arnulf auch in ernsten Dingen seinen Mann stellte.

Wie mochten ihn die Damen in seiner alten Garnison umschwärmt und verwöhnt haben! Hier in D. war er ja auch bereits der Liebling der Gesellschaft. Ja, er hatte es leicht – alle Herzen flogen ihm zu. Ihr aber blieben alle verschlossen, zumal das seine!

Wie weh war ihr ums Herz, wenn sie daran dachte, daß sie dieses Mannes Gattin werden sollte! Er konnte ja nicht einen Funken Zuneigung für sie empfinden. Und diese Gewißheit bedrückte sie unsäglich.

Jetzt wandte sich Arnulf wieder Raina zu und sah sie an. Sie senkte erschrocken die Augen und sah vor sich hin.

»Herrgott im Himmel – sie ist noch langweiliger geworden, man sollte es nicht für möglich halten«, dachte Arnulf ungeduldig.

Er küßte Tante Barbara höflich die Hand, und um Raina legte er flüchtig seinen Arm, berührte ihre blassen, kühlen Lippen mit einem kaum fühlbaren Kuß. Sie gab ihn nicht zurück und machte sich schnell wieder los. Arnulf dachte bei sich, daß seine Braut Fischblut in den Adern haben müsse. Er wußte sehr wohl, daß er auch auf sehr verwöhnte und kühle Frauen Eindruck zu machen pflegte, und meinte, eine andere an Rainas Stelle hätte längst Feuer gefangen.

Er warf noch einen unbehaglichen Blick auf sie, auf ihr scheinbar unbewegliches Gesicht, ihre so reizvolle, »unmögliche« Erscheinung.

›Seelenlos, indolent und beschränkt‹, dachte er, ›aber sie wird eine sehr bequeme Frau sein.‹

Schnell verließ er das Zimmer.

Raina trat ans Fenster, da Tante Barbara das Zimmer verlassen hatte. Hinter der Gardine verborgen sah sie Arnulf nach. Er sprang draußen mit einem elastischen Satz in den Wagen, nahm dem Stallknecht die Zügel ab und fuhr davon, ohne noch einen Blick nach dem Fenster zu werfen.

Am Nachmittag traf das weiße Gesellschaftskleid ein,

daß Arnulfs Mutter in Tante Barbaras Auftrag für Raina bestellt hatte. Es lag weich, weiß und duftig in dem Karton, und Tante Barbara nahm es mit spitzen Fingern heraus. Es gefiel ihr gar nicht. »Das ist viel zu plunderig, und der Stoff wird nicht lange halten. Wenn man nicht alles besorgt«, sagte sie mißbilligend.

Raina gefiel das Kleid, als Tante Barbara es ihr zeigte, sehr gut. So ein schönes und feines hatte sie noch nie getragen. Wie heimlich liebkosend strich sie über die weiche, duftige Seide. Und ihr Herz klopfte unruhig. Wie sie wohl in diesem schönen Kleid aussehen würde?

Aber ach – dies Kleid war auch nicht imstande, Raina sonderlich zu verschönen, weil es nicht in Einklang gebracht wurde zu ihrer Erscheinung. Es saß auch nicht sehr gut und hätte von einer geschickten Zofe abgeändert werden müssen.

Arme Raina! Wie unvorteilhaft sah sie am Tag ihrer Verlobung in diesem Kleid aus, als sie ihr Zimmer verließ. Sie trug es so unbeholfen und unpersönlich, es stimmte nicht zu ihrer Persönlichkeit und sah aus, als gehöre es ihr nicht.

Arnulf begrüßte seine Braut mit einem hoffnungslos ergebenen Gesicht und warf seiner Mutter einen Blick zu, als wollte er sagen: Das ist ein ganz verzweifelter Fall; hier nützen alle Verschönerungsversuche nichts.

Auch Frau von Reckenberg war entsetzt. Sie hatte das Kleidchen mit viel Liebe und Sorgsamkeit ausgesucht, und die junge Modistin, die es für Raina anprobiert hatte und dieselbe Gestalt besaß, hatte recht reizend darin ausgesehen. Aber Raina hatte wirklich kein Geschick, sich anzuziehen! Frau von Reckenberg zupfte vergeblich noch ein wenig an dem Kleid herum und fuhr über das straffe Haar, um ein paar lose Löckchen hervorzustreifen. Raina war ihr lieb, und, weil sie in ihr die künftige Gattin ihres Sohnes sah, sie hätte es so gern gesehen, wenn Arnulf etwas wärmer für seine junge Braut empfunden hätte. Aber sie kannte Raina so wenig, wie alle Menschen in ihrer Umgebung. Niemand ahnte, welch ein reiches Gefühlsleben in dem stillen Geschöpf wohnte, und welche tiefen Gedanken und Empfindungen ihre Seele belebten.

Befriedigend sah Frau von Reckenberg, daß die lose hervorgebrachten Löckchen Raina sehr gut kleideten. Aber als gleich darauf Tante Barbara eintrat, die in der Küche noch einmal nach dem Rechten gesehen hatte, sagte sie zu Raina:

»Mein Gott, Raina, wie unordentlich siehst du um den Kopf herum aus! Schnell, geh auf dein Zimmer und bürste dein Haar glatt. Ich höre schon die ersten Gäste kommen.«

Arnulf und seine Mutter sahen sich sprachlos an, und Raina ging gehorsam auf ihr Zimmer, bürstete mit einer nassen Bürste das Haar glatt und straff zurück und starrte ihr eigenes erbarmungswertes Spiegelbild fast mit haßerfüllten Augen an.

Wenige Minuten später stand sie an Arnulfs Arm neben Tante Barbara und begrüßte die Gäste. Sie mußte viele Glückwünsche über sich ergehen lassen und hatte dabei doch die schmerzliche Gewißheit, daß all diese Glückwünsche nie in Erfüllung gehen würden.

Und sie fühlte, daß viele Augen im mitleidlosen Spott zwischen ihr und ihrem glänzenden Verlobten Vergleiche zogen.

Unter den Gästen befand sich auch Kommerzienrat Planitz mit Frau und Tochter, Baron Kranzau und die amüsante und pikante Baronin Sundheim.

Der Kommerzienrat, wie immer fast stutzerhaft elegant gekleidet, was seiner gewöhnlichen untersetzten Erscheinung durchaus nicht zum Vorteil gereichte, unterhielt sich sehr lebhaft bald mit diesem, bald mit jenem der anwesenden Gutsbesitzer. Meist sprach man mit ihm nur von Geschäften. Auf eine andere Art der Unterhaltung legte er auch nicht viel Wert.

Als die Gäste vollzählig versammelt waren, ging man zu Tisch. Arnulf führte natürlich seine Braut und fing einen spöttisch mitleidigen Seitenblick der Baronin Sundheim auf. Viel lieber hätte er die reizende, amüsante junge Witwe zur Nachbarin gehabt, die so entzückend mit ihm kokettierte und so lustig zu plaudern verstand. Aber leider hatte man ihr ziemlich entfernt von ihm einen Platz angewiesen.

»Warum sehen Sie mich so seltsam an, gnädige Baronin?« fragte er, sie forschend und eroberungslustig anblickend.

»Habe ich Sie angesehen, Herr von Reckenberg?«

»Ja, das haben Sie getan. Und in Ihren Augen steht etwas geschrieben, was mich beunruhigt – und mich nicht losläßt. Ich habe immer wieder Ihre Augen sehen müssen.«

Mit einem koketten, schelmischen Lächeln erwiderte sie: »Ist es so furchtbar, daß Sie mir in die Augen sehen müssen?«

Seine Augen erwiderten die Funken, die ihm aus den ihren entgegensprangen. »Im Gegenteil, gnädige Baronin, ich wüßte nichts, was ich lieber täte«, versicherte er ihr kühn.

»Nun also – weshalb beklagen Sie sich dann?«

»Ich beklage mich nicht. Nur möchte ich wissen, welchem Umstand das Interesse gilt, das mir aus Ihren bezaubernd schönen Augen entgegenleuchtet.«

Sie lachte und warf ihm einen so heißen Blick zu, daß ihm, der die Frauen kannte, klar wurde, daß er auf sie Eindruck gemacht hatte.

»Muß ich durchaus beichten?« fragte sie neckend.

»Sie müssen nicht – aber ich bitte darum«, flehte er, wärmer werdend.

Er war so recht in der Stimmung, sich die Langeweile seiner Verlobungszeit durch einen amüsanten Flirt mit der reizenden Baronin zu vertreiben. Früher hatte er sie wenig beachtet, und auch sie hatte sich nicht um ihn gekümmert, weil sie in einen anderen Flirt verstrickt gewesen war. Aber dessen Gegenstand, ein hübscher, junger Rittmeister, war versetzt worden, und sie sah sich nun nach Ersatz um.

Arnulf von Reckenberg schien ihr dafür geeignet. Sie hatte durchaus nicht die Absicht, sich wieder zu verheiraten, denn ihr verstorbener Gemahl hatte ihr reiche Einkünfte hinterlassen, die erloschen, sobald sie sich wieder vermählte. Und die Baronin hatte keine Lust, sich selbst um die Einkünfte zu bringen.

Der schneidige, glänzende Arnulf von Reckenberg reizte sie. Er schien ihr so recht für einen Flirt geeignet, denn seine reizlose, uninteressante Braut fesselte ihn sicher nicht. Und so erkor sie ihn sich als Opfer und kokettierte mit ihm. Er fing auch entschieden Feuer.

Eine Weile sah sie ihn noch an, erprobend, ob ihre frische, reife Schönheit Eindruck auf ihn machte. Und da sie ein heißes Flämmchen in seinen Augen aufzucken sah, war sie befriedigt.

»Also – ich sah Sie an, weil ich zu ergründen suchte, warum der hübscheste und interessanteste Mann in dieser Gesellschaft, der heute das Fest seiner Verlobung feiert, so wenig froh und glücklich aussieht.«

Er warf einen fast tragischen Blick zu Raina hinüber, die steif und gezwungen zwischen einigen Damen stand. »Ist das für eine so scharfsichtige und kluge Frau wie Sie, gnädige Baronin, so schwer zu erraten?« fragte er leise.

Sie zuckte die Achseln: »Der künftige Majoratsherr von Reckenberg hat es doch wohl nicht nötig, sich in der Wahl einer Lebensgefährtin Zwang aufzuerlegen.«

Er seufzte vernehmlich. »Das sagen Sie, verehrteste Baronin. Es gibt eine Art Zwang, dem man sich beugt aus einer gewissen Gedankenlosigkeit. Gerade der Majoratsherr von Reckenberg hat die Verpflichtung, eine Familie zu gründen.«

Sie machte ein drolliges Gesicht. »War denn zu diesem Zweck nicht noch eine andere junge Dame in erreichbarer Nähe?« neckte sie.

Er machte eine tragikomische Miene. »Buchenau und Reckenberg liegen so verführerisch nahe beieinander. Und außerdem – außerdem hat man mir einmal gesagt, daß Sie, gnädige Baronin, sich nicht zum zweitenmal verheiraten würden.«

Sie blitzte ihn an. »Ah – gut gebrüllt, Löwe! Bleiben Sie doch ehrlich! Sie haben mich bis vor kurzem kaum beachtet.«

Seine Augen flammten in die ihren: »Wer sagt Ihnen das? Ich habe mich schon immer für Sie interessiert, aber Sie hatten keine Augen für mich.«

Sie bewegte kokett den Fächer. »Sie sind inkonsequent.«

»Wieso?«

»Nun – erst behaupten Sie, daß ich Sie zuviel angesehen habe, und jetzt beschweren Sie sich, daß ich keine Augen für Sie hatte. Ich glaube Ihnen nicht, daß Sie sich je für mich interessiert haben.«

»Jetzt tue ich es aber – sehr sogar.«

»Ei – wenn das Ihre Braut hörte!«

Er machte eine Bewegung mit der Hand, als lohne es nicht davon zu sprechen. »Lassen wir das Thema. Jetzt möchte ich von Ihnen sprechen, nicht von meiner Braut.«

Die Baronin merkte, daß Dora Planitz auf sie zukam. »Dazu ist heute nicht Zeit und Gelegenheit. Aber vielleicht besuchen Sie mich morgen zur Teestunde. Es würde mich interessieren, zu hören, was Sie mir von mir zu sagen haben.«

Er faßte ihre Hand und küßte sie mit einem heißen Blick. »Ich danke Ihnen für diese Erlaubnis und werde pünktlich sein.«

In diesem Augenblick trat Dora an die beiden heran. Sie hatte vom Nebenzimmer aus mit angesehen, wie angelegentlich sich Arnulf mit der Baronin beschäftigte, und hatte dann einen gequälten Blick Rainas aufgefangen, den diese auf ihren Verlobten und die Baronin warf. Da trieb Dora ein heißes Mitleid mit Raina dazu, diese Unterhaltung zu stören. Sie wandte sich mit einer belanglosen Frage an die Baronin und sah dabei Arnulf groß und ernst in die Augen. Dieser achtete zum erstenmal auf Dora Planitz und ihr schönes Gesicht, und ihre ernsten Augen fesselten ihn plötzlich.

Aber dann ging man zu Tisch. Und Arnulf von Rekkenberg achtete weder auf seine Braut noch auf Dora Planitz, sondern entschädigte sich für die Langeweile an der Seite seiner Braut durch fleißige Augensprache mit der Baronin Sundheim.

Das bemerkte niemand außer Dora. Sie war zu ihrem Leidwesen von Baron Kranzau zu Tisch geführt worden und konnte von ihrem Platz aus sowohl das Brautpaar wie die Baronin Sundheim sehen. Sie beobachtete diese und Arnulf von Reckenberg. Rainas wegen interessierte sie sich für ihn.

Voll Mitleid sah sie auf Raina, die blaß, scheu und beklommen neben ihrem Verlobten saß. Wie wenig hatte sie es wieder verstanden, ihre Vorzüge zur Geltung zu bringen. Sie hatte wohl keine Ahnung, wie unvorteilhaft sie aussah. Es war wirklich kaum zu verwundern, daß ihr Verlobter lieber nach anderen Frauen sah. Und wenn, wie es den Anschein hatte, sich die Baronin Sundheim für ihn interessierte und ihn zu fesseln vermochte, dann war die arme Raina vollends für ihn erledigt. ›Wenn man ihr nur helfen könnte – ich würde es so gern tun‹, dachte sie

Über alledem vernachlässigte sie entschieden ihren Tischherrn, der sich eifrig bemühte, sie durch seine Unterhaltung zu fesseln, und der mit begehrlich funkelnden Augen in ihr schönes, stolzes Gesicht blickte.

Baron Kranzau hatte sich ernstlich vorgenommen, sich um die Tochter des reichen Kommerzienrats zu bewerben, und er wollte heute die Gelegenheit wahrnehmen, ihr etwas näherzukommen.

Dora machte ihm das aber recht schwer, und er überlegte bei sich, ob es nicht ratsamer und bequemer war, sich mit seinen Wünschen zuerst an den Kommerzienrat zu wenden.

Seiner Zustimmung war er ziemlich sicher. Dora Planitz wollte sich offenbar erst noch ein wenig rar machen.

Dora ahnte sehr wohl, welche Gedanken der Baron hegte. Und sie fühlte seine begehrlichen Blicke wie eine Beleidigung und gab sich unnahbarer als je, obwohl ihr Stiefvater sie zuweilen auffordernd ansah, als wolle er sie bestimmen, sich ihrem Tischherrn gegenüber liebenswürdiger zu zeigen. Als Antwort für diese Blicke hatte sie nur ein stolzes, abschweifendes Gesicht, und um ihren Mund grub sich ein fester, herber Zug.

Baron Kranzau war gewöhnt, daß ihm die Damen, mit denen er sich beschäftigte, sehr entgegenkamen. Da er einer der wenigen heiratsfähigen Männer in diesem Gesellschaftskreis war, sahen Mütter und Töchter erwartungsvoll nach ihm. Immerhin war er ein stattlicher, ansehnlicher Mann, und sein forsches Junkertum wirkte auf viele eher bestechend als abstoßend. Man hielt ihn für eine gute Partie. Daß sein Besitz stark verschuldet war, wußten nur wenige Eingeweihte. So hätte er fast bei allen jungen Damen als Freier anklopfen können. Aber ihm lag natürlich nur an einer sehr reichen Partie.

Daß Dora Planitz außerdem noch schön war und seinen Sinnen begehrenswert erschien, ließ ihn sein Ziel mit großem Eifer verfolgen, und Doras Zurückhaltung steigerte sein Begehren.

Dabei sprach er bei Tisch den guten Weinen fleißiger als nötig zu, und wenn er auch viel vertragen konnte, so wurde sein Wesen doch reichlich lebhaft. Er spielte seine kraftvolle Männlichkeit als Trumpf aus und kam sich sehr unwiderstehlich vor.

Dora kostete es viel Überwindung, neben ihm auszuharren. Seine stark aufgetragenen Schmeicheleien und Aufmerksamkeiten verletzten ihr Feingefühl, und je feuriger und lebhafter er wurde, desto stiller und unnahbarer wurde sie.

Nach Tisch benützte sie die erste Gelegenheit, um sich seiner Gesellschaft zu entziehen. Das mißfiel dem Kommerzienrat.

Als Dora eine Weile allein in einem Nebenzimmer am Fenster stand, trat er zu ihr.

»Nun, Töchterchen, amüsierst du dich gut?« fragte er und legte seine Hand auf ihren Arm.

Dora machte eine hastige Bewegung, so daß seine Hand von ihrem Arm herabglitt. Mit einem kalten, stolzen Blicke sah sie in sein Gesicht, daß ihr so widerwärtig und häßlich schien, wie kein anderes Menschenantlitz.

»Ich danke«, erwiderte sie kurz.

»Das freut mich, Töchterchen. Aber ich wünsche sehr, wie ich dir schon sagte, daß du Baron Kranzau etwas mehr Entgegenkommen zeigst. Bei Tisch habe ich dich an seiner Seite beobachtet und habe gefunden, daß du noch viel zurückhaltender warst als sonst. Du solltest meinen Wünschen mehr Beachtung schenken.«

Das sagte der Kommerzienrat ganz gemütlich, aber in seinen Augen lag etwas, was diesen Ton Lügen strafte.

Doras goldbraune Augen flammten auf, daß sie fast schwarz erschienen.

»Du irrst dich sehr, wenn du annimmst, daß ich irgendeinem Mann Hoffnungen machen könnte.«

»Wer spricht denn davon, Töchterchen?« erwiderte er in dem schmeichlerischen Tone, den er oft für Dora hatte. »Das hat mein schönes, stolzes Töchterchen nicht nötig, zumal sich ihre Schönheit von einem goldenen Hintergrund wirkungsvoll abhebt, den ich ihr geschaffen habe.«

Er belachte diesen Ausspruch wie einen guten Scherz und fuhr dann mit einem ungeduldigen Aufzucken seiner Fuchsaugen fort: »Versteh mich doch recht, Dora, du bist doch sonst nicht schwer von Begriff. Ich liebe es, wenn du stolz und unnahbar bist. Kommerzienrat Planitz' Tochter kann sich das leisten. Aber Baron Kranzau muß doch wenigstens merken, daß er einige Hoffnung hat auf deine Hand. Ein bißchen zappeln lassen kannst du ihn immerhin; aber gar zu abweisend solltest du nicht sein. Das will ich nicht, hörst du?«

Es lag in den letzten Worten eine Schärfe und Bestimmtheit, die mit dem vorherigen, schmeichlerischen Ton nicht im Einklang stand. Dieser Ton trieb Dora das Blut ins Gesicht. Sie richtete sich stolz auf.

»Du mußt es mir überlassen, wie ich mich Baron Kranzau gegenüber benehmen will. Ich lege keinen Wert darauf, daß er sich um mich bewirbt, und werde sicher nicht Hoffnungen erwecken, die ich nicht erfüllen will«, sagte sie schroff.

Er fuhr auf, und in seinen Augen funkelte es böse und unheimlich. Aber es mußte doch eine geheimnisvolle Macht in Doras Augen liegen. Unter ihrem großen, ruhigen Blick zwang er gleich wieder ein Lächeln in sein Gesicht.

»Mädchenlaunen! Nun, meinetwegen sperre und ziere dich ein wenig. Aber – schieß nicht über das Ziel hinaus. Das eine behalte im Auge: Ich will, daß du Baronin Kranzau wirst, verstanden? Und daß ich meinen Willen stets durchzusetzen weiß, solltest du wissen.« Fast wie eine Drohung klang es.

Dora antwortete nicht. Aber als er sich nun schnell mit einer jovialen Biedermannsmiene von ihr abwandte, weil andere Herrschaften ins Zimmer traten, sah ihm Dora mit düsteren Augen nach.

›Und ich will nicht und werde mich ganz sicher nicht zwingen lassen‹, dachte sie.

Sie blieb Baron Kranzau gegenüber in ihrer reservierten Haltung und wich ihm aus, wo sie nur immer konnte. Im Verlauf des Festes fand Dora auch endlich Gelegenheit, einige Minuten ungestört mit Raina zu plaudern.

Diese saß neben Frau von Reckenberg, die sich ihrer ein wenig angenommen hatte.

»Darf ich mich ein wenig zu Ihnen setzen?« fragte Dora artig. Frau von Reckenberg, die Dora gut leiden mochte, rückte bereitwillig zur Seite und erhob sich nach einer Weile.

»Ich lasse dich in guter Gesellschaft, liebe Raina, und will einmal nach Papa sehen«, sagte sie, strich Raina freundlich über die Wange und ging, den beiden jungen Damen zunickend, davon.

Besorgt sah Dora in Rainas Gesicht. »Du siehst so blaß und ernst aus, Raina. Wenn man es nicht wüßte, würde man dich sicher nicht für den Mittelpunkt dieses Festes halten«, sagte sie leise.

Raina seufzte: »Ach, ich bin auch ganz sicher nicht der Mittelpunkt, sondern eine ganz überflüssige Nebensache. Das kannst du mir glauben, liebe Dora. Ich wünschte dieses Fest wäre zu Ende.«

Dora faßte liebevoll ihre Hand: »Quält man dich, armes Ding?«

Ein Blick aus Rainas Augen enthüllte der Freundin ihr ganzes Elend. »Ja, man quält mich, weil man mir immer vorredet, daß dieser Tag der glücklichste meines Lebens sein soll. Du weißt, daß dieser Tag kein Glück für mich birgt.«

Das klang so schmerzlich, daß Dora voll zarten Mitgefühls ihre Hand streichelte. »Mein armes, schüchternes Reh, weißt du nicht, daß auch ein wenig Mut und Selbstvertrauen zum Glück notwendig sind?«

Raina sah sie mit einem wehen Blick an. »Wo soll ich Mut und Selbstvertrauen hernehmen, Dora? Und mir könnten auch Mut und Selbstvertrauen ganz sicher nicht zum Glück verhelfen.«

Dora preßte fest ihre Hand: »Doch, Raina. Du mußt nur wollen, mußt lernen, zu wollen! Reiß dich doch heraus aus deiner niederdrückenden Willenlosigkeit. Weißt du, was ich vor allen Dingen möchte?«

»Nun?«

»Ich möchte dich aufrütteln, daß du dich nicht wie eine Sache hin- und herschieben läßt. Wenn du nun einmal eingewilligt hast, Arnulf von Reckenbergs Frau zu werden, so solltest du wenigstens alles tun, was in deinen Kräften steht, um die dir zukommende Stellung an seiner Seite zu sichern. Glaube mir, eine Frau, die sich selbst rechtlos macht, wird es auch immer sein.«

Hilflos sah Raina die Freundin an: »Ach, Dora – was soll ich denn tun?«

Dora blickte sie energisch an mit ihren stolzen, wundervollen Augen.

»Du sollst dich aufraffen aus diesem tatenlosen Hindämmern, sollst dir bewußt werden, daß du ein Mensch bist mit einem eigenen Leben, daß du Anrecht hast auf deine Persönlichkeit, darauf, dein Schicksal selbst nach Kräften zu beeinflussen. Du sollst und mußt dir Geltung verschaffen, mußt deinem künftigen Gatten zeigen, daß du eine wertvolle Persönlichkeit bist. Besinne dich doch auf dich selbst. Es ist nicht nur dein Recht, sondern auch deine Pflicht, deinen künftigen Gatten an dich zu fesseln mit allem, was dir zu Gebote steht. Wenn du fortfährst, dich mit einem so vernachlässigtem Äußeren zu zeigen, dich willkürlich häßlich zu machen, so versündigst du dich an dir und an ihm. Er ist ein Mann von gutem Geschmack und kann so, wie du dich ihm zeigst, keinen Gefallen an dir finden. Und so wirst du ihn zwingen, sich von dir ab- und anderen Frauen zuzuwenden.«

Raina saß ganz erschrocken da über die Energie Doras, und ihre Augen flogen hinüber ins Nebenzimmer. Da stand Arnulf über den Sessel der Baronin Sundheim gebeugt und plauderte angeregt mit dieser.

»Das hat er schon getan, Dora! Ich gelte ihm nichts – gar nichts.«

»So verschaffe dir Geltung! Es ist dein Recht und deine Pflicht! Selbst wenn du deinen Verlobten so wenig liebst wie er dich: Er ist dein Eigentum jetzt, das du verteidigen mußt.«

Dora sah an Rainas Zusammenzucken, daß sie Recht hatte, wenn sie annahm, Raina liebe Arnulf. Und da sie nun einmal den brach liegenden Schatz an Liebe und Güte, den ihr Herz verbarg, der armen kleinen Raina zugewandt hatte, so lag es in ihrer willensstarken, tatkräftigen Natur, sich zu deren Nutz und Frommen zu betätigen.

Raina hatte sich gefaßt. Sie seufzte: »Du meinst es gut, Dora, aber das wird mir nie gelingen! Arnulf ist in bezug auf Frauen sicher sehr verwöhnt. Wie soll ich mir vor seinen Augen Geltung verschaffen?«

Dora faste ihre Hand: »Das will ich dich lehren. Es ist gar nicht so schwer, wie du denkst! Morgen komme ich heraus nach Buchenau, und da werde ich dir einmal zeigen und begreiflich machen, was ein geschickter Anzug aus einem Menschen machen kann und was ein ungeschickter an ihm verdirbt. Aber still – da kommt deine Tante Barbara auf uns zu. Barbara – weißt du, einen treffenderen Namen konnte sie gar nicht bekommen, denn sie geht mit dir armem Ding barbarisch um.«

Über Rainas Gesicht huschte ein mattes Lächeln, und dies Lächeln war reizend, so reizend, daß es Dora hätte festhalten mögen.

»Tante Barbara meint es gut mit mir, du mußt sie nicht schelten.«

Dora nickte lachend. »Ja der Storch meinte es auch gut mit dem Frosch, als er ihn verschlang. Aber ich werfe deiner Tante Barbara hiermit den Fehdehandschuh hin. Ich setze es mir in den Kopf, einen anderen Menschen aus dir zu machen. Und Arnulf von Reckenberg soll sich eines Tages die Augen reiben und erkennen, was für eine reizende Frau ihm das Schicksal an die Seite gestellt hat. Und dann – dann wollen wir weitersehen.«

Ach, was hätte Raina darum gegeben, wenn sie Doras Zuversicht hätte teilen können!

Mit einem eifersüchtigen Gefühl sah sie, daß Arnulf soeben der Baronin mit aufflammendem Blick die Hand küßte.

Auch Dora bemerkte das. Und sie sah mit ihren großen, ernsten Augen zu dem jungen Offizier hinüber, so fest und zwingend, daß er ihren Blick zu fühlen schien. Er wandte seine Augen von der Baronin ab und zu beiden jungen Damen hinüber. Und da begegnete er Doras Augen. Er verabschiedete sich nun plötzlich von der Baronin Sundheim.

»Ich muß einmal wieder den Pflichten dieses Tages gerecht werden, gnädige Baronin«, sagte Arnulf. »Bedauern Sie mich ein wenig, und nehmen Sie sich bitte vor, mich morgen für heute zu entschädigen.«

Dann kam er schnell auf Dora und Raina zu. Aber ihn zog nur die schöne, stolze Dora Planitz an, die ihn heute zu interessieren begann, weil er merkte, daß auch sie ihm ihre Aufmerksamkeit zuwandte.

Raina wäre am liebsten vor ihm geflüchtet, als sie ihn kommen sah. Und doch flog ihm ihre ganze junge Seele mit einer heißen, innigen Sehnsucht entgegen.

Dora sah unzufrieden, wie starr und leblos Rainas Gesicht wurde, wie linkisch und befangen sie sich benahm. Sie hätte sie an den Schultern wachrütteln mögen.

Damit Arnulf nicht zur Baronin Sundheim zurückkehrte, fesselte sie ihn mit ihrer Unterhaltung. Sie merkte sehr wohl, daß sie sein Interesse erweckte. Und plötzlich schoß ihr ein Gedanke durch den Kopf: Wie, wenn ich den Kampf mit dieser gefallsüchtigen Baronin Sundheim aufnähme, die Herrn von Reckenberg sichtlich in ihre Netze ziehen will? Gelingt es ihr, dann ist Rainas Glück ernstlich gefährdet. Um Rainas willen werde ich einmal ein wenig mit ihrem Verlobten kokettieren, um ihn von der Baronin abzulenken.

Anstandshalber wechselte Arnulf auch ein einige Worte mit seiner Braut. »Unterhältst du dich gut, Raina?« fragte er förmlich.

Ihr Herz zuckte, aber sie blieb ganz gelassen. »Ich danke, sehr gut, Arnulf.«

Er suchte nach einem Gesprächsstoff. »Das Kleid, das du heute trägst, ist sehr hübsch«, fuhr er fort.

Scheu blickte Raina zu ihm auf »Ja, gefällt es dir?« fragte sie.

»Gewiß, viel besser als all deine anderen Kleider. Finden Sie nicht auch, gnädiges Fräulein?« wandte er sich an Dora.

Diese sah ihn an: »Ich finde das Kleid ein wenig zu farblos für Raina. Und vor allen Dingen vermisse ich einen bräutlichen Blumenschmuck daran. Sie sollten Ihrem Fräulein Braut einige von den roten Rosen dort aus der Vase herüberreichen, damit sie diese am Gürtel befestigt.«

Wohl oder übel mußte Arnulf aus der Vase, die auf

dem Tisch neben ihm stand, einige Rosen lösen. Er tat es und überreichte sie Raina mit einer Verbeugung.

»Das gnädige Fräulein hat recht, Raina, es wird sehr gut aussehen«, sagte er.

Ein jähes Erglühen lief über Rainas Gesicht. Sie blickte einen Moment mit einem so leuchtenden, warmen Blick in Doras Gesicht, daß Arnulf ganz erstaunt in ihre Augen sah und bei sich dachte: ›Das sehe ich heute zum erstenmal, daß Raina sehr schöne Augen hat. Es ist töricht von ihr, sie immer niederzuschlagen und zu verbergen.‹

Während Raina sich mit bebenden Händen mühte, die Rosen am Gürtel zu befestigen, trat Tante Barbara herzu.

»Du wirst dir Flecken an dein neues Kleid machen, Raina; die Rosen sind feucht, und die Stengel werden abfärben«, sprach sie unwillig.

Raina erschrak und wollte die Rosen entfernen. Da stach sie sich in einen Dorn, und ein Blutstropfen quoll aus der kleinen Wunde.

Arnulf sah das. Er ärgerte sich über Tante Barbaras Bevormundung, und Raina tat ihm leid. In der ihm ritterlichen Art erfaßte er die verletzte schlanke Hand und nahm behutsam mit seinen Lippen den Blutstropfen fort. »Hat es sehr weh getan?« fragte er, wie man wohl zu einem weinenden Kind spricht.

Raina war zusammengezuckt, als Arnulfs Lippen den kleinen Blutstropfen fortsaugten, und ihre Hand bebte leise in der seinen.

Das war das erste Zeichen einer seelischen Erregung, das Arnulf bei seiner Braut wahrnahm. Er sah ihr forschend in das erglühte Gesicht. War sie doch nicht ganz so stumpf und seelenlos, wie er bisher gemeint?

Aber Raina hielt die Lider gesenkt und saß da, als sei

sie versteinert. Da wandte sich Arnulf aufs neue Dora zu. Tante Barbara hatte sich schon wieder entfernt.

Er plauderte noch eine Weile angeregt mit Dora, nur zuweilen ein flüchtiges Wort an Raina wendend, die seine Rosen noch krampfhaft in der Hand hielt.

Als er dann von seinem Vater auf einige Minuten abgerufen wurde, wandte sich Dora mit einem schelmischen Lächeln an Raina.

»Nun ist er dir mit Leib und Seele verfallen, Raina.«

Diese schrak empor: »Wer?«

»Dein Verlobter natürlich! Er hat dein Blut getrunken. Kennst du nicht das Märchen von dem Blutzauber? Nein? So höre. Zu einer gütigen Fee kam weinend ein junges Mädchen und klagte ihr, daß ihr Schatz sie nicht mehr liebe und anderen Mädchen nachlaufe. Da gebot ihr die Fee, sie möge dem Ungetreuen von ihrem Blut zu trinken geben. Ein Tropfen davon genüge. Das Mädchen tat es, und ihr Schatz trank ihr den Blutstropfen von der Hand. Von dieser Minute an war er dem Zauber verfallen und konnte nicht mehr von seinem Mädchen lassen. Wie gefällt dir das Märchen?«

»Und konnte nie mehr von seinem Mädchen lassen«, wiederholte Raina träumend. Aber dann richtete sie sich auf und seufzte. »Das ist eben nur ein Märchen, liebe Dora!«

In Doras Augen leuchteten Güte und Hilfsbereitschaft. Und ihr Wille, Raina zu helfen, wurde noch stärker und fester.

4

Dora hielt Wort. Sie kam am nächsten Tag nach Buchenau – zu einer sehr frühen Stunde, gleich nach Tisch, weil sie wußte, daß Tante Barbara um diese Zeit nicht zu Hause war. Ohne Umschweife ging sie auf ihr Ziel los.

»Ich versprach dir gestern, Raina, dir zu beweisen, daß ich nicht schöner bin, wenn ich mich nicht vorteilhafter kleide, als du. Komm, laß uns auf dein Zimmer gehen; ich will den Beweis antreten«, sagte sie munter und zog Raina mit sich fort.

Oben in Rainas Zimmer begann nun ein seltsames Treiben. Zuerst sah Dora prüfend über Rainas Gestalt. »Ich glaube, wir haben beide so ziemlich die gleiche Figur. Jetzt werden wir die Kleider tauschen.«

Raina wollte unbehaglich abwehren: »Du meinst es gut, Dora, das weiß ich, und ich bin dir sehr dankbar für deine Güte. Aber es hat doch alles keinen Zweck! Du bist schön, ich bin häßlich – daran läßt sich nichts ändern.«

Dora begann jedoch schon, sich ihres Kleides zu entledigen. Es war ein schlichtes, aber elegantes Frühjahrskostüm.

»Wir werden sehen, ob sich nichts daran ändern läßt. Du mußt jetzt tun, was ich dir sage. Schnell, leg dein Kleid ab.«

Raina fügte sich zögernd Doras energischem Gebot. Und nun standen sich die beiden Mädchen in den weißen Unterkleidern gegenüber. Die Doras waren fein und mit Spitzen besetzt, während die Rainas Tante Barbaras Vorliebe für praktische, feste Stoffe und ihre Abneigung gegen alles »Fludderige« zeigten. Aber die schlanken, runden Arme, die jugendschönen Schultern, die weißen, festen Nacken waren bei beiden schön und edel geformt.

»So«, sagte Dora lachend, »jetzt werde ich dich einmal frisieren! Setz dich vor deinen Toilettentisch. Und nun halt still; denn es ist nicht leicht, so üppiges, schweres Haar in die rechte Form zu bringen.«

Ergeben hielt Raina still. Dora stand hinter ihr, und es war ein reizendes Bild, das die beiden schön gewachsenen Mädchen boten.

Eifrig kämmte und bürstete Dora Rainas wundervolles, goldig flimmerndes Haar und wog es immer wieder staunend und wohlgefällig in den Händen.

»Und diese Pracht hat deine barbarische Tante Barbara in so gräßliche Fesseln gezwängt! Ich möchte wohl wissen, was Arnulf von Reckenberg sagen würde, könnte er diese goldige Flut einmal gelöst sehen!«

Raina errötete. Sie wagte gar nicht in den Spiegel zu sehen und hielt die Augen gesenkt. Gegen Doras Beginnen vermochte sie sich nicht zur Wehr zu setzen; aber sie glaubte fest daran, daß es nutzlos sei.

Dora war es ganz lieb, daß Raina jetzt nicht in den Spiegel blickte. Es dauerte eine gute Viertelstunde, bis sie so frisiert war, wie Dora gewöhnlich ihr Haar trug. Zufrieden betrachtete diese ihr Werk; die Frisur war famos gelungen, und Raina sah mit dem goldschimmernden Haar mindestens ebenso schön aus wie Dora.

Als sie fertig war, band sie Raina lachend ein Tuch vor die Augen.

»So, jetzt bleibst du mit verbundenen Augen sitzen, bis ich mich anders frisiert habe. Dann wechseln wir die Kleider und erst, wenn ich mit unserer Verwandlung fertig bin, darfst du das Tuch abnehmen«, sagte sie, Raina in einen anderen Sessel drückend.

Mit flinken Händen löste sie nun ihr eigenes, dunkles Haar. Sie kämmte und bürstete es ganz glatt zurück, wie Raina, eine nasse Bürste zu Hilfe nehmend, zwang es in stramme, feste Flechten und steckte diese genau zu dem steifen, unschönen Knoten auf, der weit und häßlich von dem Kopf abstand.

›Wie eine Aztekenfrau‹, dachte sie amüsiert, als sie sich im Spiegel betrachtete.

Nun warf sie Raina ihr eigenes Kleid über. Es zeigte sich, daß die beiden jungen Damen ganz gleich gewachsen waren. Doras Kleid saß Raina ganz vorzüglich. Sie selbst schlüpfte lachend in Rainas Kleid und ahmte vor dem Spiegel deren unbeholfene, ängstliche Haltung nach. Sie mußte hell auflachen über sich selbst.

Schnell trat sie nun vor Raina hin, zog sie vor den hohen Ankleidespiegel und löste ihr die Binde von den Augen.

Sogleich ahmte sie selbst dann Rainas Haltung nach.

Diese stieß einen überraschten Ruf aus, und ungläubig blickte sie von sich auf Dora und wieder von Dora auf sich.

Diese ließ das Bild eine ganze Weile auf Raina wirken. Endlich rief sie lachend: »Nun, Raina, welche von den beiden jungen Damen ist nun die Schönste, du oder ich?«

Da flog über Rainas Gesicht ein Lächeln, das sie noch viel reizender erschienen ließ.

»Ach Dora – wie verändert siehst du aus!«

Dora lachte: »Und du? Nicht wahr? Wenn ich mir Mühe gebe, kann ich ebenso unvorteilhaft aussehen, wie du es gewöhnlich tust! Wenn du nur willst, kannst du eine sehr reizende und hübsche junge Dame sein! Bitte, halte dich mal ein wenig ungezwungener – sieh, so mußt du das machen! Und die Arme darfst du nicht immer so steif und hilflos an dich andrücken. Gib deinen Händen etwas zu tun, so, als faßtest du nach dem Gürtel oder der Uhrkette. Nur nicht immer beide Hände so schlaff herabhängen lassen! Nimm ein Taschentuch oder eine Blume, irgend etwas zur Hand, bis du dich daran gewöhnt hast, eine ungezwungene Haltung anzunehmen. Du darfst dich auch gern etwas mehr bewegen!«

So belehrte Dora die Freundin, zeigte es ihr an Beispielen und hatte ihre Freude, wie leicht Raina begriff.

Raina sah noch immer ganz benommen auf ihr eigenes Bild. Aber sie gefiel sich sehr gut und konnte es nicht begreifen, daß sie so aussehen konnte.

»Wenn dich dein Verlobter so sehen würde – unvorbereitet –, dann würde er nicht glauben wollen, daß du es bist«, sagte Dora

Raina seufzte: »Du hast mit deinen geschickten Händen und mit deinem Kleid ein Wunderwerk an mir vollbracht, Dora! Aber so geschickte Hände wie du habe ich nicht. Ich könnte mir das Haar unmöglich so ordnen.«

Dora schlang den Arm um sie. »Das kommt nur auf einen Versuch an!«

Raina schüttelte den Kopf. »Nein, nein, ich bin zu ungeschickt. Ich will es dir nur gestehen, Dora, daß ich schon neulich einmal versucht habe, mein Haar so ähnlich zu frisieren wie du. Aber es mißlang mir vollständig.«

»So wirst du es lernen, oder du läßt dich frisieren. Kannst dir doch eine Jungfer halten.«

Erschrocken abwehrend hob Raina beide Hände: »Was denkst du, Dora! Tante Barbara würde glauben, ich sei von Sinnen, wenn ich ihr damit käme! Und sie würde überhaupt furchtbar schelten, wollte ich mich anders kleiden und frisieren, als sie es bestimmt.«

Unwillig sah Dora sie an: »Ja, freilich, wen du dich weiterhin von deiner Tante Barbara tyrannisieren lassen willst!« rief sie ärgerlich.

Raina faßte ihre Hand: »Nicht böse sein, gute Dora! Ich bin dir so dankbar – du bist so gut zu mir, so gut –, aber siehst du, ich bin von Tante Barbara abhängig, lebe von ihren Wohltaten. Sie ist wohl reich, aber sehr sparsam und hat auch Sinn für alles, was praktisch und haltbar ist. Und wenn ich ihr nun plötzlich mit solchen Toilettenwünschen käme – nein, soviel Mut habe ich wirklich nicht.«

»Obwohl du nun siehst, wie man sich an dir versündigt hat?«

»Ja – trotzdem, ich bin schrecklich mutlos.«

Da zog Dora die Freundin in die Arme.

»Ach, du armes, ängstliches Ding, soll dir denn gar nicht zu helfen sein? Willst du es tatenlos geschehen lassen, daß man dich weiter als eine kleine Vogelscheuche herumlaufen läßt und daß dein künftiger Gatte nach anderen, gutgekleideten Frauen sieht und dich unbeachtet läßt?«

Raina atmete erregt und sah mit großen Augen auf ihr eigenes Spiegelbild. Dora fuhr fort:

»Ich will dir helfen, du armer kleiner Angsthase. Wenn ich dich auch am liebsten jetzt gleich vollständig ummodelte, so sehe ich doch, daß mit dir nichts anzufangen ist, solange Tante Barbara das Zepter über dir schwingt. Aber das sage ich dir gleich, ich nehme dich von heute an in eine ernste Schule. Sooft wir jetzt zusammen sind, bekommst du Unterricht von mir, wie man sich geschmackvoll frisiert und kleidet, wie man sich ungezwungen bewegt und leicht und sicher Konversation macht. Du hast von Mutter Natur alles, was du brauchst, und wirst eine gelehrige Schülerin sein. Weißt du, ich werde deiner gestrengen Tante die Erlaubnis abschmeicheln, daß du mich jede Woche zweimal nachmittags besuchst. Die anderen Tage komme ich zu dir hinaus. Und da wird tüchtig gelernt. Wenn du bei mir bist, probierst du all meine Kleider an, damit wir sehen, was dich am besten kleidet. Wir ziehen die Zofe meiner Mutter zu Rate, die ist unglaublich geschickt. Dann werden wir schnell zu einem günstigen Ergebnis kommen.«

Dora hatte Tante Barbara wirklich die Erlaubnis abgeschmeichelt, daß Raina sie jede Woche auf zwei Nachmittage besuchen dürfe. Das alte Fräulein hatte an Dora Gefallen gefunden, und diese wußte sie so zu nehmen, daß sie mancherlei bei ihr erreichte. Freilich mußte Dora äußerst diplomatisch vorgehen.

Raina hatte immer ein wenig Herzklopfen, wenn sie Dora besuchte. Bei diesen Besuchen wurde das aufgestellte Programm durchgeführt.

Raina mußte alle Kleider Doras anprobieren, mit allem Zubehör an Hüten, Mänteln und dergleichen. Und immer wieder mußte sie sich unter Doras Leitung frisieren. Das ging mit jedem Male besser, und schließlich brachte Raina wirklich die reizende Frisur ohne weitere Beihilfe zustande.

Es ging zuweilen sehr ernsthaft zu bei diesem »Grazienkursus«, wie Dora den Unterricht scherzend nannte. Sie war eine strenge und unerbittliche Lehrerin. Hundertmal mußte Raina eine Geste, eine Verbeugung oder dergleichen probieren, bis Dora ganz zufrieden war. Außerdem mußte Raina mit Dora Tennis spielen und turnen, damit sie die Gewalt über ihre Glieder bekam.

Zuweilen wurde auch in diesen Unterrichtsstunden herzhaft gelacht und gescherzt. Es gelang Dora sehr gut, Rainas Selbstbewußtsein zu wecken und ihr einige Energie und Lebensfrische beizubringen.

Sie weckte den weiblichen Stolz in ihr und das in jeder Frau schlummernde Bestreben, zu gefallen.

Und wie sie Rainas Körper in Pflege nahm und ihm zur Gewandtheit und Elastizität verhalf, so wirkte sie auch auf ihren Geist befruchtend ein. Sie plauderte mit ihr, gab ihr gute Bücher zu lesen, über die sie nachher debattierten, und lehrte sie, sich leicht und gewandt auszudrücken.

Und Raina war eine gelehrige Schülerin. Dora förderte viel verborgene Schätze zutage, die Raina in sich verschlossen hatte.

Es wurde Raina immer schwerer, nach diesen Stunden wieder in ihre alten, häßlichen Kleider zu schlüpfen und das Haar in der alten barbarischen Weise zusammenzuzwängen, ehe sie nach Buchenau zurückkehrte.

Immer inniger schlossen sich die beiden jungen Mädchen einander an. Raina lernte es, sich mitzuteilen und unbefangen alles mit Dora zu besprechen, was sie bewegte. Nur über ihre Liebe zu Arnulf schwieg sie sich aus.

Auch Dora gab sich Raina gegenüber immer rückhaltloser und offener. Sie vertraute der Freundin alle heimlichen Kämpfe an und gab Raina ihre literarischen Erzeugnisse zu lesen, die Raina sehr schön und bewundernswert fand.

Zur Bedienung der beiden jungen Damen erschien nur

Doras treue alte Dienerin Christine, und dieser gegenüber war Dora sehr freundlich und liebevoll.

Jetzt arbeitete Dora schon seit längerer Zeit an einem großen Roman, den sie bald zu beenden hoffte. Raina durfte zuweilen eine Szene daraus lesen und war dann immer des Staunens voll.

»Ach, Dora, wie du das nur alles so wundervoll beschreiben kannst. Es muß herrlich sein, so etwas leisten zu können. Ich sehe es kommen, daß du eines Tages eine sehr berühmte Schriftstellerin sein wirst«, sagte sie einmal.

Dora lächelte: »Mit der Berühmtheit wird es nicht weit her sein, meine Raina. Aber danach steht auch gar nicht mein Sinn. Ich bin so froh, daß ich mir alles vom Herzen schreiben kann, was mich bewegt. Und wenn ich für diesen Roman einen Verleger finde, der ihn mir leidlich gut bezahlt, dann will ich mich freuen und werde das kleine Talent, das mir der liebe Gott gegeben hat, fleißig ausnützen, damit ich mich befreie von den Wohltaten des Mannes, dem ich dafür nicht danken kann.«

»Und wirst du dann mit deinem eigenen Namen an die Öffentlichkeit treten?« fragte Raina.

Dora schüttelte den Kopf: »Wenn ich mich Dora Lind nennen könnte, würde ich es tun. Aber den mir aufgezwungenen Namen unter meine Arbeiten zu setzen, das widerstrebt mir.«

So gingen die Wochen schnell dahin. Dora hatte noch oft Gelegenheit, Arnulf und die Baronin Sundheim in Gesellschaft zu beobachten. Und sie merkte nur zu gut, daß diese Arnulf gegenüber Rainas Aussehen bespöttelte. Auch das wußte sie, daß Raina darunter litt, daß Arnulf der schönen Witwe den Hof machte und sie selbst darüber vernachlässigte.

Deshalb tat Dora alles, was in ihrer Macht stand, um Raina zu helfen.

Sie merkte, daß Arnulf doch nicht so ganz dem Zauber der Baronin verfiel, sosehr sich diese auch mühte, ihn fest in ihre Netze zu ziehen. Und die Baronin erkannte scharfsichtig, daß nur Dora Planitz schuld war, wenn Arnulfs Interesse sich immer wieder von ihr abwandte. Sie hielt Dora für ihre Rivalin um die Gunst Arnulf von Reckenbergs. Und gewissermaßen war es auch so, nur daß Dora nicht für sich Arnulfs Interesse von der Baronin abwenden wollte, sondern für Raina. Ihr Verlobter sollte nicht rettungslos dem Zauber verfallen, aus dem er dann schwer zu lösen sein würde.

Daß es ihr nicht schwerfallen würde, Arnulf von Rekkenberg so weit zu fesseln, als es ihr nötig schien, wußte sie. Er liebte die Baronin keineswegs – Frauen wie sie liebte ein richtiger Mann überhaupt nicht –, sondern er spielte nur mit einer leichten Verliebtheit, um sich die Langeweile zu vertreiben.

Und so trat Dora mit bewußtem Willen auf den Plan und hatte die Genugtuung, daß Arnulf ihr mehr und mehr sein Interesse zuwandte.

Um Raina Unruhe zu ersparen, falls diese merken sollte, daß Arnulf sich mehr als nötig mit ihr beschäftigte, sagte sie ihr offen und rückhaltlos, daß sie vor hätte, ihn von der Baronin zu lösen.

Raina sah sie ängstlich an: »Ach, liebste Dora, wenn sich Arnulf aber nun in dich verlieben würde? Ich könnte das so gut verstehen.«

Da lachte Dora: »Keine Angst, meine kleine Raina, es gibt Mittel, allzu feurige Gefühle abzukühlen. Lieben wird er mich so wenig wie die Baronin, denn wir sind bisher ganz gleichgültig nebeneinander hergegangen, und er wird bei mir nur suchen, was er bei der Baronin sucht, eine angenehme Unterhaltung, einen leichten Flirt. Und so abhold ich allen Flirts bin, dir zuliebe werde ich mich einmal damit befassen. Die Baronin schlagen wir aus dem Felde, und ich kämpfe mit List und Tücke für dich, bis du selbst wirksam eingreifen kannst. Habe ich meinen Zweck als Blitzableiter erfüllt, dann trete ich vom Kriegsschauplatz zurück, und dann wird alles gut. Willst du mir vertrauen und mich gewähren lassen?«

Raina küßte sie dankbar: »Mein Vertrauen in dich ist schrankenlos, liebe Dora – so schrankenlos, wie meine Dankbarkeit.«

»Es braucht keinen Dank, mein liebes Herz. Ich bin reich belohnt dadurch, daß ich mit meinem inhaltlosen Dasein jemand nützen kann. Bis ich dich fand, glaubte ich oft, ein ganz herzloses Geschöpf zu sein. Nun weiß ich wenigstens, daß ich noch gut und warm empfinden kann. Glaube mir, du tust mindestens so viel für mich, wie ich für dich, und deine Liebe und Freundschaft tut mir so wohl – wir wollen nicht miteinander rechten, wer mehr Dank schuldig ist.«

5

In Buchenau wurde mit fieberhafter Hast zum Hochzeitsfest gerüstet. Tante Barbara hatte die Vorbereitungen soweit wie möglich hinausgeschoben, weil ihr andere Arbeiten wichtiger erschienen. Nun mußte alles Nötige in Eile geschehen.

Arnulf hatte jetzt etwas mehr Zeit als sonst für seine

Braut. Er war öfter in Buchenau. Aber Raina merkte sehr wohl, daß er sich immer die Zeit herauszusuchen pflegte, in der er Dora in Buchenau zu treffen hoffte. Und war er dann mit den jungen Damen zusammen, so galt seine Aufmerksamkeit natürlich in erster Linie Dora. Diese wußte es aber immer geschickt so einzurichten, daß er sich auch zuweilen mit Raina beschäftigen mußte.

Entschieden spielte Raina jetzt ihrem Verlobten mit echt weiblicher Verstellungskunst eine kleine Komödie vor, wenn sie sich ihm noch so unbeholfen und scheu zeigte wie früher. Gar so schüchtern und verzagt war sie jetzt auch in seiner Anwesenheit nicht mehr. Dank Doras Bemühungen hatten sich ihr Stolz, ihr Selbstbewußtsein gehoben, und in ihrem Herzen war etwas erwacht, was einer gewissen Kampfesfreude ähnlich sah.

Dora stärkte noch immer ihren Willen, und Raina war nun ernstlich entschlossen, sich von ihrem Hochzeitstag an Tante Barbaras Terrorismus zu entziehen und das Recht an ihrer eigenen Persönlichkeit geltend zu machen.

Dora hatte Raina ihre Rolle genau und fest einstudiert. Arnulf sollte mit Rainas Umwandlung so überrascht werden, daß kein Interesse für sie erwachen mußte.

Vorläufig schien er freilich für nichts mehr Interesse zu haben, als für Dora. Diese hatte wirklich die Baronin Sundheim aus dem Felde geschlagen.

Sie hatte auch noch ein Wunderwerk vollbracht, nämlich Tante Barbara bewogen, Rainas Aussteuer in einem von Dora empfohlenen Modemagazin zu bestellen, und hatte es bei der Arbeitsüberhäufung der alten Dame nicht schwer gehabt, dahin zu wirken, daß diese sich um die Ausführung ihres Auftrags nicht weiter kümmerte.

»Ich nehme Ihnen das gern alles ab, gnädiges Fräulein,

und begleite Raina zu den Anproben, denn Sie haben ohnedies jetzt so viel zu tun«, sagte sie zu ihr.

Tante Barbaras Zeit war wirklich knapp. Und ahnungslos, was Dora vorhatte, ließ sie diese gewähren.

So ging Dora mehrere Male mit Raina in das Modemagazin, und da Tante Barbara nur bestimmt hatte, daß alles recht solid und haltbar und nicht zu teuer sei, so machte es Dora keine Schwierigkeiten, Tante Barbaras Bestellung zu korrigieren.

Rainas Ausstattung war bedeutend anders ausgefallen, als Tante Barbara sich träumen ließ. Diese fand die Rechnung wohl ein wenig höher, als sie erwartet hatte, aber sie machte sonst nicht viel Einwendungen.

Dora sorgte aus »praktischen Gründen«, wie sie sagte, dafür, daß die ganze Ausstattung mit Ausnahme der Kleidungsstücke, die Raina am Hochzeitstag tragen sollte, nach der Stadtwohnung des jungen Paares gebracht wurde.

»Sie brauchen nicht deshalb zur Stadt zu fahren, gnädiges Fräulein, ich kann ja die Sachen in Rainas Wohnung in Empfang nehmen und gleich von den Dienstboten, die schon da sind, einräumen lassen«, hatte sie gesagt.

Tante Barbara nahm es dankend an, wie sie auch angenommen hatte, daß Dora zuweilen in Rainas neuer Wohnung nach dem Rechten sah und die Dienstboten und Dekorateure überwachte.

Die Wohnung des jungen Paares lag in nächster Nähe von Villa Planitz, und Dora hatte Gelegenheit, mancherlei in dieser Wohnung geschmackvoller und schöner zu gestalten, als es ohne ihr Dazutun wohl geschehen wäre. Sie verstand es außerordentlich gut, Tante Barbara nach ihren und Rainas Wünschen zu beeinflussen, ohne daß das alte Fräulein es merkte. So war Rainas Wohnung und Ausstattung viel mehr nach Doras Angaben, als nach denen Tante Barbaras ausgefallen.

Arnulf von Reckenberg berührte es ganz seltsam, daß Dora sich so sorglich um das künftige Heim, das er mit Raina bewohnen sollte, mühte. Und verwöhnt, wie er von den Frauen war, fragte er sich, ob Doras Interesse daran nicht ihm ebensoviel galt wie Raina.

Jedenfalls frohlockte Dora, daß die Baronin Sundheim aus dem Felde geschlagen war; denn Arnulf hatte sich auffallend von ihr zurückgezogen. Die Baronin wußte sehr wohl, daß sie diese Niederlage Dora zu danken hatte, und in ihrem Ärger darüber machte sie Arnulf gegenüber eine Bemerkung, daß Dora ihn in ihre Netze ziehen wolle.

Das war sehr unklug von ihr und unterstützte nur Doras Bemühungen; denn gerade dadurch wurde es Arnulf zur Gewißheit, daß er Dora Planitz nicht gleichgültig sei.

Seine männliche Eitelkeit und das unbefriedigte leere Gefühl in seinem Herzen taten das übrige. Das schöne, geistvolle Mädchen fesselte ihn mehr und mehr, und er merkte gar nicht, daß sie klug und gewandt stets das Gespräch auf Raina lenkte und ihn so immer wieder zwang, sich mit dieser zu beschäftigen.

Daß Dora mit Raina sehr befreundet war, merkte er, und es erstaunte ihn, daß dies elegante kluge Mädchen am Verkehr mit Raina Gefallen fand. Eines Tages sprach er das auch ihr gegenüber aus.

Da sah ihn Dora seltsam an: »Glauben Sie doch nicht, Herr von Reckenberg, daß ich im Verkehr mit Raina die Gebende bin. Sie werden ja selbst wissen, welch ein wertvoller, kluger und gütiger Mensch Raina ist. Wenn sie ihre Vorzüge auch scheu und ängstlich vor fremden Augen verbirgt, Ihnen wird sie dieselben doch enthüllen, so gut, wie der Freundin oder nein – noch viel mehr. Und so werden Sie begreifen, daß Raina mir mindestens so viel gibt wie ich ihr.«

Arnulf machte ein verblüfftes Gesicht. Es war wohl das erstemal, daß er in dieser Weise von Raina sprechen hörte. Seine Eltern und Tante Barbara sahen in Raina ein sehr unbedeutendes Geschöpf, wie er selbst, und die Baronin Sundheim hatte Raina stets lächerlich gemacht. Sonst sprach selten jemand mit ihm über seine Braut mehr, als einige konventionelle Worte, denn man bemitleidete ihn ihretwegen von allen Seiten und wollte ihn das nicht merken lassen.

Was Dora über Raina sagte, verstand er nicht und konnte nicht begreifen, daß sie von dieser so hoch eingeschätzt wurde.

Mit Raina war in diesen Wochen unter Doras Einfluß eine tiefgreifende Veränderung vor sich gegangen.

Solange sie willenlos vor sich hin gedämmert hatte, nahm sie die Vernachlässigung Arnulfs auf wie etwas Unabwendbares und Selbstverständliches. Es schmerzte sie zwar, daß er sie kaum beachtete, aber es erschien ihr ganz in der Ordnung, daß er sie nur duldete. Nun war sie aber durch Dora aus ihrem geistigen Schlaf, aus ihrer willenlosen, niederdrückenden Bescheidenheit geweckt worden. Selbstbewußtsein und Selbstvertrauen regten sich in ihr, und sie begann über sich selbst und über ihre Umgebung nachzudenken und die Werte gegeneinander abzumessen.

Das alles bewirkte eine Umwälzung in Rainas Innerem, die in kurzen Wochen Erstaunliches zutage förderte. Raina begann nun auch ihr Verhältnis zu Arnulf mit anderen Augen zu betrachten und es umzuwerten. Sie begann zu fühlen, daß man ein Unrecht an ihr begangen hatte.

Daß man sie wie eine Ware verhandelt hatte, war ihr schon immer bitter und kränkend gewesen, wenn sie sich auch nicht dagegen zur Wehr zu setzen wagte. Aber sie hatte Arnulf fast noch mehr bedauert als sich selbst. Nun aber änderte sich ihr Empfinden. Warum – so fragte sie sich – hatte sich Arnulf eine ungeliebte Braut aufzwingen lassen? Er war doch ein Mann und nicht so abhängig von seinen Eltern, wie sie von Tante Barbara. Ganz sicher hätte er sich dagegen zur Wehr setzen können, wenn er nur ernstlich gewollt hätte.

Da er sich aber bereit erklärt hatte, sie zu seiner Frau zu machen, mußte er ihr auch mit der nötigen Hochachtung und Aufmerksamkeit begegnen, die er seiner künftigen Gattin schuldig war. Und unter diesen Umständen war es ein Unrecht von ihm, daß er sie so offenkundig vernachlässigte und sich um die Gunst anderer Damen bewarb, gewissermaßen unter ihren Augen.

Ja, Raina hatte viel von Dora gelernt, und wenn auch dabei ihre Liebe zu Arnulf nicht geringer wurde, so verlor sie doch die große Scheu vor seiner Überlegenheit und lernte es, ihre Augen freier und ungezwungener zu ihm zu erheben, wenn es sie auch im Anfang noch einige Überwindung kostete. Es regte sich in ihr die Lust, sich ihm gegenüber die ihr zukommende Stellung zu erobern. Trotzdem sah sie ihrem Hochzeitstag mehr mit Furcht als mit Sehnsucht entgegen. Und auch Arnulf erwartete diesen Tag mit wenig erhebenden Gefühlen.

Sein leicht entflammtes und ebenso leicht ernüchtertes Naturell, dem bisher eine echte, tiefe Liebe fremd geblieben war, hatte sich von der Baronin Sundheim energisch wieder abgewandt, als er erkannte, welch ein oberflächlicher Charakter sie war, und nun beherrschte ihn eine rasch auflodernde Leidenschaft für Dora Planitz.

Es war am Tag vor Rainas Hochzeitsfest. Dora trat am frühen Morgen aus ihrem Schlafzimmer hinaus auf den davor befindlichen Balkon und sah hinab in den großen, schön gepflegten Garten, der etwas Parkähnliches hatte. Er umgab die vornehme Sandsteinvilla von allen Seiten.

An ihrer schlanken Gestalt fiel ein weißes, duftiges Morgenkleid ganz schlicht, aber sehr kleidsam herab und ließ die schöngeformten Unterarme frei. Hinter ihr im Zimmer hantierte ihre alte Dienerin Christine und sah zuweilen mit wohlgefälligem Stolz auf ihre schöne, junge Herrin.

›Das reine Gotteswunder ist mein Dorchen‹, dachte sie andachtsvoll.

Prüfend flog nun Doras Blick zum Himmel empor. Nicht das leiseste Wölkchen war zu sehen. Tiefblau und klar spann er sich über die Welt. ›Raina wird die helle Sonne in den Brautkranz scheinen, das Wetter ist beständig‹, dachte sie.

Als sie den Blick wieder senkte, wich plötzlich der frohe Ausdruck aus ihren Zügen. Sie hatte unten auf dem breiten Kiesweg ihren Stiefvater entdeckt, der seine Morgenpromenade durch den Garten machte. Hastig trat sie zurück ins Zimmer.

»Ein herrlicher Morgen, mein Dorchen, nicht wahr?« sagte Christine.

Dora nickte und legte den Arm um die Schulter der alten Dienerin. »Ja, Christine, echtes Hochzeitswetter.«

Christine sah zärtlich in das schöne, junge Gesicht.

»Bin nur gespannt, wann mein Dorchen einmal Hochzeit halten wird.«

Dora lachte leise. »Wer weiß, wie lange du noch darauf warten mußt.«

»Nun, eines Tages kommt auch für mein Dorchen der Rechte. Da ist mir nicht bange.«

»Laß dir nur die Zeit bis dahin nicht lang werden, Christine. Heute ist es übrigens so schön warm und sonnig, daß du nachher gut ein Stündchen auf dem Balkon mit deiner Näharbeit sitzen kannst.«

Dora unterbrach sich, da unten in der Vorhalle der Gong angeschlagen wurde, das zum Frühstück rief. Sie ging hinab und betrat ein helles, großes Zimmer im Parterre der Villa, in dem das Frühstück eingenommen wurde.

Als sie eintrat, fand sie ihre Mutter bereits dort vor, die gerade verstohlen gähnte. Anscheinend hatte sie erst vor kurzer Zeit ihr Lager verlassen. Aber sie hatte doch schon eine verführerische Morgentoilette gemacht.

Dora begrüßte ihre Mutter, wie sie es gewohnt war, mit einem Handkuß. Gleich darauf trat der Kommerzienrat ein. Mit seiner zur Schau getragenen falschen Jovialität begrüßte er Mutter und Tochter. Seiner Frau küßte er die Hand und sah sie dabei mit einem Blick an, der verriet, daß er für seine schöne Frau auch heute noch eine starke Leidenschaft empfand.

Nun betrachtete er Dora, das schöne, stolze Mädchen mit eitlem Wohlgefallen.

»Wie der leibhaftige Frühling siehst du aus, Dora! Ich bin immer wieder erstaunt, wie prachtvoll du in deinen einfachen Roben aussiehst, für die du nun einmal eine so große Vorliebe hast. Es ist auffallend, Helene, wie sehr dir Dora gleicht. Ja, ja, Dora, Mama kann es heute noch mit dir aufnehmen. Ich kann getrost behaupten, daß ich die schönste Frau und die schönste Tochter in dieser Stadt habe.«

Eine satte, prahlerische Eitelkeit lag auf seinem Gesicht, und mit einem verliebten Blick küßte er seine Frau auf den schönen, entblößten Unterarm. Dann wollte er Dora neckend am Kinn fassen, aber sie bog sich schnell zurück.

»Nun, nun«, schalt er lachend, »wirst dich doch wenigstens von deinem Vater streicheln lassen.«

Doras Lippen zuckten: »Meine Haut ist so empfindlich«, sagte sie abwehrend.

Er lachte: »O du liebe Eitelkeit! Aber recht hast du, wenn du sorgsam auf deine Schönheit achtest.«

Ein Diener in einer etwas zu auffallenden Livree trat ein und brachte auf einem Tablett verschiedene silberne Kannen. Dora nahm sie ihm ab und füllte die Tassen.

Frau Helene Planitz hatte mit einem forschenden Blick zu ihrer Tochter hinübergesehen, als sie sich vor der Hand des Kommerzienrats ausweichend zurückzog. Sie hatte immer ein etwas unbehagliches Gefühl, wenn Dora ihrem Vater so fremd begegnete. Aber sie sagte nie etwas darüber. Vielleicht empfand sie mit feinem Instinkt, daß Dora nicht viel Zuneigung für ihn hatte. Sie sagte nur, als der Diener wieder hinausgegangen war, mit einem leichten Lächeln:

»Du weißt ja, Robert, Dora ist nicht sehr zärtlich veranlagt, und man muß keinen Menschen zu Zärtlichkeiten zwingen. Es gibt Naturen, die um keinen Preis ihren Gefühlen Ausdruck geben können. Dazu gehört Dora. Sie ist ja selbst mir gegenüber so zurückhaltend.«

Dora saß mit niedergeschlagenen Augen, und in ihr Antlitz stieg dunkle Glut. Aber sie erwiderte kein Wort. Der Kommerzienrat wechselte den Gesprächsstoff:

»Eben fällt mir ein, daß wir in diesen Tagen einen Gast bekommen, dessen wir uns ein wenig annehmen müssen. Ich erhielt von einem Geschäftsfreund in Kalifornien die Nachricht, daß sein Sohn für einige Zeit nach Deutschland kommen wird. Die Firma Marlow und Sohn ist so ziemlich in der ganzen Welt bekannt. Ich beziehe von ihr meine kalifornischen Konserven.«

»Marlow ist doch wohl ein deutscher Name?« fragte Frau Helene.

Ihr Gatte nickte: »Jawohl, der jetzige Besitzer ging schon als Knabe mit seinem Vater nach Kalifornien. Dieser wurde erst Farmer, dann ein großer Plantagenbesitzer und gründete schließlich seine Konservenfabriken. Sein Sohn und einziger Erbe setzte das Werk seines Vaters fort und ist jetzt ein schwerreicher Mann. Vor etwa zehn Jahren soll es einmal nicht gut mit ihm gestanden haben infolge einer schlechten Geschäftslage.

Aber es ist ihm wohl von irgendeiner Seite Hilfe gekommen, und danach blühte die Firma noch mehr auf als zuvor und wird jetzt im großartigen Stil betrieben.

Nun schreibt mir also der Inhaber, daß sein Sohn auch einige Zeit hier in D. Aufenthalt nehmen will. Er bittet mich, ihn hier in einige gute Familien einzuführen, denn sein Sohn bereise Deutschland zwar auch in Geschäften, aber er habe auch die Absicht, sich hier nach einer deutschen Frau umzusehen, weil seine Mutter eine Deutsche ist und auch sein Vater, obwohl jetzt Amerikaner, von einem Deutschen abstammt. Es wird uns also nichts anderes übrigbleiben, als dem jungen Mann unser Haus zu öffnen.«

Frau Helene sah nicht sehr erfreut aus: »Wird das nicht eine etwas lästige Verpflichtung sein, Robert? Man weiß doch nicht, ob der junge Mann salonfähig ist.«

Der Kommerzienrat lachte: »Du denkst, er ist so eine Art Halbwilder, Helene? Da kannst du ruhig sein. Marlow schreibt mir, daß sein Sohn eine ausgezeichnete Erziehung genossen hat, schon vor einigen Jahren Europa bereist, sich längere Zeit in London, Paris und Berlin aufgehalten und da das Leben studiert hat. Jetzt will er aber deutsche Provinzstädte besuchen. Der Hauptgrund scheint der zu sein, daß er hier eine Frau zu finden hofft.«

»Nun, wenn er ein gebildeter junger Mann ist und als Heiratskandidat kommt, dann wird es ja nicht schwer halten, ihn hier in Familien einzuführen.«

Frau Helene fragte nun ihren Gatten, wie alt wohl der junge Marlow sei.

»Er ist zweiunddreißig Jahre alt. Falls er also in meiner Abwesenheit seinen ersten Besuch macht – das kann schon in diesen Tagen geschehen, denn er muß bereits in Deutschland sein –, so nehmt ihn unbedingt auf und kommt ihm liebenswürdig entgegen, soweit es tunlich ist. Wenn wir seine Bekanntschaft gemacht haben, dann wollen wir sehen, wo wir ihn einführen können.«

Damit war dies Thema erledigt, und der Kommerzienrat verabschiedete sich von seinen Damen. Draußen vor dem Portal stand bereits ein elegantes Automobil, in dem er in seine Fabriken fuhr, die draußen vor der Stadt lagen.

Dora und ihre Mutter blieben noch eine Weile am Frühstückstisch sitzen, und Frau Helene sagte nach einer kleinen Pause:

»Liebes Kind, ich wollte schon lange einmal mit dir darüber sprechen, daß es mir gar nicht gefällt, wie du dich Papa gegenüber verhältst. Es liegt in deinem Wesen etwas so Schroffes und Abweisendes ihm gegenüber, daß es mich wundert, das Papa sich noch nicht verletzt gefühlt hat. Du bist ja auch mir gegenüber sehr wenig zärtlich und anschmiegend, und ich verlange auch nicht, daß du deinem etwas schroffen und unzugänglichen Charakter Gewalt antust. Aber Papa gegenüber zeigst du dich oft in einer Art, die mir sehr mißfällt. Ich fürchte immer, daß Papa einmal die Geduld verliert und es dann zwischen euch zu einer Szene kommt. Warum bist du nur so abweisend?«

Dora war bleich geworden. Sie hob die Augen und sah die Mutter mit einem so ernsten Ausdruck an, daß dieser, wie schon oft, unter diesem Blick ganz unbehaglich zumute wurde.

»Ich tue nur, was ich meinem Charakter nach tun muß, Mama, und ich bitte dich, nicht in mich zu dringen, daß ich mich ändern soll. Ich kann nicht!«

Die letzten Worte stieß Dora in leidenschaftlicher Heftigkeit hervor.

Frau Helene spielte nervös mit ihren Taschentuch. »Du kannst nicht? Das ist sehr unrecht von dir. Ist Papa nicht gut zu dir? Sieht er dir nicht jeden Wunsch von den Augen ab? Müßtest du ihm nicht dankbar sein für alles, was er für dich tut, für das glänzende Leben, das er dir schafft?«

Dora erhob sich und sah die Mutter mit großen, brennenden Augen an: »Bitte, quäle mich nicht, Mama. Ich tue, was ich muß. Und jetzt gestatte mir, daß ich mich zurückziehe, ich will in Rainas Wohnung hinüber.«

Frau Helene sah mit einem unbehaglichen Ausdruck zu ihr empor. »Diese Raina scheint deinem Herzen teurer zu sein als Vater und Mutter«, sagte sie vorwurfsvoll.

Dora blieb hierauf die Antwort schuldig. »Darf ich nun gehen, Mama?« fragte sie nur.

Ihre Mutter seufzte. »So geh! Aber beherzige meine Mahnung«, erwiderte sie.

Dora ging schnell hinaus, nachdem sie ihrer Mutter die Hand geküßt hatte. Diese sah ihr etwas beklommen nach und versank in ein düsteres Grübeln, das ihrer Natur sonst fernlag.

Sie fühlte, daß Dora ihrem Stiefvater mit kaltem Herzen gegenüberstand, aber sie ahnte nicht, daß Dora wußte, daß er nur ihr Stiefvater war.

»Es sind nicht Bande des Blutes, die Dora mit Robert verbinden, und deshalb kann sie ihm keine töchterliche Zärtlichkeit entgegenbringen. Vielleicht hätten wir doch besser getan, ihr die Wahrheit zu sagen, daß wir ihr diesen Umstand verheimlichten, um eine Entfremdung zu vermeiden, hat vielleicht eine solche begünstigt. Wüßte Dora, daß Robert ihr Stiefvater ist, der freiwillig in dieser freigebigen Art für sie sorgt und sie zu seiner Erbin einsetzen will, müßte sie ihm doch dankbarer sein als jetzt, da sie das für seine Pflicht hält.

Aber nun ist es wohl zu spät. Jetzt würde eine solche Enthüllung vielleicht die Entfremdung bestärken. Ich muß das einmal mit Robert besprechen, wenn ich auch nur ungern an die vergangenen Dinge rühre.«

So dachte die schöne Frau. Und sie besprach tatsächlich diese Angelegenheit mit ihrem Gatten und fragte ihn, ob er es nicht für besser halte, wenn Dora die Wahrheit über ihre Abstammung erführe. Aber Planitz wehrte heftig ab. Vielleicht klagte ihn doch eine Stimme an, daß er schuld sei am Tod und am Untergang von Doras Vater. Wenn er auch die Schuldfrage stets weit von sich wies, so fürchtete er doch, daß Dora unbequeme Fragen an ihn richten könne.

Er liebte es nicht, sein Tun und Denken kritisch zu

beleuchten, und folgte in allen Dingen nur dem Grundsatz: Was mich hindert, meine Wünsche zu erfüllen, muß mir aus dem Weg.

Auf Christines Verschwiegenheit glaubte er fest bauen zu dürfen, denn er hatte ihr angedroht, daß sie sofort sein Haus verlassen müsse, wenn sie plauderte. Und Christine genoß eine sehr behagliche Ausnahmestellung in seinem Haus und hatte es so gut, daß sie sich gewiß nicht fortsehnte. Sie würde sich hüten, zu schwatzen, und sonst wußte kein Mensch um das Geheimnis.

Dora hatte sich zum Ausgehen fertig gemacht. Einen Diener mit einem großen Korb voll Blumen hatte sie vorausgeschickt zu der Wohnung des jungen Paares.

In einem vornehmen schlichten Straßenanzug verließ sie die Villa Planitz.

Kurz vor ihrem Ziel mußte sie eine Promenadenanlage durchkreuzen, in deren Mitte ein Kinderspielplatz lag. Gerade, als sie diesen Platz überschritt, kam ihr von der anderen Seite ein schlankgewachsener junger Herr entgegen. Er war elegant, aber nicht auffällig gekleidet und machte einen vornehmen Eindruck. Sein Gesicht hatte einen warmen Bronzeton, wie ihn Menschen haben, die sich viel in Luft und Sonne aufhalten. Aus diesem Gesicht leuchteten die warmgrauen Augen hell und scharf hervor. Das bartlose Antlitz zeigte edle Züge. Energisch schob sich das breite Kinn etwas vor, und um den Mund lag ein Zug, der von festem Willen zeugte. Doras Augen wurden durch diese Erscheinung gefesselt. Es war sonst nicht ihre Art, aber dieser fremde junge Mann forderte beim ersten Blick ihre Aufmerksamkeit. Das schien übrigens auf Gegenseitigkeit zu beruhen. Der Fremde stutzte bei Doras Anblick und sah ihr scharf und forschend entgegen.

Während sie sich einander so näherten, kam zwischen

ihnen ein kleines Mädchen zu Fall, das mit einem Ball spielte. Zur selben Zeit beugten sich die beiden jungen Menschen hinab, um dem weinenden Kind aufzuhelfen. Dabei berührten sich ihre Hände, und als die Kleine durch eine hastige Bewegung dem jungen Mann den Hut vom Kopf streifte, fing Dora diesen Hut auf und reichte ihn dem Fremden.

Sie mußten sich unwillkürlich dabei anlachen. Dora tröstete das kleine Mädchen, der Fremde holte ihm den Ball herbei und sprach ihm auch mit einer sehr warm und herzlich klingenden Stimme zu. Und als die Kleine, schnell getröstet, wieder davonsprang, zog der Fremde artig vor Dora den Hut und ging langsam weiter.

In diesem Augenblick war, unbemerkt von den beiden Samaritern, eine junge Dame herbeigekommen. Es war eine Schulfreundin Doras. Sie rief diese lachend an.

»Ei, Dora, du spielst wohl hier Kinderwärterin!«

Der Fremde warf bei diesen Worten noch einen schnellen Blick zu Dora zurück, und dieser Blick traf in Doras Augen, die ihrerseits dem Fremden nachgesehen hatte. Er merkte, daß sie leicht errötete und sich nun rasch abwandte, der jungen Dame zu. Zögernd ging er weiter.

Dora erklärte der Schulfreundin die Sache, aber sie sah dabei doch wieder hinter dem Fremden her, dessen hohe, schlanke Gestalt jetzt hinter einer Gebüschgruppe verschwand. Die Art seiner Aussprache hatte ihr, trotz des tadellosen Deutsch, verraten, daß er ein Ausländer war, und auch die Art seiner Kleidung bestätigte das.

Sie sprach noch einige Worte mit der jungen Dame und verabschiedete sich dann, ahnungslos, daß der Fremde hinter der Gebüschgruppe stehengeblieben war und sie durch eine Lücke in dieser beobachtete.

Als Dora dann weiterging, kehrte er kurz entschlossen um und folgte ihr in einiger Entfernung. Er tat das zögernd, wie von einem drängenden Entschluß getrieben. Dora hatte sichtlich einen starken Eindruck auf ihn gemacht.

Nach kaum fünf Minuten hatte Dora das Haus erreicht, in dem sich Rainas künftige Wohnung befand. Es war ein hübsches, villenartiges Gebäude, nur aus Erdgeschoß und erstem Stock bestehend. Im Erdgeschoß wohnte die Besitzerin, die Witwe Hermine Gorlitz; der erste Stock, aus sechs Zimmern bestehend, war für das junge Paar gemietet und ausgestattet worden. Das Gebäude lag in einem mäßig großen Garten, und als Dora durch diesen im Haus verschwunden war, ging der Fremde langsam vorüber, so langsam, daß er feststellen konnte, daß auf dem blanken Messingschild neben dem Gartentor der Name Hermine Gorlitz und über diesem die Hausnummer fünf zu lesen war.

Nun ging er weiter und durchkreuzte planlos einige Straßen. Schließlich zog es ihn doch noch einmal nach dem Haus zurück, in dem die schöne, junge Dame verschwunden war. Sichtlich war er bemüht, ihre Spur nicht zu verlieren. Als er an dem Haus vorüberging, fügte es ein günstiger Zufall, daß Dora gerade oben auf den Balkon heraustrat und einen großen Fliederstrauß in eine Vase steckte, die auf einem Tischchen vor einer Korbmöbelgruppe stand.

Mit einem aufleuchtenden Blick umfaßte der junge Mann das anmutige Bild, und sein Auge schien eine geheime Anziehungskraft zu besitzen. Dora wandte sich um und blickte hinab auf die Straße. Da sah sie den Fremden, der zu ihr emporschaute. Ehe sich dieser entschließen konnte, ob er hinaufgrüßen sollte oder nicht, war Dora schon errötend in das Zimmer zurückgetreten. Der Fremde ging nun schnell davon.

›Ich werde morgen wiederkommen und zu erfahren suchen, wer die schöne, junge Dame ist‹, dachte er.

Dora aber stand hinter der Gardine am Fenster und sah ihm nach, bis er verschwunden war. Ihr Herz klopfte dabei so unruhig, als habe sie etwas Besonderes erlebt.

Und doch war es ganz sicher nicht zum ersten Mal, daß sie in dieser Weise bewundert worden war.

Während Dora nun Rainas Wohnung mit Blumen schmückte und hier und da noch ordnend und verschönernd Hand anlegte in dem hübsch ausgestatteten Heim, folgten ihre Gedanken noch immer dem Fremden. Sie wurde erst abgelenkt, als plötzlich draußen auf der Diele ein sporenklirrender Schritt laut wurde und gleich darauf Arnulf von Reckenberg auf der Schwelle des Zimmers stand.

Dora war gerade dabei, einige Lieblingsbücher Rainas auf ein Tischchen zu legen.

Arnulfs Augen leuchteten auf, als er Dora erblickte.

»Ah, das nenne ich Glück, mein gnädiges Fräulein! Ich finde in meinem künftigen Heim die holde Fee, die es mit ihrem Zauberstab berührt, damit es mich festhält«, sagte er, bewundernd auf das schöne Mädchen blikkend.

In Doras Augen blitzte es schelmisch auf.

»Das Festhalten überlasse ich Raina, und wenn ich hier einige Verschönerungsversuche vorgenommen habe, so gelten diese natürlich Rainas zukünftigem Heim, nicht dem Ihren.«

Vorwurfsvoll sah er sie an. »Warum wollen Sie mich so grausam ausschließen?«

»Ich wollte nur einen Irrtum richtigstellen, Herr von

Reckenberg. Sie wissen doch, daß ich nur Rainas wegen hier bin.«

Er glaubte das nicht, weil er hoffte, daß Doras Sorgsamkeit auch ihm zugute kommen sollte. Und als er sie nun so vor sich sah in ihrer jugendfrischen Schönheit, da war ein tiefes Bedauern in ihm, daß er als Majoratserbe von Reckenberg gezwungen war, eine Frau heimzuführen, die eine entsprechende Ahnenzahl besaß. Wieviel lieber hätte er morgen mit Dora hier seinen Einzug gehalten, als mit Raina!

Er nahm die Bücher auf, die sie auf den Tisch gelegt hatte. Und es blitzte in seinen Augen auf. Diese Bücher konnte Dora unmöglich Rainas wegen hierhergelegt haben. Das war Leitstoff für einen reifen Geist, aber nicht für die geistesträge, unbegabte Raina. Und eines dieser Bücher hatte er, das wußte er ganz genau, neulich im Gespräche mit Dora als sein Lieblingsbuch bezeichnet.

»Mein gnädiges Fräulein – haben Sie diese Bücher auch für Raina hiehergelegt?« fragte er, seinen Blick tief in ihre Augen senkend.

Sie hielt seinen Blick ruhig aus: »Ja, Herr von Reckenberg.«

Er lächelte in mitleidigem Spott: »Die arme Raina – sie würde sich mit so schwerer Lektüre schauderhaft quälen.«

Nun zuckte es fast übermütig in Doras Gesicht: »Sie irren, Herr von Reckenberg. Dies alles sind Lieblingsbücher von Raina, die sie schon oft gelesen hat und in denen sie immer wieder sehr gern liest.«

Er lachte ungläubig: »Aber mein gnädiges Fräulein, Sie belieben zu scherzen! Das weiß ich nun besser. Eine solche Lektüre ist Raina total unverständlich.«

Sie sah ihn seltsam an. »Meinen Sie? Nun vielleicht unterhalten Sie sich gelegentlich einmal mit Raina über diese Bücher. Dann erleben Sie vielleicht eine Überraschung.«

Er glaubte nur, sie wolle ihn irreführen. Und als er seinen Blick umherschweifen ließ, sah er die blumengeschmückten Vasen.

»Ah – auch Blumenschmuck hat die gütige Fee mit ihren schönen Händen ausgestreut! Dafür wenigstens darf ich Ihnen doch danken – natürlich zugleich in Rainas Namen?«

Ihr Blick war noch rätselhafter als zuvor. »Nun ja, das will ich Ihnen großmütig gestatten. Aber ich bin nun fertig hier und will mich entfernen.«

»O wie schade!« sagte Arnulf zu Dora. »Schon fertig? Ich hoffte, ich dürfte Ihre Gesellschaft noch ein Weilchen genießen. Offen gestanden, kam ich in der Hoffnung hierher, Sie zu treffen.«

Sie sah ihn jetzt wieder groß und ernst an. »Haben Sie mir etwas zu sagen, Herr von Reckenberg?«

Er seufzte tief auf: »Ach, zu sagen hätte ich Ihnen viel – sehr viel! Aber ich darf es nicht tun! Sie würden mir zürnen, und dann würden Sie vielleicht nie mehr hierherkommen.«

Sie richtete sich auf: »Dann sprechen Sie lieber nicht, Herr von Reckenberg; denn ich möchte nicht gezwungen werden, Raina zu meiden. Sie wissen doch, daß Raina meine einzige Freundin ist, die ich sehr liebe.«

»Ist das wirklich wahr – kein Vorwand?«

»Wie meinen Sie das?«

»Ich meine, Raina kann Ihnen unmöglich etwas sein.«

Sie atmete tief auf.

»Raina ist mir viel – sehr viel! Und wir sind einander

echte, rechte Freudinnen. Und – sie vertraut mir, fest und schrankenlos, wie sie auch Ihnen muß vertrauen können.«

Er machte eine ungeduldige Bewegung. »Wenn ich nur verstehen könnte, was Sie, ein so hochgeistiges und lebenswarmes Geschöpf, an Raina fesselt!«

Sie strich wie liebkosend über die Lehne eines Sessels, der mit dem Tischchen, auf dem die Bücher lagen, eine gemütliche Leseecke bildete. Und dann sagte sie ernst und warm:

»Oh, Sie werden es schon noch verstehen lernen, Herr von Reckenberg! Ich fürchte, Sie haben sich noch wenig Zeit genommen, Rainas vollen Wert zu ergründen, obwohl sie morgen Ihre Gattin wird. Männer sind manchmal blind. Ich hoffe, daß Sie recht bald sehend werden. Und wenn Sie eines Tages verstehen werden, was mir Rainas Freundschaft so wertvoll macht und wie sehr sie die meine verdient – dann sagen Sie es mir offen und ehrlich. Wollen Sie mir das versprechen?«

Er verstand ihre Erregung nicht und trat dicht vor sie hin. »Wenn Sie mir dafür ein anderes Versprechen geben«, sagte er rasch.

»Welches?«

»Daß ich Sie recht oft als Gast unseres Hauses betrachten darf.«

Sie sah jetzt wieder schelmisch lächelnd zu ihm auf. »Das will ich gern versprechen. Aber in der Regel pflegen junge Eheleute über Besuche wenig erfreut zu sein.«

Er machte eine hastige abwehrende Bewegung. »Bei uns brauchen Sie das nie zu fürchten. Ich werde Ihnen immer dankbar sein, wenn Sie uns Ihre Gesellschaft schenken. Raina natürlich auch.«

»Zur Sicherheit werde ich warten, bis Raina mir sagt, daß ihr meine Besuche willkommen sind.«

Er faßte ihre Hand und preßte sie an seine Lippen.

»Mein gnädiges Fräulein, wenn ich Ihnen doch sagen dürfte, was ich in meiner Brust verschließen muß. Zuweilen habe ich das Empfinden, daß Sie mich ohne Worte verstehen. Wollen Sie mir nicht sagen, ob es so ist«, bat er dringend.

Eine Weile zögerte Dora. Noch war es nicht geraten, Arnulf von Reckenberg zu zeigen, daß sie nur mit ihm gespielt hatte. Sie mußte die kleine Komödie noch kurze Zeit fortsetzen. Mit einem vollen und doch rätselhaften Blick sah sie ihn an. »Wenn es so wäre – dann dürfte ich es Ihnen gewiß nicht sagen.«

Wieder preßte er seine Lippen heiß und erregt auf ihre Hand. »Was kann ich tun, um Ihre Gunst, Ihr Wohlwollen zu erhalten?« fragte er mit verhaltener Stimme.

Mit einem seltenen Blick sah sie in sein erregtes Gesicht. »Versuchen Sie, Raina glücklich zu machen, versuchen Sie, ihr Gerechtigkeit widerfahren zu lassen. Ich möchte so gern gut und groß von Ihnen denken dürfen, Herr von Reckenberg; es würde mich froh und glücklich machen. Aber das kann ich nicht, wenn ich sehe, wie wenig Sie sich bemühen, Raina ein Schutz und ein Hort zu sein. Haben Sie wohl schon einmal darüber nachgedacht, in welch unglücklichen Verhältnissen Ihre Braut bisher vegetieren mußte?«

Er sah sie unbehaglich an. Was sie sagte, war so gar nicht nach seinem Wunsch. Und doch machte es auf ihn tiefen Eindruck, daß Dora groß und gut von ihm denken wollte.

»Mein gnädiges Fräulein, ich weiß nicht recht, was ich zu alledem sagen soll. Ich –«

»Sie brauchen nichts, gar nichts dazu zu sagen. Aber vielleicht denken Sie einmal über meine Worte nach.«

Arnulf biß sich auf die Lippen und strich sich über die Stirn. In all seiner sieghaften Männlichkeit, rank und schlank, eine prachtvolle, bezwingende Erscheinung in seiner glänzenden Uniform, stand er vor ihr und fühlte doch, daß es nicht so einfach war, ein Mädchen wie Dora zu besiegen. Seine Augen hefteten sich brennend auf ihr schönes, ernstes Gesicht. Aber seine leichtfertigen Eroberergefühle wollten nicht standhalten vor ihren großen, ernsten und doch so gütigen Augen. Zum erstenmal zwang ihm eine junge Dame, um deren Gunst er sich bewarb, Hochachtung und Verehrung ab. Dies Gefühl war ihm fast unbequem, es paßte gar nicht in seine nach Zerstreuung und Ablenkung suchende Stimmung. Und doch fesselte ihn Dora mehr denn je.

›Mit einer Frau wie Dora Planitz hätte ich vielleicht eine sehr glückliche Ehe führen können‹, dachte er. Und in seinem Herzen erwachte im verstärkten Maße eine unbestimmte Sehnsucht, die ihn schon oft beschlichen hatte, wenn er einmal Einkehr bei sich selbst hielt, die Sehnsucht nach einer starken, reinen, erlösenden Frauenliebe, die in der Brust eines jeden echten Mannes schlummert, bis er sie gefunden hat.

Dora sah es seltsam in seinem Anblick zucken, und es fiel ihr auf, daß seine Augen jetzt einen anderen Ausdruck bekamen.

Eine Antwort fand er jetzt nicht, er sah sie nur bittend an und hielt ihr seine Hand hin. Sie legte die ihre hinein. »Wir wollen gute Freunde sein, Herr von Reckenberg!«

Er atmete auf: »Gute Freunde? Glauben Sie an eine

Freundschaft zwischen Mann und Frau?« fragte er zögernd.

Klar und offen blickte sie ihn an: »In besonderen Fällen gewiß! Und ich hoffe, daß in Zukunft eine echte, rechte Freundschaft zwischen uns sein wird. Der Gedanke an Raina wird uns dazu helfen.«

Er richtete sich straff auf. Der Gedanke an Raina ernüchterte ihn nur. Er wollte etwas sagen, preßte aber die Lippen zusammen, um das schnelle Wort zurückzudrängen, das sein Empfinden zum Ausdruck gebracht hätte. Ein Blick in Doras stolze Augen schloß ihm den Mund.

Er zog ihre Hand an seine Lippen. »Mein gnädiges Fräulein, manchmal ist man nicht Herr über seine Stimmung, und ich bin heute ein wenig aus dem Gleichgewicht. Da mir das Schicksal nicht gestattet, Sie um ein anderes Gefühl für mich zu bitten, so nehme ich dankbar die mir gebotene Freundschaft an. Ich will sie zu verdienen suchen.«

Freundlich, voll echter Güte sah sie ihn an. »Sie werden sie verdienen, dessen bin ich ganz sicher. Und ich freue mich schon auf die Stunden, die ich hier mit Raina und Ihnen verplaudern darf. Wir wollen uns rechte Mühe geben, Ihnen jede andere Gesellschaft zu ersetzen – Raina und ich!«

Er lächelte: »Sie übernehmen Versprechungen für meine Braut; glauben Sie, daß Raina sehr unterhaltend sein wird?«

Sie nickte munter: »Raina wird dies Versprechen einlösen, und Sie werden staunen, wie reizend sie zu plaudern versteht, wenn man ihre Scheu besiegt hat. Aber nun muß ich mich beeilen. Ich habe noch Vorbereitungen für Ihren Polterabend zu treffen. Heute abend also auf Wiedersehen in Buchenau.«

»Sie müssen gestatten, daß ich Sie begleite, mein gnädiges Fräulein.«

»Nun gut, wenn Sie nichts anderes vorhaben, so kommen Sie.«

An Arnulfs Seite trat sie gleich darauf aus dem Haus. Sie gingen nebeneinander den kurzen Weg bis zur Villa Planitz und plauderten von Alltäglichem. Am Gartentor verabschiedeten sie sich mit einem warmen Händedruck.

Als Dora nach Hause kam, hatte sie sich rasch umgekleidet, und nun wußte sie nicht recht, was sie mit ihrer Zeit anfangen sollte. Sonst hatte sie jede freie Stunde über ihrem Roman gesessen, diese liebgewordene Beschäftigung fehlte ihr nun, und sie fühlte die Leere, die sie in diesem Haus umgab, wie einen körperlichen Schmerz.

Eine Weile ging sie im Garten umher, und dabei dachte sie an Arnulf und Raina. Wenn diese beiden Menschen sich, wie sie hoffte, in Liebe fanden, dann würde sie Raina nicht mehr so notwendig sein wie bisher. Dann würde sie abseits stehen vom Glück der Freundin. So, wie ihr die liebgewordene Arbeit an ihrem Roman fehlte, so würden ihr auch die Stunden fehlen, da sie aus der kleinen, schüchternen, unbeholfenen Raina einen fertigen Menschen gebildet hatte. Sie mußte sich dann nach einer anderen Aufgabe umsehen.

›Ich werde mich bald mit einem zweiten Roman beschäftigen‹, dachte sie.

Und dann waren plötzlich ihre Gedanken wieder bei dem jungen Fremden, der ihr heute begegnet war und der dann an Rainas Wohnung vorüberging.

›War das Zufall oder Absicht?‹ fragte sie sich.

Im Geiste hörte sie wieder seine warme, weiche Stimme mit dem fremdartigen Tonfall und sah sein ausdrucksvolles, energisches Gesicht vor sich.

Sie konnte den Gedanken an ihn nicht wieder loswerden.

Das quälte sie fast, weil es ihr unangenehm war, daß ein fremder Mann ihr Interesse so sehr in Anspruch nahm. Und doch war ein Gefühl des Bedauerns in ihr, daß die Begegnung so flüchtig gewesen war und daß sie ihn wohl nie wiedersehen würde. Langsam ging sie ins Haus zurück und wollte ihre Mutter aufsuchen. Es tat ihr nun doch leid, daß sie heute morgen so schroff gegen sie gewesen war. Sie hätte sich überhaupt mit der Mutter gern auf einen besseren Standpunkt gestellt, aber es lag nicht an ihr allein, wenn das nicht möglich war. Heute glaubte sie aber zu schroff gewesen zu sein, und deshalb wollte sie jetzt zu ihr gehen und es gutzumachen suchen. Aber die Mutter war, wie sie von dem Diener hörte, ausgefahren und wollte erst zur Besuchsstunde zurück sein.

Dora schritt langsam durch die Parterräume. Sie waren alle sehr kostbar ausgestattet. Ihr Blick glitt über die etwas zu reichlich aufgestellten Kunstgegenstände und Nippes. Ihrem feinen Geschmack schien der Prunk, der sie umgab, überladen. Aber ihr Stiefvater konnte sich nicht genug tun, um in seiner Umgebung seinen Reichtum zu betonen, und auch ihre Mutter hatte viel übrig für übergroßen Glanz.

Vor dem kostbaren Flügel im Musikzimmer blieb sie eine Weile gedankenverloren stehen. Dann setzte sie sich nieder und ließ die Finger über die Tasten gleiten. Eine weiche, träumerische Melodie glitt unter ihren Fingern hervor, und es war, als zauberten ihr diese Töne ein Bild vor.

Sie schrak auf aus ihren Sinnen. Da war sie wahrhaftig schon wieder bei dem fremden jungen Mann! Ärgerlich über sich selbst, schlug sie mit voller Kraft einen Schlußakkord an und erhob sich.

›Was tue ich nur? Dieser Tag wird mir endlos lang werden‹, dachte sie und nahm die Wanderung durch die Zimmer wieder auf. Gerade, als sie das große Empfangszimmer betrat, kam ein Diener herein und reichte ihr auf dem Tablett eine Visitenkarte. Zerstreut nahm sie dieselbe auf. »Frank Marlow«, so stand auf der Karte, ganz schlicht dieser Name. Sie erinnerte sich, daß ihr Stiefvater heute morgen den Namen Marlow genannt hatte. Das war also der Sohn des kalifornischen Geschäftsfreundes, dem der Kommerzienrat den Kreis seiner »aristokratischen Freunde« erschließen wollte. Dora wollte ihn erst abweisen, weil ihre Mutter noch nicht da war. Aber dann überlegte sie, daß diese jeden Augenblick nach Hause kommen mußte und daß der Stiefvater gesagt hatte, der junge Mann solle freundlich empfangen werden. Da Dora außerdem Langeweile hatte, entschloß sie sich, das zu tun.

»Melden Sie meiner Mutter bei ihrer Heimkehr sofort, daß Herr Marlow hier ist, und lassen Sie ihn jetzt eintreten.«

Dora blieb mitten im Zimmer stehen in Erwartung des Besuchers. Die Tür öffnete sich, und auf der Schwelle erschien – der junge Fremde, der Dora heute schon begegnet war!

Einen Augenblick standen die beiden jungen Menschen einander in sprachloser Überraschung gegenüber.

Erstaunt, als traue er seinen Augen nicht, sah Frank auf Dora, in deren Antlitz helle Röte gestiegen war bei seinem Anblick.

Noch nicht ganz Herr über sich selbst, ging er endlich einige Schritte vorwärts und sagte mit einer vor Erregung bebenden Stimme:

»Sie – Sie, mein gnädiges Fräulein –, Sie sind Dora Lind?«

Dora zuckte betroffen zusammen, als er diesen Namen aussprach. Alles Blut wich aus ihrem Gesicht, und ihre Augen weiteten sich. Mit vorgestreckten Händen trat sie ganz nahe an den jungen Mann heran.

»Was nannten Sie da für einen Namen, mein Herr? Sagten Sie nicht Dora Lind?«

Frank Marlow richtete sich nun, wie sich besinnend, empor. In seine Stirn, die etwas heller war als das bronzefarbige Gesicht stieg die Röte der Verlegenheit. Dabei ließ sein Blick aber nicht von dem schönen, blassen Gesicht der jungen Dame.

»Ja – allerdings, diesen Namen nannte ich. Es ist doch der Ihre, mein gnädiges Fräulein?«

Dora stützte sich auf die Lehne eines Sessels.

»Wer sagte Ihnen, daß ich so heiße?« fragte sie mit bebender Stimme. Daß sie von diesem fremden jungen Mann mit dem Namen angeredet wurde, den man ihr verheimlicht und unterschlagen hatte, erschien ihr so seltsam und unbegreiflich, daß sie nicht wußte, was sie davon denken sollte.

Frank Marlow wurde noch verlegener.

»Wer mir das sagte – vermutlich der Diener, der mich hierherführte«, sagte er hastig.

Sie schüttelte heftig den Kopf und sah ihn mit brennenden Augen an. »Das ist ganz bestimmt ein Irrtum. Der Diener hat Ihnen diesen Namen ganz sicher nicht genannt; denn niemand in diesem Haus nennt mich so. Hier heiße ich Dora Planitz, und noch nie hat mich jemand Dora Lind genannt. Das wird Ihnen meine Überraschung erklären, und ich muß Sie nochmals fragen, wer Ihnen sagte, daß ich diesen Namen führe.«

Unschlüssig und sichtlich betreten sah der junge Mann in ihr Gesicht. Aber dann warf er seine Verlegenheit entschieden von sich. Er richtete sich straff empor.

»Ich sehe zu meinem großen Bedauern, mein gnädiges Fräulein, daß ich mich in meiner Überraschung, Sie hier zu sehen, sehr ungeschickt benommen und bei Ihnen eingeführt habe. Ich weiß nicht, ob Sie sich erinnern, daß wir heute morgen schon einmal zusammengetroffen sind.«

Sie neigte den Kopf, und die Farbe kam wieder in ihr Antlitz. »Ja – ich erinnere mich«, sagte sie leise.

Seine Augen leuchteten auf, so freudig, daß sie dieser Blick bis ins Herz traf. »Das freut mich – freut mich sehr! Ich sah Sie nachher auf dem Balkon eines Hauses und glaubte, das sei Ihre Wohnung. Und als Sie nun hier plötzlich als Tochter des Hauses vor mir standen, war ich so überrascht, daß ich eine Unklugheit beging. Freilich konnte ich nicht ahnen, daß Sie diesen Namen sonst nicht führen. Ich hätte ihn nicht nennen dürfen, hätte nicht verraten dürfen, daß er mir bekannt ist. Aber da es nun einmal geschehen ist, bitte ich Sie, nicht weiter in mich zu dringen, woher ich diesen Namen kenne. Vielleicht ist es mir später vergönnt, Ihnen alles zu erklären. Jetzt bitte ich ergebenst darum, schweigen zu dürfen. Ich müßte sonst ein gegebenes Wort brechen.«

Dora strich sich wie im Traum über die Stirn. Es berührte sie ganz wunderbar, daß gerade dieser Mann sie zum erstenmal bei ihrem rechten Namen nannte.

»Ich will Sie natürlich nicht verleiten, ein gegebenes

Wort zu brechen. Aber Sie können schwerlich ermessen, wie es auf mich wirken mußte, daß Sie mich Dora Lind nannten. Es ist das erstemal, daß ich so genannt wurde, denn ich heiße hier für alle Welt Dora Planitz. Daß ich auf einen anderen Namen Anrecht habe, erfuhr ich nur unter strengster Verschwiegenheit von einer alten Dienerin. Niemand außer ihr weiß, daß ich meinen richtigen Namen kenne. Das gebe ich Ihnen zu bedenken. Meine Eltern wollen aus irgendeinem Grund nicht, daß ich davon weiß. Ich sage Ihnen das, damit Sie nicht meinen Eltern gegenüber in eine ähnliche Lage kommen, wie jetzt mir gegenüber.«

Frank Marlow verneigte sich tief aufatmend. »Ich danke Ihnen für diese Mahnung, mein gnädiges Fräulein. Sie ist mir sehr wertvoll, und ich werde sie beherzigen. Es ist mir sehr peinlich, daß mir der Name entschlüpft ist, aber noch peinlicher wäre es mir in Gegenwart Ihrer Eltern gewesen, da es ein Geheimnis bleiben soll. Davon hatte ich keine Ahnung. Ich glaubte, wie ich schon sagte, daß Sie auch hier Dora Lind heißen.«

Die junge Dame schüttelte den Kopf. »Nein, Kommerzienrat Planitz hat mich adoptiert und mir seinen Namen aufgezwungen«, sagte sie hart und schwer, und ein herber Zug legte sich um ihren Mund.

Frank Marlow sah mit warmem Interesse und großer Teilnahme in ihre Augen, so daß sie sich seltsam von ihm angezogen fühlte.

Brennend gern hätte sie gewußt, wie es kam, daß er ihren Namen kannte. Das erschien ihr so eigenartig, daß sie es nicht fassen konnte.

Frank Marlow schwieg eine Weile. Es war, als kämpfe er mit sich, als überlege er, was er ihr sagen sollte. Wie gern hätte er ihr reinen Wein eingeschenkt. Aber er konnte diesem Wunsch nicht nachgeben, weil er nicht von dem sprechen durfte, was ihn in dieses Haus führte.

Endlich sagte er, sie mit ernstem Blick ansehend: »So haben wir also, kaum, daß wir uns kennengelernt haben, ein kleines Geheimnis miteinander. Halten Sie es, bitte, nicht für zu kühn, wenn ich Ihnen sage, daß dieser Gedanke etwas sehr Liebes für mich hat. Mir ist nicht zumute, als sähe ich Sie heute zum erstenmal, denn ich habe schon sehr viel von Ihnen gehört – kenne gewissermaßen Ihr ganzes Leben, soweit es Äußerlichkeiten betrifft. Aber auch das muß unter uns bleiben.«

Sie sah ihn fassungslos erstaunt an. »Wie ist das nur möglich? Soviel ich weiß, kommen Sie aus einem fernen Weltteil. Ich habe von Ihnen bis heute nichts gesehen und gehört. Und nun treten Sie plötzlich in mein Leben in einer seltsamen Art, nennen mich mit einem Namen, den außer mir nur meine Eltern und eine alte Dienerin kennen. Sie werden verstehen, daß mir das unbegreiflich ist.«

Bittend sah er sie mit einem so guten, warmen und offenen Blick an, daß sie meinte, diesem Mann ihr unbeschränktes Vertrauen schenken zu können.

»Ich flehe Sie an, mein gnädiges Fräulein – grübeln Sie nicht über das alles nach! Die rechte Erklärung finden Sie doch nicht.«

Sie atmete gepreßt. »Ich werde aber darüber nachgrübeln müssen, ob ich will oder nicht. Ihr Herr Vater und Kommerzienrat Planitz stehen in reger geschäftlicher Verbindung. Ich kann mir aber nicht denken, daß mein Stiefvater Ihrem Vater über mich irgendwelche Mitteilungen gemacht hat. Also, wie haben Sie sonst etwas von mir erfahren können?«

Frank Marlow lächelte. Es war ein gutes, warmes Lächeln.

»Nochmals bitte ich Sie, grübeln Sie nicht. Durch den Herrn Kommerzienrat erfuhren wir sicher nichts über Sie. Er darf auch nicht wissen, daß wir etwas über Sie wußten.«

Sie preßte die Hände an die Schläfen. »Das steht wie eine dunkle, undurchdringliche Wand vor mir. Werde ich niemals erfahren, was Sie mir jetzt verschweigen wollen?«

Er zögerte. »Verschweigen müssen, mein gnädiges Fräulein! Aber ich denke, es wird Ihnen alles erklärt werden – wenn nicht durch mich, dann durch eine andere Person –, dieselbe, der ich mein Wort verpfändete, zu schweigen. Wenn Sie mir eine sehr indiskrete Frage beantworten würden, könnte ich Ihnen heute schon mit Bestimmtheit sagen, ob Ihnen dies Geheimnis gelöst wird.«

»So fragen Sie«, forderte sie rasch.

»Sie dürfen mich aber nicht für unangebracht neugierig halten.«

»Nein, nein, das brauchen Sie nicht zu fürchten. Mein Gefühl sagt mir, daß Sie mir nicht in feindlicher Absicht gegenüberstehen und daß ich Ihnen vertrauen kann.«

Seine Augen strahlten so froh und sonnig in die ihren, daß ihr ganz warm ums Herz wurde.

»Ich danke Ihnen für dieses gute Wort, und Gott weiß, daß ich in bester Absicht hier vor Ihnen stehe. Ihr Vertrauen ehrt mich, und Sie sollen nie bereuen, daß Sie es mir geschenkt haben. Auch ich vertraue Ihnen rückhaltlos, und deshalb kann ich Ihnen sagen, daß ich nur unter einem gleichgültigen Vorwand in dieses Haus kam. Der Hauptgrund meines Hierseins ist, zu ermitteln, ob Sie sich glücklich fühlen, so glücklich, daß Sie sich noch nie hinausgesehnt haben in andere Verhältnisse. Ich sollte das diplomatisch ergründen. Aber mein erster Schritt war schon ein Fehlgriff – ich habe keine andere Entschuldigung, als daß ich ahnungslos war, daß Sie einen anderen Namen als den Ihren führen. Nun sehe ich mein Heil und meine Hoffnung auf Erfolg nur in dem Umstand, daß ich Sie offen selbst darum frage, und dann, wenn Sie mir die Frage beantwortet haben, kann ich Ihnen auch sagen, ob Sie eine volle Erklärung alles Unbegreiflichen erhalten werden. Also bitte, sagen Sie mir: Sind Sie ganz glücklich und zufrieden in diesem Haus, so daß Sie keinerlei Veränderung Ihrer Verhältnisse für wünschenswert halten?«

Doras Augen weiteten sich. Sie sah ihn eine Weile forschend an. Dann atmete sie auf und zeigte auf einen Sessel.

»Bitte, lassen Sie uns Platz nehmen – ich vergaß –«

Sie setzten sich nieder. Dann fuhr Dora fort: »Wenn ein anderer Mensch nach so kurzer Bekanntschaft diese Frage an mich gerichtet hätte, wäre ich ihm ganz sicher die Antwort schuldig geblieben. Aber Ihnen gegenüber ist es mir wie ein Zwang, daß ich Ihnen antworten muß. Mir ist, als bestehe zwischen uns irgendein geheimnisvoller Zusammenhang.

Und ich halte Sie für einen guten Menschen. Sie sprachen heute morgen so lieb mit einem kleinen Mädchen und trösteten es so herzlich. Ob ich recht und klug handle, wenn ich mich Ihnen anvertraue, weiß ich nicht. Ich weiß nur, daß ich es tun muß, entgegen meiner sonstigen Zurückhaltung. Also: Nein, ich bin nicht glücklich in diesem Haus, war es nie und werde es nie sein! Schon als Kind fühlte ich mich hier bedrückt und unfroh, und als ich ein denkender Mensch geworden war, wurde das noch viel schlimmer. Mir war oft zumute, als ziehe mich eine geheimnisvolle Macht in eine unbegrenzte Ferne. Ich quälte mich unsagbar damit, daß ich gegen den Mann, den ich für meinen Vater hielt, eine fast krankhafte Abneigung empfand, die sich von Jahr zu Jahr verstärkte. Auch meine Mutter stand mir nie so nahe, daß ich mich in meiner inneren Not hätte zu ihr flüchten können. Ich war in einer schlimmen Gemütsverfassung; denn ich bin stets bemüht gewesen, mir Rechenschaft über mich zu geben.

Schließlich flüchtete ich mit meiner Qual zu meiner alten, treuen Dienerin Christine, die mich herzlich liebt. Und da erfuhr ich, daß der Kommerzienrat nicht mein Vater ist, daß mein Vater der erste Gatte meiner Mutter war und bei einer Schiffskatastrophe ums Leben kam. Was ich dabei noch erfuhr, möchte ich für mich behalten. Es befreite mich von meiner Gewissensqual; denn ich wußte nun, daß ich ein Recht hatte, mein Herz vor meinem Stiefvater zu verschließen. Aber froh konnte ich doch nicht werden. Es ist da noch so vieles, was mich drückt und quält. Ich suchte mich damit abzufinden, so gut es ging, aber glücklich war ich hier nie, und wenn mich nicht die Rücksicht auf meine Mutter und meine alte, treue Dienerin hier noch festhielte, dann wäre ich schon längst aus diesem Haus fortgegangen.

So, Herr Marlow, nun habe ich Ihnen Ihre Frage wohl ausführlich genug beantwortet. Um Diskretion brauche ich Sie wohl nicht zu bitten.«

Frank Marlow war sichtlich ergriffen von diesen Ausführungen.

»Nein, gnädiges Fräulein, heißen Dank für Ihr Vertrauen! Und nun kann ich Ihnen bestimmt sagen, daß Sie sehr bald alles erfahren werden, was Ihnen an meiner Sendung geheimnisvoll erscheint. Eigentlich ist sie nun schon erfüllt, und ich hätte nicht nötig, mich noch länger unter allerlei Vorwänden hier aufzuhalten.«

»So wollen Sie schon bald wieder abreisen?« fragte sie hastig.

Er sah sie so seltsam an, daß ihr das Blut ins Gesicht stieg. Dann sagte er halblaut und sichtlich erregt: »Nein, ich werde doch längere Zeit hierbleiben müssen – aber jetzt mehr in meiner eigenen Angelegenheit als in einem übernommenen Auftrag. Jetzt segne ich meine Ungeschicklichkeit; denn sie hat mich schneller zum Ziel geführt als die größte diplomatische Geschicklichkeit. Und – ich bin sehr zufrieden mit mir«, schloß er schalkhaft lächelnd.

Doras Augen blickten aber ernst und groß vor sich hin. »Mir ist zumute, als würde ich mit verbundenen Augen einen unbekannten Weg geführt, und als sei rings um mich her die Luft mit Geheimnissen angefüllt.«

Er beugte sich vor und lächelte ihr beruhigend zu.

»Alle Rätsel werden Ihnen gelöst werden«, sagte Marlow zu Dora Lind, »und ich denke, zu Ihrer vollen Zufriedenheit. Und da ich hoffe, noch recht oft das Vergnügen zu haben, mit Ihnen zusammenzutreffen, bitte ich Sie, mir Ihr Vertrauen, das mich sehr beglückt, nicht zu entziehen. Auch bitte ich Sie, mir den Vorzug zu erweisen, sich meiner zu erinnern, wenn Sie eines Menschen bedürfen, der bereit ist, mit Gut und Blut für Sie einzustehen. Ich versichere Sie, daß ich von dem heißen Wunsch beseelt bin, Ihnen dienen zu dürfen, Ihnen und einem mir sehr teuren Menschen, der mit Ihnen im Zusammenhang steht.«

In Doras stolzen Augen war ein weicher Schimmer, den nur sehr wenig Menschen zu sehen bekamen. Sie sah wieder sehr nachdenklich aus.

»Sollten vielleicht von meines verstorbenen Vaters Seite Verwandte existieren, die sich meiner Mutter fernhielten und doch für mich Interesse haben?« forschte sie.

Mit einem Gefühl der Rührung sah er auf das schöne Mädchen. Nie war ihm ein weibliches Wesen bezaubernder erschienen als Dora Lind. Und hatte sie schon heute morgen, ehe er wußte, wer sie war, einen tiefen Eindruck auf ihn gemacht, so war dieser Eindruck jetzt noch verstärkt durch die Gewißheit, daß sie Dora Lind war – Dora Lind, der im Grunde allein sein Aufenthalt hier galt.

»Wenn Sie diese Annahme beruhigt, mein gnädiges Fräulein, dann nehmen Sie an, es sei so, wie Sie vermuten.«

Sie sahen einander an. Und die beiden Augenpaare redeten in einer wunderbaren Sprache. So blieben sie schweigend eine ganze Weile sitzen, und durch diese stumme Augensprache kamen sie sich noch viel näher als durch das, was sie miteinander gesprochen hatten.

Dann hörten sie draußen einen Wagen vorfahren. Dora schrak empor. »Meine Mutter kommt nach Hause, Herr Marlow.«

Auch er richtete sich auf. »So will ich jetzt Abschied nehmen von Dora Lind. Jetzt müssen Sie mir Dora Planitz sein, nicht wahr?«

Sie nickte. »Ja – aber bitte –, nennen Sie mich nie bei diesem Namen, er ist mir verhaßt. Und für einen Menschen, für den ich Dora Lind bin, möchte ich nicht Dora Planitz sein.«

»Es würde mir auch schwerfallen, Sie mit diesem Namen anzureden. Aber ehe wir gestört werden – es könnte sein, daß ich Ihnen etwas von Wichtigkeit zu sagen hätte –, wie kann das ohne Zeugen geschehen?« Sie überlegte einen Augenblick, dann sagte sie hastig:

»In einem solchen Fall richten Sie Ihre Besuche hier so ein, daß Sie eine Viertelstunde vor der üblichen Visitenzeit hier sind. Der Kommerzienrat ist um diese Zeit fast nie zu Hause, und Mama fährt frühmorgens stets aus und kommt erst, wie heute, zur Besuchsstunde zurück. Ich bin aber meist daheim.«

Er verneigte sich, und sie nahmen nun beide eine konventionelle Haltung an und plauderten, wie es Menschen tun, die sich eben erst kennengelernt haben.

Dann trat die Kommerzienrätin ein. Sie sah mit sichtlichem Wohlgefallen auf Frank Marlow. Seine vornehme Erscheinung und sein formvollendetes Auftreten nahmen ihr die Sorge, daß sie es mit einem unkultivierten Hinterwäldler zu tun hatte.

Sie plauderte liebenswürdig in ihrer oberflächlichen Weltdamenmanier mit ihm. Dora saß fast stumm dabei. In ihrer Seele war ein Aufruhr, der sie ganz aus ihrem seelischen Gleichgewicht gebracht hatte. Fast unverwandt ruhten ihre Augen auf Frank Marlows Gesicht. Und es erging ihr seltsam. Wenn seine Augen in die ihren trafen, hatte sie ein köstliches Gefühl des Geborgenseins. Ihr war zumute, als sei mit Frank Marlow das Glück zu ihr gekommen.

Ihre Mutter sah einmal, daß Frank Marlow ihre Tochter mit bewunderndem Blick ansah. Da schickte sie Dora mit einem Auftrag für einige Minuten aus dem Zimmer und sagte, den Instruktionen ihres Mannes folgend, wie beiläufig: »Wir werden Sie natürlich sehr gern mit einigen uns befreundeten Familien bekannt machen, wo Sie auch Verkehr mit jungen Leuten haben können. Meine Tochter, die sich demnächst verloben wird, übernimmt es sicher gern, Sie in einen jugendlichen Kreis einzuführen.«

Frank Marlow hatte sich in der Gewalt, aber ein wenig zuckte es doch in seinem Gesicht, und im Herzen spürte er ein schmerzhaftes Gefühl. Ihm war, als verschwinde alles Warme und Sonnige aus seinem Leben. Aber mit einer großen, inneren Unruhe sah er Dora entgegen, als sie nach wenigen Minuten zurückkam. Sie bemerkte einen fremden, forschenden Blick in seinen Augen, und da fiel ihr plötzlich ein, daß der Kommerzienrat ihrer Mutter geboten hatte, Frank Marlow einen Wink zu geben, daß sie für ihn nicht zu haben sei. Sie wußte nun, weshalb die Mutter sie aus dem Zimmer geschickt hatte, und richtete ihre Augen fest und klar auf die seinen.

Es war, als verständen die beiden Augenpaare in deutlicher Sprache miteinander zu reden. Dora sah eine unruhige Frage in Frank Marlows Blick, und so lächelte sie, und in ihren Augen stand für ihn zu lesen: »Was du auch gehört haben magst, glaube niemand, nur mir!«

Die Kommerzienrätin plauderte liebenswürdig noch eine Weile mit ihrem Gast und sagte ihm, daß ihr Mann vormittags meist draußen in den Fabriken sei. Er werde untröstlich sein, ihn nicht gesehen zu haben, und deshalb möge doch Herr Marlow, wenn es seine Zeit gestatte, am Nachmittag den Tee mit ihnen nehmen, dann sei ihr Gatte bestimmt zu Hause.

Frank Marlow verneigte sich mit einem raschen, aufleuchtenden Blick zu Dora hinüber.

»Ich werde sehr gern von Ihrer liebenswürdigen Einladung Gebrauch machen, gnädige Frau«, erwiderte er und küßte ihr artig die Hand zum Abschied. Vor Dora verneigte er sich nur.

Die Kommerzienrätin trat, als er gegangen war, an das Fenster und sah ihm nach.

»Ein charmanter junger Mann, dieser Herr Marlow. So hatte ich ihn mir nicht vorgestellt. Ich möchte sagen, er hat etwas Adeliges in seiner Erscheinung. Findest du nicht auch, Dora?«

Diese fuhr aus ihren Gedanken auf.

»Ja – ich glaube, er sieht gut aus«, sagte sie zerstreut.

Die Mutter lachte.

»Das glaubst du nur? Ach, Dora, mir scheint, du hast Fischblut in den Adern. Auf dich macht nie ein junger Mann Eindruck. Nun, in diesem Fall ist es ja sehr gut.«

Dora wandte plötzlich der Mutter das Gesicht zu und sah sie forschend an.

»Sicher hast du ihm schon den bewußten diplomatischen Wink gegeben, daß ich nicht für ihn zu haben bin«, sagte sie entschieden ein wenig spöttisch.

Ihre Mutter wurde ein wenig verlegen, aber dann sagte sie scheinbar gleichmütig: »Ja, das habe ich getan. Er sah dich mit sehr bewundernden Blicken an, und da tut man gut, gleich vorzubeugen. Ich habe es für notwendig gehalten.«

»Und was hast du ihm gesagt?«

»Daß du dich demnächst verloben wirst.«

Doras Stirn zog sich zusammen: »Es war nicht recht, Mama, daß du das getan hast.«

Die Kommerzienrätin zuckte die Achseln. »Mein Gott, Dora, es war ja schließlich keine Unwahrheit. Über kurz oder lang mußt du doch Papas Wunsch erfüllen und dich mit Baron Kranzau verloben. Es wird ja auch Zeit, daß du dich verheiratest. Du wirst bald einundzwanzig Jahre alt sein. Das ist das beste Alter zum Heiraten. Und da dir alle Männer gleichgültig sind, ist es das beste, du erfüllst Papas Wunsch und gibst Baron Kranzau dein Jawort. Er ist doch ein stattlicher, gesunder Mann, und du kommst als seine Frau in die vornehmsten Kreise, wirst vielleicht sogar bei Hofe vorgestellt.«

Dora wollte auffahren und erklären, daß sie niemals ihre Hand ohne ihr Herz verschenken würde und daß sie ganz bestimmt nicht Baronin Kranzau werde. Aber sie hielt dieses Wort zurück und sagte nur ganz ruhig: »Noch hat Baron Kranzau nicht um mich angehalten, und wenn er es tun sollte, dann werde ich seine Werbung so beantworten, wie ich es tun muß nach meinem eigenen Empfinden. Zwingen lasse ich mich zu nichts.«

Frau Helene sah ihre Tochter etwas unsicher an, aber sie hielt es für klug, diesen Gesprächsgegenstand fallenzulassen. Sie hatte ihn nur gestreift, und Doras Entgegnung schien ihr nicht eine direkte Weigerung zu enthalten.

›Sie wird vernünftig sein, wenn man sie gewähren läßt. Man muß sie nur nicht reizen‹, dachte sie; und laut fuhr sie fort:

»Du wirst ja selbst zu der Einsicht kommen, daß Papa nur dein Bestes will.«

6

Als der Kommerzienrat mittags nach Hause kam, berichtete ihm seine Gattin von Frank Marlows Besuch und schilderte den jungen Mann in sehr günstigen Farben. »Wir werden ihn, wenn es dir recht ist, oft bei uns sehen, Robert. Er ist ein sehr interessanter, hochgebildeter, junger Mann, und man kann sich sehr gut mit ihm unterhalten. Er bringt vielleicht eine neue, interessante

Note in unsere etwas eintönige Gesellschaft. Du kannst mir glauben, daß man ihn überall mit offenen Armen aufnehmen wird«, sagte sie lebhaft angeregt.

Der Kommerzienrat lachte. »Du bist ja ganz Feuer und Flamme, Helene. Und unser Töchterchen? Findet sie den jungen Mann auch so interessant?« forschte er scheinbar harmlos, aber doch nicht ohne Hintergedanken.

Doras Gesicht blieb unbewegt, obwohl ihr Herz rebellisch klopfte. Statt ihrer antwortete ihre Mutter.

»Ach, Dora! Du weißt ja, Robert, daß nie ein junger Mann Eindruck auf sie macht. Sie war wieder abweisend und kühl bis ans Herz hinan.«

»Kleine Gletscherjungfrau«, neckte der Kommerzienrat seine Tochter. Sie antwortete nicht.

Der Kommerzienrat achtete nicht weiter darauf. »Er kommt also heute zum Tee?« fragte er.

»Ja. Ich hätte ihn lieber zum Abend gebeten, aber wir sind ja heute zum Polterabend nach Buchenau geladen.«

»Richtig, heute Polterabend und morgen Hochzeit. Na, viel liegt mir nicht an dieser ganzen Schose. Sie kostet mich wieder einen ganzen Arbeitstag.«

»Es lag dir aber doch so viel daran, eine Einladung zu erhalten«, warf Dora ins Gespräch.

Er blinzelte sie schlau an: »Jawohl, Töchterchen, daran lag mir viel. Die ganze aristokratische Gesellschaft ist geladen, und ich wollte dabei sein, wenn ich mir auch kein Vergnügen davon verspreche und lieber meinen Geschäften nachgegangen wäre. Na, vielleicht lassen sich bei dieser Gelegenheit doch noch einige Geschäfte abschließen. Etliche von den Grundbesitzern haben mir ihre Produkte noch nicht vertraglich zugesichert. Vielleicht finde ich sie bei dieser Gelegenheit gefügiger. Ich möchte mir nichts entgehen lassen.«

»Hast du nicht ohnedies in diesem Jahr schon enorme Abschlüsse gemacht?« fragte seine Frau.

Mit schlauem Lächeln nickte der Kommerzienrat. »Ja, ja, Helene, das habe ich, und ich würde das Vierfache aufkaufen, wenn ich es haben könnte.«

»Meinst du denn, daß du für solche Mengen Absatz findest?«

Er kniff die Augen listig zusammen: »Würde ich sonst kaufen? Unbesorgt, liebe Helene, ich weiß, was ich tue, und ich habe eine feine Nase. Ich werde auch dem jungen Marlow eine enorme Bestellung für sein Haus aufgeben und auf sofortige Lieferung dringen. Es ist gut, wenn man mit den maßgebenden Kreisen Fühlung hat, und wenn meine Berechnungen stimmen, verdiene ich in kurzer Zeit ein hübsches Vermögen. Und bisher habe ich mich noch nie verrechnet.«

»Was meinst du nur, Robert? Du hast schon so verschiedene Andeutungen gemacht. Hältst du es für möglich, daß wir Krieg bekommen?«

Er schmunzelte: »Nicht neugierig sein, Helene! Und vor allen Dingen deinen Mund halten. Aber du kannst dich freuen, Töchterchen!. Wenn meine Vermutungen sich bestätigen, dann wirst du eine noch reichere Erbin als zuvor.«

Dora sah in sein faunisches Gesicht und schauerte zusammen. »Gott mag geben, daß sich deine Vermutungen nicht bestätigen! Es wäre viel besser, du verlörest dein ganzes Vermögen, als daß ein Krieg heraufbeschworen würde«, sagte sie tonlos.

»Na, erlaube mal, mein Töchterchen! Ich rechne bestimmt auf einen frischfröhlichen Krieg; da kommt Geld unter die Leute.«

Doras Gesicht wurde bleich vor Abscheu. »Und die

Ströme von Blut, die in einem Krieg vergossen werden, all das Elend und der Jammer, der dadurch heraufbeschworen wird – läßt sich das mit Geld aufwiegen?« fragte sie hart.

Gleichmütig zuckte er die Achseln: »Mit Sentimentalitäten kommt man nicht vorwärts, Töchterchen. Du kannst dich ja ruhig entrüsten über deinen praktischen Vater. Jeder ist sich selbst der Nächste. Mache ich den Profit nicht, macht ihn ein anderer, das ist doch klar. Wenn ein Krieg kommt – ich habe ihn ja nicht herbeigeführt, sondern mache ihn mir nur zunutze. Jetzt kaufe ich billig ein, im Krieg verkaufe ich teuer, das heißt günstige Verhältnisse ausnützen.

Und nun nichts mehr von Geschäften. Im Familienkreis liebe ich das nicht. Draußen in den Fabriken bin ich Geschäftsmann, hier bin ich Familienvater. Aber ich bin heute in freigebiger Stimmung, Töchterchen, kannst dir etwas wünschen – etwas Besonderes. Es kann schon eine fünfstellige Summe kosten.«

»Ich habe keinen Wunsch«, sagte sie mit heiserer Stimme.

Er machte ein ärgerliches Gesicht. »Natürlich, wenn man dir eine Freude machen will, dankst du! Das bin ich ja schon gewöhnt.«

Dora richtete sich plötzlich empor: »Wenn du mir wirklich eine Freude machen willst – einen Wunsch hätte ich«, sagte sie rasch.

Man sah ihm an, daß ihn das freute. »Nun – dann heraus damit, Töchterchen!«

Sie sah ihn fest an: »Bitte, stelle die alte Wendland wieder in deinem Betrieb ein. Sie hat für ihre kranke Tochter und zwei Enkelkinder zu sorgen.«

Sein Gesicht verfinsterte sich: »Torheit! Was gehen

dich diese Leute an. Die Wendland hat mir durch ihre Unachtsamkeit für mehrere hundert Mark Konserven verdorben. Sie kann froh sein, daß ich sie nur entlassen und nicht Schadenersatz verlangt habe. Warum achtet sie nicht besser auf ihre Arbeit!«

»Du weißt, daß sie gerade erfahren hatte, daß ihr Schwiegersohn verunglückte.«

»Wahrscheinlich war er sehr betrunken und fiel da von seinem Wagen, der ihm den Brustkasten zerquetschte.«

»Jedenfalls starb er, ob mit oder ohne eigene Schuld, und seine Frau und seine Kinder verloren ihren Ernährer. Als die alte Frau die Unglücksbotschaft erhielt, war sie so fassungslos erschrocken, daß sie eine Weile vergaß, auf ihre Arbeit zu achten.«

»Du bist ja erstaunlich orientiert. Ich kann keine Leute in meinem Betrieb gebrauchen, die ihre Privatgefühle über ihre Arbeit setzen.«

Dora sah ihn groß an: »Es sind doch auch Menschen.«

Er winkte hastig ab: »Unbrauchbare Menschen müssen überall den brauchbaren Platz machen.«

»Du sagtest aber früher einmal, die alte Wendland sei deine tüchtigste und zuverlässigste Arbeiterin.«

Mit einer unwilligen Gebärde schob er seinen Teller zurück. »Ach, laß mich zufrieden und kümmere dich nicht um Sachen, die dich nichts angehen!«

Dora lehnte sich in ihren Sessel zurück: »Ich sollte einen Wunsch äußern – das tat ich. Es liegt in deiner Macht, ihn zu erfüllen oder unerfüllt zu lassen.«

»Solche Wünsche meinte ich nicht.«

»Andere habe ich nicht.«

Er schüttelte den Kopf: »Du bist doch ein sonderbares Geschöpf, Dora! Aber – meinetwegen, wenn es dich nun einmal zufrieden macht: die Wendland soll nächsten Montag wieder anfangen.«

Doras Augen glänzten hell auf: »Ich danke dir.«

Heftig schüttelte er den Kopf. »Nicht nötig. Gern tue ich's nicht. Schlamperei kann ich in meinem Betrieb nicht dulden; wo sollte das hinführen? Aber um dir einen Wunsch zu erfüllen, soll sie ihren Posten wiederhaben. Na, und du, Helene? Dir steht natürlich auch ein Wunsch frei. Du hast vielleicht einen kostspieligeren in Bereitschaft?«

Frau Helene machte glänzende, verlangende Augen.

»Ich sah bei Prager im Schaufenster einen aparten Schmuck, ein Kollier mit einem wundervoll eigenartigen Anhänger in Form einer von Blättern umgebenen Weintraube. Die Blätter aus Platin mit Brillantsplittern bedeckt, die Beeren aus rundgeschliffenen Rubinen. Er gefiel mir ausnehmend, und ich fragte nach dem Preis.«

Er lachte laut auf: »Natürlich, du hast ja immer für so etwas Verwendung. Was kostet der Spaß?«

»Fünfzehntausend Mark.«

»Hm – eine teure Weintraube! Aber du sollst sie haben.«

Frau Helene dankte erfreut und reichte ihm die Lippen zum Kuß. Er zog seine Frau verliebt an sich. Dora wandte sich ab. Sie konnte es nie ruhig mit ansehen, wenn ihr Stiefvater die Mutter mit seinen Zärtlichkeiten traktierte.

Frau Helene entwand sich mit einem lächelnden Seitenblick auf Dora den Armen ihres Gatten. Er blinzelte ihr verstehend zu. Erwachsene Kinder pflegen derartigen Zärtlichkeiten nicht sympathisch gegenüberzustehen.

»Du könntest gleich nach Tisch zu Prager fahren, Dora, und mir das Schmuckstück holen. Ich habe es schon für alle Fälle zurücklegen lassen. Und da Papa so freigebig ist, möchte ich es gern morgen zum Hochzeitsfest tragen. Es ist sehr eigenartig und schön; jeder wird mich daraufhin ansprechen«, sagte Frau Helene.

»Das will ich gern tun, Mama«, erwiderte Dora.

Der Kommerzienrat füllte einen Scheck über die Summe aus und reichte ihn Dora.

»So, Töchterchen, und wenn du was bei Prager findest, was dich reizt, dann kannst du es dir kaufen.«

Dora schüttelte den Kopf. »Ich habe so viel Schmuck, und du weißt, daß ich nicht liebe, welchen zu tragen.«

»Ja, ja, du sagst, es ist unpassend für junge Mädchen, kostbaren Schmuck zu tragen. Aber du wirst ja bald eine Frau sein, und dann bist du froh, wenn du deine Schmuckschatulle gut gefüllt hast.«

Frau Helene warf ihm einen mahnenden Blick zu, und er schwieg.

Dora hatte für ihre Mutter das Schmuckstück beim Juwelier abgeholt. Gerade als sie aus dem Laden trat, ging Frank Marlow vorüber. Er zog den Hut, und seine Augen sahen sie so erwartungsvoll an, daß sie nicht anders konnte, als einen Augenblick stehenzubleiben.

»Der Zufall ist mir heute besonders gewogen, mein gnädiges Fräulein, da er mir schon wieder eine Begegnung mit Ihnen beschert«, sagte er.

Sie lächelte: »Sagen Sie lieber, die Welt ist klein und unsere Stadt nur ein winziges Teilchen der Welt, da ist eine Begegnung nichts Seltenes.«

»Sie haben Einkäufe gemacht, gnädiges Fräulein?«

»Ja, für meine Mutter einen Schmuck, den sie morgen bei einer Hochzeit tragen will.«

Seine Augen richteten sich unruhig forschend in die

ihren. Er konnte die Ungewißheit nicht länger ertragen, und die Gelegenheit schien ihm günstig.

»Ihre Frau Mutter sagte mir, als Sie bei meinem Besuch das Zimmer verließen, daß Sie sich demnächst verloben würden.«

Sie sah die Unruhe in seinem Blick, und ihr Herz klopfte rasch und laut.

»Daß ich mich verloben soll, ist nur der Wunsch meiner Eltern, nicht der meine. Mir stand bisher kein Mann so nahe, daß ich daran denken würde, mich mit ihm zu verloben«, sagte sie fest und bestimmt.

Er atmete tief auf. Aber er erwiderte kein Wort darauf, sondern trat nur an den Wagen heran und öffnete ihr den Schlag.

Sie stieg ein. Leuchtend hingen die beiden Augenpaare ineinander.

Sie neigte das Haupt und sagte lächelnd: »Wir sehen uns ja heute noch einmal – zur Teestunde.«

Er verneigte sich: »Ich bin dem Geschick sehr dankbar. Auf Wiedersehen, mein gnädiges Fräulein.«

»Auf Wiedersehen, Herr Marlow.«

Der Wagen fuhr davon, und Frank Marlow sah ihm mit sonnig strahlenden Augen nach.

Als Dora nach Hause kam, lieferte sie ihrer Mutter das Schmuckstück ab. Sie mußte es erst an ihr bewundern. Frau Helene hatte nun einmal eine große Freude an solchen Dingen, und sie machte der Tochter Vorwürfe, daß diese sich nicht auch einen Schmuck gewünscht hatte.

Dora ging dann auf ihr Zimmer und setzte sich an das offene Fenster. Mit großen verträumten Augen sah sie vor sich hin. Sie dachte an Frank Marlow.

Seit heute morgen schien ihr die ganze Welt ein anderes Gesicht bekommen zu haben. In ihrer Seele war ein Singen und Klingen und eine erwartungsvolle Unruhe. Nie hätte sie für möglich gehalten, daß ein Mensch auf sie einen solchen Eindruck machen könnte, wie es Frank Marlow getan. Es war, als habe er ihre Seele mit einem Zauberstab berührt. Unfaßbar erschien es ihr, daß sie in so kurzer Zeit so vertraut mit ihm geworden war. Ihr war zumute, als sei sie mit ihm schon seit Jahren bekannt, als sei er immer schon in ihrem Leben gewesen.

Wie seltsam hatte es sie berührt, daß er sie Dora Lind nannte. Sie hörte im Geiste immerfort diesen Namen in dem seltsamen weichen, fremdartigen Tonfall.

»Dora Lind!« Sie sagte es leise vor sich hin. Und dann sprach sie seinen Namen aus, der ihr so gut gefiel und der so gut zu seiner Persönlichkeit paßte: »Frank Marlow«. Das klang fast wie eine leise, scheue Liebkosung aus ihrem stolzen Mund. Ihr war so weich ums Herz, sie war so dankbar und froh, daß sie ihm begegnet war. Und es erschien ihr wie ein schönes Märchen, daß er in dies Haus gekommen war, um zu ergründen, ob sie sich glücklich fühle. Sie erklärte sich die ganze geheimnisvolle Angelegenheit dahin, daß wohl drüben Verwandte ihres Vaters, die ihrer Mutter wegen ihres Treubruches zürnten, für sie ein warmes Interesse hegten. Vielleicht hatte ihr Vater einen Bruder, eine Schwester oder sonstige Verwandte in Amerika gehabt, weil er dorthin hatte auswandern wollen. Denn in Amerika mußte sich doch die geheimnisvolle Persönlichkeit befinden, die so großen Anteil an ihr nahm.

Sie grübelte hin und her und gab es nachher auf. Sie würde doch wohl warten müssen, bis ihr alles erklärt wurde.

Inzwischen war es Zeit geworden, sich für die Teestunde fertig zu machen. Es wallte wie eine heiße Freude in ihr empor, als sie daran dachte, daß sie Frank Marlow schon wiedersehen sollte.

Mit Sorgfalt und Bedacht wählte sie heute ihren Anzug. Ein schlichtes weißes Kleid legte sie an, ohne jeden Schmuck. Das fiel weich und anschmiegend an ihrem schlanken Körper nieder. Ein schmaler Streifen des herrlichen Nackens und die Unterarme blieben frei.

Als sie fertig war, trat sie vor den Spiegel und sah sich eine Weile mit verträumtem Lächeln an. Heute freute sie sich von Herzen ihrer jungen Schönheit, und es schien ihr selbst, als habe sie noch nie so gut ausgesehen.

So trat sie nach kurzer Zeit Frank Marlow entgegen, und seine aufstrahlenden Augen sagten ihr, daß sie ihm sehr gefiel. Das machte sie glücklich.

Während der Kommerzienrat und seine Gattin angeregt mit Frank Marlow plauderten, wechselte Dora mit ihm nur wenige Worte. Frank war auf der Hut. Er war klug genug, sich zu sagen, daß Doras Mutter ihm nicht ohne Absicht gesagt hatte, Dora würde sich demnächst verloben. Daß sein Vater dem Kommerzienrat angedeutet hatte, er sei nach Deutschland außer in geschäftlicher Beziehung auch in der Absicht gekommen, sich eine deutsche Frau zu suchen, wußte Frank. Anscheinend wollte man ihm nun zu verstehen geben, daß auf Dora nicht zu rechnen sei, und daß man mit dieser andere Absichten habe. Das kümmerte ihn aber jetzt nicht mehr, er hielt sich an das, was Dora ihm gesagt hatte. Aber er durfte ihren Eltern nun nicht verraten, welch ein großes, warmes Interesse ihm Dora einflößte. So zeigte er sich Dora gegenüber sehr formell, und auch Dora begegnete ihm ebenso. Nur die Augen leuchteten zuweilen ineinander, wenn es unbeobachtet geschehen konnte.

Als sich der junge Mann nach der Teestunde entfernte, wurde er dringend aufgefordert, recht oft wiederzukommen und für eine kleinere Gesellschaft, die demnächst an einem Abend im Haus des Kommerzienrats stattfinden sollte, schon heute eingeladen.

»Da werden wir Sie mit einer Anzahl unserer Bekannten zusammenführen, und dann wird sich leicht ein reger Verkehr für Sie anbahnen. Sie werden auch verschiedene hübsche junge Damen kennenlernen«, sagte der Hausherr heiter.

Frank und Dora wechselten einen schnellen Blick. Dora sah, daß es fast mutwillig um den Mund des jungen Mannes zuckte, und sie mußte ebenfalls ein spöttisches Lächeln unterdrücken. Wußte sie doch, daß zu dem bewußten Gesellschaftsabend gewissermaßen nur die »zweite Garnitur« aus dem Planitzschen Bekanntenkreis geladen war. Für die »erste Klasse« sollte also Frank Marlow nicht in Betracht kommen!

Ach, wie kleinlich erschien Dora diese Vorsicht ihres Stiefvaters! Frank Marlow konnte nur jedem Gesellschaftskreis zur Zierde gereichen. Wenn er auch keinen adeligen Namen hatte, so war er doch ein Adelsmensch im besten Sinne des Wortes. Einen Augenblick ruhte Doras Hand beim Abschied in der des jungen Mannes. Und wieder stieg das herrliche Gefühl des Geborgenseins in ihr auf.

Frank Marlow ging langsam in sein Hotel zurück. Dort nahm er sofort an seinem Schreibtisch Platz und schrieb einen Brief. Dieser wurde ziemlich lang und lautete:

»Meine lieben, teuren Eltern! Gestern abend bin ich

erst in D. eingetroffen, und heute kann ich Euch schon berichten, daß ich einen Teil meiner Aufgabe bereits erfüllt habe. Ich war im Haus des Kommerzienrats Planitz, habe vormittags dort Besuch gemacht und war nachmittags zum Tee geladen. Und – ich habe Dora Lind gesehen und gesprochen! Ein glücklicher Zufall wollte es, daß ich sie allein antraf. Ausführlich berichte ich Euch das in meinem nächsten Schreiben. Heute nur soviel: Dora Lind ist ein wundervolles Geschöpf, schön, gut, anbetungswürdig! Und wenn der von Euch als Vorwand benützte Grund meines Hierseins Wahrheit wird und ich mir eine deutsche Frau mitbringe, dann wird es nur Dora Lind sein! Ich habe nie an eine Liebe auf den ersten Blick geglaubt; jetzt weiß ich aber, daß es sie gibt.

Vielleicht wäre das nicht so plötzlich über mich gekommen, wenn Dora Lind nicht schon seit meinen Knabenjahren meine Phantasie beschäftigt hätte. Hat sich mein Herz nur deshalb von keinem anderen Mädchen fesseln lassen, weil es auf Dora Lind gewartet hat?

Und nun eine Botschaft an unseren hochverehrten Freund und Wohltäter, dem wir so viel Dank schulden und für den ich freudig diese Reise übernommen habe: Bitte, gebt ihm meinen Brief zu lesen; jedes meiner Worte ist auch für ihn bestimmt!

Also: Ich habe bereits in der ersten Stunde des Zusammenseins mit Dora Lind ergründet, daß sie nicht glücklich ist im Haus ihres Stiefvaters. Wie ich das in Erfahrung brachte von ihr selbst, berichte ich später ausführlich. Ich weiß von ihr, daß sie nie glücklich war und es auch jetzt nicht ist. Man hat ihr verheimlicht, daß der Kommerzienrat nicht ihr Vater ist; Sie wußte bis vor kurzer Zeit nichts von ihrem rechten Vater, nicht einmal seinen Namen. Sie heißt hier auch nicht Dora Lind, sondern Dora Planitz. Diesen Namen haßt sie, wie sie ihren Stiefvater verabscheut. Sie hat ihm nie Zuneigung entgegenbringen können, und weil sie glaubte, in ihm den leiblichen Vater zu verabscheuen und sich deshalb Vorwürfe schwerster Art machte, hat ihre Dienerin Christine ihr endlich gesagt, daß ihr Vater Hans Lind sei, der bei einem Schiffsunglück ums Leben gekommen sei. Weder ihre Mutter noch der Kommerzienrat haben eine Ahnung, daß Dora dies weiß. Christine scheint ihr auch von der Schuld der Mutter und des Stiefvaters berichtet zu haben. Jedenfalls wurzelt Dora Lind mit ihrem Herzen nicht in dem Haus, wo sie erzogen wurde, und würde es leichten Herzens verlassen.

Das ist in Kürze, was ich heute erfahren habe, und ich beeile mich, Euch Bericht darüber zu senden. Was ich sonst noch in Erfahrung bringen werde, berichte ich sofort, und sobald ich mir ein Bild von Dora Lind verschaffen kann, sende ich es unserem Wohltäter. Ich freue mich, ihm sagen zu können, daß es Dora Lind als Erlösung betrachten würde, von hier fortzukommen, und bitte auf alle Fälle um weitere Nachrichten. Vielleicht fügt sich alles ganz von selbst.

Nun noch etwas Geschäftliches, lieber Vater. Der Kommerzienrat hat mich morgen früh in sein Fabrikkontor bestellt; er will mir ganz enorme Bestellungen geben, die sofort erledigt werden müssen. Anscheinend hat er Aussicht auf einen ganz besonders starken Absatz; denn ich hörte hier, daß er Riesenlager bauen läßt für Vorräte aller Art. Fast sollte man meinen, daß er auf einen Krieg spekuliert, sonst ist mir das alles unerklärlich. Ich schicke morgen gleich die Order an dich ab.

Ihr wollt nun sicher wissen, was für einen Eindruck der Kommerzienrat und Dora Linds Mutter auf mich gemacht haben. Der Mann hat ein sehr unsympathisches Äußere, kalte, schlaue Augen, ein falsches biedermännisch sein sollendes Wesen, und seine Züge sprechen von niedrigen Eigenschaften. Er würde mir auch mißfallen haben, wenn ich nicht ein Vorurteil gegen ihn gehabt hätte. Seine Gattin ist noch eine schöne Frau; sie scheint eitel und oberflächlich zu sein. Ihr Verhältnis zu ihrer Tochter ist wenig herzlich; diese ist wie ein Fremdling im Haus. Damit für heute genug! Mein Brief soll das morgen abgehende Schiff noch erreichen. Ausführliches später! Ich sende Euch, meine lieben Eltern, und unserem hochverehrten Freund herzliche Grüße. Meiner lieben Mutter küsse ich die Hände. Bleibt alle gesund, bis ich wiederkomme! Euer getreuer Sohn Frank.«

7

Der Polterabend in Buchenau war wie üblich verlaufen, und gar zu spät hatten sich die Gäste nicht zurückgezogen, da man am nächsten Tag frisch und aufnahmefähig sein wollte.

Raina stand noch eine Weile in ihrem Zimmer am offenen Fenster und sah hinaus in den düfteschweren Frühlingsabend. Ihre Blicke flogen hinüber, wo das Reckenberger Schloß lag. Dort weilte ihr Verlobter in dieser Nacht, damit er morgen keinen zu weiten Weg hatte.

Ein tiefer Seufzer hob ihre Brust. Dieser Abend war eine Qual für sie gewesen. An Arnulfs Seite hatte sie allerlei Anspielungen auf ihr künftiges Glück über sich ergehen lassen müssen, und wenn sie dabei einmal die Augen hob und in Arnulfs Gesicht blickte, dann sah sie darin einen Ausdruck, der sie bis ins Herz hinein frieren machte. Und wie sie jetzt daran dachte, fragte sie sich, ob sie nicht lieber den Mut haben sollte, sich zu weigern, seine Frau zu werden.

Aber wenn sie sich dann ausmalte, welche Wirkung diese Weigerung haben würde, dann sank ihr doch der Mut. Sie stellte sich vor, wie das Tante Barbara, Arnulfs Eltern und Arnulf selbst aufnehmen würden. Arnulf wäre vielleicht am ruhigsten darüber. Aber er würde fürchten, verspottet zu werden, wenn seine Braut in letzter Stunde von dem Verlöbnis zurücktrat. Das wäre ihm sicher das schlimmste dabei. Sonst würde es ihm wohl nur eine Erleichterung bedeuten. Sie sah im Geiste wieder seine Augen mit dem kalten, gleichgültigen Ausdruck auf sich ruhen und erschauerte wie im Frost.

Ach, wie sie das alles quälte, jetzt viel mehr als früher! Seit Dora sie aus ihrem stumpfen Dahindämmern aufgeweckt und zur Erkenntnis ihrer selbst gebracht hatte, litt sie unter alledem noch viel stärker. Zwar hatte Dora ihr auch zugleich ein Gefühl des Selbstvertrauens eingeflößt und ihr gezeigt, daß es in ihrer Macht lag, sich emporzuraffen aus der geistigen und seelischen Sklaverei, die man über sie verhängt hatte. Aber es kostete sie doch noch immer viel Selbstüberwindung, sich davon freizumachen.

Morgen sollte nun der Tag kommen, dem sie mit jauchzender Glückseligkeit hätte entgegenharren können, wenn Arnulf sie aus Liebe zur Frau begehrt hätte.

Aber so, wie die Dinge lagen, konnte sie nur eine tiefe Traurigkeit, einen bangen Schmerz empfinden.

Und von morgen an sollte sie nun beginnen, das Joch von sich abzuschütteln, das man ihr auferlegt hatte. Von morgen an sollte sie auch anderen Menschen die Veränderung zeigen, die mit ihr vorgegangen war! Sie hatte es Dora fest versprechen müssen, diesen Lebensabschnitt mit einer freien Willensbehauptung zu beginnen.

Aufatmend trat sie vom Fenster zurück und begann sich auszukleiden. Mit großen, brennenden Augen starrte sie ihr Spiegelbild an. Noch immer ging sie in Buchenau in den häßlichen Kleidern umher, die Tante Barbara für sie ausgesucht hatte. Heute trug sie allerdings das Kleid, das sie schon an ihrem Verlobungstag getragen hatte. Und noch immer ordnete sie das Haar nach Tante Barbaras Willen: straff, fest und glatt zurückgenommen und zu dem abstehenden Knoten gedreht. Ach, wie häßlich sah das aus! Jetzt empfand sie es erst so recht.

Von morgen an sollte das nun anders werden! Sobald sie ihr neues Heim bezog, sollte die linkische, schlechtgekleidete und barbarisch frisierte Raina der Vergangenheit angehören. Darauf hatte sie Dora ihr Wort gegeben, und das wollte sie halten! Sie wollte Arnulf gegenüber ihre Scheu ablegen, ihm in ruhigem Selbstbewußtsein entgegentreten und ihm zeigen, daß sie die Herrin ihres gemeinsamen Heimes sei, gegen deren Wunsch und Willen so wenig etwas geschehen durfte wie gegen den seinen.

Sie richtete sich hoch und straff auf und löste mit den jetzt so flinken, geschickten Händen ihr Haar, ordnete es noch einmal zur Probe in der Weise, wie es sie Dora gelehrt hatte. Es ging ganz leicht und schnell vonstatten.

Morgen wollte sie sich so frisieren. Unter Brautkranz und Schleier sah es Tante Barbara nicht, hatte wohl morgen auch kaum Zeit, darauf zu achten. Und kam sie dann in die Stadt und entdeckte, wie »unordentlich« sich Raina frisierte, dann würde sie ihre Vorwürfe ruhig anhören, aber nichts an der Frisur ändern.

Mit geröteten Wangen und fast kriegerisch blitzenden Augen sah sie ihr Spiegelbild an.

Was würde Arnulf wohl sagen, wenn er sie so erblickte? Ob er es überhaupt bemerkte, und ob sie ihm so besser gefallen würde?

Sie verschränkte die entblößten, schön geformten Arme im Nacken und lehnte den Kopf dagegen. So blieb sie eine Weile sitzen und sah sich an. Ihr Herz klopfte unruhig. War sie weniger hübsch und begehrenswert als andere Frauen und Mädchen? Besaß sie nicht gesunde, gerade Glieder, ein gutgebildetes Gesicht, klare Augen und eine blühende Farbe? Lebten in ihrer Seele nicht warme und tiefe Empfindungen, war sie nicht fähig, klar und lebhaft zu denken?

Wozu hatte ihr der liebe Gott all die Gaben verliehen, wenn sie diese nicht gebrauchen wollte, um sich ihren Anteil am menschlichen Glück zu erwerben? »Du mußt nur wollen, Raina, fest und ernstlich wollen, dann erringst du dir so viel Glück, wie du haben willst.« So hatte ihr Dora oft in diesen Wochen gesagt. Ach, wie gut und hilfreich war Dora ihr gegenüber gewesen, wieviel Mühe hatte sie sich mit ihr gegeben! Nein, Dora sollte das alles nicht umsonst getan haben, sie wollte ihrem Rat folgen und ernstlich um ihr Glück ringen!

Ihr Glück? – Mit sehnsüchtigen Augen sah sie sich an.

›Was ist dein Glück? Wer kann es dir geben? Nur ein einziger Mensch – der Mann, dem du morgen angetraut wirst! In seiner Hand ruht dein Schicksal, von ihm gehen Glück und Unglück deines Lebens aus.‹

Dieser Gedanke begleitete sie auf ihr Ruhelager, und mit diesem Gedanken erwachte sie am nächsten Morgen. Das erste, was sie vernahm, als sie erwachte, war Tante Barbaras scheltende Stimme, welche die Dienstboten zur Eile antrieb.

Eilig kleidete sich Raina an, schlüpfte in ihr altes »praktisches« Hauskleid und ging hinunter, um der Tante bei der Arbeit zu helfen.

Aber diese trieb sie scheltend in ihr Zimmer zurück mit dem Bemerken, Bräute dürften an ihrem Hochzeitstag keine gewöhnlichen Dinge tun. Sie möge ihr nur aus dem Weg gehen. »Wenn man nicht alles selber tut, wird es doch nicht recht«, sagte sie schlecht gelaunt.

Man merkte der alten Dame an, daß es ihr mehr eine Last als ein Vergnügen war, das Hochzeitsfest ihrer Nichte zu richten.

Die Dienerschaft war auch verdrießlich wegen der vielen Arbeit, die man ihr aufbürdete. Jetzt zur beginnenden Heuernte gab es ohnedies schon alle Hände voll zu tun.

So bekam Raina kein freundliches Gesicht zu sehen, und trotz dem Verbot der Tante hielt sie es auf ihrem Zimmer nicht aus, untätig zu sein. Sie huschte heimlich wieder hinaus und legte überall helfend Hand an, wo sie nur konnte.

Erst als es höchste Zeit für sie war, sich in ihr Festgewand zu kleiden, zog sie sich wieder zurück.

Sie war gerade mit ihrem Anzug fertig, als der erste Wagen mit Gästen vorfuhr.

Unter den ersten Gästen war Dora mit ihren Eltern. Sie suchte Raina sofort auf, denn sie hatte es sich vorbehalten, die junge Braut mit Kranz und Schleier zu schmükken. Und sie waltete liebvoll ihres Amtes und sprach herzliche, innige Segensworte dabei:

»Denke dir, meine Raina, daß ich deine Schwester sei! So herzlich und innig wie eine solche wünsche ich dir Glück auf den Weg, den du heute gehst. Und mit aller Kraft meines Herzens wünsche ich dir, daß du in der Ehe finden mögest, was du nur hoffen und wünschen kannst. Und noch einmal sage ich dir: Kämpfe um dein Glück! Dein Verlobter ist ein Mensch, der nach Idealen sucht. Hilf ihm, daß er sein Ideal in dir findet! Denke immer daran, was ich dir in diesen Wochen so oft gesagt habe: Jede Frau kann den Mann, dem sie angehört, zur Liebe erziehen, wenn sie keine gefährliche Rivalin hat!«

Raina küßte sie unter Tränen lächelnd.

»Ich will alles befolgen, meine Dora Aber meinst du nicht, daß ich gerade jetzt die gefährlichste Rivalin habe, die ich nur haben könnte? Du und ich, wir wissen doch beide, daß Arnulf jetzt mit all seinem Sinnen und Denken bei dir ist. Und daß er dich liebt, kann ich so gut verstehen. Wie soll ich gegen dich ankommen, gegen eine Liebe, die einem so herrlichen, vortrefflichen Mädchen gilt?«

Dora lächelte schelmisch. »Darum mache dir gar keine Sorge. Arnulf liebt mich so wenig, wie er bisher eine andere Frau wahrhaft geliebt hat. Sorge dafür, daß du die erste bist, der seine wahre Liebe gelten wird. All sein Herumflattern von einer Blume zur anderen war nichts als ein sehnsüchtiges Suchen nach der einen einzigen, die ihn wahrhaft beglücken kann. Daß er sich die Mühe nahm, bei mir zu suchen, was er ersehnte, kommt uns jetzt zustatten. Ich aber werde ihn nur so lange beschäftigen, bis er an seiner jungen Frau liebenswerte Reize entdeckt und ihr sein Interesse zuwendet. Auf mein Stichwort werde ich dann sofort von der Szene abtreten und dir das Feld überlassen. Ich habe ihn schon gestern schrecklich drangsaliert und abgekühlt mit der Aussicht auf meine Freundschaft. Wie ich ihn kenne, wird er nun unbefriedigt seine Blicke umherschweifen lassen nach einem neuen Gegenstände seines Interesses. So ist für dich der günstige Zeitpunkt gekommen. Merkst du, daß er sich von dir fesseln läßt, dann mache es ihm nur nicht zu leicht, dich zu erobern. Ein leicht errungenes Glück ist keines für einen Mann.«

Raina hatte Dora sehr aufmerksam, mit glänzenden Augen zugehört. Nun atmete sie tief auf. »Wie soll ich einen Schmetterling, wie er es ist, fesseln?«

Dora hob Rainas Kopf empor und sah sie liebevoll an. »Das muß dich die Liebe zu ihm lehren, meine Raina.«

Erglühend senkte die Braut das myrtengeschmückte Haupt. »Dora – du weißt?«

Diese zog sie an sich. »Daß du ihn liebst, mehr als dein Leben – ja, meine Raina, das weiß ich – weiß, daß es für dich kein Glück gibt, ohne ihn! Meinst du, mein Bemühen, dich umzumodeln, wäre sonst so erfolgreich gewesen? Die Liebe war eine bessere Lehrmeisterin als ich! Und weil ich wußte, daß du ihn liebst, habe ich dich aufgestachelt, um dein Glück zu kämpfen.«

»Gute, liebe Dora, wenn es mir wirklich gelingen sollte, danke ich es nur dir!«

»Nein, dir selbst. Habe nur den Mut, du selbst zu sein und mit fester Hand nach dem Glück zu fassen! Dann gehört es dir. So – und nun bist du fertig, Bräutchen im Myrtenkranz! Ich lasse dich nun allein, bis dein Verlobter dich abholt. Und nochmals: Alles Glück mit dir auf deinem Weg!«

»Ich danke dir, und wenn es nach Verdienst geht, dann mußt du einmal sehr glücklich werden«, sagte Raina bewegt.

In Doras Gesicht stieg eine rasche, lebhafte Röte, und in ihren Augen leuchteten Goldfunken. Sie dachte an Frank Marlow. »Nach Verdienst geht das Glück eigentlich nicht«, scherzte sie, küßte die Freundin noch einmal und huschte schnell hinaus.

Unten mischte sie sich zwischen die übrigen Gäste, die sich inzwischen vollzählig versammelt hatten. Es störte sie heute kaum, daß Baron Kranzau gleich wieder an ihrer Seite war und ihr auf Tod und Leben den Hof machte. Sie ließ ihn freilich nicht einen Schritt weiterkommen als bisher, und sobald er das mit einem Blick oder einem Wort versuchte, sah sie ihn mit ihren stolzen Augen so kalt und abweisend an, daß er sich immer wieder beherrschen mußte.

Arnulf von Reckenberg kam fast zuletzt mit seinen Eltern in Buchenau an. Er sah prachtvoll aus in seiner glänzenden Uniform. Sein gebräuntes Gesicht schien heute etwas fahler als sonst. Sichtlich war ihm nicht froh zumute bei dem Gedanken, daß er heute Hochzeit hielt.

Tante Barbara kam ihm entgegen in starrer, rauschender Seide, wie gewöhnlich das Haar straff und glatt zurückgekämmt. Arnulf sah sie mit Unbehagen an. Im Geiste sah er Raina neben ihr wie eine Kopie in Weiß. Er war ganz sicher, daß Raina selbst im Brautkleid, das doch über jedes Mädchen einen Zauber breitete, unmöglich aussehen würde.

Tante Barbara bedeutete ihm, Raina sei auf ihrem Zimmer, er möge sie dort abholen und hinunterführen. Die Trauung sollte sofort beginnen. Im großen Festsaal war ein Hausaltar aufgebaut.

Gehorsam stieg Arnulf die Treppe empor. Er hatte unten einen brennenden Blick auf Dora geworfen, die dicht neben der Tür mit Baron Kranzau zusammenstand. Sie erschien ihm heute schöner als je. Auf ihrem Antlitz lag ein helles Leuchten.

Wie schwer hatte sich sein Blick von ihr losgerissen!

Aufseufzend und immer langsamer stieg er nun die Treppe empor. Ein Diener, der oben stand, öffnete ihm die Tür zu Rainas Zimmer. Arnulf biß die Zähne zusammen und trat mit festem Schritt über die Schwelle.

Raina stand mitten im Zimmer, bräutlich geschmückt, aber blaß bis in die Lippen und mit niedergeschlagenen Augen. Er starrte fast betroffen auf die lichte, schlanke Erscheinung, die ihm heute mit der langen Schleppe viel größer erschien, zumal sie sich stolz und aufrecht hielt und nicht, wie sonst, zusammengesunken dastand. Wie in Sonnenlicht gehüllt stand die junge Braut, und unter dem Brautkranz flimmerte es wie gesponnenes Gold.

Er atmete tief auf. Gottlob, sie sah heute nicht weniger hübsch aus als andere Bräute! Was doch solch ein duftiger Schleier ausmacht. Wirklich, sie sah sogar ganz passabel aus, nur so furchtbar blaß.

›Armes. Ding – ihr ist auch nicht sehr wohl‹, dachte er mitleidig.

Und er wunderte sich, wie reizvoll das goldene, lockige Haar die weiße Stirn umgab. Es war ihm bisher noch gar nicht aufgefallen, daß Rainas Haar einen so satten, warmen Goldton hatte.

Dabei fiel ihm der Ausspruch eines Kameraden ein,

der einmal gesagt hatte, im Brautstaat sei jedes Mädchen ein Engel, dem nur noch die Flügel fehlten, selbst wenn es noch so häßlich sei.

Er seufzte leise bei dem Gedanken, daß Raina morgen mit dem Brautkleid auch den verschönernden Schimmer würde abgelegt haben.

Mit freundlichem Lächeln küßte er ihr die Hand und fand einige gute Worte.

»Ich hoffe, liebe Raina, daß du nie bereuen wirst, mir dein Schicksal anvertraut zu haben. Wir wollen uns beide bemühen, einander nichts schuldig zu bleiben, nicht wahr?« sagte er etwas wärmer als sonst.

Sie sah zu ihm auf, zwang sich, ihn groß und voll anzusehen, obwohl ihr dabei die Röte ins Gesicht stieg. »Mögest auch du nicht zu bereuen haben, daß du dein Geschick mit dem meinen verbindest, Arnulf! Nicht freier Wille stellt uns beide nebeneinander auf den Weg, den wir nun zusammengehen sollen. Wir gehorchen beide einem Zwang. Gott helfe uns, daß er uns nicht zu schwer wird«, sagte sie halblaut, aber mit klarer Stimme.

Er sah ganz überrascht in ihre Augen. Sie schienen ihm heute außerordentlich schön. Ihr Blick berührte ihn ganz seltsam. Und noch tiefer war die Wirkung ihrer Worte, ihrer klaren, weichen Stimme. Zum ersten Mal klang sie voll und klar in sein Ohr. Wenn sie bisher einmal mit ihm gesprochen hatte, dann waren es nur kurze, verschüchterte Antworten auf seine Fragen gewesen. Und was sie da eben zu ihm gesagt hatte, klang weder indolent noch töricht.

Aber es blieb ihm jetzt keine Zeit, darüber nachzudenken oder diese Wirkung in sich ausklingen zu lassen. Er mußte Raina hinabführen. Und er tat es hochaufgerichtet, mit einem erleichterten Gefühl. Heute hatte er nicht das Empfinden, sich an ihrer Seite lächerlich zu machen.

Als das junge Paar unten ankam, hatten sich die Gäste in zwei langen Reihen aufgestellt. Durch diese Reihen, allen kritischen Blicken ausgesetzt, mußte Raina gehen. Arnulf bemerkte ein Raunen und Tuscheln. Sichtlich waren die Gäste durch Rainas Anblick überrascht. Einige hatten sich schon ein heimliches Amüsement versprochen über den Anblick, den Raina von Buchenau bieten würde. Man hatte im Geiste den Brautkranz in komischer Weise auf dem steifen Haarknoten balancieren sehen. Und nun war das so ganz anders! An dieser Braut gab es heute nichts Lächerliches und Groteskes. Im Gegenteil, sie sah seltsam ergreifend aus, blaß und farblos, aber nichts weniger als häßlich.

Raina hob nur ein einziges Mal den Blick. Sie suchte Dora. Und diese nickte ihr verstohlen zu und richtete sich stolz und straff empor, als wolle sie Raina Haltung geben.

Arnulf sah dies Austauschen der Blicke zwischen Dora und Raina. Er merkte, wie sich Raina neben ihm höher richtete. Doras Augen ruhten mit einem Ausdruck auf Raina und ihm, den er nur mit »gütig« bezeichnen konnte. Und so klug und geistvoll blickten diese Augen! Es fiel ihm wieder ein, was Dora ihm gestern über Raina gesagt hatte. Ein Schutz und Hort sollte er Raina sein. Das wollte er auch. Aber verstehen konnte er nicht, daß die kluge und in geistiger Beziehung ziemlich anspruchsvolle Dora soviel von Rainas Freundschaft hielt.

Wie einem Zwang gehorchend, den Doras Blick auf ihn ausübte, sah er auf seine Braut hinab. Zum erstenmal überkam ihn ein Gefühl der Verantwortlichkeit, der Zusammengehörigkeit mit Raina. Und weil er fühlte, daß ihr Arm leise in dem seinen bebte, drückte er ihn fest an sich, als wollte er ihr zeigen, daß sie an ihm nunmehr einen festen Halt haben sollte.

Da sah Raina plötzlich zu ihm auf, und als sie seinem Blick begegnete, schlug die Röte wieder jäh in ihr Antlitz. In ihren Augen lag ein Ausdruck, der ihn rührte.

›Armes Ding‹, dachte er wieder und nahm sich vor, gut und nachsichtig ihr gegenüber zu sein.

Die Trauung wurde schnell vollzogen, und dann fand die übliche Gratulationscour statt. Darauf ging man zu Tisch.

Das Fest verlief programmäßig, und wie gewöhnlich bei einer Hochzeit kamen auch hier die Gäste mehr auf ihre Kosten als das Brautpaar und die nächsten Beteiligten.

Kommerzienrat Planitz war sehr vergnügt, weil es ihm gelungen war, noch einige Abschlüsse zu machen, und auch seine Gattin befand sich in rosigster Stimmung. Man bewunderte ihren neuen Schmuck und machte ihr Komplimente über ihre kostbare, geschmackvolle Robe und ihre schöne Tochter, für deren ältere Schwester man sie halten könne. Das hörte sie immer gern, und deshalb war sie in sehr gehobener Stimmung.

Als sie einige Minuten mit ihrem Gatten allein stand, sagte dieser, sie mit verliebten Blicken betrachtend: »Du siehst blendend aus, Helene, und unser Töchterchen macht einen vornehmeren Eindruck als all diese jungen Aristokratinnen. Ich hoffe, daß auch wir bald ein Hochzeitsfest feiern in unserem Haus. Und dann sollen all diese Herrschaften dabei sein und sollen sehen, daß Kommerzienrat Planitz noch besser als sie versteht, Feste zu feiern! Ich werde Dora eine Hochzeit ausrichten wie einer Prinzessin.«

Frau Helene hörte nur mit halber Aufmerksamkeit zu. Sie hatte darauf zu achten, daß die Schleppe ihres Kleides wirkungsvoll hinter ihr her rauschte. Ihre Antwort fiel ziemlich zerstreut aus.

Ihr Gatte aber sah befriedigt, daß Dora neben Baron Kranzau stand und dieser eifrig auf sie einsprach. Auf Doras Gesicht lag sogar ein Lächeln. Aber er ahnte nicht, daß dies Lächeln durchaus nicht dem Baron galt, sondern Raina von Reckenberg, die sich eben mit einem stummen Blick von Dora verabschiedete.

8

Raina hatte sich am ersten Morgen in ihrem neuen Heim so früh erhoben, wie sie es in Buchenau gewöhnt war. Arnulf schlief noch. Sie kleidete sich an und ordnete sich das Haar so, wie es Dora sie gelehrt hatte. Mit einem leisen Erröten schlüpfte sie in die duftige, spitzenüberrieselte Pracht eines weißen Morgenkleides, das Dora für sie ausgesucht und diplomatisch unter der Rubrik »Hauskleider« in Rainas Aussteuer eingeschmuggelt hatte. Dora hatte Raina auf die Seele gebunden, daß sie dies zarte, duftige Gebilde aus Seide und Spitzen unbedingt in den ersten Morgenstunden tragen müsse, bis sie gemeinsam mit ihrem Gatten das Frühstück eingenommen hätte.

Als sie mit diesem, allerdings sehr verführerischen Morgenanzug fertig war, stellte sie sich vor den Spiegel und sah mit leisem Wohlgefallen auf die reizende anmutige junge Frau, die ihr mit großen Augen entgegenblickte. Aufmerksam betrachtete sie unter Zuhilfenahme eines Handspiegels ihre Frisur. Es sah wirklich ganz wundervoll aus, wie die goldig schimmernden Zöpfe aufgesteckt waren und das gelockte Scheitelhaar so leicht und duftig über die Schläfen fiel.

Raina war Evastochter genug, um sich an dem weichen, eleganten Fall des reizenden Kleides zu erfreuen, daß in einer Schleppe endete und sie schlanker erscheinen ließ.

Befriedigt trat sie, tief aufatmend, vom Spiegel zurück. Nun hatte sie sich wirklich so schön wie möglich gemacht. Dora würde mit ihr zufrieden sein. Aber Tante Barbara?

Ein leises Schelmenlächeln huschte über das Gesicht der jungen Frau. Oh, Tante Barbara! Sie wäre wohl vor Entrüstung außer sich, könnte sie ihre Nichte in diesem »fludderigen« Schleppkleide sehen. Aber Tante Barbara war, Gott sei Dank, draußen in Buchenau, und Raina fühlte sich in dieser Entfernung von ihr ziemlich sicher und mutig.

Nun trat sie vor ihren Kleiderschrank, um sich den Anzug zurechtzulegen, den sie nachher anlegen wollte. Dora hatte ihr dafür genaue Weisung gegeben.

›Wenn Tante Barbara in diesen Schrank blicken könnte – das gäbe eine Katastrophe‹, dachte sie, und doch huschte wieder ein Lächeln über ihr Gesicht.

»Gute Dora«, sagte sie und strich wie liebkosend über die weichen, feinen Stoffe, die so gar nicht Tante Barbaras praktischen Wünschen entsprachen.

So – nun war Raina fertig mit ihren Vorbereitungen. Noch einen letzten Blick in den Spiegel, dann raffte sie mit einem sehr geschickten Griff ihre Schleppe und verließ das Umkleidezimmer.

Leise, um Arnulf nicht zu stören, betrat sie das Speisezimmer. Arnulfs Bursche und das Zimmermädchen waren gerade dabei, den Frühstückstisch zu decken. Sie sahen überrascht und erstaunt auf ihre junge Herrin, die sie so früh nicht erwartet hatten.

Das Mädchen fragte, ob sie das Frühstück bringen solle, aber Raina verneinte.

»Ich werde klingeln, wenn es gebracht werden soll«, sagte sie freundlich, aber bestimmt. Sie wollte auf Arnulf warten. Das Mädchen und der Bursche entfernten sich.

Raina ging langsam durch die Zimmer. Sie ergriff gewissermaßen Besitz von ihrem neuen Reich. Überall sah sie voll Dankbarkeit Spuren von Doras liebevollem Walten. Alle Vasen waren mit frischen Blumen gefüllt, und überall gab es mollige Eckchen.

Gestern abend hatte Raina das alles nicht beachtet, obwohl Arnulf sie durch alle Zimmer geführt hatte. In seiner Gegenwart war sie zu befangen gewesen. Nun suchte sie sich überall zurechtzufinden. Sie öffnete Schränke und Schubfächer. Vor ihrem Schreibtisch blieb sie stehen. Darauf stand in einem hübschen Rahmen Arnulfs Photographie in Uniform. Raina nahm sie zur Hand und betrachtete sie lange. Ein feuchter Schleier legte sich über ihre Augen. Seufzend stellte sie das Bild wieder an seinen Platz.

Dann ging sie hinüber in den Salon. Zu allen anderen Räumen waren die für Reckenberger Raumverhältnisse passenden Möbel etwas zu massig und zu schwer, obwohl Dora geschickt durch allerlei Arrangements vermittelt hatte. Aber hier im Salon standen zierlichere Möbel, und ein schöner Flügel hatte darin Platz gefunden. Raina war sehr musikalisch; aber in Buchenau durfte sie nur spielen, wenn Tante Barbara abwesend war. Sie ließ sich auch nie vor fremden Menschen hören, und nicht einmal Dora wußte, wie vorzüglich Raina den Flügel beherrschte.

Ihre Noten hatte Raina in eine Kiste gepackt und wollte sie heute im Laufe des Tages in das Notenschränkchen einräumen. In Arnulfs Abwesenheit wollte sie fleißig musizieren. Am liebsten hätte sie jetzt gleich den Flügel probiert; denn sie war immer froh, wenn sie eine Stimmung in Tönen ausklingen lassen konnte. Aber sie fürchtete, Arnulf zu stören, und wollte um keinen Preis von ihm gehört werden. Gerade weil sie all ihr Empfinden beim Musizieren zum Ausdruck brachte, scheute sie sich, vor Zuhörern zu spielen.

Da sie nun mit ihrem Rundgang durch die Zimmer fertig war, ließ sie sich in dem Lese-Eckchen nieder, vor dem Tischchen, auf das Dora ihre Lieblingsbücher gelegt hatte.

Erfreut sah sie auch dieses Zeichen liebvoller Aufmerksamkeit und faßte nach einem der Bücher, um darin zu lesen, bis Arnulf erschiene. Aber heute fesselte sie der Inhalt nicht. Sie legte das Buch vor sich hin und lehnte sich in ihren Sessel zurück. Die Arme hinter dem Kopf verschränkt, wie sie es liebte, wenn sie allein war, saß sie da und träumte vor sich hin. Die weiten Spitzenärmel waren zurückgefallen und ließen die Arme frei, die vollendet schön waren. Durch das neben ihrem Platz befindliche Fenster fiel ein Sonnenstrahl über ihre lichte Erscheinung und warf flimmerndes Licht über das goldglänzende Haar. Heute wurden die widerspenstigen Löckchen nicht ängstlich mit einer nassen Bürste vergewaltigt; sie umgaben das feine Köpfchen wie ein Heiligenschein.

Welch ein reizendes, liebliches Bild die junge, in Träume versunkene Frau abgab, ahnte sie nicht. Sie wußte auch nicht, wie lange sie so gesessen hatte. In Gedanken verloren, hatte sie nicht bemerkt, daß Arnulf sich lautlos auf dem weichen Teppichen näherte und unter der Tür des Nebenzimmers stehenblieb. Er hatte geglaubt, Raina schlafe noch, und wollte nun gleichfalls alles Geräusch vermeiden.

Überrascht blieb er nun auf der Schwelle stehen und sah mit großen, erstaunten Augen auf die liebliche Träumerin. Ihm war, als dürfe er seinen Augen nicht trauen. Diese schlanke anmutige Frauengestalt in dem eleganten, duftigen Morgenkleid, in dieser reizend ungezwungenen Haltung. Und mit diesem goldschimmernden, flechtengeschmückten Haupt – das konnte doch unmöglich Raina sein, die ungeschickte, stets schlechtgekleidete und unmöglich frisierte Raina!

Er stand wie erstarrt, sah auf die weißen Arme, die einen Bildhauer hätten begeistern können, und auf die zierlichen, elegant bekleideten Füßchen, die unter dem Rocksaum hervorsahen und leise auf und nieder wippten. War er gestern schon sehr erstaunt gewesen, als er Raina im Brautkleid vor sich sah, so war er jetzt ganz fassungslos. Die junge Dame da drüben war ihm eine Fremde, die nur Rainas Züge hatte. Und diese Züge schienen ihm unter der kleidsamen Frisur verfeinert und veredelt.

Sein Blick vermochte sich nicht von ihr zu lösen. Er stand ganz benommen und rührte sich nicht.

Fühlte Raina den Blick ihres Gatten? Sie atmete tief auf, löste langsam die Hände und ließ die Arme herabgleiten auf die Armlehne des Sessels. Langsam richtete sie sich aus ihrer versunkenen Stellung auf und wollte wieder nach dem Buch fassen.

»Guten Morgen, Raina!« sagte Arnulf endlich, näher tretend.

Sie zuckte leise zusammen. Aber gleich hatte sie sich wieder in der Gewalt. Sie wandte ihm langsam das Gesicht zu und schlug die Augen voll zu ihm auf. »Guten Morgen, Arnulf«, erwiderte sie, so ruhig sie konnte. Nur die aufsteigende Röte in ihrem Antlitz verriet ihre innere Erregung.

Schnell trat er nun an ihre Seite, faßte ihre Hand und führte sie an die Lippen. Dabei ließ er seinen forschenden Blick nicht von ihrem Antlitz, das ihm heute so ganz anders erschien.

»Ich stehe schon eine ganze Weile auf der Schwelle und betrachte dich, Raina. Fast schien es mir, als sitze hier eine fremde Frau, die nur einige Ähnlichkeit mit dir hatte. Du hast dich so seltsam verändert.«

Sie hielt ruhig seinen Blick aus, obwohl ihr das Herz bis zum Hals hinauf klopfte. »Vielleicht nahmst du dir auch nur zum erstenmal Zeit, mich zu betrachten, Arnulf. Ich bin doch dieselbe geblieben, die ich war, wenn ich auch ein anderes Kleid trage. Bisher hast du mich nur nicht beachtet.«

Das klang nicht wie ein Vorwurf sondern nur wie die einfache Feststellung einer Tatsache. Aber seine Stirn rötete sich jäh, als empfinde er es wie einen Vorwurf.

»Du irrst dich, Raina. Ich habe dich oft genug aufmerksam betrachtet. Aber du hast mir nie einen ähnlichen Eindruck gemacht wie jetzt. Gestern allerdings, als ich dich im Brautschmuck vor mir sah, erschienst du mir auch schon verändert. Aber das schob ich auf den Eindruck von Brautkranz und Schleier. Heute sehe ich dich so ganz anders als sonst – ich weiß nicht –, ich kann dich nur mit fassungslosem Staunen betrachten.«

In seiner ganzen Art lag eine so verhaltene Unruhe und Erregung, daß sie sich mühen mußte, ihre Ruhe nicht zu verlieren und wieder ängstlich und scheu zusammenzusinken. Aber sie dachte daran, was sie Dora versprochen hatte, und so blieb sie dann scheinbar ruhig und beherrscht. »Ich bin ganz gewiß keine andere als zuvor. Was dir an mir verändert scheint, ist nichts als die Kleidung und die Frisur.«

Er atmete tief auf und nickte: »Ja, es mag sein. Das Kleid, das du trägst, ist entzückend und kleidet dich wundervoll. Und dein Haar – ich habe noch nie bemerkt, daß du so herrliches Haar hast. Deine alte Frisur – sie kleidete dich gar nicht und ließ dein Haar nicht zur Geltung kommen. Warum hast du dich früher nicht so gekleidet und frisiert?«

Die letzte Frage klang wie ein schwerer Vorwurf.

Raina erhob sich zu ihrer ganzen schlanken Höhe. »Warum? Das will ich dir sagen, Arnulf. Weil es Tante Barbara nie gelitten hätte. Und ich hätte wohl auch früher nicht das Geschick dazu gehabt, weil es mich niemand gelehrt hat. Das habe ich erst von Dora Planitz gelernt. Sie erbarmte sich meiner Hilflosigkeit, meiner bedauernswerten Steifheit und Ungeschicklichkeit. Sie lehrte mich heimlich, damit Tante Barbara es nicht merkte, mein Haar zu ordnen und die Herrschaft über meine Glieder zu erlangen. Dazu hat sich früher niemand Zeit genommen. Tante Barbara würde das verächtlich ›Firlefanz‹ nennen. Und solange ich in Buchenau lebte, hätte ich nicht gewagt, mich so vor ihren Augen zu zeigen.«

Er strich sich über die Stirn. Sie ging in ruhig anmutiger Haltung, die Schleppe hinter sich herziehend, zur Klingel und befahl dem eintretenden Mädchen, das Frühstück zu bringen. Als das Mädchen verschwunden war, ging sie in das nebenan liegende Speisezimmer und trat an den zierlich gedeckten Frühstückstisch, auf den sie ein hohes Kelchglas mit Rosen gestellt hatte. Arnulf war ihr schweigend gefolgt.

»Bitte, nimm Platz, das Frühstück kommt gleich. Du mußt mir sagen, um welche Zeit du es haben willst; dann wird es pünktlich auf dem Tisch stehen«, sagte sie und ließ sich in einen Sessel gleiten.

Das alles geschah mit einer ruhigen, selbstverständlichen Anmut und Sicherheit. Er hatte sie fassungslos beobachtet. Seine Augen staunten sie an wie ein Wunder. War das die linkische, unbeholfene Raina, die er bisher nur mit einem Gefühl spöttischen Mitleids in seinem Dasein geduldet hatte?

Er trat schnell hinter ihren Sessel und beugte sich über sie.

»Raina – ich fürchte, daß wir alle uns an dir versündigt haben. Nicht nur Tante Barbara, auch ich, meine Eltern, wir alle. Nur Fräulein Planitz scheint dich besser erkannt zu haben. Jetzt verstehe ich erst ihre Worte, die sie mir vorgestern hier an dieser Stelle sagte.«

Er hatte ihre Hand ergriffen. Sie entzog ihm diese aber schnell, als jetzt das Mädchen mit dem Frühstückstablett eintrat.

Arnulf nahm seiner jungen Frau gegenüber Platz. Mit einer selbstverständlichen, ruhigen Anmut waltete sie ihres Amtes als junge Hausfrau. Sie füllte die Tassen, reichte ihm Sahne und Zuckerschale und was er sonst brauchte.

Er sah auf das anmutige Spiel ihrer schlanken, schönen Hände und ließ sich mit einem ganz fremden, wunderlichen Behagen bedienen. Alles an ihr erschien ihm neu, reizend und interessant.

Sie plauderte dabei scheinbar ganz unbefangen, obgleich ihr unter seinem Blick oft der Herzschlag zu stokken drohte. Einmal, als sie ihm die Tasse frisch gefüllt hatte, faßte er ihre Hand und küßte den weißen Arm über dem Handgelenk.

Da zuckte sie zusammen. Ihre Augen blickten ihn fast erschrocken an. Sie sah, daß seine Augen erregt und unruhig in den ihren brannten. So hatte er früher nur andere Frauen angesehen. Das kam ihr zum Bewußtsein und berührte sie seltsam.

War es so leicht, ihn zu entflammen und zu interessieren? Brauchte es dazu nichts als ein elegantes Kleid, eine kleidsame Frisur?

Fast war ein Gefühl des Schmerzes darüber in ihrer Seele. Noch wußte er kaum mehr von ihr als vorher. Nur Äußerlichkeiten zogen ihn an. Das kränkte sie fast mehr als seine Gleichgültigkeit und weckte zugleich in ihr ein Gefühl der Überlegenheit. Dies Gefühl machte sie freier, unabhängiger von ihm. Und sie war genug echte Evastochter, um sich das zunutze zu machen. Jetzt verlangte sie danach, in ihrem vollen Wert von ihm erkannt und gewürdigt zu werden. Und nun wuchsen auch ihr Mut und ihr Selbstvertrauen. Fast fühlte sie sich schon als Herrin der Lage, wenn es sie auch noch einige Überwindung kostete, sich ihm ruhig und beherrscht zu zeigen.

Raina selbst wußte kaum zu beurteilen, wie sehr sie sich verändert hatte, und auf Arnulf wirkte diese Veränderung wie ein unfaßbares Wunder.

Dora hatte das als ziemlich sicher vorausgesehen, und sie hätte helle Freude gehabt, wenn sie gesehen hätte, wie geschickt sich Raina ihre Lehren zunutze machte.

In den nächsten Tagen wuchs Raina über sich selbst hinaus. Ihr Gatte hatte für nichts und für niemand Zeit. Für ihn gab es nur ein interessantes Studium jetzt: seine Frau. Und zu allem Staunen und Bewundern gesellte sich nur zu rasch ein wärmeres Gefühl. Raina konnte sich jetzt wirklich nicht beklagen, daß ihr Mann sie vernachlässige oder nur eine gleichgültige, mitleidige Duldung für sie hätte. Außer seinen Dienststunden war er die ganze Zeit in ihrer Gesellschaft und ließ sie nicht aus den Augen. Sie merkte aus seinem Verhalten, daß sie von seinem Wesen Besitz ergriff, und sie hätte aufjubeln mögen vor Glückseligkeit über diese Erkenntnis.

Aber mit dem Bewußtsein, daß sie wirklich ein heißersehntes und ihr bisher unerreichbar scheinendes Glück errungen habe, zog auch die Furcht in ihr Herz, daß wenn sich ihr Arnulfs Herz jetzt zuwandte in einer flüchtigen Aufwallung, im leicht erweckten Interesse an ihrer Umwandlung, und wenn dies Interesse dann wieder verflog wie ein flüchtiger Rausch? Sie fühlte, das wäre dann tausendfach schlimmer, als wenn er sie nie beachtet hätte. Und deshalb beherzigte sie Doras Mahnung: »Mache es ihm nicht zu leicht, dich zu erobern. Ein leicht errungenes Glück ist keins für einen Mann.«

Und so sehr sich Raina sehnte, Arnulfs deutlichem Werben um ihre Zuneigung entgegenzukommen, bezwang sie sich doch und zeigte sich ihm zurückhaltend und beherrscht.

Aber sie lernte schnell mit dem allen Frauen eigenen

Scharfsinn zu erfassen, was sie tun mußte, um das Gefühl, daß in seinem Herzen für sie zu erwachen begann, zu vertiefen und zu verstärken. Und durch ihr ganzes Verhalten, das Arnulf nicht nur Bewunderung und Hochachtung, sondern auch zärtlichere Gefühle abnötigte, gelang es ihr auch, diese Gefühle zu veredeln.

Einige Tage waren vergangen in einem seltsamen Empfinden für die jungen Leute. Arnulf hatte, da sie keine Hochzeitsreise machten, nicht längeren Urlaub genommen. Sein Dienst nahm ihn jeden Tag mehrere Stunden in Anspruch. Aber wenn er zu Ende war, eilte er sehnsüchtig heim. Und wenn er dann plaudernd mit Raina zusammensaß, fühlte er ein nie gekanntes Behagen in sich aufsteigen. Sie plauderte wirklich reizend und anregend, und zu seinem Erstaunen entdeckte er einen ungeahnten Schatz an Wissen in ihrer Unterhaltung.

Einmal kam er früher nach Hause als Raina glaubte. Da vernahm er schon auf der Treppe wundervolles Klavierspiel. Es drang aus seiner Wohnung.

Leise öffnete er mit seinem Schlüssel die Wohnungstür und trat ein. Raina hörte ihn nicht. Er blieb durch einen Vorhang verborgen stehen und lauschte den Klängen, die unter ihren Händen hervorquollen. Wie gebannt schaute er in ihr beseeltes, durchgeistigtes Gesicht. Sie sah in diesem Augenblick wahrhaft schön und bezaubernd aus.

Als sie geendet hatte, trat er vor. »Man erlebt täglich neue Überraschungen an dir, Raina! Du bist ja eine Meisterin auf dem Flügel! Warum hast du mich nie etwas hören lassen?«

Sie war erschrocken emporgefahren: »Ich falle nicht gern jemand lästig mit meinem Klavierspiel«, sagte sie fast schroff; denn sie fürchtete, ihm in ihren Tönen zu viel verraten zu haben.

»Lästig?« fragte er kopfschüttelnd. »Ich habe dir soeben mit großem Genuß eine Weile zugehört. Dein Spiel ist wundervoll, und wenn es nicht unbescheiden ist, bitte ich dich herzlich, mir zuweilen etwas vorzuspielen.«

Sie sah eine Weile schweigend vor sich hin. Gern tat sie es nicht; denn sie wußte: wenn sie musizierte, gab sie etwas von ihrem Inneren preis. Aber sie dachte an Doras Mahnung, ihrem Gatten zu zeigen, was in ihr sei, damit er sie kennenlernte, und schließlich sagte sie zögernd:

»Ich weiß nicht, ob ich vor Zuhörern spielen kann. Bisher spielte ich nur für mich allein. Aber wenn du Nachsicht haben willst und dir wirklich daran liegt, will ich es wohl tun. Doch werde ich nie ohne Aufforderung spielen. Wenn du mich hören willst, mußt du es mir sagen; denn manchmal ist man nicht in der Stimmung, Musik zu hören.«

Er führte ihre Hand an seine Lippen und sah ihr tief in die Augen. »Daß Frauen rätselhaft sind, habe ich schon immer gewußt; aber keine ist mir je ein so großes Rätsel gewesen wie meine eigene.«

Sie zog ihre Hand zurück. Ihr Beben sollte ihm nicht verraten, wie erregt sie war.

»Du kommst heute so früh vom Dienst nach Hause«, sagte sie ablenkend.

»Ist es dir unangenehm?« forschte er.

»Wie sollte es?« fragte sie ruhig.

Er seufzte und zog sich dann zurück, um sich umzukleiden.

So gab es täglich kleine Erlebnisse zwischen dem jungen Paar, die eine verhaltene Erregung auf beiden Seiten zurückließen.

Arnulf bat in der Folge seine Frau fast jeden Abend, ihm etwas vorzuspielen. Immer setzte er sich dann so, daß er ihr Gesicht studieren konnte. Und er fand sie nie schöner und bezaubernder, als wenn ihr Antlitz die Regungen ihrer Seele widerspiegelte, die sie durch ihr Spiel zum Ausdruck brachte. Im Anfang war sie zuweilen etwas unsicher und beklommen, aber das verlor sich immer schnell. Sie vergaß meist schon nach wenigen Minuten, daß sie nicht allein war.

Es war eine ganz wunderliche Zeit für das junge Ehepaar, dies gegenseitige Suchen und Tasten nach gemeinsamen Berührungspunkten. Arnulf war nie in einer ähnlichen Stimmung gewesen wie jetzt. Nie hatte eine Frau ein ähnliches Gefühl in seiner Seele ausgelöst wie Raina. Es wallte oft wie heimliche Rührung in ihm auf, wenn er sah, wie vorzüglich sie sich in den neuen Verhältnissen zurechtfand. Staunend sah er, wie geschmackvoll sie sich jetzt stets kleidete und ihre Unsicherheit im Verkehr mit anderen Menschen überwand. Sie kamen ja nicht viel mit Bekannten zusammen, aber dieser und jener begegnete ihnen doch, und dann sah Arnulf immer mit heimlicher Befriedigung, wie man Raina bewundernd und erstaunt ansah.

Einer von Arnulfs Kameraden sagte eines Tages ganz verblüfft zu ihm: »Donnerwetter, Reckenberg, Ihre Frau Gemahlin ist ja nicht wiederzuerkennen seit Ihrer Verheiratung. Oder ich war früher blind, daß ich nicht gesehen habe, wie schön sie ist.«

Das kam zu impulsiv heraus, als daß Arnulf hätte zürnen können.

»Ja – manchmal ist man eben mit Blindheit geschlagen«, sagte er nur.

Man schob überall Rainas Veränderung auf Arnulfs

Einfluß. Und die Bekannten meinten, er habe sicher vorher gewußt, daß sie so entwicklungsfähig sei. Nun wunderte man sich nicht mehr so sehr, daß der glänzende Offizier Raina von Buchenau heimgeführt hatte.

Arnulf konnte sich nicht genug tun, Raina Aufmerksamkeiten zu erweisen. Es war, als wolle er nachholen, was er früher versäumt hatte. Sie freute sich unsagbar darüber, aber sie zeigte diese Freude nur, soweit sie es für gut hielt. Es war wirklich erstaunlich, wie klug die junge Frau nun ihren Vorteil zu nützen wußte.

Und Arnulf warb von Tag zu Tag eifriger um Rainas Gunst – um ihre Liebe. Er ahnte nicht, daß ihm diese schon längst gehörte, sondern glaubte, Raina stehe ihm jetzt noch so gleichgültig gegenüber, wie er ihr gegenübergestanden hatte. Sie verstand es gut, ihre Gefühle zu verbergen.

9

Es mochten zwei Wochen seit Rainas Verheiratung vergangen sein, als diese das erstemal als junge Frau Dora besuchte. Sie wurde herzlich und freudig von der Freundin begrüßt. Dora brauchte nicht viel zu fragen. Sie sah in Rainas Augen und wußte, daß die Dinge gut standen.

Mit einem schelmischen Lächeln drehte sie Raina ringsum und betrachtete sie befriedigt. Dann sah sie ihr in die Augen.

»Was bist du für eine reizende junge Frau geworden, meine liebe Raina! Ich glaube bestimmt, daß dein Gatte mich jetzt furchtbar vernachlässigen wird«, neckte sie.

Raina küßte sie herzlich: »Ach, liebe, liebe Dora – ich mußte endlich zu dir kommen und dir noch einmal von Herzen danken. Du hast mir wunderbar gut geraten in allen Dingen. Es geht alles nach Wunsch, nein – viel besser, als ich je gehofft habe! Und das danke ich dir, nur dir allein. Ich wollte schon früher kommen, aber es gab doch in diesen ersten Tagen in meinen Haushalt noch allerlei Schwierigkeiten zu überwinden. Doch nun läuft alles am Schnürchen, und du kannst mir glauben, daß es sehr behaglich bei uns ist. Du mußt bald kommen und dich überzeugen.«

Dora zog sie neben sich nieder. »Das will ich gern tun. Und dann wirst du sagen: ›Der Mohr kann gehen‹!«

Raina schüttelte den Kopf: »O nein, meine Dora. Zwar hast du viel, viel mehr als deine Schuldigkeit getan – ach, ich kann dir niemals genug dafür danken, aber ich glaube doch, daß ich dich manchmal noch recht nötig brauchen werde. Bis jetzt habe ich ja glücklich alle Klippen umschifft, und du kannst mir glauben, daß ich mir keine Torheit zuschulden kommen ließ, wenn auch mein törichtes Herz oft rebellierte. Arnulf ist so gut – so sehr gut zu mir; er ist so aufmerksam, so rücksichtsvoll! Nicht eine Stunde läßt er mich allein, wenn ihn nicht der Dienst fortruft.«

»Und hat er nun seine Augen weit aufgemacht? Hat er erkannt, was für ein Kleinod er an dir gewonnen hat?«

Raina errötete jäh. »Ach, Dora – er sagt mir so viel Schmeichelhaftes, und du kannst dir nicht denken, wie erstaunt und betroffen er über meine Veränderung war. Alles an mir ist ihm neu und interessant. Ich hätte nie zu hoffen gewagt, daß er mir so viel Aufmerksamkeit entgegenbrächte. Und – er gibt sich sichtlich Mühe, mir zu gefallen. Ich könnte sehr glücklich sein, wenn ich nicht

Furcht hätte, daß er mir sein Interesse so schnell wieder entzieht, wie er es mir zugewandt hat. Es wird mir herzlich schwer, mich ihm zurückhaltend und kühl zu zeigen; viel lieber möchte ich mich ihm auf Gnade und Ungnade ergeben. Aber ich fürchte, daß es eine Torheit wäre; ich weiß, daß ich stark bleiben muß, um mein Glück zu befestigen. Und du mußt mir schon noch ein Weilchen den Nacken steifen, damit ich mich nicht zu früh unter mein neues Joch beuge, wenn ich es auch gern tragen möchte. Ich will ja nichts, als daß es so bleiben möge wie jetzt.«

Dora streichelte ihre Hand. »Es soll noch besser werden, Raina! Dein Arnulf wäre ja ein Tor, wollte er nicht sein Glück mit starken Armen festhalten für alle Zeit. Aber nicht zu früh kapitulieren, kleine Frau, und nie so ganz und gar, daß es nicht noch etwas zu erobern gibt! Die Männer wollen immer etwas zu erkämpfen haben. Das mühelos Erreichte beglückt sie nicht. Danach mußt du handeln, wenn auch dein weiches Herzchen zu gern alles freigebig verschenken möchte.«

Raina nickte eifrig: »Ja, Dora, ich werde das nicht vergessen.«

Sie plauderten lebhaft noch eine ganze Weile. Dann fragte Dora: »Weiß dein Mann, daß du bei mir bist?«

»Ja, ich habe es ihm gesagt. Er hat jetzt Dienst, sonst hätte er mich kaum allein gehen lassen. Und – ich glaube, er wird mich abholen.«

Bei den letzten Worten flog ein helles Leuchten über Rainas Gesicht.

Dora lachte froh: »Das gefällt mir. So soll es sein!«

»Weißt du, was er heute zu mir sagte, Dora?«

»Nun?«

»Wenn ich vom Dienst nach Hause komme und dich

nicht anwesend finde, fühle ich mich so einsam, daß ich gleich wieder umkehren möchte.«

»Das ist ein erfreulicher Standpunkt. Ich wünsche herzlich, daß ihn die Sehnsucht nach dir niemals mehr zur Ruhe kommen läßt.«

Raina drückte Dora die Hand: »Du mußt Arnulf nicht böse sein.«

Dora lachte: »Wenn ich ihm eine ewig ungestillte Sehnsucht nach dir wünsche, dann ist es das beste, was ich ihm wünschen kann, denn nichts macht glücklicher als Sehnsucht.«

Das sagte sie mit einem weichen, sinnenden Ausdruck. Aber Raina war viel zu sehr mit sich beschäftigt, als daß sie darauf geachtet hätte, daß in Doras Augen auch ein Sehnsuchtsflämmchen glimmte.

»Wie ist es denn mit Tante Barbara?« fragte Dora nach einer Weile. »War sie schon bei euch? Hat sie schon den ersten Schreck über deine Veränderung hinter sich?«

Raina schüttelte aufseufzend den Kopf.

»Nein, das steht mir noch bevor. Sie hat für morgen ihren ersten Besuch bei mir angemeldet. Auch meine Schwiegereltern kommen morgen nachmittag zum Tee zu uns. Die werden sich ganz sicher freuen, mich etwas menschlicher zu finden. Aber Tante Barbara? Weißt du, Dora, daß ich eine greuliche Angst vor ihr habe? Wenn ich das doch überwunden hätte. Diese Angst ist mir zu sehr in Fleisch und Blut übergegangen, sie sitzt zu tief.«

»Du mußt auch das noch schaffen, liebe Seele! Nimm nur dein Herz tapfer in beide Hände, und wenn dir Tante Barbara eine Szene macht, weil du dich nicht mehr in ihre Schablone pressen willst, dann bleibe fest. Den Kopf kann es nicht kosten.«

Raina lächelte etwas bänglich. »Nein, das nicht. Aber

du hast eben keine Ahnung, Dora, daß einen der Respekt vor der Autorität eines anderen Menschen ganz schwach und hilflos machen kann. Doch werde ich deiner Erziehung Ehre machen und mich nicht unterkriegen lassen.«

»So ist's recht! Nur immer tapfer!«

»Deine Eltern sind wohl nicht zu Hause, Dora?«

»Nein, ich bin allein, aber Mama wird bald nach Hause kommen«, ewiderte Dora.

Gleich darauf wurde ein Besuch gemeldet – Frank Marlow.

Dora stieg dabei das Blut so jäh ins Gesicht, daß Raina aufmerksam wurde.

»Führen Sie Herrn Marlow in das Empfangszimmer; ich komme gleich«, gebot Dora dem Diener. Forschend sah Raina in Doras Gesicht, als sie allein waren.

»Wer ist denn das, Frank Marlow?« fragte sie, die Visitenkarte betrachtend. Dora sah die Freundin mit leuchtenden Augen an.

»Ein Mensch, den ich sehr schätze, Raina. Er ist Amerikaner. Sein Vater hat in Kalifornien große Besitzungen und Plantagen sowie ähnliche Konservenfabriken wie der Kommerzienrat. Dieser steht mit Frank Marlows Vater in reger Geschäftsverbindung. Der junge Mann will sich einige Zeit hier aufhalten und soll von uns in die Gesellschaft eingeführt werden. Ich möchte gern, daß du ihn kennenlernst, Raina. Und wenn er dir gefällt, dann würdest du mir persönlich einen Gefallen tun, wenn du ihm den Verkehr in deinem Hause gestatten würdest. Ich muß dir gelegentlich mehr von ihm erzählen. Aber erst sollst du ihn kennenlernen und dir ein Urteil bilden.«

Dora wußte sehr wohl, daß sie gegen den Willen ihres Stiefvaters handelte, wenn sie Frank Marlow den Verkehr im Reckenbergschen Hause ermöglichte und ihm dadurch Einlaß in die aristokratischen Kreise verschaffte. Aber sie kehrte sich nicht daran.

Raina erhob sich bereitwillig.

»Jetzt bin ich schon sehr gespannt auf die Bekanntschaft des jungen Herrn«, sagte sie lächelnd.

»So komm, ich will ihn dir vorstellen.«

Die beiden jungen Damen, die sich in Doras Zimmer befanden, gingen nun hinunter in den Empfangsraum. Dort fanden sie Frank Marlow, der seine Besuche klugerweise immer so einrichtete, daß er Dora wenigstens einige Minuten allein sprechen konnte. Raina sah, daß seine und Doras Augen strahlend ineinander leuchteten, als sie sich begrüßten.

Rainas Interesse für Frank Marlow wurde wach. Er gefiel ihr ausnehmend. Seine Persönlichkeit war ihr sympathisch, und da sie annahm, daß sie Dora damit einen Gefallen tat, so kam sie dem jungen Mann sehr liebenswürdig entgegen.

Dora bezeichnete Raina als ihre beste und treueste Freundin. Das bestimmte Frank Marlow, Sympathie für die junge Frau zu fassen, und so kamen sie sich schnell näher. Liebenswürdig forderte Raina den jungen Mann auf, seine Karte bei ihr abzugeben.

Frank Marlow nahm diese Erlaubnis dankbar an; hoffte er doch, dadurch Gelegenheit zu haben, Dora auch außer diesem Haus zu begegnen.

Er hätte am liebsten jeden Tag, jede Stunde in Doras Gesellschaft verbracht. Sooft wie möglich war er im Planitzschen Hause gewesen. Er hatte hier auch viele Bekanntschaften und im Anschluß daran in einigen Häusern Besuche gemacht. Aber so freundlich er auch überall aufgenommen wurde, so lag ihm doch wenig an einem Verkehr, bei dem er nicht zugleich Doras Gegenwart genießen konnte.

Obwohl es ihm nur selten vergönnt war, einige Minuten ungestört mit Dora zu verplaudern, wußte er doch solche Augenblicke gut auszunutzen, und die beiden jungen Menschen waren einander sehr nahegekommen, viel näher, als sonst bei so kurzer Bekanntschaft üblich war. Sie hatten beide das Gefühl einer unbedingten Zusammengehörigkeit.

Raina merkte sehr wohl, daß Dora Frank Marlow nicht so kühl und unnahbar gegenüber stand wie anderen Herren. Und das bestärkte sie, dem jungen Mann freundlich und liebenswürdig zu begegnen.

Ungefähr zehn Minuten hatten sich die beiden Damen mit Frank Marlow unterhalten, als Frau Helene von einer Wohlfahrtssitzung nach Hause kam. Sie begrüßte Raina sichtlich erstaunt über deren elegantes, hübsches Äußere und Frank Marlow dem sie ihr Wohlwollen zugewandt hatte, mit wortreichen Liebenswürdigkeiten.

»Es tut mir sehr leid, daß ich Sie warten ließ, Herr Marlow. Leider ist es schon einige Male geschehen. Aber ich bin zu sehr von allen Seiten in Anspruch genommen, und die Sitzung dauerte heute recht lange. Man reibt sich tatsächlich auf im Dienst der Wohltätigkeit, und die Leute danken es einem in keiner Weise.«

So plauderte sie weiter und nahm den jungen Mann wieder ganz für sich in Anspruch. Durch allerlei Nichtigkeiten störte sie die vorher so angeregte Stimmung.

Als Frau Helene im Laufe des Gesprächs erfuhr, daß Frau Raina von Reckenberg Frank Marlow ihren Salon geöffnet hatte, war sie sichtlich erstaunt und betroffen. Auf Wunsch ihres Mannes sollte sich doch der Verkehr des jungen Mannes auf die bürgerlichen Kreise beschränken. Empfing ihn aber die Freifrau von Reckenberg in ihrem Haus, dann war das so gut wie ein Freibrief in die Gesellschaft der Aristokratie für ihn. Ihr Gatte würde ungehalten darüber sein, wenn sie selbst sich auch gestehen mußte, daß der junge Mann in seiner vornehmen Art sehr wohl in die besten Kreise paßte. Dora hatte da sicher eine Torheit gemacht, daß sie den jungen Mann mit Frau von Reckenberg zusammengebracht hatte, und ihr Gatte würde darüber sehr zornig sein.

Überhaupt – diese Frau von Reckenberg trat plötzlich verblüffend sicher und selbständig auf. Lud da ohne weiteres einen fremden jungen Mann in ihr Haus ein. Ob das ihrem Gemahl wohl angenehm sein würde?

Während die Kommerzienrätin noch darüber nachdachte, wie sie ihrem Gatten diese Tatsache erklären könne, ohne seinen Zorn zu erregen, wurde Herr von Rekkenberg gemeldet.

›Jetzt bin ich doch neugierig, wie die kleine Frau ihrem Gemahl beibringt, daß sie den jungen Marlow aufgefordert hat, sie zu besuchen‹, dachte sie, und gab das Zeichen, den Gemeldeten eintreten zu lassen.

Rainas Gesicht hatte sich mit einer jähen Röte überzogen, als ihr Mann gemeldet wurde, und ihre Augen glänzten verräterisch.

»Dein Mann will dich uns entführen, Raina«, sagte Dora schelmisch.

Als Arnulf eintrat, suchten seine Augen zuerst seine Frau. Aber artig begrüßte er erst die Kommerzienrätin und Dora, ehe er sich ihr zuwandte. Dann erblickte er plötzlich Frank Marlow. Er stutzte einen Moment, und auch Frank sah ihn einen Augenblick überrascht an. Dann streckte Arnulf dem Kalifornier mit erfreutem Gesicht die Hand entgegen.

»Sehe ich recht? Sie wieder in Deutschland, Frank Marlow? Ich denke, Sie sitzen drüben in Kalifornien auf Ihren Plantagen?«

Frank faßte mit warmem Druck seine Hand. »Nein, Herr von Reckenberg, ich habe mal wieder einen kleinen Abstecher gemacht nach Deutschland.«

»Die Herren kennen sich schon?« fragte Frau Helene, etwas verblüfft der herzlichen Begrüßung zusehend.

Arnulf lachte: »Ja, gnädige Frau, für Herrn Marlow ist die Welt sehr klein. Seine Fahrt über den Ozean scheint ihm nur eine kleine Spazierfahrt. Ich hatte vor einigen Jahren das Vergnügen, ihn in Berlin bei einem Fest der amerikanischen Botschaft kennenzulernen. Wir hatten dann in den folgenden Wochen Gelegenheit, uns ein wenig näherzukommen, und haben Gefallen aneinander gefunden. Das heißt, eigentlich kann ich nur behaupten, daß ich Gefallen an ihm gefunden habe.«

»O nein, das beruht auf Gegenseitigkeit«, sagte Frank lächelnd.

»Na, um so besser! Ich freue mich jedenfalls herzlich, Sie wiederzusehen.«

»Diese Freude teile ich in gleicher Weise.«

»Aber sagen Sie mal, lieber Herr Marlow, Sie scheinen eine besondere Vorliebe für unsere Provinzstadt zu haben; denn Sie fuhren ja schon damals mit mir von Berlin nach D., nicht wahr?«

Dora und ihre Mutter sahen Frank überrascht an.

»Sie waren schon einmal in D.!« rief die Kommerzienrätin erstaunt.

Frank zögerte nur einen Augenblick; dann sagte er ruhig: »Allerdings, gnädige Frau, aber nur einen Tag, sozusagen auf der Durchreise.«

»Und da haben Sie uns nicht einmal besucht«, erwiderte Frau Helene mit lächelndem Vorwurf.

»Ich hätte es sicher getan, gnädige Frau, und ich war auch hier vor Ihrem Haus. Aber es waren alle Läden geschlossen, und der Gärtner, der am Gartentor stand, sagte mir, die Herrschaften seien auf einige Monate verreist. Es war im Hochsommer.«

»Ach so – da waren wir im Engadin und haben Sie also verpaßt.«

Doras Blick war blitzschnell zu Frank hinübergeflogen: Seine Augen sagten ihr: »Ich werde dir das erklären.«

»Hoffentlich nehmen Sie diesmal hier längeren Aufenthalt, mein lieber Herr Marlow, damit wir Gelegenheit haben, unseren freundschaftlichen Verkehr wieder für einige Zeit aufzunehmen«, sagte Arnulf.

Frank Marlow verbeugte sich: »Es soll mich freuen. Voraussichtlich bleibe ich einige Monate hier.«

»Hier in unserem provinzialen D.? Ist Ihnen das nicht langweilig?«

»O nein. Erstens habe ich Geschäfte hier, und zweitens – in so liebenswürdiger Gesellschaft, wie sie mir hier zuteil wird, langweilt man sich nicht. Ihre Frau Gemahlin hat mir schon gütigst die Erlaubnis erteilt, bei Ihnen vorsprechen zu dürfen.«

Arnulf sah seine Frau an. Nur ein sehr aufmerksamer Beobachter hätte bemerkt, daß in seinem Blick eine leise Befremdung lag.

»Du hast ganz in meinem Sinne gehandelt, Raina«, sagte er aber ruhig. Raina neigte ohne eine Spur von Befangenheit das Haupt, auf dem ein reizendes, sehr kleidsames Hütchen saß, das bedeutend gegen die früheren Kopfbedeckungen Rainas abstach.

»Ich wußte natürlich nicht, daß du mit Herrn Marlow

befreundet bist, Arnulf; sonst hätte ich es dir überlassen, ihn zu uns zu bitten. Es bleibt dir natürlich unbenommen, Herrn Marlow den Freunden unseres Hauses zuzurechnen, die uns immer willkommen sind.«

Frank verneigte sich, Doras Augen strahlten auf, und die Kommerzienrätin blickte mit einem unsicheren Empfinden auf die jungen Herrschaften. Arnulf aber sah seine Frau wieder einmal staunend an. Sie bestimmte da alles so ruhig und gewandt, als sei sie es immer so gewohnt gewesen. Er beeilte sich aber, Rainas Worten hinzuzufügen:

»Ich betrachte es als selbstverständlich, mein lieber Herr Marlow, daß Sie uns oft das Vergnügen machen. Einen eigentlichen Empfangstag haben wir allerdings noch nicht eingerichtet, da wir erst kurze Zeit verheiratet sind. Aber für gute Freunde sind wir jeden Tag zwischen vier und sechs Uhr zu Hause. Und ich hoffe, Sie schenken uns auch zuweilen einen Abend. Du mußt wissen, Raina, daß Herr Marlow ein sehr interessanter und unterhaltender Gesellschafter ist.«

»Oh, das habe ich schon selbst herausgefunden«, erwiderte Raina sehr liebenswürdig und gab sich Frank Marlow gegenüber so freundlich und herzlich, daß Arnulf plötzlich ein unbehagliches, ängstliches Gefühl beschlich. Er war von Raina gewöhnt, daß sie besonders jungen Herren gegenüber sehr scheu und zurückhaltend war. Jetzt konnte man ihr davon nichts anmerken. Sie plauderte heiter und ungezwungen mit Frank Marlow, neckte ihn sogar schelmischerweise ein wenig, daß er die Bekanntschaft mit ihrem Gatten unterschlagen habe, und zeigte entschieden ein warmes, lebhaftes Interesse an ihm.

Wenn Arnulf nun auch in Betracht zog, daß seine Frau

sich in allen Dingen sehr verändert hatte, so wollte es ihm doch scheinen, als sei sie dem jungen Mann gegenüber besonders liebenswürdig.

Das beunruhigte ihn entschieden. Es war ihm jetzt durchaus nicht mehr gleichgültig, ob Raina ein junger Mann besser gefiel als er selbst. Fast war es ein Gefühl der Eifersucht, das ihn beschlich. Er ließ seine Augen kaum von seiner Frau. Als sie nach einer Weile mit Frank Marlow ins Nebenzimmer trat, um mit diesem ein dort befindliches Gemälde zu betrachten, über das sie zu Arnulfs Erstaunen soeben sehr kunstverständig gesprochen hatte, sah er ihr unruhig nach.

Dora fing diesen Blick auf und sie war scharfsinnig genug, ihn richtig zu deuten.

Als jetzt die Kommerzienrätin ebenfalls ins Nebenzimmer ging, um Frank Marlow und Raina noch auf einige andere Bilder aufmerksam zu machen, sagte sie mit einem munteren Lächeln: »Wollen Sie sich die Bilder nicht auch betrachten, Herr von Reckenberg?«

Er wandte ihr sein Gesicht zu, erhob sich und trat schnell zu ihr.

»Mein gnädiges Fräulein, ich will lieber die Gelegenheit dieses kurzen Alleinseins ergreifen, um Sie zu fragen: Welches Zaubermittel haben Sie angewandt, um Raina derartig zu verwandeln?«

Sie sah in sein erregtes Gesicht: »Gefällt sie Ihnen nicht in der veränderten Gestalt?« fragte sie scherzend.

»Das können Sie nicht im Ernst fragen. Sie wissen ja sehr gut, wie entstellt Raina war in ihrer früheren Art, sich zu kleiden und zu frisieren. Aber das Äußerliche, was an ihr verändert ist, das ist noch das wenigste. Ich staune jeden Tag von neuem. So blind bin ich neben ihr hergegangen? Ihre scharfen Augen haben gleich entdeckt, welch ein kostbares Kleinod die schlichte Hülle barg.«

Ihre Augen leuchteten warm in die seinen.

»Und haben Sie endlich auch den Wert dieses Kleinods erkannt?«

Er faßte ihre Hand und zog sie an seine Lippen.

»Mit staunenden Augen, ja, mein gnädiges Fräulein! Und jetzt verstehe ich erst alles, was Sie mir über Raina gesagt haben – jetzt erkenne ich Ihr ganzes selbstloses Walten! Was Sie an Raina getan haben, das haben Sie auch an mir getan. Ich danke Ihnen von ganzem Herzen.«

Mit einem warmen, gütigen Blick sah sie zu ihm auf.

»Es bedarf keines Dankes, Herr von Reckenberg. Ich habe Raina lieb – das ist alles! Und Sie werden jetzt wohl verstehen, was ich an ihr hatte; denn ich kannte sie ja schon länger in ihrer wahren Gestalt, ohne die Buchenauer Schablone. Und wenn ich ein wenig Komödie mit Ihnen gespielt habe, so verzeihen Sie es mir. Ich sah Rainas Glück gefährdet und wollte nach Kräften helfen, es ihr zu retten. Ob es mir gelungen ist, weiß ich nicht. Das liegt nun bei Ihnen. Wenn es Ihnen gelingt, Rainas Liebe und Vertrauen zu erringen, dann wird alles gut sein. Leicht wird Ihnen das vielleicht nicht werden, sie muß erst mancherlei verwinden. Aber es lohnt sich schon, um eine Frau wie Raina ehrlich zu werben. Meinen Sie nicht?«

Er seufzte: »Ich meine, Sie sind sehr klug – und sehr gut. Und ich bin auf dem besten Wege, mich ganz rettungslos in meine eigene Frau zu verlieben.«

»Das freut mich – freut mich von ganzem Herzen! Und nun wollen wir beide eine ganz ehrliche Freundschaft schließen, ja?«

Sie reichte ihm die Hand. Er küßte sie, und sie merkte, daß er sehr bewegt war, als er sagte:

»Diesmal nehme ich Ihre Freundschaft ohne Vorbehalt an. Ich glaube, Sie haben es mit mir so gut gemeint wie mit Raina.«

Offen und klar sah sie ihn an: »Ja, Herr von Reckenberg, das habe ich wirklich. Und ich wünsche Ihnen beiden innig ein volles, gemeinsames Glück!«

Wieder seufzte er: »Raina wird mir nicht so leicht vergeben können, daß ich blind und taub neben ihr hergegangen bin. Ich habe sie, als sie meine Braut war, in unerhörter Weise vernachlässigt.«

»Das alles können Sie wiedergutmachen.«

»Glauben Sie? Halten Sie es für möglich, daß Raina mir alles vergibt und vergißt, daß sie lernen wird, mir zu vertrauen? Ich möchte mir so gern ihre Liebe erringen. Leider habe ich das früher versäumt.«

Dora war klug. Sie erkannte wohl, daß Arnulf jetzt in seine Frau verliebt war. Aber verliebt sein, heißt noch nicht lieben. Und nur eine wahre, echte Liebe konnte Raina ganz beglücken. So hielt sie es nicht für klug, ihn wissen zu lassen, daß Raina ihn liebte. Einem Charakter wie dem seinen war solche Sicherheit nicht zuträglich, bevor das Gefühl für seine Frau nicht feste und tiefe Wurzeln geschlagen hatte. Deshalb sagte sie diplomatisch:

»Daß Raina verzeihen kann, großmütig verzeihen, davon bin ich überzeugt. Ob sie es lernt, Ihnen zu vertrauen, und ob sich Ihnen dann ihr Herz zuwendet, das liegt einzig bei Ihnen.«

Er warf einen unruhigen Blick zu seiner Frau hinüber. »Ich werde alles tun, um sie mir ganz zu gewinnen!«

Jetzt kamen die anderen wieder herüber, und das junge Paar verabschiedete sich. Dora flüsterte Raina, als sie diese zum Abschied umarmte, neckend zu:

»Der Mohr kann gehen! Dein Mann hat mir seine Freundschaft geboten!«

Raina stieg die freudige Röte ins Gesicht. Sie wußte, daß ihr Dora durch diese Worte sagen wollte, Arnulf sei von seiner flüchtigen Neigung für Dora kuriert. Sie drückte der Freundin fest die Hand und lächelte froh.

Frank Marlow wollte sich ebenfalls entfernen, aber Frau Helene hielt ihn noch zurück. Er ließ sich nur zu gern halten.

Ein glücklicher Zufall verhalf ihm noch zu einem kurzen Alleinsein mit Dora. Die Kommerzienrätin wurde auf einige Minuten abgerufen. Als sie allein waren, fragte Dora schnell:

»Waren Sie wirklich vor einigen Jahren schon einmal hier?«

Er neigte das Haupt: »Ja, mein gnädiges Fräulein.«

»In welcher Angelegenheit waren Sie hier, Herr Marlow?« fragte Dora.

Er lächelte: »Damals wollte ich nur versuchen, Dora Lind von Angesicht zu Angesicht zu sehen, um mich zu überzeugen, daß sie wohl und gesund war. Ich hätte damals nur wenige Tage hier verweilen können, auch wenn ich Sie angetroffen hätte.«

»Also galt hauptsächlich mir dieser Besuch?«

»Im Grunde nur Ihnen! Aber nun eine Frage, die mir am Herzen liegt, mein gnädiges Fräulein: Werde ich Sie zuweilen im Reckenbergschen Haus sehen?«

Sie errötete, als hätte er ihre Gedanken erraten.

»Das kann wohl sein. Raina von Reckenberg hat mich dringend aufgefordert, sie recht oft zu besuchen, und das werde ich tun – obwohl man eigentlich junge Eheleute nicht so viel stören soll.«

»Die Herrschaften sind jung verheiratet?«

»Ja, kaum seit zwei Wochen.«

»Oh, dann ist es fast ein Unrecht, sie zu belästigen«, scherzte er.

Dora lachte: »Wir müssen uns mit dem Gedanken trösten, daß sie während ihrer Empfangszeit doch nicht ungestört sind.«

»Gut, trösten wir uns damit! Übrigens weiß ich nun auch, wie es kam, daß ich Sie auf dem Balkon des Hauses sah, in dem Reckenbergs wohnen. Ich hatte mir nämlich die Hausnummer gemerkt.«

Sie sah ihn forschend an: »Hatten Sie gesehen, daß ich dieses Haus betrat?«

»Ja! Ich bin Ihnen gefolgt. Bitte, zürnen Sie mir nicht! Es ist sonst nicht meine Art. Aber als ich zuerst in Ihre Augen sah, berührten diese mich so seltsam, als sähe ich sie nicht zum erstenmal. Und mir war gleich zumute, als dürfe ich Sie nicht mehr aus den Augen verlieren. Und doch wußte ich damals noch nicht, daß Sie Dora Lind seien!«

Sie lauschte mit brennendem Interesse. Ihr war, als streiche seine Stimme über sie hin wie eine Liebkosung, als er ihren Namen nannte.

»Und wenn Sie es nun gewußt hätten, was hätten Sie dann getan?«

Er lächelte: »Dann hätte ich Sie ruhig gehen lassen; denn ich hätte ja gewußt, wo ich Sie finden würde.«

Sie stützte den Kopf in die Hand: »Selbst auf die Gefahr hin, Ihnen schrecklich neugierig zu erscheinen, muß ich Ihnen sagen, daß ich doch brennend gern wissen möchte, welch ein Geheimnis Sie vor mir verbergen. Können Sie mir nicht wenigstens eine Andeutung machen?«

Er sah ihr in die Augen mit einem Blick, der ihr tief in die Seele drang.

»Ich möchte Ihnen wohl mancherlei sagen, soweit ich nicht zum Stillschweigen verpflichtet bin. Aber hier kann ich nicht zu Ihnen sprechen; wir sind nie ungestört. Jeden Augenblick kann Ihre Frau Mutter eintreten. Wenn es Ihnen möglich wäre, mir an einem anderen Ort zu begegnen, wo wir uns aussprechen können, würden Sie mich sehr erfreuen. Mir ist, als hätten wir uns mancherlei zu sagen. Sie dürfen mir ganz unbedingt vertrauen.«

Ihre Augen sahen ihn leuchtend an: »Das weiß ich! Ich kenne keinen Menschen, dem ich rückhaltloser vertraute als Ihnen. Und deshalb weigere ich mich auch gar nicht, Ihnen eine Zusammenkunft zu versprechen. Haben Sie morgen vormittag Zeit?«

»Für Sie immer.«

»Gut! Ich werde morgen vormittag um zehn Uhr im Stadtpark spazierengehen. Sie wissen doch, wo der Stadtpark ist?«

»Ich werde ihn sicher finden«, sagte er.

Sie lächelte und fuhr fort: »Mitten im Stadtpark, dessen Wege sternförmig zusammenlaufen, ist ein Platz, auf dem ein Goethedenkmal steht. Dort werde ich um zehn Uhr sein.«

Seine Augen strahlten sie an: »Ich danke Ihnen, gnädiges Fräulein, und ich werde pünktlich zur Stelle sein.«

Sie konnten nur noch einige Worte wechseln, weil die Kommerzienrätin wieder eintrat.

Am Nachmittag dieses Tages kam der Kommerzienrat in sehr guter Laune nach Hause. Als er dann mit seinen Damen am Teetisch saß, sagte er mit Behagen:

»Was glaubt ihr wohl, wer mich heute draußen in meinem Kontor aufgesucht hat?«

Dora gab sich keine Mühe, zu Raten. Nur ihre Mutter war neugierig.

»Nun – wer denn, Robert? Du mußt es sagen, zum Raten habe ich kein Talent.«

Der Kommerzienrat lehnte sich im Sessel zurück und kniff seine Augen zusammen, als wollte er den Effekt seiner Worte recht genießen.

»Also – Baron Kranzau war bei mir.«

Dora hob die Augen. Es zuckte leise um ihren Mund. Aber sie erwiderte kein Wort.

»Was wollte er denn von dir?« fragte Frau Helene.

Er blinzelte ihr zu und warf einen schlauen Seitenblick auf Dora.

»Na, was wird er gewollt haben? Ahnst du es nicht, Helene?«

Frau Helene sah fragend auf Dora, ohne daß diese es bemerkte.

Ihr Gatte lachte laut auf: »Ja, ja, Helene, du bist schon auf der Fährte. Hast wohl schon schwiegermütterliche Ahnungen! Also kurz und gut, der Herr Baron von Kranzau hat in aller Form um die Erlaubnis gebeten, sich um die Hand unseres Töchterchens bewerben zu dürfen.«

Dora richtete sich langsam in ihrem Sessel empor und sah ihn mit ernsten Augen an.

»Und was hast du ihm geantwortet?«

Er lachte: »Na, Töchterchen, was werde ich wohl geantwortet haben? Du weißt doch, daß es mein Wunsch und Wille ist, daß du Baronin Kranzau wirst. Natürlich habe ich ihm nicht gleich gezeigt, wie sehr mich sein Antrag erfreut. Man muß sich ein bißchen rar machen; da hast du ganz recht. Gerade diesen stolzen Aristokraten muß man zeigen, daß man auch wer ist. Aber dann habe ich ihm gesagt, daß er mir als Schwiegersohn willkommen sein würde, und daß ich ihm meine Einwilligung gäbe. Du würdest dich meinem Wunsch selbstverständlich fügen, er habe keine Abweisung zu befürchten.«

Dora fuhr plötzlich hoch empor und stand schlank und aufrecht vor ihm.

»Damit hast du ein Unrecht getan. Ich habe dich nicht im Zweifel gelassen, daß mir Baron Kranzau unsympathisch ist. Solch eine Versprechung hättest du ihm nicht machen dürfen, und ich ersuche dich dringend, ihm sofort mitzuteilen, daß er seine Bewerbung als völlig zwecklos unterlassen soll.«

Der Kommerzienrat trommelte mit den Fingern auf der Lehne seines Sessels und kniff die Augen zusammen, so daß sie nur durch einen schmalen Spalt funkelten. Aber trotzdem war sein Blick scharf und stechend, und es lag ein Ausdruck von Grausamkeit auf seinem Antlitz.

Seine Stimme klang aber noch auffallend gemütlich, als er erwiderte:

»Setz dich, Töchterchen! Ich liebe die tragischen Posen nicht. Du kannst dir wohl denken, daß ich mir reiflich überlegt habe, ob ich diesen Antrag annehme oder nicht. Daß in deinem Köpfchen allerlei romantische Grillen spuken, weiß ich. Bisher habe ich dich ruhig gewähren lassen. Aber in dieser Sache verstehe ich keinen Spaß mehr, damit ist es genug, verstehst du? Ich will zu bestimmen haben, was für einem Schwiegersohn einmal mein Vermögen zugute kommt. Der Baron ist ein Mann nach meinem Geschmack, kein geschniegelter Zieraffe, ein forscher, gesunder Mensch und der feudalste Kavalier, der als Freier für dich in Frage käme. Einige kleine Junggesellengewohnheiten wirst du ihm schon abgewöhnen. Schloß Kranzau soll deine künftige Heimat sein. Ich werde es glänzend restaurieren lassen, und du kannst dort herrlich und in Freuden leben. Sei froh und dankbar, daß ich eine so gute Wahl für dich getroffen habe.«

Dora war leichenblaß, aber um ihren Mund lag ein Zug, der ihm hätte zu denken geben müssen, wenn er sich Mühe gemacht hätte, ihn zu beachten.

»Ich erkläre dir nochmals, daß ich die Bewerbung des Barons Kranzau nicht annehmen werde! Auf keinen Fall lasse ich mich zu einer Ehe zwingen, die mir so bis ins Innerste widerstrebt. Wenn ich mich einmal verheiraten werde, kann es nur mit einem Mann sein, den mein Herz sich erwählt«, sagte Dora mit fester Stimme.

Die Kommerzienrätin wollte vermitteln, aber ihr Gatte legte seine Hand auf ihren Arm und schob sie zurück. Er lachte ganz gemütlich, aber seine Augen funkelten härter und schärfer als zuvor.

»Mach doch kein Theater, Töchterchen! Wir wollen ganz gemütlich bleiben und Mama nicht aufregen. Ich habe ja vorausgesehen, daß du dich ein wenig sperren würdest, und habe deshalb den Baron gebeten, dir noch vier Wochen deine Freiheit zu lassen. Du wirst also vier Wochen Zeit haben, dich an den Gedanken zu gewöhnen. Aber heute in vier Wochen spätestens wird Baron Kranzau erscheinen und dir in Frack und Lack und mit dem üblichen Rosenbukett die entscheidende Frage vorlegen, die du hübsch deutlich mit einem Ja beantworten wirst.

Mach nur nicht so ein grimmiges Gesicht, Töchterchen, das hilft dir nichts! Mit so einem trotzigen kleinen Mädel werde ich schon fertig werden, verlaß dich darauf! Du kennst mich ja nur von der gemütlichen Seite, und ich rate dir gut, versuche nicht, mich von einer anderen kennenzulernen. Befasse dich jetzt lieber in Gedanken mit deinem Brautschatz! Mama wird dir gern dabei helfen; das ist ja was für sie! Und nun ist die Sache für heute erledigt. Heute in vier Wochen feiern wir Verlobung. Nun kannst du mir noch eine Tasse Tee geben.«

Frau Helene sah unbehaglich in Doras blasses Gesicht, das wie versteinert schien. Sie beugte sich vor und legte die Hand auf den Arm ihrer Tochter. »Nun sei vernünftig, Dora, Papa meint es so gut mit dir. Du kommst in eine glänzende Position.«

Mit einem dunklen, rätselhaften Blick sah Dora ihre Mutter an. »Um eine glänzende Position verkaufe ich mich nicht, Mama. Wie kannst du mir nur zureden, meine Hand ohne mein Herz zu verschenken?«

Frau Helene wußte nicht, was sie erwidern sollte. Sie hatte nur die eine Sorge, daß ihr Frieden und Behagen gestört werden könne. Ihr Gatte enthob sie einer Antwort. Er hob die Hand.

»Na, nun hast du aber genug Tragik verzapft, Töchterchen. Jetzt wollen wir wieder gemütlich sein und nicht mehr davon sprechen. Gewöhne dich an den Gedanken, und laß dir nicht einfallen, Querspäne zu machen. In dieser Angelegenheit verstehe ich keinen Spaß, und in meinem Hause geschieht mein Wille. Damit basta!«

Die letzten Worte sagte er mit einer so unbeugsamen Härte und Bestimmtheit, daß Dora sich darüber klar wurde, daß es einen erbitterten Kampf mit ihrem Stiefvater geben würde. Sie fürchtete diesen Kampf nicht, aber sie sehnte sich auch nicht danach. Daß es bei diesem Kampf wahrscheinlich zu einem Bruch kommen würde, schien ihr gewiß, und sie dachte darüber nach, was danach kommen würde. Weil sie nun schwieg, glaubte der Kommerzienrat, sie habe das Zwecklose ihres Widerstandes eingesehen.

Als er nachher mit seiner Gattin allein war und diese noch immer ein wenig bedrückt vor sich hin sah, klopfte er ihr zärtlich und beruhigend auf die Schulter.

»Nur nicht verzagen, Helene! Dora wird vernünftig sein.«

Frau Helene seufzte: »Sie sieht nicht so aus, als hätte sie allen Widerstand aufgegeben; sie hat einen harten Kopf.«

Er lachte überlegen. »Meiner ist härter! Und hier verstehe ich keinen Spaß.«

»Was willst du aber tun, wenn sie sich dennoch weigert?«

Seine Augen funkelten böse. »Es gibt Mittel, solchen Trotzkopf zu besiegen.«

»Mein Gott, du kannst doch nicht Gewalt anwenden?«

Er sah sie starr an. »Sie wird sich fügen, wenn ich ihr klarmache, daß sie nicht einen Heller erbt, wenn sie nicht meinen Willen tut.«

Frau Helene sah ihn bestürzt an. »Du würdest sie enterben?«

Er lachte gemütlich. »Nicht doch, Helene! Nur drohen werde ich ihr im schlimmsten Fall damit. Dann wird sie schnell klein beigeben, denn auf ein paar runde Millionen verzichtet sie nicht so leicht. Aber bis zu dieser Drohung wird es gar nicht kommen; glaub mir, ich werde mit dem Trotzkopf schon fertig. Sie denkt nur noch nicht daran, daß ich Ernst mache, weil ich ihr sonst immer allen Willen gelassen habe.«

Frau Helene beruhigte sich auch schnell bei diesen Worten. Unangenehmes schob sie stets weit von sich. Sie ließ sich nicht gern ihr vergnügliches Leben stören, und von der wahren Wesensart ihrer Tochter hatte sie so wenig eine Ahnung wie der Kommerzienrat.

10

Dora verließ am nächsten Vormittag in sehr ernster Stimmung das Haus, um mit Frank Marlow zusammenzutreffen.

Sie hatte am Abend vorher noch eine Unterredung mit ihrer Mutter gehabt und diese gebeten, ihren Einfluß auf den Kommerzienrat geltend zu machen, daß er von seinem Wunsch Abstand nähme und den Baron davon abhielte, seine Werbung anzubringen. Ihre Mutter hatte aber keinen Zweifel gelassen, daß sie nichts tun könne, und hatte ihr mit etwas ärgerlicher Dringlichkeit zugeredet, vernünftig zu sein und den Wunsch des Vaters zu erfüllen. Er würde nicht davon abgehen, und wenn sie sich weigere, könne es zu sehr unangenehmen Auseinandersetzungen kommen.

So wußte Dora nun, daß ihr die Mutter nicht helfen wurde und daß sie einzig auf sich selbst angewiesen war.

Im Stadtpark angekommen, fand sie Frank Marlow schon ihrer wartend am Goethedenkmal. Der Park war um diese Zeit fast menschenleer. Nur einige Arbeiter sah man hier und da beschäftigt, die Wege sauberzumachen.

Mit leuchtenden Augen kam ihr der junge Mann entgegen. Aber als er ihr ernstes Gesicht sah, war er betroffen. »Tut es Ihnen leid, mein gnädiges Fräulein, daß Sie mir dies Zusammentreffen bewilligt haben?« fragte er besorgt.

Sie schüttelte mit leisem Lächeln das Haupt. »Nein, gewiß nicht; sonst wäre ich nicht gekommen.«

»Gott sei Dank! Ich fürchtete es, weil Sie so ernst aussehen.«

Ein leiser Seufzer entfloh ihren Lippen. Es war ein starkes Verlangen in ihr, ihm ihre Sorgen und Nöte anzuvertrauen. Nach einem kurzen Zögern sagte sie leise, langsam neben ihm hergehend:

»Ich hatte gestern eine sehr unangenehme Szene mit meinem Stiefvater, und ich fürchte, daß mir noch viel schlimmere in nächster Zeit bevorstehen.«

Er blickte sie voll ehrlicher Sorge an. »Ist es sehr unbescheiden, wenn ich Sie bitte, mir zu sagen, was Sie bedrückt?« Dora zögerte noch eine Weile. Aber die Sehnsucht, sich diesem einen Menschen gegenüber alles von der Seele zu sprechen, kam mit Allmacht über sie.

»Nein«, sagte sie endlich, »es ist nicht unbescheiden; denn ich fühle, daß ehrliche, warme Teilnahme aus Ihnen spricht. Sie wissen, daß der Kommerzienrat Planitz nur mein Stiefvater ist. Sie wissen auch, daß ich eine tiefe Abneigung gegen ihn hege, und ich darf sagen, daß diese Abneigung begründet ist. Ich habe, seit ich weiß, daß er nicht mein Vater ist, nur einen großen Wunsch gehabt: mich von ihm unabhängig zu machen und keine Wohltaten mehr von ihm annehmen zu müssen. Dazu verhalf mir ein kleines Talent, das ich ausnützte, um mir zu verdienen, was ich an Kleidern und sonstigen Bedürfnissen brauche. Wenn meine Mutter und meine alte Christine nicht wären, hätte ich längst sein Haus verlassen. Ich müßte lügen, wenn ich sagen wollte, er sei nicht gut zu mir gewesen. Im Gegenteil, er hat mich stets zu verwöhnen versucht, und wenn er auch zu anderen Menschen hart und grausam sein kann, meiner Mutter und mir zeigte er sich, wenn auch oft in täppischer Manier, immer von seiner besten Seite. Aber nun kehrt er mir gegenüber andere Seiten heraus. Er verlangt, trotz meiner energischen Abwehr, daß ich die Bewerbung eines Mannes annehmen soll, der mir im besten Fall – gleichgültig ist.«

Frank Marlow fuhr auf Aber das schnelle Wort, das ihm von den Lippen wollte, blieb ungesprochen. Er sah Dora nur mit einem brennenden Blick an.

Dora fuhr fort: »Bisher habe ich mich damit begnügt, diesem Mann ruhig ablehnend zu begegnen. Aber gestern nachmittag erklärte mir mein Stiefvater plötzlich, Baron Kranzau habe bei ihm um meine Hand angehalten, und er habe sie ihm zugesagt. Er bewilligte mir noch eine Frist von vier Wochen. Nach deren Ablauf soll meine Verlobung unweigerlich stattfinden. Auf meine entschiedene Weigerung erklärte er mir, mit meinem Trotz werde er schon fertigwerden. In seinem Haus geschähe nur sein Wille; danach hätte ich mich zu richten.«

Frank Marlow ballte die Hände und biß die Zähne aufeinander. Ganz wild und zornig sah er aus. »Er soll es nicht wagen, Ihnen Zwang anzutun!« stieß er außer sich hervor.

Dora sah ihn mit großen Augen an. Unwillkürlich waren sie beide stehengeblieben, und rings um sie her war alles still und menschenleer.

»Ich lasse mich ganz sicher nicht zwingen, meine Hand ohne mein Herz zu verschenken«, sagte sie leise, aber fest.

Da faßte er ihre beiden Hände. »Dora – Dora Lind,

haben Sie Dank für dieses Wort! Nein – erschrecken Sie nicht vor meiner Heftigkeit! Der Gedanke, daß man Sie zwingen könnte, sich gegen Ihren Willen an einen Mann zu binden, könnte mich rasend machen. Wir kennen uns nur erst kurze Zeit, Dora – es ist wohl vermessen von mir, mit Ihnen von Liebe zu sprechen. Aber ich wußte schon im ersten Augenblick, als ich Sie sah, daß mein Herz Ihnen zuflog. Und ich habe gleich am ersten Tag meines Zusammentreffens mit Ihnen an meine Eltern geschrieben, daß, wenn ich ihren Wunsch erfülle und eine deutsche Frau mit nach Hause bringe, diese Frau nur Dora Lind sein kann. Dora! Darf ich hoffen, daß es mir gelingen wird, Ihre Liebe zu erringen? Ich will Sie nicht drängen, will geduldig warten und Sie mir zu verdienen suchen durch schrankenlose Ergebenheit. Ich habe Sie so herzlich lieb, Dora! Mag Sie der Kommerzienrat enterben und aus seinem Haus weisen, wenn Sie seinen Willen nicht tun! Sie finden drüben bei uns eine neue Heimat, wo man Sie mit offenen Armen und Herzen liebevoll aufnehmen wird. Meine Eltern werden glücklich sein, wenn ich ihnen gerade Dora Lind als Tochter heimbringe! Ach, Dora, so gut sollen Sie es bei uns haben! Wir wollen Sie für alles entschädigen, was Sie hier aufgeben müssen. Meine Liebe zu Ihnen ist stark und tief, mit meinem ganzen Sein verwachsen. Dora – liebe, liebe Dora!«

Ihre Hände bebten in den seinen. Unter Tränen lächelnd sah sie in sein erregtes Gesicht. Aber dabei brach ein strahlendes Leuchten aus ihren Augen.

»Sie brauchen mir nicht so schön auszumalen, was drüben auf mich wartet, Frank! Ich ginge auch in Not und Tod willig mit Ihnen. Um meine Liebe brauchen Sie nicht erst zu bitten, ich glaube, sie gehörte Ihnen vom ersten Augenblick an, als ich Sie sah. Ja, Frank, ich habe Sie lieb, von ganzem Herzen, von ganzer Seele, und weil ich Sie liebte, schenkte ich Ihnen mein ganzes Vertrauen.«

Flüchtig sah er sich um, ob sie allein waren. Dann riß er sie mit einem halberstickten Laut in seine Arme, an sein laut klopfendes Herz, und seine Lippen preßten sich auf die ihren in einem langen, heißen Kuß. Sie vergaßen alles um sich her; die beiden jungen Herzen hatten sich gefunden im innigen Verstehen.

Als seine Lippen sich endlich von den ihren lösten, sahen sie sich tief in die Augen.

»Du – meine Dora, meine schöne, stolze Dora –, wie glücklich machst du mich durch deine Liebe!« sagte Frank mit verhaltener Zärtlichkeit.

Sie lächelte süß und hinreißend, wie noch nie jemand Dora Lind hatte lächeln sehen.

»Du kannst nicht glücklicher sein als ich, mein Frank; denn in dir werde ich alles finden, was ich zum Glücklichsein brauche. Ich habe keinen Menschen auf der Welt, der zu mir gehört; denn selbst meine Mutter ist mir fremd. Ich habe nur dich, und du sollst mir alles – alles sein.«

Er küßte sie wieder und sah sie mit so heißer Zärtlichkeit an, daß sie erschauerte.

»Mein geliebtes Mädchen, du sollst nie mehr einsam sein! Nicht nur mein Herz schlägt in treuer Liebe für dich. Es gibt noch eine andere Person, die dich von ganzem Herzen liebt, der dein Wohl höher gilt als das eigene.«

Sie sah ihn fragend an. »Ist das der geheimnisvolle Unbekannte, der dich mit einer Mission zu mir schickte?«

»Ja, meine Dora.«

Sie schmiegte sich an ihn.

»Nun – wer er auch sei –, ich will ihn lieben und segnen, weil er dich zu mir gesandt hat; denn mit dir kam das Glück zu mir. Aber sag mir, kannst du mir auch jetzt das Geheimnis noch nicht anvertrauen?«

Er küßte ihre Hände, andächtig eine nach der anderen. »Nein, Dora, es ist ja nicht mein Geheimnis. Nur so viel will ich dir sagen, daß du diesem Menschen teuer bist – so teuer, daß du es kaum begreifen kannst. Dieser Unbekannte hat, obwohl er weit von dir entfernt lebte, dein ganzes Leben mit sorgsamen Augen bewacht. Aber er hat sich mit dem äußeren Schein begnügen müssen, hat geglaubt, du seiest glücklich und zufrieden im Haus deines Stiefvaters. Er hat sich dir fern gehalten aus triftigen Gründen, und weil er glaubte, du bedürfest seiner nicht. Dieser Unbekannte hat deiner stets voll Sehnsucht gedacht und hat es doch über sich vermocht, dir fernzubleiben, weil er für deine Ruhe, deinen Frieden fürchtete. Als ich das erstemal in Deutschland war, bat er mich schon, ihm direkte Kunde von dir zu bringen. Ich sollte versuchen, dich zu sehen. Aber leider fand ich dich damals nicht zu Hause. Als ich zu ihm zurückkehrte und keine Nachricht von dir mitbrachte, war er sehr niedergeschlagen. Das tat mir leid; denn er ist mir, uns allen daheim, sehr lieb und teuer. Und schließlich erbot ich mich nun selbst, noch einmal nach Deutschland zu reisen und zu versuchen, einen genauen Einblick in dein Leben zu erhalten und zu ergründen, ob du wirklich glücklich seiest. Inzwischen hat er wohl meine Nachricht erhalten, wie ich dich angetroffen habe. Wie die Dinge liegen, glaube ich, daß er nun aus seiner Zurückhaltung hervortritt. Ich sende ihm noch heute Nachricht, daß du mir angehören willst. Es wird ihn von ganzem Herzen freuen.«

Dora lauschte mit einem seltsamen Gefühl Marlows Worten. Arm in Arm, dicht aneinander geschmiegt, gingen sie tiefer in den Park hinein.

»Der Unbekannte ist mit mir verwandt?«

»Ja, Dora!«

»Von meiner Mutter oder von meines Vaters Seite?«

»Von deines Vaters Seite.«

»Und er steht in keinerlei Verbindung mit meiner Mutter?«

Er zögerte. Dann sagte er ruhig: »Nein – seit deines Vaters Tod nicht mehr; du darfst um keinen Preis mit deiner Mutter davon sprechen.«

»Nein, nein, ich tue es nicht. Wahrscheinlich zürnt er meiner Mutter – weil sie nicht gut an meinem Vater handelte.«

»Das weißt du?«

»Ja, von Christine. Ist es so?«

»Es wird wohl so sein.«

»Dann steht er sicher auch meinem Stiefvater abgeneigt gegenüber.«

Frank nickte. »Sehr, mein liebes Herz. Aber nun frage nicht weiter. Gedulde dich nur noch eine kleine Weile.«

Dora seufzte beklommen. »Das ist alles so seltsam, so rätselhaft, und mir ist, als fühlte ich, daß die Gedanken dieses Unbekannten bei mir sind. Vielleicht war es das, was mich immer mit so unbestimmter Sehnsucht in eine unbegrenzte Ferne zog.«

Frank sah sie liebevoll an. »Das kann wohl sein, meine Dora. Aber nun laß uns von etwas anderem reden!«

Sie richtete sich lebhaft auf »Ja, Frank – erzähle mir von deinen Eltern, von deinem Leben.«

Er drückte ihren Arm fest an den seinen.

»Ich habe meine Eltern sehr lieb. Mein Vater ist ein Mann, zu dem man in Verehrung aufsehen muß. Meine Mutter – die wird dir gefallen. Sie ist nicht so schön, nicht so jugendlich elegant wie die deine. Sie hat schon graues Haar und ist klein und zierlich, daß du ihr einen so großen Sohn nicht zutrauen würdest. Mein Vater und ich verwöhnen sie, und sie verwöhnt uns.«

Sie lachte. »Erzähle weiter – es klingt so lieb, was du sprichst.«

»Mach dich nur darauf gefaßt«, sagte er, »daß dich meine Mutter die ersten vier Wochen nicht aus ihren Armen läßt. Sie hat sich immer brennend eine Tochter gewünscht, und du bist eine nach ihrem Herzen. Aber nun weiter! Meine Eltern sind jetzt sehr reiche Leute mit einem gesicherten Besitz. Fruchtbare Ländereien, die dir paradiesisch scheinen werden, liefern die Ernte für unsere Konservenfabriken. Deren Ruf reicht über die halbe Welt. Aber vor zehn Jahren etwa, da stand die Firma Marlow und Sohn vor großen Schwierigkeiten. Unglücksfälle aller Art drohten die Existenz meines Vaters zu vernichten. Zum Glück hatte er einen Freund, einen echten, wahren Freund, der ihm ein bedeutendes Kapital vorstreckte und ihn so vor dem Untergang bewahrte. Er ist meinem Vater auch sonst noch mit Rat und Tat hilfreich gewesen, und wenn wir jetzt in glänzenden, gesicherten Verhältnissen leben, danken wir es diesem edlen, hochherzigen Mann. Er ist gleichfalls ein Deutscher und steht unserem Herzen so nahe, als gehöre er zu uns. Er ist ein einsamer Mensch, der im Leben viel Unglück hatte, und wir lieben ihn herzlich. Außer meinen Eltern gab es bisher keinen Menschen, der mir so lieb und teuer war wie er.«

Dora sah ihn forschend an. »Ist dieser Mann mein unbekannter Verwandter, Frank?«

»Nicht mehr fragen, Liebling. Bald sollst du alles wissen.«

Er erzählte noch weiter und entwarf ein leuchtendes Bild von dem Wohltäter seiner Familie. Auch von sich selbst und seinen Eltern sprach er noch ausführlicher. Dora lauschte aufmerksam. Alles interessierte sie sehr. Schließlich sagte Frank aufatmend:

»Am liebsten würde ich jetzt gleich mit dir auf und davon gehen, mein Liebling. Aber das geht natürlich nicht. Du sollst dich nicht fortstehlen. Offen und ehrlich will ich bei deiner Mutter und bei deinem Stiefvater um dich werben. Aber wenn sie mir deine Hand weigern?«

Dora seufzte. »Ich fürchte, daß sie es tun.«

»Nun – so werde ich dich ohne ihre Einwilligung zum Altar führen.«

»Das ist nicht so leicht, mein Frank! Noch bin ich nicht mündig. Erst in einem Vierteljahr ist mein einundzwanzigster Geburtstag, und wir müssen uns darauf gefaßt machen, daß der Kommerzienrat auf seine Rechte als mein Adoptivvater pocht. Sicher wird er versuchen, uns zu trennen, denn er will unbedingt einen aristokratischen Schwiegersohn haben.«

Frank sah mit zusammengezogener Stirn vor sich hin. »Nein, er darf uns nicht trennen – nicht einen Tag!«

»So bitte ich dich: Laß uns noch eine Weile geheimhalten, daß wir uns verlobt haben. Ich muß auf alles gefaßt sein, wenn er es erfährt. Und ich weiß nicht, wie weit seine Rechte an mir gehen bis zu meiner Mündigkeit. Das eine erscheint mir sicher: Sobald er weiß, daß ich mich mit dir statt mit Baron Kranzau verlobt habe, ist meines Bleibens nicht mehr sicher in seinem Haus. Ich muß dann vorbereitet sein, es sofort zu verlassen; denn ich halte ihn zu allem fähig. Vor allen Dingen muß ich auch erst meine Christine in Sicherheit bringen.«

»Sie geht mit uns, Dora; du sollst dich nicht von ihr trennen.«

»Dank für dies Wort, mein Frank! Kommt es zu einem offenen Bruch mit dem Kommerzienrat, dann muß auch zur Sprache kommen, daß ich weiß, daß er nicht mein Vater ist, und Christine kann dann nicht länger im Haus bleiben. Aber ich weiß nicht, ob Christine sich wird entschließen können, mit mir übers Meer zu gehen. Sie ist in einem Alter, wo solch ein Entschluß schwerfällt. Ich muß dann sehen, wie ich ihre Verhältnisse sicherstellen kann. Vielleicht bin ich dazu imstande durch den Erfolg meiner vor kurzer Zeit beendeten Arbeit.«

Er lächelte. »Was ist das für eine Arbeit, die meiner stolzen Dora ihre Unabhängigkeit sichern sollte?«

Sie erzählte ihm von ihrer schriftstellerischen Tätigkeit und von dem Roman, den sie jetzt beim Verleger hatte und über den sie jeden Tag Nachricht zu bekommen hoffte.

Er machte große Augen. »So eine berühmte Braut werde ich haben?« neckte er.

Dora seufzte: »Ach, liebster Frank, eine sehr arme Braut wirst du heimführen; denn selbst wenn mich der Kommerzienrat nicht enterben würde – von seinem Geld möchte ich nicht einen Pfennig annehmen.«

Er zog sie fest an sich: »Nein, Dora, das sollst du auch nicht! Und ob du arm oder reich bist, das gilt mir nichts. Ich bin in der Lage, mir eine Frau nach meinem Herzen zu wählen; denn selbst wenn ich nicht der einzige Erbe meines Vaters wäre, so traute ich mir doch zu, eine Frau zu ernähren und ihr ein angenehmes Los zu schaffen. Ich will dich – dich allein! Dein Besitz macht mich so reich und glücklich, daß ich mit keinem Menschen auf Gottes weiter Welt tausche!«

Leuchtenden Auges sah sie ihn an, und ihre Züge erschienen vom Glück verklärt. »Nun mag kommen was will, mein Frank! Du und ich, wir gehören zusammen!«

»Untrennbar, meine Dora! Wird es dir auch nicht zu schwer werden, die Heimat zu verlassen und mit mir übers Meer zu gehen?«

Sie schüttelte den Kopf: »Meine Heimat ist bei dir, an deinem Herzen! Wo du bist, will auch ich sein, und da ist mein Glück!«

Sie überlegten nun noch, wie sie es möglich machen könnten, sich jederzeit Nachricht zu geben und sooft wie möglich zusammenzutreffen.

»Wir werden uns bei Reckenbergs treffen, Frank! Raina ist mir treu ergeben; ihr kann ich mich anvertrauen. Sie wird uns helfen, daß wir einander sehen und sprechen können.«

Damit war Frank sehr einverstanden, und nun nahmen sie Abschied voneinander. Das dauerte ziemlich lange. Aber schließlich riß sich Dora los und eilte davon.

Frank sah ihr mit strahlenden Augen nach, bis sie verschwunden war.

Dann folgte er ihr bis an das Ende des Stadtparks. Von hier aus schlug er einen anderen Weg ein.

In seinem Herzen glühte und blühte die Liebe zu seinem herrlichen Mädchen. »Meine Dora Lind«, flüsterte er vor sich hin, und seine Augen leuchteten.

11

Arnulf und Raina Reckenberg erwarteten Tante Barbaras ersten Besuch. Raina hatte allen Mut zusammengenommen und sich so gekleidet und frisiert, wie sie es jetzt immer tat.

Arnulf hatte keine Ahnung, wie bang seiner jungen Frau zumute war vor Tante Barbaras scharfen Augen. Sie ließ sich äußerlich nichts anmerken und schien ruhig und gelassen.

Um vier Uhr fuhr unten die große, altmodische Buchenauer Equipage vor.

Arnulf hatte in seinem Arbeitszimmer gesessen. Als Tante Barbara gemeldet wurde, ging er hinüber in das Empfangszimmer. Dort trat zu gleicher Zeit Raina von der anderen Seite ein. Sie trug ein sehr elegantes, duftiges Kleid, das Dora ebenfalls für sie ausgesucht hatte und das sie entzückend kleidete.

Tante Barbara erschien in ihrem ehrwürdigen schwarzseidenen Besuchskleid, mit einem merkwürdig aussehenden Hut, der sehr unglücklich auf dem straff zusammengeflochtenen grauen Haarknoten thronte. Er entstammte sicher nicht der neuesten Mode, war weder schön noch kleidsam, und der Rosentuff, der ihn zierte, paßte durchaus nicht zu dem strengen Gesicht der alten Dame.

Als Tante Barbara Raina erblickte, schlug sie die Hände zusammen. Sie ließ sich gar nicht erst Zeit, das junge Paar zu begrüßen.

»Mein Gott, Raina, wie siehst du denn aus? Wollt ihr zu einem Sommerfest gehen? Du siehst aus, als wolltest du Theater spielen. Ihr hättet mir doch absagen sollen, wenn ihr etwas vorhattet«, sagte sie mißbilligend.

Raina nahm allen Mut zusammen. »Wir haben gar nichts vor, Tante Barbara«, sagte sie so ruhig sie konnte.

»Weshalb hast du denn dann so ein fludderiges Kleid angezogen?« examinierte Tante Barbara streng.

»Es ist ein Teekleid, Tante.«

»Ein Teekleid? Was ist das für ein Unsinn! Teekleid? Wozu brauchst du ein Teekleid. Solch ein unpraktisches Ding lasse ich mir wohl bei einer jungen Frau zu einer großen Gesellschaft gefallen, aber doch nicht im Hause! Ich habe dir doch vier Hauskleider zu deiner Aussteuer bestellt!«

Rainas Herz klopfte bis zum Hals hinauf, und Arnulfs Stirn rötete sich bedrohlich bei diesem Examen, das die alte Dame mit seiner Frau anstellte.

»Ja – dies ist eins von den Hauskleidern, Tante Barbara«, versetzte Raina.

Die alte Dame sank sprachlos in einen Sessel. Nach einer Weile sagte Sie: »Das soll ein Hauskleid sein? Na, da muß ich doch nachher gleich einmal deinen Kleiderschrank durchsehen! Da scheinst du ja mit Fräulein Planitz zusammen schön unpraktisches Zeug eingekauft zu haben! Ich sage ja: Wenn man nicht alles selber macht! Das Kleid zieh mir ja gleich aus und bewahre es dir für Gesellschaften. So ein Unsinn! Was denkst du nur? Und – was hast du denn für Ballschühchen an? Wohl gar seidene Strümpfe? Wahrhaftig – ja bist du denn unklug geworden? Das ist ja die reine Maskerade! Man kann dich doch nicht acht Tage allein lassen! Gleich machst du Dummheiten. Also geh, zieh dir erst ein ordentliches Kleid an.«

Rainas Gesicht hatte unter ihren scheltenden Worten den alten, etwas scheuen Ausdruck bekommen. Sie rang mit dem alten Gefühl der Abhängigkeit und Unterwerfung, das sie immer unter Barbaras Joch gebeugt hatte.

Arnulf sah das und begriff plötzlich Rainas hilflose Lage, begriff, wie es gekommen war, daß sie in Buchenau eine so ganz andere gewesen war. Er verstand nun auch, wie das alte Fräulein durch solche Scheltworte Rainas Eigenart niedergedrückt hatte, wie diese so hatte verkümmern können. Ein heißes Mitleid mit seiner jungen Frau füllte seine Seele und zugleich ein Gefühl der Angst, daß sie sich wieder in Tante Barbaras Schablone pressen lassen könnte. Ein starkes Verlangen kam über ihn, Raina zu helfen und sie zu schützen vor dem Einfluß der Tante.

»Verzeih, daß ich dir widerspreche, Tante Barbara; aber ich wünsche nicht, daß Raina dies Kleid ablegt! Meine Eltern kommen nachher zum Tee, und du bist heute zum erstenmal unser Gast. Das ist für uns eine festliche Gelegenheit, und ich wünsche, daß Raina dementsprechend gekleidet ist«, sagte er, schnell an Rainas Seite tretend.

Er sah, wie Raina verstohlen aufatmete und ihm einen dankbaren Blick zuwarf.

Die alte Dame schüttelte aber wieder mißbilligend den Kopf.

»Wegen deiner Eltern und mir hättest du deine Frau nicht in eine Festtoilette zu stecken brauchen, mein lieber Arnulf. Aber da Raina nun mal das Kleid angezogen hat, mag es so bleiben. Aber die Frisur, die du dir aufgesteckt hast, die ändere nur schnell, ehe deine Schwiegereltern kommen! Du siehst ja darin aus wie eine Dame vom Theater! Ich begreife dich nicht, wie du das Haar so wirr um den Kopf herumstehen lassen kannst, das sieht ja schrecklich nachlässig aus! Nein, so mag ich dich nicht wiedersehen! Schnell, bringe das erst in Ordnung! Ich lege inzwischen ab und sehe mich ein bißchen in der Wohnung um.«

Raina suchte nach einer Antwort. Aber da kam ihr Arnulf wieder zu Hilfe. »Du wirst dich aber doch an diese Frisur Rainas gewöhnen müssen, Tante Barbara. Sie ist zwanglos und kleidsam, und mir gefällt Raina darin viel besser als mit dem straff zusammengedrehten Knoten. Jedenfalls aber wünsche ich, daß Raina diese neue Frisur beibehält.«

Die alte Dame sah Arnulf ganz beleidigt an.

»Na, das muß ich sagen, du scheinst mir einen komischen Geschmack zu haben, Arnulf, wenn dir das gefällt! Mir gefällt es nicht. Aber freilich, Raina ist jetzt deine Frau und hat sich deinen Wünschen zu fügen. Da muß ich mich bescheiden.«

Arnulf nahm lächelnd ihre Hand und küßte sie. »Sei nicht ungehalten, Tante Barbara; aber ein junger Ehemann hat eben einen anderen Geschmack, als –«

Er wollte sagen: »als eine alte Tante«. Aber er bedachte noch zur rechten Zeit, daß dies die alte Dame beleidigen könnte, und so fuhr er fort:

– »als du anzunehmen scheinst. Und du mußt doch zugeben daß Raina in dieser neuen Frisur reizend aussieht.«

Und dabei sah er seine Frau mit so verliebten Blicken an, daß Tante Barbara stutzte und die beiden jungen Leute ziemlich verblüfft betrachtete.

Wenn sie nun hätte ehrlich sein wollen, so hätte sie zugeben müssen, daß Raina viel hübscher aussah als sonst. Aber sie war viel zu ärgerlich, daß hier etwas nicht nach ihrem Kopf ging und daß ihr Raina nicht mehr aufs Wort gehorchte.

Sie blieb verstimmt und verlangte nun, Rainas Garderobe durchzusehen. Arnulf wollte sie, nichts Gutes ahnend, ablenken, aber sie bestand darauf. So konnte Arnulf nur seiner Frau zuflüstern:

»Laß dich nicht unterkriegen! Wenn du Hilfstruppen brauchst – ich bleibe in der Nähe!«

Raina errötete in jäher, heimlicher Freude und hob nun mutiger den Kopf. Daß Arnulf auf ihrer Seite war, machte sie froh. Sie sah ihn wieder mit einem dankbaren Blick an.

»Ich helfe mir nun schon selbst! Ich danke dir«, sagte sie leise und folgte der Tante in ihr Ankleidezimmer.

Da gab es noch eine schlimme Szene. Fast keines ihrer Kleider fand Gnade vor den Augen der Tante, und diese zankte und wetterte mit einer Heftigkeit, als habe sie ihre Buchenauer Dienstboten vor sich.

Ein großer Teil ihres Zornes galt auch Dora, die ihr die Erlaubnis abgeschmeichelt hatte, Rainas Kleider aussuchen zu dürfen.

»Wenn ich geahnt hätte, was sie dir für Plunderkram aussuchte, dann hätte ich ihr sicher meine Erlaubnis verweigert. Was hat sie sich nur gedacht? Mein schönes Geld für solchen Firlefanz! All diese Kleider ziehst du kaum ein halbes Dutzendmal an, dann sind sie kaputt. In spätestens zwei Jahren mußt du neu ausstaffiert werden. Solche Spinnwebstoffe halten doch nichts. Ich bin außer mir, ganz außer mir! Wenn man nicht alles selber macht! Fräulein Planitz werde ich bei Gelegenheit gründlich meine Meinung sagen, das kannst du mir glauben!«

So wetterte das alte Fräulein und hängte wütend ein Kleid nach dem anderen wieder in den Schrank, über jedes noch eine abfällige, vernichtende Kritik liefernd.

Raina hatte wirklich allen Mut nötig, um diesem Sturm in leidlicher Verfassung standzuhalten. Sie ahnte nicht, daß Arnulf im Nebenzimmer nahe der Tür stand und voll Ungeduld lauschte. Er konnte sich kaum noch beherrschen. Am liebsten wäre er hinübergegangen und hätte die alte Dame energisch ersucht, sich seiner Frau gegenüber eines anderen Tones zu bedienen. Das hätte natürlich zu einem schweren Zerwürfnis geführt, und dazu wäre es sicher auch noch gekommen, wenn nicht zur rechten Zeit Arnulfs Eltern eingetroffen wären.

Das benützte Arnulf als Vorwand, der Szene im Ankleidezimmer ein Ende zu machen. Er ging selbst hinüber.

»Raina – meine Eltern sind soeben angekommen; bitte komm, sie zu begrüßen.«

Die junge Frau atmete auf und eilte schnell hinaus. Arnulf verneigte sich vor Tante Barbara und reichte ihr den Arm. Dabei konnte er sich nicht enthalten zu sagen:

»Ich möchte dich ernstlich bitten, Tante Barbara, Raina jetzt nicht mehr in der alten Weise zu bevormunden. Wie soll sie sich unserer Dienerschaft gegenüber Ansehen verschaffen, wenn du sie in solcher Weise abkanzelst?«

Die alte Dame sah ihn zornig an und wollte auffahren. Aber da hörte sie draußen die Stimme von Arnulfs Vater, und als sie in Arnulfs Augen sah, die ernst und fest ihrem Blick begegneten, und die so sehr denen seines Vaters glichen, da schluckte sie die zornigen Worte hinunter. Eine weiche Stelle gab es auch in Tante Barbaras Herzen, und sie konnte Arnulf nicht grollen, weil er eben der Sohn und das Ebenbild seines Vaters war.

Sie sagte nur ein wenig gekränkt: »Ich will doch nur Rainas Bestes!«

»Das weiß ich, Tante Barbara, aber bitte, versuche dir klarzumachen, daß Raina kein Kind mehr ist, das du fortwährend gängeln mußt! Laß sich Raina erst einmal bewußt werden, daß sie jetzt selbst für ihren Haushalt und ihre Kleidung einstehen muß. Wenn sie dann auch im Anfang einige Fehler macht, so gibt sich das doch mit der Zeit. Sie wird schon lernen, alles recht zu machen, wenn es auch ein wenig anders ist, als du es haben willst. Junge Leute haben nun einmal zuweilen andere Ansichten als ältere. Und du hast ja durch eine strenge Erziehung Raina eine feste Grundlage gegeben. Nun darfst du wirklich ein wenig nachsichtig sein. Bitte, mach es Raina nicht zu schwer!«

Das sagte Arnulf bei aller Diplomatie so eindringlich, daß Tante Barbara zum erstenmal über ihr Verhältnis zu ihrer Nichte nachdachte. Und sie antwortete nur wieder: »Ich meine es doch gut mit ihr!«

Inzwischen hatte Raina ihre Schwiegereltern begrüßt, und diese waren froh erstaunt und glücklich über die Veränderung, die mit Raina vorgegangen war. Als Arnulf mit der alten Dame eintrat, hörte diese gerade, wie Frau von Reckenberg ganz entzückt ausrief:

»Nein, Raina – du siehst wirklich ganz reizend aus! Man kennt dich ja nicht wieder! Du bist ja eine entzükkende junge Frau geworden. Ich freue mich aufrichtig!«

Auch Arnulfs Vater betrachtete die junge Frau mit Wohlgefallen und sagte ihr in seiner vornehm ritterlichen Weise einige Artigkeiten, als er ihre Hand mit scherzhafter Galanterie an die Lippen zog.

Daß Raina über diese Anerkennung errötete, machte sie noch hübscher.

Jedenfalls war Tante Barbara überstimmt. Da auch Arnulfs Eltern Rainas Aussehen lobten, ihre Frisur kleidsam und anmutig, das Kleid durchaus nicht geputzt und »fludderig«, sondern reizend und geschmackvoll fanden, so mußte sie sich geschlagen erklären. Und so hatte Raina den ersten Sieg über Tante Barbara davongetragen! Sie fühlte aber sehr wohl, daß es mit diesem Sieg schlecht bestellt gewesen wäre, wenn ihr nicht Arnulf und seine Eltern als Hilfstruppen zur Seite gestanden hätten.

Nachdem der Tee eingenommen worden war, rauchten die beiden Herren in Arnulfs Zimmer eine Zigarette, während die Damen einen Rundgang durch die Wohnung machten. Tante Barbara brachte es wirklich fertig, etwas weniger energisch zu kritisieren, wenn ihr etwas mißfiel. Sie sah sehr wohl, daß der junge Haushalt wie seine Herrin eine ganz andere Eigenart bekommen hatte, als es ihre Absicht gewesen war. Frau von Reckenberg war aber von allem restlos befriedigt und lobte alles, was sie sah, so energisch, daß Tante Barbara ein wenig ihre selbstherrliche Sicherheit verlor.

Schließlich sagte Frau von Reckenberg, Tante Barbaras Hand ergreifend:

»Ich bin wirklich ganz entzückt von diesem jungen Heim! Du hast alles ganz herrlich eingerichtet, liebe Barbara! Es ist erstaunlich, mit welchem feinen Verständnis du zwischen den etwas massigen Möbeln und den beschränkten Räumen dieser Wohnung vermittelt hast.«

Tante Barbara schüttelte energisch den Kopf: »Mit dieser Anerkennung mußt du dich an Fräulein Planitz wenden! Die hat sozusagen den Dekorateur gespielt. Ich hatte ja keine Zeit, und wenn ich hier meine Bestimmungen getroffen hätte, wäre alles ganz anders ausgefallen«, sagte sie schroff.

Frau von Reckenberg kannte ihre Art und lachte. Sie legte den Arm vertraulich um ihre Schultern und sagte begütigend: »Laß gut sein, Barbara! Es ist alles sehr hübsch geworden, wenn auch nicht ganz in deinem Sinne. Und unsere Kinder werden sich hier sehr behaglich fühlen, bis sie nach Reckenberg übersiedeln. Das ist ja die Hauptsache, nicht wahr?«

Tante Barbara meinte zwar bei sich, die Hauptsache sei, daß ihr Wille geschähe, aber das sprach sie doch nicht aus.

Raina wurde nun immer ruhiger und sicherer. Sie brachte es fertig, sich in Tante Barbaras Gegenwart so zu geben, wie sie es in den letzten Wochen getan. Ihre Schwiegereltern kamen aus dem Staunen nicht heraus, und Tante Barbara sah einigemal ganz verdutzt in Rainas Gesicht, wenn diese so gewandt und sicher plauderte und sich in bestimmter, ruhiger Weise äußerte. Bisher hatte die alte Dame in Raina ein Geschöpf gesehen, das einzig nur durch sie existieren konnte, das keine Meinung, keinen Willen hatte und sich ihr schweigend unterordnete. Jetzt kam ihr zum erstenmal die Erkenntnis, daß Raina ein fertiger, denkender Mensch war und daß sie sich binnen kurzer Zeit in einer Weise entwickelt hatte, die sie nie für möglich gehalten hätte. Je sicherer Raina auftrat, desto betretener sah die alte Dame sie an. Und es war doch ein Gefühl in ihr, als habe sie bei Rainas Erziehung einen Fehler gemacht.

Dies Empfinden war aber der selbstherrlichen und stets so zielbewußten alten Dame äußerst unbehaglich. Menschen, die von ihrer Vortrefflichkeit überzeugt sind und die immer alles gut und richtig zu machen glauben, sehen ein Unrecht nur widerwillig und verstimmt ein. Und so trat auch Tante Barbara heute ihren Heimweg in wenig rosiger Stimmung an.

Auf der Fahrt durch die Stadt erblickte sie plötzlich Dora Planitz, die Einkäufe machte. Sie ließ ihren Wagen halten und rief Dora an.

Diese Gelegenheit, ihrem gepreßten Herzen Luft zu machen, konnte sie sich nicht entgehen lassen.

»Guten Tag, Fräulein von Buchenau«, sagte Dora lächelnd und küßte der alten Dame die etwas widerwillig gereichte Hand. Dora sah die Zorneswolken auf Tante Barbaras Stirn und ahnte, daß sie von Reckenbergs kam.

»Guten Tag, Fräulein Planitz! Das trifft sich gut, daß ich Ihnen begegne. Ich habe es mir heute brennend gewünscht«, erwiderte Tante Barbara, mit großen Schritten in ihren Groll hineinsteigend.

Dora sah sie mit einem heiteren Lächeln an: »Womit kann ich Ihnen dienen, gnädiges Fräulein?«

»Mir dienen?« brach die alte Dame los, »Gott bewahre mich davor, daß ich je Ihre Dienste wieder in Anspruch nehmen muß! Nehmen Sie mir diesen Entrüstungsschrei nicht übel, Fräulein Dora, aber wenn ich geahnt hätte, was für Kleider Sie für Raina aussuchen würden, dann hätte ich Ihnen nicht die Auswahl überlassen!«

Dora war über diese Standpauke keineswegs zerknirscht. Schelmisch lachte sie die alte Dame an:

»Sind die Kleider nicht hübsch? Sie müssen Raina erst darin sehen«, sagte sie scheinbar harmlos.

»Na, ich danke! Ich habe genug heute von der ersten Probe! Ob die Kleider hübsch sind, weiß ich nicht. Auf solchen Firlefanz verstehe ich mich nicht. Aber unpraktisch und unsolid sind sie alle! Guter Gott – solche Spinnenwebstoffe! Ich hatte Ihnen doch auf die Seele gebunden, Sie sollten auf gute, haltbare Stoffe und solide Machart sehen!«

Dora verlor ihre gute Laune nicht. Ihre Augen sahen so strahlend und sonnig in die der alten Dame, daß diese unruhig auf ihrem Sitz hin und her rutschte.

»Das habe ich doch berücksichtigt, gnädiges Fräulein! Die Stoffe sind alle außerordentlich gut.«

»Hm! Außerordentlich teuer! Aber beim ersten Tragen gehen sie sicher entzwei.«

»Ganz sicher nicht! Diese weichen, modernen Stoffe tragen sich prachtvoll, wenn sie auch duftig sind. Sie halten viel besser als die starren Seidenstoffe, die man früher trug und die so leicht brechen.«

»Ausgeschlossen! Sehen Sie sich hier mein Schwarzseidenes an, das trage ich schon im sechsten Jahr, und es ist noch wie neu.«

Ein Lächeln huschte um Doras Mund.

»Sechs Jahre? Ja – auf so lange Haltbarkeit habe ich allerdings nicht gerechnet! Da werden die Sachen doch ohnedies unmodern, und Raina muß als Gattin eines so glänzenden Offiziers und als künftige Majoratsherrin von Reckenberg vor allen Dingen darauf sehen, daß sie vornehm und elegant auftritt.«

»Ach, Unsinn! Finden Sie es vornehm, wenn diese Schleierstoffe sich so eng an den Körper schmiegen, daß man – na, ich denke, ich will lieber nichts sagen! Da lobe ich mir meine sehr starre Seide, da sieht kein Mensch, was drunter steckt! Da braucht man auch keine seidenen Strümpfe, wo doch wollene viel gesünder sind!

Die seidenen Strümpfe haben Sie doch sicher auch auf dem Gewissen?«

Dora mußte ein helles Auflachen unterdrücken. Mit einer komischen Zerknirschung sah sie die alte Dame an: »Ja, Fräulein von Buchenau, ich bekenne mich schuldig.«

»Und die Haarfrisur und das ganze umgekrempelte Benehmen Rainas – ist das etwa auch Ihr Werk?«

Dora nickte, als sei sie selber tiefbekümmert über ihre Verderbtheit: »Ja, Fräulein von Buchenau – ich habe Raina ganz in der Stille Anmutsunterricht gegeben.«

»Was für Zeug?«

»Anmutsunterricht.«

»Sie wollen sich wohl über mich lustig machen, Sie junges Fräulein?« fragte die alte Dame erbost.

Da faßte Dora ihre Hand und sah sie plötzlich mit großen, ernsten Augen an.

»Ganz gewiß nicht, mein gnädiges Fräulein! Seien Sie mir nur nicht böse. Ich wollte nichts – gar nichts, als Raina davor behüten, daß sie eine unglückliche, vernachlässigte Frau wird, wie sie auch eine unglückliche Braut war. So, wie sie war, hätte sie ihren Mann nicht fesseln können, und er und sie wären unglücklich geworden, glauben Sie es mir! So aber hoffe ich, daß das junge Paar sehr glücklich wird, und das ist doch die Hauptsache, nicht wahr? Ihr gutes Herz freut sich doch gewiß daran, daß Herr von Reckenberg jetzt sehr entzückt von seiner jungen Frau ist und nicht mehr nach anderen seine Augen schweifen läßt. Nun zanken Sie nicht mehr mit mir, bitte, seien Sie mir gut.«

Die alte Dame sah nachdenklich in Doras schöne, bittende Augen. Ihr strenges Gesicht bekam einen etwas freundlicheren Ausdruck. So ganz wirkungslos blieben Doras Worte nicht, zumal auch schon Arnulf ihr ins Gewissen gesprochen hatte.

»Nun – man kann Ihnen wirklich nicht so recht nach Herzenslust böse sein! Aber schön hereingelegt haben Sie mich doch! Und eigentlich müßte ich mich dafür schadlos halten. Das werde ich auch tun: Beim nächsten Geschäft, das ich mit Ihrem Herrn Vater mache, schlage ich zwei Prozent auf!«

Dora lachte: »Meinetwegen vier Prozent, Fräulein von Buchenau.«

Die alte Dame lachte grimmig: »Natürlich, Sie wissen ja ganz genau, daß Ihr Herr Vater nicht mehr herausrückt, als er für gut hält. Sie müßten mir aber wirklich für den Schaden aufkommen. Tun Sie mir wenigstens den Gefallen und verraten Sie mir, warum Ihr Herr Vater so enorme Abschlüsse macht in diesem Jahr?«

Dora amüsierte sich über die alte Dame; aber sie machte ein ganz ernsthaftes Gesicht: »Was ich selbst weiß, will ich Ihnen gern sagen, gnädiges Fräulein. Er macht so große Abschlüsse, weil er glaubt, daß für Deutschland ein Krieg bevorsteht. Und er hofft, dann alles mit doppeltem und dreifachem Nutzen verkaufen zu können.«

Die alte Dame starrte sie betroffen an: »Das also ist sein Grund! Aber das sind ja Torheiten. Deutschland und Krieg – so ein Unsinn!«

Dora zuckte die Achseln: »Ich behaupte es ja auch nicht und beantworte nur Ihre Frage, so gut ich kann.«

Barbara von Buchenau lachte plötzlich laut auf »Na, wenn Ihr Herr Vater wirklich darauf spekuliert, dann hat er sich ja gründlich in die Nesseln gesetzt! Heutzutage gibt es doch keinen Krieg mehr in einem so zivilisierten Erdteil wie Europa! Wozu haben wir denn immerfort Friedenskonferenzen und dergleichen? Wenn Ihr Herr Vater darauf gerechnet hat, dann ist er schön hereingefallen! Mir kann es ja recht sein; ich hab' meinen Abschluß mit ihm gemacht, und wenn er einmal das Nachsehen hat, ist es nicht schlimm. So ein reicher Mann kann es vertragen.«

Dora reichte ihr die Hand: »Also daraufhin sind Sie mir wieder gut, ja?«

Die alte Dame lachte versöhnlich: »Na, schön, wir sind nun quitt! Und grüßen Sie Ihren Herrn Vater, und sagen Sie ihm, mit dem Krieg wäre es Essig! Er würde wohl auf seinen Konserven sitzenbleiben, wenn er darauf warten will.«

»Das will ich ihm doch lieber nicht sagen, mein gnädiges Fräulein. In solchen Dingen versteht er keinen Spaß!«

»Na, schön, dann sagen Sie es ihm also nicht. Er wird es ja selber merken, daß er sich verrechnet hat. Adieu, Fräulein Dora!«

»Adieu, Fräulein von Buchenau«, erwiderte Dora freundlich.

Barbara von Buchenau ließ ihren Kutscher weiterfahren. Sie war nun besserer Laune; denn sie freute sich nachträglich doppelt über die zwölf Prozent Preiserhöhung, die sie dem Kommerzienrat abgenommen hatte. Sie sagte sich immer wieder, in diesem Fall sei sie die Klügere gewesen. So fuhr sie befriedigt nach Hause, an ihren Feldern vorbei, die eine gute Ernte versprachen. Darüber verlor sich ihr Grimm über Rainas »fludderige« Kleider.

12

Als Frank Marlow sich von Dora getrennt hatte nach dem Zusammentreffen im Stadtpark, ging er sofort zum Telegraphenamt und gab dort eine Depesche auf nach Kalifornien. Diese lautete: »Bitte sofort kommen! Anwesenheit dringend erwünscht und nötig! Frank.«

Diesem Telegramm fügte er die Adresse des Empfängers hinzu und schickte es ab. Dann ging er in sein Hotel. Gleich nach Tisch erhielt er dort ein Telegramm von seinem Vater. Als er es gelesen hatte, atmete er auf.

»Das ist gut – ich hätte mein Telegramm sparen können«, dachte er. Sein Vater hatte ihm depeschiert:

»L. abgereist. Trifft 23. Juli in Hamburg ein. Erwartet Dich dort in bekanntem Hotel. Dein Vater.«

Frank war sehr froh über diese Nachricht. Die Unterredung mit Dora hatte ihn veranlaßt, auf alle Fälle Hilfe herbeizurufen. Es konnte doch sein, daß der Kommerzienrat sich irgendwelcher Mittel bedienen würde, um eine Verbindung Doras mit ihm zu verhindern – Mittel, gegen die er allein machtlos war. Für diesen Fall mußte er Hilfstruppen beschaffen. Und das Telegramm seines Vaters sagte ihm, daß diese Hilfe schon unterwegs sei. Das beruhigte ihn sehr.

Er überließ sich nun seinem Glücksgefühl. Seine Liebe zu Dora war in dieser kurzen Zeit so stark und tief geworden, daß er nicht von ihr lassen konnte. Und er wußte, daß Dora seinen Eltern die liebste Schwiegertochter sein würde, die er ihnen bringen konnte.

Frank Marlow war sonst ein fleißiger, rastlos tätiger junger Mann. Aber jetzt warf er sich auf den Diwan, zündete sich eine Zigarette an und träumte vor sich hin. Der etwaige Widerstand des Kommerzienrats machte ihm keine Sorge mehr; er wußte: im schlimmsten Fall gab es ein wirksames Mittel, diesen Widerstand zu besiegen!

Er beschloß, auf jeden Fall seine Verlobung mit Dora geheimzuhalten, so lange bis der geheimnisvolle Helfer in Deutschland eingetroffen war.

Nachdem er sich eine Weile seinen glücklichen Träumen überlassen hatte, erhob er sich und setzte sich an seinen Schreibtisch, um ausführlich an seine Eltern zu schreiben. Er teilte ihnen mit, daß er sich mit Dora Lind verlobt hatte und bat um ihren Segen. Diesen Brief brachte er selbst zur Post.

Am nächsten Tag, um die Mittagszeit, bummelte Frank durch die jetzt sehr belebten Straßen. Am Marktplatz traf er Arnulf von Reckenberg mit einigen Kameraden. Die Herren kamen vom Dienst und wollten zusammen in einer nahen Weinstube einen Frühschoppen trinken.

Arnulf erblickte Frank und hielt ihn an. Er machte ihn mit seinen Kameraden bekannt und forderte ihn auf, mitzukommen.

Frank sah unschlüssig auf die anderen Herren. »Ich möchte nicht stören.«

Da wurde er aber lachend auch von diesen aufgefordert, sich ihnen anzuschließen.

Nun willigte er munter ein, und wenige Minuten später saß er mit den Offizieren in einer gemütlichen Ecke beim Weine.

Arnulf sorgte dafür, daß zwischen seinen Kameraden und Frank keine Steifheit aufkam, und da Frank ein sehr amüsanter und anregender Gesellschafter war und mit der vornehmen Sicherheit des gebildeten, weitgereisten Mannes sehr fesselnd zu plaudern wußte, gefiel er den Offizieren sehr, und es wurde ein recht vergnügter Frühschoppen.

Die Herren forderten Frank auf, seine freien Abende in ihrer Gesellschaft zu verbringen, und da Arnulf erwähnte, daß Frank ein kühner Reiter sei, der ihm in Berlin die erstaunlichsten Reiterstücklein gezeigt habe, wurde er dringend eingeladen, fleißig die Reitbahn zu benützen. Es wurden ihm sehr liebenswürdige Pferde zur Verfügung gestellt, und man verabredete für einen der nächsten Tage einen gemeinsamen Ritt hinaus nach Reckenberg.

So war Frank mit einem Schlage zu den Offizieren in ein zwanglos vertrauliches Verhältnis getreten.

Der erste, der aufbrach, war Arnulf. Der beabsichtigte Frühschoppen drohte sich zu lange auszudehnen, und Arnulf trieb die Sehnsucht nach Hause – die Sehnsucht nach seiner jungen Frau, die ihn von Tag zu Tag mehr fesselte.

Die anderen Herren wollten ihn noch halten, aber er schob energisch sein Glas von sich und stand auf.

»Ich gehe jedenfalls, bitte Sie aber alle, sich nicht stören zu lassen«, sagte er bestimmt.

»Aber Reckenberg, Sie wollen doch nicht Spielverderber sein? Jetzt wird es ja gerade erst gemütlich.«

»Hierbleiben, Arnulf! Das gilt nicht! Wir sitzen so fidel beisammen. Dieser famose Kalifornier weiß so interessant zu erzählen.«

»Setz dich, Arnulf! Kellner – noch eine Flasche.«

»Nein, Kameraden, laßt Reckenberg laufen. Flitterwöchner soll man nicht aufhalten. Wir anderen bleiben noch fünf Minuten; dann gehen wir auch nach Hause, um die müden Knochen auszuruhen.«

So klang es durcheinander. Arnulf rief den Kellner und zahlte. Auch Frank erhob sich.

»Sie wollen auch schon gehen, Herr Marlow?« fragte ein junger Offizier.

»Ich möchte mich Herrn von Reckenberg anschließen.«

»Na, wenn Sie uns auch schnöde verlassen wollen, dann ist es für heute doch mit der Fidelitas aus. Also, gehen wir schon alle!«

Als die Herren in angeregter Stimmung das Lokal verließen, fuhr soeben Kommerzienrat Planitz vorüber. Er war auf dem Weg von den Fabriken nach seiner Villa.

Erstaunt sah er Frank Marlow inmitten der Offiziere. Reckenberg hatte sogar seinen Arm unter den des Kaliforniers geschoben, und sichtlich war man sehr vertraut mit ihm.

Frau Helene hatte ihrem Mann natürlich gemeldet, daß Frank Marlow und Herr von Reckenberg von Berlin her miteinander befreundet seien. Das hatte ihn geärgert. Und als er Frank nun so vertraut mit den Offizieren des feudalen Regiments sah, die alle der Aristokratie angehörten, ärgerte er sich noch mehr.

›Unsereins muß sich Gott weiß wieviel Mühe geben, um in diese Kreise zu gelangen, und diesem jungen Kalifornier fällt das gleichsam im Schlafe zu‹, dachte er.

Aber er grüßte die Herren sehr verbindlich und zuvorkommend. Die Offiziere dankten ziemlich reserviert. Sie hatten ja nicht geschäftlich mit ihm zu tun und brauchten keine Rücksicht zu nehmen. Da ihnen die Persönlichkeit des Kommerzienrats unsympathisch war, beschränkten sie sich auf die äußerste Förmlichkeit. Obwohl Planitz nicht sehr feinfühlig war, merkte er sehr wohl, wie kühl der Gegengruß ausfiel, und das verstärkte noch seinen Ärger auf Frank, der sich so ganz den Anschein gab, als gehöre er von Rechts wegen in diesen Kreis. Und sein Verlangen nach einem adligen Schwiegersohn wurde noch viel größer.

Er machte auch zu Hause bei Tisch den Damen gegenüber seinem Ärger Luft.

Als die Offiziere mit Frank bis zur nächsten Straßenekke gegangen waren, blieben sie stehen, um sich zu verabschieden. In diesem Augenblick kam Baron Kranzau in einem eleganten Reitanzug auf die Gruppe zu. Er hatte in der Stadt Geschäfte gehabt und sein Pferd eingestellt. Nun war er auf dem Weg zu der Weinstube, welche die Herren soeben verlassen hatten. Er begrüßte diese und wurde auch mit Frank bekannt gemacht.

Dieser betrachtete den Baron natürlich mit besonderem Interesse. Das war also der Mann, dem der Kommerzienrat die Hand seiner Tochter zugesagt hatte! Es beschlich ihn ein ganz seltsames Gefühl, als er in das etwas grobe, sonnengebräunte Junkergesicht blickte.

Der Baron sprach laut und mit rücksichtsloser Derbheit, die etwas Brutales, Herrisches hatte. Von Frank nahm er nicht viel Notiz, aber er versuchte, die Herren zu bewegen, umzukehren und nochmals mit ihm in die Weinstube zu gehen. Diese wehrten lachend ab.

»Nee, nee, Kranzau, in deiner Gesellschaft gibt es nur schwere Sitzungen, da geht es ohne einen Mordskater nicht ab. Ich passe.«

»Ich auch. Meine Knochen sind müde und steif. Ich gehe lieber solid nach Hause, nehme ein paar Augen voll Schlaf und esse dann friedlich im Kasino bei einem Glase Schorlemorle.«

Kranzau schüttelte sich. »Brrr! Schauerliches Zeug, dies Schorlemorle. Ist eine verteufelt wässerige Geschichte. Ich verklage jeden, der mir zumutet, Wasser zu trinken. Das ist mir im Stiefel noch lieber als im Magen. Geht denn keiner nochmals mit? Ich lade euch ein, bin jetzt in Gebelaune«, sagte er, einem der Herren auf die Schulter schlagend. Dieser knickte scherzhaft zusammen.

»Das kostet ein Schlüsselbein, Kranzau; wo du hinschlägst, wächst niemals mehr Gras. Streckst wahrhaftig einen deutschen Reitersmann mit einem Faustschlag zu Boden.«

Kranzau lachte eitel. Er bildete sich viel ein auf seine körperliche Kraft.

»Also geht keiner mit? Ist ja schandbar! Ihr wollt deutsche Männer sein und laßt euch so lange zu einem guten Trunk nötigen.«

Zwei von den Offizieren kehrten endlich mit ihm um. Die anderen gingen auseinander.

Frank begleitete Arnulf ein Stück Weges.

»Die beiden sind heute versorgt und aufgehoben«, sagte Arnulf in bezug auf die beiden Herren, die Kranzau begleitet hatten.

»Meinen Sie?« fragte Frank. Arnulf nickte.

»Ja, wenn Kranzau Kumpane gefunden hat, dann läßt er sie nicht eher los, bis sie erledigt sind. Er selbst kann unglaublich viel vertragen. Ich mag ihn nicht und meide seinen Verkehr, wo ich kann. Er ist unmäßig in allen Dingen, trinkt, spielt – na, und in bezug auf die Frauen kann man nur sagen: Wehe, wenn er losgelassen! Ich bin nie ein Heiliger gewesen und habe auch manchen tollen Streich gemacht. Aber Kranzaus Art ist mir in tiefster Seele zuwider – unter uns gesagt, mein lieber Herr Marlow.«

Frank sah nachdenklich vor sich hin. Diesem Mann wollte also der Kommerzienrat Dora ausliefern! Es stieg heiß und grollend in seiner Seele empor.

An der nächsten Straßenecke verabschiedeten sich die beiden Herren.

»Sehen wir Sie bald bei uns?« fragte Arnulf, Frank die Hand reichend.

»Ich werde mir erlauben«, sagte Frank.

»Dann also auf Wiedersehen.«

»Auf Wiedersehen. Bitte, empfehlen Sie mich Ihrer Gemahlin.«

»Danke sehr.« Arnulfs Schritte wurden nun noch eiliger. Die Sehnsucht nach Raina wurde sehr groß.

Als er ein Stück weitergegangen war, trat die Baronin Sundheim aus einem Geschäft. Sie trug eine sehr verführerische Toilette.

Als sie Arnulf erblickte, sah sie ihn auffordernd an, als wollte sie ihn aufhalten. Ihre Augen brannten lockend in die seinen.

Aber diese Augen hatten längst ihre Macht über ihn verloren. Er fühlte in diesem Augenblick mit heißem, aufquellendem Empfinden, daß er für seine junge Frau ein tieferes, besseres Gefühl im Herzen trug als je zuvor für ein weibliches Wesen.

Mit einem artigen, aber kühlen Gruß schritt er schnell vorüber. Je näher er seiner Behausung kam, desto schneller wurden seine Schritte. Als er endlich vor Raina stand, war ihm zumute, als habe er nach einer mühseligen Wanderung einen frischen Quell erreicht, der ihm Labung verhieß.

Raina begrüßte ihren Gatten mit einem jähen Erröten, aber dabei lächelte sie so freundlich und gelassen, daß er nicht ahnen konnte, wie sehnsüchtig sie ihn erwartet hatte. Sie verstand es gut, sich zu beherrschen. Arnulf fühlte sich sehr unzufrieden mit dieser Begrüßung. Immer, wenn es ihn sehnsüchtig nach Hause getrieben hatte, meinte er, müsse sie ihm mit gleichen Gefühlen entgegenkommen und sich ihm in die Arme werfen. Es genügte ihm jetzt durchaus nicht mehr, sich in so verhaltener Freundlichkeit von ihr begrüßen zu lassen, und er war jedesmal bitter enttäuscht.

Raina war genug Evatochter, um zu merken, daß Arnulf sich mit jedem Wort, mit jedem Blick um sie mühte. Für sie war dies ein unsäglich beglückendes Bewußtsein.

Es war, als bewerbe sich Arnulf erst jetzt um sie, und er tat es in so zarter und doch dringlicher Weise, daß sie oft ihre ganze Selbstbeherrschung nötig hatte, um ihm nicht zu verraten, wie es in ihrem Herzen aussah. Aber sie war klug geworden, die kleine Frau, und sie wußte, daß es um die Beständigkeit ihres Glückes ging. Wenn sie sich zu früh ergab, dann flatterte er ihr nach einem leichten Sieg am Ende doch wieder davon – und dann gab es kein Wiederfinden mehr.

So bezwang sie sich. Und als ihr Arnulf heute während der Mahlzeit eine Empfehlung von Frank Marlow bestellte, erkundigte sie sich angelegentlich nach diesem, um einen unverfänglichen Gesprächsstoff zu haben.

Das gefiel Arnulf durchaus nicht. Er erzählte nur widerwillig und mußte doch, um ehrlich zu bleiben, zugeben, daß Frank Marlow ein sehr interessanter, achtenswerter und liebenswürdiger junger Mann war.

Schließlich brach er dieses Gespräch etwas gewaltsam ab und kam auf Tante Barbaras gestrigen Besuch zu sprechen. Es gelang ihm, Raina ein leises Lachen abzugewinnen, als er Tante Barbaras Entrüstung nachahmte.

Es war einige Tage später. Dora hatte von ihrem Verleger die Nachricht erhalten, daß ihr Roman außerordentlich gefallen habe und zu den üblichen Bedingungen angenommen sei. Ein Bankscheck lag bei.

Aufatmend legte sie den Schein in ihren Schreibtisch. Bei ihrem nächsten Ausgang wollte sie den Betrag auf der Bank erheben. Nun war sie wenigstens beruhigt, daß sie Christines Zukunft auf alle Fälle sicherstellen konnte.

Als nach einer Weile die alte Dienerin bei ihr eintrat, faßte Dora ihre Hand. »Komm, Christine, setz dich einmal zu mir, ich möchte etwas mit dir besprechen.«

Christine sah mit ihren guten Augen in Doras Gesicht und setzte sich bescheiden auf die Kante eines Stuhles. Obwohl sie ihr Dorchen vertraulich noch immer du nannte und diese herzlich liebte und durchaus nicht wie eine Dienerin hielt, vergaß doch Christine nie, in ihrem Wesen die Untergebene zu markieren.

»Was hast du denn, mein Dorchen? Du machst so blanke Augen, als wolltest du mir was recht Schönes sagen.«

»Ja, mein Altchen – es ist etwas Wunderschönes. Aber du darfst es keinem Menschen verraten.«

»Du kannst unbesorgt sein, mein Dorchen. Wenn ich es nicht weitersagen soll, dann behalte ich es für mich, das weißt du doch.« Dora nickte.

»Ja, Christine, das weiß ich. Also hör mich an. Ich habe dir doch gesagt, daß der Kommerzienrat will, daß ich mich mit Baron Kranzau verheirate.«

Christine seufzte bekümmert. »Ja, mein Dorchen. Aber Gott behüte, ich bin sehr froh, daß du ihn nicht willst. Denn siehst du, die Jungfer der Frau Kommerzienrat, die war doch früher bei der verstorbenen Mutter des Herrn Barons in Stellung. Und die Jungfer erzählt unten im Dienstzimmer, wenn wir bei den Mahlzeiten sind, die schlimmsten Sachen von dem jungen Herrn Baron. Ich weiß, du sagst, das sei Dienstbotenklatsch, und magst so etwas nicht hören. Es ist auch nicht nötig, daß du solche Geschichten hörst, das sind häßliche Dinge. Aber ich bin doch heilfroh, daß du den Baron nicht heiraten willst. Das ist doch auch sicher, mein Dorchen?«

Dora sah vor sich hin. »Ganz sicher, Christine! Lieber würde ich sterben, als so einen Mann heiraten. Aber – verloben werde ich mich nun doch, Christine, oder vielmehr, ich habe mich schon verlobt.«

Christine fuhr auf und schlug die Hände zusammen in freudigem Schreck. »Wirklich, Dorchen? Ist das auch wahr?«

»Ja doch, damit treibe ich keinen Scherz.«

»Darf ich denn wissen, mit wem?« fragte Christine eifrig.

»Ja, du sollst es wissen. Mit Frank Marlow habe ich mich verlobt.«

Nun erschrak Christine wieder. »Guter Gott! Mit dem fremden Herrn, der übers Meer gekommen ist?«

»Ja – mit ihm.«

»Und mit dem willst du wohl gar weit fortziehen?«

»Ja, Christine.«

Der alten Dienerin schossen die Tränen in die Augen. »Ach, du lieber Gott, mein Dorchen – so über das weite, weite Meer, mit einem großen Schiff. Lieber, guter Gott, wenn da nun ein Unglück passiert? Du weißt doch, mein Dorchen, dein armer Vater – er ist auch mit so einem großen Schiff untergegangen. Nun werde ich doch keine ruhige Minute mehr haben, bis ich dich drüben in Sicherheit weiß. So sehr ich mich freue, daß du dich verlobt hast, so sehr bange ich mich nun auch um dich, wenn ich denke, daß du so eine Reise machen mußt. Will denn dein Verlobter nicht lieber in Deutschland bleiben – dir zuliebe?«

»Nein, Christine, er muß nach Kalifornien zurück, zu seinen Eltern.«

Christine wischte sich die Tränen fort. »Da ist mir nun mit eins mein altes Herz recht schwer geworden. Ich sollte mich ja eigentlich freuen, daß du dich verlobt hast, aber wenn du nur nicht so weit weggehen würdest. Da seh' ich dich ja niemals wieder.«

Dora legte den Arm um ihre Schulter. »Könntest du dich nicht entschließen, mit mir zu gehen?«

»Übers Meer?« fragte Christine erschrocken.

»Ja, übers Meer, dorthin, wo meine neue Heimat sein wird.«

Eine Weile sah die alte Dienerin vor sich hin. Sie dachte daran, wie sie weiterleben sollte, wenn sie nicht mehr für ihre junge Herrin sorgen konnte. Da würde ihr der Hauptinhalt ihres Lebens fehlen. Aber so eine weite Reise übers Meer, auf einem Schiff, das so leicht untergehen konnte, das war etwas Ungeheuerliches für Christine.

Dora sah, wie sie mit sich kämpfte und streichelte ihre Hände. »Gute Christine, ich will dich nicht bereden, denn ich weiß, es würde dich große Überwindung kosten, eine so weite Reise zu machen und dich in neue Verhältnisse einzugewöhnen. Daß es mir schwer ankommen würde, mich von dir zu trennen, weißt du. Und ich muß dir noch eins sagen, Christine. Der Kommerzienrat wird nicht leiden wollen, daß ich einen anderen als den Baron Kranzau heirate. Und da wird es also wohl zwischen uns zum Bruch kommen. Und es ist möglich, daß ich dann zur Sprache bringen muß, daß er nicht mein Vater ist. Dann ist deines Bleibens nicht mehr hier Haus. Aber ich werde auf alle Fälle deine Zukunft sicherstellen, so daß du ohne Sorgen leben kannst, auch wenn du nicht mit mir gehst.«

Die letzten Worte sagte die junge Dame mit leiser, unsicherer Stimme. Sie fühlte, daß es sie sehr schmerzen würde, wenn sie sich von der alten Dienerin trennen mußte, die ihr so lange Jahre viel mehr gewesen war als ihre Mutter.

Christine lauschte auf diesen wehen Herzenston, und ihre Augen wurden wieder feucht.

»Würde es denn dein Verlobter erlauben, daß ich mit dir gehe, mein Dorchen?« fragte sie unsicher.

Dora nickte energisch. »Ja, Christine, ganz gewiß. Es würde ihn freuen, wenn du mit mir gehen würdest, denn er weiß, wie lieb ich dich habe. Und du brauchtest nicht zu fürchten, daß du unter ganz fremden Menschen da drüben leben müßtest. Die Mutter meines Verlobten ist eine Deutsche, und sein Vater stammt auch von deutschen Eltern ab. Es leben überhaupt viele Deutsche dort drüben, und du kannst immer deine Sprache hören. Schön soll es sein in Kalifornien, es ist ein herrliches, fruchtbares Land. Du solltest nur einmal zuhören, wenn Frank erzählt. Und gut solltest du es haben, mein Altchen. Wir wären dann immer beisammen, und du würdest nie einsam sein. Sieh, ich kann mir gar nicht denken, daß ich dich hier zurücklassen soll. Aber natürlich mußt du dich selbst entscheiden, ob du mit mir gehen willst oder nicht. Ich will dich wirklich nicht bereden, etwas gegen deinen Willen zu tun.«

Dabei wurden aber Dora die Augen feucht, und sie umarmte die alte Dienerin, als müsse sie diese halten.

Da holte Christine tief Atem. Sie streichelte Dora über das Haar und dachte daran, wie ihr vor vielen Jahren Hans Lind sein Kind in die Arme gelegt hatte, und sie ihm versprechen mußte, daß sie es nicht verlassen würde, bis er es zu sich rufen könnte.

Hans Lind war tot – ruhte seit langen Jahren auf dem Meeresgrund –, und was man einem Toten versprochen hat, muß man halten. Außerdem fühlte Christine mit Bestimmtheit, daß ihr das Herz brechen würde, wenn sie sich von ihrem Dorchen trennen mußte. Nein – lieber mit über das große Wasser gehen!

Sie richtete sich entschlossen auf. »Ich komme mit, Dorchen, ich komme mit – und wenn es bis ans Ende der Welt geht! Hab' ich doch mein Dorchen sehr lieb und hab' es doch deinem Vater versprochen, daß ich dich nie verlassen werde. Das kann ich auch nicht. Mag's zehnmal über das Wasser gehen, ich komme doch mit.«

Da fiel ihr Dora um den Hals und küßte sie. »Gute Christine, nun bin ich erst so recht von Herzen froh.«

Die alte Dienerin weinte nun doch wieder ein paar Tränen. »Was wird denn aber deine Mutter dazu sagen, daß du fortgehen willst? Da wird ihr doch wohl das Herz ein bißchen weh tun.«

Dora strich sich über die Augen. »Du weißt ja, Christine, Mama hat nicht viel für mich übrig.«

»Ja, ja, weil sie eben zu viel andere Dinge im Kopfe hat. Aber wenn es ernst wird – sie ist doch deine Mutter –, und einmal muß sich das Mutterherz in ihr regen. Du sollst sehen, Dorchen, wenn du fortgehst, das wird ihr doch sehr nahegehen, das läßt sie nicht gleichgültig, sicherlich nicht.«

Dora sah vor sich hin. »Wer weiß, Christine. Ich werde ihr jedenfalls nicht sehr fehlen. Aber nun laß uns von etwas anderem reden. Sieh – da hab' ich vom Verlag Nachricht. Man hat meinen Roman angenommen und zahlt mir eine hübsche Summe. Die hätte ich dir gegeben, wenn du hier zurückgeblieben wärst, damit du dir ein behagliches kleines Heim hättest schaffen können, und was ich noch verdiene, daß hätte ich dir geschickt. Aber wo du nun mit mir gehst, will ich dieses und das gesparte Geld lieber benützen, um mir eine kleine Aussteuer anzuschaffen.«

»Ach, Dorchen – eine Aussteuer wird dir doch sicher der Herr Kommerzienrat geben.« Abwehrend hob Dora die Hand.

»Du weißt doch, daß ich nichts von ihm annehme, wenn ich es irgend vermeiden kann. Und jetzt will ich es ganz bestimmt nicht mehr tun. Mein Verlobter weiß, daß er eine sehr arme Braut bekommt.«

»Er zieht aber trotzdem das große Los, mein Dorchen.«

»Ach, du gute Christine, du bist ja gar zu eitel auf mich.«

Christine nickte: »Und stolz, jawohl, ein bißchen hab' ich doch auch dazu geholfen, daß du so ein gutes, liebes Geschöpf geworden bist. Wäre ich deine Mutter, könnte ich auch nicht stolzer sein auf dich.«

Dora lachte gerührt: »Ja, mein Altchen, wenn ich dich nicht gehabt hätte, wer weiß, was dann aus mir geworden wäre. Aber nun hilfst du mir, ich muß mich umkleiden, denn ich will ausgehen.«

Dora machte sich fertig. Sie wollte zu Raina gehen und war gewiß, daß sie dort Frank treffen würde. Einigemal war das schon geschehen. Aber heute wollte sie früher dort sein als sonst. Sie wollte mit Raina sprechen, ehe Frank kam, wollte sie einweihen und sie bitten, ihr zu gestatten, daß sie zuweilen mit Frank bei ihr zusammentreffen dürfe. Bisher hatte sich dazu noch keine Gelegenheit gefunden.

Als sie die Reckenbergsche Wohnung betrat, hörte sie, wie sie gehofft hatte, daß Raina allein zu Hause sei. Darüber war sie sehr froh.

Raina war nicht sehr erstaunt, als Dora ihr sagte, daß

sie sich mit Frank Marlow verlobt hätte. »Ich habe es mir gedacht, Dora, daß aus euch beiden ein Paar würde«, sagte sie lächelnd.

»Hast du etwas gemerkt, Raina?« fragte Dora die Freundin.

»O ja, so allerhand kleine Zeichen, die man nur versteht, wenn man selbst liebt. Aber nun sprich weiter, meine Dora.«

Diese erzählte nun Raina, wie sie sich mit Frank gefunden hatte, und bat sie, die Schützerin ihrer Liebe zu sein.

Das versprach Raina gern, war sie doch froh, Gelegenheit zu haben, Dora auch einmal einen Dienst zu erweisen. Und sie war sehr eifrig und beriet mit Dora, wie alles einzurichten sei.

Aber dann seufzte sie plötzlich tief auf: »Ach, Dora – eigentlich ist deine Verlobung kein Grund zur Freude für mich. Ich denke erst jetzt daran, daß du mit Frank Marlow weit fortgehen mußt. Wie soll ich mich nur im Leben zurechtfinden ohne dich, du meine treue Führerin und Leiterin.«

Dora sah ihr ernst in die Augen: »Du wirst mich bald ganz entbehren können, Raina. Ich hoffe es wenigstens. Du stehst doch jetzt gut mit deinem Mann, nicht wahr?«

Raina atmete tief auf, und ihre Augen leuchteten: »Ach, Dora, ich glaube wirklich, Arnulf hat mich jetzt herzlich lieb. Er ist so gut und aufmerksam, und neulich, als Tante Barbara hier war und über meine Frisur und die ›fludderigen‹ Kleider schalt, da hat er sehr energisch eine Lanze für mich gebrochen.«

»Weißt du, was ich noch bemerkt habe?« fragte Raina.

»Nun?« meinte Dora.

»Du darfst mich aber nicht auslachen.«

»Gewiß nicht. Also – was hast du bemerkt?«

»Daß Arnulf eifersüchtig ist.«

Dora lachte nun doch. »Ei, das ist gut, sehr gut.«

»Du hältst es also nicht für unmöglich?«

»Was?«

»Daß er wirklich eifersüchtig sein könnte.«

Dora betrachtete Raina mit schelmisch kritischen Blikken: »Wenn ich dich so ansehe – nein, dann halte ich es durchaus nicht für unmöglich. Und ich freue mich. Ganz toll eifersüchtig soll er werden.«

»Bist du ihm nicht böse?«

»Nein, nein, gewiß nicht. Aber eine tüchtige Portion Eifersucht gönne ich ihm. Es ist gut, wenn er dies Gefühl auch kennenlernt. Dich hat es oft genug geplagt. Und wo Eifersucht ist, da ist auch Liebe. Es kann nicht schaden, wenn er immer einmal von einer so netten, tüchtigen Eifersucht geplagt wird. Sie verhindert, daß er sich in deinem Besitz gar zu sicher fühlt. Und Naturen wie er, die brauchen das geradezu.«

Raina atmete hastig. »Erst erschien es mir ganz unglaublich, daß er eifersüchtig sein könnte. Aber ich habe wiederholt deutliche Anzeichen bemerkt.«

»Schön, ausgezeichnet! Ich gönne es ihm, daß er sich quält.«

»Ach nein – sag das nicht.«

»Sonst zittert dein armes gutes Herzchen um ihn. Ja, so sind die Frauen, immer großmütig in solchen Dingen.«

»Du wirst das an deinem Frank auch noch erleben. Wenn man liebt, will man den Gegenstand seiner Liebe nur glücklich sehen.«

»Ja doch, ich gönne deinem Arnulf so viel Glück an deiner Seite, daß er darum zittert, es zu verlieren. Er soll keinem Mann einen Blick von dir gönnen. Auf wen ist er denn eigentlich eifersüchtig?«

Raina lachte ein wenig »Du wirst staunen – auf Frank Marlow.«

Erstaunt sah Dora auf: »Ah – das wird interessant! Wie kommt er denn dazu?«

Wieder lachte Raina: »Er findet, daß ich zu freundlich und liebenswürdig gegen Frank Marlow bin und daß ich mich sehr für ihn interessiere. Weißt du, ich hatte doch gemerkt, daß zwischen dir und deinem Frank etwas spielte. Und er gefällt mir auch sehr. So war ich immer viel netter zu ihm, als sonst zu jungen Herren. Da merkte ich, daß Arnulf unruhig wurde. Er hat mich auch ganz nervös ausgefragt, ob ich den Kalifornier gut leiden mag. Ich sagte erst ganz harmlos, ja, er gefalle mir sehr gut, und er plaudere so angenehm, daß ich mich freue, wenn er recht oft zu uns käme. Davon, daß ich zwischen dir und Frank Marlow etwas bemerkt habe, sagte ich natürlich nichts. Jedenfalls sah ich aber, daß Arnulf seltsam still und bedrückt wurde und mich scharf beobachtete, wenn ich mit deinem Verlobten sprach. Ach, Dora – ist es sehr verwerflich, wenn ich mich darüber freue?«

Dora machte ein strenges, kritisches Gesicht:

»Ungeheuer verwerflich – ich schaudere.«

Sie lachten beide, und Raina fuhr fort: »Gestern, als Frank Marlow sich melden ließ, meinte Arnulf ganz zornig: ›Ich finde, der Kalifornier kommt recht oft zu uns.‹ Darauf erwiderte ich: ›Findest du? Ich wollte, er käme jeden Tag.‹ Da sprang er auf, sah ganz blaß und finster aus und ließ mich nicht aus den Augen. Und wenn er heute wieder da sein wird, wenn er heimkommt, dann wird er wieder sehr bedrückt sein.«

Dora umarmte Raina lachend: »Nun, das muß ich sagen, meine Raina – du bist eine sehr kluge kleine Frau, und ich kann dich beruhigt dir selbst überlassen. Es schadet gar nichts, wenn Frank noch ein wenig die Unruhe schürt. Anscheinend mußt du gar keine Notiz nehmen von deines Mannes Eifersucht, und du darfst gern Frank so nett und interessant finden, wie du willst. Ich halte es für sehr wirksam, wenn du deinem Mann zuweilen ein wenig von ihm vorschwärmst. Natürlich darf er vorläufig nicht ahnen, daß Frank mit mir verlobt ist. Dies Spiel ist ja ebenso ungefährlich wie das, in dem ich deinen Mann von der Baronin Sundheim ablenkte. Sobald die Angelegenheit sich tragisch zuspitzen will, wird Frank, der natürlich ahnungslos bleiben muß, aus dem Feuer gezogen, und seine Harmlosigkeit wird dann dadurch dokumentiert, daß wir ihn deinem Mann als meinen Verlobten vorstellen.«

Raina preßte die Handflächen zusammen: »Zu sehr möchte ich Arnulf aber nicht quälen.«

Dora küßte sie lachend. »Nur noch ein Weilchen, kleine Frau.«

Sie plauderten noch ein halbes Stündchen. Noch ehe Frank Marlow erschien, kam Arnulf nach Hause, früher als ihn Raina erwartet hatte. Er nahm sich nicht Zeit, sich umzukleiden, weil er Raina im Salon sprechen und lachen hörte. Die Eifersucht trieb ihn mit dem im Dienst bestaubten Anzug in das Zimmer seiner Frau.

Unruhig flogen seine Augen umher. Als er nur Dora erblickte, atmete er auf. Er begrüßte sie sehr erfreut und artig und küßte seiner Frau die Hand. Dann entschuldigte er sich.

»Ich komme vom Dienst, mein gnädiges Fräulein, und bitte sehr um Entschuldigung wegen meiner verstaubten Kleider. Ich wollte nur erst meine Frau begrüßen. Sofort kleide ich mich um und bin in zehn Minuten zur Stelle, um mit Ihnen den Tee zu trinken, wenn es gestattet ist.«

»Wir gestatten, Herr von Reckenberg«, scherzte Dora.

Er verneigte sich: »Auf Wiedersehen also, meine Damen.« Damit entfernte er sich eilig.

Die beiden Damen sahen ihm lächelnd nach. »Er glaubte, Frank Marlow sei hier. Sonst kommt er nicht im Dienstanzug in meinen Salon«, sagte Raina mit einem allerliebsten, schelmischen Ausdruck.

Dora sah auf die Uhr. »Ehe er sich umgekleidet hat, wird Frank hier sein.«

»Weißt du das so genau?« neckte Raina.

»Ganz genau.«

Und wirklich – kaum hatte Dora das gesagt, da erschien Frank Marlow. Er wurde von Raina noch herzlicher begrüßt, und Dora sagte ihm sogleich, daß Raina eingeweiht sei.

»Sie hat sich in liebenswürdiger Weise bereit erklärt, das Amt einer Ehrendame bei uns zu übernehmen, lieber Frank.«

Er küßte Raina dankbar die Hand. »Sie machen mich auf ewig zu Ihrem Schuldner, gnädigste Frau«, sagte er.

In demselben Augenblick, als er Rainas Hand an seine Lippen führte, trat Arnulf ein. Er sah, daß Raina dem jungen Mann lieb und freundlich zulächelte und ihn nun bedeutungsvoll ansah. Dora hatte Frank gesagt, daß nur Raina eingeweiht sei, nicht auch ihr Gatte.

Arnulf sah in Rainas Blick irgend etwas Beunruhigendes. Das Blut schoß ihm jäh zum Herzen. Raina war ihm so teuer geworden, daß er nicht ruhig mit ansehen konnte, wie liebenswürdig sie zu Frank Marlow war, zumal sie sich ihm selbst gegenüber noch immer sehr zurückhaltend zeigte. Hätte er nur eine Ahnung gehabt, daß Raina ihn liebte, dann hätte ihn ihre Freundlichkeit zu Frank Marlow wohl ruhig gelassen. Aber so fürchtete er, daß sie diesem ihr Herz zuwenden könnte.

›Verdient hätte ich es wirklich, denn ich war so lange blind und taub für all ihre Vorzüge und Reize‹, dachte er, seine reizende, junge Frau mit brennenden Augen beobachtend. Obwohl er Frank Marlow sehr gern hatte, wünschte er jetzt oft, dieser wäre nicht nach D. gekommen. Daß Raina dem jungen Mann gestattet hatte, seinen Besuch zu machen, noch ehe er selbst ihn dazu aufgefordert, erschien ihm schon ein bedenkliches Zeichen. Wer weiß, ob er diesem sonst sein Haus geöffnet hätte. Aber Raina hatte ihm ja gar keine Wahl gelassen. Er hatte nichts tun können, als diese Einladung zu wiederholen.

Arnulf seufzte auf. Seine Gattin ließ nun den hübschen Teewagen hereinbringen und kredenzte ihren Gästen und ihrem Gatten mit der ihr jetzt eigenen Anmut den Tee.

Arnulf war so in den Anblick seiner Frau vertieft, daß er nicht merkte, daß Dora und Frank sich zuweilen mit einem großen, leuchtenden Blick in die Augen sahen.

Raina trug heute wieder eines der entzückenden »Hauskleider«, die Dora zu Tante Barbaras Entsetzen für sie ausgesucht hatte. Und über ihrer jungen, ernsten Stirn zitterten die rebellischen, goldig schimmernden Löckchen so lieb und reizend, daß Arnulf sich kaum halten konnte vor sehnsüchtigem Entzücken, diese Löckchen mit seinen Lippen zu berühren. Er tat alles, um ihr

Interesse zu fesseln und von Frank Marlow abzulenken, und war Dora sehr dankbar, daß diese Frank zuweilen in ein Gespräch verwickelte.

Anscheinend plauderte man friedlich und harmlos miteinander. Aber zwischen diesem harmlosen Plaudern spannen sich geheimnisvoll kleine Fäden heimlicher Beziehungen zueinander, zwischen den vier Menschen hin und her.

Im Laufe des Gesprächs erkundigte Arnulf sich angelegentlich, wie lange Frank Marlow noch in Deutschland, beziehentlich in D. zu bleiben gedenke. Er atmete sichtlich auf, als Frank Marlow erklärte, er werde kaum länger als bis Ende Juli bleiben. Raina und Dora wechselten einen verstohlenen Seitenblick. Sie merkten beide, daß Arnulf aufatmete. Nur Frank blieb ganz harmlos. Weil Raina sich bereit erklärt hatte, das Amt einer Ehrendame zu übernehmen, zeigte er sich ihr gegenüber sehr liebenswürdig. Über Raina kam ein ganz übermütiges Glücksgefühl. Sie ging mehr als sonst aus sich heraus, plauderte und lachte, neckte sich ein wenig mit Frank Marlow und war von einer so reizenden Lebhaftigkeit, daß Arnulf zwischen Entzücken und Eifersucht hin und her schwankte.

In diese Stimmung hinein klang von der Straße herauf eine laute Männerstimme: »Extrablätter! Extrablätter!«

Arnulf sprang auf und schickte seinen Burschen hinunter, mit dem Auftrag, ein solches Extrablatt heraufzuholen.

Wenige Minuten später brachte der Bursche das Blatt. Er hatte es sichtlich schon gelesen, denn er sah sehr erregt aus.

Arnulf nahm ihm das Blatt ab und las, und dann ließ

er die Hand sinken und sah mit ernsten Augen auf die anderen.

»Der österreichische Thronfolger und seine Gemahlin sind in Serajewo ermordet worden«, sagte er langsam und schwer.

Ein erschrockener Ausruf antwortete ihm auf diese Worte. Dann folgte eine betroffene Stille. – Die Kunde von dem entsetzlichen Verbrechen legte sich beklemmend auf alle Gemüter.

Man saß nun plötzlich im ernsten, schweren Gespräch beisammen. Es war, als senke sich eine Welle einer Ahnung von der tragischen Bedeutung dieses Ereignisses auf die Gemüter herab.

Es wollte keine frohe Stimmung mehr aufkommen, und nach kurzer Zeit verabschiedete sich Dora. Sie mußte daran denken, daß ihr Stiefvater in Erwartung eines Krieges große Abschlüsse gemacht hatte. Und er pflegte sich so selten einmal zu verrechnen. Sollte er auch diesmal recht behalten? Sie schauerte in der warmen Sommerluft zusammen.

Dora und Frank hatten sich so oft wie möglich wiedergesehen. Sie hatten genügend Gelegenheit, sich auszusprechen und alles Nötige miteinander zu beraten, was geschehen mußte, um ihre Vereinigung herbeizuführen.

Frank Marlow war häufiger Gast im Kreis der Offiziere. Er hatte sich ihnen als ein kühner, exzellenter Reiter gezeigt, und sie erklärten einstimmig, daß er ihnen in seiner Reitkunst überlegen wäre, wenn das auch eigentlich für deutsche Reiteroffiziere beschämend sei.

»Sie haben ja den Teufel im Leib, wenn Sie auf einem Gaul sitzen«, sagte ein junger Rittmeister zu ihm.

Frank Marlow lachte. »Das ist nichts Staunenswertes, meine Herren, wenn Sie in Betracht ziehen, daß ich seit meinen Knabenjahren täglich stundenlang auf dem Pferderücken zugebracht habe. Unsere Besitzungen sind sehr ausgedehnt, und man muß da überall nach dem Rechten sehen«, erwiderte er.

Einigemal war er auch noch mit Baron Kranzau zusammengetroffen, doch verhielt er sich diesem gegenüber sehr reserviert. Er erfuhr, daß sich Kranzau beim Wein in vorgerückter Nachtstunde damit gebrüstet hatte, daß er demnächst die reichste und schönste Erbin der ganzen Stadt heimführen würde. Einen Namen hatte er zwar nicht genannt, aber als einige Offiziere auf Dora Planitz rieten, hatte er weder ja noch nein gesagt und nur eitel und selbstgefällig gelächelt.

Inzwischen war der 22. Juli herangekommen, und Frank hatte Dora gesagt, daß er am nächsten Tag in Hamburg sein müsse.

»Reist du in Geschäften dahin?« fragte sie ihn.

Er schüttelte den Kopf. »Nein, Dora, ich reise nach Hamburg, um dort einen Freund meines Vaters zu empfangen, der morgen in Hamburg eintrifft.«

Sie sah ihn erstaunt an: »Kommt er aus Kalifornien?«

»Ja, direkt aus meiner Heimat.«

»Und er hat hier in Deutschland Geschäfte zu erledigen?«

Frank faßte ihre Hand und küßte sie. Sie befanden sich in Rainas Salon. Diese hatte die Liebenden unter einem Vorwand allein gelassen, um ihnen Gelegenheit zu einer ungestörten Aussprache zu geben.

»Nein, Dora, nicht in Geschäften, sondern in einer privaten Angelegenheit.«

»Wird er dich lange in Anspruch nehmen?«

»Ich glaube nicht. Es ist möglich, daß ich ihn veranlasse, mit hierherzukommen. Es wäre mir sehr lieb, wenn er dich kennenlernte. Wenn du gestattest, werde ich ihm sagen, daß du meine Braut bist. Er wird nicht darüber sprechen.«

Dora sah ihn mit ihren schönen, stolzen Augen innig an.

»Ich gestatte es gern, Frank. Lange werden wir ja unser Geheimnis doch nicht mehr aufrechterhalten können, denn der Tag rückt immer näher, an dem Baron Kranzau um meine Hand anhalten soll. Ich möchte es nicht erst soweit kommen lassen. Wenn du von Hamburg zurückkommst, kannst du zu meiner Mutter und dem Kommerzienrat gehen und ihnen sagen, daß ich dir mein Jawort gegeben habe. Christine hat in aller Stille schon alles für uns gerüstet. Da deine lieben Eltern uns telegraphisch ihre Einwilligung zu unserem Bund gegeben haben und unserer Verbindung dann nichts mehr im Weg stehen wird als der Wille des Kommerzienrats, werde ich wohl mit diesem eine Aussprache herbeiführen müssen. Und dann müssen Christine und ich bereit sein, das Haus zu verlassen.«

Frank zog sie in seine Arme. »Mach dir keine unnötige Sorge, Dora. Es wird sich alles so regeln lassen, daß du einem ernsten Konflikt mit deiner Mutter und deinem Stiefvater aus dem Weg gehen kannst. Aber froh und glücklich werde ich erst sein, wenn ich dich all diesen drückenden Verhältnissen entführen kann.«

Sie sahen sich lange und innig in die Augen und küßten sich.

Und dann kam Raina zurück und ließ den Tee hereinbringen. Arnulf war heute länger abwesend. In letzter Zeit waren seine Dienststunden länger und anstrengender gewesen, und immer kam er dann voll Unruhe nach Hause. Jedesmal forschte er, ob Frank Marlow dagewesen sei. Bisher war das aber in seiner Abwesenheit noch nicht geschehen.

Frank und Dora waren bereits wieder fortgegangen, als Arnulf heute nach Hause kam. Wieder war seine erste Frage, ob der Kalifornier dagewesen sei.

»Ja, er war hier«, antwortete Raina ruhig.

»Und du hast ihn angenommen?« fragte er, heiser vor Erregung.

»Gewiß, warum sollte ich nicht?«

Er schluckte krampfhaft seine Erregung hinunter. »Das solltest du nicht tun, wenn du allein bist.«

Sie lächelte scheinbar harmlos. »Ich war ja nicht allein, Arnulf, Dora war hier.«

Das erleichterte ihn sichtlich. »So, Fräulein Planitz war auch da?«

»Ja. Und Herr Marlow war gekommen, um sich für einige Tage von uns zu verabschieden. Er reist morgen früh nach Hamburg.«

Das gefiel Arnulf noch besser.

Den Abend verbrachte er in Gesellschaft seiner jungen Frau, obwohl man ihn zu einem Herrenabend eingeladen hatte. Er war eifrig und aufmerksam um sie bemüht, und Raina hatte alle Selbstbeherrschung nötig, um sich nicht in seine Arme zu werfen und ihm zu sagen, wie lieb sie ihn habe. Er bat sie dann auch, wie schon oft, zu musizieren, und lauschte ihrem Spiel mit andächtiger Aufmerksamkeit. Die Töne, die sie dem Flügel entlockte, drangen ihm ins Herz, und seine Augen ließen nicht von ihrem Antlitz.

Am nächsten Morgen fuhr Raina nach Buchenau hinaus, um Tante Barbara zu besuchen. Sie wählte für diesen Besuch ihr einfachstes, praktischstes Straßenkleid und einen ganz schlichten Hut. Dieser Anzug fand dann auch Gnade vor Tante Barbaras Augen. Und sie gab sich ein wenig zugänglicher und hatte sichtlich ein Gefühl leiser Freude, daß Raina so frisch und blühend aussah und sich freier und ungezwungener gab. Als Raina sich von Tante Barbara verabschiedete, faßte sie sich ein Herz, umschloß die Tante mit beiden Armen und küßte sie herzlich auf den Mund.

Das war bisher noch nie geschehen. Die alte Dame hatte weder Zärtlichkeit gegeben noch empfangen. Raina hatte ihr immer nur ergebungsvoll die Hand geküßt.

Ganz erschrocken lag Tante Barbara nur einen Moment in Rainas Armen und spürte die jungen, weichen Lippen auf ihrem Mund. Kam ihr in dieser Stunde wohl die Erkenntnis, daß sie etwas Köstliches versäumt hatte, als sie die junge Seele schroff von sich zurückwies?

Jedenfalls stand die alte Dame eine lange, lange Zeit am Haustor und sah dem Wagen nach, der Raina davontrug. Nach einer Weile raffte sie sich auf und schüttelte den Kopf über sich selbst.

»Was ist nur mit Raina geschehen?« dachte sie und schüttelte die ihr so fremde Weichheit ab, die sie überkommen wollte.

Von Buchenau fuhr Raina über Reckenberg, um auch ihren Schwiegereltern einen Besuch abzustatten. Sie wurde sehr herzlich begrüßt und sollte unbedingt länger verweilen. Aber sie machte sich doch los.

»Wenn Arnulf vom Dienst nach Hause kommt, muß ich da sein«, sagte sie. Da ließ man sie gehen.

Als sie die Hälfte des Heimwegs zurückgelegt hatte, sah sie auf der Chaussee einen Reiter auf sich zukommen. Die Erscheinung erschien ihr bekannt. Sie strengte ihre Augen an und erkannte ihren Gatten. Ihr Herz klopfte laut und stark vor heimlicher Freude.

Als er sie erreicht hatte, ließ er den Kutscher halten und begrüßte seine Frau mit leuchtendem Gesicht.

»Du bist schon dienstfrei, Arnulf? Ich dachte, du würdest erst mittags fertig sein.«

Er lachte. »Eigentlich ja. Aber ich komme direkt von der Übung, quer durch den Wald, und lasse meine Leute allein nach der Kaserne zurückreiten. Ich hoffte, dich auf dem Heimweg zu treffen, und freue mich, daß sich diese Hoffnung erfüllte.«

Sie sah mit einem so lieben Lächeln zu ihm auf, daß ihm die Brust zu eng wurde.

»Bist du nicht sehr müde vom Dienst? Du hättest dich vielleicht lieber zu Hause ausruhen sollen.«

Er sah ihr tief in die Augen, so tief, daß sie es bis ins Herz hinein fühlte. »Nein, ich bin nicht müde. Aber wenn ich auch müde gewesen wäre – zu Hause hätte es mich doch nicht geduldet, wenn du nicht dagewesen wärst.«

Sie wich seinem Blick aus. »So können wir nun gemeinsam unseren Heimweg antreten«, sagte sie.

Er gab dem Kutscher Befehl, weiterzufahren und ritt neben dem Wagen her.

»Ich war auch in Reckenberg bei deinen Eltern, Arnulf. Sie lassen herzlich grüßen, und Sonntag sollen wir hinauskommen.«

»Danke. Das können wir ja tun, wenn du Lust hast. Und wie war es bei Tante Barbara? Hüllt sie sich noch immer in Zorneswolken?«

Sie lachte fröhlich, und dies klare, warme Lachen gefiel ihm so sehr, daß er sich Mühe gab, es noch einigemal hervorzuholen.

»Nein«, erwiderte sie, »Tante war heute viel gnädiger gesinnt und hat nicht ein abfälliges Wort über meinen Anzug gesagt. Nur das Teekleid von neulich mußte noch einmal herhalten. Das ist ihr doch gar zu sehr auf die Nerven gefallen.«

So unterhielten sie sich sehr angeregt und kamen in heiterster Stimmung zu Hause an.

Der Tisch war bereits gedeckt, und die Köchin hatte ein erlesenes Mahl bereitet. Das junge Ehepaar kleidete sich schnell um und saß sich dann bei Tisch gegenüber. Rainas Wangen waren von der Fahrt in der frischen Luft gerötet. Ihre tiefblauen Augen strahlten in einer verstohlenen Glückseligkeit. Arnulf konnte den Blick nicht von ihr lassen und fand seine junge Frau wieder einmal sehr reizend und entzückend.

Außerdem wußte er, daß Frank Marlow heute nicht kommen würde. Das erhöhte seine freudige Stimmung.

13

Frank Marlow war in Hamburg angelangt und begab sich sofort in das Hotel, in dem, wie er wußte, der Freund seines Vaters absteigen wollte. Dieser war bereits vor einer Stunde eingetroffen und erwartete Frank schon sehnsüchtig. Mit ausgestreckten Händen kam er ihm entgegen.

»Da bist du endlich, mein Junge! Ich habe dich nie so sehnlichst erwartet wie heute«, sagte er, Frank in herzlicher Weise an sich ziehend und mit fast väterlichem Wohlgefallen in sein Gesicht sehend.

»Das weiß ich, Onkel Hans! Du mußt entschuldigen, daß ich dich eine Weile warten ließ. Aber gestern wollte ich nicht schon nach Hamburg kommen, und heute konnte ich nicht früher eintreffen, obwohl ich den ersten Zug benützte. Ich freue mich, dich wohl und munter zu sehen. Zu Hause ist doch alles noch gesund?«

»Ja, mein Junge: Vater und Mutter lassen dich herzlich grüßen. Aber nun komm, nimm Platz.«

Die beiden Herren ließen sich in zwei Sesseln nieder, die neben einem Tischchen am Fenster standen.

»Ich danke dir, Onkel Hans. Wenn du nicht abgereist wärst, hättest du in diesen Tagen von meinen Eltern gehört, daß ich mich inzwischen verlobt habe. Das soll die erste Nachricht sein, die dich hier empfängt.«

Der alte Herr ließ seine Augen scharf und forschend auf Franks Gesicht ruhen. Er war sichtlich erregt.

»Wenn ich diese Nachricht mit deinem Schreiben an deine Eltern in Verbindung bringe, das mich veranlaßte, die Reise nach Deutschland anzutreten, dann kann es nur ein weibliches Wesen geben, mit dem du dich verlobt hast. Sag mir schnell, ob ich auf rechter Fährte bin.«

Frank ergriff seine Hand. »Ja, Onkel Hans. Die Einwilligung meiner Eltern habe ich schon erhalten. Nun will ich dich um die deine bitten, denn die brauche ich auch.«

Der alte Herr erblaßte ein wenig. Auf seinem sympathischen, durchgeistigten Gesicht, in das ein schweres Leben sichtbare Runen eingegraben hatte, lag ein unbeschreiblicher Ausdruck. Seine Züge waren edel gebildet. Die tiefliegenden, dunklen Augen blickten klug und zugleich gütig. Er machte mit seinem bartlosen, festgefügten Gesicht und durch sein ganzes Auftreten unbedingt den Eindruck eines Amerikaners.

»Meine Einwilligung willst du haben?« fragte er mit verhaltener Stimme.

»Ja, Onkel Hans – denn meine Braut heißt Dora Lind.«

Der alte Herr holte tief und schwer Atem. Seine Hand zitterte leise in der des jungen Mannes.

»Dora Lind – deine Braut –, das hat Gott gefügt, er sei gelobt«, sagte er, heiser vor Erregung und scheinbar tief erschüttert. Frank hielt seine Hand umklammert.

»Ja, Onkel Hans, das habe ich mir auch schon gesagt. Gott hat das so gefügt, auch um deinetwillen. Dora geht nun mit uns nach Kalifornien, sie soll dort ihre Heimat finden.«

Eine Weile saß der alte Herr wie von seinen Empfindungen überwältigt. Seine Augen sahen ins Leere, als suchten sie dort halbvergessene Bilder, und in seinem Gesicht zuckte die unterdrückte Erregung.

»Erzähl mir von ihr«, bat er mit halberstickter Stimme.

Frank ließ seine Hand los und faßte in seine Brusttasche. »Das will ich tun. Aber erst will ich dir ihr Bild zeigen – die neueste Aufnahme. Ich habe sie mir von ihr schenken lassen und wollte sie dir senden. Aber da bekam ich von meinem Vater die Nachricht, daß du schon unterwegs warst.«

»Ja, nachdem dein erster Brief eingetroffen war, hielt ich es plötzlich vor Sehnsucht nicht mehr aus. Ich mußte reisen. Was ich all die langen Jahre mit aller Kraft in mir niedergezwungen hatte, weil ich Dora für glücklich hielt und ihren Frieden nicht stören wollte, das kam nun über mich, mit einer Allgewalt, daß ich nicht widerstehen konnte. Ich mußte diesem Gefühl nachgeben und reiste ab.«

»Es ist gut, daß du es getan hast, Onkel Hans.« Er reichte dem alten Herrn das Bild. Mit bebenden Händen faßte dieser danach und ließ seine Augen lange, lange darauf ruhen. Es zuckte und arbeitete dabei in seinen Zügen, und seine Augen feuchteten sich. Als er endlich den Blick wieder zu Frank emporhob, der ihn ergriffen ansah, da sagte er mit verhaltener Stimme:

»Laß mir das Bild, Frank. Du wirst dich jetzt nicht gern davon trennen wollen, aber laß es mir, ich bitte dich.«

Besorgt sah Frank in sein Gesicht. »Behalte es, Onkel Hans. Ich kann dir nachfühlen, wie dich der Anblick dieses Bildes bewegt.«

Der alte Herr fuhr sich über die Augen. »Schmerzlich und freudig zugleich. Das Bild wühlt alles wieder in mir auf, es reißt an den alten Wunden, als wollten sie von neuem aufbrechen. Sie gleicht ihrer Mutter – aber ich glaube, sie hat meine Augen.«

»Ja, Onkel Hans, Dora hat deine Augen. Diese Augen fielen mir schon auf und fesselten mich wie etwas Bekanntes, Vertrautes, als ich sie zuerst sah und noch nicht wußte, wer sie war. Ihre Mutter ist jetzt noch eine schöne Frau und mag ihr in ihrer Jugend noch mehr geglichen haben als jetzt. Aber die Augen dieser Frau verraten, daß sie kein großes Herz, keine tiefe Seele besitzt. Dora ist gottlob nur äußerlich ihrer Mutter ähnlich.«

»Erzähl mir alles«, bat der alte Herr, noch immer auf das Bild Dora Linds blickend.

Und Frank Marlow erzählte, was er von Dora wußte, und was dem alten Herrn noch nicht bekannt war.

Es dauerte lange Zeit, bis Frank alles berichtet hatte, und sein Zuhörer unterbrach ihn nicht. Auf seinem Antlitz prägte sich das atemlose Interesse aus, das er Franks Bericht entgegenbrachte.

Als Frank von jenem Morgen im Stadtpark erzählte, da richtete sich der alte Herr empor und beugte sich vor, als dürfe ihm kein Wort entgehen. Dann atmete der alte Herr tief auf, faßte wieder nach Doras Bild und drückte es an sein Herz. Und wie ein Aufschrei brach es aus seiner Brust:

»Mein Kind, mein geliebtes, teures Kind!«

Er sprang auf und ging im Zimmer auf und ab, um sich zu beruhigen. Und dann blieb er vor Frank stehen, faßte seine Schultern und sah ihn tiefbewegt an.

»Daß es sich so gefügt hat, mein lieber Junge, das war mir das Schicksal schuldig«, sagte er.

Frank lächelte zu ihm auf. »Nicht wahr – du gibst mir deine Einwilligung? Du weißt, daß deiner Tochter Glück mir eine heilige Lebensaufgabe sein wird.«

Der alte Herr zog ihn, überwältigt von seinen Empfindungen, in seine Arme.

»Gott schenke euch ein reiches Glück, und wenn ich Zeuge davon sein darf, dann werde ich für alle Qualen und Entbehrungen entschädigt sein. Ich danke dir von ganzem Herzen, mein Frank, für die Kunde, die du mir von meiner Tochter brachtest. Es ist doch gut, daß ich mich gleich auf den Weg machte, denn wer weiß, wessen dieser gewissenlose Mensch fähig ist.«

Frank erzählte dann noch allerlei Einzelheiten, die er über Doras Leben in Erfahrung gebracht hatte. Auch von Christines Entschluß, Dora nicht zu verlassen und mit ihr übers Meer zu gehen, sprach er.

Der alte Herr lächelte. »Alte, treue Seele, ich will es ihr danken.«

Und als Frank dann von Doras schriftstellerischem Schaffen berichtete, lauschte sein Zuhörer interessiert.

»Diese Begabung hat sie von ihrem Großvater geerbt. Er war ein Schriftsteller, ein Dichter. Aber er verdiente damit kaum Brot genug für sich und seine Familie. Als sein Sohn in seine Fußstapfen treten wollte, bot er alles auf, um ihn für einen anderen Beruf zu interessieren. Und so wurde Hans Lind Kaufmann. Aber in seinem Herzen ist er doch eine Art Dichter geworden, ein Idealist, der zu viel glaubte, zu viel vertraute – und schmählich betrogen wurde«, sagte er in Gedanken verloren.

Frank legte die Hand auf seinen Arm. »Nicht an alte Zeiten denken, Onkel Hans. Für dich soll nun endlich die helle Sonne wieder scheinen. Dein Kind soll sie dir bringen. Komm mit zu Dora.«

Hans Lind, der Totgeglaubte, hob den Kopf. Es leuchtete fast jugendlich in seinen Augen.

»Ja, laß uns zu ihr gehen. Mir ist, als könnte ich nun keinen Tag länger warten, bis ich mein Kind wiedergesehen habe. Wenn ich doch geahnt hätte, daß sie sich nicht glücklich fühlt im Haus jenes Mannes – bei ihrer Mutter, dann hätte ich sie längst schon zu mir geholt. Ich wollte ihren Frieden nicht stören, wollte auch ihre Mutter schonen. Einmal habe ich diese doch geliebt, und trotz allem, was sie mir getan hat, brachte ich es nicht über mich, sie zu verderben. Aber nun weiß ich, daß meine Tochter mich braucht. Ich werde nicht ruhig zusehen, wie jener Mann, der mir alles stahl, die Macht mißbraucht, die er sich über meine Tochter angemaßt hat. Wenn es das Wohl meines Kindes gilt, muß ich aus meiner Verborgenheit heraustreten. Der Totgeglaubte wird auferstehen und seine Vaterrechte geltend machen, wenn man sein Kind zum Unglück zwingen will.«

So sprach Hans Lind, sich hoch aufrichtend. Und mit tiefer Erregung Doras Bild fassend, sagte er weich und zärtlich:

»Mein liebes, schönes Kind – wie habe ich mich nach deinem Anblick gesehnt.«

Frank atmete tief auf. »Wie war es dir nur möglich, Onkel Hans, all die Jahre auf deine Vaterrechte zu verzichten?«

Hans Lind strich sich über die Augen und sah hinab auf die Straße, wo reges, großstädtisches Treiben herrschte.

»Da unten ging ich vor zwanzig Jahren«, sagte er sinnend und in Gedanken verloren, »ein armer Schlucker, ein betrogener Mann. Mit schwerem Herzen und leeren Taschen ließ ich mich von dem Strom treiben. Ich besaß nicht viel mehr, als ich zur Überfahrt brauchte, denn meine kleinen Ersparnisse hatte ich Christine für mein Kind gegeben, daß es nicht darben sollte.

Wenn ich bedenke, in welcher Verfassung ich da unten durch die Straßen ging! Ich fuhr dann mit der Elektrischen bis zum Hafen. In dessen Nähe wollte ich die letzte Nacht in einem billigen Gasthof verbringen. Mein Billett zur Überfahrt hatte ich bereits in der Tasche, mein Koffer befand sich schon auf dem Schiff, das am nächsten Morgen abgehen sollte.«

»Aber du fuhrst nicht mit jenem Schiff, zu deinem Glück, Onkel Hans«, warf Frank ein.

»Nein, ich fuhr nicht damit. Das Schicksal hatte es anders bestimmt. In dieser letzten Nacht in Deutschland sollte mein Geschick eine überraschende Wendung nehmen. Du weißt ja, wie das kam, aber hier fallen mir alle kleinen Einzelheiten wieder ein.

Ich hielt es in dem engen Gasthofszimmerchen nicht aus und verließ es wieder, zu später Stunde. Meine Rechnung war im voraus bezahlt, weil ich die Absicht gehabt hatte, früh aufzubrechen. Gepäck hatte ich nicht bei mir. Meine Papiere, meine Fahrkarte und wenige Taler Geld trug ich bei mir. Ich sagte dem Hausknecht, ich wolle noch ausgehen und würde mich dann wohl gleich auf das Schiff begeben.

Wahrhaftig, die wenigen Groschen, die ich für das Gasthofzimmer bezahlt hatte, taten mir leid. Ich meinte, ich hätte sie sparen können. Es war ein auffallend linder, lauer Februar. Mit wüstem Kopfe und schwerem Herzen lief ich in den Hafenanlagen umher, suchte die abgelegensten, einsamsten Wege auf und haderte mit dem Schicksal. Solche Stunden, mein Junge, graben sich mit ehernem Griffel in die Seele. Ich ging ganz ernsthaft mit mir zu Rate, ob es nicht besser sei, meinem zerstörten Leben ein Ende zu machen. Ich hatte die Frau, die mich betrog, zu sehr geliebt und glaubte, das Leben nicht mehr ertragen zu können, das sie mir vergiftet hatte.

Daß ich Robert Planitz in sinnloser Wut zu Boden geschlagen hatte, bedrückte mich nicht. Es war mir im Gegenteil die einzige Genugtuung, daß es geschehen war, und obgleich ich glaubte, daß ich an ihm zum Mörder geworden war, fühlte ich keine Reue. Nur hinter Kerkermauern wollte ich mich nicht stecken lassen. Deshalb floh ich.

Aber in der trostlosen Einsamkeit jener Februarnacht hatte ich die größte Lust, das Leben von mir zu werfen, und hätte es wohl auch getan. Da war mir, als höre ich ein Weinen – und ich dachte an meine kleine Dora. Energisch schüttelte ich die Todessehnsucht von mir ab und besann mich auf mich selbst. Ich wußte nicht, wo ich im Dunkeln in meinem planlosen Umherirren hingeraten war, feuchte Nebelschwaden zogen um mich her und ließen mich nur dunkle Schatten in meiner Umgebung sehen. In ziemlicher Entfernung sah ich das trübe Licht einer Laterne. Darauf steuerte ich zu, um mich zurechtzufinden. Es war eine bleierne, lastende Stille um mich her, so, als sei ich ganz allein auf der Welt.«

»Ich schauerte zusammen wie im Frost«, fuhr Hans Lind in seiner Erzählung fort, »und schloß meinen Überrock. Das alles ist mir in meinen Gedanken haftengeblieben. Als ich den Rock zuknöpfte, fühlte ich in meiner Brusttasche meine kleine Pistole. Ich hatte sie aus meinem Koffer genommen auf der Fahrt nach Hamburg und zu mir gesteckt – für alle Fälle. Lebend wollte ich nicht in die Hände der Polizei fallen, falls ich verfolgt wurde.

Ich nahm den Browning gedankenverloren aus der Brusttasche und hielt ihn mir, wie spielend, an die Stirn. Es war mir ein tröstlicher Gedanke, daß ich ihn besaß. Ich konnte ja nicht wissen, was noch kommen konnte. –

So tastete ich mich weiter durch das Dunkel. Plötzlich hörte ich aber Schritte, die mir entgegenkamen – langsame, tastende Schritte, wie die meinen. Und dann plötzlich ein anderes Geräusch – so, als sprängen mehrere Menschen auf und würfen etwas Schweres zu Boden. Gegen den Schein der fernen Laterne sah ich die Schatten mehrerer Personen, die scheinbar miteinander rangen und zusammen eine dunkle Masse bildeten. Dann ertönte ein halberstickter Schrei aus einer Männerkehle, dem ein dumpfes Röcheln folgte. Meine Augen weit aufreißend, erkannte ich nun, daß zwei große, starke Kerle einen Menschen zu Boden geworfen hatten.

Ohne Überlegung, nur von dem Wunsch beseelt, einem in Not befindlichen Menschen zu helfen, sprang ich auf die Gruppe zu.

›Zurück, ihr Halunken!‹ rief ich und drückte meinen Browning ab, seinen Lauf in die Luft haltend, denn treffen wollte ich natürlich niemand. Zugleich riß ich einen der Strolche von seinem Opfer zurück und schleuderte ihn zur Seite. Er taumelte davon, und der andere entfloh in wilder Eile. Mein Browning hatte ihnen wohl Respekt eingeflößt.

Ich beugte mich nun zu dem am Boden liegenden Überfallenen. ›Sind Sie verletzt – kann ich etwas für Sie tun? Die Halunken, die Sie überfielen, sind davongelaufen‹, sagte ich.

Der Überfallene umklammerte meinen Arm und riß an seinem Hals. Ich half ihm, einen Strick abzulösen, den die Strolche ihrem Opfer um den Hals geworfen hatten. Stöhnend richtete er sich auf, immer meinen Arm festhaltend. ›Sie haben mir das Leben gerettet, die Kerle wollten mich erwürgen und berauben‹, keuchte er, mühsam die Luft einatmend.

Ich merkte nun erst, daß mich mein Arm schmerzte und daß mir das Blut aus meinem Ärmel lief. Der eine Bandit hatte mir, als ich ihn packte, einen Messerstich in den Arm versetzt.

›Kommen Sie so schnell wie möglich von hier fort, mein Herr, sie könnten zurückkehren‹, sagte ich und führte den noch Schwankenden davon.

Was dann kam, mein lieber Junge, das habe ich euch, deinen Eltern und dir, schon erzählt.«

»Ja, Onkel Hans. Der Überfallene ließ dich in jener Nacht nicht mehr von sich. Es war ein reicher Amerikaner, der am Tage vorher nach Hamburg gekommen war, um eine Reise durch Europa anzutreten, und der sich im Dunkel der Nacht verlaufen hatte in diese unheimliche Gegend. Er dankte dir sein Leben und nahm dich mit in sein Hotel. Aber bitte, erzähl mir das einmal ganz ausführlich, es interessiert mich.«

»Nun gut. Also ich mußte den Überfallenen zu seinem Hotel begleiten. Als wir an die nächste Laterne kamen, sahen wir uns erst einmal an; dann rollte ich meinen Ärmel auf und besah mir den Messerstich, den ich erhalten hatte. Die Wunde befand sich am Unterarm und war nicht bedeutend. Ich drückte mein Taschentuch darauf; mein Begleiter half mir, es zuzubinden.

›Legen Sie Wert darauf, daß wir zur Polizei gehen und diesen Überfall melden?‹ fragte er mich.

Ich zuckte die Achseln. ›Nein – ich nicht. Wenn Sie es nicht wünschen?‹

Er machte eine abwehrende Bewegung.

›Man hat nur endlose Laufereien, und ich will morgen früh mit dem ersten Zug weiterreisen‹, antwortete er. Da er nur mühsam die deutschen Worte suchte, antwortete ich ihm in englischer Sprache, die ich völlig beherrschte, und das gefiel ihm sehr.

Wir beschlossen also, die Polizei nicht in Anspruch zu nehmen, was mir natürlich sehr lieb war. Als wir in eine etwas belebtere Gegend kamen, rief mein Begleiter einen Wagen und nötigte mich, mit ihm zu fahren. In seinem Hotel sollte mich sein Diener, der sehr geübt und geschickt war, verbinden. ›Ich habe alles, was wir brauchen, in meiner Reiseapotheke‹, sagte der Fremde.

So fuhren wir in sein Hotel. Es war dasselbe, mein Junge, in dem wir uns hier befinden – und es war dieses Zimmer hier, das ich damals, mitten in der Nacht, betrat. Wir fanden den Diener meines Begleiters schon in höchster Sorge um seinen Herrn, der von einem Ausflug nach dem Hafen nicht zurückgekehrt war. Mr. Brandes – so hieß mein Begleiter – erklärte seinem Diener, was geschehen war und befahl ihm, mich zu verbinden.

Mr. Brandes war eine Art Sonderling. Er stand ganz allein im Leben und war mit all seinem Reichtum ein bedauernswerter Mensch. Auch ihn hatte eine Frau auf dem Gewissen.

Wir kamen in jener Nacht zu einer langen Aussprache. Ich beichtete Mr. Brandes alles, was mich über das Meer treiben wollte, und er, der sonst gegen alle Menschen abweisend und verschlossen war, machte auch mich zu seinem Vertrauten. Sichtlich war es mir gelungen, mir seine Sympathie und sein Wohlwollen zu erringen. Mein Schicksal interessierte ihn. Er sprach bittere, harte Worte über die Frauen, die nicht wert waren, daß ein Mann sich ihretwegen das Leben verpfuschte, und riet mir, die meine zu vergessen. Daß ich ihren Verführer niedergeschlagen hatte, fand er ganz in der Ordnung. Es sei mein gutes Recht gewesen. Er halte mich für einen braven Mann, und wenn es mir recht sei, möge ich ihn als Sekretär und Reisebegleiter erst auf Reisen und dann nach Kalifornien begleiten, wo er große Besitzungen habe.«

»Und du gingst mit ihm, Onkel Hans.«

»Ja, mein Junge, ich ging mit ihm. Bei Tagesanbruch verließen wir Hamburg, Mr. Brandes, sein Diener und ich. Wir reisten mit dem Expreßzug in die Schweiz. Ich hatte nicht Zeit, mir meinen Koffer vom Schiff zu holen. Er enthielt ja auch nichts Wertvolles, und Mr. Brandes ersetzte mir den Wert und half mir mit Wäsche aus, bis ich mich in Zürich neu ausstatten konnte. Dort verschaffte ich mir Zeitungen aus meiner Heimatstadt, und da las ich, daß Robert Planitz am Leben war. Ich fand eine Notiz, in welcher von einem ›kleinen Unfall‹ die Rede war, der ihn auf einem Ball betroffen hatte.«

»So hatten also weder Planitz noch deine Frau verraten, daß du ihn niedergeschlagen hattest?« fragte Frank.

Hans Lind fuhr sich über die. Stirn. »Nein, sie hatten wohl ihre Gründe gehabt, es zu verschweigen. Ich wußte nun, daß mein Nebenbuhler noch am Leben war, und das erleichterte mich doch. Mr. Brandes, dem ich die Notiz zeigte, sagte in seiner trockenen, verbitterten Art: ›Um den Kerl wäre es nicht schade gewesen. Aber Sie wollen wohl nun schleunigst als reumütiger Sünder zu Ihrer schönen, leichtsinnigen Frau zurückkehren?‹

Ich verneinte energisch. Es wäre mir unmöglich gewesen. Zwischen ihr und mir konnte es nie mehr eine Gemeinschaft geben. Ich erklärte Mr. Brandes, daß ich bei ihm bleiben wolle. Da drückte er mir nur stumm die Hand, so fest, daß sie schmerzte.

Daß meine Frau und mein Kind vorläufig zu leben hatten, wußte ich. Ich hatte ja Christine eine größere Summe Geld gegeben. Später hoffte ich Mittel und Wege zu finden, weiter für mein Kind zu sorgen, und auch mit meiner Frau in irgendeiner Weise abzurechnen. Eine Gemeinschaft zwischen ihr und mir war nach dem Vorgefallenen für mich undenkbar. Mr. Brandes hatte die Absicht, ein Jahr lang in Europa zu bleiben, und ich nahm mir vor, ehe ich dann mit ihm nach Amerika gehen würde, für kurze Zeit in meine Heimat zurückzukehren, mit meiner Frau reinen Tisch zu machen und mein Kind mit mir zu nehmen. Vorläufig war ich nicht imstande, in meiner Verfassung an meine Frau zu schreiben oder etwas von mir hören zu lassen.«

»Das kann ich nachfühlen, Onkel Hans. Aber wann erfuhrst du nun eigentlich von dem Untergang des Schiffes, mit dem du hattest reisen wollen?«

Noch in der Schweiz. Mr. Brandes hatte es zuerst in der Zeitung gelesen. Er zeigte es mir und sagte in seiner sarkastischen Art: ›Sehen Sie, lieber Lind, nun sind wir eigentlich quitt. Sie haben mir das Leben gerettet, und ich Ihnen, denn wenn ich Sie nicht abgehalten hätte, wären Sie mit diesem Schiff gereist und lägen mit den übrigen Passagieren auf dem Meeresgrund.‹ Ich stimmte ihm bei: ›Allerdings, Mr. Brandes, nun sind wir quitt – und Sie können mich ohne weiteres entlassen.‹

Er lachte. ›Ich werde mich hüten. Sie haben doch schon bemerkt, daß ich für Sie eine große Sympathie empfinde, und freiwillig lasse ich Sie nicht mehr los‹, sagte er.

So blieb ich, durchreiste ganz Europa mit ihm und fand langsam mein seelisches Gleichgewicht wieder, wenn ich auch nicht verwinden konnte, was mir geschehen war. Ich hatte keine Ahnung, daß ich inzwischen für tot erklärt worden war. Das habe ich erst später in Erfahrung gebracht. Da ich als Passagier in der Liste stand, in der die Reisenden des untergegangenen Schiffes aufgeführt waren, galt ich für tot.

Nach Jahresfrist kehrte ich in meine Heimatstadt zurück. Mr. Brandes hielt sich dort einige Tage auf und gab mir Urlaub, daß ich meine Angelegenheiten ordnen konnte. Ich hatte mir, nach amerikanischer Art, meinen starken Schnurrbart abnehmen lassen und sah ziemlich verändert aus. Zufällig traf ich auch nirgends Bekannte. Und kaum war ich wenige Stunden in der Stadt, da erfuhr ich, daß meine Frau, die sich Witwe glaubte, vor wenigen Tagen die Gattin von Robert Planitz geworden war. Meine kleine Dora war mit ihrer Mutter und ihrer Dienerin Christine in das Haus dieses Mannes übergesiedelt.

Einen Moment lockte es mich, vor meine Frau und ihren Verführer hinzutreten und ihr zu sagen, daß sie nicht die Gattin von Robert Planitz sei, sondern noch immer die meine. Aber ich bezwang dies rachsüchtige Gefühl. Mochte sie weiterleben im Haus dieses Mannes, der ihr Glanz und Reichtum bot, mochte sie sich als seine rechtmäßige Gattin fühlen. Meine kleine Dora konnte ich vorläufig doch nicht mit mir nehmen in meiner Stellung, und bei ihrer Mutter war sie am besten aufgehoben. So glaubte ich wenigstens.

Mr. Brandes bestärkte mich darin und reiste auf meine Bitte gleich am nächsten Tag mit mir weiter, denn ich wollte nicht, daß mich jemand erkannte, da dann ein Skandal nicht zu vermeiden sein würde. Ich hatte meine Frau und mein Kind nicht wiedergesehen. Aus Schonung für die Frau, die ich so sehr geliebt hatte und die meines Kindes Mutter war, hielt ich mich fern.

Ich hörte nur noch, daß Robert Planitz nach D. übersiedeln wollte, wo er große Konservenfabriken bauen ließ. Vor meiner Abreise traf ich noch Fürsorge, daß ich durch ein Auskunftsbüro von allem unterrichtet wurde, was mit meiner kleinen Tochter geschah, natürlich nur, was ihr äußeres Leben betraf. Wie du weißt, bekam ich auch all die Jahre regelmäßige Nachricht über ihr Ergehen und so wußte ich, daß meine Tochter ein glänzendes, sorgloses Leben führte.

Ich hätte ihr das in den ersten Jahren nicht bieten können, denn ich blieb in meiner Stellung bei Mr. Brandes. Ich blieb sein steter Begleiter und wurde seine rechte Hand. Aber nie hätte ich mir träumen lassen, daß ich seinem Herzen so teuer geworden war. Er ließ sich das nie anmerken. Erst als er starb und ich in seiner letzten Stunde bei ihm war, da reichte er mir die Hand und sagte mit einem matten Lächeln:

›Lind, wenn ich nicht ganz an der Menschlichkeit irregeworden bin, dann danke ich es Ihnen. Sie sind mir lieb und wert geworden wie ein Sohn, und was ich für Sie empfinde, das soll Ihnen erst nach meinem Tod klarwerden.‹

Aber trotz dieser Worte, die mich herzlich freuten, ahnte ich nicht, wie sehr mich Mr. Brandes geschätzt hatte. Ich war maßlos überrascht, als ich nach seinem Tod erfuhr, daß er mich zu seinem Haupterben eingesetzt hatte. Du weißt ja, mein Junge, daß mich damals schon eine herzliche Freundschaft mit deinem Vater verband, der mich, den Heimatlosen, in den Kreis seiner Familie aufgenommen hatte. Bei euch fand ich ein warmes Plätzchen; deine gute Mutter kam mir in schwesterlicher Herzlichkeit entgegen, und du schafftest mir mit deinem jungenhaften Übermut manche frohe Stunde. Ihr halft mir tragen, was mich drückte. Und als ich dann plötzlich ein reicher Mann wurde, nachdem ich acht Jahre lang Mr. Brandes treu gedient hatte, da freuten sich deine guten Eltern über diesen Glücksfall fast mehr als ich, der ihn nicht so recht schätzen konnte, weil ich nicht wußte, was ich mit dem vielen Geld anfangen sollte.

Erst allmählich gewöhnte ich mich an den Gedanken, ein reicher Mann zu sein. Und dann lernte ich auch, mich über meinen Reichtum zu freuen. Ich konnte deinem Vater in einer schweren Krise mit einem Kapital aushelfen; dann dachte ich auch mit wehmütiger Freude daran, daß ich meinen Reichtum einst meiner Dora vermachen konnte.

Wie oft trieb es mich, seit ich ein reicher Mann war, mein Kind zurückzufordern, mich ihm zu erkennen zu geben und es vor die Entscheidung zu stellen, ob es zu mir oder zu seiner Mutter halten wollte. Aber die Angst, den Frieden meines Kindes zu stören, hielt mich davon ab. Ich glaubte, Dora wisse, daß Planitz nicht ihr Vater sei und daß man ihr von meinem vermeintlichen Tod erzählt habe. Aus deinem Brief, mein Junge, ersah ich aber, daß man in meines Kindes Herzen jedes Andenken an mich ausgelöscht hatte. Es wußte nichts von meiner Existenz und hielt sich für das Kind des Mannes, der mir alles stahl, was mir das Leben lebenswert machte.

Da packte mich ein so schmerzlicher Grimm, daß ich meine Koffer packen ließ, um nach Deutschland zu reisen. Jetzt will ich nicht länger verbannt sein aus dem Herzen meines Kindes, das nicht froh und glücklich war. Ich brachte das Opfer umsonst. Nun will ich meine Rechte wahren. Jetzt kann ich die Frau nicht mehr schonen, die so grausam war, im Herzen meines Kindes jedes Erinnern an mich auszulöschen. Ich fordere jetzt mein Kind von dem Mann zurück, der sich von ihm Vater nennen ließ, der mir all mein Glück zerstört hat. Ich will nicht mehr tot und vergessen sein für mein Kind.«

Immer erregter hatte Hans Lind gesprochen, und die letzten Worte stieß er in zitternder Aufregung hervor.

Frank faßte beruhigend seine bebenden Hände. »Ja, Onkel Hans, du sollst endlich zu deinem Recht kommen, und ich glaube, Dora wird dir schnell ihr Herz zuwenden«, sagte er weich und begütigend.

Hans Lind sank plötzlich in sich zusammen.

»Wenn ich das nur sicher wüßte! Ich bin ja meinem Kind ein fremder Mann geworden, es weiß nichts von mir. Und trete ich jetzt als Unbekannter vor Dora hin und sage ihr: Ich bin dein Vater – und sie sieht mich kalt und fremd an –, siehst du, mein Junge, das ertrüge ich nicht, das würde mich furchtbar treffen. Und es wäre doch so verständlich. Wer bin ich ihr denn, selbst jetzt, da sie von Christine erfahren hat, daß sie meine Tochter ist? Bin ich ihr mehr als ein wesenloser Schatten?

Nein, nein, ich muß meine sehnsüchtige Ungeduld noch zügeln, ehe ich mich von meinem Kind Vater nennen lassen darf unerkannt, als Fremder will ich vor sie hintreten und erst ergründen, ob sie mir Sympathie entgegenbringen kann. Du sollst mich zu ihr führen, unter einem fremden Namen mit ihr bekannt machen.

Ich möchte natürlich um keinen Preis das Haus des Kommerzienrats betreten, wenn es sich irgend vermeiden läßt. Auch will ich nicht, daß in D. irgendwie bekannt wird, daß mich Beziehungen mit Dora und ihrer Mutter verbinden. Solange es geht, will ich diese Frau schonen, selbst jetzt noch, weil sie Doras Mutter ist. Ein Skandal wäre unvermeidlich, wenn bekannt würde, daß der Vater Doras, der heute noch der rechte Gatte ihrer Mutter ist, lebt. Also weißt du einen Ort, eine Gelegenheit, wo ich Dora außerhalb des Planitzschen Hauses unverfänglich begegnen kann?«

Frank nickte.

»Es wird sich alles nach Wunsch machen lassen, Onkel Hans. Wie ich dir schon sagte, habe ich Dora von dir erzählt als von dem Freund und Wohltäter meines Vaters. Auch habe ich ihr angedeutet, daß es einen Menschen gibt, dem sie sehr teuer ist und in dessen Auftrag ich ihre Nähe gesucht habe.

Sie hat eine ihr sehr ergebene Freundin, Frau von Rekkenberg. In das Haus dieser Dame werde ich dich einführen; dort wirst du Dora begegnen und ungestört mit ihr sprechen können, ohne daß du von Planitz oder Doras Mutter gesehen wirst.«

»Das ist gut – sehr gut. Diese beiden Menschen würden mich wohl kaum erkennen. Ich habe mich sehr verändert, und sie halten mich für tot. Aber es ist mir lieber, ich brauche ihnen nicht zu begegnen. Es würde doch nur schlimme Erinnerungen in mir wachrufen. Auf alle Fälle gehe ich unter einem anderen Namen nach D. Ich habe mir die Papiere des Prokuristen deines Vaters mitgebracht, auf den mein Signalement ziemlich genau paßt. Du wirst mich also als Mr. Stone dort einführen.«

»Das ist gut«, sagte Frank zufrieden. »So wird dir Dora ganz unbefangen gegenübertreten. Müßte ich dich ihr unter dem Namen Lind vorstellen, so würde sie glauben, du seiest der Verwandte ihres Vaters, und dann wäre sie schon befangen. Als Mr. Stone bist du einfach nur ein Freund meines Vaters, der zufällig in Deutschland zu tun hat, und dem ich meine Braut vorstellen will.«

Hans Lind nickte. »Ja, so soll es sein, mein lieber Junge. Und nun wollen wir zusammen essen und dabei noch mancherlei besprechen. Heute können wir nicht mehr nach D. reisen. Wir werden den Abend gemütlich verplaudern. Morgen früh geht es dann mit dem ersten günstigen Zug ab.«

So geschah es dann auch. Nach dem Essen suchten die beiden Herren ein bekanntes Weinlokal auf, wo sie in einer behaglichen Ecke zusammen saßen.

Sie sprachen fast nur von Dora Lind.

14

Raina hatte am Vormittag ihre Hausfrauenpflichten erfüllt und saß nun mit einem Buch in ihrem hübschen Salon. Arnulf war im Dienst und wurde von ihr erst kurz vor Mittag zurückerwartet. Das Buch fesselte sie nicht sehr. Ihr Herz war so voll. Sie erlebte jetzt innerlich so viel, daß sie weit mehr mit ihrem Schicksal beschäftigt war als mit dem der Personen, von denen ihr Buch erzählte. Wie jetzt immer hatte sie auch heute sorgfältig Toilette gemacht.

Keine Mühe war ihr zu groß, um die Vorzüge ihrer Erscheinung in das rechte Licht zu rücken. Sie hatte viel von Dora gelernt und sah nun auch anderen Frauen voll Interesse ab, was hübsch und kleidsam war. Es war gewiß nicht Eitelkeit, was sie dazu trieb, sondern nur der heiße, innige Wunsch, ihrem Mann zu gefallen und seine erwachende Neigung zu vertiefen.

In ihre Gedanken hinein wurde ihr Frank Marlow gemeldet. Sie zögerte einen Augenblick, ihn zu empfangen; aber dann fiel ihr ein, daß er vielleicht durch sie Dora eine Nachricht zukommen lassen wollte. Er hatte, wie sie wußte, die Absicht gehabt, einige Tage in Hamburg zu bleiben. Dora wußte sicher nicht, daß er schon zurückgekehrt war.

So ließ sie Frank eintreten, obwohl sie wußte, daß es ihrem Gatten nicht angenehm sein würde.

Frank begrüßte Raina, und sie reichte ihm freundlich die Hand. »Gnädige Frau, Sie müssen verzeihen, daß ich heute zu einer so ungewohnten Zeit bei Ihnen eindringe. Ich habe eine besondere Bitte an Sie – eine Bitte, die Dora betrifft.«

Raina lächelte schelmisch. »Ich dachte es mir, Herr Marlow. Also bitten Sie! Womit kann ich Ihnen dienen?«

Er atmete tief auf und nahm den ihm angebotenen Platz an. »Ich habe gestern einen Freund unserer Familie in Hamburg begrüßt, Mr. Stone, den ich von Kind auf gewöhnt bin, Onkel Hans zu nennen. Mr. Stone hat von mir gehört, daß ich mich, vorläufig inoffiziell, verlobt habe und möchte gern meine Braut kennenlernen. Aus gewissen Gründen will Mr. Stone vermeiden, das Haus des Kommerzienrats Planitz zu betreten, und deshalb bin ich so kühn, mich vertrauensvoll an Sie zu wenden, verehrte gnädige Frau, mit einer ganz ergebenen Bitte. Sie sind Doras Freundin, und wenn ich Ihnen sage, daß Sie ihr damit einen sehr großen Dienst erweisen, dann werden Sie vielleicht gestatten, daß ich Mr. Stone bei Ihnen einführe und daß er in Ihrem Haus Dora kennenlernt.«

Raina war sofort bereit, seine Bitte zu erfüllen, wenn sie auch ahnte, daß Arnulf es vielleicht nicht gern sah, wenn sie diese Erlaubnis erteilte.

»Es bedarf weiter keiner Worte, Herr Marlow. Ich bin sehr froh, wenn ich Dora einmal einen Gefallen tun kann, denn ich bin ihr viel, sehr viel Dank schuldig. Also bringen Sie uns Mr. Stone, er soll uns willkommen sein.«

Frank küßte ihr die Hand. »Ich danke Ihnen herzlichst, gnädige Frau, und ich bin so frei, Sie außerdem zu bitten, einen Boten zu Dora zu senden mit der Nachricht, daß ich zurückgekehrt bin und daß ich sie gern – wenn es Ihnen paßt – heute nachmittag hier bei Ihnen treffen möchte. Ich habe einiges von Wichtigkeit mit ihr zu besprechen. Darf ich Mr. Stone gleich heute mitbringen?«

»Gewiß, das dürfen Sie. Und da Ihnen wohl daran liegt, daß Dora und Mr. Stone sich ein wenig näher kennenlernen, bitte ich Sie und ihn, mit Dora und mir den Tee zu nehmen. Mein Mann hat freilich wieder Dienst, er ist jetzt ganz außerordentlich angestrengt und hat kaum noch freie Stunden. Aber ich denke doch, er wird so heimkommen, daß er Sie noch begrüßen kann.«

»Das soll mich sehr freuen«, erwiderte Frank.

Weder er noch Raina hatten gehört, daß Arnulf in diesem Augenblick heimgekehrt war. Er vernahm von seinem Burschen, daß Herr Marlow sich im Salon seiner Frau befinde und begab sich, ohne abzulegen, dorthin.

Mit einem Gefühl brennender Unruhe schritt er, jedes Geräusch vermeidend, durch das Vorzimmer und blieb eine Weile vor der Portiere stehen, die Rainas Salon abschloß. Er wollte nicht lauschen, wollte nur Frank Marlow und seine Frau überraschen. Aber nun zögerte er doch einen Augenblick, als er Frank Marlow sagen hörte: »Ich weiß nicht, verehrte gnädige Frau, wie ich Ihnen für Ihre Güte danken soll. Ich kann es nur mit schrankenloser Ergebenheit.«

Raina erwiderte dem Kalifornier mit sehr warmer, herzlicher Stimme:

»Es bedarf keines Dankes, lieber Herr Marlow. Ich freue mich ja so sehr, Ihnen dienen zu können. Es ist mir Herzensbedürfnis.«

Diese letzten Worte durchzuckten Arnulf wie ein Schlag. Ein »Herzensbedürfnis« war es Raina, dem Kalifornier dienen zu können? Das traf ihn hart. Er ahnte ja nicht, daß sich das »Ihnen« mehr auf Dora bezog als auf Frank; er glaubte, es gälte diesem allein.

Und es tat ihm im tiefsten Herzen weh, daß Raina so warm und herzlich mit diesem fremden jungen Mann sprach, während sie doch ihm selbst gegenüber stets einen zurückhaltenden Ton hatte.

Mit einer schnellen Bewegung schlug er nun die Portiere zurück und trat ins Zimmer. Raina zuckte ein wenig zusammen, weil sie Arnulf nicht hatte kommen hören. Frank Marlow aber wandte sich ruhig um und begrüßte Arnulf sehr unbefangen und freundlich. Er bemerkte nicht einmal, daß Arnulf sichtlich erregt war. Raina merkte es aber sehr wohl. Sie sah auch, daß Arnulf sie finster und forschend betrachtete, aber sie empfand dabei nur ein heimliches Glücksgefühl. »Wo Eifersucht ist, da ist auch Liebe«, hatte Dora gesagt.

»Ich freue mich sehr, Sie noch zu sehen, Herr von Rekkenberg«, sagte Frank unbefangen. »Ich habe mir erlaubt, Ihre Frau Gemahlin zu bitten, mir zu gestatten, daß ich einen Freund meiner Familie, den ich in Hamburg abholte, in Ihr Haus einführe. Ihre Frau Gemahlin hat mir in liebenswürdiger Weise gestattet, Mr. Stone heute nachmittag zu Ihnen zu bringen, und ich bitte auch Sie um die Erlaubnis, es tun zu dürfen.«

Arnulf hätte am liebsten Frank Marlow nebst diesem Mr. Stone ins Pfefferland gewünscht. Aber er konnte sich doch so weit beherrschen, mit einigen konventionellen Worten seine Zustimmung zu geben. Er konnte ja nicht gut Rainas Erlaubnis rückgängig machen.

Also das war der Dienst, den der Kalifornier von seiner Frau verlangt hatte. Und es war ihr ein »Herzensbedürfnis«, ihm dienen zu können.

Herzensbedürfnis!

Er biß die Zähne zusammen. Dies Wort bohrte sich schmerzhaft in seine Seele. Er war kaum imstande, die Abschiedsworte Franks zu erwidern.

Als das Ehepaar allein war, blieb Arnulf vor seiner Frau stehen und sah sie scharf und prüfend an. »Du hättest dies Verlangen des Herrn Marlow sehr wohl mit der Begründung abweisen können, daß ich heute nachmittag nicht zu Hause bin«, sagte er nervös.

Es zuckte fast wie leise Schelmerei um Rainas Mund, und ihre Augen leuchteten so unbeschreiblich tiefblau und strahlend, daß er sich nur mit schmerzlicher Wonne hineinversenken konnte.

»Ich bin ja so froh, wenn ich interessante Gesellschaft habe, Arnulf. Warum sollte ich Herrn Marlow seine Bitte abschlagen? Denkst du nicht, daß dieser Mr. Stone eine sehr interessante Bekanntschaft sein wird? Man sieht doch ein neues Gesicht. Natürlich bitte ich Dora, herüberzukommen. Ich schicke gleich ein Billett zu ihr hinüber, damit ich nicht mit den beiden Herren allein bin, bis du kommst. So ist es dir doch recht, nicht wahr?«

Nein, es war Arnulf gar nicht recht. Aber was sollte er erwidern? Raina strahlte ihn so unbefangen an, daß er es nicht über sich vermochte, seiner Eifersucht Worte zu geben. Er mußte sich darauf beschränken, innigst und eindringlichst zu wünschen, daß Frank Marlow endlich nach Kalifornien zurückkehren möge.

Um auf ein anderes Thema zu kommen, sagte er: »Ich habe heute von einem Kameraden gehört, daß sich Fräulein Planitz in kurzer Zeit offiziell mit Baron Kranzau verloben soll. Kranzau selbst hat es gestern abend in weinseliger Stimmung ausgeplaudert. Inoffiziell soll die Verlobung schon stattgefunden haben. Hat dir Fräulein Planitz nichts davon anvertraut? Ihr seid doch sonst so intim.«

Raina sah ihn ernsthaft an. »Du kennst doch Kranzau. Glaubst du, daß Dora sich mit solch einem Mann verloben würde?«

Er zuckte die Achseln. »Sie würde mir leid tun – sehr leid, denn soviel ich sie kenne, paßt sie in keiner Weise zu ihm.«

»Nein, ganz gewiß nicht. Und Dora denkt nicht daran, sich mit Baron Kranzau zu verloben, das kannst du gegen jedermann behaupten.«

»Aber wie kann der Baron davon sprechen?«

»Ich will es dir sagen, obwohl Dora nicht will, daß ich darüber spreche. Da es der Baron aber selbst tut, ist es besser, ich sage dir die Wahrheit. Der Baron hat bei dem Kommerzienrat um Doras Hand angehalten, und dieser hat ihm ihre Hand zugesagt. In einigen Tagen soll sich der Baron Doras Jawort holen. Diese hat bisher vergebens da gegen protestiert. Der Kommerzienrat will sie zu dieser Verbindung zwingen. Aber – Dora stirbt lieber, als sich in dieser Frage zu fügen. Sie wird niemals Baronin Kranzau werden.«

»Bist du dessen so sicher?«

»Ganz sicher.«

»Wenn die Sache so liegt, ist es ebenso unverantwortlich von dem Baron wie von dem Kommerzienrat, eine Verlobung als bestimmt anzunehmen. Ich gestatte dir gern, Fräulein Planitz einen Wink zu geben, in welcher Weise der Baron von ihr als seiner künftigen Braut spricht.«

Raina nickte. »Das will ich tun, aber es wird nichts an Doras Entschluß ändern.«

»Es wäre auch schade um die junge Dame. Ich kenne keine, die ich mehr verehre und achte als sie, und kenne in unseren Kreisen keinen Mann, den ich niedriger einschätze als Kranzau.«

Nach diesem Gespräch zog sich Arnulf zurück, um sich umzukleiden. Dabei mußte er immer wieder daran denken, daß es Raina Herzensbedürfnis war, Frank Marlow einen Dienst zu erweisen. Wenn sich der Kalifornier daraufhin allerlei Schmeichelhaftes einbildete, war es kein Wunder.

Arnulf saß heute in wenig beneidenswerter Stimmung bei Tisch; seine Augen ruhten immer wieder mit schmerzlichem Forschen auf Rainas Antlitz. Sie merkte es wohl, und das Herz schlug ihr bis zum Hals hinauf.

›Lange ertrage ich das nicht mehr‹, dachte sie.

15

Frank Marlow war in sein Hotel zurückgekehrt. Dort hatte auch Hans Lind als Mr. Stone Wohnung genommen. Er berichtete diesem, daß sie am Nachmittag bei Frau von Reckenberg erwartet und Dora dort finden würden.

Die Gewißheit, nun bald seiner Tochter Auge in Auge gegenüberzustehen, trieb den alten Herrn rastlos hin und her. Er konnte nicht zur Ruhe kommen. Deshalb schlug ihm Frank einen Spaziergang vor durch die Promenadenanlagen, die sich wie ein Ring um die innere Stadt zogen. Nach diesem Spaziergang wollten die beiden Herren zusammen speisen.

Als sie durch einen mit dichtem Gebüsch bewachsenen Teil der Anlagen schritten, kam es zu einer überraschenden Begegnung. An einer Wegbiegung kam plötzlich Dora Lind um eine Gebüschgruppe herum und sah die beiden Herren vor sich.

Sie hatte noch keine Ahnung, daß Frank von Hamburg zurückgekehrt war, und sah ihn nun freudig betroffen an. Den Herrn an seiner Seite beachtete sie zunächst gar nicht.

Frank Marlows Augen strahlten auf bei ihrem Anblick. Im Moment vergaß er, auf seinen Begleiter zu achten, und begrüßte Dora sehr erfreut. Sie blieb stehen, um einige Worte mit ihm zu wechseln. Aber nun erinnerte sich Frank an Hans Lind, und sein Herzschlag setzte einen Moment aus, als er erfaßte, welche Bedeutung diese Begegnung hatte.

Hans Lind hatte in der jungen Dame sofort seine Tochter erkannt, nach der Photographie, die er gestern von

Frank bekommen hatte. Er hatte sie stundenlang betrachtet und sich jeden Zug ihres Gesichts eingeprägt. Und nun sie so plötzlich vor ihm stand, krampfte sich sein Herz in tiefster Erregung zusammen, so schmerzhaft, daß er leichenblaß wurde und sich kaum aufrecht erhalten konnte.

So stand er wie erstarrt und schaute Dora mit großen Augen an.

Frank sagte, sich zur Ruhe zwingend, zu dieser: »Gestatten Sie, mein gnädiges Fräulein, daß ich Ihnen einen Freund meines Vaters vorstelle, den ich gestern in Hamburg abholte.«

Dora sah nun mit ihren großen, schönen Augen in das Gesicht des alten Herrn. Und als sie dies blasse, schmerzverzogene Gesicht vor sich sah und in die dunklen, seltsam erloschenen Augen blickte, da fühlte sie, daß sie der Blick dieser Augen bis ins Herz hinein traf. Ein unbeschreibliches Empfinden durchströmte sie und trieb ihr das Blut wie schwere, schmerzhafte Wogen durch ihren Körper. Sie stand wie gebannt von der schmerzlichen Ergriffenheit, die ihr aus den Augen dieses fremden Mannes entgegenblickte und die sich ihr selbst mitteilte.

Ganz seltsam bewegt, bis ins Innerste getroffen von dieser Begegnung, standen sich Vater und Tochter eine Weile sprachlos gegenüber, und Frank Marlow war zumute, als erlebe er in diesem Augenblick etwas unbeschreiblich Ergreifendes und Rührendes.

Dann sah Dora plötzlich, wie der Fremde ein wenig schwankte, als verlöre er den Boden unter den Füßen, und wie er nach seinem Herzen griff und die Hand darauf preßte. Da war sie, von einem unerklärlichen Impuls getrieben, mit einem Schritt dicht bei ihm, faßte erschrocken nach seinem Arm und sagte mit verhaltener, zitternder Stimme, aus der es wie heißes Mitleid bebte:

»Sie leiden, mein Herr – kann ich Ihnen helfen? Sie sind unwohl – bitte, stützen Sie sich auf mich – ich bin stark.«

Es flog wie ein Zittern über den Mann. Seine Augen ließen nicht aus denen seines Kindes. Mit einem hungrigen, sehnsüchtigen Blick sah er hinein, so daß Dora zumute war, als müsse sie laut aufweinen. Ihre Augen wurden feucht, und sie wußte nicht, warum. Er nahm alle Kraft zusammen, um seine Fassung zu wahren. Leise legte er seine zitternde Hand auf die ihre, die noch wie in Angst und Sorge seinen Arm umfaßte.

»Es ist nichts – nichts Besorgniserregendes, ein kleines Unwohlsein. Es geht schon vorüber – und nun ist mir wohl – so wohl –; ich danke Ihnen für Ihre Teilnahme – danke Ihnen – unaussprechlich.«

Dora sah ihn nur immer an, als wollte sie ergründen, warum ihr der Anblick dieses fremden Männergesichts die Seele so in allen Tiefen aufwühlte. Und als sie fühlte, daß seine Hand auf der ihren zitterte, teilte sich ihr dies Zittern mit. Die Stimme des Blutes sprach stark und mächtig in ihr und erfüllte ihre junge Seele mit ahnungsvollen Schauern.

Wie lange Vater und Tochter so gestanden hatten, wußten sie nicht. Es war ganz still rings um sie her, und es schien, als halte selbst die Natur den Atem an. Endlich löste Dora mit gewaltsamer Anstrengung ihren Blick aus dem des Herrn und wandte ihn fragend, unruhig Frank Marlow zu.

Dieser sah, wie erregt Dora war. Er faßte beruhigend ihre Hand. »Dora – liebe Dora, Mr. Stone weiß, daß du meine Braut bist. Ich habe ihm alles gesagt. Und er wollte dich gern kennenlernen, deshalb ist er hier.«

Dora atmete tief auf. Mit einem unsicheren, aber lieben Lächeln sah sie den alten Herrn an.

»Es freut mich sehr, Sie kennenzulernen. Und es mag seltsam klingen, aber ich fühle mich so eigenartig zu Ihnen hingezogen. Mir ist so sonderbar zumute, als kenne ich Sie schon lange. Ihre Augen grüßen mich wie die eines Menschen, der mir nicht fremd ist. Es überkam mich eine ganz unerklärliche Stimmung, als ich Sie sah. Ich habe noch nie ähnliches empfunden beim Anblick eines Menschen, den ich eben erst kennenlernte. Ich bin noch ganz benommen – so, als hätte ich ein großes inneres Erlebnis gehabt. Verzeihen Sie mir, daß ich meinem Empfinden Worte gebe, aber ich muß es tun, es drängt mich etwas dazu, obwohl ich sonst keine sehr mitteilsame Natur bin.«

Sie war sehr erregt, das merkten die beiden Herren. Hans Lind trank die Züge seines Kindes in sich hinein wie Himmelswonne, und ihre Worte lösten ein tiefes Glücksgefühl in ihm aus.

»Ich danke Ihnen für Ihre Worte, mein gnädiges Fräulein, danke Ihnen von ganzem Herzen. Sie tun mir unendlich wohl. Mir ergeht es wie Ihnen. Was ich empfinde – ich kann es nicht in Worte fassen – nicht jetzt. Nur das lassen Sie mich Ihnen sagen – mein liebes Kind –, daß Sie mir teuer sind – so teuer – ich –«

Er brach ab und mühte sich, Fassung zu behalten.

Dora strich sich über die Stirn wie im Traum. Und dann sah sie plötzlich zu Frank auf mit einem hilflosen, forschenden Blick.

»Frank – du hast mir gesagt, es gibt einen Menschen, der mir nahesteht, dem ich teuer bin. Ich riet auf einen

Verwandten meines Vaters. Frank – ist Mr. Stone die geheimnisvolle Persönlichkeit, die dich zu mir gesandt hat? Sag es mir, ich bitte dich. Dann könnte ich mir doch erklären – wenn Mr. Stone mit mir verwandt ist, daß – daß sein Anblick mich so seltsam bewegt«, stieß sie hervor und faßte Franks Hand. Dieser sah den alten Herrn an, und Hans Lind machte ihm ein Zeichen, daß er bejahen sollte.

Da sagte der junge Mann leise und bewegt: »Ja, Dora, es ist, wie du vermutest. Mr. Stone ist nach Deutschland gekommen, nur um dich zu sehen.«

Da wurde Dora vor Erregung sehr bleich, und der Atem kam schwer aus ihrer Brust.

»Ich habe es gefühlt – ja – ich habe es gefühlt. Wir müssen durch Bande des Blutes zusammengehören, so empfindet man nicht für einen fremden Menschen«, sagte sie mit leiser, verhaltener Stimme und sah Hans Lind wieder tief und forschend in die Augen. In seinem Gesicht zuckte und arbeitete eine furchtbare Erregung. Wären sie an einem anderen Ort gewesen, nicht hier im Freien, wo jeden Augenblick fremde Menschen vorübergehen konnten, dann hätte er es nicht mehr über sich vermocht, seiner Tochter zu verbergen, wer er war. Er faßte ihre Hand mit schmerzhaftem Griff.

»Bande des Blutes sind heilig«, sagte er mit vergehender Stimme.

»Wer sind Sie?« fragte Dora dringend, und Mr. Stone spürte, wie sie zitterte.

Da warf er Frank einen bittenden Blick zu, der diesem verriet, daß er jetzt am Ende seiner Kraft war. Frank faßte daher Doras andere Hand.

»Liebling – wir müssen uns jetzt trennen. Hier sind wir nicht ungestört. Heute nachmittag sehen wir uns bei

Reckenbergs. Ich war dort und bat Frau von Reckenberg, dir Nachricht zu senden, daß ich dort sein werde. Auch Mr. Stone wird mich begleiten. Dort wird er dir alles erklären. Nicht wahr Mr. Stone? Alles soll Dora erfahren – sie muß jetzt alles wissen.«

Hans Lind nickte nur stumm, sprechen konnte er nicht mehr.

»Du siehst, Dora – er ist zu erregt; dein Anblick hat ihn tief ergriffen. Geh jetzt, mein geliebtes Herz. Heute nachmittag auf Wiedersehen bei Frau von Reckenberg.«

Dora sah noch einmal bang und beklommen in die Augen des alten Herrn, die eine so geheimnisvolle Macht auf sie ausübten. Stumm reichte sie ihm die Hand. Und dann sagte sie zu Frank: »Ich werde kommen.«

Hans Lind drückte die Hand seines Kindes fest und warm. »Auf Wiedersehen!« stieß er hervor.

»Auf Wiedersehen«, sagte auch Dora leise.

Dann schritt sie davon, langsam und schwer, nicht mit ihrem leichten, elastischen Gang.

Die beiden Herren blieben stehen und sahen ihr nach, einander fest bei den Händen haltend. Ehe Dora in einen Seitenweg einbog, blieb sie stehen und sah, wie geheimnisvoll angezogen, noch einmal zurück. Ihre Augen suchten nicht Frank. Sie sah noch einmal mit seltsam unruhigem, fragendem Blick in die Augen des fremden Mannes. Dann eilte sie weiter.

Hans Lind stützte sich auf Franks Arm, als brauche er einen Halt, und sah mit großen, brennenden Augen seiner Tochter nach.

»Mein Kind – mein geliebtes Kind«, brach es wie ein Stöhnen aus seiner Brust.

Frank stützte ihn. »Onkel Hans – nun darfst du Dora

nicht mehr vorenthalten, was sie zu wissen ein Recht hat. Hast du nicht empfunden, wie stark die Stimme des Blutes in ihr sprach?«

Ein strahlendes Leuchten erschien in den Augen des alten Herrn.

»Ja, Frank, ich habe es empfunden – gottlob, ich habe es empfunden! Und nun habe ich Mut, mich meiner Tochter zu erkennen zu geben. Wenn wir jetzt nicht hier auf offener Straße wären, dann hätte mich schon jetzt nichts davon zurückgehalten. Nur eine Stunde ungestörten Beisammenseins heute nachmittag, das ist, was ich vom Schicksal erflehe.«

»Die soll dir werden, Onkel Hans, ich bürge dir dafür. Da ich weiß, daß du dich Dora anvertrauen willst, werde ich auf jeden Fall dafür sorgen. Frau von Reckenberg ist eine feinfühlige, verständnisvolle Dame und Dora sehr verpflichtet und ergeben. Aber, nun komm, du bist furchtbar erregt. Laß uns zum Hotel zurückgehen. Du mußt ein Stündchen ruhen, damit du heute nachmittag frisch bist.«

Damit führte Frank den alten Herrn davon. Dieser sah mit großen Augen vor sich hin. Frank überließ ihn seinen Gedanken.

In einer ganz seltsamen Stimmung war Dora nach Hause gegangen. Wie fremd und kalt sie ihrer Mutter gegenüberstand, das hatte sie in der letzten Zeit mehr denn je empfunden. Auch heute kam es ihr zum Bewußtsein. Als sie nach Hause kam, fand sie den Salon ihrer Mutter angefüllt mit Gästen, die mit der Kommerzienrätin über ein Wohltätigkeitsfest berieten. Zum Besten eines Säuglingsheims sollte ein Gartenfest im großen Stil veranstaltet werden, und der Kommerzienrat hatte dazu einen großen Teil seines parkähnlichen Gartens zur Verfügung gestellt. Bei solchen Gelegenheiten war Frau Helene in ihrem Fahrwasser. Sie scherzte, plauderte und lachte in ihrer oberflächlich liebenswürdigen Art und verschmähte es durchaus nicht, trotz ihres reifen Alters, ein wenig zu kokettieren und sich den Hof machen zu lassen. Das lag ihr nun einmal im Blut und ließ sich nicht ausrotten.

Dora hatte das mit ihren kritischen Augen oft mit angesehen. Wäre es nicht ihre Mutter gewesen, so hätte sie sich vielleicht mit einem amüsierten Lächeln darüber hinweggesetzt. Aber bei ihrer Mutter berührte sie solch ein kokettes Spiel wie ein körperlicher Schmerz.

Sie hielt es auch heute nicht lange aus, Zeuge dieses Spieles zu sein. Die ganze Gesellschaft erschien ihr schal und öde. Keiner von diesen Menschen dachte in Wirklichkeit daran, einen wohltätigen Zweck zu verfolgen. Alle hatten nur ein Ziel im Auge: sich möglichst gut zu amüsieren.

Unbemerkt verließ Dora die Gesellschaft und zog sich auf ihr Zimmer zurück. Wie ein Fremdling kam sie sich vor in diesem Haus. Auf ihrem Schreibtisch fand sie Rainas Billett, das sie für den Nachmittag in die Reckenbergsche Wohnung rief.

Dora setzte sich ans Fenster und stützte den Kopf in die Hand. Sie konnte ihre Gedanken nicht losreißen von Mr. Stone. Immer sah sie sein schmerzlich bewegtes Gesicht, seine hungrig sehnsüchtigen Augen vor sich.

Nach einer Weile trat Christine ein. »Ach, mein Dorchen, du sitzt hier oben so allein, und unten bei Frau Kommerzienrat ist große Gesellschaft«, sagte sie.

»Ja, Christine, ich war schon unten, doch es gefällt mir besser, wenn ich allein bin. Aber es ist gut, daß du hier bist, ich möchte dich einmal etwas fragen. Kannst du dich wohl erinnern, ob mein verstorbener Vater Verwandte hatte?«

Christine dachte eine Weile nach. Dann schüttelte sie den Kopf.

»Da war der Vater von deinem Vater, mein Dorchen, der starb gerade, als du geboren wurdest. Sonst waren keine Verwandten da – gar keine.«

»Du mußt dich irren, Christine. Vielleicht hast du nur nichts von ihnen gehört. Ich weiß jetzt, daß mein Vater einen Blutsverwandten hinterlassen hat.«

Energisch schüttelte die alte Dienerin den Kopf. »Aber nein, mein Dorchen, das kann nicht sein. Als dein Vater dich damals in seiner Aufregung mit sich nehmen und dich durchaus nicht bei deiner Mutter lassen wollte, fragte ich ihn, ob er denn nicht irgendwelche Verwandte hätte, wo er dich lassen könnte. Da sagte er in seinem verbissenen Schmerz: Ich bin einsam und verlassen, wie ein Hund auf der Straße, der seinen Herrn verloren hat. Nicht einen Menschen gibt es, zu dem ich gehöre, dem ich mein Kind anvertrauen könnte.«

Dora sah sinnend vor sich hin. »Vielleicht hat er nicht daran gedacht, daß ihm in Amerika ein Verwandter lebt, ein Verwandter, den ich heute kennengelernt habe. Er heißt Stone und lebt seit vielen Jahren in Kalifornien. Mein Verlobter hat ihn mir heute vorgestellt.«

Christine machte ein ungläubiges Gesicht. »Stone? Stone? Nein, den Namen habe ich nie gehört. Das muß dann wohl ein ganz entfernter Verwandter sein.«

Dora atmete tief aus. »Nun, ich werde heute noch Genaueres darüber hören. Aber nun etwas anderes, Christine. Hast du all die Sachen eingepackt, die wir jetzt entbehren können und mitnehmen wollen, wenn wir abreisen?«

Christine seufzte ein wenig. »Ja, mein Dorchen, ich habe für dich erst einmal die beiden großen Rohrplattenkoffer bis obenhin vollgepackt. Meine Sachen sind auch schon verstaut. Das kann dann jederzeit abgeholt werden; ich habe alles drüben in meiner Kammer stehen. Es wird uns doch nichts bei der Seefahrt ins Wasser fallen, Dorchen? Einmal habe ich in der Zeitung gelesen, daß von einem Schiff eine Menge Koffer ins Wasser gefallen sind.«

Dora lachte. »Ach, Christine, was hast du für eine Ahnung von solch einem großen Schiff. Da kannst du ganz ruhig sein.«

Christine machte große, ängstliche Augen. »Wenn ich man nicht die Seekrankheit kriege; das soll ein schrecklicher Zustand sein. Da kannst du nicht leben und nicht sterben, sagt der Johann, der mit seinem früheren Herrn mal übers Meer gefahren ist.«

Dora umfaßte sie liebevoll. »Mein Altchen, wenn ich dich nur erst übers Wasser hätte. Mußt nicht so ängstlich sein. Wir reisen ja noch im Sommer, so Gott will, da ist meist ruhige See und wenig Sturm. Du merkst dann überhaupt nichts davon, daß du über das Wasser fährst. Hab' nur ein bißchen Mut.«

»Na ja, na ja, mein Dorchen, ich bin ganz unverzagt. Du bist es ja auch, und du hast doch wahrlich mehr zu verlieren als ich. Was gilt mein altes Leben gegen dein junges? Ich gewöhne mich schon an den Gedanken. Von meiner Mutter selig ist in jungen Jahren auch ein Bruder nach Amerika ausgewandert. Er schrieb sehr schöne Briefe, aber dann hab' ich nichts mehr von ihm gehört. Vielleicht treffe ich ihn mal drüben, wenn er noch am Leben ist.«

Dora lachte herzlich. »Ach, Christine, das wäre ein

großer Zufall. Amerika ist ja so groß – das kannst du gar nicht fassen.«

»Ja ja, das glaube ich schon. Aber nun will ich wieder hinuntergehen; ich muß unten ein bißchen helfen, heute. Wollte nur mal nach meinem Dorchen sehen. Ja – und was ich noch sagen wollte, du mußt dich aber nicht aufregen, Dorchen.«

»Nein, nein – was gibt es denn?«

»Ach, nur – ich hörte vorhin, daß morgen eine größere Abendgesellschaft geladen ist, lauter adelige Herrschaften, Herr Marlow ist nicht eingeladen. Aber – der Herr Baron von Kranzau – ja, der hat eine Einladung bekommen.«

Dora zuckte leise zusammen. »Ah – das hat mir Mama nicht mitgeteilt, als sie mir von dieser Gesellschaft sprach. Es ist gut, daß du es mir gesagt hast, Christine, ich danke dir.«

»Ich dachte mir schon, daß es gut ist, wenn du es weißt, mein Dorchen.«

Damit ging die alte Dienerin hinaus. Dora blieb allein. Ihre Gedanken beschäftigten sich nun wieder mit Mr. Stone.

›Wie er mich ansah – so seltsam, so ganz rätselhaft‹, dachte sie, leise zusammenschauernd.

Und sie konnte die Zeit nicht erwarten, bis sie zu Rekkenbergs gehen und Mr. Stone wiedersehen konnte. Sie dachte heute viel mehr an ihn als an Frank Marlow.

16

Dora, Frank Marlow und Hans Lind waren in Rainas Salon zusammengetroffen. Raina, die blühend und lieblich aussah in einem duftigen weißen Kleid, hatte Mr. Stone freundlich empfangen. Er gefiel ihr sehr gut in seiner ruhigen, vornehmen Art, und er fühlte sich ebenfalls äußerlich sympathisch von Raina berührt.

Die drei Gäste waren auf Verabredung zeitiger als sonst eingetroffen. Sie wollten die Zeit bis zu Arnulf von Reckenbergs Heimkehr gut nützen. Raina hörte, daß Dora bereits am Vormittag flüchtig mit den beiden Herren zusammengetroffen war.

Sie zog sich gleich nach der Begrüßung ihrer Gäste verständnisvoll zurück.

»Ich denke, Mr. Stone übernimmt heute mein Amt als Ehrengarde, und ich vermute, Sie haben mancherlei zu besprechen, meine Herrschaften. Deshalb gestatten Sie mir wohl, daß ich inzwischen einigen Hausfrauenpflichten nachkomme«, sagte sie und sah Dora lächelnd an, als wollte sie fragen: »Habe ich's recht gemacht?«

Dora nickte ihr zu, und Raina ging hinaus. Als die drei Menschen allein waren, atmete Dora tief aus und wandte sich an Hans Lind.

»Seien Sie mir nicht böse, Mr. Stone, wenn ich keine Minute unseres nur kurz bemessenen Zusammenseins verlieren will und Sie gleich bitte, mir zu sagen, in welcher Weise wir miteinander verwandt sind. Ich bin seit unserem Zusammentreffen in einem mir ganz unerklärlichen Zustand von Unruhe und Aufregung gewesen. Seit ich in Ihre Augen gesehen habe, ist mir zumute, als stehe ich unter einem geheimnisvollen Bann. Ich kann es nicht mit Worten ausdrücken, wie erregt ich bin, wie mich die Begegnung mit Ihnen erschüttert hat.«

In ihrer Stimme zitterte eine starke Unruhe.

Hans Lind nahm ihre beiden Hände in die seinen. Er war jetzt ruhiger und gefaßter. Heute morgen hatte ihn die Begegnung mit Dora überrascht, und er war von seinen Gefühlen übermannt worden. Jetzt hatte er sich in der Gewalt. Er fühlte, daß er für Dora ruhig sein mußte, daß sie jetzt einen Halt, eine Stütze brauchen würde. Aber es lag eine unbeschreibliche Zärtlichkeit in seinen Augen und in seiner Stimme, als er zu ihr sagte:

»Sie können nicht erregter sein, als ich es nach dieser Begegnung bin. Aber mir erscheint das alles nicht so seltsam und unfaßbar, denn ich weiß ja, wie stark die Bande des Blutes zwischen uns sind.«

Dora sah ihn erwartungsvoll an. »Ich habe vergeblich zu ergründen gesucht, in welchem Verwandtschaftsgrad wir zusammen stehen, habe auch meine alte Dienerin ausgeforscht, die schon zu Lebzeiten meines Vaters bei uns war. Sie behauptet, mein Vater habe keine Verwandten hinterlassen. An meine Mutter wollte und konnte ich mich nicht um Auskunft wenden, weil sie ja nicht ahnt, daß ich weiß, daß mein rechter Vater Hans Lind war. Ich glaube Ihnen aber doch, wenn Sie mir sagen, daß wir verwandt sind. Es kann ja nicht anders sein. Mein Herz zieht mich zu Ihnen mit einer starken, geheimnisvollen Macht – ich glaube, so wie Sie hätte ich meinen Vater lieben können, wenn er noch am Leben wäre.«

Das sagte Dora mit tiefer Empfindung. Hans Lind ergriffen diese Worte unsagbar. In seiner Erregung zog er Dora an den Händen ganz dicht zu sich heran.

»Nun kann ich nicht länger schweigen, wie ich es fast zwanzig Jahre tat, meine Dora. Gott segne dich für diese

Worte, die mir die Furcht nehmen, daß, du mir fremd gegenüberstehen könntest, fremd durch die Trennung, durch das Schicksal. Sieh mir in die Augen, mein Kind, mein heißgeliebtes, schmerzlich entbehrtes Kind – ich bin Hans Lind, dein Vater – den du totgeglaubt hast!«

Dora stand einen Augenblick wie erstarrt, sie wurde totenbleich, und auf ihrem Antlitz lag ein Ausdruck, der unbeschreiblich war. Sie wollte sprechen und konnte nicht. Nur ein halberstickter Laut rang sich über ihre blassen Lippen, und ihre Augen sahen groß in angstvollem Forschen in die seinen.

So standen Vater und Tochter lange und sahen sich an, unverwandt, bis ins Herz erschüttert. Dora fühlte, daß dieser Mann die Wahrheit sprach. Alle Quellen ihres Lebens sprangen ihm entgegen. Ihr Herz klopfte laut und stark und rief ihr zu: »Er ist dein Vater!«

Und von seinem sehnsüchtigen Blick bezwungen, sank sie plötzlich, von ihrem Gefühl überwältigt, an seine Brust, umklammerte ihn krampfhaft mit beiden Armen, als könne er ihr wieder entrissen werden, und schmiegte sich zitternd an ihn. Ihre Augen füllten sich mit Tränen, und diese sonst so stolzen, ruhigen Augen blickten mit hinreißender Zärtlichkeit in die des Vaters.

»Ja«, sagte sie mit leiser, zitternder Stimme, »ja – ich fühle es, mein Herz sagt es mir, daß du mein Vater bist. Nun wird mir plötzlich alles, alles klar. Jetzt weiß ich auch, warum mich eine geheimnisvolle Macht immer in die Ferne zog. Es war deine Sehnsucht, deine Liebe, die mich rief. Oh, mein Vater – mein Vater, wie grausam hat man sich an uns versündigt, daß man mir nicht einmal gestattete, von dir zu wissen, mich als dein Kind zu fühlen.«

Sie war ganz außer sich vor Erregung. Und Hans Lind

hielt sein Kind fest in seinen Armen, an seinem Herzen, streichelte es, gab ihm süße, zärtliche Namen und küßte ihm Mund, Stirn und Augen, immer wieder, als habe er unendlich viel nachzuholen, als könne er sich nicht genug tun. Und die Qual der langen, entbehrungsreichen Jahre fiel von ihm ab in der Wonne dieses Wiederfindens, in der seligen Gewißheit, daß die Liebe seines Kindes ihm gehörte.

Es war eine wunderbar heilige Stunde für Vater und Tochter, eine Stunde, in deren gewaltiger Erregung alles zwischen ihnen beseitigt wurde, was je trennend zwischen ihnen gestanden hatte.

Erst nach langer Zeit ließen sie einander los. Und nun wandte sich Dora mit einem strahlenden, zärtlichen Lächeln an den stummen, ergriffenen Zeugen dieser Szene.

»Mein Frank – jetzt hatte ich dich für kurze Zeit ganz vergessen. Sei mir nicht böse. Das, was ich jetzt erlebte, war so groß und schön. Und dir sagte sie innig.

Frank zog sie bewegt an sich. »Du irrst dich, meine Dora – deinem Vater danken wir, daß wir uns gefunden haben. Er führte Dora, sie innig umschlungen haltend, vor den alten Herrn.

»Segne unseren Bund, Vater«, sagte er schlicht. Hans Lind umschlang sie beide. »Meine Kinder – meine geliebten Kinder, wie reich bin ich nun plötzlich geworden! Noch ist es mir wie ein schöner Traum.«

Sie standen alle drei innig umschlungen und ließen die Erregung in sich ausklingen. Dann zog Hans Lind seine Tochter neben sich auf den Diwan und erzählte ihr in gedrängter Kürze, wie es gekommen war, daß er, der Totgeglaubte, am Leben geblieben war und sich ihr doch ferngehalten hatte.

Zwischen dem Vater und dem Geliebten sitzend, beider Hände in den ihren haltend, erfuhr Dora alles, was sie wissen mußte. Und als der alte Herr mit seinem Bericht zu Ende war, sagte Frank lächelnd: »Sieh, Dora, nun kann uns nichts mehr schrecken. Wenn der Kommerzienrat jetzt nicht in unsere Verbindung willigen will, wird er es müssen. Er hat kein recht an dich. Einzig dein Vater hat über deine Hand zu verfügen.«

Dora seufzte auf. »Wie wird das alles werden? Was soll meine Mutter zu alldem sagen? Sie weiß doch nicht, Vater, daß du noch am Leben bist. Ach, mein Gott, – da du lebst, und sie nicht von dir geschieden ist, so ist sie doch im Grunde noch deine Frau, nicht die des Kommerzienrats.«

Der alte Herr fuhr ihr liebevoll mit der Hand über das Haar. »Mach dir darum keine Sorge, meine Dora. Das wird sich alles regeln lassen – und ich hoffe, ohne Aufsehen. Du kannst jetzt dein Gesicht vertrauensvoll in die Hände deines Vaters legen. Ich habe schon alles mit Frank besprochen, und wir haben folgendes beschlossen: Frank geht morgen zu dem Kommerzienrat und hält in aller Form um deine Hand an. Verweigert er ihm diese, dann sprichst du, meine Dora, noch einmal dringend mit ihm, erklärst ihm noch einmal energisch, daß du den Baron Kranzau abweisen wirst, wenn er es wagt, um dich anzuhalten. Sag ihm, daß du dich mit Frank verlobt hast, nur dessen Gattin werden und ihm nach Kalifornien folgen willst. Beharrt er dann noch auf seinem Willen, und will er dich zwingen, Baronin Kranzau zu werden – dann hilft nichts anderes, als daß ich zu ihm gehe. Und ich werde ihn überzeugen, daß er gut daran tut, jeden Widerstand aufzugeben, darauf verlaß dich, mein liebes Kind.«

Dora nickte ihm zu. »Ich bin ganz unverzagt, Vater.

Aber es ist doch gut, daß wir, Frank und ich, auf deine Hilfe rechnen können. Meiner Mutter wegen wünsche ich, daß sich alles ohne dein Eingreifen regeln läßt.«

Hans Lind strich sich über die Stirn. »Ja, obwohl sie mir sehr viel Leid zugefügt hat, möchte ich es ihr auch jetzt noch ersparen zu erfahren, daß ich noch am Leben bin. Doch wenn dein Glück gefährdet ist, muß auch diese Rücksicht fallen. Und nun noch eins: Was geben wir Frau von Reckenberg für eine Erklärung? Vielleicht haben wir dieses Haus noch nötig für eine Zusammenkunft.«

Dora überlegte. Dann sagte sie entschlossen: »Raina können wir vertrauen. Sie weiß, was ich von Christine erfahren habe. Aber was Raina weiß, muß auch ihr Gatte wissen dürfen, und ich weiß nicht, ob es deshalb ratsam ist sie ins Vertrauen zu ziehen.«

»Darf ich einen Vorschlag machen?« fragte Frank.

»Sprich, mein Junge«, bat der alte Herr.

»Ich denke, wir schenken Frau von Reckenberg über alles reinen Wein ein. Sie hat es um uns verdient. Und wir stellen es ihr anheim, ihren Gatten in alles einzuweihen, sobald wir abgereist sind, wenn er sich mit seinem Ehrenwort verpflichtet, über diese Angelegenheit zu schweigen. Gibt Herr von Reckenberg sein Ehrenwort, dann hält er es auch unter allen Umständen.«

Hans Lind nickte. »Gut, so soll es sein. Ich denke, wir kehren, sobald wir mit dem Kommerzienrat im reinen sind, nach Kalifornien zurück. Hier auf eure Trauung zu warten, ist jetzt nicht mehr nötig. Da meine Tochter in meiner Gesellschaft reist, kann sie uns auch als deine Braut begleiten. Eure Vermählung kann dann sofort drüben erfolgen. Es wird auch deinen Eltern lieber sein, mein lieber Frank, wenn sie deiner Hochzeit beiwohnen können. So wird Frau von Reckenberg ihrem Gatten gegenüber nicht lange zu Stillschweigen verpflichtet sein.«

Daß junge Brautpaar war einverstanden. Dora ging hinaus und rief Raina herbei.

Dora umfaßte sie herzlich. »Liebste Raina, wir wollen dir eine ganz wunderbare Eröffnung machen. Aber du mußt uns erst versprechen, daß dein Mann nicht eher davon erfährt, als bis ich mit Frank abgereist bin. Und auch gegen alle anderen Menschen mußt du strengstes Stillschweigen versprechen.«

Raina sah die erregten Menschen an. »Natürlich gebe ich mein Wort, Dora, du weißt, daß ich schweigen kann. Daß ich meinen Mann einweihen darf ist mir lieb, denn vor ihm möchte ich keine Geheimnisse haben. Aber ich verpflichte mich, auch ihm gegenüber zu schweigen, bis du abgereist bist. Ist es recht so?«

Dora nickte. »Ja, Raina – und nun höre. Mr. Stone hat sich einen falschen Namen zugelegt – er heißt in Wahrheit Hans Lind und ist mein totgeglaubter Vater!«

Natürlich war Raina sehr überrascht und lauschte erregt und aufmerksam dem Bericht der drei Menschen. Aber sie war voll warmer, herzlicher Teilnahme und freute sich an Doras Glück. Nur eins machte sie traurig, daß Dora so bald fortgehen würde, das tat ihr weh. Sie sprach es auch aus, und ihre Augen feuchteten sich.

»Dora ist mir so viel – so sehr viel gewesen, Sie ahnen nicht, was sie alles für mich getan hat«, sagte sie zu Hans Lind.

»Das beruht nun aber wirklich auf Gegenseitigkeit, meine Raina. Ich bin dir so viel Dank schuldig«, entgegnete Dora, und die beiden jungen Damen umarmten und küßten sich herzlich.

Der Tee wurde heute in sehr angeregter Stimmung

eingenommen. Es gab noch viel zu erzählen und zu erklären. Erst als Arnulf kam, wurde das Thema gewechselt, da er von alledem noch nichts wissen sollte.

Hans Lind wurde Arnulf als Mr. Stone vorgestellt und von ihm artig begrüßt und willkommen geheißen, wenn er auch viel lieber mit seiner Frau allein gewesen wäre.

Als die Gäste sich dann entfernt hatten und die beiden Gatten allein waren, sah Arnulf mit ernsten Augen auf seine junge Frau. Mancherlei Anzeichen hatten ihn darauf hingewiesen, daß man in militärischen Kreisen dem Konflikt zwischen Österreich und Serbien große Bedeutung beimaß. Die Offiziere seines Regiments, und er natürlich auch, waren gefaßt darauf, daß Deutschland in einen Krieg verwickelt werden könnte.

Und nun mußte er denken, was wohl Raina sagen würde, wenn diese Befürchtungen eintrafen und er als einer der ersten mit hinausziehen mußte in den Krieg.

Ob es ihr leid tun würde um ihn? Und ob sie dann hierbleiben oder nach Reckenberg oder Buchenau gehen würde, wenn er nicht mehr da war?

Er seufzte leise und war heute in sehr ernster Stimmung. Das legte sich auch bedrückend auf Rainas Gemüt. Ihr war sehr bang ums Herz.

Am nächsten Morgen fragte Frank telephonisch bei Kommerzienrat Planitz an, wann er ihn im Laufe des Vormittags bestimmt in seiner Privatwohnung in einer dringenden Angelegenheit sprechen könne.

Er erhielt den Bescheid, daß ihn der Kommerzienrat um elf Uhr erwarte.

Dora war am Tag vorher sehr erregt nach Hause gekommen und hatte gleich Christine in ihr Zimmer gerufen.

Leise erzählte sie ihr, was geschehen war. Christine

war ebenso fassungslos über das Auftauchen des Totgeglaubten, wie es ihre junge Herrin gewesen war. Sie wäre am liebsten sofort in das Hotel gelaufen, wo Hans Lind wohnte, um ihn wiederzusehen. Aber Dora hielt sie zurück.

»Du wirst ihn bald sehen, Christine, wir reisen in wenigen Tagen, vielleicht schon morgen, mit meinem Vater und meinem Verlobten. Halte dich auf alle Fälle bereit und mach alles fertig«, sagte sie

Christines Hände flogen vor Aufregung, und sie hatte sich ganz respektlos in einen Sessel fallen lassen.

»Ach, mein Dorchen, mir zittern die Knie. Du mein lieber Gott, wer hätte so etwas für möglich gehalten! Und mit der Abreise – meinst du denn, daß mich der Herr Kommerzienrat so ohne Kündigung aus meinem Dienst entlassen wird? Wenn er das nicht tut, dann darf ich doch nicht fort«, sagte sie erregt.

»Das brauchst du nicht zu fürchten, Christine. Er wird dich sicher mit mir gehen lassen. Es wird schon alles geordnet werden. Halte nur alles bereit.«

Christine war in einer unbeschreiblichen Aufregung. Sie konnte die Nacht nicht schlafen und war schon am frühen Morgen auf. Gleich ging sie dann wieder in Doras Zimmer und bestürmte sie mit allerlei Fragen und Bedenken.

Dora hatte selbst auch wenig Schlaf gefunden in dieser Nacht. Stand sie doch vor einem Wendepunkt ihres Lebens, und einige Sorge hatte sie doch, wie sich alles würde regeln lassen.

Obwohl sie ihrer Mutter sehr entfremdet war, erfaßte sie doch eine große Unruhe bei dem Gedanken, die Mutter würde erfahren müssen, daß ihr erster Gatte noch am Leben war.

Sie wußte, daß der Kommerzienrat Frank um elf Uhr empfangen wollte, denn sie hatte selbst beim Frühstück gehört, wie der Kommerzienrat mit ihm telephoniert hatte.

Nun war es fast elf Uhr, und sie stand erwartungsvoll am Fenster ihres Zimmers. Als sie Frank durch den Garten kommen sah, winkte sie ihm verstohlen einen Gruß zu. Er sah mit leuchtenden Augen zu ihr empor. Gleich darauf war er im Haus verschwunden.

Dora eilte nun hinunter in das Zimmer neben dem Arbeitsraum des Kommerzienrats, in dem dieser Frank empfangen hatte. Durch dieses Vorzimmer mußte Frank kommen, wenn er den Kommerzienrat verließ. Sie setzte sich in einen Sessel am Fenster und wartete.

Der Kommerzienrat empfing Frank mit seiner unechten, aufdringlichen Jovialität.

»Morgen, mein lieber Herr Marlow. Wie geht's, wie steht's? Was haben Sie denn für ein dringendes Anliegen an mich? Wollen Sie rauchen? Bitte bedienen Sie sich, und nehmen Sie Platz. Ich weiß nicht – Sie sehen ja schrecklich feierlich aus. Was haben Sie denn auf dem Herzen?«

Frank dankte für die ihm angebotenen Zigaretten. Und ohne Umstände ging er direkt auf sein Ziel los. »Ich komme in einer ganz privaten Angelegenheit, Herr Kommerzienrat. Gestatten Sie mir, daß ich gleich auf den Kern der Sache zu sprechen komme.«

»Bitte sehr – bitte sehr, mein lieber junger Freund. Aber erst muß ich Ihnen mein Kompliment machen. Habe Sie neulich reiten sehen, mitten unter unseren Reiteroffizieren. Donnerwetter – so mitten drin in der Feudalität. Wie haben Sie das nur fertiggebracht, sich da so reinzupirschen? Sind sonst riesig zurückhaltend, die Herren Offiziere.«

»Ich bin von Herrn von Reckenberg eingeführt worden.«

»Hm! Nun ja, also reiten können Sie famos. Aber das nur nebenbei. Nun will ich Sie nicht mehr ablenken. Also schießen Sie los. Womit kann ich dienen?«

Frank erhob sich, nahm eine offizielle Haltung an und sagte ruhig und fest: »Herr Kommerzienrat, ich bitte um die Hand Ihrer Tochter Dora.«

Der Kommerzienrat rückte sich im Sessel zurück und sah ihn verblüfft an. Er legte seine kurzen, dicken Hände platt auf die Armlehnen. So saß er eine Weile sprachlos, dann schnaufte er, als fehle es ihm an Luft, und endlich stieß er hervor:

»Na, erlauben Sie mal!«

»Herr Kommerzienrat – ich bitte um eine Antwort«, erwiderte Frank ruhig und bestimmt.

Der Kommerzienrat schnaufte noch einmal. Dann sagte er mit salbungsvoller Miene:

»Mein lieber, junger Freund – es tut mir leid, Ihnen eine abschlägige Antwort geben zu müssen. Aber ich habe andere Pläne mit meiner Tochter. Ihre Hand habe ich bereits dem Herrn Baron Kranzau auf Kranzau zugesagt.«

Frank verlor bei diesen Worten keineswegs seine ruhige Haltung.

»Verzeihen Sie, Herr Kommerzienrat, wenn ich mich mit diesem Bescheid nicht zufriedengeben kann. Ich muß Ihnen sagen, daß mir Ihr Fräulein Tochter ihr Jawort gegeben hat und daß sie ganz bestimmt nicht die Gattin des Baron Kranzau wird, sondern die meine.«

Der Kommerzienrat fuhr jäh aus seinem Sessel empor.

»Junger Herr, Ihre Sprache ist – nun, sagen wir, sehr kühn. Über die Hand meiner Tochter habe ich zu verfügen und werde es tun. Ich bin aufs äußerste erstaunt. Aus Ihren Worten entnehme ich, daß zwischen Ihnen und meiner Tochter ein unstatthaftes Einverständnis besteht. Scheinbar hat sich da hinter meinem Rücken eine Liebelei entwickelt.«

Frank sah ihn stolz und ernst an. »Sie müssen wissen, daß Ihr Fräulein Tochter zu stolz ist, auf eine Liebelei einzugehen, und ich bin nicht der Mann, der eine junge Dame in eine solche verwickelt. Zwischen Dora und mir hat ein ernstes Verlöbnis stattgefunden, wir werden nicht voneinander lassen. Bitte, geben Sie uns Ihren Segen. Dora wird nie die Gattin eines anderen Mannes. Ich habe ihr Wort und sie das meine; wir gehören untrennbar zusammen.«

Der Kommerzienrat schlug auf den Tisch. »Das werden wir sehen, junger Herr! Es tut mir leid, daß ich so energisch gegen Sie vorgehen muß, aber es ist sehr tadelnswert von Ihnen, sich hinter meinem Rücken an meine Tochter heranzumachen. Hierzulande wirbt ein Ehrenmann zuerst bei den Eltern, ehe er einem Mädchen einen Heiratsantrag macht. Ich bedaure, daß ich Ihnen so vertrauensvoll mein Haus geöffnet habe.

Also nochmals: meine Tochter kann nicht die Ihre werden, denn ich habe ihre Hand bereits Baron Kranzau zugesagt, und sie hat sich zu fügen. Sie weiß seit langer Zeit, welche Pläne ich mit ihr habe, weiß, daß sie dieser Tage die Braut des Barons werden soll. Wenn sie glaubt, ihren Trotzkopf aufsetzen zu können, um meinen Willen zu durchkreuzen, dann ist sie sehr im Irrtum. Ich bin ihr immer ein zu gütiger, nachsichtiger Vater gewesen, und sie glaubt, nach Belieben mit mir umspringen zu können. Aber da irrt sie sich gewaltig. Doch das werde ich ihr selbst klarmachen. Sie, mein junger Herr, muß ich, so leid es mir tut, ersuchen, mein Haus vorläufig nicht mehr zu betreten. Meine Tochter werde ich schon zur Vernunft bringen. Die Verlobungsanzeigen sind bereits bestellt, sie können morgen verschickt werden. Und das wird geschehen. Nach dieser Erfahrung halte ich es für nötig, schon heute abend gelegentlich einer Gesellschaft in meinem Haus die Verlobung meiner Tochter mit Baron Kranzau bekanntzugeben. Daraus ersehen Sie wohl, daß Sie keine Hoffnung mehr haben dürfen. Diese unangenehme Szene hätten Sie sich und mir ersparen können, wenn Sie erst zu mir gekommen wären, ehe Sie sich meiner Tochter erklärten.«

Franks Gesicht blieb ganz ruhig. Fest sah er dem Kommerzienrat in die Augen.

»Ich bitte Sie, zu bedenken, daß Sie zwei Menschen auseinanderreißen wollen, die sich lieben. Gilt Ihnen das Glück Ihrer Tochter so wenig?«

Der Kommerzienrat machte eine hastig abwehrende Bewegung. Seine Augen flackerten dabei böse.

»Ich weiß vielleicht besser, wo das Glück meiner Tochter liegt, als sie selbst. Das sind Mädchenlaunen. Damit werde ich fertig, verlassen Sie sich darauf. In meinem Hause geschieht mein Wille – nur der meine, und dem hat sich meine Tochter zu fügen.«

»Sie werden es bereuen, Herr Kommerzienrat!!«

»Ach, reden Sie doch nicht so große Töne. Sie werden bald eine andere hübsche Frau heimführen, und meine Tochter wird mit dem Mann, den ich ihr ausgewählt habe, sehr glücklich werden. Ich bedaure, Herr Marlow – aber in dieser Angelegenheit kann ich Ihnen nicht dienen.«

»Ist das Ihr letztes Wort?«

»Mein letztes, jawohl.«

Frank sah ihn eine Weile mit festem, ernstem Blick an. Dann verneigte er sich und verließ mit einem förmlichen Gruß das Zimmer.

Draußen im Vorzimmer wartete Dora auf ihn. Sie flog ihm entgegen und umfaßte ihn fest und innig.

»Ich bin glatt abgewiesen worden Dora – nun muß dein Vater helfen«, sagte er leise.

Dora seufzte auf. »Ich hätte meiner Mutter gern das ärgste erspart.«

»Es wird kaum möglich sein, meine Dora«, erwiderte Frank.

Sie umarmten sich und küßten einander. In diesem Augenblick erschien der Kommerzienrat auf der Schwelle. Mit zornig gerötetem Gesichte trat er auf die Liebenden zu und riß Dora zurück.

»Herr Marlow – ich ersuche Sie, mein Haus sofort zu verlassen!« rief er wütend.

Dora fuhr auf »Frank Marlow ist mein Verlobter, und wenn du ihn hinausweist, gehe ich auch.«

Er sah sie mit zusammengekniffenen Augen an. »Mit dir rede ich später. Adieu, Herr Marlow!«

Da mußte sich Frank zum Gehen wenden. Er sah Dora an. Sie erwiderte leuchtenden Auges seinen Blick.

»Geh, Frank – nun mag geschehen, was geschehen muß«, sagte sie leise. Frank neigte das Haupt zum Zeichen, daß er verstanden hatte. Und dann entfernte er sich schnell.

Der Kommerzienrat hielt Doras Arm umklammert, als fürchtete er, daß sie ihm entfliehen könnte. Sie sah ihn stolz und ruhig an. »Laß mich los!« sagte sie kalt.

»Nicht diesen Ton, mein Fräulein Tochter, den verbitte ich mir. Du gehst jetzt sofort auf dein Zimmer, ich bringe dich selbst dahin. Und du wirst es nicht verlassen, bis ich es dir erlaube. Heute abend wirst du festliche Toilette machen. Wir haben Gäste – lauter vornehme Gäste, darunter Baron Kranzau. Ich werde ihn nachher sofort telephonisch davon verständigen, daß ich eure Verlobung heute abend bekanntmachen werde. Und ich lasse jetzt sofort die Verlobungsanzeigen aus der Druckerei holen. Sie gehen noch heute abend zur Post. Du weißt nun, wie du dich zu verhalten hast. Die verliebte Tändelei mit dem Kalifornier will ich dir verzeihen, aber sie hat jetzt ein Ende. Punktum.«

So sagte er hart und kalt, und seine Augen richteten sich mit so unheimlichem Funkeln in die ihren, als wollte er sie hypnotisieren.

Sie hielt jedoch seinen Blick furchtlos aus. »Tu lieber nicht, was du mir eben angedroht hast, es fällt auf dich zurück. Ich erkläre dir hiermit noch einmal ganz bestimmt, daß ich mich nicht mit Baron Kranzau verloben werde. Frank Marlow ist mein Verlobter; ich werde keinem anderen angehören als ihm.«

Er lachte kalt und überlegen. »Du willst auftrumpfen, mein Töchterchen, und glaubst, deinen Willen durchsetzen zu können. Du kennst mich noch nicht. Diesmal ist es mir ernst, meinen Willen zu behaupten. Ich habe dem Baron mein Wort gegeben, und du wirst mich nicht hindern, es zu halten.«

»Und du wirst mich nicht zwingen können, den Baron zu heiraten.«

»Wollen sehen, Töchterchen. In Jahresfrist wirst du sehr glücklich sein mit dem forschen, flotten Mann, den ich dir ausgesucht habe.«

Sie sah ihn mit großen, stolzen Augen an. »Wie wenig kennst du mich. Lieber sterbe ich, als mich diesem Mann auszuliefern.«

Er lachte scheinbar ganz gemütlich. »Na, na – es stirbt sich nicht so leicht. Solche Drohungen schrecken mich nicht. Du hast einige Stunden Zeit, vernünftig zu werden. Jetzt geh auf dein Zimmer. Mit dem Kalifornier hast du das letzte Wort gesprochen. Ich werde dafür sorgen, daß er dir nicht wiederbegegnet.«

Damit führte er sie hinaus. Er schob seinen Arm scheinbar ganz gemütlich unter den ihren, hielt sie aber fest, als habe er Sorge, daß sie sich losreißen könnte.

Dora aber ging ruhig und stolz aufgerichtet neben ihm her. »Ich werde mein Zimmer nicht verlassen, bis du es mir selbst gestattest. Aber bitte, schicke meine Mutter zu mir, ich muß mit ihr reden«, sagte sie ganz gelassen.

Er triumphierte schon heimlich. Ihre Ruhe schien ihm das erste Zeichen, daß sie Vernunft annahm. Sie würde ihre Mutter noch bestürmen, ihr zu helfen. Geschah das nicht, dann würde sie schon Vernunft annehmen. Und wenn nicht – dann hatte er noch ein wirksames Mittel. So meinte er.

Er ließ Dora in ihr Zimmer eintreten. Erst hatte er es abschließen wollen. Aber ihr Versprechen, das Zimmer nicht zu verlassen, genügte ihm. Er wußte, sie würde es halten. Als er in sein Zimmer zurückgegangen war, ließ er seine Frau zu sich rufen. Er teilte ihr mit, was geschehen war und was er beschlossen hatte.

Sie machte ein unbehagliches Gesicht. Solche Szenen störten ihr die Stimmung. Und ein wenig tat es ihr leid, daß Frank Marlow nicht ihr Schwiegersohn wurde. Er gefiel ihr besser als der Baron. Aber freilich, Baronin Kranzau, das klang imposanter als schlichtweg Frau Marlow. Sie begriff Dora nur halb, wie immer.

Daß sie nun zu Dora gehen sollte, gefiel ihr nicht. »Sie wird mich bitten und beschwören, ihr zu helfen. Es wird eine unangenehme Szene geben«, sagte sie verdrießlich. »Und eigentlich habe ich gar keine Zeit; das Fest nimmt mich so in Anspruch.«

»Es wird ja nicht lange dauern, Helene, bis du Dora überzeugt hast, daß du ihr auch nicht helfen kannst, ihren Kopf durchzusetzen. Du bist eben ihre letzte Hoffnung. Wenn sie dich nicht auf ihre Seite bringt, wird sie klein beigeben. Bedenke, daß wir in der vornehmen Gesellschaft nur festen Fuß fassen, wenn unsere Tochter die Gattin eines Vollblutaristokraten ist. Was hätten wir von Dora, wenn sie mit Marlow nach Kalifornien geht? Also beeinflusse sie klug, hörst du?«

Frau Helene seufzte. »Ich tue natürlich, was du verlangst, Robert, aber eine unangenehme Sache ist es doch. Schon in Ansehung deiner Geschäftsverbindungen mit Marlows Vater.«

Der Kommerzienrat zuckte die Achseln. »Was heißt peinlich? Ich kenne den Vater nicht persönlich, und auf unsere Geschäfte hat das kaum Einfluß. Er ist mein Lieferant, ich bin sein Kunde, so ist der Vorteil auf meiner Seite. Also nun geh zu Dora. Und dann sorge, daß es heute abend festlich bei uns wird. Laß auch genügend Sekt kalt stellen. Wenn du von Dora kommst, kannst du mir noch Bericht erstatten. Ich bleibe heute vormittag zu Hause, da ich noch verschiedenes zu regeln habe.«

Frau Helene neigte das Haupt. »Es ist gut, Robert. Und – was ich noch sagen wollte – für das Gartenfest habe ich mir eine neue Robe bestellt. Ich muß da etwas Besonderes haben. Die Rechnung lasse ich dir zuschikken.«

Er küßte ihren entblößten Unterarm. »Gut, Helene! Mach dich nur schön – ich will stolz sein auf meine schöne Frau und meine schöne Tochter.«

Frau Helene entfernte sich mit einem eitlen, geschmeichelten Lächeln.

Für die Herzensnot ihrer Tochter hatte sie wenig Verständnis. Als diese sie dringend bat und beschwor, all ihren Einfluß aufzubieten, um den Kommerzienrat zu bewegen, seine Einwilligung zu ihrer Verbindung mit Frank Marlow zu geben, zuckte sie nur ungeduldig die Schultern und sagte, sie könne gar nichts tun, und Dora möchte doch vernünftig sein. Dora wurde noch dringlicher – nicht ihretwegen –, sondern nur um der Mutter die Nachricht zu ersparen, daß Hans Lind noch am Leben war. Aber Frau Helene wurde nervös. Sie wollte sich ihr vergnügliches Leben nicht stören lassen durch Streitigkeiten zwischen Gatten und Tochter. Sie riet Dora dringend, den Vater nicht noch mehr zu reizen und sich zu fügen.

Dora sah sie mit bekümmertem Ausdruck an. »Dann kann ich nichts tun, als die Dinge gehen lassen. Bitte, vergiß nicht, Mama, daß ich alles versucht habe, dich zu bestimmen, für meine Sache einzutreten und die Angelegenheit friedlich zu ordnen«, sagte sie traurig.

Frau Helene sah ihre Tochter erstaunt an. »Ich verstehe dich nicht. Das klingt fast wie eine versteckte Drohung. Ich bitte dich, sei vernünftig. Stelle Papas Langmut nicht auf eine zu harte Probe. Es gibt Fälle, wo unzufriedene Väter ihre Kinder enterben. Mehr sage ich dir nicht.«

Dora wollte etwas erwidern, aber sie sah ein, daß es nutzlos war. Nie war es ihr klarer geworden als jetzt, daß sie von ihrer Mutter nicht verstanden wurde. Und eine heiße brennende Sehnsucht nach ihrem Vater stieg in ihr auf.

Als sich Frau Helene nun entfernen wollte, überzeugt,

daß die Drohung mit der Entziehung der Erbschaft auf Dora gewirkt haben mußte, und schon an der Tür stand, lief ihr diese noch einmal nach und umfaßte sie, wie sie es lange nicht mehr getan hatte. »Mama – hast du mich gar nicht lieb? Fühlst du so wenig mit mir, deinem Kind?« sagte sie mit zitternder Stimme.

Frau Helene machte ein unbehagliches Gesicht. »Ach, Dora, wozu solche Aufregungen, sie verderben nur den Teint. Mach dir doch das Leben nicht unnötig schwer. Ich sage dir, in einer glänzenden Lebensstellung, umgeben von dem nötigen Reichtum, ist alles andere leicht zu ertragen. Nur Armut und Sorge sind unerträglich. Sei vernünftig!« Damit tätschelte sie die Wange ihrer Tochter und ging hinaus, froh, diese Szene hinter sich zu haben.

Dora blieb an der Tür stehen. ›Sei vernünftig – das heißt: sei kalt und oberflächlich. Ach, arme Mutter – wie wertlos ist dein ganzes Leben‹, dachte sie schmerzlich bewegt. Nach einer Weile rief sie Christine, die ihr helfen sollte, all ihre übrigen Sachen zusammenzupacken. Nur das ließ sie einpacken, was sie sich von ihrem selbst verdienten Geld gekauft hatte. Alles andere, zum Beispiel die wertvollen Schmucksachen, die ihr der Kommerzienrat gekauft hatte und die sie nie trug, ließ sie zurück. Das Honorar für ihren Roman, das sie von der Bank geholt hatte, steckte sie zu sich.

Christine war erst nicht auf ihr Klingelzeichen erschienen. Dora mußte es wiederholen, und als die alte Dienerin dann endlich erschien, sah sie leichenblaß aus, und sie fiel kraftlos auf einen Stuhl neben der Tür.

»Was ist dir denn, Christine?« fragte Dora.

»Ach, Dorchen – mein Dorchen, ich habe ihn gesehen. Der Schreck ist mir in die Glieder gefahren«, flüsterte diese ganz außer sich.

»Wen hast du gesehen, Christine?«

Die alte Dienerin atmete tief auf, und ein paar Tränen rannen ihr aus den Augen. »Deinen Vater, mein Dorchen, deinen richtigen Vater. Er ist hier im Haus. Ganz sicher war er es. Ich hätte ihn vielleicht nicht erkannt, wenn ich nicht von dir gehört hätte, daß er lebt und daß er hier ist. Aber da ich's wußte, erkannte ich ihn gleich, wenn er auch nun ein alter Herr geworden ist und jetzt gar keinen Bart mehr trägt. Aber die Augen – es sind ja deine Augen, mein Dorchen. Und so die ganze Art, wie er geht und sich bewegt – ach, mein lieber Gott, hab' ich einen Schreck gekriegt.«

»Wo sahst du ihn?«

»Ich ging gerade durch die Vorhalle, da kam er aufs Haus zu, so recht im hellen Sonnenschein. Ach, Dorchen – ich versteckte mich, daß er mich nicht sah –, weißt du, wegen dem Diener, der in der Halle stand. Es braucht doch niemand etwas zu merken. Und da hat er sich dem Herrn Kommerzienrat melden lassen – Mr. Stone hat er gesagt. Ach, Dorchen, wenn ich mir diese Begegnung zwischen den beiden Herren ausmale, dann wird mir ganz wirr im Kopfe. Und war er im Zimmer des Herrn Kommerzienrats verschwunden, da kam die Frau Kommerzienrat die Treppe herunter und wollte auch hinein. Mir wurde ganz übel vor Aufregung. Aber der Diener meldete, daß der Herr Kommerzienrat Besuch habe. Da ist die gnädige Frau in ihr Zimmer gegangen und hat dem Diener gesagt, wenn der Besuch fort sei, möge er es ihr melden. Was war ich froh, daß sie nicht hineinging. Ach, du mein lieber Gott, wenn sie eine Ahnung hätte! Daß ich so etwas erleben würde, hätte ich nicht gedacht.«

Dora stand mit vor Erregung zitternden Händen vor

Christine. Sie war sehr blaß geworden. Mit einem tiefem Atemzug sagte Sie: »Nun wird die Entscheidung fallen, Christine. Komm – hilf mir meine Sachen packen. Ich muß bereit sein.«

Kommerzienrat Planitz hatte, als seine Frau von ihm gegangen war, nach Kranzau telephoniert und dem Baron mitgeteilt, daß er aus besonderen Gründen seine Verlobung mit Dora schon heute abend veröffentlichen wollte.

»Kommen Sie also, bitte, schon ein halbes Stündchen früher, lieber Baron, damit wir die Angelegenheit vorher ordnen können«, sagte er vertraulich.

Der Baron war einverstanden. Er wollte hören, wie es kam, daß ihm die gestellte Frist um einige Tage abgekürzt wurde. Aber der Kommerzienrat ging nicht darauf ein.

»Sie erfahren alles heute abend. Ich habe jetzt keine Zeit. Also auf Wiedersehen, mein lieber Baron.«

Damit beendete er das Gespräch. Dann klingelte er in die Druckerei und verlangte, daß die Verlobungsanzeigen seiner Tochter schon heute fertiggestellt und ihm zugeschickt wurden.

Befriedigt ging er dann an seine Arbeit. Zuerst warf er einen Blick auf die Börsennachrichten und rieb sich die Hände. Dann fuhren seine Luchsaugen über die politischen Nachrichten in der Zeitung. Ein sattes Lächeln flog über seine Züge, ein Lächeln, das verriet, daß dieser Mann über Leichen gehen konnte, wenn es sein Vorteil war. »Mein Weizen blüht – es kommt alles, wie ich es berechnet habe«, sagte er vor sich hin.

Während fast alle Herzen mit Sorge und Unruhe der Entwicklung der Dinge zwischen Österreich und Serbien zusahen, schien es den Kommerzienrat zu freuen, daß sich die Dinge gefährlich zuspitzten. Er hatte ja schon seit Monaten mit der Möglichkeit eines Krieges gerechnet, wenn er auch natürlich nicht wissen konnte, welchen Umfang dieser annehmen würde. Seine Vorkehrungen waren getroffen, um ein Vermögen zu verdienen. In all seinen Fabriken wurde mit Volldampf gearbeitet. Seine Riesenlager waren bis unters Dach mit Vorräten gefüllt, und täglich wurden sie größer. Nun würde seine Ernte beginnen. Falls Deutschland einen Krieg bekam, würden die Lebensmittel erheblich im Preis steigen, und er konnte mit enormem Verdienst verkaufen, was er hatte aufstapeln lassen.

Befriedigt legte er die Zeitung zusammen und begann zu rechnen. Und immer vergnügter wurde sein Gesicht. Er verschwendete keine Gedanken mehr an seine »widerspenstige« Tochter. Für ihn stand es fest, daß sie sich heute abend mit Baron Kranzau verlobte. Er war überzeugt, daß Dora, falls sie nicht eher vernünftig sein wollte, sofort einlenken würde, wenn er ihr drohte sie zu enterben.

Gerade war er mit einer Berechnung fertig, als der Diener eintrat und Mr. Stone anmeldete. »Der Herr läßt dringend bitten, ihn in einer wichtigen Angelegenheit zu empfangen.«

»Wie heißt er?« fragte der Kommerzienrat, ärgerlich über die Störung.

»Mr. Stone. Ich soll Herrn Kommerzienrat diese Karte geben.«

Verdrießlich nahm dieser die Karte. Erstaunt sah er, daß es eine Visitenkarte Frank Marlows war; über dessen Namen standen die Worte: »Im Auftrage des Herrn« und unter dem Namen stand: »In wichtiger Angelegenheit.«

Der Kommerzienrat sah darauf nieder. ›Der Kalifornier will mich wohl auf krumme Säbel fordern lassen?‹ dachte er höhnisch.

»Eintreten lassen«, gebot er dem Diener. Wenig liebenswürdig sah er dem Besuch entgegen.

Gleich darauf erschien Hans Lind auf der Schwelle, tadellos elegant gekleidet, eine vornehme, gebietende Erscheinung. Unwillkürlich nahm nun der Kommerzienrat eine etwas verbindlichere Haltung an.

»Womit kann ich Ihnen dienen, mein Herr?«

Hans Lind legte seinen Hut auf einen Stuhl neben der Tür und schritt stumm einige Schritte ins Zimmer hinein. Dann blieb er vor dem Kommerzienrat stehen und sah ihn groß und ernst an.

»Erkennen Sie mich nicht, Herr Kommerzienrat?« fragte er ruhig.

Dieser sah mit einem seltsam unbehaglichen Gefühl in das stille, ernste Gesicht des Fremden.

»Nein – ich entsinne mich nicht, Sie je gesehen zu haben – obwohl – mir will jetzt scheinen, als läge in Ihren Augen etwas, was mich an irgend jemand erinnert. Sie müssen schon die Güte haben, mir ein wenig zu Hilfe zu kommen, falls wir uns schon irgendwo begegnet sind.«

»Das will ich tun. Ich war vor langen, langen Jahren, als Sie noch nicht hier wohnten, bei Ihnen im Geschäft angestellt.«

Die Haltung des Kommerzienrats wurde sofort nachlässiger. »So so – dann allerdings – Sie können sich denken, daß ein Mann wie ich, der tausend Angestellte hat, nicht jeden einzelnen im Gedächtnis behalten kann.«

»Allerdings. Aber es wäre doch möglich gewesen, daß Sie sich gerade meiner erinnerten.«

»Nein, ich sagte es Ihnen schon. Wie war doch gleich Ihr Name?«

»Ich werde Ihnen diesen gleich nennen, will mir nur erst gestatten, Ihrem Gedächtnis ein wenig zu Hilfe zu kommen. Es ist über zwanzig Jahre her, daß ich bei Ihnen angestellt war. Ich besaß eine schöne, junge Frau, der mein ganzes Herz gehörte, und ein Kind – ein kleines Mädchen, das noch im ersten Lebensjahr stand. Ich liebte meine Frau sehr und war sehr glücklich – glaubte es wenigstens zu sein –, bis plötzlich all mein Glück in Trümmer ging.«

Der Kommerzienrat machte ein unbehagliches Gesicht. Irgend etwas Unerklärliches störte ihm den Seelenfrieden.

»Das ist ja sehr traurig für Sie, indes – wollen wir nicht zur Sache kommen?«

»Nur ein wenig Geduld, ich bin bei der Sache. Hören Sie weiter. Meine schöne Frau erregte die Aufmerksamkeit meines Prinzipals. Sie war ein Geschöpf, das Gefallen hatte an äußerem Glanz, das sich nach Putz und Tand sehnte und nach kostspieligem Vergnügen. Ich konnte ihr das nicht schaffen. Aber mein reicher Prinzipal, der nach ihrer jungen, frischen Schönheit Verlangen trug, trat als Versucher an sie heran und machte sie mir abspenstig.

Weil ich ihm im Wege war«, fuhr Hans Lind fort, »schickte er mich auf Reisen, um indessen leichtes Spiel bei der betörenden Frau zu haben. Aber ich war mißtrauisch und eifersüchtig geworden und kehrte früher heim, als ich erwartet wurde. Meine Frau war nicht daheim, nur eine Dienerin fand ich bei dem Kind. Meine Frau war mit meinem Prinzipal auf einen Ball gegangen. Dort fand ich sie, in einer verschwiegenen Loge, in den Armen ihres Verführers. Sie war halb berauscht vom schweren Wein und von dem Hauch der Sünde, der sie umgab. Ich sah, daß der Verführer meine Frau küßte und daß diese sich das lachend gefallen ließ. Und – da schlug ich ihn zu Boden. Soll ich noch weitererzählen, Herr Kommerzienrat?«

Hans Lind hatte das alles in einer steinernen Ruhe gesagt. Er hob nicht einmal die Stimme. Aber gerade diese Ruhe wirkte unheimlich. Das Gesicht des Kommerzienrats hatte sich auffallend verändert. Seine festen Züge waren schlaff geworden; Röte und Blässe wechselten beängstigend darauf. Nun Hans Lind schwieg, strich der Kommerzienrat sich mit zitternder Hand über die feuchte Stirn.

»Was soll das heißen? Ich verstehe nicht, was Sie wollen – ich – ich muß doch sehr bitten – wer – wer sind Sie?« stieß er hervor.

Hoch auf richtete sich der Gefragte. »Ich heiße Hans Lind«, sagte er langsam, mit starker Betonung.

Der Kommerzienrat taumelte zurück und stützte sich auf seinen Schreibtisch. Der Angstschweiß stand ihm auf der Stirn.

»Unsinn – Unsinn, die Toten stehen nicht wieder auf«, murmelte er, als wolle er sich selbst beruhigen. Dann suchte er sich wieder Haltung zu geben und fuhr mit lauter Stimme fort: »Sie wollen mich täuschen! Hans Lind ist tot, ist vor zwanzig Jahren mit dem Schiff untergegangen, mit dem er nach Amerika reiste. Ich verbitte mir solche Scherze. Was wollen Sie damit? Auf Erpressung falle ich nicht herein.«

Hans Lind blieb ganz ruhig. »Sie befinden sich in einem Irrtum. Ich bin nicht mit jenem Schiff abgereist. Ein Zufall hinderte mich daran. Ich erhielt am Tage der Abreise eine Stellung als Sekretär eines reichen Amerikaners. Mit ihm reiste ich in die Schweiz, statt nach Amerika, und dann durch ganz Europa. Ich suchte zu vergessen, daß mich meine treulose Frau verraten hatte, suchte mein seelisches Gleichgewicht wiederzufinden. Was ich in jener Zeit gelitten habe, weiß nur ich. Erst nach Jahresfrist kehrte ich in die Heimat zurück, um nach meinem Kind zu sehen und für dieses zu sorgen, denn ich hatte meiner Dienerin nur wenige tausend Mark für das Kind zurücklassen können. Ich wollte mich von meiner Frau scheiden lassen. Aber als ich zurück kam, fand ich sie schon als Gattin ihres Verführers, in seinem Hause. Sie hatte mich tot geglaubt. Mein Kind lebte gleichfalls im Hause dieses Mannes, der mir alles geraubt, was mir lieb und teuer war. Obwohl meine Frau es nicht um mich verdient hatte, schonte ich sie. Und um mein Kind nicht einem ungewissen, rastlosen Leben auszusetzen, ließ ich es bei seiner Mutter. Hans Lind blieb tot für seine Frau und für sein Kind. Nur dafür sorgte ich, daß ich ständig Nachricht bekam über das äußere Ergehen meines Kindes. So blieb ich auf dem laufenden.

Als ich dann ein reicher Mann geworden war und in gesicherten, glänzenden Verhältnissen lebte, da wurde es mir doppelt schwer, die Sehnsucht nach meinem Kind zu bezwingen. Aber ich hielt es für glücklich und wollte seinen Seelenfrieden nicht stören. Was ich dabei gelitten habe, gehört nicht hierher.

So – das war das Vorwort zu dem Anliegen, das mich heute zu Ihnen führt. Nun komme ich zur Sache. Ich weiß, daß jetzt das Glück meiner Tochter bedroht ist. Sie soll gezwungen werden, einen Mann zu heiraten, den sie verabscheut. Man will ihr die Verbindung mit dem Mann, den sie liebt, unmöglich machen. Das zwingt mich, aus meiner Verborgenheit herauszutreten. Jetzt kann und will ich keine Rücksicht mehr nehmen auf die Mutter meines

Kindes, die in der Seele meiner Tochter jedes Gedenken an mich grausam löschte und sie zwang, den Mann Vater zu nennen, der mich ins Unglück stürzte.

Die Sorge um das Glück meiner Tochter schiebt alle Bedenken beiseite. Und so stehe ich vor Ihnen, um meine Vaterrechte endlich geltend zu machen. Ich allein habe über das Schicksal meiner Tochter zu bestimmen. Und ich fordere von Ihnen, daß Sie meine Tochter noch heute frei und ungehindert mit ihrer Dienerin Christine aus Ihrem Haus gehen lassen, damit sie sich unter meinen Schutz begeben kann. Weigern Sie sich, so muß ich den Weg der Öffentlichkeit beschreiten und mir meine Vaterrechte auf andere Weise suchen. Gehen Sie auf meine Forderung ein, so verpflichte ich mich auch ferner zum Stillschweigen, verlasse heute noch als Mr. Stone mit meiner Tochter, ihrem Verlobten und ihrer Dienerin die Stadt und überlasse es Ihnen, Ihren Bekannten eine Erklärung für die Abreise meiner Tochter zu geben. Ich gebe Ihnen fünf Minuten Bedenkzeit, Herr Kommerzienrat.«

So sprach Hans Lind, ruhig, aber entschieden. Es lag etwas Unerbittliches, Entschlossenes in seinem ganzen Wesen. Das erkannte auch der Kommerzienrat. Er war, als er keinen Zweifel mehr haben konnte, daß er Hans Lind vor sich hatte, haltlos in einen Sessel zusammengesunken. Die Frage, wie er sich diesem Ereignis gegenüber verhalten sollte, ließ seine Gedanken rastlos durcheinanderjagen. Er überlegte voll Unruhe, wie er sich aus diesem Dilemma lösen konnte in der für ihn günstigsten Weise. Zu seiner Ehre muß gesagt werden, daß er dabei mehr an seine Frau dachte als an sich. Wenn Helene erfuhr, daß Hans Lind lebte, wenn sie sich sagen mußte, daß ihre Ehe mit ihm im Grunde ungültig war – er schleuderte diese Möglichkeit angstvoll von sich. Die Liebe zu seiner Frau war trotz allem das beste und tiefste Gefühl in der Seele dieses Mannes. Sie vor einem Leid, vor einem Unheil zu bewahren, war sein erster Gedanke, den er klar fassen konnte. Und um Helene vor dieser Erkenntnis zu bewahren, war er bereit, auf Hans Linds Forderung einzugehen.

Er rang eine Weile vergeblich gegen die Überlegenheit, die von dem Mann ausging, der in unerbittlicher Entschlossenheit vor ihm stand. Sein scheuer Blick streifte die hohe, vornehme Erscheinung, und auf seinem Antlitz lag ein Ausdruck von Furcht.

Nur um sich mit einiger Haltung aus der Affäre zu ziehen, sagte der Kommerzienrat heiser: »Wer bürgt mir denn dafür, daß Sie wirklich Hans Lind sind? Schließlich kann jeder fremde Mensch vor mich hintreten und behaupten, er sei Hans Lind.«

Dieser faßte nach seiner Brieftasche. »Wollen Sie meine Papiere sehen? Ich kann mich in jeder Weise legitimieren. Außerdem – fragen Sie meine Tochter. Sie wird Ihnen sagen, daß die Stimme der Natur eine mächtige Sprache redet. Meine Tochter hat sich bereits zu mir bekannt.«

Der Kommerzienrat fuhr auf »Dora weiß?«

»Alles. Natürlich wird sie ebenso schweigen wie Frank Marlow und Christine, sofern Sie uns keine Schwierigkeiten machen.«

Der Kommerzienrat trocknete seine Stirn. »Wenn ich mich Ihren Bedingungen füge – was sage ich dann meiner Frau, warum ich Dora mit Ihnen ziehen lasse?«

Hans Lind zuckte die Achseln. »Das überlasse ich Ihnen. Ich weiß, daß meine Tochter mit ihrer Mutter in einem wenig liebevollen Verhältnis steht. Aber auch

Dora wünscht sehnlichst, daß ihre Mutter geschont wird. Deshalb schlage ich Ihnen vor, sagen Sie Doras Mutter, das Sie nach besserem Ermessen sich in Doras Verbindung mit Frank Marlow fügen wollen und daß diese unter dem Schutz ihrer Dienerin und eines zufällig hier anwesenden alten Freundes der Familie Marlow noch heute nach Hamburg und mit dem nächsten Schiff nach Amerika reisen wird zu ihren Schwiegereltern. Sagen Sie ihr, daß die Gelegenheit, Dora unter dem Schutz Mr. Stones reisen zu lassen, günstig sei und daß man wegen der kommenden Herbststürme die Reise nicht gut länger hinausschieben dürfe. Gleich nach unsrer Ankunft in Kalifornien findet Doras Trauung statt. Es genügt wohl auch hier Ihren Bekannten gegenüber, wenn Sie Doras Verlobung mit Frank Marlow anzeigen und ihnen mitteilen, daß Dora mit Freunden der Familie Marlow sogleich die Überfahrt antritt. Ich gestatte Ihnen sogar, sich auf den Verlobungsanzeigen noch einmal als Doras Vater zu bezeichnen. Von Kalifornien aus melden wir Ihnen die Vermählung, und Sie können diese dann hier durch Karten bekanntgeben. So ist der Schein gewahrt. Wie Sie sich mit Baron Kranzau auseinandersetzen, ist Ihre Angelegenheit. Nur verlange ich, daß auf meiner Tochter nicht der Hauch eines Makels ruhen darf. Ich hege weder Ihnen noch Doras Mutter gegenüber Rachegelüste. Die Vergangenheit mit ihren Schmerzen liegt hinter mir, und in der Liebe meiner Tochter werde ich Vergessen finden. Und nun haben wir uns wohl nichts mehr zu sagen.«

Der Kommerzienrat hatte seine Fassung wieder erlangt. So, wie es Hans Lind vorschlug, konnte er sich noch leidlich aus der Affäre ziehen und – vor allen Dingen wurde so seine Frau geschont. Sie durfte nie erfahren, daß Hans Lind noch am Leben war.

Er quälte sich einige zustimmende Worte ab, und die beiden Herren besprachen im geschäftsmäßigen Ton noch einige Notwendigkeiten.

Dann faßte Hans Lind nach seinem Hut. »Ich erwarte meine Tochter heute nachmittag im Hotel. Sie weiß mich zu finden. Wir reisen mit dem Abendzug nach Hamburg.«

Der Kommerzienrat neigte das Haupt. »Dora wird spätestens um siebzehn Uhr bei Ihnen sein. Bis dahin geben Sie mir Zeit, damit ich ihre Mutter auf die Trennung von ihrer Tochter vorbereiten kann.«

»Gewiß. Und Sie können der Mutter mitteilen, daß sie ihre Tochter zuweilen wiedersehen kann. Dora wird ihre alte Heimat doch wohl öfter besuchen. Auch im Briefwechsel können die beiden Damen bleiben – ich will nicht Gleiches mit Gleichem vergelten.«

Der Kommerzienrat rang sich einige Dankesworte gegen Hans Lind ab.

Mit einer kurzen Verbeugung verließ dieser dann das Zimmer – ein edler Sieger.

Auch der Kommerzienrat hatte sich verneigt. Nun fiel er in seinen Sessel zurück. Ein tiefer Atemzug hob seine Brust.

Es hätte schlimmer ablaufen können, dachte er. Und er mußte sich eingestehen, daß er an Hans Linds Stelle anders und weniger edel gehandelt hätte. Den Kopf in die Hand stützend, grübelte er darüber nach, wie er seiner Frau alles möglichst schonend beibringen konnte. Das war ihm das wichtigste.

Die Kommerzienrätin hatte sich in den Garten begeben, da ihr Mann nicht für sie zu sprechen war. Sie hatte beim Verlassen des Hauses dem Diener Bescheid gesagt, wo sie zu finden sei. Dann war sie hinüber zur Gärtnerwohnung gegangen. Der Gärtner und der Kutscher wohnten in einem hübschen kleinen Gebäude neben dem Stall und der Autogarage.

Sie besprach mit dem Gärtner allerlei wegen des bevorstehenden Gartenfestes und ging dann beruhigt zur Villa zurück.

Aufrecht, in ihrer noch sehr anmutigen, jugendlichen Haltung, kam die schöne Frau den breiten Kiesweg entlang und erreichte das Haus gerade in dem Augenblick, als Hans Lind aus dem Portal trat. Die Augen der beiden Menschen trafen einen Augenblick zusammen. Hans Lind erkannte sofort seine einstige Gattin; aber er war auch auf diese Begegnung vorbereitet und zuckte nicht mit der Wimper. Fremd und kühl sah er sie an, und nichts verriet, daß er sie erkannte. Nur einen Schein blasser war sein Gesicht geworden.

Frau Helene sah mit einem ihr selbst unerklärlichen Interesse auf die hohe Erscheinung des Fremden. Etwas in seinem Gesicht mutete sie seltsam bekannt an, und seine Augen schienen ihr bis ins Herz zu dringen. Sie stand einen Augenblick betroffen still, doch kam ihr keine Ahnung, wen sie vor sich hatte. Sie rechnete Hans Lind längst zu den Toten.

Mit einem förmlichen Gruß schritt der Fremde an ihr vorbei, als sähe er in ihr nur eine fremde Person.

Sie blieb stehen, als er an ihr vorüber war, und sah ihm nach. Und etwas in seinem Gang, in seiner Haltung fiel ihr auf Eine Erinnerung wurde plötzlich in ihr wach. Sie schauerte im warmen Sonnenlicht zusammen, als friere sie bis ins Herz hinein.

Wie sich besinnend, strich sie sich über die Augen und ging dann schnell ins Haus. Mit der ihr eigenen Leichtlebigkeit schüttelte sie schnell den unbehaglichen Eindruck ab. Sie wollte diese Begegnung vergessen. Aber in der Halle fragte sie doch den Diener: »Wer war der Herr, der eben das Haus verließ?«

»Der Herr hieß Stone und war bei dem Herrn Kommerzienrat«, erwiderte dieser.

Der Name war ihr völlig unbekannt. ›Ich bin eine Törin und sehe Gespenster am hellen Tage‹, dachte sie. Und sie richtete sich doch auf, als würfe sie eine Last von sich. Nun wollte sie ihren Gatten aufsuchen, aber der Diener meldete ihr, daß dieser jetzt nicht gestört werden wolle; er habe wichtige Geschäfte zu erledigen.

Wichtige Geschäfte – Frau Helene wußte, daß sie da nicht stören durfte. So suchte sie ihre Zimmer wieder auf und vertiefte sich in einen leichten Roman.

Hans Lind war inzwischen durch den großen Garten nach dem Tor gegangen. Auf seinem Gesicht lag ein nachdenklicher Zug. Als eben der Gärtner, aus seiner Wohnung kommend, an ihm vorbeigehen wollte, hielt er ihn an. Er reichte ihm ein Geldstück.

»Wollen Sie ein Billett an Fräulein Dora Planitz abliefern?« fragte er.

Der Gärtner fühlte befriedigt das ansehnliche Geldstück, und da er einen alten vornehmen Herrn vor sich sah, sagte er dienstwillig: »Gewiß, gnädiger Herr.«

»So warten Sie einige Minuten«, sagte Hans Lind. Er nahm eine Visitenkarte aus seiner Brieftasche und schrieb einige Worte mit einer Füllfeder darauf Dann steckte er die Karte in ein schmales Kuvert, das er bei sich trug, schloß es und schrieb darauf: »Fräulein Dora Planitz«.

»So – das tragen Sie, bitte, sofort zu dem gnädigen Fräulein, sie ist auf ihrem Zimmer. Aber geben Sie es nur ihr oder der Dienerin Christine; es handelt sich um eine Geburtstagsüberraschung für die Frau Kommerzienrat.«

Der Gärtner nahm das Kuvert mit einer Verbeugung entgegen. Da tatsächlich der Geburtstag der Kommerzienrätin in wenig Tagen bevorstand und der Gärtner das sehr wohl wußte, weil er dann immer die schönsten Rosen bereithalten mußte, so erschien diesem die Angelegenheit nicht verdächtig. Außerdem hatte ihn das gute Trinkgeld willfährig gemacht. So führte er prompt und ohne Zögern den Auftrag aus.

Der Kommerzienrat hatte lange gebraucht, um einen Entschluß zu fassen, nachdem ihn Hans Lind verlassen hatte. Dieser unentschlossene Zustand war bei ihm äußerst selten. Er pflegte sonst die schwierigsten Lagen zu beherrschen. Endlich war er aber doch im klaren, was zu tun sei.

Er erhob sich und schritt durch das Haus, hinauf zu den Zimmern Doras.

Diese hatte soeben einige Kleinigkeiten in eine Handtasche gepackt, als er bei ihr eintrat. Sie sah ihm an, daß er unsicher und erregt war. Ruhig wandte sie sich ihm zu und fragte: »Was wünschst du?«

Er legte einigemale vergeblich an zu reden, ohne daß er ein Wort herausbrachte. Endlich rang es sich von seinen Lippen: »Ich habe mit dir zu sprechen.«

Sie deutete auf einen Sessel. »Bitte, nimm Platz.«

Er ließ sich nieder, schwer und müde. Einen Augenblick zögerte er noch. Dann warf er die Unsicherheit gewaltsam ab und überwand seine Verlegenheit.

»Ich bin gekommen, um dir zu sagen, daß ich dich nicht zu einer Verbindung mit Baron Kranzau zwingen werde. Wir wollen nicht Versteck miteinander spielen.

Du bist ja sicher von allem unterrichtet, was geschehen ist, um mich in meinem Entschluß wankend zu machen.«

Dora neigte das Haupt. »Ja, ich weiß alles«, sagte sie ernst zum Kommerzienrat. Ihrer edlen Natur widerstrebte es, über einen besiegten Gegner zu triumphieren.

Er holte tief Atem. »Nun gut. Dein Vater war bei mir. Ich habe ihm versprechen müssen, daß du spätestens um fünf Uhr bei ihm im Hotel sein wirst. Er will noch heute mit dir nach Hamburg abreisen. Es steht dir also frei, mein Haus zu verlassen, und Christine soll mit dir gehen.«

»Es ist gut so«, erwiderte Dora.

Er strich sich über die Stirn. »Da ist aber noch eins zu bedenken, deshalb komme ich selbst zu dir. Wie soll ich deiner Mutter dies alles erklären? Sie darf nicht wissen, daß dein Vater lebt – hilf mir, daß sie es nicht erfährt.«

Das kam wie ein Stöhnen aus seiner Brust. Dora sah, wie die Angst in ihm wühlte, daß seine Frau dieser Schlag treffen könne. Das spülte viel Groll und Bitterkeit aus ihrem Herzen fort. Leise sagte sie:

»Unsere Wünsche begegnen sich in dieser Angelegenheit. Auch ich möchte es Mama ersparen. Laß uns zusammen beraten, wie wir ihr alles am unverfänglichsten erklären können.«

Er atmete auf, da er sich in diesem Bestreben mit ihr einig wußte. Und sie berieten nun, was sie Frau Helene sagen wollten. Als sie darüber einig waren, erklärte sich Dora bereit, selbst zu ihrer Mutter zu gehen und ihr zu sagen, was nötig war, denn der Kommerzienrat fühlte sich vorläufig seiner selbst nicht sicher.

Als er sich dann zurückziehen wollte, sagte Dora leise: »Laß mich dir gleich jetzt Lebewohl sagen. Es hat keinen Zweck, wenn wir uns noch einmal begegnen. Ich danke dir, daß du mir in deinem Haus eine sorglose Heimat botest. Es tut mir leid, daß du erfahren mußtest, daß mein Vater noch am Leben ist. Hättest du mich mit Frank Marlow ziehen lassen, wäre es dir erspart geblieben. Aber es sollte wohl so sein. Leb wohl – und Gott mag mit dir sein.«

Er sah sie mit etwas trüben Augen an. Sein Blick weidete sich noch einmal an ihrer stolzen, jungen Schönheit.

»Ich habe immer nur dein Bestes gewollt, auch als es dir nicht so scheinen mochte. Und wenn ich schaffte und strebte, und Geld zusammenscharrte, so tat ich es nicht zuletzt für dich, du solltest die Erbin meines Reichtums sein. Ich war so stolz auf dich – zu stolz vielleicht. Doch lassen wir das. Das ist nun zerbrochen. Was soll ich nun mit all meinem Geld beginnen? Du nimmst es doch nicht an, wenn ich eines Tages aufgehört habe zu leben.«

Sie sah ihn groß und ernst an. »Nein, ich habe schon viel zuviel von dir annehmen müssen. Aber es gibt so viel Not und Elend zu lindern. Du kannst mit deinem Reichtum viel Gutes tun.«

Er machte eine heftig abwehrende Bewegung. »Nein, das ist kein Trost für mich. Was gehen mich fremde Menschen an? Wenn ich selber ein Kind hätte! Aber das ist mir versagt geblieben. Nun – man muß sich bescheiden. Also – leb wohl, und – sei glücklich. Und nun geh zu deiner Mutter. Mach es ihr so leicht wie möglich.«

Sie nickte. »Das will ich tun.«

Er reichte ihr unsicher die Hand. Aber sie legte die ihre sofort hinein. Seine kleinen Augen, die sonst so hart und scharf funkelten, waren glanzlos. Mit einem krampfhaften Druck umschloß er ihre Hand. Dann ging er schnell hinaus. So teuer, wie ein Mensch seinem kalten Herzen werden konnte, war ihm Dora doch geworden, und leicht wurde es ihm nicht, sie von sich gehen zu lassen.

Dora sah ihm eine Weile nach.

»Und ist auch keiner vollkommen gut,
So ist doch ganz ohne Gutes auch keiner.«

Diese Worte aus der Edda sagte sie leise vor sich hin. Und damit begrub sie in ihrem edlen Herzen allen Groll gegen den Stiefvater.

Gleich darauf trat Christine ein. »Ist der Herr Kommerzienrat fort, Dorchen?«

»Ja, Christine, und wir beide verlassen noch heute das Haus. Aber jetzt muß ich erst zu meiner Mutter.«

»Warte nur einen Augenblick, Dorchen – hier habe ich ein Briefchen für dich. Der Gärtner brachte es, gerade als der Herr Kommerzienrat dein Zimmer betreten hatte. Es soll wegen einer Geburtstagsüberraschung sein. Ein vornehmer, alter Herr hat es ihm gegeben. Ich denke mir, es ist von deinem Vater.«

Dora nahm das Kuvert, öffnete es und zog das Kärtchen hervor.

Nachdem sie es gelesen hatte, legte sie die Karte und das Kuvert in ihren Schreibtisch.

»Es ist gut, Christine. Jetzt gehe ich zu Mama.« Damit ging Dora hinaus.

Als sie bei ihrer Mutter eintrat, sah diese von ihrem Buch auf. Viel Interesse hatte es ihr nicht abgenötigt, sie hatte immer wieder an die Begegnung mit dem Fremden draußen am Portal denken müssen.

»Du, Dora?« sagte sie erstaunt. »Papa hatte dir doch verboten, dein Zimmer zu verlassen.«

Dora trat zu ihr. »Er hat es mir jetzt erlaubt, Mama. Es ist noch einmal zu einer Aussprache zwischen ihm und mir gekommen, und es ist mir gelungen, ihn zu überzeugen, daß ich mich nicht mit Baron Kranzau verloben kann. So hat er denn endlich eingewilligt, daß ich Frank Marlows Gattin werde.«

Ungläubig sah Frau Helene zu ihrer Tochter empor. »Das hat er erlaubt?«

»Ja, Mama, aber natürlich ist er mir sehr böse – und – ich soll nun sein Haus gleich heute verlassen. Es ist ja auch das beste so. Sieh mal – es kam zu einer heftigen Aussprache. Er drohte mir, mich zu enterben, und sagte mir, daß er nicht mein rechter Vater sei. Ich habe auf das Erbe verzichtet und werde nun heute schon abreisen.«

Frau Helene war zusammengezuckt und wurde ein wenig bleich. »Das hat er dir gesagt – daß er nicht dein Vater ist? Mein Gott, wie mußt du ihn gereizt haben.«

»Es ging nicht anders, Mama. Und schließlich sind wir auch in Ruhe und Frieden auseinandergegangen. Nur wollen wir uns nicht mehr begegnen, und um allen peinlichen Situationen aus dem Wege zu gehen, reise ich heute noch ab. Christine wird mich als Ehrendame zu meinen Schwiegereltern begleiten; außerdem reisen wir unter dem Schutz eines alten Freundes der Familie Marlow der zufällig hier ist.

Wir reisen heute noch nach Hamburg«, fuhr Dora fort. »Dort steht ein Schiff zur Abfahrt bereit. Sobald ich bei Franks Eltern eintreffe, findet unsere Vermählung statt. Unsere Verlobungsanzeigen werden morgen hier herumgeschickt, so, wie ihr dann später hier auch unsere Vermählung bekanntgeben werdet, damit alles unnütze Gerede vermieden wird.«

Frau Helene sah ihre Tochter starr an. Es zuckte nun doch ein wenig schmerzhaft in ihrem Herzen.

»Und du bringst es fertig, so von mir zu gehen – von uns?«

»Es ist das beste so, Mama. Sieh, es würde doch alles so peinlich und unangenehm werden. Nun ich weiß, daß ich nicht die Tochter deines zweiten Gatten bin, komme ich mir hier wie ein Fremdling vor. Und ihm ist es auch lieber, wenn ich ihm aus den Augen komme. Außerdem würden sich peinliche Situationen mit Baron Kranzau ergeben. Dem entgeht ihr am besten, wenn ich fort bin. Da findet sich ihm gegenüber leichter eine Entschuldigung, ein Vorwand. Ihr könnt ihm ruhig sagen, daß ich mich gegen euren Willen mit Frank Marlow verlobt habe, und ihr seid mir so böse, daß ihr eure Einwilligung nur zu meiner Vermählung drüben gegeben habt. Meinst du nicht auch, daß es so am besten ist?«

Frau Helene seufzte tief auf »Ach, mein Gott, was sind das für unangenehme Geschichten! Wenn du wenigstens hier bleiben würdest, bis du dich mit Frank Marlow vermählt hast.«

Dora streichelte scheu und zart über den Scheitel der Mutter. »Das geht aber nicht an, Mama. Mein Stiefvater will nicht, daß diese Hochzeit in seinem Haus stattfindet. Glaube mir, es ist am besten so, wie wir es beschlossen haben.«

In Frau Helenes Augen traten ein paar Tränen. »Die Trennung von dir kommt so plötzlich – man müßte sich doch erst an den Gedanken gewöhnen können.«

Dora wurde das Herz weich, als sie die Tränen der Mutter sah.

»Ist es dir so schwer, Mama, an unsere Trennung zu denken?«

Frau Helene sah vorwurfsvoll zu ihr auf. »Du bist doch mein Kind, Dora, wenn Papa auch nicht dein rechter Vater ist. Ich muß wieder sagen, du mußt Papa furchtbar gereizt haben; sonst hätte er dir nicht gesagt, daß du nicht seine Tochter bist. Er wollte nie, daß du es erfährst, damit du ihm nicht entfremdet würdest. Er hat dich trotz allem sehr lieb. Und ich habe dich natürlich auch sehr lieb, wenn ich auch nicht viel Worte darüber machen kann. Wenn ich daran denke, daß du so weit fortgehst, tut mir das Herz weh.«

»Wir werden uns zuweilen wiedersehen, Mama. Im nächsten Jahr komme ich mit Frank zu Besuch herüber. Solch eine Reise ist ja jetzt nicht mehr so umständlich.«

»Ach, so eine Seereise ist doch immer gefährlich. Dein Vater kam auch dabei ums Leben.«

»Daran mußt du nicht denken, Mama. Mein Leben steht überall in Gottes Hand, und ohne seinen Willen fällt kein Sperling vom Dach. Bitte, mach uns den Abschied nicht schwer. Wir korrespondieren fleißig miteinander. Und nun laß uns die wenigen Stunden gut nutzen, die uns noch bleiben. Ich möchte dir noch viel zuliebe tun in dieser Zeit. Sei auch du lieb und gut zu mir.«

Frau Helenes Oberflächlichkeit wollte in dieser Stunde nicht standhalten. Die Stimme ihres Kindes, die so warm und herzlich klang, machte sie weich.

Sie zog Dora zu sich hernieder, nahm sie in ihre Arme und weinte sogar ein wenig, obwohl sie sich sonst sehr vor Tränen hütete, weil sie der Schönheit schadeten. Dazwischen jammerte sie freilich, daß ihr nun die Freude an dem bevorstehenden schönen Gartenfest verdorben wäre.

Im tiefsten Innern blieb Dora auch in dieser Stunde der Mutter fremd, obwohl sie sich Mühe gab, ihr gerecht zu werden und ihr viel Liebes zu erweisen.

Sie besprachen nun allerlei. Dabei erwähnte Dora auch den Namen Mr. Stone, unter dessen Schutz sie reisen wollte.

Ihre Mutter sah sie mit einer leisen Unruhe an. »Mr. Stone? Dieser Herr war doch vorhin bei Papa. Ich sah ihn das Haus verlassen und erinnerte mich an jemand«, sagte sie.

Dora hatte sich in diesem Moment nicht ganz in der Gewalt. Sie zuckte leise zusammen und wagte die Mutter nicht anzusehen. Im Augenblick wußte sie nicht, was sie erwidern sollte.

Da beugte sich Frau Helene vor. »Was wollte Mr. Stone bei Papa?« forschte sie, mißtrauisch geworden.

»Ah – er – er wollte nur für Frank und mich ein gutes Wort einlegen, er ist ja ein guter Freund der Familie Marlow«

»Und – er hat mit seinem Vorhaben Erfolg gehabt bei Papa?« fragte Frau Helene erstaunt weiter.

Dora preßte verstohlen die Hände zusammen. »Ich weiß nicht, ob er Erfolg hatte. Aber laß doch Mr. Stone, Mama, wir haben doch noch so viel von uns selbst zu sprechen.«

Gewaltsam riß Frau Helene ihre Gedanken los von einem toten Punkt, um den sie wie wilde, aufgescheuchte Vögel flatterten. Sie ahnte, fühlte plötzlich, daß bei der ganzen Angelegenheit etwas rätselhaft und unbegreiflich war, etwas, was man ihr verbergen wollte. Zugleich war ihr aber auch zumute, als tue sie gut daran, den Schleier nicht zu lüften, der über dieser Angelegenheit lag. Es war etwas wie die Furcht eines bösen Gewissens, das sie zwang, die Augen zu schließen und nicht weiter zu forschen. Dora brachte nun schnell ein Thema auf, das die Mutter sonst unfehlbar interessiert hätte: sie sprach von ihrer Aussteuer.

Frau Helene ließ sich auch scheinbar fesseln. »Du wirst ja alles drüben haben können, und wenn du etwas nicht bekommst, schreibst du es mir. Ich besorge es dir dann hier und sende es nach«, sagte sie.

Dabei kamen sie auf den Geldpunkt. »Laß mich das nur ordnen mit Papa, eine reichhaltige Aussteuer wird er dir sicher zubilligen. Überhaupt, mit der Zeit wird er schon milder denken lernen, und er wird seine Drohung, dich zu enterben, nicht wahrmachen. Wem soll er denn seinen Reichtum hinterlassen, da er selbst keine Kinder hat?«

Es zuckte leise in Doras Gesicht. »Darum gib dir keine Mühe, Mama, ich bedarf des Geldes nicht. Mein Verlobter ist der einzige Sohn sehr reicher Eltern, und er fragt nicht nach Geld und Gut bei mir.«

»Aber du kannst ihm doch nicht wie eine Bettlerin folgen und dir gar von seinen Eltern die Aussteuer schenken lassen.«

Dora lächelte. »Das wird nicht nötig sein, Mama. Ich muß dir ein Geständnis machen. In den letzten Jahren habe ich ganz heimlich einen Beruf ausgeübt. Ich bin Schriftstellerin geworden und habe mir damit einiges Geld verdient. Erst kürzlich habe ich einen großen Roman vollendet und an einen vornehmen Verlag gut verkauft. Man erbittet dort auch neue Arbeiten von mir. So komme ich doch nicht ganz als Bettlerin zu meinen Schwiegereltern.«

Das interessierte Frau Helene ungemein. »Heute ist ein Tag der Überraschungen für mich«, sagte sie und staunte ihre Tochter an wie ein neues Wesen. »Wie hast du das nur fertiggebracht, Dora? Romane kann man doch, wie ich meine, nur schreiben, wenn man selbst welche erlebt hat.«

Dora lächelte. Sie war froh, daß die Mutter abgelenkt war. »Man kann auch andere Menschen die Romane erleben lassen, Mama, und muß nur mit offenen Augen in die Welt sehen und die Menschen studieren und beobachten.«

»Und das hast du getan?«

»Ja, soviel ich konnte.«

»Nun verstehe ich auch, weshalb du manchmal stundenlang geschrieben hast. Also einen wirklichen Roman hast du geschrieben, und er wird gedruckt?«

»Ja, erst in einer vornehmen Zeitschrift und dann als Buch.«

»Nein – wie mich das interessiert! So werde ich schließlich noch eine berühmte Tochter haben. Wird denn der Roman unter deinem Namen herauskommen? Oder hast du einen Decknamen gewählt?«

»Ja, Mama, er kommt, wie meine früheren kleinen Arbeiten, unter dem Namen Dora Lindner heraus.«

Wieder stutzte Frau Helene. »Dora Lindner? Wie seltsam – warum kamst du gerade auf diesen Namen?«

Dora war auf diese Frage vorbereitet. »Es fiel mir gerade ein. Ist etwas Seltsames daran?«

Frau Helene strich sich über die Stirn. ›Heute ist ein schlechter Tag für mich‹, dachte sie, und laut fuhr sie fort: »Hat dir Papa nicht gesagt, daß dein verstorbener Vater Lind hieß?«

Dora sah an ihr vorbei. »Ja – er erwähnte es. Und nun kommt es mir auch zum Bewußtsein, Lind und Lindner klingt sehr ähnlich. Das sind so Zufälle, Mama.«

Und schnell wechselte Dora das Thema. Kurze Zeit darauf trat ein Diener ein und meldete, der Herr Kommerzienrat sei soeben hinaus nach den Fabriken gefahren, wo er dringend erwartet wurde. Die Damen möchten allein zu Mittag speisen, er käme erst am späten Abend wieder heim und lasse daher dem gnädigen Fräulein nochmals eine glückliche Reise wünschen.

Dora wußte, daß sich der Kommerzienrat vor einem Zusammentreffen mit seiner Frau fürchtete, bevor er seine Ruhe nicht wiedergefunden hatte. Frau Helene nahm an, daß ihr Mann zu zornig auf Dora sei und ihr nicht noch einmal begegnen wollte. So sprachen sie nicht weiter darüber. Dora blieb bei ihrer Mutter, bis die Zeit gekommen war, daß sie ins Hotel zu ihrem Vater gehen mußte.

Frau Helene wollte ihre Tochter begleiten, aber Dora legte die Arme um sie und sah sie bittend an. »Nein, Mama – laß uns hier Abschied nehmen, wo wir allein sind, nicht vor fremden Menschen.«

»Aber ich möchte doch deinem Verlobten noch Lebewohl sagen. Ich habe ihn immer sehr gern gehabt und möchte euch meinen Segen mit auf den Weg geben.«

»Den nehme ich mit, Mama, und werde auch Frank sagen, daß du ihm gut bist und ihm Lebewohl sagen läßt. Aber bleib du hier, geh nicht mit mir, mein Stiefvater würde es dir vielleicht übelnehmen. Da er sich zürnend fernhält, mußt du es wohl scheinbar auch tun.«

Das sah Frau Helene auch ein. Sie hatte plötzlich überhaupt ein Gefühl, als sei es besser für sie, nicht zuviel zu fragen.

Dora wurde der Abschied von der Mutter doch schwerer, als sie gedacht hatte. Sie war noch einmal oben in ihren Zimmern gewesen und hatte von diesen Räumen Abschied genommen. Überall sah man hier Spuren von der bevorstehenden Abreise. Zuletzt entnahm Dora ihrem Schreibtisch einen ganzen Stoß alter Briefschäften, die sie schon vorher durchgesehen und für den Feuertod bestimmt hatte. Sie legte diese Papiere in einem Haufen auf den Schreibtisch.

»Das verbrennst du nachher alles, wenn du hier aufräumst, Christine. Du bleibst bis sieben Uhr hier. Dann fährst du mit den Koffern zum Bahnhof. Dort erwarten wir dich!« sagte sie zu der alten Dienerin.

Christine packte noch ihre letzten Habseligkeiten in ihrer Kammer zusammen. »Ja, ja, mein Dorchen, ich werde alles besorgen!« sagte sie.

So ging Dora, zum Ausgehen angekleidet, hinunter. Sie trug ein schlichtes, vornehm wirkendes Straßenkleid, das ihr bis Hamburg als Reisekleid dienen sollte. Noch einmal trat sie in das Zimmer ihrer Mutter. Weinend lagen sie einander in den Armen und küßten sich so herzlich, wie das seit langen Jahren nie mehr geschehen war. Dann riß sich Dora schnell los und ging hinaus.

Die Mutter sah ihr vom Fenster aus nach und winkte ihr noch einmal zu. Und als die schlanke Gestalt verschwunden war, da hatte Frau Helene ein leeres, beklemmendes Gefühl im Herzen, als habe sie etwas Köstliches verloren, dessen Wert sie bisher nicht erfaßt hatte. Und sie weinte – weinte lange und schmerzlich, wie sie noch nie in ihrem Leben geweint hatte. Als endlich ihre Tränen versiegten, kam wieder das unbehagliche Grübeln über sie. Was war nur heute geschehen, was man ihr verbarg?

Sie fühlte, daß dies der Fall war. Und sie mußte auch wieder an den fremden Mann denken, dem sie am Portal begegnet war.

So schrecklich einsam fühlte sie sich heute wie nie in ihrem Leben, und mit müden Schritten ging sie hinauf in die Zimmer ihrer Tochter, als sei ihr diese dort näher.

Christine war in ihrer Kammer. Sie hatte noch nicht Zeit gefunden, aufzuräumen. Auf dem Schreibtisch lagen auch noch die Briefschaften, die verbrannt werden sollten. Gedankenlos trat Frau Helene an den Schreibtisch heran. Hier hatte Dora oft stundenlang gesessen und geschrieben. Sie blätterte in den Briefschäften. Es waren sicher nicht Sachen von Wichtigkeit. Da ein Brief des Verlegers, da eine Gutschrift eines Lieferanten. Und schließlich hielt sie eine Visitenkarte in der Hand, die aus einem schmalen Kuvert herausfiel.

Zerstreut blickte sie darauf hernieder. Es war die Karte, die Hans Lind mit dem Gärtner zu seiner Tochter geschickt hatte. Kaum hatte Frau Helene einen Blick auf die Karte geworfen, da zuckte sie zusammen und fiel kraftlos in den Sessel vor dem Schreibtisch. Ihre Augen starrten auf den gedruckten Namen, den die Visitenkarte trug.

»Hans Lind.«

Die Karte zitterte in ihren Händen. Was war das für eine Karte? Wie kam sie hierher?

Mit furchtsamen Augen sah sie um sich und schauerte zusammen. Sie sah, daß die Karte beschrieben war, und diese Schriftzüge steigerten ihre Erregung. Sie erschienen ihr bekannt. In ihrem Schreibtisch verwahrte sie noch ein Päckchen Briefe, die ihr Hans Lind als Bräutigam geschrieben hatte. Sie las sie in eitlem Wohlgefallen noch jetzt zuweilen durch und sonnte sich in der heißen Liebe und Bewunderung, die darin zum Ausdruck kamen. Und sie zeigten dieselbe Schrift, die sie hier auf dieser Karte sah; ein wenig fester und steiler war sie geworden, aber doch unverkennbar dieselbe. Frau Helene sah darauf nieder, als steige ein Gespenst vor ihr auf. Sie wollte lesen, was auf der Karte stand, und konnte nicht. Die Buchstaben tanzten vor ihren Augen einen wilden Reigen. Ihr war, als müsse sie diese Karte weit von sich werfen und aus diesem Zimmer fliehen; aber sie blieb sitzen und hielt die Karte fest.

Und endlich hatte sie sich so weit in der Gewalt, daß sie lesen konnte, was auf der Karte stand:

»Meine geliebte Tochter! Sei ganz ruhig, es ist alles geordnet. Spätestens um fünf Uhr erwarte ich Dich im Hotel. Um sieben Uhr muß Christine am Bahnhof sein. Hoffentlich kann Deiner Mutter erspart werden zu erfahren, daß ich am Leben bin. Sie begegnete mir im Garten, aber sie erkannte mich nicht. Mag sie nie erfahren, wer Mr. Stone war. Auf Wiedersehen, mein teures Kind. In Liebe und Sehnsucht Dein Vater.«

Und darunter stand der Name, der sie so entsetzt hatte: »Hans Lind«.

Sie saß wie betäubt. Auf ihrer Stirne stand kalter Schweiß. Nun wußte sie, was sie heute wie ein Geheimnis umgeben hatte, wußte, daß es Hans Lind gewesen war, ihr totgeglaubter Gatte, dem sie am Portal begegnete.

Diese Erkenntnis ließ sie zusammenschauern. Die Zähne schlugen ihr wie im Frost aufeinander. Sie verstand nun auf einmal alles – die plötzliche Nachgiebigkeit des Kommerzienrats, Doras überstürzte Abreise, ihr seltsames Verhalten – alles wurde ihr blitzähnlich klar. Sie sagte sich, daß Hans Lind bei dem Kommerzienrat gewesen war, um seine Vaterrechte an Dora geltend zu machen und ihr zur Vereinigung mit Frank Marlow zu verhelfen. Nur das verstand sie nicht, wie es kam, daß Hans Lind noch am Leben war, woher er plötzlich kam und wie er mit Frank Marlow zusammenhing. So saß sie noch lange. Krampfhaft umklammerte sie die Karte. Als nach einer langen Zeit Christine eintrat, um aufzuräumen, sah sie Frau Helene bleich und elend mit starren Augen noch auf derselben Stelle sitzen. Sie erhob sich nun langsam und müde und schritt mit glanzlosen Augen aus dem Zimmer. Die Karte nahm sie mit sich. Christine sah ihr beklommen nach und nickte mit dem Kopf. ›Ja, ja – nun regt sich doch das Mutterherz in ihr, nun ist sie doch unglücklich, daß sie ihr Dorchen hergeben muß‹, dachte sie mit einer wahren Befriedigung. Und sie nahm sich vor, Dora zu sagen, wie bedrückt und traurig die Mutter nach ihrem Fortgang gewesen war. Sie ahnte nicht, was es gewesen war, daß die Kommerzienrätin so elend und bedrückt aussehen ließ. Und schnell machte sie sich nun daran, die Papiere zu verbrennen.

Dora wurde von ihrem Vater und Frank im Hotel erwartet. Die beiden Herren halfen ihr über die bedrückte Stimmung hinweg, die der Abschied von ihrer Mutter hinterlassen hatte. Nachdem sie noch allerlei besprochen hatten, bat Dora, zu Raina gehen zu dürfen. »Ich muß Raina noch erzählen, wie sich alles geregelt hat und will noch ein Weilchen mit ihr allein sein. Ihr beiden holt mich dann dort ab und könnt euch bei dieser Gelegenheit auch gleich von Raina verabschieden«, sagte sie. Frank zog sie in seine Arme. »Du bist so ernst und still, meine Dora, gehst du nicht gern mit mir – mit uns?« Sie sah ihn mit leuchtenden Augen hingebungsvoll und zärtlich an. »Wo du hingehst, da will ich auch hingehen, mein Frank. Ich folge dir freudigen Herzens, zumal mein lieber Vater mit uns geht, dem ich so viel Liebe schuldig geblieben bin und den ich für so viele schmerzliche Entbehrungen entschädigen muß. Laßt es euch nicht bedrücken, wenn ich jetzt ein Weilchen ernst und still bin; man reißt sich nicht ohne Schmerzen los, wo man so lange Wurzeln geschlagen hat.«

Frank und ihr Vater umfaßten sie zugleich. »Wir wollen dich in unsere Liebe einhüllen, wie in einen warmen, goldenen Mantel, mein geliebtes Kind«, sagte Hans mit rührender Zärtlichkeit. Dora küßte ihn und Frank und ging dann lächelnd davon.

Sie fand Raina, wie sie gehofft hatte, allein zu Hause. Arnulf hatte wieder Dienst. So konnte Dora ungestört alles berichten, was heute geschehen war. Als Raina hörte, daß Dora schon heute abreisen würde, weinte sie schmerzlich. »So soll ich dich lassen, vielleicht für immer, meine Dora?«

»Nein, Raina, wir sehen uns wieder. Weine nicht! Du wirst ja nun nie mehr einsam sein, wirst mich entbehren können, denn ich weiß, dein Glück ist gesichert. Dein Gatte weiß nun, was er an dir hat, und ich denke, du kannst ihn von seiner Prüfungszeit erlösen. Wir beide aber schreiben uns recht oft und sagen uns in unseren Briefen, wie sich unser Leben weiter gestalten wird, nicht wahr?«

Raina nickte unter Tränen. »Ja, Dora, das wollen wir tun. Die Trennung von dir würde mir ja noch viel schwerer werden, wenn ich nicht die beglückende Gewißheit hätte, daß Arnulf mich liebt. Nun will ich alle Vernunft beiseite lassen und mich an sein Herz flüchten. Ich hoffe, daß ich da in Zukunft meine Heimat und ein warmes Plätzchen finden werde. Und ich werde dafür sorgen, Dora, daß Arnulf meiner Liebe nie müde wird. Jetzt traue ich mir die Kraft zu, ihn zu halten für immer.«

Dora küßte sie herzlich. »Meines Herzens innigste Wünsche bleiben bei dir, liebe Raina. Gott schenke euch ein reiches, volles Glück. Und sag deinem Gatten von mir ein herzliches Lebewohl, morgen, wenn ich fort bin. Sag ihm, er soll nicht vergessen, daß du sein kostbarstes Kleinod bist. Ich werde ihm meine ehrliche Freundschaft bewahren, solange er dir treu ergeben ist. Das wird, so hoffe ich, auf immer der Fall sein.«

Sie hatten sich noch so viel zu sagen. Die Zeit verging im Flug. Dann kamen die beiden Herren, um Dora abzuholen und sich von Raina zu verabschieden. Sie baten auch, Raina möge sie ihrem Gatten empfehlen, und Dora sagte lächelnd: »Ihr habt ja keine Hochzeitsreise gemacht, Raina, vielleicht holt ihr das nach und kommt zu uns herüber. Ihr solltet unsere lieben Gäste sein.«

Raina lächelte unter Tränen. »Wer weiß, ob ich dich nicht eines Tages beim Wort nehme, meine Dora. Jedenfalls sage ich: Auf Wiedersehen.« Die Freundinnen umarmten sich noch einmal herzlich und küßten sich innig.

»Wenn ich es möglich machen kann, komme ich noch zum Bahnhof, um dir ein letztes Lebewohl zu sagen!« rief Raina noch vom Balkon aus nach. Dora nickte erfreut.

Raina ging in ihr Zimmer zurück und brach in Tränen aus. Der Abschied von Dora schmerzte sie sehr.

Als Arnulf bald darauf nach Hause kam, sah er an ihren Augen, daß sie geweint hatte. Unruhig sah er sie an. »War jemand hier, Raina?« forschte er.

»Ja, Arnulf, Dora war hier mit Herrn Warlow und Mr. Stone.«

»Schon wieder!« entfuhr es recht ungastlich Arnulfs Lippen.

»Ja, die beiden Herren kamen, um sich zu verabschieden. Sie lassen sich dir empfehlen. Noch heute reisen sie ab.«

Arnulf richtete sich hastig auf »Frank Marlow auch? Nach Kalifornien zurück?«

»Ja.«

Arnulf hätte sich über diese Nachricht so recht von Herzen freuen können, wenn Raina nicht so verweinte Augen gehabt hätte. Sicher weinte sie um den Kalifornier. Und dann war es wohl schon zu spät – dann nahm er Rainas Herz mit, und ihm würde es nun nicht mehr gelingen, dies Herz für sich zu erobern. Er war sehr still und bedrückt.

Raina konnte sich das nicht recht erklären. Sie hatte geglaubt, er würde sehr froh sein über Frank Marlows Abreise. Das war aber nicht der Fall. Arnulf schien eher verstimmt. Sollte sie sich getäuscht haben? War Arnulf am Ende gar nicht eifersüchtig gewesen? Daß ihre Augen von Tränen gerötet waren, wußte sie nicht. Sie konnte sich nicht enthalten zu fragen: »Hast du Unannehmlichkeiten im, Dienste gehabt, Arnulf?«

Er schrak aus seinem Brüten auf »Nein. Warum?«

»Du bist so still.«

Er strich sich über die Stirn. »Achte nicht darauf, Raina. Es liegt jetzt eine ernste Stimmung in der Luft. Heute noch fällt die Entscheidung zwischen Österreich und Serbien. Man ist auf alles gefaßt.«

Sie sah ihn mit großen, bangen Augen an. »Heißt das, auch auf einen Krieg?«

»Ja.«

Da senkte Raina den Kopf, und nun wurde auch sie sehr still.

Seit ihrer Verheiratung hatten sich die beiden Gatten nicht so schweren Herzens gegenüber gesessen, wie heute. Arnulf mußte vor dem Abendessen noch einmal ausgehen.

»Bleibst du lange?« fragte sie ihn.

»Eine Stunde etwa«, erwiderte er.

Da Raina in dieser Stunde den Weg zum Bahnhof und

wieder zurück machen konnte, machte sie sich schnell fertig, als ihr Mann fortgegangen war, und fuhr zum Bahnhof Unterwegs kaufte sie in einem Blumengeschäft einen Strauß Rosen.

Der Zug stand schon bereit. Frank Marlow, Hans Lind und seine Tochter trafen faßt in derselben Minute ein wie Raina. Dora begrüßte Raina erfreut und dankte ihr für die herrlichen Rosen. Sie zog Rainas Arm durch den ihren und ging plaudernd mit ihr zum Zug. Die beiden Herren folgten.

Niemand achtete auf eine in einem langen, schwarzen Mantel gehüllte, dichtverschleierte Frau, die neben dem Eingang zum Bahnhof hinter einer Säule verborgen stand und die Ankommenden musterte.

Diese verschleierte Dame sah auch Dora und die beiden Herren kommen, sah, wie Dora von Raina begrüßt wurde und von ihr Blumen empfing. Und ihre Augen hingen an dem edlen Gesicht von Hans Lind, als er mit Frau von Reckenberg sprach und sich dann mit einem zärtlichen, liebevollen Lächeln zu seiner Tochter wandte. Im Gedränge gelang es der Verschleierten, unbemerkt dicht hinter die vier Personen zu kommen. Und da hörte sie, wie Dora, sich umwendend, sagte: »Da ist Christine, lieber Vater.«

Es ging wie ein Stich durch das Herz der verschleierten Frau – Doras Mutter. Sie hatte dem Wunsch nicht widerstehen können, Hans Lind, den Totgeglaubten, noch einmal zu sehen. Ihre Augen brannten in sein Gesicht und suchten die Züge, die ihr einst so vertraut gewesen waren. Das Leben hatte tiefe Runen hineingegraben; er hatte sich mehr verändert als sie, die stets ihre Schönheit gepflegt und sich vor jeder Aufregung gehütet hatte.

Unbemerkt hielt sie sich in der nächsten Nähe der vier Personen. Sie sah, wie Hans Lind Christine begrüßte, wie dieser die Tränen aus den Augen sprangen. Sie war Zeugin, wie Vater und Tochter sich zärtlich in die Augen blickten, wie Hans Lind sorgsam seinen Arm um Dora legte und sie in den Wagen hob.

Alles sah sie mit an. Ihre Augen waren groß und starr auf die Gruppe geheftet. Niemand achtete ihrer. Sie kam sich vor wie eine Verdammte, eine Ausgestoßene. Und ihr graute, als sie an ihr leeres, glänzendes Heim dachte, in das sie zurückkehren mußte, an die Seite des Mannes, den sie so wenig liebte wie einen anderen Menschen. Wie arm sie war. Reglos stand sie, bis der Zug die Bahnhofshalle verließ. Raina von Reckenberg, die den Abfahrenden noch einen letzten Gruß zugewinkt hatte, ging an ihr vorüber, ohne sie zu erkennen. Frau Helene sah dem Zug nach, bis er verschwunden war. Dann ging sie langsam, mit schweren Schritten davon. Und sie fror bis ins Herz hinein.

Einige Minuten vom Bahnhof entfernt hielt ihr Wagen. Sie sank müde in die Polster zurück und fuhr nach Hause. Während sie ablegte, hörte sie das Auto vorfahren, das ihren Gatten heimbrachte.

Der Kommerzienrat hatte endlich seine Ruhe wiedergewonnen. Er kam soeben von Kranzau, wo eine peinliche Auseinandersetzung zwischen ihm und dem Baron stattgefunden hatte. Zum Schluß dieser Unterredung hatte sich der Kommerzienrat bereit erklärt, dem Baron eine größere Summe als Darlehen zu gewähren, da dieser bereits auf die reiche Braut gerechnet und enorme Schulden gemacht hatte. Er verpfändete dem Kommerzienrat die nächste Ernte für dieses Darlehen.

Der Kommerzienrat war froh, daß die Aussprache

hinter ihm lag. Nun trat er mit leidlicher Fassung in die Zimmer seiner Gemahlin. Er fand sie noch nicht, wie er gehofft hatte, in großer Toilette, bereit, ihre Gäste zu empfangen, die bald eintreffen mußten, sondern in dem schlichten Straßenkleid, das sie auf ihrer Fahrt zum Bahnhof getragen hatte.

Mit einem lächelnden Gesicht wollte er seinem Erstaunen Ausdruck geben. Aber das Lächeln erstarb auf seinen Lippen, als sie bleich, mit starren Augen auf ihn zukam.

Er wollte etwas sagen, aber die Kehle war ihm plötzlich wie zugeschnürt. »Ich weiß alles«, schluchzte sie auf und reichte ihm die beschriebene Visitenkarte, die sie auf dem Schreibtisch ihrer Tochter gefunden hatte.

Bis ins Herz hinein erschrak er. Aber in seiner Herzensangst um sie fand er dann doch die rechten Worte, sie zu trösten und zu beruhigen. Er sagte ihr, daß niemand etwas davon erfahren würde, daß Hans Lind noch am Leben war. Sie möge es vergessen, wie einen bösen Traum. Die Sache sei längst verjährt, und sie sei vollkommen rechtmäßig seine Frau, da Hans Lind gesetzlich für tot erklärt worden sei. Es wäre ja alles noch gut abgelaufen; sie möge sich trösten und wieder seine stolze, schöne Frau sein. Morgen würde er ihr einen wundervollen Schmuck kaufen, und den Hermelinmantel, den sie sich gewünscht hatte, sollte sie auch bekommen. Sie möge sich nun schnell ankleiden, damit sie ihre Gäste empfangen könne, ohne daß jemand etwas merke. Er werde heute abend noch Doras Verlobung mit Frank Marlow verkünden und ihren Gästen mitteilen, daß seine Tochter mit Freunden der Familie Marlow und einer Ehrendame – als solche müsse Christine gelten – bereits nach Kalifornien unterwegs sei –

weil er befürchtet habe, daß Deutschland in politische Unruhen verwickelt wurde und seine Tochter dann drüben bei ihren Schwiegereltern in Sicherheit sei. Denn Österreich habe soeben Serbien den Krieg erklärt, und man würde es ganz verständlich finden, daß Dora sofort abgereist sei.

Kurzum, der Kommerzienrat bot alles auf, seine Gattin zu trösten, und es gelang ihm auch.

Als die Gäste eintrafen – sie kamen etwas später, weil die Kriegserklärung Österreichs an Serbien die meisten in Unruhe versetzt und aufgehalten hatte –, kam ihnen Frau Helene etwas bleich, aber schön und liebenswürdig, wie immer, entgegen. Der Baron fehlte unter den Gästen. Als der Kommerzienrat von Doras Verlobung mit dem Kalifornier berichtet hatte, mit der ganz glaubhaften Erklärung über ihre Abreise, flüsterte man sich lächelnd zu, daß man nun sehr wohl das Fernbleiben des Barons erklären könne. Der Baron hatte in den letzten Wochen zu viel von seiner bevorstehenden Verlobung mit der reichsten und schönsten Erbin der Stadt renommiert. Da er wenig beliebt war, gönnte man ihm die Abfuhr.

Daß Frau Helene ein wenig bleich und ernst war, konnte man auch verstehen. Es war doch keine Kleinigkeit für eine Mutter, ihr einziges Kind so weit fortzugeben.

Man bedauerte Frau Helene wortreich, wünschte ihr jedoch Glück zur Verlobung ihrer Tochter mit dem reichen und liebenswürdigen Kalifornier.

Langsam schüttelte Frau Helene im Laufe des Abends den Mann von sich ab, der sich auf ihre Seele gelegt hatte. Sie wurde lebhafter, und schließlich erinnerte sie sich, daß Dora ihr von ihren schriftlichen Erfolgen erzählt hatte.

Sie berichtete nun ihren Gästen, daß demnächst ein sehr großer Roman ihrer Tochter unter dem Pseudonym Dora Lindner erscheinen würde. Man staunte und fragte, und Frau Helenes Eitelkeit bekam neue Nahrung. Sie fühlte sich schon als Mutter einer berühmten Tochter. Und so half ihr schnell ihre Oberflächlichkeit über die Aufregungen dieses ereignisreichen Tages hinweg.

Als ihr am nächsten Tag ihr Gatte einen kostbaren Schmuck mit nach Hause brachte, war sie schon wieder im schönsten Gleichgewicht. Sie drapierte sich noch ein wenig vor ihren Bekannten mit ihrem Trennungsschmerz um ihre Tochter, aber ein nachhaltiges Leid empfand sie nicht bei dem Gedanken, daß in Zukunft die halbe Welt zwischen ihr und Dora lag. Nur den Gedanken an Hans Lind mußte sie immer wieder gewaltsam von sich weisen. Doch mit der Zeit kam sie auch darüber hinweg.

Als Raina vom Bahnhof nach Hause kam, war Arnulf bereits zurückgekehrt. Er empfing seine Frau mit einem düsteren Gesicht. Ein Bekannter war auf der Straße mit ihm zusammengetroffen und hatte ihm gesagt: »Ich habe soeben Ihre Frau Gemahlin am Bahnhof begrüßt. Sie betrat die Halle gerade, als ich sie verließ.«

Das hatte Arnulf wie ein Schlag getroffen. Er wußte, daß um diese Zeit der Hamburger D-Zug abging. Raina hatte keinen Grund, zum Bahnhof zu fahren als den einen, den er sogleich zu erkennen glaubte. Sicher hatte sie nur Frank Marlow noch einmal sehen wollen.

Als nun Raina eintrat, sah er sie scharf und forschend an. »Du warst noch aus, Raina?«

»Ja«, antwortete sie.

»Und darf ich wissen, wo du warst?« fragte er weiter, seine Unruhe bemeisternd.

Sie zögerte. Und als sie ihn ansah, merkte sie, daß ein Zug von Schmerz und Qual auf seinem Antlitz lag. »Du weißt es wohl schon, wo ich war?« fragte sie.

Er biß die Zähne zusammen. Dann sagte er tonlos: »Ja, man sagte mir, du seiest auf dem Bahnhof gewesen. Und ich weiß, daß jetzt der Hamburger Zug abging.«

Sie stand vor ihm, ganz still, mit gesenkten Augen. Fast erinnerte sie ein wenig an die altc, scheue Raina. Aber dann richtete sie sich doch auf und schlug die Augen groß und voll zu ihm empor.

»Und doch bist du mit dem, was du meinst, sehr im Irrtum, Arnulf. Heute muß ich noch schweigen – aber morgen sollst du alles erfahren; dann wirst du wissen, daß du dich getäuscht hast in deiner Annahme.«

Er faßte ihre Hand und preßte sie so fest in der seinen, daß sie schmerzte. »Raina – du weißt nicht, was ich leide, weißt nicht, wie lieb ich dich habe!« stieß er hervor. Und dann verließ er schnell das Zimmer.

Sie sah ihm nach, die Hände auf das klopfende Herz gepreßt und in den Augen ein strahlendes Leuchten. »Du mein geliebter Mann!« flüsterte sie zärtlich. Dann ging sie, um sich für die Abendtafel zu schmücken.

Als sie aus ihrem Ankleidezimmer wieder in den Salon trat, kam Arnulf mit beunruhigtem Gesicht zu der anderen Tür herein. Er hatte soeben eine telephonische Nachricht erhalten, die ihn sehr erregte.

»Was ist geschehen, Arnulf?« fragte Raina erschrokken.

Er blieb dicht vor ihr stehen. »Österreich hat Serbien den Krieg erklärt. Das heißt für uns in Bereitschaft sein.«

Sie schrak zusammen und wurde totenbleich. Ihre Augen sahen ihn so bang und schmerzerfüllt an, daß es ihn bis ins Herz traf.

»Nein – ach nein, Arnulf – das kann, das darf nicht sein!« stammelte sie.

Er sah sie forschend an.

»Es wird sein, Raina. Ich muß darauf gefaßt sein, daß ich schon in den nächsten Tagen mit meinem Regiment ausrücken muß. Ich ahne es schon lange, daß auch für Deutschland die Schicksalsstunde schlagen wird.«

Da sank sie haltlos, zitternd in einen Sessel. »Mein Gott – nur das nicht, nur keinen Krieg!« kam es von ihren Lippen.

Er sah auf sie hinab mit einem schmerzlichen Blick. »Um wen zitterst du, Raina?«

Da tastete ihre Hand nach seinem Arm und umklammerte ihn. Ihre Augen sahen mit einem erschütternden Blick zu ihm auf.

»Um dich – um dich allein.«

Er zuckte zusammen. Mit einem fast rauhen Griff faßte er ihre Hand. »Was sagst du, Raina? Du zitterst um mich? Wirklich um mich? Was bin ich dir denn?«

Sie sah ihn mit der ganzen zärtlichen Hingabe eines Weibes an, so wie sie ihn noch nie angesehen hatte. »Weißt du es nicht?«

Er sank plötzlich an ihr herab, als trugen ihn seine Füße nicht mehr. Und seine Hände umfaßten die ihren und zogen sie an sein wildklopfendes Herz. »Raina! Raina! Kann es möglich sein? Darf ich mir deuten, was ich in deinen Augen lese – zum erstenmal – das, was ich so lange heiß ersehnt?«

Ihre Augen strahlten ihn an, ihre Lippen glühten ihm entgegen. Lächelnd nickte sie.

Er umfaßte sie mit leidenschaftlicher Innigkeit. »Raina

– ich liebe dich, wie ich nie ein Weib geliebt habe –, ich sehne mich unaussprechlich nach deiner Liebe. Darf ich denn glauben, daß sie mir gehört – endlich mir?«

Ihre Augen wurden feucht. »Ach, Arnulf – ich habe dich geliebt, solange ich dich kenne. Nur meine Liebe gab mir Kraft, mich frei zu machen von allem, was dir an mir mißfiel. Dora lehrte es mich, ich selbst zu sein. Aber nur in meiner Liebe zu dir fand ich Kraft, so zu werden. Ich liebe nur dich – dich allein.«

Da barg er sein Gesicht in ihrem Schoß. Sie sollte nicht sehen, wie es in seinen Zügen zuckte vor Erregung. Ein tiefer Seufzer hob seine Brust, dann sah er wieder auf.

»Und Frank Marlow, Raina? Deine Tränen? Ich sah doch, daß du geweint hattest, als ich heute vom Dienst nach Hause kam. Und seine häufigen, Besuche, die mich so gequält haben?«

Sie strich sanft und liebevoll sein Haar aus der Stirn. »Das soll dir morgen alles klarwerden, Arnulf. Nur so viel will ich dir jetzt sagen zu deiner Beruhigung: Dora und Frank Marlow sind ein Brautpaar, und ich war die Schützerin ihrer Liebe in diesen Wochen.«

Da zog er sie mit einem Aufatmen in seine Arme und sah ihr tief in die Augen. »Mein geliebtes Weib – wie unnötig habe ich mich gequält.«

Sie lehnte ihre Wange an die seine. »Nun könnten wir so glücklich sein, mein Arnulf, wenn nicht neue Schatten an unserem Glückshimmel aufstiegen.«

Er küßte sie heiß und innig. »Nicht daran laß uns jetzt denken, Liebste. Heute halten wir uns noch, heute bist du mein – ganz mein. Und wenn das Ärgste kommt und wir uns trennen müssen – das kann nur vorübergehend sein. Unsere Herzen gehören zusammen. Dir, meine Raina, werde ich treu sein bis zum Tod.«

Sie hatten sich endlich gefunden in starker heiliger Liebe. Und diese Liebe wirkte Wunder. In allen späteren Gefahren schien Arnulf von Reckenberg wie gefeit zu sein. Es war, als ob ihn die Liebe seiner jungen Frau wie ein Schutzgeist begleitete. Und er fühlte, daß dieser Schutzgeist mächtig war.

Hedwig Courths-Mahler

Die schöne Miß Lilian

BASTEI LÜBBE

Bei herrlichstem Sonnenschein und vollkommen ruhiger See glitt der riesengroße Luxusdampfer in schnellster Fahrt dahin.

Mr. Crosshill, vor vielen Jahren nach Amerika ausgewandert, dort reich geworden, kehrte mit seiner Tochter Lilian in die Heimat zurück. Mit ihnen an Bord war Bobby Blount, ein treuer Verehrer Lilians, Sohn des besten Geschäftsfreundes von Mr. Crosshill. Lilian hatte die Gelegenheit ungestörter Gespräche benutzt, um ihm klarzumachen, daß er sich keine Hoffnungen auf sie machen könne. Sie sei ihm herzlich zugetan, aber lieben könne sie ihn nicht. Nun standen Vater und Tochter nebeneinander auf Deck und sahen bewegt, wie das Land ihrer gemeinsamen Sehnsucht immer deutlicher hervortrat. Mr. Crosshill seufzte, seine Augen wurden feucht.

»Nicht aufregen, Papa«, bat Lilian.

Er schüttelte den Kopf.

»Was bei dem Anblick dieser Küste alles in mir lebendig wird! Ich sehe mich wieder, wie ich damals war, als ich der Heimat den Rücken kehrte. Ein Bettler war ich, ein Verzweifelter, der sich nur mühsam unter der Last des Schicksals aufrechthielt. Man hatte mir das Teuerste genommen, was ich hatte, das Mädchen, das ich liebte, und das sich für ihre Familie opfern mußte mit zerrissenem Herzen. Und als ich mir eine letzte Abschiedsstunde mit ihr vom Schicksal ertrotzte, da stahl mir der Mann, der mir die Geliebte geraubt, auch noch meine Ehre, und ich mußte es wehrlos geschehen lassen.«

»An diese trüben Dinge sollst du nicht denken, Papa«, bat Lilian.

»Es drängt sich mir auf, mein Kind, ich rufe diese Gedanken nicht. Daß ich sie dir aussprechen kann, erleichtert mich. Ich habe dir ja alles das schon ganz ausführlich erzählt und du weißt, daß deines Vaters Ehre durch eine falsche Anschuldigung besudelt wurde, die ich nicht entkräften konnte. Auf meinem Namen ruht wohl heute noch der Schimpf, trotzdem man mich sicher längst zu den Toten geworfen hat. Nun, ich will tot sein für sie alle, solange dieser Makel nicht von mir genommen ist. Du sollst dich nicht bedrückt fühlen müssen unter dem falschen Verdacht, der auf mir ruht. Vielleicht gelingt es mir jetzt, ihn zu entkräften und meine Ehre reinzuwaschen, wenn ich es tun kann, ohne jene Frau zu belasten, die mir teurer war, teurer als meine Ehre, mein Leben. Vorläufig kehre ich als ein Fremder heim. Niemand wird mich mehr erkennen, und der fremde Name, den ich führe, wird uns vor Entdeckung schützen, bis du dich mit mir stolz zu dem Namen bekennen kannst, der uns zukommt.«

Am Spätnachmittag fuhr der Dampfer in den Hafen ein. Die Landung ging glatt vonstatten. Für Bobby Blount sowohl als auch für John Crosshill und seine Tochter, samt Sekretär und Dienerschaft, waren in einem ersten Hamburger Hotel Zimmer bestellt.

Schnell vergingen die beiden Tage in Hamburg, und die Reise wurde nach Berlin fortgesetzt.

John Crosshill und Lilian hatten Bobby Blount das Geleit zum Bahnhof gegeben. Er war früher abgereist, als er erst willens gewesen war.

Er hatte gefühlt, daß Vater und Tochter sich jetzt selbst genug waren und daß sie in ihrer Stimmung jeden Dritten als störende Gesellschaft empfinden mußten. Lilian entglitt ihm mehr und mehr. Er merkte, daß sie sich mit allen Sinnen dem neuen Leben in die Arme warf und sich nur mühsam beherrschte, um ihn nicht zu kränken.

Stumm saßen Vater und Tochter im Auto, das sie nach dem Hotel zurückbrachte. Hier empfing sie im Vestibül Mr. White, der Sekretär, der bereits die eingelaufene Post durchgesehen und Mr. Crosshill einige wichtige Mitteilungen zu machen hatte. Die beiden Herren traten abseits, und Lilian nahm inzwischen in einem der eleganten Korbsessel Platz, die im Vestibül aufgestellt waren. Sie stützte den Arm auf die Lehne und blickte durch die Glasfenster der Drehtür auf die Straße hinaus.

Da sah sie ein Auto vorfahren, dem ein schlanker, hochgewachsener Mann von ungefähr dreißig Jahren entstieg. Er schob die Drehtür mit einem energischen Ruck vorwärts und trat mit raschen, elastischen Schritten in das Vestibül.

Er schien mit den Räumlichkeiten des Hotels vertraut zu sein, denn ohne Zögern schritt er der im Hintergrund befindlichen teppichbelegten Marmortreppe zu. Dabei mußte er dicht an Lilian vorübergehen.

Wie magnetisch angezogen sah sie ihm nach.

Von der Treppe aus konnte er noch zweimal unauffällig nach ihr hinüberblicken, ohne sich umsehen zu müssen. Und er tat es in sehr diskreter Weise. Da sah er wieder die großen, dunkelblauen Augensterne Lilians fest auf die seinen gerichtet. Ihr Blick war frei und offen, und sie wandte sich nicht ab, wie dies wohl ein Mädchen normalerweise getan hätte.

Das schien ihm zu mißfallen. Er wandte sich hastig ab und war gleich darauf ihren Blicken entschwunden.

Mit einem tiefen Atemzug löste Lilian ihren Blick von der Stelle, wo der junge Mann entschwunden war, und sah zu ihrem Vater auf.

Lilian stieg langsam die Treppe empor zur ersten Etage, wo sich ihre Zimmer befanden. Als sie sich eben anschickte, in den langen Korridor einzubiegen, hörte sie jemand die Treppe aus der zweiten Etage herabkommen. Sie blickte auf und sah wieder den jungen Herrn von vorhin vor sich.

In demselben Augenblick hörte sie von oben eine Männerstimme rufen: »Herr von Ortlingen! Bitte, noch einen Moment!«

Darauf hielt der junge Herr seine Schritte an.

»Bitte sehr, ich komme zurück!« rief er hinauf und eilte die Treppe wieder empor, ohne Lilian weiter zu beachten. Diese aber war erschrocken zusammengezuckt, als sie den Namen »Ortlingen« hörte. Sie stand wie gelähmt und sah dem jungen Mann nach.

Von oben hörte sie zwei Männerstimmen eine Verabredung treffen für die Dinnerstunde. Aber die Worte fanden nicht Einlaß zu ihrem Verständnis, sie verklangen ihr wesenlos. Nur der Name Ortlingen prägte sich ihrer Seele ein wie ein bekannter Ton.

Sie strich sich über die Stirn und ging langsam weiter, bis in ihre Zimmer. Dort ließ sie sich von Betsy eine Kleinigkeit an ihrem Kleid ändern, rieb sich die Stirn mit Kölnisch Wasser und ging dann wieder hinunter, um ihren Vater im Lesezimmer aufzusuchen.

Sie setzte sich still neben ihm nieder, faßte seine Hand

und sagte leise: »Papa, soeben ging ein Herr durch das Treppenhaus, der von einem anderen Herrn beim Namen gerufen wurde. Er hieß Ortlingen.«

John Crosshill beugte sich mit düsterem Gesichtsausdruck vor. »Wie sah dieser Herr von Ortlingen aus?« fragte er heiser.

»Der, den du meinst, kann es nicht sein. Der Herr zählte wohl kaum dreißig Jahre. Er war groß und schlank, hatte ein gebräuntes, energisches Gesicht, braunes Haar und große graue Augen. Sein Gesicht war bartlos und scharf geschnitten.«

John Crosshill strich sich über die Stirn. »Es gibt mehrere Träger dieses Namens. Vielleicht war es aber der Sohn Rudolfs. Warte einen Augenblick, Lilian, ich muß mich gleich erkundigen, ob ein Freiherr von Ortlingen hier im Hotel wohnt und woher er gekommen ist.«

Er erhob sich und ging hinaus. Nach einer Weile kehrte er mit blassem, erregtem Gesicht zurück. »Es war der Freiherr Ronald von Ortlingen, der Sohn meines Todfeindes. Da er Gutsherr von Ortlingen ist, muß sein Vater gestorben sein«, sagte er mit gepreßter Stimme.

»So ist dein Feind nicht mehr am Leben.«

»Nein. Und sein Sohn weilt mit mir unter einem Dach. Wie seltsam trifft sich das, mein Kind.«

In Lilians Herzen regte sich ein Gefühl, als müsse sie für Ronald von Ortlingen eintreten. Sie beugte sich vor und sah den Vater an. »Vergiß nicht, Papa, daß er nicht nur der Sohn deines Feindes ist, sondern auch der Sohn der Frau, die du geliebt hast.«

John Crosshill nickte. »Wie könnte ich das vergessen, Lilian. Aber er wird wohl seinem Vater gleichen. Doch sage mir, Lilian, was machte dieser junge Freiherr von Ortlingen für einen Eindruck auf dich?«

Lilian konnte es nicht hindern, daß eine leichte Röte in ihr Antlitz stieg. »Einen sehr sympathischen. Seine grauen Augen blickten offen und ehrlich.«

»So hat er die Augen seiner Mutter. Sein Vater hatte schwarze Augen. Ich hörte übrigens, daß er erst gestern abend angekommen ist und stets hier absteigt, wenn er in Berlin weilt. Auch weiß ich schon, daß er nur einige Tage hier zu bleiben gedenkt. Du siehst, Lilian – kaum bin ich in Deutschland angelangt, da streckt auch schon die Vergangenheit ihre Arme nach mir aus. Wissen möchte ich gern, ob seine Mutter noch am Leben ist.«

Er vertiefte sich in seine Lektüre, und Lilian blätterte. Plötzlich stutzte sie und sah schärfer und interessierter auf eine Stelle in der Zeitung. Sie las eine Notiz und ließ dann die Zeitung sinken.

»Papa!« rief sie überrascht.

Er blickte auf. »Was ist dir, Lilian?« fragte er, in ihr erregtes Gesicht sehend.

»Ach, Papa, da streckt die Vergangenheit schon wieder ihre Arme nach dir aus«, sagte sie mit einem seltsamen Lächeln.

»Was meinst du, Kind?«

»Sieh hier diese Zeitungsnotiz. Übermorgen findet ein Familientag derer von Kreuzberg und Kreuzberg-Breitenbach statt. Die Freiherren von Kreuzberg berufen ihn ein, und zwar soll die Zusammenkunft hier in diesem Hotel stattfinden. Was sagst du dazu?«

John Crosshill sah eine Weile vor sich hin. Dann richtete er sich plötzlich auf. »Weißt du, Lilian, diesem Familientag möchte ich brennend gern beiwohnen«, sagte er lebhaft.

»Wie können wir das, Papa? Fremde haben doch dazu sicher keinen Zutritt.«

»Nein, gewiß nicht. Aber trotzdem, ich muß mir das einmal überlegen. Irgendeine Gelegenheit wird sich vielleicht finden, daß wir beide ungesehen dieser Versammlung beiwohnen können.«

»Und ich werde inzwischen eine kleine Promenade machen, Papa, und in einer halben Stunde zurück sein.«

Sie verabschiedeten sich mit einem Kuß und herzlichem Händedruck.

John Crosshill fuhr im Lift nach der ersten Etage, da ihm das Treppensteigen zu beschwerlich war, und begab sich in sein Zimmer. »Charles, lassen Sie mir Mr. White herbeirufen«, gebot er seinem Kammerdiener.

Nach wenigen Minuten war dieser zur Stelle.

»Sie haben mich rufen lassen, Mr. Crosshill?«

»Ja, Mr. White. Bitte nehmen Sie Platz, ich habe mancherlei mit Ihnen zu besprechen.«

John Crosshill besprach erst einige geschäftliche Sachen mit ihm. Dann, als das erledigt war, fuhr er fort:

»Außerdem habe ich noch einige Aufträge privater Natur für Sie, lieber White. Hier im Hotel wohnt der Freiherr von Ortlingen, der Besitzer des Gutes Ortlingen. Ich möchte gern wissen, ob dessen Mutter, die Freifrau Anneliese von Ortlingen, geborene Freiin von Strachwitz, noch am Leben ist und ob sie, wenn es der Fall ist, in Ortlingen lebt.«

John Crosshill strich zögernd über den graumelierten, kurzgehaltenen Lippenbart und setzte seine Brille auf, als müsse er Mr. White genauer sehen. »Noch ein Anliegen, das ebenfalls privater Natur ist und mit großer Delikatesse behandelt werden muß. Übermorgen findet hier im Hotel der Familientag eines deutschen Freiherrngeschlechtes statt. Der Freiherr Benno von Kreuzberg-Breitenbach hat diesen Familientag einberufen. Meine Tochter und ich haben ein großes Interesse daran, Zeugen dieses Familientages zu sein. Ein Fremder erlangt jedoch sicher keinen Zutritt. Man müßte es diplomatisch anfangen, daß man dieser Versammlung beiwohnen kann, möglichst, ohne selbst gesehen zu werden. Vielleicht findet sich ein Angestellter des Hotels bereit, uns für eine angemessene Belohnung in oder neben dem Raum, wo der Familientag stattfindet, ein Versteck anzuweisen, von dem aus wir Zeugen dieser Zusammenkunft sein könnten. Wird sich das machen lassen, Mr. White?«

»O yes, Mr. Crosshill. Mit Dollars ist alles zu machen«, sagte White überzeugt und mit seiner unerschütterlichen Ruhe.

Am nächsten Morgen nach dem Frühstück erstattete Mr. White seinem Herrn einen kurzen Bericht. Zuerst meldete er, daß die Mutter des Herrn von Ortlingen vor Jahresfrist gestorben sei.

»Und was haben Sie in der anderen Angelegenheit erreicht, Mr. White?«

Über dessen Gesicht flog der Schatten eines Lächelns.

»Es machte sich alles wie von selbst, Mr. Crosshill. Ich habe meinem Zimmerkellner einen Hundertmarkschein in die Hand gedrückt, und der hat seine Wirkung getan. Es ließ sich auch alles ganz günstig an. Der Familientag wird in einem kleinen Saal stattfinden, der oft zu Festlichkeiten benutzt wird. In diesem Saal befindet sich eine kleine Empore, die für die Musiker bestimmt ist, wenn solche verlangt werden. Diese Empore ist dicht mit Blattpflanzen bestellt, hinter der die Musiker sich mit ihren Instrumenten vor den Blicken der Gäste verbergen können. Zu dieser Empore führt eine schmale Tür, die in ein kleines Zimmer mündet, wo die Instrumente und ähnlicher Kram aufbewahrt werden. Vom Saal aus kann man die hochgelegene Empore nicht betreten, da kein Aufgang von dort hinaufführt. Ich habe selbst alles in Augenschein genommen und glaube, Sie und Miß Lilian werden von der Empore aus alles, was im Saal geschieht, hören und sehen können, ohne selbst gesehen zu werden.«

Mr. Crosshill klopfte seinem Sekretär auf die Schulter.

»Ich danke Ihnen, lieber White, es ist alles ganz vorzüglich geordnet. Wissen Sie auch, wann der Familientag beginnt?«

»Well, Mr. Crosshill, um 6 Uhr nachmittags. Nach der Sitzung soll ein Souper stattfinden.«

»Gut, gut! Ich danke Ihnen.«

Vater und Tochter verließen mit Mr. White das Zimmer.

Sie fuhren im Lift hinab, denn sie wollten an diesem Vormittag noch eine Gemäldeausstellung besuchen. Als sie den Fahrstuhl verließen, sah Lilian den Freiherrn von Ortlingen vor dem Blumenkiosk stehen. Er hatte anscheinend soeben einen Strauß roter Rosen erstanden. Diese Rosen überreichte er mit einer ritterlichen Verbeugung einer schlanken jungen Dame, die vor ihm stand. »Ich danke dir, lieber Ronald«, hörte Lilian die junge Dame sagen, und es lag viel Zärtlichkeit in diesen Worten. Die weiche, klare Frauenstimme klang Lilian aber schmerzhaft in den Ohren.

»Wie freue ich mich, Veva, daß du endlich hier bist, ich habe dich mit Sehnsucht erwartet«, sagte Ronald von Ortlingen gleichfalls sehr zärtlich und herzlich.

Auch das hörte Lilian.

Aber sie schritt hochaufgerichtet mit ruhigen Schritten weiter, und kein Zucken in ihrem etwas bleich gewordenen Antlitz verriet etwas von dem, was in ihr vorging.

»Es war seine Braut oder seine Frau«, sagte sie sich, und wußte nicht, warum sie diese Überzeugung so schmerzlich berührte. Aber was ging sie Ronald von Ortlingen eigentlich an? Es sollte und durfte sie nicht interessieren, daß eine andere Rechte an ihn hatte.

Am nächsten Nachmittag, kurz vor sechs Uhr, betraten Mr. Crosshill und seine Tochter das kleine Zimmer neben der Empore. Sie schlossen es von innen ab, damit sie niemand stören konnte, und nahmen dann leise in den beiden Sesseln auf der Empore Platz.

Gleich darauf begann sich der Saal mit plaudernden Menschen zu füllen, die sich zwanglos gaben, wie es Familienangehörige untereinander tun.

Dicht unter der Empore standen einige sehr junge Damen und vor ihnen ein hübscher, stattlicher Offizier, den sie »Vetter Lothar« nannten. Er brachte die drolligsten Sachen vor und erntete helles Lachen als Beifall. Am herzlichsten lachte er selbst.

»Dieser Vetter Lothar gefällt mir, Papa« flüsterte Lilian ihrem Vater zu.

»Soviel ich aus dem Gespräch höre, muß er ein Sohn von Benno Kreuzberg sein«, gab er ebenso leise zurück.

Als Fräulein Anastasia von Kreuzberg mit ihrer Nichte Genoveva eintrat, flog ein Lächeln über sein Gesicht. Er beugte sich zu Lilian herüber, zeigte auf die alte Dame und flüsterte: »Das ist Stasi Kreuzberg, die Schwester von Botho Kreuzberg. Sie hat sich so wenig verändert, daß ich sie sofort wiedererkenne. Und der hagere Herr an ihrer Seite in Generalsuniform muß Benno Kreuzberg sein, also der Vater des lustigen ›Vetter Lothar‹, der dir so gut gefällt.«

Lilian nickte stumm. Ihre Augen hafteten mit brennendem Interesse auf der jungen Dame neben Stasi von Kreuzberg.

Also die junge Dame war eine Freiin von Kreuzberg? Wenn sie mit Ronald von Ortlingen verheiratet war, dann mußte dieser wohl auch noch kommen. Allein er trat nicht ein.

Nach und nach waren wohl an die sechzig Personen in den Saal getreten. Das Plaudern und Begrüßen da unten wurde immer lebhafter.

Der hagere Herr in der Generalsuniform trat an die obere Schmalseite der langen Tafel und gab mit einer vor seinem Platz stehenden Klingel ein Zeichen.

»Ich bitte Platz zu nehmen!« rief er laut mit seiner scharfen Kommandostimme. Der General stand aufrecht, eine stolze Erscheinung, straff und ungebeugt, trotzdem er bereits fünfundsechzig Jahre zählte.

»Meine lieben Anverwandten«, begann er, »als Ältester unseres Geschlechts ergreife ich hiermit das Amt des Präsidenten und Vorsitzenden unseres heutigen Familientages. Ich werde die Liste vorlesen, um zu kontrollieren, ob keiner fehlt. Ich bitte, daß sich jeder, dessen Namen ich nenne, von seinem Platz erhebt.«

John Crosshill beugte sich vor und lauschte atemlos. Auch Lilians Interesse wurde gefesselt.

Für Lilian war es am interessantesten, zu erfahren, wer die junge Dame mit dem kastanienbraunen Haar war. Und jetzt rief der Präsident: »Freiin Genoveva von Kreuzberg-Breitenbach, einziges Kind von Botho von Kreuzberg-Breitenbach.«

Da erhob sich die junge Dame. Genoveva; Veva hatte

er sie genannt. Also ist sie noch nicht seine Frau, sondern seine Braut, dachte Lilian.

»Ich habe einen Namen übergangen, der noch auf dieser Liste steht«, fuhr der General nach kurzer Pause fort. »Wir alle wissen, daß der Träger dieses Namens seit langen Jahren verschollen ist. Wir müssen wohl annehmen, daß der Freiherr Hans von Kreuzberg-Breitenbach, der vor etwa dreißig Jahren nach Amerika auswanderte, nicht mehr am Leben ist und auch keine Nachkommen hinterlassen hat. Wir können ihn ohne Schwierigkeiten amtlich als ›Toten‹ feststellen lassen. Damit erlischt dann der Name des einzigen Freiherrn von Kreuzberg-Breitenbach, der diesen Namen mit einem Makel, mit einem Schimpf befleckt hat, und den wir nicht stolz als zu unsrer Familie gehörig betrachten konnten.«

Nach diesen Worten erhob sich plötzlich die von allen Familienmitgliedern »Tante Stasi« genannte alte Dame.

»Ich bitte ums Wort, Benno!« rief sie energisch.

»Du hast es, Stasi«, erwiderte der General und setzte sich.

Tante Stasi sah sich an der Tafel um, als prüfe sie die Gesichter. »Ich stehe dafür ein, daß Vetter Hans sich ebensowenig einer unehrenhaften Handlung schuldig gemacht hat wie je ein Kreuzberg. Zu Unrecht ist er von einem Feind verdächtigt worden, der ihm schaden wollte. Das ist meine feste Überzeugung. Sicher ist Hans von Kreuzberg tot, da er nie etwas von sich hören ließ. Und einen Toten, der sich nicht verteidigen kann, soll man nicht schmähen. Ich dulde nicht, daß man ihm in meiner Gegenwart etwas Schlechtes nachsagt.«

Der General sah sie mit einem feinen, halb mitleidigen, halb spöttischen Lächeln an. »Liebe Stasi, es ist sehr lobenswert von dir, daß du für einen Toten so tapfer eintrittst. Aber es ist doch bewiesen, daß er einen Diebstahl begangen hatte. Sonst hätte er doch diese Beschuldigung von sich gewiesen und sich gerechtfertigt. Er hat dazu geschwiegen und ist entflohen. Du beurteilst ihn, wie es dir dein Herz eingibt, weil du eine kleine Schwäche für ihn hattest.«

Tante Stasi schien zu wachsen, und ihre kleinen Augen funkelten in edlem Stolz.

»Was du eine kleine Schwäche nennst, lieber Vetter, das ist für mich das Größte, Heiligste und Herrlichste in meinem Leben gewesen. Ich mache keinen Hehl daraus und leugne es nicht, daß ich Hans von Kreuzberg geliebt habe – mit der ganzen Tiefe und Kraft meines Herzens. Diese Liebe habe ich stets als aussichtslos erkannt und bin mir wohl bewußt gewesen, daß ein so häßliches Geschöpf wie ich auf keine Gegenliebe hoffen durfte. Als ich noch jung war, wäre ich lieber gestorben, als daß ich mich zu dieser Liebe bekannt hätte, und am wenigsten hat Hans von Kreuzberg davon etwas gemerkt. Aber jetzt bin ich eine alte Frau, und das alles liegt heute weit hinter mir. Doch diese Liebe hat meinem ganzen Leben Wert gegeben und hat mich nicht verknöchern lassen. Deshalb lasse ich sie, die mein einsames Leben mit einem sonnigen Abglanz erwärmte, auch heute noch nicht, von wem es auch sei, spöttisch und mitleidig als eine ›kleine Schwäche‹ abtun. Euer Spott trifft mich nicht und euer Mitleid brauche ich nicht. Auch eine häßliche Frau vermag mit aller Kraft ihres Herzens zu lieben und zu entsagen.«

In diesen Worten lag eine Schlichtheit und eine Überzeugungskraft, daß sich die Anwesenden des tiefen Eindrucks nicht erwehren konnten.

Der General zögerte eine Weile, dann sagte er ernst:

»Verzeihe mir, liebe Stasi, wenn ich dich durch ein unbedachtes Wort gekränkt habe. Es lag gewiß nicht in meiner Absicht. Daß du so mutig ein solches Bekenntnis ablegtest, kann dir nur zur Ehre gereichen. Wir alle wissen, daß du ein großherziges, edles Geschöpf bist, sonst käme nicht jung und alt in allen Nöten zu ›Tante Stasi‹, um bei ihr Trost und Rat zu suchen. Aber über Hans von Kreuzberg urteilst du wohl, kraft deiner Liebe, nicht unbefangen genug. Wir alle, die wir ihn kannten, haben ihm nichts Unehrenhaftes zugetraut Aber daß er sich ohne Rechtfertigung Dieb nennen ließ, spricht doch gegen ihn.«

»Glaubt ihr alle, was ihr wollt, ich kann euch nicht zu meinem Glauben zwingen. Aber ich lege meine Hand für ihn ins Feuer und weiß, daß er unschuldig ist.«

Damit setzte sich Tante Stasi. Statt ihrer erhob sich Genoveva von Kreuzberg. »Onkel Benno, darf ich einige Worte zu dieser Angelegenheit bemerken?« sagte sie zaghaft.

»Du hast das Wort, Veva.«

»Ich wollte nur bemerken, daß mir Ronald von Ortlingen kurz nach dem Tod seiner Mutter einmal sagte, daß Hans von Kreuzberg irrtümlich von seinem Vater des Diebstahls beschuldigt worden sei. Er sagte mir, daß er stets für dessen Unschuld einstehen würde, wenn jemand in seiner Gegenwart Hans von Kreuzberg schmähen würde. Und sicher wird er dir das bei Gelegenheit bestätigen.«

Lilian stieß einen zitternden Atemzug aus und sah ihren Vater an. Dessen Antlitz war bleich, aber er lächelte mit glänzenden Augen.

Benno von Kreuzberg hatte das Haupt geneigt. »Ich danke dir für diese Mitteilung, Veva, und wir wollen hoffen, daß der Makel, der auf Hans von Kreuzbergs Namen ruht, getilgt werden kann. Da wir zusammengekommen sind, um über die Erbteilung des Nachlasses von Vetter Wilhelm zu beraten, müssen wir darüber schlüssig werden, ob Hans Kreuzberg als Erbe mitzählt oder ob wir ihn gesetzlich für tot erklären lassen sollen und ihn von der Erbschaft ausschließen. Darüber wollen wir abstimmen.«

»Darf ich noch einmal für einige Minuten ums Wort bitten?« fragte Tante Stasi ruhig und bestimmt.

»Bitte, sprich, liebe Stasi.«

»Ich möchte einen Vorschlag machen. Wie wir wissen, zerfällt das Erbe in zwanzig gleich große Teile. Würden wir Hans von Kreuzberg ausscheiden, wäre die Erbschaft nur in neunzehn Teile zu zerlegen. Es verkürzt jedoch jeden nur um ein Geringes, wenn wir zwanzig Teile daraus machen, statt neunzehn. Ich schlage vor, daß wir diesen zwanzigsten Teil zu einer Art Familienstiftung bestimmen. Solange sich weder Hans von Kreuzberg noch seine eventuellen Erben melden, können die Zinsen dieses kleinen Kapitals für besondere Fälle an Mitglieder unserer Familie vergeben werden.«

Benno von Kreuzberg nickte zustimmend.

»Dein Vorschlag ist nicht übel, Stasi. Wir können nachher darüber abstimmen. Jetzt bitte ich weiter um Aufmerksamkeit. Wie euch allen bekannt ist, hat Wilhelm von Kreuzberg-Breitenbach, der als Junggeselle und ohne direkte Leibeserben starb, kein Testament hinterlassen. Kreuzberg ist nicht Majorat, und folglich partizipieren seine Vettern und Basen, da er auch keine Geschwister hat, so ziemlich zu gleichen Teilen an der Erbschaft, wie Stasi schon bemerkte. Kreuzberg ist zur Hälfte mit Hypotheken belastet. Seit dem vor sechs Monaten erfolgten Ableben des Erblassers habe ich versucht, die Geschäfte in Kreuzberg so leidlich zu führen, wirksam von unserer Tante Stasi unterstützt. Meine Umfrage hat ergeben, daß keiner von uns Lust hat, das Gut zu bewirtschaften, wie es sein müßte. Die Angelegenheit muß aber nun geregelt werden. Mancher von uns rechnet mit dem kleinen Erbe, das ihm zufallen soll, ich selbst gehöre dazu, denn meine drei Söhne kosten mich viel Geld, da sie alle drei noch Zuschuß brauchen. So pietätlos es klingen mag, es bleibt uns nichts anderes übrig, als Kreuzberg zu verkaufen. Wir wollen darüber abstimmen, ob ihr alle damit einverstanden seid.«

Nach diesen Worten des Generals wurde abgestimmt, und alle waren einverstanden mit dem Verkauf.

Benno von Kreuzberg verkündete das Resultat der Abstimmung und fuhr fort: »Es ist sonach beschlossene Sache, daß Kreuzberg verkauft wird. Es fällt mir nun natürlich schwer aufs Herz, daß Tante Stasi und Genoveva durch diesen Verkauf heimatlos werden. Wie uns Stasi gleich nach Wilhelms Tode mitteilte, hat dieser die Absicht gehabt, Genoveva zu seiner Haupterbin zu machen. Er hat aber kein Testament hinterlassen, und wir sind alle nicht reich genug, großmütig auf unser Erbteil zu verzichten.«

Tante Stasi bat abermals ums Wort. »Macht euch um uns keine Sorge, wir werden niemand von euch zur Last fallen. Wenn es irgend geht, bleiben Veva und ich zusammen, und wir werden uns schon unser Leben zurechtzimmern. Jedenfalls verlasse ich das verwaiste Kind meines einzigen Bruders nicht.«

Lilian Crosshill flüsterte ihrem Vater zu: »Diese Tante Stasi ist eine goldige Person, trotz ihrer Häßlichkeit, man muß ihr gut sein. Ich könnte sie herzlich liebgewinnen.«

John Crosshill nickte und flüsterte zurück: »Da liegt eine Aufgabe vor uns, Lilian. Wir werden dafür sorgen, daß diese beiden tapferen Frauen eine sorglose Zukunft haben.«

Unten ging die Verhandlung weiter. Es wurde noch allerlei beraten und erwogen. Tante Stasis Vorschlag bezüglich der Familienstiftung wurde näher besprochen und abgestimmt. Man nahm ihn einstimmig an.

John Crosshill hatte seine Tochter durch ein Zeichen zum Aufbruch aufgefordert. Lilian merkte sehr wohl, daß der Vater erregter war, als er zugeben wollte.

Leise traten sie auf den Korridor hinaus. Es war draußen ganz still, niemand bemerkte sie.

»Wir haben genug gehört und gesehen, Lilian, bei dem Souper wird es kaum noch etwas von Interesse für uns geben«, sagte John Crosshill, als die Tür hinter ihnen geschlossen war.

Eine halbe Stunde später saß John Crosshill mit seiner Tochter in Lilians Salon beim Souper.

John Crosshill faßte die Hand seiner Tochter.

»Mir ist zumute, Lilian, als hätte ich heute ein köstliches Geschenk erhalten. Ich segne den Zufall, der diesen Familientag in dieses Hotel verlegte, und gerade zu einer Zeit, in der ich hier weilte.«

»Das kann ich dir nachfühlen, mein lieber Papa. Auch ich empfinde eine herzliche Freude über das, was die prachtvolle Tante Stasi und die liebreizende Genoveva sagten.«

Sinnend nickte der alte Herr vor sich hin.

Lilian sah ihn groß und fragend an. »Willst du dich ihnen zu erkennen geben, Papa?«

»Nein, noch nicht, noch ist meine Ehre nicht reingewaschen. Ehe das nicht der Fall ist, zeige ich mich nicht in meiner wahren Gestalt. Aber meine Stunde wird kommen, und ich werde tun, was ich kann, um sie herbeizuführen, schon deinetwegen, meine Lilian. Doch still, White kommt. Du sollst gleich hören, was ich für Pläne habe.«

Mr. White trat ein.

»So, lieber White, nun setzen Sie sich zu uns und nehmen Sie Ihren Notizblock zur Hand.

In den nächsten Tagen wird in verschiedenen Zeitungen eine Annonce erscheinen, in welcher das Rittergut und das Schloß Kreuzberg zum Verkauf angeboten werden. Aus dieser Annonce werden Sie alles Nähere über den Verkauf erfahren. Ich werde selbst darauf achten, wenn sie erscheint, und Sie darauf aufmerksam machen. Es ist meine Absicht, Kreuzberg auf jeden Fall zu kaufen, und ich beauftrage Sie mit dem Abschluß dieses Geschäftes, verstehen Sie wohl?«

»Ich werde alles zu Ihrer Zufriedenheit ausführen, Mr. Crosshill.«

»Davon bin ich überzeugt. Aber nun weiter. Später habe ich noch eine andere delikatere Mission für Sie, von der ich Ihnen jetzt schon sprechen will. Der vorige Besitzer von Kreuzberg ist gestorben, deshalb steht das Gut, erbteilungshalber, zum Verkauf. In Schloß Kreuzberg hat bisher eine Verwandte des Besitzers, die Freiin Anastasia von Kreuzberg-Breitenbach – bitte, notieren Sie den Namen –, den Haushalt geführt. Ich möchte diese Dame, wenn irgend möglich, verpflichten, diesen Posten auch in Zukunft zu behalten. Sie werden ihr, gleich nachdem wir das Gut besichtigt haben, einen Besuch machen und ihr Vorschläge unterbreiten. Detaillieren werde ich Ihnen diese Vorschläge noch in den nächsten Tagen. Sie müssen das alles mit Ihrer gewohnten Delikatesse anfassen.

Das Angebot soll nichts Demütigendes für die Dame haben. Verstehen Sie?«

»Vollkommen, Mr. Crosshill.«

»Gut. Nun weiter. In Kreuzberg lebt auch eine Nichte dieser Dame, die Freiin Genoveva von Kreuzberg-Breitenbach. Diese junge Dame läßt sich vielleicht, wenn wir es klug anfassen, bestimmen, als Gesellschafterin meiner Tochter in Kreuzberg zu bleiben.«

John Crosshill besprach nun noch einige Einzelheiten in dieser Angelegenheit mit Mr. White.

Nachdem diese Unterredung beendet war, zog sich Mr. White zurück. Vater und Tochter blieben noch ein Weilchen beisammen sitzen und sprachen von dem, was sie auf ihrem Lauscherposten gehört hatten, und was nun in Zukunft geschehen sollte.

Im Laufe des Gespräches bemerkte der alte Herr: »Auf diese Weise werden wir übrigens die nächsten Nachbarn von Ronald von Ortlingen, Lilian.«

Diese erhob betroffen lauschend den Kopf. Ihr Herz klopfte plötzlich in raschen, wilden Schlägen, und ihre Augen weiteten sich in einem seltsamen Staunen.

»Wie meinst du das, Papa?« fragte sie mit verhaltener Stimme.

»Das Gut Ortlingen grenzt direkt an Kreuzberg. Ortlingen liegt höchstens eine Stunde von Kreuzberg entfernt. In wenigen Tagen, wenn wir das Gut besichtigen, werde ich Schloß Kreuzberg schon wiedersehen. Ganz warm wird mir ums Herz bei dem Gedanken.«

»Wird dich ›Tante Stasi‹ nicht wiedererkennen, Papa? Die Augen der Liebe sehen scharf«, sagte Lilian.

Auch über ihres Vaters Gesicht flog ein Lächeln. »Mein Haar ist fast weiß geworden, und die Zeit hat Runen in mein Antlitz gegraben. Auch trage ich den Bart anders wie früher. Zur Vorsicht will ich aber noch meine blaue Schutzbrille aufsetzen, die ich an sehr sonnigen Tagen ohnedies zu tragen pflege. Dann soll es ihr wohl schwer werden, mich zu erkennen.«

Lilian schlang zärtlich den Arm um den Vater. »Wie seltsam doch der Zufall gespielt hat, lieber Papa.«

»Ja, mein Kind, sehr seltsam. Und es ist ein Gefühl des Friedens in mir, wenn ich bedenke, daß wir nun in Kreuzberg eine Heimat haben werden und daß ich, so Gott will, dort meine letzte Ruhestatt finden werde, in der kleinen Kapelle, die von wilden Rosen umrankt ist.«

Schloß Kreuzberg war ein geräumiges Gebäude im Stil der Spätrenaissance. Es lag auf einem mäßig hohen Berg, der aus dem Wald emporstrebte und rings mit dichten Waldungen bewachsen war.

Der Berg, auf dessen Plateau das Schloß lag, hatte eine seltsame, deutlich erkennbare Kreuzform. In der alten Familienchronik konnte man lesen, daß diese seltsame Form des Berges einen aus den Kreuzzügen heimkehrenden Ritter, den Ahnherrn der Familie, bestimmt hatte, sich hier niederzulassen.

Die Kreuzbergs hatten dann durch eine Heirat auch das Gut Breitenbach an sich gebracht. Damals war die höchste Glanzzeit des Geschlechtes, das eine Zeitlang zu den reichsten des Landes zählte. Aber dann verblich der Glanz langsam wieder. Breitenbach mußte verkauft werden, um Kreuzberg der Familie zu erhalten. Das war vor ungefähr hundert Jahren geschehen. Auch der Grundbesitz war langsam weiter zusammengeschmolzen, und heute war Kreuzberg nur noch ein mäßig großes Gut, zu dem das stolze, große Schloß nicht mehr im richtigen

Verhältnis stand. Ein großer Teil der Zimmer war völlig unbenutzt.

Es war eine Woche nach der Rückkehr der beiden Damen von Berlin. Tante Stasi saß in dem behaglichen Erkerausbau des Wohnzimmers am Nähtisch und stichelte eifrig an einer feinen Näherei.

Ihr gegenüber saß, wie der verkörperte Frühling, Genoveva von Kreuzberg, ebenfalls mit einer Näherei beschäftigt.

Schweigend hatten sich die beiden Damen lange Zeit gegenübergesessen, jede mit ihren eigenen Gedanken beschäftigt. Endlich sagte Veva, tief aufatmend:

»Nun werden unsere Tage hier in Kreuzberg bald gezählt sein, Tante Stasi. Wir wollen nicht darum klagen. Du sagst ja selbst immer, der liebe Gott wird schon wissen, warum er es geschehen ließ, daß Onkel Wilhelm kein Testament machte.«

Tante Stasi ließ ihre Arbeit sinken. Sie sahen sich an und lächelten in Erinnerung an diese Schwäche des Verstorbenen.

»Es ist mir ein Trost, Veva, daß du diese Enttäuschung so tapfer trägst. Was nützt auch das Kopfhängen? Dazu sind wir beide nicht geschaffen, gelt? Und durch Klagen wird nichts geändert. Im übrigen, na Kind, ich weiß ja doch, trotzdem du so heimlich tust, daß du eine schöne frohe Hoffnung für die Zukunft mit dir herumträgst.« Veva wurde glühend rot, und Tante Stasi sah sie lächelnd und forschend an.

»Was meinst du damit, Tante Stasi?« fragte Veva verwirrt.

»Ach, geh! Spiele doch nicht so Verstecken mit deiner alten Tante! Trotz meiner kleinen Schlitzaugen, die ohne Brille streiken, sehe ich doch, daß du ein stilles, leuchtendes Glück mit dir herumträgst, und ich erfreue mein altes Herz daran.«

Veva küßte ihr die Hand. »Liebe, gute Tante!«

Die alte Dame nickte ihr zu und richtete sich auf.

»Nun müssen wir aber energisch darangehen, Zukunftspläne zu machen. Jeden Tag kann Kreuzberg verkauft werden, und dann müssen wir wissen, was wir tun. Für die erste Not besitze ich ja mein elterliches Erbteil, das ich bisher nicht anzugreifen brauchte. Und du hast auch eine Kleinigkeit von deinen Eltern. Onkel Wilhelm hat das Geld in Staatspapieren angelegt. Dazu kommt dann unser Anteil an der Verkaufssumme von Kreuzberg. Allein von den Zinsen können wir freilich, auch bei den bescheidensten Ansprüchen, nicht leben. Folglich müssen wir etwas verdienen.«

Veva nickte. »Ja, Tantchen. Ronald hat mir zwar schon angeboten, du und ich sollen, wenn Kreuzberg verkauft ist, einstweilen als seine Gäste in Ortlingen leben. Aber das habe ich glatt abgelehnt. Das geht doch nicht.«

»Nein, nein, an Ortlingen ist nicht zu denken. Aber lieb ist es doch von Ronald, daß er uns solch ein Angebot macht. Er ist Gott sei Dank seinem Vater so unähnlich wie möglich. Er ist nach seiner lieben guten Mutter geraten.«

Veva nickte mit strahlenden Augen. »Ein lieber, herrlicher Mensch ist er, und ich bin sehr glücklich, Tante Stasi, daß du nicht zürnst.«

»Zürnen? Ach du kleine Närrin! Wie soll ich dir zürnen, weil du einen Menschen so recht von Herzen liebhast. Da müßte ich aus anderem Holz geschnitzt sein.«

In diesem Moment trat ein Hausmädchen ein. Das Mädchen überreichte Tante Stasi ein Telegramm.

Tante Stasi öffnete die Depesche und las: »Heute nachmittag wird ein Amerikaner, Mr. Crosshill, Kreuzberg besichtigen. Scheint ernste Kaufabsichten zu haben. Bitte empfangen und herumführen. Ich kann nicht abkommen. Herzlichen Gruß. Benno.«

»Es ist gut, Lene, Antwort ist nicht nötig«, sagte die alte Dame und reichte Veva die Depesche, während das Mädchen wieder hinausging.

»Nun, wir sind bereit.«

Sie ergriff ihren Schlüsselkorb. »Ich will doch gleich noch einmal durch alle Zimmer gehen, damit dieser Mr. Crosshill alles in Ordnung findet.«

Damit ging Tante Stasi aus dem Zimmer.

Veva trat an das Fenster und sah hinaus. Die Augen wurden ihr feucht. Es würde doch sehr schwer sein, diese warme, traute Heimat zu verlassen, in der sie nie gefühlt hatte, daß sie eine arme Waise war.

Gleich darauf ließ sich Ronald von Ortlingen den Damen melden. Er wollte sich nach ihrem Befinden erkundigen.

Tante Stasi erzählte ihm gleich, daß der General für den Nachmittag einen Käufer angekündigt hatte.

»Denke dir, Ronald, es ist ein Amerikaner«, fügte Veva hinzu. Sie reichte ihm die Depesche.

Ronald von Ortlingen sah darauf nieder, und als er den Namen Crosshill las, stutzte er. Wie durch Zaubermacht stand plötzlich Lilian Crosshills Erscheinung vor ihm, so, wie er sie zuerst gesehen im Vestibül des Hotels. Dieser Mr. Crosshill war wohl der Vater dieser jungen Dame. Trotzdem er sich energisch dagegen wehrte, hatte er, seit er von Berlin zurückgekehrt war, immer wieder an die schöne Amerikanerin denken müssen. Etwas in ihrem Wesen hatte doch sein Interesse geweckt, obwohl er sie als »kokette Amerikanerin mit freien Manieren« abtun wollte.

Er legte langsam die Depesche zusammen.

»Ein Mr. Crosshill wohnte in Berlin in demselben Hotel wie wir. Ich hörte, er sei ein Dollarmillionär. Im Hotel bewohnte er eine Reihe von Zimmern. Also dürfte er ein zahlungsfähiger Käufer sein«, sagte er langsam, wie gegen seinen Willen.

Tante Stasi strich resolut über die Tischdecke.

»Nun, wenn Kreuzberg schon verkauft werden muß, dann ist es nötig, daß der Kaufpreis gleich bar ausgezahlt wird. Und so mag der Amerikaner in Gottes Namen kommen.«

»Ist Ihnen der Gedanke nicht schmerzlich, daß ein Ausländer, vielleicht gar ein ungebildeter Emporkömmling, Besitzer von Kreuzberg werden könnte?«

Tante Stasi zuckte die Schulter.

»Lieber Ronald, Sie wissen, daß ich ziemlich demokratisch veranlagt bin. Wenn wir warten wollen, bis ein Käufer von altem deutschem Adel kommt, dann würde Kreuzberg wohl noch lange unverkauft bleiben. Und es warten doch so viele Menschen auf ihr bißchen Erbteil.«

»Von diesem Standpunkt aus haben Sie recht, Tante Stasi. Und wie denkst du darüber, Veva?«

Ronald und Veva nannten sich noch »du« seit ihren Kindertagen.

Sie sah ihn lächelnd an. »Auf mich haben entschieden Tantes demokratische Ansichten abgefärbt, und ich schließe mich an. Hoffentlich verwendet der Amerikaner seinen Reichtum, um unser liebes altes Kreuzberg noch zu verschönern.«

Sie plauderten angeregt noch über mancherlei. Dann verabschiedete sich Ronald.

Veva ging mit ihm hinaus und trat an sein Reitpferd heran, dem sie ein Stück Zucker reichte.

Ronald schwang sich sehr leicht und elastisch in den Sattel. Er bot in dem eleganten, gutsitzenden Reitanzug auf dem edelgebauten Vollblüter eine richtig prachtvolle Erscheinung. Roß und Reiter schienen aus einem Guß.

Vom Pferd herab reichte er Veva nochmals mit einem warmen Blick die Hand.

»Adieu, Veva! Ich schreibe heute an Georg. Soll ich ihm einen Gruß bestellen?«

Sie sah zu ihm auf, und in ihren Augen schimmerten goldene Funken. »Ja, bitte, tue das, lieber Ronald.«

Er sah sich um, ob keine Lauscher in der Nähe waren, und beugte sich herab. »Und ist meine kleine Veva auch guten Mutes?«

Sie nickte und drückte seine Hand. »Sei unbesorgt.«

Es war nachmittags in der vierten Stunde, als der Wagen, der Mr. Crosshill, seine Tochter und seinen Sekretär nach Kreuzberg bringen sollte, langsam den Schloßberg hinanrollte.

Gleich darauf hielt der Wagen vor dem Portal. Ein Stallbursche, der für heute als Diener mit einer vorhandenen Livree herausstaffiert worden war, öffnete den Wagenschlag. John Crosshill gab ihm seine Karte.

»Melden Sie uns den Damen«, sagte er.

»Bitte sehr, gnädiger Herr, die Damen erwarten Sie schon und lassen bitten«, berichtete der Bursche getreu seiner Instruktion.

Als John Crosshills Fuß die Schwelle des Schlosses überschritt, faßte er, wie von einer heimlichen Erregung überwältigt, nach der Hand seiner Tochter.

Ein schlicht, aber vornehm ausgestattetes Empfangszimmer wurde ihnen geöffnet. Sie traten ein. Zu gleicher

Zeit öffnete sich eine gegenüberliegende Tür, und Tante Stasi und Veva kamen dem Besuch entgegen.

Da Tante Stasi dem Licht den Rücken kehrte und ihr Gesicht im Schatten lag, merkten die Ankommenden nicht, daß sich dieses Gesicht plötzlich verfärbte und sich die Augen der alten Dame einen Moment in fassungslosem Staunen weiteten. Es merkte auch niemand, daß sie einen scharfen, forschenden Blick nach der linken Schläfe John Crosshills richtete. Dort entdeckte sie eine schwache, halbrund geformte kleine Narbe, und diese Narbe betrachtete sie einen Augenblick wie gelähmt.

»Ich habe die Ehre, die Freiinnen von Kreuzberg vor mir zu sehen?« fragte John Crosshill mit seiner warmen, sympathischen Stimme.

Auch diese Stimme berührte Tante Stasi wie ein vertrauter Klang aus alter Zeit. Ihre Stimme war dagegen etwas unsicher und heiser, als sie, sich ebenfalls verneigend, antwortete: »Und wir haben das Vergnügen, mit Mr. Crosshill zu sprechen, nicht wahr?«

»So ist es, mein gnädiges Fräulein.«

Tante Stasi sah mit einem seltsamen Blick in Miß Lilians schönes, leuchtendes Gesicht. Ihr Herz klopfte noch immer in starker Erregung. Es drängte sie, einem jähen Impuls folgend, der jungen Dame in warm aufquellender Herzlichkeit die Hand entgegenzustrecken. Aber sie beherrschte sich und verneigte sich nur. Dann machte sie Lilian und Mr. White formell mit Veva bekannt.

»Wollen Sie zuerst das Innere des Hauses besichtigen?«

»Ich bitte darum.«

Tante Stasi holte ihr Schlüsselkörbchen aus dem Wohnzimmer herüber. Als sie allein war, preßte sie die Hände an die Augen und murmelte in tiefer Erregung: »Mein Gott! Mein Gott!« Und mit zitternden Händen tastete sie nach dem Schlüsselkörbchen.

Als sie aber wieder zu den andern trat, schien sie ganz still und ruhig zu sein.

Sie gingen nun durch das ganze Schloß. Tante Stasi schritt an John Crosshills Seite voraus, und sie kam sich vor, als wandle sie im Traum einher. Die beiden jungen Damen folgten mit Mr. White.

Nachdem John Crosshill in der großen Vorhalle ein Weilchen in einem Sessel geruht hatte, folgte eine Besichtigung der Wirtschaftsgebäude, die hinter dem Schloß lagen. Auf dem Weg dahin kamen sie an der kleinen Kapelle vorüber, in der die Freiherren von Kreuzberg zur letzten Ruhe bestattet worden waren.

John Crosshill schloß einen Moment die Augen und sog den Duft der Heckenrosen, mit denen sie bewachsen war, ein wie eine liebe Erinnerung.

Tante Stasi sah zu ihm auf, und ihr Gesicht wurde bleich vor Erregung. Hier vor dieser Kapelle, neben den blühenden Rosensträuchern, hatte sie vor vielen, vielen Jahren ein junges Paar in zärtlicher Umarmung stehen sehen. Es war gelegentlich eines Festes in Schloß Kreuzberg gewesen. Stasi von Kreuzberg hatte auf diesem Fest gemerkt, daß der Mann, den sie liebte mit einer stillen, wünschlosen Neigung, sein Herz an Anneliese von Strachwitz verloren hatte. Daran mußte sie jetzt denken, als der ergraute Mann an ihrer Seite auf die Kapelle zuschritt. Und sie sah, daß die kleine runde Narbe an seiner Schläfe sich rötete wie in Erregung.

»Wünschen Sie die Kapelle zu besichtigen?« fragte sie leise, als scheue sie sich, ihn in seinen Gedanken zu stören. John Crosshill schrak wie aus einem Traum empor, und ein mühsamer, zitternder Atemzug hob seine Brust. Er blieb stehen und sah sich nach seiner Tochter um, als wollte er sie erwarten.

»Willst du die Kapelle ansehen, Lilian?« fragte er.

»Es ist die Begräbnisstätte der Freiherren von Kreuzberg«, sagte Veva erklärend zu Lilian.

Diese schauerte im warmen Sonnenschein wie im Frost zusammen und sah ihren Vater an. Dann schüttelte sie hastig den Kopf. »Nein, o nein!«

John Crosshill ging weiter. »Wir wollen den Frieden der Toten nicht stören, mein gnädiges Fräulein«, sagte er zu Tante Stasi.

Dann plauderte er, weiter gehend, mit ihr von konventionellen Dingen.

Sie gingen ins Schloß zurück. Als sie wieder an der Kapelle vorbeikamen, pflückte Mr. Crosshill scheinbar ganz absichtslos eine eben aufbrechende Blüte von dem Heckenrosenstrauch, der direkt die Tür umrahmte. Eine Weile hielt er sie wie achtlos in der Hand. Aber Tante Stasis Blicken entging es nicht, daß er sie sorglich zu sich steckte.

In einem kleinen, hellen Gartensaal, dessen Fenster von der Decke bis zum Fußboden reichten und aus denen man wie durch eine Tür ins Freie treten konnte, ließ Tante Stasi den Tee servieren.

Das Hausmädchen Lene bediente die Herrschaften, da man dies Amt dem Stallburschen doch nicht übertragen konnte.

»Sie müssen entschuldigen, meine Herrschaften, wenn die Bedienung etwas ungeschickt ist«, sagte Tante Stasi mit lächelndem Freimut. »Seit dem Tod des letzten Besitzers von Kreuzberg ist der größte Teil der Dienerschaft entlassen worden. Wir sind nicht mehr auf Gäste eingerichtet.«

»Sie wollen nun Kreuzberg verlassen?«

»Wir müssen, sobald der neue Besitzer nach Kreuzberg kommt.«

»Wird Ihnen das nicht hart ankommen?« fragte Lilian die alte Dame mit freundlicher, warmer Teilnahme.

»Man muß ohne Murren tragen, was unabänderlich ist.«

»Werden Sie wenigstens in der Gegend bleiben?« forschte Lilian weiter.

»Wohl kaum, Miß Crosshill.«

Lilians Vater mahnte nun zum Aufbruch. Er fühlte sich für heute am Ende seiner Kraft und sehnte sich nach Ruhe.

»Wir wollen Ihre Güte und Ihre Zeit nicht länger in Anspruch nehmen, meine verehrten Damen. Hoffentlich sehen wir Sie heute nicht das letztemal. Falls, wie ich bestimmt annehme, der Kauf zum Abschluß kommt, werde ich in Bälde einen Architekten nach Kreuzberg senden, der die leerstehenden Räume einrichten soll. Ich hoffe, Sie noch hier zu finden, wenn ich meinen Einzug halte.«

»Das liegt bei Ihnen, Mr. Crosshill. Wir bleiben gern so lange, als es uns gestattet sein wird.«

Wenige Minuten später führ der Wagen mit den Amerikanern davon.

Die beiden Damen hatten Miß Lilian das Geleit bis an das Portal gegeben.

Tante Stasi sah dem Wagen mit sinnenden Augen nach. »Du willst nicht, daß ich dich kenne, und wirst deine Gründe haben dazu. Diese Gründe sollen mir heilig sein, ich werde in dir Mr. Crosshill sehen, solange du es selbst willst«, sagte sie zu sich selbst.

Kurz darauf traf Mr. White ein. Er fuhr mit dem Inspektor auf die Felder und durch den Wald. Dann ließ er sich von diesem, als sie zurückgekehrt waren, die Bücher zeigen und stellte verschiedene geschäftliche Fragen.

Die beiden Damen hatten Mr. White freundlich gebeten, an ihrem bescheidenen Diner teilzunehmen. Er hatte auch ohne Umstände angenommen. Nachdem er die geschäftlichen Angelegenheiten mit dem Inspektor erledigt hatte, ließ er sich auch gern bereden, den Tee mit den Damen zu nehmen.

»Ich möchte zugleich bitten, etwas mit Ihnen besprechen zu dürfen, meine Damen, von einer mehr besonderen Angelegenheit«, sagte er, als er ihnen gegenübersaß, sich bemühend, ein möglichst gutes Deutsch zu sprechen.

Tante Stasi sah ihn erwartungsvoll an. Ihr ganzes Wesen war seit gestern eine einzige Erwartung.

»Ich muß bitten um Verzeihung, wenn ich nicht kann sehr gut sprechen die deutsche Sprache. Ich will sein so deutlich als ich kann. Mr. Crosshill kaufen bestimmt diese Schloß und alles, was dabei gehört. Aber Mr. Crosshill haben nicht angenommen mit sich sein amerikanische Hausdame. Sie ist geblieben in ihr Heimat. Mr. Crosshill haben nun sehr nötig ein neues Hausdame, die vorstehen kann das ganze Haushalt und auch kann machen Repräsentation für Gesellschaft. Und Mr. Crosshill haben mich beauftragt, Ihnen zu machen eine Vorschlag. Indeed, ich weiß nicht, ob ich finde für das die richtige Wort. Mr. Crosshill haben gesagt, ich soll bitten Fräulein Anastasia von Kreuzberg-Breitenbach, zu übernehmen diese Posten in sein Haus, in diese Schloß. Ich will noch sprechen von junge gnädige Fräulein. Miß Crosshill lassen bitten sehr Fräulein Genoveva von Kreuzberg-Breitenbach, daß sie bleiben möchte, weil sie haben hier eine junge Dame, die mit ihr kann plaudern, lachen und Vergnügen machen, auch musizieren und viel andere Dinge tun für sie. Well, das ist mein Auftrag.«

Tante Stasi saß mit fest ineinander geschlungenen Händen da, den Kopf tief gesenkt. Sie schluckte krampfhaft, um die aufsteigenden Tränen nicht hervorbrechen zu lassen.

Veva faßte nach der Hand der alten Dame und sah sie dringlich an. »Tantchen, liebes Tantchen, wenn wir das annehmen könnten«, sagte sie leise.

Die alte Dame richtete sich auf und sah ihre Nichte mit sonderbar funkelnden Augen an.

»Möchtest du es annehmen, Veva?«

»Wenn du einwilligst, gern.«

Tante Stasi schluckte krampfhaft.

»Ich, ach Kind, ich weiß ja nicht, was in mir vorgeht«, stieß sie heiser vor Erregung hervor.

Aber mit aller Kraft suchte sie sich zu fassen und fuhr zu Mr. White gewandt fort: »Ich wurde ohne jedes Bedenken sofort zustimmen, wenn ich ganz sicher wäre, daß ich Mr. Crosshill zufriedenstellen würde. Meine Nichte besitzt genügend Kenntnisse und Fähigkeiten, die sie instand setzen, eine Stellung als Gesellschafterin anzunehmen. Aber ich? Den Haushalt kann ich wohl führen, und behaglich wollte ich es Mr. Crosshill und seiner Tochter wohl hier im Haus machen. Aber nach außen zu repräsentieren, bei großen Festlichkeiten, da bin ich wohl nicht die passende Persönlichkeit.«

Mr. White verneigte sich. »Bitte sehr, Mr. Crosshill sein ganz bestimmt der Ansicht, daß Sie zu diese Stellung passen ganz vorzüglich. Und wenn Sie wollten annehmen, soll ich machen die Angelegenheit ganz fest und soll, wie man sagt, eingehen auf alle Wünsche der Damen.«

Tante Stasi und Veva sahen sich eine Weile schweigend an. In beider Augen brannte der Wunsch, dies Anerbieten anzunehmen. Dann atmete Tante Stasi auf und sagte, ihrer Stimme Festigkeit gebend: »In Gottes Namen denn, Mr. White, wir nehmen an, was uns Mr. Crosshill bietet. Er wird ja wissen, ob er uns soviel Vertrauen entgegenbringen kann.«

Nach einigen Wochen kam dann der Tag des endgültigen Einzugs von Mr. Crosshill und Lilian. Tante Stasi empfing sie.

»Mein gnädiges Fräulein, mir ist ganz heimatlich zumute, da ich Sie auf der Schwelle meines Hauses sehe«, sagte Mr. Crosshill mit einem leisen Schwanken der Stimme.

»Gott segne Ihren Eingang als neuer Herr von Kreuzberg« erwiderte sie feierlich und tief ergriffen. Und ihrer Stimme Festigkeit und Ruhe gebend, fuhr sie fort: »Wenn das Gebet dankbarer Herzen etwas vermag, so soll mit Ihnen und Ihrem Fräulein Tochter das Glück über diese Schwelle ziehen.«

Tante Stasi und Veva führten Mr. Crosshill und seine Tochter selbst hinauf zu ihren Zimmern, die im ersten Stock lagen.

Lilian zeigte sich mit allem sehr zufrieden. »Und nun zu dem Turmzimmer«, sagte sie lächelnd.

Die beiden jungen Damen eilten die Treppe empor, Lilian konnte es nicht mehr erwarten, hinaufzukommen. Veva öffnete schnell die Tür, und Lilian trat ein. Mit leuchtenden Augen blieb sie stehen und sah sich um.

Dies achteckige große Gemach war ein wundervoll harmonischer Raum. Eine entzückende Behaglichkeit schien in jedem Eckchen zu schlummern.

Lilian atmete tief auf, nachdem sie eine Weile ihren Blick hatte durch das Zimmer schweifen lassen. Sie wandte sich nach Veva um und sah ihr mit leuchtenden Augen ins Gesicht.

»Ist es hier nicht schön? Hier werde ich den größten Teil des Tages verbringen, hier werde ich mich schnell heimisch fühlen«, sagte sie.

Lilian setzte sich in die mittelste Fensternische auf eine der erkerartig erhöhten Bänke. »Kommen Sie, Fräulein Genoveva, setzen Sie sich ein Weilchen zu mir. Hier oben wollen wir manche Stunde verplaudern und dabei diese herrliche Aussicht genießen. Oh, welch wundervolles Land.«

Veva nahm ihr gegenüber auf der anderen Bank Platz.

Sie gaben ein reizendes Bild ab, diese beiden schönen jungen Geschöpfe in dem Rahmen des Erkerfensters, an dem prachtvolle Brokatvorhänge in schweren Falten niederfielen.

»Es wird mir immer ein Vergnügen sein, mit Ihnen plaudern zu dürfen, Miß Crosshill. Hoffentlich langweile ich Sie nicht. Ich bin in ländlicher Stille und Zurückgezogenheit aufgewachsen und wenig gewöhnt an den eleganten Plauderton der großen Welt.«

Lilian lachte. »Ach, wenn Sie wüßten, wie fade und langweilig dieser elegante Plauderton der großen Welt oft sein kann. Ich glaube ganz sicher, daß es sich mit Ihnen besser plaudern läßt.«

»Es wäre mir sehr lieb, wenn ich Sie zufriedenstellen könnte, Miß Crosshill«, erwiderte Veva ein wenig verzagt.

»Dann streichen Sie aber schnell die förmliche Miß Crosshill. Ich höre mich gar nicht so gern so nennen.«

»Dann darf ich Sie Miß Lilian nennen? Wie gern will ich das tun, es ist ein so schöner Name, der zu Ihnen paßt.«

»Finden Sie? Nun, wenn Ihnen mein Vorname gefällt, so beruht das auf Gegenseitigkeit. Ich finde Ihren Namen so schön. Deshalb habe ich ihn gleich benutzt. Doch jetzt müssen Sie mir ein wenig die Umgegend erklären. Was ist das für ein Berg, der geradeaus den Horizont vor uns begrenzt?«

»Das ist der Hennersberg. Etwas seitlich daneben sehen Sie die Türme der Stadt. Nach der andern Seite hinüber liegt Schloß Ortlingen. Im Winter, wenn die Bäume entlaubt sind, sieht man die Turmspitze des Schlosses ganz deutlich. Das Schloß liegt drüben im Tale, jenseits des Flusses.«

»Ist Schloß Ortlingen bewohnt?« fragte Lilian scheinbar gleichgültig.

»Ja, der jetzige Besitzer wohnt dort seit dem Tode seines Vaters. Früher, als sein Vater noch lebte, war er wenig daheim, er stand als Offizier in der Residenz.«

»Kennen Sie ihn persönlich?« fragte Lilian, die junge Dame wieder forschend betrachtend.

Vevas Augen leuchteten auf. »O ja, wir kennen uns gut, von Jugend auf. Ronald von Ortlingen ist viel in Kreuzberg gewesen. Und wenn Sie gestatten, wird er uns jetzt auch zuweilen besuchen.«

Lilian deutete sich das Aufleuchten in Vevas Augen und den warmen Ton, in dem sie von Ronald sprach, auf ihre Weise. »Darüber haben Sie wohl allein zu entscheiden. Es bleibt Ihnen selbstverständlich unbenommen, Ihre Freunde und Bekannten zu empfangen, wie bisher. Haben Sie sonst viel Verkehr in der Nachbarschaft?«

»Seit Onkels Tod nur sehr wenig. Früher kamen zuweilen aus der Garnison die Offiziere mit ihren Damen. Und außer Ortlingen liegen noch einige Güter in der Nähe, mit deren Bewohnern wir bekannt und wohl auch befreundet sind. In letzter Zeit haben wir, Tante und ich, sehr zurückgezogen gelebt, und außer Ronald von Ortlingen hat sich kaum noch jemand sehen lassen.«

»Nun, jedenfalls steht es Ihnen frei, bei sich zu sehen, wen Sie wollen.«

Einige Tage waren vergangen, seit die neue Herrschaft in Kreuzberg ihren Einzug gehalten hatte.

Ronald von Ortlingen hatte sich noch nicht sehen lassen. Lilian gelüstete es, heute am frühen Morgen einen Ritt durch den Wald zu machen.

Sie stand einige Stunden früher auf und nahm dann mit Tante Stasi und Veva das erste Frühstück ein. Mit dem Vater zusammen frühstückten die Damen dann später ein zweites Mal.

Ein Reitknecht sollte sie bei ihrem Ausritt begleiten, da sie Weg und Steg nicht kannte und bisher nur kurze Spaziergänge unternommen hatte.

In einem tadellos sitzenden Reitkleid schritt sie die Treppe am Portal herab. Draußen wurde ihr Pferd bereits auf und ab geführt. Veva ging neben ihr.

»Ich freue mich auf diesen Ritt, liebe Genoveva, aber hübscher wäre es noch, wenn Sie mich begleiten könnten. Es ist zu schade, daß Sie nicht reiten können«, sagte Lilian.

Veva sah erstaunt auf und lächelte dann. »Oh, da haben Sie mich mißverstanden, Lilian. Ich bin sogar passionierte Reiterin. Onkel hatte mir vor einigen Jahren ein

Reitpferd geschenkt. Ich meinte nur, es paßt nicht zu meiner Stellung als Gesellschafterin.«

Lilian lachte herzlich. »Aber liebe Genoveva, das ist ja Unsinn. Warum sollen Sie mir zu Pferde nicht ebenso Gesellschaft leisten wie sonst. Es ist ja herrlich, daß Sie reiten können. Schnell, schnell, hinauf in Ihr Zimmer und ins Reitkleid.«

»Heute wird doch nichts daraus werden, Lilian, aus dem einfachen Grunde, weil ich kein Pferd habe.«

»Oh! Wo ist denn Ihr Reitpferd geblieben?«

»Im Ortlinger Stall steht es. Ich hatte es Ronald Ortlingen in Verwahrung gegeben, weil ich doch glauben mußte, daß ich es nicht mehr gebrauchen könnte.«

Ein Schatten flog über Lilians frohes Gesicht. Also ihr Reitpferd ist schon in Ortlingen, natürlich, sie wird ja eines Tages auch dahingehen, dachte sie.

Veva sah diesen Schatten wohl, aber sie dachte, Lilian sei ungehalten, daß sie nun doch allein reiten mußte.

Lilian trat an ihr Pferd heran. »Dann adieu, Genoveva. Bis zum Frühstück bin ich zurück.«

»Auf Wiedersehen, Lilian. Viel Vergnügen!«

Lilian ritt schnell davon, und der Reitknecht folgte in angemessener Entfernung. Lilian ritt versonnen dahin. Sie mußte noch immer darüber grübeln, daß Vevas Pferd schon im Ortlinger Stall stand.

Was muß nur ihrer Verbindung mit dem Ortlinger im Weg stehen? Dachte sie, wie schon oft. Aber sie fand auch heute keine Antwort auf diese Frage.

Ein schmaler Weg, über dem hohe Buchen ein grünes Dach wölbten, lockte sie, seitwärts abzubiegen.

Plötzlich sah sie von weitem einen Reiter, der wohl aus dem Gehölz gekommen war. Ihre scharfen Augen sahen der schlanken Männergestalt auf dem edelgebauten Rassepferd forschend entgegen. Und da ging es wie ein Ruck durch ihre Gestalt, und in ihr Antlitz schoß das lebhaft wallende Blut. Sie erkannte Ronald von Ortlingen.

Auch Ronald von Ortlingen hatte die elegante Reiterin erblickt. Noch ehe er sie genau erkannte, sagte er sich, daß es nur die »Amerikanerin« sein könne, die ihm entgegenkam. Sofort versetzte er sich innerlich in eine feindliche, abwehrende Stimmung. Er war überzeugt, daß sie ihn wieder, wie damals im Vestibül des Hotels, mit ihren großen Augen leuchtend und zwingend ansehen würde, »mit koketten Augen«, wie er es bei sich nannte. Und er zwang einen kalten abweisenden Blick in seine Augen. Sie sollte gleich wissen, daß bei ihm ihre Koketterien nicht verfingen.

Als sie sich bis auf wenige Schritte genähert hatten, drängte Ronald sein Pferd so weit wie möglich zur Seite und ließ Lilian passieren. Seine Augen hefteten sich fest auf ihr Antlitz, fast erwartungsvoll sah er sie an.

Aber Lilian sah so kühl und gleichgültig in sein Gesicht, daß er seinen Augen nicht traute. Ihr Blick streifte über ihn dahin, als sei er nicht vorhanden, und sie ritt vorüber, ohne ihn weiter zu beachten.

Sein männlicher Stolz, seine zur Abwehr gerüstete Überlegenheit waren ganz nutzlos ins Feld geführt worden.

Das gefiel ihm nun wieder nicht. Eine ganze Weile hielt er mit seinem Pferde mitten im Weg und sah ihr nach, als müsse sie noch einen Blick zurückwerfen. Aber vergebens, sie ritt unentwegt weiter und sah sich nicht um.

Fast unausgesetzt mußte er an Lilian denken, während er weiterritt, und fühlte sich so unbehaglich wie selten in seinem Leben. Irgend etwas störte seinen Seelenfrieden, ohne daß er recht wußte, was es war.

Auch Lilian mußte an Ronald von Ortlingen denken. Sie war es gewohnt, sich über ihr eigenes Denken und Empfinden Rechenschaft zu geben, und sie mußte sich eingestehen, daß sie ihr Herz an Ronald von Ortlingen verloren hatte, schon seit sie ihn das allererstemal gesehen.

Sie seufzte tief auf. War sie nur nach Deutschland gekommen, um ihr bisher unbezwungenes Herz an einen Mann zu verlieren, der kein Verlangen danach hatte und längst eine andere liebte?

Am nächsten Tage, um die Besuchsstunde, fand sich Ronald von Ortlingen in Kreuzberg ein.

Veva hatte seinen Wagen kommen sehen und kam ihm schon in der Vorhalle entgegen.

Weder Veva noch Ronald bemerkte, daß zu gleicher Zeit Lilian die Treppe herabkam. Ihren Schritt hörte man nicht auf den weichen Teppichen. Sie blieb zögernd in halber Höhe der Treppe stehen, als sie Ronald erblickte. Unwillkürlich trat sie einen Schritt zurück, als sie sah, daß er Veva lächelnd umarmte und küßte. Sie sah auch, daß Ronald, sich vorsichtig umsehend, einen Brief aus der Tasche zog und ihn Veva gab. Diese barg ihn errötend in ihrem Kleid, und Lilian vernahm, wie sie innig sagte: »Tausend Dank, lieber Ronald. Ich hatte schon große Sehnsucht, du bliebst so lange aus und ließest mich auf den Brief warten.«

Lilian war nun zur Gewißheit geworden, daß Veva und Ronald von Ortlingen sich liebten. Sie wollte nicht länger zur Lauscherin werden und schritt langsam, mit müden Schritten und schwerem Herzen die Treppe wieder hinauf. Bis in ihr Turmzimmer floh sie, vor sich selbst und vor Ronald von Ortlingen.

Veva geleitete Ronald inzwischen in ein Empfangszimmer und ließ Tante Stasi rufen. Als diese eintrat und Ronald begrüßt hatte, sagte sie: »Lieber Ronald, ich werde Mr. Crosshill und seine Tochter von Ihrer Anwesenheit benachrichtigen lassen, Sie müssen doch die Herrschaften kennenlernen.«

»Es muß wohl sein, Tante Stasi. Aber schön kann ich es mir nicht denken, wenn ich Sie und Veva bloß noch von fremden Menschen umgeben sehen und sprechen kann.«

Veva lachte schelmisch. »Abwarten, du garstiger Ronald. Vielleicht unterhältst du dich in Zukunft mit Mr. Crosshill und seiner Tochter viel lieber als mit uns. Es sind interessante und gütige Menschen.«

»Gestern sah ich Miß Crosshill zu Pferd im Ortlinger Wald, ich begegnete ihr, als ich auf die Felder reiten wollte«, sagte Ronald dann.

»Oh, davon hat sie nichts erwähnt. Aber das ist ja erklärlich, sie wird dich nicht kennen.«

»Ich weiß es nicht, ob sie mich kennt. Warum hast du übrigens dein Pferd wieder abholen lassen, Veva?«

»Weil ich es nun doch wieder brauche. Denke dir, Lilian ist so liebenswürdig, es ganz in Ordnung zu finden, daß ihre Gesellschafterin auch reitet. Sie freut sich sogar, in meiner Gesellschaft ausreiten zu können.«

Ronald sah sie sonderbar an. »Lilian? Du sprichst ja recht vertraulich von der jungen Dame?«

»Ja, wir sind schon ein Herz und eine Seele, sie behandelt mich wie ihre Freundin.« Und ernster werdend fuhr sie fort: »Wenn du nur wüßtest, wie einzig lieb sie ist. Auch ihr Vater ist so gütig und vornehm in seiner ganzen Art, und beide lassen uns unsere Abhängigkeit gar nicht fühlen.«

Mr. Crosshill und Lilian, denen der Besuch gemeldet worden war, erschienen bald darauf. Man stellte sich einander vor, wechselte zunächst die üblichen einleitenden und einführenden Worte, geriet dann in ein Gespräch über allerlei Fragen und fand sich ringsum sympathisch. Das war der Grund, daß Einladungen ausgetauscht wurden. Crosshill hatte Ronald eingehend studiert und gefunden, daß er der Sohn seiner Mutter war. Nicht nur im Äußeren, er schien ihr auch in der Art, im Charakter zu ähneln. Nach einer Stunde verabschiedete sich Ronald von Ortlingen, nicht ohne Mr. Crosshill versichert zu haben, daß er gerne wiederkäme, nicht minder gerne aber einem Gegenbesuch entgegensähe.

Lilian und Veva ritten jetzt jeden Morgen aus, bei diesen Ausritten kamen sie sich immer näher.

Lilian vergaß freilich nur selten, in Veva die künftige Frau des Mannes zu sehen, dem sie wider alle Vernunft und sich selber zum Trotz ihr Herz zugewandt hatte. Aber sie war viel zu großherzig und gerecht, um Veva deshalb gram zu sein.

Ronald von Ortlingen hatte sehr bald seinen Besuch wiederholt und kam immer wieder, nur um Tante Stasi und Veva zu sehen, so betonte er vor sich selbst.

Lilian zeigte sich stets sehr zurückhaltend in Ronalds Gegenwart. Und sooft er sie auch prüfend und forschend ansah mit seinen kritisch geschärften Blicken, nie ruhte ihr Blick auf ihm.

Daß sie ihm, hinter den Vorhängen verborgen, vom Fenster aus mit brennenden Augen nachblickte, wenn er Kreuzberg verließ, ahnte er natürlich nicht.

Lilian merkte bald, daß Tante Stasi mit dem Liebespaar im Einverständnis sein mußte. Ronald hatte vor einigen Tagen Tante Stasi einen Brief übergeben, den diese später Veva heimlich zusteckte. Das erklärte sich Lilian auf ihre Weise.

Seit John Crosshills Einzug in Kreuzberg waren einige Wochen vergangen. An einem wundervollen Sommermorgen hatten Lilian und Veva ihre Pferde satteln lassen und traten nun im Reitdreß aus dem Portal.

Eine Weile ließen sie die Pferde ausgreifen. Dann mäßigten sie auf Lilians Zuruf das Tempo und ritten im Schritt durch den vom Regen erfrischten Wald. Wenn sie kein bestimmtes Ziel hatten, pflegte immer Lilian die Richtung anzugeben, wie es ihr gerade gefiel. So kamen sie auf Ortlinger Gebiet, und als sie nach einiger Zeit aus dem Walde herausritten und einen freien Ausblick hatten, lag Schloß Ortlingen vor ihnen.

Als Lilian das stolze Gebäude mit den wunderlich bizarren Barockschnörkeln an der Fassade vor sich liegen sah, hielt sie ihr Pferd an.

»Was ist das, Genoveva?«

»Schloß Ortlingen«, erwiderte diese lächelnd.

Sinnend ließ Lilian ihre Augen darauf ruhen. Dann sagte sie halblaut: »Ein schöner Anblick; es ist fast so schön wie Kreuzberg, nur in andrer Art, und sicher viel größer.«

»Allerdings, es ist sehr geräumig und mit wundervollen alten Möbeln ausgestattet, die sich von einer Generation zur andern vererbt haben. Die Ortlinger waren immer mit Glücksgütern gesegnet, und ihr Reichtum hat sich nie zersplittert, weil er sich nie auf mehrere Kinder verteilte. Auch das Barvermögen ist immer ungeteilt geblieben. Schon seit zweihundert Jahren haben alle Freiherren von Ortlingen immer nur einen einzigen Sohn gehabt, und früher ist nur zuweilen neben dem Erben eine Tochter geboren worden.«

Lilian lächelte versonnen. »Das ist seltsam. Und wie Sie Bescheid wissen in der Geschichte dieses Hauses.«

»O ja, so gut wie in der Geschichte unserer Familie. Die beiden Geschlechter sind gleich alt. Auch die Ortlinger führen ihren Stammbaum auf die Kreuzfahrer zurück.«

Lilian hatte aufmerksam zugehört. »Wie seltsam das alles klingt, wie ein Märchen oder eine Sage. Solche Familiengeschichten kennt man bei uns drüben nicht.«

Veva sah sinnend vor sich hin. »Wir aber verwachsen mit diesen Familiengeschichten und können uns nicht davon lösen. Zum Beispiel so ein Majorat, es fällt nur immer an den erstgeborenen Sohn, aber es legt diesem auch oft schwere Verpflichtungen auf.«

»Was meinen Sie damit, Genoveva?«

Veva streichelte die Mähne ihres Pferdes.

»Nun, Ronald Ortlingen hat zum Beispiel solch eine Verpflichtung zu erfüllen. Er darf nur eine Frau heimführen, die einem gleich alten Adelsgeschlecht entstammt wie das seine.«

Lilian überlegte. Die Freiherren von Kreuzberg waren doch von ebenso altem Adel wie die Ortlinger. Also das konnte das Hindernis nicht sein.

»Und wenn er nun eine andere Frau heiratet, was geschieht dann?« fragte sie zerstreut.

»Dann müßte er auf das Majorat verzichten und würde nur das Barvermögen behalten. Das würde ihm freilich auch ein angenehmes, sorgloses Leben gestatten, aber er hängt mit Leib und Seele an Ortlingen und würde es kaum um eine Frau hergeben wollen.«

»Also muß man ihm eine Frau wünschen, die ihn nicht zu einer solchen Entscheidung zwingt«, sagte Lilian ein wenig spöttisch.

Veva nickte nur. Sie hatte sich im Sattel emporgereckt und sah nach dem Schloß hinüber.

»Da kommt Ronald auf uns zu. Sicher hat er uns mit seinen scharfen Augen am Waldrand entdeckt!« rief sie.

Als er nahe herbeigekommen war, rief ihm Veva zu: »Guten Morgen, Ronald! Das hättest du dir wohl nicht träumen lassen, daß dir zum frühen Morgen zwei junge Damen ins Gehege kommen?«

Ronald zog die Mütze. »Allerdings nicht!« rief er zurück.

»Wir halten schon eine Weile hier, und ich habe Miß Lilian eben ein Privatissimum gehalten über die Geschichte deines Hauses und die Majoratsbestimmungen von Ortlingen.«

Ronalds Stirn rötete sich jäh. Er sah in Lilians kühlruhiges Gesicht und dachte: Nun weiß sie wenigstens, daß ich niemals eine Bürgerliche heiraten werde. Aber er kam sich dieses Gedankens wegen selbst lächerlich vor.

Nahe herangekommen, verneigte er sich vor Lilian und reichte Veva die Hand.

»Es tut mir sehr leid, daß ich die Damen nicht bitten darf, näher zu treten und meinem Hause die Ehre eines Besuches angedeihen zu lassen. Vielleicht darf ich Ihnen aber unter freiem Himmel eine kleine Erfrischung reichen lassen?«

»Nein; ich muß danken, Herr von Ortlingen«, entschied Lilian rasch.

»Wollen Sie auch nicht absteigen und ein Weilchen rasten? Ich lasse sofort Sessel herüberbringen.«

Veva sah Lilian an, und diese glaubte, eine Bitte in

Vevas Augen zu lesen, daß sie bleiben möge. So sagte sie großmütig: »Wir können ja eine kurze Rast halten. Wenn wir die Pferde auf dem Heimweg ausgreifen lassen, kommen wir schon noch zur Zeit nach Hause, um Papa und Tante Stasi beim Frühstück Gesellschaft zu leisten. Die Sessel lehnen wir dankend ab, nicht wahr, Genoveva, wir lagern uns lieber an diesem rasenbewachsenen Waldrain.«

»Wenn die Damen gestatten, schließe ich mich Ihnen auf dem Rückweg an. Ich war ohnedies im Begriff auszureiten.«

Veva sah ihn schelmisch an. »Ich werde es dir gnädigst gestatten.«

»Und Sie, mein gnädiges Fräulein?«

»Ich habe selbstverständlich nichts dagegen einzuwenden, zumal sich Genoveva sicher auf Ihre Begleitung freut«, sagte Lilian gelassen.

Er verneigte sich, und trotzdem sie sich abwandte, als habe sie nichts mehr mit ihm zu reden, hielt er sie durch seine Worte fest.

»Wie seltsam fremd es mir in den Ohren klingt, daß Sie Veva mit ihrem vollen Namen nennen. Wir haben es fast vergessen, daß sie Genoveva heißt, und ich glaube, Veva selbst auch.«

Lilian wandte ihm ihr Gesicht wieder zu. »Leider! Ich hätte mir diese Verstümmelung nicht gefallen lassen, wenn ich einen so schönen Namen gehabt hätte.«

Ronald glaubte, sie wolle ein Kompliment über ihren eigenen Namen hören. »Kann es für eine junge Dame einen schöneren Namen geben als den Ihren, mein gnädiges Fräulein, der von der Lilie, dem Symbol der Reinheit und Holdseligkeit, abgeleitet wurde?«

Lilians Antlitz zeigte nicht, ob ihr dies Kompliment

zusagte, es blieb unbeweglich. »Der eigene Name gefällt selten einem Menschen. Man darf ihn ja nicht selbst für sich aussuchen.«

Nach einer Weile erhob sich Lilian. »Es wird Zeit zur Heimkehr, liebe Genoveva.«

Im schnellen Ritt jagten sie den Weg nach Kreuzberg zurück. Ronald begleitete die Damen bis zum Fuße des Kreuzbergs. Hier wollte er sich verabschieden.

Lilian hatte auf dem ganzen Weg nur wenige flüchtige Worte gesprochen, so daß Ronald und Veva fast allein die Kosten der Unterhaltung trugen. Nun wandte sich Lilian nach Ronald um.

»Wollen Sie uns nicht beim Frühstück Gesellschaft leisten, Herr von Ortlingen?«

Er sah in ihre kühl blickenden Augen. »Zu so früher Stunde darf ich doch nicht in Ihr Heim eindringen, mein gnädiges Fräulein.«

Ihre Lippen zuckten wie im Spott. »Verstößt das gegen den guten Ton? Ich denke, auf dem Land nimmt man das nicht so streng.«

Ronald hätte gern zugesagt, aber ihr spöttischer Ton irritierte ihn. Er zögerte. Da wandte sich ihm Veva mit einer bittenden Gebärde zu.

Das sah Lilian, trotzdem sie zur Seite blickte. Ronald verneigte sich nun dankend. »Also ich akzeptiere sehr gern, mein gnädiges Fräulein. Ein Frühstück in Gesellschaft ist mir selten beschieden. Meine Hausdame überläßt mich dabei meist meinem Schicksal, weil sie im Haushalt zu tun hat.«

Lilian neigte flüchtig das Haupt und trieb nun ihr Pferd in schneller Gangart den Kreuzberg hinan.

Veva fragte Ronald, als Lilian außer Hörweite war: »Nun, Ronald, wie gefällt dir diese Dollarprinzeß bei näherer Betrachtung? Hast du noch immer eine Aversion gegen sie und ihren Vater?«

Ronald sah nach Lilians schlanker, stolzer Gestalt, die so elegant und graziös zu Pferde saß. »Gegen ihren Vater nicht. Er ist ein vornehm empfindender, liebenswürdiger Herr.«

»Aber gegen Lilian hast du noch immer eine Antipathie?«

Er sah mit zusammengezogener Stirn vor sich hin.

»Ich weiß es nicht«, stieß er hervor.

Natürlich war es schnell in der ganzen Umgegend bekanntgeworden, daß ein amerikanischer Dollarmillionär Schloß Kreuzberg gekauft hatte und jetzt dort wohnte.

Daß der Amerikaner eine schöne Tochter hatte, die vermutlich seine einzige Erbin war, erhöhte das Interesse und wurde eifrig besprochen.

Ronald von Ortlingen wurde plötzlich von allen Seiten umlagert und über den neuen Besitzer des Schlosses ausgeforscht. Man fragte ihn, ob Kreuzberg nicht wieder dem Verkehr geöffnet, ob Mr. Crosshill nicht ein gastliches Haus machen würde. Und als Ronald die Achseln zuckte und erklärte, er wisse nicht, welche Absichten Mr. Crosshill habe, fragte ihn dieser und jener im Vertrauen, ob Ronald ihn nicht in Kreuzberg einführen könne.

Ronald lehnte aber ab.

Er entnahm jedoch aus diesem Ansturm, daß Tante Stasi recht gehabt hatte, wenn sie annahm, daß sich viele Freier aus den besten Kreisen um Lilian Crosshill drängen würden.

Bei dieser Erfahrung beschlich ihn ein ganz seltsames Gefühl, das er sich nicht erklären konnte. War es Zorn über verächtliche Mitgiftjäger oder Ärger, daß man soviel Wesens mit der Amerikanerin machte?

Eines Tages fuhr nun Lilian mit Tante Stasi und Veva zur Stadt, um allerlei kleine Einkäufe zu machen. Das sehr elegante Auto, neben dessen Chauffeur noch ein Diener in vornehm schlichter Livree saß, erregte Aufsehen in den Straßen der Stadt. Und als es längere Zeit vor einem der größten Geschäfte am Markt hielt, sammelte sich neugieriges Publikum an.

Einige Offiziere kamen gerade herzu, als die Damen aus dem Laden traten. Sie sahen wie elektrisiert in Lilians schönes Gesicht. Ihre elegante Erscheinung war für die mittelgroße Provinzstadt ein Ereignis.

Sie brachten die Kunde mit ins Kasino und schwärmten von der schönen Amerikanerin. Im Kasino befanden sich auch einige junge Landwirte, Söhne von Gutsbesitzern aus der Umgegend, als Gäste. Diese nahmen die Kunde von Lilian Crosshills Schönheit und Eleganz mit nach Hause. Und man überlegte hin und her, wie man sich der jungen Dame nähern könnte.

Der Zufall sollte ihnen zu Hilfe kommen.

Der General Benno von Kreuzberg, Tante Stasis Vetter, hatte es für nötig gefunden, seinen jüngsten Sohn Lothar, den lustigen und ein wenig leichtsinnigen Leutnant, aus seinem teuren Regiment in diese Garnison versetzen zu lassen. Und Lothar machte keinen Hehl daraus, daß er von seinem Vater Auftrag erhalten habe, Tante Stasi und seine Base Veva zu besuchen und ihnen des Vaters Grüße zu überbringen.

Die Kameraden machten ihn nun mit ihren Kümmernissen bekannt und verlangten es geradezu als kameradschaftliche Tat von ihm, daß er alles tun müsse, was in seiner Kraft stehe, um sie in Kreuzberg einzuführen.

Lothar Kreuzberg war ein hübscher, frischer Mensch, sehr lustig und gutmütig und stets zu übermütigen Streichen aufgelegt. Er verstand die Wünsche seiner Kameraden und versprach lachend das Blaue vom Himmel herunter.

So zögerte er nicht lange mit seinem Besuch in Kreuzberg. In dem ihm bereitwillig zur Verfügung gestellten Wagen, den die Offiziere zu derlei Fahrten zu benutzen pflegten, machte er sich auf den Weg.

In Schloß Kreuzberg angekommen, ließ er sich Tante Stasi melden. Diese saß gerade mit John Crosshill und den beiden jungen Damen plaudernd im Wohnzimmer. Als der Diener ihr die Karte überreichte, sah sie darauf nieder.

»Es ist Lothar, Onkel Benno hat ihn ja schon angemeldet«, sagte sie zu Veva. Und zu John Crosshill gewendet, fuhr sie fort: »Verzeihen Sie, Mr. Crosshill, mein Neffe will uns einen Besuch machen, ich sprach Ihnen ja schon davon.«

Tante Stasi verließ das Zimmer und betrat den Empfangssalon, wo Lothar ihrer wartend saß.

Er sprang auf und begrüßte die alte Dame, indem er die Hacken zusammenschlug und sich mit fröhlichem Gesicht verneigte. Dann führte er die ihm entgegengestreckte Hand an die Lippen: »Ich lege mich dir zu Füßen, Tante Stasi, und soll dir herzliche Grüße von Papa überbringen.«

»Danke dir, Lothar. Du bist also in unsere Garnison versetzt worden?«

Lothar nickte mit unsagbar komischem, bekümmertem Gesicht. »Ja, Tante Stasi. Sozusagen Strafversetzung, von Papa angeordnet. Ein letzter Versuch, ob ich überhaupt imstande bin, mit meiner knappen Zulage auszukommen. Bis jetzt ist mir das nämlich noch nie gelungen.«

Tante Stasi hatte ihre helle Freude an seinem frischen Wesen. Ihre Hand unter seinen Arm schiebend, sagte sie: »Na, nun komm erst mal mit mir hinüber ins Wohnzimmer. Mr. Crosshill und seine Tochter wollen dich kennenlernen, und Veva willst du doch auch begrüßen.«

Sie gingen hinaus und traten gleich darauf ins Wohnzimmer. Tante Stasi stellte ihren Neffen vor. Er ließ sich keineswegs verblüffen. Freimütig und lustig gab er sich, wie gewöhnlich, und kaum war er fünf Minuten im Zimmer, da lachte schon alles über seine Schnurren.

Nach einiger Zeit erhob sich Lothar sehr ungern, um sich zu verabschieden. Aber Mr. Crosshill machte eine abwehrende Bewegung. »Nein, nein, Herr von Kreuzberg, daran ist nicht zu denken. Sie dürfen nicht wieder fort, ohne sich mit Speise und Trank gelabt zu haben. Sie müssen uns beim Diner Gesellschaft leisten, vorausgesetzt, daß der Dienst Sie nicht ruft.«

Lothars Gesicht spiegelte deutlich die Freude über diese Einladung wider. »Ich bin heute dienstfrei, und wenn Sie mir gestatten, bleibe ich gern.«

Der alte Herr erkundigte sich nach Lothars Vater. »Ich habe ihn kennengelernt gelegentlich der Verhandlungen, die dem Kauf von Kreuzberg vorangingen«, sagte er.

Lothar sah ihn mit seinen munteren hellblauen Augen an. »Ich danke Ihnen, Mr. Crosshill. Papa fühlt sich so wohl, wie es seine Jahre und seine Sorgen zulassen.«

»Nun, seine Jahre schienen ihn nicht zu drücken. Ihr Herr Vater ist noch ein sehr rüstiger Herr. So hoffe ich, daß auch seine Sorgen erträglich sind«, sagte John Crosshill launig. Lothar seufzte, ohne dabei ein ernstes Gesicht zu machen. »Die größte Sorge macht ihm sein jüngster Sohn.«

»Haben Sie noch jüngere Brüder?«

»Nein, ich bin selbst dieser jüngste Sohn und sozusagen das schwarze Schaf in einer Herde weißer Lämmer. Meine beiden ältesten Brüder sind im Vergleich zu mir die reinsten Musterknaben. Was die an Ernst und Würde leisten, ist schauderhaft. Ich versuche es gar nicht erst, ihnen gleich zu werden. Es ist ein Kreuz mit mir. Ich mache zu viele dumme Streiche, ohne es zu wollen. Wenn ich auch denke, ich fange eine Sache recht gescheit an, immer kommt etwas Dummes dabei heraus. Nicht wahr, Tante Stasi?«

»Manchmal kommt ja auch ganz unversehens etwas Gescheites dabei heraus, wenn auch selten«, sagte sie.

Bei Tisch herrschte, dank Lothars fortreißender Laune, ein sehr heiterer Ton. Er saß neben Lilian und war so voll munterer Einfälle, daß sie nicht aus dem Lachen kam.

»Sagen Sie mir, Herr von Kreuzberg, sind alle deutschen Offiziere so amüsant wie Sie?« fragte sie ihn. »Ich muß sagen, daß ich mich selten so gut unterhalten habe wie mit Ihnen.«

Mr. Crosshill bestätigte das und sagte dann: »Sie müssen uns recht oft in Kreuzberg besuchen, Herr Leutnant.«

Lothar seufzte mit tragikomischem Gesicht. Jetzt galt es für die Kameraden eine Lanze zu brechen, er durfte sie nicht enttäuschen. Sicher warteten sie schon sehr ungeduldig auf seine Rückkehr und auf die günstige Botschaft. Die Gelegenheit beim Schopf nehmend, sagte er verzagt:

»Ich traue mich nicht.«

»Was denn, Herr von Kreuzberg?«

»Wiederkommen.«

»Warum nicht?« fragte Lilian, lächelnd in sein drollig verzagtes Gesicht blickend.

»Meine Kameraden haben mich schon furchtbar beneidet, daß ich einen plausiblen Grund hatte, in Kreuzberg Besuch zu machen. Wenn sie nun hören, daß ich sogar zum Diner bleiben durfte, hassen sie mich. Und wenn ich ihnen nun auch noch sage, daß ich wiederkommen darf, dann bringen sie mich möglicherweise kalten Blutes um.«

Alle lachten.

»Aber warum nur, Herr von Kreuzberg? Scheint es denn Ihren Kameraden beneidenswert, nach Kreuzberg kommen zu dürfen?« forschte Lilian amüsiert.

»Natürlich, mein gnädiges Fräulein. Bedenken Sie doch, daß unsere Garnison ziemlich öde ist. In der Stadt gibt es, außer beim Kommandeur, kaum noch zwei oder drei Häuser, wo man hingehen kann.«

Dies alles brachte Lothar mit drolliger Treuherzigkeit vor, und wieder hatte er damit einen Lacherfolg. John Crosshill übernahm es, ihm zu antworten.

»Der von Ihnen so lebendig geschilderte Notstand Ihrer Herren Kameraden geht mir zu Herzen. Wenn die Herren einige Rücksicht auf meinen leidenden Zustand nehmen wollen, dann sollen sie uns sehr willkommen sein. Wir werden unsere Karten übersenden und erwarten Ihre Besuche, nicht wahr, Lilian?«

Diese nickte dem Vater lächelnd zu. »Gewiß, Papa.«

In heiterster Stimmung wurde das Mahl beendet. Mr. Crosshill war lange nicht so heiter gewesen. Lilian freute sich dessen und dankte es dem jungen Offizier.

Als sich Lothar am Nachmittag verabschiedete, hinterließ er einen außerordentlich guten Eindruck. Man freute sich schon auf seine Wiederkehr.

Vergnügt fuhr er nach der Stadt zurück. Er begab sich sofort ins Kasino, wo ihn die Kameraden fast vollzählig erwarteten. Er schwenkte bei seinem Eintritt übermütig die Mütze. »Viktoria! Sieg auf der ganzen Linie!« rief er. Und in lustiger Stimmung erzählte er ausführlich und wurde tatsächlich als Wohltäter gefeiert.

Als Ronald von Ortlingen einige Tage später zur Besuchszeit in Kreuzberg vorsprach, fand er zu seinem Erstaunen einige Offiziere vor, die ihren Besuch machten.

Lothar von Kreuzberg war ebenfalls anwesend. Er hatte lachend gesagt: »Kinder, ich muß dabei sein und euch einführen, das macht gleich einen netten Eindruck.«

Er sorgte auch für die nötige Heiterkeit, und als Ronald von Ortlingen das große Empfangszimmer betrat, scholl ihm lautes, herzliches Lachen entgegen. Besonders vernahm er das warme, klare Lachen einer Mädchenstimme. Es klang von der einen Fensternische herüber, wo Miß Lilian mit Lothar von Kreuzberg in heiterster Unterhaltung beisammenstand.

Dies Lachen klang Ronald lange in den Ohren, und er konnte ein seltsames Unbehagen nicht los werden, wenn er es wieder und wieder hörte. Die junge Dame schien sich mit dem jungen Offizier ausnehmend gut zu unterhalten.

Heftiger Zorn stieg in ihm auf, und er redete sich, ärgerlich über sich selbst, ein, daß Lilian mit Lothar von Kreuzberg kokettiere.

»Warum auch nicht«, spottete er bei sich selbst, »wenn sie einen Freiherrn von Kreuzberg heiratet, kann sie zu frieden sein. Freifrau von Kreuzberg auf Schloß Kreuzberg, das klingt ganz annehmbar für eine Miß Crosshill.«

Tief verstimmt verließ er unter einem Vorwand Kreuzberg noch vor den Offizieren. Er war gekommen, um mit den beiden Damen einen geplanten Ausflug zu Pferde zu besprechen.

Zu ziemlich früher Stunde hatte sich Ronald für den nächsten Morgen mit den beiden jungen Damen verabredet. Er holte sie schon um sieben Uhr in Kreuzberg ab. Der Ausflug hatte die Försterei am großen Hennersberg zum Ziel.

Auf dem ganzen Wege ritt Lilian den beiden andern wie im Spiel immer ein Stück voraus. Sie glaubte ihnen damit einen Gefallen zu tun, und in selbstquälerischer Pein tat sie alles, was sie tun konnte, um dem »Liebespaar« ein Alleinsein zu ermöglichen. Ronald sah in diesem Bestreben jedoch nur Gleichgültigkeit ihm gegenüber.

In der Försterei, einem idyllisch gelegenen schmucken Häuschen am Fuße des großen Hennersberges, angelangt, fanden sie bereits Lothar von Kreuzberg mit drei dienstfreien Kameraden vor. Die andern hatten zu ihrem Leidwesen nicht abkommen können.

Ronald traute seinen Augen nicht, als er die jungen Offiziere sah, die sich sofort um die Damen drängten, um ihnen aus dem Sattel zu helfen. Auf dem ganzen Wege hatte Ronald erwartungsvoll dem Augenblick entgegengesehen, da er Lilian aus dem Sattel heben dürfte. Nun mußte er mit verbissenem Zorn zusehen, wie Lothar von Kreuzberg dies Amt übernahm, und wie Lilian ihm dankte. Sie begann auch sofort in heiterer, angeregter Weise eine Unterhaltung mit ihm. Seine übermütige

Laune heiterte sie auf und lenkte sie ab von ihren quälenden Gedanken. Dafür war sie ihm so dankbar.

Auch mit den andern Offizieren plauderte sie scherzend und lachend. Nur für Ronald hatte sie keinen Blick und kein freundliches Wort.

Er empfand darüber einen nagenden Schmerz, den er allerdings zu ersticken suchte.

Das Frühstück wurde von der hübschen, freundlichen Försterin und ihrem sauberen Dienstmädchen aufgetragen. Unter den Bäumen vor dem Hause standen einige Bänke vor langen, schlicht gezimmerten Tafeln.

In ausgelassenster Stimmung nahm man an der primitiven Tafel auf den langen Bänken Platz. Für die Damen hatte Lothar an den beiden Schmalseiten der Tafel zwei Sessel aufstellen lassen, die er selbst aus dem Forsthaus herübergeholt hatte.

Eine Serviette unter dem Arm geklemmt, spielte er in komischer Weise den dienstbeflissenen Kellner und servierte mit Grandezza den Damen Speise und Trank. Als er auch Veva auf diese Weise bedient hatte, beugte er sich plötzlich zu ihr herab und küßte sie auf die Wange.

»Statt des Trinkgeldes, Bäschen!« rief er übermütig.

Lilian sah in diesem Moment schnell zu Ronald hinüber, um zu sehen, was er für ein Gesicht machen würde zu dieser Zärtlichkeit Lothars seiner »Braut« gegenüber.

Ronald hatte sich in seinem verbissenen Zorn über Lothars »läppisches Wesen«, wie er es bei sich nannte, geärgert und sah sehr finster aus. Lilian erschrak über diesen Ausdruck seines Gesichts und glaubte, er sei zornig darüber, daß Lothar Veva geküßt hatte.

Fast eine Stunde saß man bei dem frugalen Frühstück, dem hauptsächlich die Offiziere mit gutem Appetit zusprachen. Dann rüstete man aber zum Aufbruch, weil die Herren zum Dienst zurück mußten und man einen Teil des Heimweges gemeinsam zurücklegen wollte.

Lilian kam an Lothars Seite von der Tafel herüber. Als sie Ronald wartend neben ihrem Pferd stehen sah, glaubte sie es in seinen Augen ungeduldig aufzucken zu sehen.

Er wünscht, daß ich mich beeile, damit ihm niemand bei Veva zuvorkommt, dachte sie.

Und das Haupt leicht neigend, sagte sie zu ihm in ihrer höflich-ruhigen Weise: »Helfen Sie nur Genoveva, Herr von Ortlingen, Herr von Kreuzberg wird mich in den Sattel heben.«

Mit einer kurzen, fast brüsken Verneigung trat Ronald zurück und ging, ohne zu antworten, zu Veva hinüber. Die Röte seines Gesichts war einer fahlen Blässe gewichen. Lilian ahnte nicht, was sie mit dieser Bevorzugung Lothars angerichtet hatte. Sie glaubte, Ronald einen Gefallen erwiesen zu haben.

Als dieser Veva in den Sattel gehoben hatte, fragte sie leise: »Was ist dir, Ronald? Du scheinst mir verstimmt zu sein.«

Er schüttelte hastig den Kopf. »Es ist nichts, Veva. Ich habe nur ein wenig Kopfweh.«

Veva streichelte sanft seine Stirn. »Armer Ronald.«

Lilian bemerkte diese kleine Szene.

Sie muß ihn begütigen, dachte sie. Sie ritt zwischen Lothar und einem der andern Offiziere schnell voraus, die beiden andern Offiziere folgten, und Ronald und Veva bildeten den Schluß.

An einem Kreuzweg mußten sich die Offiziere von den Damen und Ronald trennen, weil sie hier einen anderen Weg nach der Stadt einschlugen. Sie verabschiedeten sich in heiterster Stimmung.

Ronald und die beiden Damen ritten weiter. Aber die frohe Laune schien mit den Offizieren verflogen zu sein. Lilian wurde sehr still, und Ronald sah düster vor sich hin und biß sich nervös auf die Lippen.

Für den nächsten Sonntag sollten die Offiziere zum Diner nach Kreuzberg geladen werden. Veva schrieb auf Lilians Bitte die Einladungen aus.

»Sie senden doch auch Herrn von Ortlingen eine Einladung, Genoveva?« fragte Lilian.

»Wenn ich darf, sehr gern.«

»Gewiß dürfen Sie.«

Und so schickte Veva denn einen Boten mit den Einladungen nach der Stadt und einen andern nach Ortlingen. Sie fertigte die Boten in Lilians Beisein ab, und diese sah, daß der Bote nach Ortlingen außer dem großen, eleganten Kuvert, das die Einladung enthielt, noch ein kleines Billett zur Besorgung erhielt.

Ein Liebesbriefchen, dachte Lilian.

Als Lilian gesehen hatte, daß Veva dem Boten zwei Briefe für Ronald von Ortlingen übergab, ging sie still aus dem Zimmer und suchte ihr Turmgemach auf.

Gleich darauf tönten die tiefen, weichen Klänge des Harmoniums durch den stillen Raum.

Sie beherrschte das Instrument meisterhaft, und unter den Klängen kam Ruhe und Frieden in ihre Seele. Leise trat nach einer Weile ihr Vater ein, winkte ihr zu, sich nicht stören zu lassen, und nahm in einer der Fensternischen Platz. Sie spielte eine Bachsche Komposition zu Ende. Dann wandte sie sich lächelnd zu ihrem Vater um.

»Soll ich nun noch weiterspielen, Papa?«

»Wenn du willst. Du weißt, wie gern ich dir zuhöre.«

Sie spielte noch ein Stück. Dann erhob sie sich und setzte sich dem Vater gegenüber. Eine Weile sahen sie sich in die Augen mit dem sinnenden zärtlichen Ausdruck, der ihnen eigen war. Endlich sagte Lilian leise:

»Wie lange willst du noch hier in der Heimat Mr. Crosshill bleiben, lieber Papa? Gelüstet es dich noch nicht, den Schleier zu lüften?«

Er faßte ihre Hand. »Offen gesagt, Kind, ich fürchte mich ein wenig vor dieser Enthüllung. Ich weiß, daß dann allerlei Erregungen auf mich einstürmen. Wäre ich noch der gesunde, starke Mann früherer Tage, ich hätte längst die Maske abgeworfen. Aber ich fühle mich Erregungen weniger denn je gewachsen.«

Sie sah ihn sorgend an. »Du fühlst dich schlechter als sonst, Papa?« fragte sie angstvoll.

Er atmete tief auf. »Ich kann nicht sagen schlechter, mein liebes Kind. Nur fühle ich mich oft so müde, daß ich meine, ich könnte eine große Aufregung nicht mehr ertragen. Und ich möchte doch meine Rechtfertigung noch erleben und möchte die Gewißheit haben, daß du dein Haupt hier frei und stolz erheben darfst. Deshalb spare ich so ängstlich mit meinen Kräften. Habe ich doch bisher sogar einen Besuch in Ortlingen vermieden. Und doch zieht es mich mit Allgewalt hinüber. Einmal noch möchte ich die Stätte wiedersehen, wo Anneliese von Strachwitz lebte – und litt. Täglich zieht es mich dorthin, wie nach einem geweihten Boden. Und nun habe ich mir vorgenommen, daß ich nächste Woche hinüberfahren werde. Ich denke, wir fahren mit Tante Stasi und Veva, die sollen die Aufmerksamkeit ein wenig von mir ablenken. Deiner Hilfe bin ich ja sicher.«

Lilian nickte: »Ja, Papa. Du kannst dann wohl am

Sonntag Herrn von Ortlingen unser Kommen ankündigen. Da wir ja in der Stadt schon Karten abgegeben haben, müssen wir doch wohl auch in Ortlingen Besuch machen. Auch auf den umliegenden Gütern müssen wir Visite machen. «

»Ja, ja, mein Kind, im Auto sind wir ja bald herum. Es soll alles geschehen. Übrigens suchte ich dich eigentlich in einer anderen Angelegenheit auf. Ich wollte dir sagen, daß ich meinen längst festgelegten Letzten Willen, der dich nach Abzug einiger Legate zu meiner Universalerbin macht, noch ein Kodizill angehängt habe, wie wir neulich besprochen haben. Du weißt, es handelt sich um Tante Stasi und Veva. Ich möchte die Zukunft dieser beiden Frauen sicherstellen.«

Lilian nickte und streichelte seine Hand.

Sie dachte zwar bei sich, daß Vevas Zukunft bald ein anderer sicherstellen würde, aber sie hatte ihrem Vater noch nie etwas von ihren Beobachtungen gesagt und wollte auch jetzt nicht darüber sprechen.

»Es ist gut so, lieber Papa. Wir sind ja darüber einig. Aber nun sprich nicht mehr davon, daß eines Tages dieser Letzte Wille in Kraft treten muß. Kommt das Grausame an uns heran, so will ich tapfer sein. Aber vorher will ich nicht daran denken, will mir nicht eine Minute des Zusammenseins mit dir durch die Angst vor dieser Stunde trüben lassen. Gott wird uns ja nicht so bald vor eine Trennung stellen und dich mir noch lange Jahre erhalten. Du wirst diese Schwäche schon überwinden, sie ist eine Folge der anstrengenden Kur. Du weißt doch, der Nauheimer Arzt sagte es dir voraus, daß die Kur eine gewisse Mattigkeit zurücklassen würde.«

Er streichelte ihr Haar. »Ja, ja, mein Kind, ich fürchte ja auch den Tod nicht. Ein langes und reiches Leben liegt hinter mir, in dem ich alle Höhen und Tiefen kennengelernt habe. Und jetzt, an der Schwelle des Greisenalters, ist meine ganze Jugend hier noch einmal lebendig geworden. Ich durchlebe sie gewissermaßen zum zweitenmal. Nun habe ich nur noch zwei Wünsche: Ortlingen wiederzusehen und von Ortlingen über seine Mutter und ihr Leben sprechen zu hören – und meine Ehre wieder ganz rein zu waschen von falschen Verdächtigungen. Ich habe das Gefühl, als wisse Ronald von Ortlingen alles, was damals geschehen ist.«

»Nun, du würdest das alles wohl erfahren, wenn du deine Maske fallen ließest und ihn offen danach fragen würdest. Aber ich fürchte selbst, du würdest dich zu sehr aufregen, und kann und will dir deshalb nicht zu diesem Schritte raten.«

»Wir werden langsam, Schritt für Schritt, unserem Ziele näherkommen, Lilian. Einmal muß ja die Wahrheit an den Tag kommen. Manchmal wünsche ich freilich, es geschähe erst nach meinem Tode. Dann wäre es an dir, den Schleier zu lüften und für mich einzutreten. Das wirst du tun, Lilian, wenn mich der Tod zu früh ereilt, nicht wahr?«

»Gewiß, mein lieber, lieber Papa, ich verspreche es dir.«

»Gut, gut, so wollen wir alles an uns herankommen lassen. Aber halt – ehe ich vergesse – Mr. White hat auf meinen Wunsch unter der Hand Erkundigungen über Lothar von Kreuzberg eingezogen. Der arme Schelm schlägt sich schlecht und recht mit einer sehr knappen Zulage durch seine Leutnantsmisere. Bei seinem Naturell ist das eine doppelte Plage. Ich kann mich in seine Lage versetzen, wenn ich an vergangene Tage denke. Lothar hat es nun trotz allen guten Willens nicht hindern können, Schulden zu machen, die langsam angewachsen sind. Ich habe Mr. White Auftrag gegeben, nachzuforschen, wie hoch sich seine Schulden belaufen und wer seine Gläubiger sind.«

Lilian lachte leise. Seit Lothars Name genannt worden war, blickten Vater und Tochter unwillkürlich heiterer.

»Ich weiß nun schon, was du tun wirst, Papa – und ich freue mich deines Vorsatzes. Lothar ist uns lieb geworden, nicht wahr?«

John Crosshill nickte. »Sehr lieb, er ist von einer so gesunden Frische, daß man alle Plage in seiner Gegenwart vergißt. Das will ich ihm dankbar gedenken. Und wir verstehen uns wieder einmal ohne Worte, meine Lilian. Natürlich darf er nicht wissen, wer ihm diesen ›Klotz am Bein‹ amputiert hat. Ich werde mir einen kleinen Scherz leisten.«

Er berichtete Lilian, was er sich ausgedacht hatte. Lächelnd hörte sie ihm zu und nickte fröhlich zustimmend. So waren Vater und Tochter in heiterer Stimmung, als es klopfte und auf ihren Ruf Veva eintrat.

»Ich wollte nur fragen, ob Sie meiner bedürfen, Lilian«, sagte sie und sah mit ihren goldschimmernden Augen auf Vater und Tochter. Lilian zog sie heran. »Ja, kommen Sie, Genoveva, und plaudern Sie mit uns. Wir erzählen uns eben Schnurren von Ihrem Vetter.«

Veva zog sich einen Sessel herbei. »Lothar ist ein unerschöpfliches Thema, wenn man guter Laune sein will. Mir geht es selber so: wenn ich einmal so recht verzagt bin, brauche ich nur an ihn zu denken. Dann höre ich ihn im Geiste sagen: ›Nur Mut, die Sache wird schon schiefgehen.‹ Und gleich muß ich alles Zagen vergessen.«

»Gibt es denn in Ihrem Dasein auch verzagte Stunden, Fräulein Veva?« fragte John Crosshill lächelnd.

Veva atmete tief auf und sah ihn mit leuchtenden Augen. »Manchmal – o ja – aber ich sage mir immer schnell wieder, daß es ein Unrecht von mir ist, verzagt zu sein. Tante Stasi sagt: Unverzagten Menschen hilft der liebe Gott am liebsten. Und daran halte ich mich.«

»Bravo, Fräulein Veva! Das gefällt mir.«

Lilian sah Veva still an und dachte, daß diese trotz allem beneidenswert sei.

Bei dem auserlesenen Diner, zu dem die Offiziere und Ronald von Ortlingen nach Kreuzberg geladen waren, herrschte fröhlichste Stimmung, die noch erhöht wurde durch die köstlichen Weine und Lothars gute Laune.

Nur Ronald mußte sich auch heute zur Heiterkeit zwingen, die ihm nicht aus dem Herzen kam.

Veva war ihm, als er kam, entgegengeeilt. »Hast du einen Brief für mich, Ronald?« fragte sie leise.

Er sah sie lächelnd an. »Ja, einen sehr umfangreichen, zwölf Seiten mindestens. Aber ich kann ihn dir jetzt nicht geben, man beobachtet uns. Ich werde ihn Tante Stasi aushändigen. Da kannst du ihn dir dann dort abholen.« Sie drückte mit selig aufleuchtendem Blick seine Hand. »Lieber Ronald, tausend Dank.«

Er nickte ihr lächelnd zu und ging, um die andern Herrschaften zu begrüßen. Lilian hatte aus dem Nebenzimmer die kleine Szene beobachtet.

Sie sind wieder versöhnt, dachte sie.

Das Diner erstreckte sich bis zum Spätnachmittag. Nach Tisch bildeten sich, während der Mokka serviert wurde, zwanglose Gruppen. Und wieder fesselte Lilian Lothar von Kreuzberg an ihre Seite. Er ließ sich das natürlich mit Wonne gefallen und suchte sie so gut wie möglich zu unterhalten. Ihr klares, warmes Lachen klang verschiedene Male an Ronalds Ohr.

Mitten in diesem fröhlichen Kreise überkam ihn plötzlich ein Gefühl der trostlosesten Vereinsamung. Ihm war zumute, als gehöre er nicht in diese heitere Gesellschaft. Ganz allein saß er eine Weile in einer der tiefen Fensternischen, im Banne einer unbeschreiblichen Traurigkeit, über die er nicht Herr werden konnte. Da trat Mr. Crosshill an seine Seite.

»Sie haben sich in diese Nische wie auf eine stille Insel zurückgezogen, Herr von Ortlingen. Störe ich Sie?«

»Keineswegs, Mr. Crosshill! Ich ließ nur das bunte Bild auf mich einwirken. Die Uniformen der Herren stimmen so gut zu den Toiletten der Damen. Ich bewundere in aller Ruhe diese Farbensymphonie.«

»Bitte behalten Sie Platz. Wenn Sie gestatten, setze ich mich ein Weilchen zu Ihnen und bewundere mit.«

Helles Lachen klang in diesem Moment zu ihnen herüber.

»Da hat sicher Herr von Kreuzberg wieder einen guten Einfall gehabt.«

»Ja, er hat immer die Lacher auf seiner Seite. Er ist ein liebenswerter Mensch«, erwiderte Ronald, seinen Ärger verbeißend.

»Er ist außerdem ein sehr guter Mensch«, bemerkte der alte Herr warm.

Ronalds Stirn zog sich zusammen. »Ich kenne ihn zuwenig, um ihn beurteilen zu können«, sagte er kühl.

Mr. Crosshill sah mit still verklärtem Blick in Ronalds Gesicht. »Auch ich kenne ihn nur wenig, erst seit kurzer Zeit. Aber wenn man alt geworden ist, lernt man die Menschen leichter verstehen und einschätzen.«

Ronald blickte ihn mit seinen hellen Augen forschend an. »Dann möchte ich wissen, wie Sie mich einschätzen, Mr. Crosshill.«

Er sagte das halb im Ernst, halb im Scherz. Das Gesicht des alten Herrn überflog ein weiches Lächeln.

»Das kann ich Ihnen ganz offen sagen, Herr von Ortlingen. Wenn mir das Schicksal einen Sohn beschert hätte, so hätte ich mir gewünscht, daß er wie Sie beschaffen sein möchte, nur vielleicht nicht ganz so schwerblütig.«

Ronalds Stirn rötete sich jäh. Wer ihm vor kurzer Zeit noch gesagt hätte, daß ihm solche Worte aus dem Mund des »Amerikaners« so wohl tun würden, dem hätte er nicht geglaubt.

Ronald atmete tief auf. »Ihre Worte ehren mich sehr, Mr. Crosshill. Und was meine Schwerblütigkeit betrifft, die hängt mir an seit meiner Kindheit, und ich kann sie mit dem besten Willen nicht ganz loswerden. Ich habe eine trübe Kindheit und Jugend hinter mir, mußte mit meinen Gefühlen zwischen Vater und Mutter stehen, die sich im Herzen nicht zueinander finden konnten. Es schmerzte mich, daß ich den Vater nicht lieben konnte, und schmerzte mich noch viel mehr, daß ich meine Mutter leiden sah. Denn ich habe meine Mutter namenlos geliebt und verehrt. Sie trug ein schweres Los und hatte nur ein Glück: meine Liebe.«

Ronald wußte selbst nicht, wie es kam, daß er Mr. Crosshill einen so tiefen Blick in sein Inneres gestattete. In den Augen des alten Herrn funkelte es seltsam feucht. »Es klingt so gut, wie Sie von Ihrer Mutter sprechen«, sagte er leise.

Ronald fuhr sich über die Stirn. »In meiner Mutter sah ich das Ideal einer Frau. Sie war mir alles. Solange mein

Vater lebte, war ich oft auf lange Zeit von ihr getrennt; aber es war mir immer, als schritte sie an meiner Seite. Nach meines Vaters Tod waren wir unzertrennlich, bis sie starb. Nun ist es mir natürlich sehr einsam in Ortlingen.«

Ronald hatte das Gefühl, verstanden zu werden. Die Worte drängten sich wie in einem Zwang über seine Lippen.

John Crosshill richtete sich auf, als wolle er eine Last abwerfen, die ihn zu Boden drücken wollte. Dann sagte er bewegt: »Ich kann Ihnen das alles nachfühlen, denn zwischen meiner Tochter und mir herrscht ein ebenso inniges Verhältnis. Und wenn ich einmal abgerufen werde, wird sie auch vereinsamt zurückbleiben, denn sie ist eine Natur, die sich in ihrem innersten Fühlen und Denken nur schwer an jemand anschließen kann. Ich freue mich deshalb sehr, daß sie sich mit Tante Stasi und Fräulein Veva so gut verstehen lernte. So hat sie wenigstens zwei Menschen, die sie vor völliger Vereinsamung schützen. Aber auf was für ernste Dinge sind wir geraten, während alles um uns her lacht und fröhlich ist? Ich wollte Ihnen nur noch sagen, daß wir in den nächsten Tagen endlich unseren Besuch in Ortlingen machen wollen. Ich möchte mir gern Ihr schönes Schloß ansehen. Es wurde mir viel gerühmt von Tante Stasi und Fräulein Veva.«

»Und wann darf ich Sie erwarten?«

»Nun, sagen wir übermorgen, gleich nach Tisch.«

»Es ist gut. Und Sie müssen mindestens bis zum Tee bleiben. Tante Stasi und Veva können Sie und Ihr Fräulein Tochter begleiten. Ich freue mich sehr darauf, Sie alle bei mir zu sehen.«

Am übernächsten Tage fuhr Mr. Crosshill mit den drei Damen nach Ortlingen.

Ronald erwartete seine Gäste an der Schwelle seines Hauses und begrüßte sie sichtlich erfreut und herzlich.

Bei der allgemeinen Begrüßung fiel es niemand auf, daß John Crosshill eine Weile zögernd vor dem Portal stand und seinen Blick nach der Seite der Terrasse hinüberschweifen ließ, wo die Zimmer von Ronalds Mutter lagen. Sein Antlitz war sehr blaß und zuckte nervös wie in tiefer Erregung.

Lilian faßte endlich seinen Arm. »Lieber Papa«, flüsterte sie beruhigend.

Er nickte ihr, sich zusammenraffend, zu, und ging dann an ihrer Seite mit festen Schritten über die Schwelle.

Frau Hellmann begrüßte die Gäste ihres Herrn in der großen Vorhalle in ihrer feinen, stillen Art und geleitete sie in das große Empfangszimmer neben der Halle.

Hier plauderte man eine Weile, bis Mr. Crosshill den Wunsch aussprach, das Schloß zu besichtigen.

Ronald war sogleich bereit, seine Gäste herumzuführen. In der langen Ahnengalerie und den großen Repräsentationsräumen war viel Glanz und solide Pracht aufgespeichert, und Lilian dachte an Vevas Ausspruch, daß hier jedes Möbel seit Jahrhunderten seinen angestammten Platz hatte.

Als die kleine Gesellschaft in Ronalds Arbeitszimmer eintrat, faßte John Crosshill plötzlich mit einem krampfhaften Druck Lilians Arm.

Sie sah erschrocken zu ihm auf. Er war sehr bleich geworden und sah mit großen starren Augen zu einem Bilde empor, das über dem Schreibtisch hing. Es war das Porträt einer jungen Frau in Lebensgröße.

Lilian ahnte, wen dieses Bild darstellte. Und sogleich sagte auch Ronald neben ihr: »Es ist meine Mutter. Das Bild ist bald nach meiner Geburt gemalt worden.«

»Von einem wahrhaften Künstler, das Bild lebt«, rang es sich in rauhen Tönen von John Crosshills Lippen.

Tante Stasi stand abseits und sah erregt in sein Gesicht.

Ronald aber sagte überrascht: »Ich hörte diesen Ausspruch vor dem Bilde schon oft, von Menschen, die meine Mutter gut gekannt haben. Daß Sie dasselbe Urteil über dieses Bild haben, Mr. Crosshill, ohne das Original gekannt zu haben, ist ein Zeichen, daß es wirklich gut ist.«

Lilian drückte mahnend des Vaters Arm.

John Crosshill faßte sich. »Man braucht das Original nicht gekannt zu haben, um das Bild meisterhaft zu finden«, sagte er so ruhig er konnte, ohne seine Augen von dem leidvollen Frauenantlitz zu lassen. »Zum Beispiel dies Medaillon an der goldenen Kette, die Ihre Frau Mutter auf diesem Bilde um den Hals trägt, es ist gemalt, daß man glaubt, es mit den Händen greifen zu können.«

Lilian erzitterte leise und sah mit großen Augen auf das gemalte Medaillon. Sie ahnte, daß es dasselbe war, das im Leben ihres Vaters eine entscheidende Rolle gespielt hatte. Er hatte ihr davon erzählt.

Lilian wollte ihrem Vater zu Hilfe kommen, da sie merkte, daß er seine Erregung nicht verbergen konnte.

»Papa interessiert sich sehr für Porträts. Gestatten Sie, Herr von Ortlingen, daß er sich dieses Gemälde eine Weile in Ruhe betrachtet«, sagte sie zu Ronald.

Tante Stasi unterstützte sie instinktiv. »Sie können ja inzwischen mit den jungen Damen weitergehen, lieber Ronald. Ich warte auf Mr. Crosshill und komme mit ihm nach.«

John Crosshill sank, als die andern sich entfernt hatten, mit einem schweren Atemzug in den Sessel, und Tante Stasi ließ sich hinter ihm am Fenster nieder. Der alte Herr vergaß, daß er nicht allein war. Seine Augen ruhten, wie in Andacht versunken, auf dem feinen, lebenswahren Frauenantlitz. Und seine Lippen formten einen Namen, der leise, wie ein Hauch durch das Zimmer schwebte.

»Anneliese.« So leise er auch seinen Lippen entfloh, Tante Stasi vernahm ihn doch. Und aus ihren Augen tropfte es plötzlich heiß und brennend auf ihre krampfhaft verschlungenen Hände herab. Aber sie regte sich nicht, um den stillen Mann da drüben nicht in seiner Andacht zu stören.

John Crosshill saß lange und in sich versunken vor dem Bilde. Seine Augen glitten nur einige Male herab auf das Medaillon um den schönen, schlanken Frauenhals.

Anneliese von Ortlingen hatte dies Medaillon mit ins Grab genommen, und Ronald von Ortlingen mußte wissen, warum sie sich nicht davon trennen wollte.

Dieser Gedanke wirkte wie eine friedliche, beruhigende Botschaft auf John Crosshill.

Nach einem letzten, langen Blick in das stille Gesicht da oben erhob er sich endlich und sah sich wie erwachend um. Ein stilles Leuchten lag auf seinem Antlitz.

Er sah Tante Stasi am Fenster sitzen und scheinbar ruhig hinausblicken. Da trat er neben sie, und auf das Bild zeigend, sagte er leise, als fürchte er, die Ruhe einer Toten zu stören:

»Auf diesem Antlitz liegt ein Schicksal.«

Sie neigte nur still das Haupt. Und Seite an Seite gingen sie langsam aus dem Zimmer. Auf der Schwelle wandte sich John Crosshill noch einmal um und sah wie abschiednehmend nach dem Bild hinüber. Ein verirrter Sonnenstrahl huschte gerade über das gemalte Gesicht, wie ein verlorenes Lächeln, wie ein stiller Gruß.

Sie sprachen nicht mehr zusammen, bis sie wieder mit Ronald und den beiden jungen Damen zusammentrafen.

John Crosshill erklärte, daß er sich doch zuviel zugemutet habe. »Ich kann mich heute nicht weiter an der Besichtigung des Schlosses beteiligen, Herr von Ortlingen.«

»So lassen Sie uns eine Weile unten auf der Terrasse im Sonnenschein sitzen, Mr. Crosshill, bis Ronald und Veva Miß Lilian vollends herumgeführt haben. Ich leiste Ihnen gern Gesellschaft, denn ich habe das alles schon oft gesehen«, sagte Tante Stasi. John Crosshill ging gern auf diesen Vorschlag ein.

Sie saßen vor den Fenstertüren, die zu den Zimmern von Ronalds Mutter führten. John Crosshills Augen hingen an diesen Türen mit einem schmerzvoll finsteren Ausdruck. Seine Stirn zog sich in finstere Falten, als quäle ihn eine böse Erinnerung.

So saß er still in sich gekehrt, und Tante Stasi störte ihn nicht.

Endlich kamen die jungen Leute auf die Terrasse heraus. Bis auf die Zimmer seiner Mutter hatte Ronald Lilian sein ganzes Haus gezeigt, nur diese Zimmer hatte er nicht geöffnet.

Jetzt aber, nachdem sie eine Weile plaudernd vor diesen Zimmern gesessen hatten, erhob er sich plötzlich und sagte:

»Wollen Sie noch einen Augenblick hier eintreten in die Zimmer meiner Mutter? Ich möchte Ihnen mein Harmonium zeigen. Sie sollen sehen, daß es dasselbe Fabrikat ist wie das Ihre.«

Veva sah fast erschrocken zu Ronald empor. Sie wußte ja, daß er diese Zimmer heilig hielt und keinen fremden Fuß über die Schwelle ließ. Daß er es Lilian gestattete, war eine große Auszeichnung.

Mr. Crosshill sah den jungen Leuten nach. Das Leuchten von vorhin war wieder auf seinem Antlitz, als seine Tochter diese geheiligte Schwelle überschritt. Unwillkürlich beugte er sich vor in seinem Sessels. Und so vorgeneigt konnte er in das geöffnete Zimmer hineinblicken.

Seine Augen fielen sofort auf das Porträt von Ronalds Vater. Da zuckte er zusammen wie unter einem Schlag. Sein Antlitz bekam einen furchtbaren Ausdruck, aus Qual, Zorn und Haß gemischt. Er starrte mit wilden Blikken in das Gesicht seines Todfeindes, und seine Züge verzerrten sich.

Ein röchelnder Laut rang sich aus seiner Brust und machte Tante Stasi aufmerksam. Sie sah und begriff sofort alles. Und als er nun mit rotem Gesicht und qualvoll nach Atem ringend in seinen Sessel zurückfiel, sprang sie auf, um ihm zu helfen.

In demselben Augenblick drangen aus dem geöffneten Zimmer weiche, volle Töne. Lilian spielte auf dem Harmonium. Und diese Klänge wirkten beruhigend auf den furchtbar erregten Mann. Zwar nahm er dankbar das immer bereite Pulver, das ihm Tante Stasi schnell reichte, aber er winkte ihr beruhigend zu.

»Still, still, es geht vorüber, danke«, stammelte er.

Tante Stasis Hände zitterten, als sie die Medizin, die sie für Mr. Crosshill immer bei sich führte, wieder in ihrer Handtasche barg.

»Es ist vorüber, ich habe mich ein wenig übernommen heute. Spielt da nicht Lilian auf dem Harmonium?«

»Ja, im Zimmer von der verstorbenen Frau von Ortlingen. Herr von Ortlingen muß Ihr Fräulein Tochter sehr hoch schätzen, da er ihr die Zimmer seiner Mutter öffnete. Bis heute durfte kein fremder Fuß diese Zimmer betreten.«

»Sie meinen, daß Ronald von Ortlingen einige Sympathie für meine Tochter hegt?« fragte er.

»Ja! Er kam ihr erst mit einem Vorurteil entgegen, das der Ausländerin galt. Aber dies Vorurteil hat er längst fallenlassen.«

Der alte Herr blickte zu ihr empor mit einem seltsam leuchtenden Blick. »Wie kommt es, daß Herr von Ortlingen noch nicht verheiratet ist?«

Tante Stasi sah unsicher zur Seite, als wollte sie vermeiden, in seine Augen zu sehen. »Ronald darf nach den Bestimmungen des Majorats nur eine Frau heiraten, die von gleich altem Adel ist wie er selbst.«

Dann kamen die jungen Leute zurück. John Crosshill sah von Lilian zu Ronald von Ortlingen hinüber. Er merkte, daß beider Antlitz blaß und erregt war. Nur Veva war unbefangen heiter. Sie freute sich harmlos, daß Ronald scheinbar seine Abneigung gegen Lilian verloren hatte.

Erst gegen sieben Uhr brachen die Gäste Ronalds auf, um nach Kreuzberg zurückzukehren.

Sie legten die Fahrt fast schweigend zurück, jeder mit seinen eigenen Gedanken beschäftigt.

Daheim angelangt, begleitete Lilian den Vater in seine Zimmer. Sie schmiegte sich in seine Arme.

»Nun liegt auch das hinter dir, mein lieber Papa! Wie sehr war ich in Sorge um dich. Aber seit ich heute das

Bild von Ronald von Ortlingens Mutter gesehen habe, kann ich dich noch viel besser verstehen als bisher. Ich habe auch in ihren Zimmern das Bild ihres Gatten, Ronalds Vater, gesehen. Welch ein hartes, tyrannisches Gesicht. Sein Sohn gleicht ihm wenig – Gott sei Dank!«

Das letzte fuhr ihr gegen ihren Willen heraus.

Der Vater sah sie forschend an, und sie errötete jäh unter seinem Blick.

Lilian und Ronald von Ortlingen? Das wäre ein seltsamer Abschluß. Sollte das Schicksal sich diesen friedlichen Ausgleich vorbehalten haben? Ich muß die beiden jungen Menschen doch einmal schärfer beobachten, dachte Mr. Crosshill.

Ronald hatte mit gemischten Gefühlen die Einladung zu einem Gartenfest in Kreuzberg empfangen. Es gefiel ihm durchaus nicht, daß Kreuzberg jetzt immer voller Gäste war.

Mit wenig Freude kleidete sich Ronald an und fuhr nach Kreuzberg. Als einer der letzten Gäste traf er dort ein. Das Fest war schon im vollen Gange. Ein buntes, lebhaftes Bild bot sich seinen Augen.

Mr. Crosshill, der im Frack eine imposante, vornehme Erscheinung bot, kam auf ihn zu und schüttelte ihm herzlich die Hand. Sie mischten sich unter die fröhliche Gesellschaft.

Ronald ließ seine Augen suchend umherschweifen, während er mit Mr. Crosshill plauderte. Er hatte Lilian noch nicht entdeckt. Endlich sah er sie. Sie kam aus einem der Zelte auf ihn zugeschritten, in einem ganz schlichten weißen Kleid ohne jeden Schmuck. Nur einige Rosen hatte sie in den Gürtel gesteckt, sie waren frisch vom Strauch gebrochen. Mit Absicht hatte sie diese einfache Toilette gewählt. Sie wußte, daß die Damen des

Regiments meist in sehr bescheidenen Verhältnissen lebten, und wollte sie nicht durch eine prunkende Toilette in den Schatten stellen.

An Lilians Seite schritt die Frau Oberst, eine etwas starke, kurzatmige Dame, deren volles, rotes Gesicht sich mühte, recht vornehm auszusehen.

Ronald sah, daß Lilian zu einer erregten Rede der Frau Oberst mit ruhigem Lächeln anmutig das Haupt neigte. Wie vornehm und reizend ihre Haltung war und wie wohltuend ihr Wesen abstach gegen das ihres Gastes.

Er ging ihr schnell entgegen und begrüßte sie. Ihr Gesicht nahm sofort den kühlen, förmlichen Ausdruck an, den sie immer für ihn hatte, und ihre Augen blickten stolz und kalt in die seinen.

Ein heißer, schmerzlicher Zorn stieg in ihm auf. Warum war sie gerade ihm gegenüber stets so eisig und förmlich, warum hatte sie nie für ihn ein freundliches Lächeln, wie sie es andern zuteil werden ließ? Was hatte er ihr nur getan, weshalb kränkte sie ihn so sehr?

»Genoveva sitzt da drüben in diesem Zelt«, sagte sie hastig, nachdem sie ihn begrüßt hatte, und schritt weiter.

Langsam und bedrückt ging Ronald weiter, um Veva zu begrüßen. Er fand sie mit einigen jungen Damen in dem bezeichneten Zelt.

Ronald wurde lachend und mit strahlenden Blicken empfangen. Er galt als die glänzendste Partie im weiten Umkreis, und manche der jungen Damen konnte mit der nötigen Ahnenzahl aufwarten, die eine Herrin von Ortlingen besitzen mußte.

Veva machte ihm lächelnd neben sich Platz, und er ließ sich nieder und plauderte scherzend mit den jungen Damen, die sich eifrig mühten, ihm zu gefallen.

Lilian hatte ihn mit ihren Blicken verfolgt, und als sie

sah, daß er neben Veva Platz nahm, stahl sich ein leiser Seufzer über ihre Lippen.

»Warum muß ich gerade mein Herz an diesen einen Mann hängen, der mir unerreichbar ist und der einer andern gehört? Gibt es nicht genug andere Männer, die ebenso reich ausgestattet sind mit Gaben des Geistes und des Körpers? Ist es Bestimmung? Mein Vater liebte seine Mutter; vielleicht muß ich deshalb mein Herz an ihn verlieren. Und wenn er Genoveva nicht vor mir geliebt hätte, ob sich dann vielleicht sein Herz mir zugewandt hätte?«

Endlich fiel es ihr auf, daß alle jungen Herren sich um sie geschart hatten und die anderen jungen Damen kaum beachteten. Da wandte sie sich hastig an Lothar.

»Wissen Sie vielleicht, wo mein Vater ist, Herr von Kreuzberg?«

»Nein, mein gnädiges Fräulein. Darf ich helfen, ihn zu suchen?« antwortete Lothar und riskierte einen tiefen, feurigen Blick in ihre Augen.

Sie achtete gar nicht darauf. Mit einem freundlichen Lächeln verabschiedete sie sich von den Herren.

»Ich muß nach meinem Vater sehen, damit er sich nicht zuviel zumutet. Viel Vergnügen inzwischen, meine Herren«, sagte sie und legte ihre Hand auf Lothars Arm, der sie stolz wie ein Sieger davonführte.

Sie mußten lange suchen, ehe sie John Crosshill fanden. Überall wurden sie aufgehalten. In dem Zelt, wo vorhin Ronald neben Veva gesessen, hatten sich einige junge Herren unter die Damen gemischt. Veva und Ronald waren nicht mehr dabei, das sah Lilian sofort. Lachend wurde Lilian aufgefordert, Platz zu nehmen, aber sie löste sich mit einem Scherzwort und ging mit Lothar weiter.

Nach einer Weile kamen sie an einem kleinen Zelt, unweit der Musik, vorbei. Als Lilian hineinsah, erblickte sie Ronald und Veva. Sie waren ganz allein, saßen sich gegenüber und sahen sich lächelnd ins Gesicht.

Lilian glaubte natürlich, die »Liebenden« hätten sich mit Absicht in die Einsamkeit dieses Zeltes zurückgezogen, und zog Lothar eilig weiter.

Sie fanden Mr. Crosshill endlich im friedlichen Gespräch mit einigen älteren Herren, die sich um eine eisgekühlte Bowle in einem der Zelte versammelt hatten. In nächster Nähe saß Tante Stasi mit einer alten Dame auf einer Bank, wie eine treue Schildwache auf John Crosshill achtend.

»Sie können ganz unbesorgt sein, Lilian. Ich lasse Ihren Herrn Vater nicht aus den Augen«, sagte sie lächelnd, als die beiden jungen Leute zu ihr traten.

Lilian nickte ihr dankbar zu. »Entschuldigen Sie mich einige Minuten, Herr von Kreuzberg, da ich Papa nun einmal gefunden habe, will ich mich schnell von seinem Wohlsein überzeugen.« Sie löste ihren Arm aus dem Lothars und ging zu ihrem Vater hinüber, während Lothar sich mit den beiden alten Damen unterhielt.

Lilian wurde von den alten Herren mit heiteren Komplimenten empfangen. Man wollte ihr Platz machen, aber sie dankte lächelnd.

»Ich gehe gleich wieder fort, meine Herren, bitte sich nicht stören zu lassen. Ich wollte nur sehen, ob Sie auch mit allem versehen sind«, sagte sie, während sie verstohlen des Vaters Hand drückte.

Es wurde ihr versichert, daß man sich riesig behaglich fühle und nichts entbehre.

Lilian sah den Vater forschend an. Er nickte ihr beruhigend zu, und da sie ihn heiter und ruhig sah, ging sie wieder davon.

Lothar kam ihr schon entgegen und bot ihr den Arm.

Ronald hatte Lilian mit Lothar vorübergehen sehen, und als sie jetzt auf dem Rückweg wieder an dem Zelt vorüberkamen, wo er mit Veva saß, sprang er auf und bat Veva, mit ihm hinauszutreten ins Freie. So standen sie plötzlich vor Lilian und Lothar.

»Sie suchen gewiß ein Ruheplätzchen, mein gnädiges Fräulein. Dies Zelt ist ganz leer. Wollen Sie nicht Platz nehmen?« fragte Ronald hastig, um eine Anknüpfung zu finden.

Lilian zögerte einen Augenblick unschlüssig, aber dann trat sie ein und ließ sich in einem Sessel nieder.

»Da heute noch getanzt werden soll, ist es gut, man ruht sich ein wenig aus«, sagte sie. »Kommen Sie, Genoveva, setzen Sie sich zu uns.«

Veva nahm an ihrer Seite Platz, und die Herren ließen sich den Damen gegenüber nieder.

Gleich darauf wurde Lothar von einer Schar junger Mädchen entführt, die ihn zu einem Spiel brauchten.

Lilian unterhielt sich mit Ronald und Veva über oberflächliche Dinge. Kaum war Lothar aber verschwunden, da wurde Veva durch einen Diener abgerufen.

»Ich komme gleich wieder«, sagte sie und eilte aus dem Zelt.

So saßen sich Ronald und Lilian plötzlich allein gegenüber. Lilian suchte das belanglose Gespräch fortzusetzen, aber ihre Miene war dabei kühler und förmlicher denn je.

In seiner Brust kämpfte ein Gefühl der Bitterkeit über ihre Kälte mit einer plötzlich über ihn kommenden heißen Sehnsucht, so mit ihr allein bleiben zu können.

Mit einem brennenden Blick in ihr Gesicht sehend, sagte er plötzlich halblaut, mit verhaltener Stimme: »Da mir der Zufall ein kurzes Alleinsein mit Ihnen beschert hat, möchte ich die Gelegenheit benützen, Ihnen eine Frage vorzulegen, die ich schon lange an Sie richten wollte. Was habe ich verbrochen, daß Sie mich immer so kalt und abweisend behandeln?«

Sie saß wie gelähmt vor Schreck über die Frage. Das Blut schoß ihr jäh ins Antlitz.

»Ich verstehe Sie nicht, ich weiß nicht, was Sie meinen, Herr von Ortlingen«, stieß sie zitternd hervor.

Er neigte sich vor und sah sie forschend an. »Doch, Sie verstehen mich, und Sie sind ein viel zu wahrhaftiger Charakter, als daß Ihnen eine Unwahrheit nicht schwerfiele. Sie weichen mir aus, und das bestärkt mich in der Annahme, daß Sie etwas gegen mich haben.«

Sie rang nach Fassung. »Nein, nein. Sie irren sich, ich habe gewiß nichts gegen Sie, wie sollte ich? Sie sind uns, meinem Vater und mir, stets ein gern gesehener Gast.«

»Ihrem Herrn Vater, ja. Das fühle ich und freue mich darüber. Aber nicht Ihnen. Das fühle ich auch; und es schmerzt mich.«

Sie hob die gesenkten Augen und sah ihn an. Und da erschrak sie bis in ihre tiefste Seele hinein. Aus seinen Augen leuchtete ihr etwas entgegen, was sie in einen Aufruhr versetzte. Wie ein heißes Sehnen brannte es aus seinem Blick in den ihren und wie ein stummes Flehen.

Was war das? Was sollte ihr dieser Blick? Er liebte doch Genoveva, sie hatte doch mit eigenen Augen gesehen, daß er sie küßte und ihr seine Briefe heimlich zusteckte.

»Herr von Ortlingen, ich glaube doch nicht, daß ich es

Ihnen gegenüber jemals an der Höflichkeit habe fehlen lassen, die ich einem Gast unseres Hauses zu erweisen habe?«

Ein bitteres Lächeln umzuckte seinen Mund, indem er sich gleichfalls erhob.

»O nein, so war es nicht gemeint. Über Mangel an Höflichkeit habe ich nicht zu klagen. Aber diese Ihre Höflichkeit ist eisig, beinahe beleidigend. Und ich glaubte, durch irgend etwas Ihren Unwillen erregt zu haben.«

Sie krampfte hilflos die Hände zusammen. »Nein, nein, gewiß nicht. Ganz sicher lag es mir völlig fern, Sie zu kränken oder zu beleidigen.«

»Und doch suchen Sie auch jetzt wieder ängstlich nach einem Grund, möglichst schnell aus meiner Nähe zu kommen«, sagte er mit erzwungener Ruhe.

Sie glitt in ihren Sessel zurück und lächelte. Was sie dieses Lächeln kostete, wußte nur sie allein. Aber sie wollte Haltung wahren um jeden Preis.

»Ich bitte Sie, Herr von Ortlingen, sich von diesem Irrtum bekehren zu lassen. Ganz offen gestehe ich, daß ich erschrak, als Sie mich einer Unart ziehen. Wenn ich Ihnen wirklich den Eindruck erweckt habe, als sei ich gegen Sie abweisender als gegen einen andern Menschen, muß ich mich schämen, denn das ist unartig. Aber ich gebe Ihnen mein Wort, daß ich weder etwas gegen Sie habe, noch Sie kränken wollte.«

»So gestatten Sie mir, daß ich auch in Zukunft meine Besuche in Ihrem Hause fortsetze?«

Sie dachte, wie verödet ihr Kreuzberg vorkommen würde, wenn er ausbliebe, trotzdem sie doch wußte, daß er nur Vevas wegen kam. Aber das sprach sie natürlich nicht aus. Sie hob nur abwehrend die Hände.

»Oh, ich wäre untröstlich, wenn ich Sie vertreiben

würde. Wie sollte ich vor Genoveva, vor Tante Stasi und meinem Vater bestehen, wenn ich das tun würde?«

Er wollte noch etwas sagen, hielt es aber zurück, weil Veva wiederkam.

Während sie nun oberflächlich plauderten, dachte Ronald: Vielleicht ist Lilian Crosshill so abweisend zu mir gewesen, um nicht den Eindruck zu erwecken, als könnte ich ihr etwas gelten. Da sie die Majoratsbestimmungen kennt, weiß sie doch, daß es zwischen uns nie eine Verbindung geben kann.

Dieser Gedanke war ihm fast wie ein Trost, zumal sich Lilian ihm gegenüber jetzt freundlicher gab.

In Lilians Herzen war aber in dieser Stunde ein seltsames Gefühl erwacht. Wenn sie an den heißen, sehnsüchtigen Blick Ronalds dachte, dann war ihr zumute, als begehe sie ein Unrecht an Veva.

Sie schauerte wie in tiefer Angst zusammen und suchte diesen Gedanken zu verscheuchen, der sich ihr schmeichelnd und verlockend ins Herz drängte.

Sie durfte nicht weiter an diesen Blick Ronalds denken. Es war ein Unrecht an Genoveva. Ronald von Ortlingen gehörte Genoveva, die sich doch seiner Liebe sicher wähnte und auf eine baldige Vereinigung mit ihm hoffte. Was war es nur, was die Vereinigung dieser beiden Menschen hinausschob? Sie meinte, es müsse ihr die Ruhe wiedergeben, wenn Veva Ronalds Gattin sein würde. Dann würde ihr Herz sich leichter ins Unabänderliche fügen, und zu dem Gatten einer anderen würde kein sehnsüchtiger Gedanke mehr hinüberschweifen.

Die Gedanken jagten wild und wirr durch ihren Kopf. Sie fühlte sich ganz elend durch den Sturm, der ihre Seele durchtobte, und mühte sich, Ronalds Blick zu vergessen. Sie schämte sich vor sich selbst, daß sie das nicht konnte.

Sie fragte sich auch immer wieder, warum es Ronald von Ortlingen so sehr gequält hatte, daß sie so kühl und formell zu ihm gewesen war. Warum genügte es ihm nicht, daß sie sich ihm gegenüber höflich und artig benahm? Wenn sie ihm gleichgültig war, so konnte ihm das doch kaum auffallen. Dies alles durchkreuzte ihr Hirn, während sie neben Veva, Ronald gegenüber, saß und ab und zu ein Wort in die Unterhaltung warf. Aber dann hielt sie es vor Unrast nicht mehr auf ihrem Platz aus. Sie sprang auf.

»Ich muß einmal nach unsern andern Gästen sehen«, stammelte sie hastig und lief aus dem Zelt.

Ronald sah ihr mit brennenden Augen nach. Veva sah diesen Blick nicht. Auch sie erhob sich nun.

»Komm, Ronald, ich muß mich auch ein wenig um die andern Herrschaften kümmern. Wir plaudern uns sonst noch hier fest«, sagte sie harmlos und unbefangen.

Ronald sprang auf und reichte ihr den Arm, um sie fortzuführen.

»Ist es nicht ein reizendes Fest, Ronald?« fragte sie lächelnd um sich schauend.

»Ja, reizend«, erwiderte er geistesabwesend, während seine Augen nach Lilian suchten.

»Ich glaube gar, du amüsierst dich nicht?«

»Doch, ganz ausgezeichnet.«

Im Vorübergehen wurden sie in einen lustigen Kreis hineingezogen und ehe sie sich's versahen, waren sie in ein heiteres Spiel verwickelt. Ronald sah, daß Lilian sich ebenfalls an diesem Spiel beteiligte. Lothar von Kreuzberg war an ihrer Seite, und sie lachte über seine Scherze.

Da kam eine forcierte Lustigkeit über ihn, und er war einer der Übermütigsten. Sein Lachen mischte sich mit dem Lilians. Da sahen sie sich beide einen Moment wie erschrocken an, denn ihr Lachen klang nicht echt. Scheu flohen ihre Blicke jedoch sofort wieder voreinander. Und sie vermieden es, sich anzusehen.

Das Fest blieb vom herrlichen Wetter begünstigt. Als die Dunkelheit einbrach, wurden Hunderte von farbigen Lampions angezündet, und auch das ganze Schloß strahlte im Lichterglanz.

Plaudernde Gruppen hatten sich überall gebildet. Man promenierte auf den gutgepflegten Parkwegen. Das Souper war soeben beendet worden, und nun sollte das Feuerwerk abgebrannt werden. Ronald hatte sich unbemerkt aus dem fröhlichen Treiben geschlichen und ein stilles Plätzchen im Park aufgesucht, wo ihn niemand störte.

Zu gleicher Zeit hatte Lothar von Kreuzberg den Entschluß gefaßt, jetzt endlich sein Vorhaben auszuführen und um Lilian Crosshill zu werben. Sie war bei Tisch so reizend und liebenswürdig zu ihm gewesen, und der feurige Wein hatte vollends alles Zagen aus seinem Herzen vertrieben.

»Jetzt oder nie«, sagte er sich, als er Lilian nach der Tafel ins Freie führte.

»Wir müssen hinüber zu den dunklen Parkwegen gehen, mein gnädiges Fräulein, damit wir einen vollen Blick auf die ganze Illumination haben«, sagte er zu Lilian.

So kamen sie langsam die Serpentinen herab, wo kurz zuvor Ronald gegangen war. Sie konnten diesen nicht sitzen sehen, da sein Platz noch tiefer im Dunkeln lag.

Ronald schrak aus seinem Brüten empor, als er jetzt dicht über sich Lothars Stimme vernahm.

»So, mein gnädiges Fräulein, hier auf dieser Bank können Sie rasten und haben das ganze Bild vor sich. Ein entzückender Anblick, nicht wahr?«

Darauf antwortete eine weibliche Stimme, die er sofort als die Lilians erkannte:

»Ja, es sieht wunderhübsch aus. Und so still und friedlich ist es hier. Alle laufen schon nach dem Feuerwerksplatz hinüber. Aber ein Viertelstündchen vergeht wohl noch, bis es beginnt. So lange können wir uns hier ein wenig ausruhen, Herr von Kreuzberg.«

Ronalds Augen suchten die weiße, schlanke Gestalt. Er konnte gerade durch das Gebüsch die Bank sehen, die schräg über der seinen auf dem höheren Weg stand, und vermochte jede Bewegung der beiden Menschen zu beobachten.

Ihm war zumute, als müsse er aufspringen und zwischen sie treten. Aber er krampfte die Hände um die Lehne der Bank und blieb sitzen. Daß er hier zum Lauscher werden konnte, daran dachte er nicht, er wußte nur, daß er jetzt nicht fähig war, von seinem Platz zu gehen. Ihm war, als könne er etwas, was ihm drohte, verhindern und abwenden, wenn er blieb.

So hörte er jedes Wort, was da oben gesprochen wurde, und sah jede Bewegung.

Der junge Offizier schwieg eine Weile auf Lilians Worte. Im Grunde seines Herzes fühlte er ein Zagen, daß er jetzt am liebsten davongelaufen wäre. Aber er hatte sich gewissermaßen selbst das Wort gegeben, die günstige Gelegenheit nicht unbenützt vorübergehen zu lassen. Allen Mut zusammennehmend, ging er nun mit Todesverachtung auf sein Ziel los, ohne weitere Überlegung.

»Mein gnädiges Fräulein, ich danke dem Schicksal, daß es mir einige Minuten des Alleinseins mit Ihnen gestattet«, sagte er.

»Ach, warum so feierlich, Herr von Kreuzberg? Wollen Sie nicht Platz nehmen?«

»Nein, nein, ich danke Ihnen, bitte lassen Sie mich Ihnen stehend sagen, was ich auf dem Herzen habe. Mein gnädiges Fräulein, ich ringe schon lange mit dem Entschluß, Ihnen zu sagen, daß Sie mich zum Glücklichsten der Sterblichen machen würden, wenn Sie mir Ihre Hand zum Bund fürs Leben reichen wollten.«

So, nun war es heraus, Lothar atmete auf, als habe er eine schwere Arbeit hinter sich.

Ronald aber, der jedes Wort gehört hatte, biß wie im Krampf die Zähne zusammen und sah mit starren Augen zu Lilian empor. Mit angehaltenem Atem lauschte er, um ihre Antwort zu verstehen.

Eine Weile zögerte Lilian, ehe sie sprach, und dann klang ihre Stimme müde und traurig: »Lieber Herr von Kreuzberg, daß Sie mir das nicht erspart haben! So fest war ich davon überzeugt, in Ihnen einen lieben, guten Freund gefunden zu haben, und nun enttäuschen Sie mich so sehr. Das tut mir sehr leid.«

»Aber mein verehrtes, gnädiges Fräulein!« stieß Lothar unsicher hervor.

Sie hob hastig die Hand. »Nein, nein, um Gottes willen, sagen Sie mir nur nicht, daß Sie mich lieben. Wenn Sie wüßten, wie viele das schon vorgegeben haben. Und sie meinten doch fast alle nur meinen Reichtum. Auch Sie denken zuletzt an meine Person, Sie lieben mich so wenig, wie ich Sie liebe.«

Lothar gab sich einen Ruck und atmete tief auf. »Auf Ehre, mein gnädiges Fräulein, ich habe Sie vom ersten

Augenblick an grenzenlos verehrt und bewundert. Ich weiß wohl, daß Sie hoch über mir stehen in jeder Beziehung, aber Sie waren immer so freundlich und gütig zu mir. Und da habe ich mir gedacht: Warum soll ein armer Schlucker wie du nicht auch mal das Große Los gewinnen? Und da habe ich mir Mut gemacht und habe es gewagt, die Hand nach Ihnen auszustrecken. Leicht ist es mir wahrlich nicht geworden. Aber ich dachte, am Ende hast du doch Glück, es scheint aber nicht so.«

Das alles stieß Lothar in komischer Zerknirschung hervor.

Lilian mußte wider Willen lachen. »Aber lieber Herr von Kreuzberg, es wäre ja kein Glück für Sie, wenn ich Ihre Frau würde«, sagte sie, wie man einem Kind zuredet.

Lothar seufzte. »Das können Sie wohl kaum ermessen, gnädiges Fräulein. Ich weiß ja natürlich nun schon, daß ich einen regelrechten Korb bekomme. Im Grunde habe ich es mir gleich denken können. Vielleicht haben Sie auch recht, glücklich wäre ich an Ihrer Seite vielleicht nicht geworden, weil es für einen Mann nicht gerade ein erhebendes Gefühlt ist, von seiner Frau abhängig zu sein. Aber, nun ja, ich bin ein armer Schlukker und stellte es mir himmlisch vor, einmal aller Sorge ledig zu sein.«

Lilian war ernst geworden. »Glauben Sie doch nicht, daß man aller Sorgen ledig ist, wenn man reich ist. Ich wüßte viele Dinge, um die ich all meinen Reichtum ohne Bedenken hingeben würde«, sagte sie seufzend.

Er schüttelte den Kopf. »Das sagen Sie so, weil Sie die Armut nicht kennen, mein gnädiges Fräulein. Glauben Sie mir, es gibt kein größeres Elend als die Armut. Sie demoralisiert den Menschen. Das sehen Sie an mir. Ich bin sonst weiß Gott ein leidlich anständiger Mensch, aber meine pekuniären Sorgen brachten mich auf den Gedanken, um Sie anzuhalten.«

»Sie bleiben wenigstens ehrlich und lügen mir nicht Gefühle vor, die Sie nicht empfinden. Das freut mich, weil ich Ihnen nun trotzdem nach wie vor freundschaftlich begegnen darf und Ihnen meine Hochachtung nicht zu versagen brauche. Nicht wahr, wir wollen beide diese Torheit vergessen und gar nicht mehr davon sprechen?«

Lothar nahm ihre Hand und führte sie an seine Lippen. »Ich wollte, ich könnte Ihnen beweisen, wie gern ich mir Ihre Freundschaft erhalten möchte.«

»Soll ich Ihre Freundschaft gleich einmal auf die Probe stellen?« fragte sie zögernd.

»Bitte, tun Sie es«, forderte er hastig.

Sie zögerte wieder eine Weile, dann sagte sie entschlossen: »Sie könnten mir einen großen Dienst leisten, Herr von Kreuzberg. Ohne arrogant zu sein, sehe ich voraus, daß sich mir mehrere Ihrer Kameraden mit dem gleichen Wunsch nahen möchten wie Sie. Es ist mir eine Qual, Körbe austeilen zu müssen. Tagelang bin ich dann in trüber Stimmung, und außerdem macht man sich dadurch oft recht sympathische Menschen zu Feinden. Sie würden mir also einen großen Dienst erweisen, wenn Sie Ihren Kameraden begreiflich machen würden, daß sie sich vergeblich bemühen. Ich werde nie meine Hand ohne mein Herz verschenken.«

»Und so hat also auch keiner meiner Kameraden Gnade vor Ihren Augen gefunden?«

Sie zögerte wieder eine Weile, aber dann sagte sie rasch: »Nein, so angenehme Menschen es auch fast durchweg sind, keiner von ihnen wird mir näherstehen, denn mein Herz ist nicht mehr frei, ich habe es bereits verschenkt, ehe ich nach Kreuzberg kam.«

Eine tiefe Stille folgte diesen rasch hervorgestoßenen Worten.

Ronald hatte sie, wie alles andere, deutlich vernommen. Erst war er wie von einem furchtbaren Druck befreit gewesen, als Lilian den jungen Offizier abwies. Nun trafen ihn die letzten Worte wie ein vernichtender Schlag. Er ließ den Kopf auf die Hände sinken und fühlte einen raschen Schmerz, als sei ihm in dieser Minute etwas Unwiederbringliches, Teures verlorengegangen. Trotzdem er nicht an eine Verbindung mit Lilian Crosshill hatte denken können, trotzdem er sich bis zu dieser Stunde immer noch selbst seine Liebe zu ihr geleugnet hatte, jetzt traf es ihn hart und vernichtend, daß sie einen andern liebte.

Zwischen Lothar und Lilian herrschte eine Weile tiefes Schweigen. Lothar atmete endlich tief auf und sagte warm und herzlich: »Sie wissen gar nicht, wie hoch Sie mich geehrt haben durch Ihr Vertrauen, Miß Lilian. Ich will mich ernstlich bemühen, es zu verdienen, und werde alles tun, was ich kann, um Sie vor ähnlichen Belästigungen zu schützen, wie ich sie Ihnen eben selbst bereitet habe. Sie sind sehr großherzig, daß Sie mir trotzdem Ihre Freundschaft nicht entziehen wollen.«

Lothar verneigte sich und bot ihr seinen Arm. Langsam gingen sie davon.

Ronald starrte ihnen mit brennenden Augen nach. Die beiden schlanken Gestalten hoben sich in scharfen Umrissen gegen die Lichtfülle von drüben ab. Und als sie eben ins Helle traten, erloschen die großen Bogenlampen vor dem Schloß, und das Feuerwerk begann.

Ronald blieb reglos sitzen in seiner Einsamkeit. Ein

Schmerz ohnegleichen erfüllte sein Herz. Er hörte noch immer Lilians Worte: »Mein Herz ist nicht mehr frei, ich habe es bereits verschenkt, ehe ich nach Kreuzberg kam.«

Wer mochte der Glückliche sein, der von ihr geliebt wurde? Es mußte ein Mann sein, der ihr früher begegnet war. Vielleicht war es ein Amerikaner, der sie eines Tages nach Amerika zurückholen würde.

Langsam und müde erhob er sich endlich, als da drüben das leuchtende prasselnde Feuerwerk zu Ende ging. Am liebsten hätte er sich heimlich fortgestohlen und wäre nach Hause gefahren. Aber das ging nicht an. Ohne Abschied konnte er nicht gehen, und wenn er sich verabschiedete, würde man ihn mit Fragen quälen und ihn zurückhalten wollen.

So ging er langsam zur Gesellschaft zurück. Man saß noch auf dem weiten Platz, auf dem das Feuerwerk abgebrannt wurde. Die letzten Feuergarben flammten empor.

Ronalds Augen suchten nach Lilian. Er sah sie neben ihrem Vater sitzen, und an ihrer andern Seite stand der eben abgewiesene Freier. Ein schattenhaftes, mitleidiges Lächeln huschte um seinen Mund. Wie hatte er nur einen Augenblick auf diesen harmlosen, armen Schelm eifersüchtig sein können? Das konnte er jetzt kaum noch verstehen.

Während er seine Augen auf Lilians reinem Profil ruhen ließ, mußte er wieder an seine erste Begegnung mit ihr denken. Er rief sich ihren leuchtenden, seltsamen Blick von damals ins Gedächtnis zurück. Warum hatte sie ihn damals nur so ganz anders angesehen als jemals später? Und warum hatte sie nachher oben auf dem Korridor gestanden und hatte ihn wieder so rätselhaft angesehen? Schon damals hatte ihn dieser Blick in eine seltsame Unruhe versetzt, der er nur nicht nachgeben wollte.

Mitten in seine Gedanken hinein legte sich eine leichte, weiche Hand auf seinen Arm.

»Ach hier bist du, Ronald! Ich habe dich überall gesucht. Niemand wußte, wo du geblieben warst«, sagte Veva neben ihm.

Er zeigte ihr, so schwer es ihm auch wurde, ein lächelndes Gesicht. »Ich sah mir von da drüben die Illumination an, Veva.«

»War es nicht ein herrliches Feuerwerk? Ich habe nie etwas Ähnliches gesehen.«

»Ja, es war sehr schön«, antwortete Ronald, obwohl er nichts davon gesehen hatte.

»Es kostet aber auch ein kleines Vermögen, Ronald; du ahnst nicht, wieviel schönes Geld da eben in die Luft geflogen ist.«

Er streichelte ihre Hand und mühte sich, ihr Interesse zu zeigen. »Und du kleines, zukünftiges Hausmütterchen rechnest sicher aus, was du für dieses Geld für eine Menge nützlichere Sachen hättest anschaffen können.«

Sie nickte lächelnd, und ihre Augen schimmerten feucht zu ihm auf.

Beide merkten nicht, daß sie von Lilian heimlich scharf beobachtet wurden. Sie sah Vevas Blick, sah, daß ihr Ronald zärtlich die Hand streichelte und jetzt ihren Arm fest an sich drückte. Nur was er dabei sagte, konnte sie nicht hören. Veva atmete tief auf.

»Ach Ronald, du weißt ja, daß meine Zukunft ein großes schwieriges Rechenexempel ist.«

Er neigte sich freundlich und warm lächelnd zu ihr herab. »Sei nur unverzagt wie bisher, liebe kleine Veva.

Es wird noch alles gut werden. Nicht lange soll es noch dauern, bis du eine glückselige, junge Frau sein wirst.«

Lilian war durch den Aufbruch der Gesellschaft dicht neben die beiden gedrängt worden und hörte diese Worte Ronalds, die sehr weich und zärtlich tröstend klangen. Sie beeilte sich, aus der Nähe der beiden zu kommen.

Die Gesellschaft strömte nun hinein in den großen Festsaal, in dem jetzt getanzt werden sollte.

Sogleich begann die Musik zum Tanze aufzuspielen. Lilian wurde natürlich von allen Seiten um einen Tanz bestürmt und flog aus einem Arm in den andern.

Endlich trat auch Ronald zu ihr und bat sie um einen Walzer. Sie konnte ihn ihm nicht weigern und legte ihre Hand auf seinen Arm, sich bemühend, recht freundlich zu sein.

Dabei entging ihr nicht, daß er sehr blaß aussah und daß seine Augen seltsam düster und schmerzlich an ihrem Antlitz hingen. Sie wußte nicht mehr, was sie denken sollte, und war sich nur bewußt, daß sie sich im Herzen viel zuviel mit ihm beschäftigte und dies ein Unrecht gegen Genoveva war.

Aber während sie, von seinem Arm umschlungen, dahinschwebte, war ihr, als fühle sie den lauten, raschen Schlag seines Herzens. Sie folgte ihm wie im Traum und war kaum Herr ihrer Bewegungen. Und als der Tanz zu Ende war, schraken sie beide empor, wie aus einem Traum erwachend. Ein Seufzer, der einem leisen Stöhnen glich, stahl sich über Ronalds Lippen, und Lilian erblaßte jäh, als sie diesen Seufzer vernahm, und wankte einen Augenblick, als hätte sie den Boden unter den Füßen verloren.

Er stützte sie rasch, aber sie machte sich sogleich frei und lächelte.

»Mir war vom Tanzen schwindlig geworden«, sagte sie.

Aber sie hörte ihre eigene Stimme wie aus weiter Ferne.

Auch dies Fest nahm ein Ende, und alle Teilnehmer fanden, daß es glänzend gelungen war.

Wochen waren vergangen. Das Regiment war aus dem Manöver zurückgekehrt. Lothar von Kreuzberg hatte sich nicht über schlechte Quartiere zu beklagen gehabt. Aber in einem hatte er sein Herz verloren. Die reizende junge Tochter eines wohlhabenden Gutsbesitzers hatte einen tiefen Eindruck auf ihn gemacht und schien auch an ihm sehr großes Wohlgefallen zu finden. Auch die Eltern der jungen Dame waren sehr liebenswürdig zu ihm gewesen und hatten ihn zur Jagd eingeladen. Hansi von Arnstädt, so hieß die junge Dame, hatte diese Einladung ihrer Eltern mit einem bittenden Blick in Lothars Augen unterstützt, und er hatte nur zu gern zugesagt. Außerdem hatte ihm Hansi erzählt, daß die Tochter seines Obersten ihre Pensionsfreundin sei und sie diesen Winter einige Wochen bei ihr verbringen werde.

Nun war Lothar mit einem Gefühl des Glücks zurückgekehrt. Als er am ersten Morgen wieder in seinem nüchternen Schlafzimmer erwachte, sah er sich erstaunt um. Er hatte gerade so schön von Hansi von Arnstädt geträumt.

Schnell kleidete er sich mit Hilfe seines Burschen an und setzte sich zum Frühstück, das dieser ihm bereitet hatte. Den dienstfreien Vormittag wollte er zu einem Besuch in Kreuzberg benutzen.

Neben seinem Teller lag ein graues Geschäftskuvert. Lothar machte ein saures Gesicht. Natürlich, ein Willkommen von meinem Gläubiger. Das mußte ja kommen. Ich wundere mich schon, daß mir der gute Mann so lange Zeit gelassen hat. Damit kann man sich doch wahrhaftig gleich den ganzen Tag verderben, dachte er.

Er wog den Brief in der Hand. »Und so umfangreich, brrr, wenn ich doch bloß diese verwünschten grauen Kuverts nicht mehr sehen müßte. Ach Hansi, wenn du wüßtest, du würdest Mitleid mit mir haben.

Seufzend schnitt er das Kuvert auf. »Na also, denn raus mit der Maus. Was will denn der gute Mann? Geld natürlich.«

Erstaunt zog er erst ein Paket bezahlter Rechnungen heraus.

»Die sind ja alle quittiert? Ach so, jetzt entsinne ich mich, natürlich, ich habe es ja jetzt nur noch mit einem Gläubiger zu tun. Er hat ja die andern Rechnungen bezahlt. Na, die kleinen Leute werden ihre Freude gehabt haben.«

Aber als er weiterblätterte, stutzte er plötzlich. Da lag ja auch der Schuldschein, den er seinem Gläubiger ausgestellt hatte.

Das ist natürlich ein Irrtum, dachte er, und zog nun erst einen Brief aus dem Kuvert.

»Sehr geehrter gnädiger Herr! Im Auftrage Ihres Fräulein Tante, der Freiin Anastasia von Kreuzberg-Breitenbach, die mir den Auftrag dazu gegeben, habe ich alle Ihre Rechnungen bezahlt und zugleich Ihr Konto bei mir beglichen. Ihr Fräulein Tante hatte mir den Befehl erteilt, die ganze Angelegenheit zu ordnen, ohne Ihnen vorher etwas zu verraten. Nun bleibt aber, nachdem ich alles beglichen und meine Spesen verrechnet habe, noch ein Rest übrig. Ich denke, es wird Ihnen angenehm sein, wenn ich diese Summe nicht an das gnädige Fräulein zurückschicke, sondern Ihnen überweise. Dies Geld folgt per Postanweisung. Genaue Abrechnung liegt bei, ebenso das kurze Begleitschreiben, welches mir das gnädige Fräulein mit dem Geld zusandte. Ich hoffe, alles zu Ihrer Zufriedenheit geregelt zu haben, und zu ferneren Diensten gern bereit, empfehle ich mich Ihnen

hochachtungsvoll

Heinrich Salzmann.«

Aufgeregt las er das Schreiben nochmals durch. Und dann suchte er nach dem Schreiben Tante Stasis an Heinrich Salzmann. Er fand es aber trotz eifrigen Suchens nicht. Schließlich, als er schon ganz nervös war, entdeckte er auf dem Fußboden eine Visitenkarte. Er erkannte gleich das große Format, das Tante Stasi liebte. Wirklich war es ihr Name, den er las. Und auf der Rückseite stand:

»Bitte bezahlen Sie mit dem Ihnen heute zugehenden Betrag alle Schulden meines Neffen, des Freiherrn Lothar von Kreuzberg-Breitenbach, und senden Sie ihm dann alle Quittungen und Belege zu. D. U.«

Lothar sah fassungslos darauf nieder. Tante Stasi hatte ihn flott gemacht, das konnte er nicht begreifen.

Er saß ganz zerknirscht und sein Kaffee wurde kalt, weil er das Frühstück vergaß. Zu freuen wagte er sich nicht, als der Geldbriefträger kam und seine Hand füllte.

Wenn das Geld wirklich mir gehörte, schlüge ich jetzt vor Wonne einen Purzelbaum, dachte er.

Aber er war fest entschlossen, es Tante Stasi zurückzugeben. Er steckte die Scheine zu sich, ließ sich sein Pferd satteln und ritt nach Kreuzberg hinaus.

Hier wurde er freudig begrüßt. Mr. Crosshill schüttelte ihm die Hand und sagte lächelnd:

»Gott sei Dank, daß Sie wieder hier sind, Herr von Kreuzberg. Wir alle haben Ihre frohe Laune sehr vermißt. Es war recht still bei uns während Ihrer Abwesenheit.«

Auch Lilian begrüßte ihn in herzlicher Weise und sprach ihre Freude aus, ihn wiederzusehen. Tante Stasi und Veva begrüßten ihn wie immer. Lothar war aber auffallend unruhig, und ohne Umschweife sagte er nach einer Weile:

»Liebe Tante Stasi, ich möchte gern einige Worte mit dir unter vier Augen reden.«

John Crosshill und seine Tochter wechselten einen raschen, verstohlenen Seitenblick und konnten ein Lächeln nicht unterdrücken. Tante Stasi aber sah den jungen Mann erstaunt und ein wenig besorgt an.

»So feierlich, mein Junge, hast du mir etwas zu beichten?«

Er preßte ihre Hand schnell an seine Lippen. »Du wirst es schon wissen, Tante Stasi.«

»Keine Ahnung. Aber komm mit auf mein Zimmer.«

Wieder tauschten Vater und Tochter ein Lächeln.

Kaum war Lothar mit der alten Dame allein, da umarmte und küßte er sie plötzlich mit stürmischer Zärtlichkeit.

»Tante Stasi, liebe gute Tante Stasi!« Verwundert sah sie ihn an. »Was hast du nur, Lothar? Entweder bist du verliebt oder du hast Dummheiten gemacht.«

Er schüttelte den Kopf. »Verstell dich nur nicht«, sagte er und zog seine Brieftasche hervor. Er entnahm ihr eine kleine Anzahl von Banknoten und legte sie auf den Tisch.

»Das ist übriggeblieben. Wenn du nur wüßtest, wie du mich beschämt hast. Ich könnte losheulen wie ein Schuljunge.«

Tante Stasi sah ihn kopfschüttelnd an. »Wenn du chinesisch mit mir sprächest, könnte ich dich auch nicht weniger verstehen. Was willst du nur? Von was für Geldbeträgen sprichst du denn?«

»Wie du dich verstellen kannst, Tante Stasi. Es hilft dir aber nichts. Ich habe ja deine Karte an Salzmann.«

Die alte Dame sank in einen Sessel und faßte sich an den Kopf.

»Entweder bist du von Sinnen oder ich, mein Junge. Was willst du nur mit Salzmann? Wer ist denn Salzmann?«

Lothar stutzte nun doch. Tante Stasis Erstaunen war zu echt. Er nahm die Visitenkarte der alten Dame aus seiner Brieftasche und legte sie vor sich hin.

»Wenn du heimlich meine Wohltäterin sein wolltest, dann hättest du Salzmann besser instruieren müssen. Er hat mir alles verraten. Und hier ist deine Karte, auf der du ihm das Geld ankündigst. Kannst auch gleich Salzmanns Brief mitlesen.«

Er legte auch den Brief auf den Tisch.

Tante Stasi setzte hastig ihre Brille auf und las zuerst den Brief von Heinrich Salzmann. Kopfschüttelnd legte. Sie ihn zusammen, als sie zu Ende war.

»Also auf mein Wort, Lothar, ich habe keine Ahnung von alledem. Das Geld ist nicht von mir. Was denkst du denn, ich bin doch nicht in der Lage, soviel zu verschenken. Das muß ein Irrtum sein«, sagte sie bestimmt.

Lothar wurde ganz blaß und sah sie erschrocken an.

»Aber deine Karte, Tante Stasi, da liegt doch deine Karte.«

Er faßte nach der Karte und sah sie an, als müßte er sich überzeugen. Und plötzlich stutzte er.

»Mein Gott, nein, das ist doch gar nicht deine Handschrift, das sehe ich jetzt erst.«

Sie nahm die Karte aus der Hand, und als sie die Schrift auf der Rückseite erblickte, richtete sie sich plötzlich straff auf und sah darauf nieder, als traue sie ihren Augen nicht. Ihr Gesicht überzog sich plötzlich mit dunkler Röte. Diese Schrift kannte sie allerdings.

Plötzlich sprang sie auf und umfaßte lachend und weinend den jungen Offizier. »Mein guter Junge, jetzt weiß ich ganz genau Bescheid, aber ich darf es dir nicht erklären. Das Geld ist nicht von mir, aber du darfst es ruhig annehmen. Auch den Rest stecke nur wieder ein. Es ist aber nicht nötig, daß du ihn gleich verjubelst. Halte gut haus damit und hüte dich vor neuen Schulden. Solch ein Glücksfall wiederholt sich nicht so leicht.«

Lothar sah sie konsterniert an.

»So erkläre mir doch, Tante Stasi, ist das Geld wirklich nicht von dir?«

Mit glücklichem Gesicht lachte sie ihn an. »Nein, nein, es ist nicht von mir, aber von einem edlen Menschen, der es wohl entbehren kann.«

»Aber, Tante Stasi, von einem fremden Menschen kann ich das doch noch weniger annehmen als von dir.«

»Es ist nicht von einem fremden Menschen, Lothar, sondern von einem Verwandten, der sich wohl nicht nennen will. Frage und forsche nicht weiter und respektiere den Willen des Gebers. Er wird vielleicht eines Tages selbst den Schleier lüften.«

Lothar wußte nicht, was er tun sollte. Aber er war nicht der Mann, sich lange mit Unabänderlichem herumzuquälen. Tante Stasi lachte und schien die Sache ganz natürlich zu finden. Er gab es auf, sich länger den Kopf zu zerbrechen.

»Du meinst also wirklich, daß ich es ohne Skrupel behalten kann und daß es nicht von mir zurückgefordert wird?«

»Ja, das meine ich. Du kannst dich ruhig darüber freuen. Aber eins versprich mir. Verrate keinem Menschen, daß ich weiß, wer der edle Spender ist. Wir würden ihm sonst die Freude verderben, und das darf nicht sein.«

»Ja, ja, Tante Stasi, das will ich dir versprechen.«

Sie gingen nun wieder zu den andern ins Wohnzimmer. Dort sagte Tante Stasi mit ein wenig unsicherer Stimme: »Meinem Neffen ist etwas ganz Seltsames geschehen, etwas ganz Rätselhaftes und Unerklärliches.«

»Darf man wissen, was das ist?« fragte Lilian lächelnd.

Die alte Dame sah Lothar an und blickte dann zu Vater und Tochter hinüber.

»Es hat jemand unter meinem Namen seine sämtlichen Schulden getilgt. Er kam, um mir dafür zu danken. Aber ich weiß von nichts. Wie sollte ich auch solch eine Summe hergeben können? Was tut man nun in solchem Fall, Mr. Crosshill? Sie sind doch ein erfahrener Mann, der Welt und Leben kennt und ein Urteil darüber haben kann. Raten Sie uns, was wir tun sollen.«

Um Mr. Crosshills Mund zuckte ein Lächeln, aber er zog es doch vor, weder Tante Stasi noch Lothar anzusehen. Wie nachdenklich blickte er vor sich hin und zuckte dann die Achseln.

»Was ist dabei zu tun? Wenn jemand Herrn von Kreuzbergs Schulden bezahlt hat, so wird es ihm wohl Vergnügen gemacht haben, und man muß niemand an seinem Vergnügen hindern.«

»Das ist auch meine Ansicht«, pflichtete Lilian bei, und ihre Augen funkelten schelmisch.

Lothar durchzuckte plötzlich ein Verdacht. Sollte er hier den unbekannten Wohltätern gegenüberstehen, wollte ihn vielleicht gar Miß Lilian auf diese Weise dafür entschädigen, daß sie ihn abgewiesen hatte? Das Blut schoß ihm jäh ins Gesicht. Er wollte etwas Unüberlegtes hervorstoßen. Aber da fiel ihm noch rechtzeitig ein, daß Tante Stasi behauptet hatte, den Spender zu kennen, und dieser sollte ein Verwandter sein. Und nun sagte er sich auch, daß Miß Lilian dazu viel zu feinfühlig war. Sie hätte ihm eine solche Demütigung nicht zugefügt und wußte gut genug, daß ein Mann von einer fremden jungen Dame einen solchen Dienst unmöglich annehmen kann.

Damit warf Lothar alle Bedenken von sich. Mr. Crosshill hatte schnell ein anderes Thema aufgegriffen und forderte Lothar liebenswürdig auf, zu Tisch zu bleiben. Er ließ sich nicht lange nötigen. Draußen schien die Sonne, Speise und Trank waren vortrefflich, und liebenswürdige Menschen saßen um ihn her. Dazu dachte er an die reizende Hansi von Arnstädt, Schulden drückten ihn auch nicht mehr, dafür besaß er noch eine Tasche voll Banknoten. – Lothar hätte nicht er selbst sein müssen, wenn ihn das alles nicht in die froheste Stimmung versetzt hätte.

Seine Exzellenz, der General Benno von Kreuzberg, hatte auf den Brief seines Sohnes geantwortet:

»Mein lieber Lothar! Diese Geschichte scheint mir doch sehr rätselhaft. Da ich ohnedies einmal nach Dir sehen und Tante Stasi und Veva einen Besuch machen wollte, habe ich mich entschlossen, übermorgen nach

Kreuzberg zu kommen. Erwarte mich mit dem Elfuhrzug, und wenn es angeht, melde mich in Kreuzberg an. Wir fahren dann gleich hinaus. Alles weitere mündlich. Mit herzlichem Gruß

Dein Vater.«

Lothar telephonierte vom Kasino aus Tante Stasi an und meldete ihr die Ankunft seines Vaters.

Die alte Dame sprach ihre Freude aus und sagte ihm, daß sie sofort Mr. Crosshill benachrichtigen würde. Das tat sie dann auch. Mr. Crosshill bestimmte liebenswürdig, daß zur rechten Zeit ein Wagen nach dem Bahnhof geschickt würde.

»Selbstverständlich nimmt Seine Exzellenz für die Dauer seines Aufenthaltes Wohnung in Kreuzberg«, sagte er.

»Ist das so selbstverständlich, Mr. Crosshill? Eigentlich ist es unerhört großmütig von Ihnen, daß Sie all meinen Gästen so freundlich Aufnahme gewähren.«

»Aber Tante Stasi, Sie zweifeln doch hoffentlich nicht an unserer Gastfreundschaft? Ihre Gäste sind doch auch die unsern«, sagte Lilian herzlich.

»Ach, ich habe es mir schon ganz und gar abgewöhnt, mich über Ihre und Ihres Herrn Vaters Güte und Großherzigkeit zu wundern. Aber lassen Sie sich wenigstens meinen Dank gefallen.«

»Ich nicht, Tante Stasi, da ergreife ich lieber die Flucht«, rief Lilian und verließ schnell das Zimmer.

Sie ging hinauf in ihr Turmgemach, in dem sie jetzt, da der Aufenthalt im Freien, des Wetters wegen, eingeschränkt werden mußte, mehr denn je verweilte.

Oft saß sie hier oben bis in die Nacht hinein, ganz allein, wenn schon alles schlief. Dann flogen ihre Augen ins Dunkel der Nacht hinaus, nach Ortlingen hinüber.

Als Ronald von Ortlingen das letztemal in Kreuzberg war, hatte er nur Veva und Tante Stasi angetroffen. John Crosshill hatte mit seiner Tochter eine Spazierfahrt unternommen. Und als sie nach Hause kamen, hatte Veva ihnen mitgeteilt, daß Ronald von Ortlingen auf einige Monate verreisen würde. Er gedenke in den nächsten Tagen noch einmal zu kommen, um Abschied zu nehmen.

Lilians Herz erzitterte bei dem Gedanken, ihn solange nicht sehen zu dürfen. Sie dachte, wie schmerzlich auch Veva die Trennung sein würde. Sie war an diesem Tage besonders lieb und gut zu Veva, trotzdem sie selbst unbeschreiblich litt.

Tante Stasi und John Crosshill hatten in all der Zeit heimlich sowohl Ronald von Ortlingen als auch Lilian beobachtet. Ich werde bald meine Maske abwerfen müssen, dachte John Crosshill.

Und als er hörte, daß Ronald für Monate hinaus auf Reisen gehen wollte, wurde er sehr nachdenklich.

Lilian hatte lange Zeit am Harmonium gesessen und zuweilen verträumt einige Läufe gespielt, als Veva anklopfte und eintrat.

»Bringen Sie mir etwas, Genoveva?«

»Nichts Besonderes, Lilian. Ich wollte nur fragen in Tantes Auftrag, welche Zimmer Onkel Benno angewiesen werden sollen, falls er nicht gleich morgen wieder abreist.«

»Aber das soll doch Tante Stasi nach eigenem Ermessen bestimmen.«

»Ach, Lilian, Tante ist natürlich in diesem Falle sehr unsicher. Ihr Herr Vater bietet Onkel Benno großmütige Gastfreundschaft.«

Lilian zwang sich zu einem Scherz. »Mein Vater wird das wohl aus Egoismus getan haben, liebe Genoveva. Es ist eine hohe Ehre für ihn, den Präses der freiherrlich Kreuzbergschen Familie als Gast zu beherbergen. Und Tante Stasi soll nur unsere schönsten Gastzimmer für ihn bereitmachen lassen, damit er würdig untergebracht wird.«

»Ach, Lilian, Sie machen sich lustig über unsere deutsche Titelsucht und unsern Ahnenstolz.«

»Nein, Genoveva, ich würde es wundervoll finden, einen Onkel zu haben, der Exzellenz und Freiherr ist.«

»Sie sind ein Schelm, Lilian.«

Mit einer liebevollen Gebärde legte Lilian ihren Arm um Vevas Schulter. »Freuen Sie sich denn nicht auf den Besuch Ihres Onkels? Mir wollte scheinen, als seien Sie nicht recht froh, Genoveva.«

Diese errötete jäh. »Das ist wohl ein Irrtum. Ich freue mich sehr auf Onkel Bennos Besuch. Er ist ein lieber, alter Herr, nur ein bißchen ernst und streng«, sagte sie hastig und ablenkend.

»Und diese ernste, strenge Exzellenz hat solch einen Ausbund von Übermut zum Sohn, wie Ihren Vetter Lothar?«

»Oh, Onkel Benno soll in seiner Jugend auch sehr lustig gewesen sein. Jetzt hat er zuviel Sorgen. Seine verstorbene Gattin war jahrelang schwer krank. Außerdem sind drei Söhne da, und Vermögen besitzt Onkel Benno nicht. Da vergeht solch einem alten Herrn wohl der Übermut.«

»Ja, ja. Aber gottlob besitzt ihn sein Sohn noch. Und an den wollen wir uns halten, nun er aus dem Manöver zurück ist. Ich möchte wieder einmal lachen, so recht aus vollem Herzen lachen. Mir ist, als hätte ich das seit einer Ewigkeit nicht mehr getan.«

Es lag wie eine leidenschaftliche Klage in ihren Worten. Sie hatte einen Moment die Selbstbeherrschung verloren.

Veva sah sie erschrocken und teilnehmend an. »Sie sorgen sich mehr denn je um Ihren Herrn Vater, nicht wahr? Deshalb können Sie nicht fröhlich sein. Ich merke es schon lange, daß Sie sehr bedrückt sind.«

Wie im jähen Schrecken sah Lilian in Vevas Gesicht. »Finden Sie, daß Papa jetzt mehr als sonst zur Sorge Anlaß gibt?« Veva zögerte.

»Sagen Sie es mir, Genoveva, ich merke es selbst nicht so sehr wie andere Menschen. Sie müssen mir die Wahrheit sagen. Finden Sie ihn leidender als sonst?«

Lilian wurde sich mit Schrecken bewußt, daß sie ihre eigenen trüben Gedanken in letzter Zeit zuviel in Anspruch genommen hatten und daß sie weniger als sonst auf den Vater geachtet hatte.

Vevas Gesicht war sehr ernst geworden. Sie sah Lilian mit ihren lieben, sanften Augen offen an.

»Mr. Crosshill erscheint mir bleicher und müder als früher. Er ist so leicht abgespannt, und Tante Stasi sagte mir, seine Anfälle kämen jetzt immer häufiger. Aber das liegt wohl auch daran, daß er jetzt nicht mehr soviel im Freien sein kann. Darunter leiden die meisten Kranken.«

Lilian preßte die Lippen aufeinander. Sie machte sich heftige Vorwürfe, daß sie sich, im Bestreben, dem Vater ihren eigenen Seelenzustand zu verbergen, nicht soviel wie sonst um ihn gekümmert hatte.

»Ich muß gleich zu Papa hinuntergehen, Genoveva. Ihre Worte ängstigen mich.«

»Oh, dann wollte ich, ich hätte geschwiegen.«

»Nein, nein, ich danke Ihnen – Sie sollen mir darüber

immer offen Ihre Meinung sagen. Ach, Genoveva, wenn mir nur der Himmel meinen Vater läßt, ich will ja nichts weiter vom Leben.«

Die letzten Worte brachen wie ein Schluchzen aus ihrer Brust. Sie warf sich auf den Diwan und barg das Antlitz in den Händen. Ihre ganze Herzensnot drängte sich in diesem Aufschluchzen zusammen.

General von Kreuzberg-Breitenbach war mit seinem Sohn Lothar in Kreuzberg eingetroffen. Er wurde sehr liebenswürdig empfangen.

Lothar hatte unterwegs bereits seine »Standpauke« erhalten, aber nun war der Vater schon wieder mit ihm versöhnt. Da ihm Lothar gesagt hatte, daß er mit Tante Stasi in John Crosshills und seiner Tochter Gegenwart von der Schuldenregulierung gesprochen hatte, brauchte er sich keine Reserve aufzuerlegen und konnte in ihrer Anwesenheit mit Tante Stasi darüber sprechen.

»Ich bin hauptsächlich gekommen, liebe Stasi, um mit dir über die rätselhafte Angelegenheit zu konferieren. Da das Geld unter deinem Namen eingezahlt wurde, mußt du doch irgendwie dazu in Beziehung stehen. Ich muß selbstverständlich die Sache untersuchen. Das kann man doch nicht so ohne weiteres gehen lassen. Willst du mir nicht sagen, was deine Ansicht darüber ist?«

Tante Stasi merkte, wie ihr unter des Generals forschendem Blick das Blut ins Gesicht stieg. Sie konnte und wollte nicht enthüllen, was ihr die Schrift auf ihrer Visitenkarte verraten hatte.

»Ich kann dir gar nichts sagen, lieber Benno. Das beste würde wohl sein, du suchtest diesen Herrn Salzmann auf und befragtest ihn über die näheren Umstände.«

»Ja, das habe ich mir vorbehalten. Ich wollte nur erst hier alles Nähere hören, von dir und Lothar.«

Mr. Crosshill und seine Tochter wollten sich diskret zurückziehen. In demselben Moment wurde Ronald von Ortlingen gemeldet. Tante Stasi begrüßte diese Ablenkung mit Freuden.

»Wir können ja später darüber sprechen, wenn wir allein sind, Benno«, sagte sie aufatmend.

Auch John Crosshill und seine Tochter schienen froh zu sein, daß dies Gespräch abgebrochen wurde, und als Ronald eintrat, begrüßte ihn John Crosshill mit großer Herzlichkeit.

»Ich komme, um mich von Ihnen und den Damen zu verabschieden, Mr. Crosshill. Morgen früh gedenke ich abzureisen«, sagte Ronald, sich zu einem gleichgültigen Ton zwingend, während seine Augen zu Lilian hinüberflogen.

Aber nichts in ihrem Antlitz verriet, was sie bei diesen Worten empfand. Nur ihr Vater, der sie genau kannte, merkte, daß die Ruhe wie eine Maske auf ihrem Antlitz lag. Er sah auch den schmerzlichen Blick, mit dem Ronald zu seiner Tochter hinübersah.

»Ist das wirklich Ihr unabänderlicher Entschluß, Herr von Ortlingen?« fragte er, und in seinen Augen lag wieder der nachdenkliche Ausdruck.

Ronald neigte das Haupt. »Ja, ich will mich mal ein wenig in der Welt umsehen.«

Er begrüßte nun auch die Damen und die andern beiden Herren. Der General kannte ihn schon von früher.

»Nun, jedenfalls lassen wir Sie heute aber nicht so schnell wieder fort. Wir müssen doch regelrechten Abschied feiern, wenn Sie uns so lange Zeit verlassen wollen. Sie müssen uns beim Diner Gesellschaft leisten«, fuhr Mr. Crosshill fort.

Ronald zögerte einen Augenblick. Er hatte nur kurz Abschied nehmen wollen. Wieder blickte er nach Lilian hinüber. Sie sah mit großen Augen vor sich hin, wie in eine weite Ferne, und war sehr blaß. Er konnte ihr feines, entzückendes Profil betrachten, und die dicken goldblonden Flechten. Die Gewißheit, daß er diesen Anblick nun lange Zeit, vielleicht für immer, entbehren mußte, machte ihn andern Sinnes. Einmal wollte er sich noch satt schauen an diesem süßen Anblick.

»Wenn ich nicht störe, bleibe ich gern«, sagte er schnell, sich verneigend.

»Hast du schon deine Reisevorbereitungen getroffen, Ronald?« fragte Veva. Sie trat mit ihm in eine Fensternische.

»Ja, es ist alles erledigt, Veva.«

Lächelnd faßte er ihre Hand und streichelte sie. »Und Weihnachten werde ich auf alle Fälle nach Hause kommen, Veva. Ich hatte ja ganz vergessen, daß ich Georg eingeladen hatte. Zum Glück fiel es mir heute morgen ein.«

Vevas Augen strahlten auf, und sie drückte verstohlen seine Hand schmeichelnd und dankbar an ihre Wange.

»Guter, lieber Ronald, wie froh bin ich, daß du Weihnachten heimkommst.«

Er strich ihr über das Haar.

Lilian hatte diese kleine, zärtliche Szene mit brennenden Augen beobachtet. Sie hätte es als Wohltat empfunden, wenn sie hätte weinen können. Die ungeweinten Tränen brannten ihr in den Augen. Während sich dann Lilian und Veva zurückzogen, um sich für das Diner umzukleiden, begab sich Tante Stasi mit Lothar und seinem Vater in ihr Zimmer. Mr. Crosshill blieb mit Ronald allein und ließ sich von ihm erzählen, welche Reisepläne er habe. Dabei machte John Crosshill noch immer ein sehr nachdenkliches Gesicht.

Exzellenz von Kreuzberg sagte oben zu Tante Stasi:

»Du kannst dir ja denken, Stasi, wie mich der Gedanke beunruhigt,, daß ein mir fremder Mensch die Schulden meines Sohnes bezahlt hat. Kannst du mir wirklich keine Andeutung machen?«

Tante Stasi zögerte. Dann sagte sie entschlossen:

»Ich will dir auch sagen, was ich Lothar schon gesagt habe: Ich weiß, wer das Geld gegeben hat, aber ich darf es nicht verraten. Nimm an, es hätte mich jemand ins Vertrauen gezogen. Dies Vertrauen müßte ich mißbrauchen, wollte ich sprechen. Der Wohltäter deines Sohnes will nicht genannt sein und will keinen Dank. Laß dir daran vorläufig genügen. Ich gebe dir mein Wort, das Geld stammt von einem Verwandten. Das muß aber unter uns dreien bleiben. Mehr will und kann ich nicht sagen.«

»Nun gut. Dein Wort genügt mir. Um nun auf eine andere Sache zu kommen. Mr. Crosshill hat mir eine Wohnung in seinem Haus angeboten. Ich bleibe ja höchstens bis morgen. Meinst du, daß ich diese Gastfreundschaft annehmen darf? Eigentlich sind wir uns doch ganz fremd.«

Tante Stasi lachte. »Nimm es ruhig an, Benno. Mr. Crosshill und seine Tochter üben eine sehr großzügige Gastfreundschaft aus und finden das selbstverständlich. Du vergibst dir nichts, wenn du diese Nacht in Kreuzberg bleibst.«

Dann ging man zu Tisch. Der General hatte Lilian den Arm gereicht, Ronald führte Tante Stasi, und Lothar folgte mit Veva. John Crosshill saß am oberen Ende der Tafel und blickte still und ernst über die kleine Tafelrunde.

Während des Speisens sagte der General im Laufe der Unterhaltung zu John Crosshill: »Haben Sie sich in Deutschland gut eingelebt, Mr. Crosshill? Kommen Ihnen die Verhältnisse bei uns nicht etwas eng und kleinlich vor? Sie sind doch sicher an ein freieres, großzügigeres Leben gewöhnt.«

»In manchem Sinne wohl, Exzellenz. Aber da ich nicht mehr Geschäftsmann bin und hier in ländlicher Stille lebe, fällt es mir nicht zu sehr auf. Wir haben ja hier gewissermaßen einen kleinen Freistaat für uns.«

»Allerdings, hier mögen Sie sich fühlen wie ein kleiner Fürst in seinem Reich. Wir Deutschen sehen ja mit einigermaßen staunenden Augen nach den Freistaaten Amerikas hinüber, wo jeder tun und lassen kann, was er will, und wo man das Geld auf der Straße findet«, scherzte der General.

John Crosshill lachte. »Das ist allerdings nicht ganz der Wirklichkeit entsprechend.«

»Trotzdem zieht es viele Deutsche hinüber in das Wunderland. Heute vielleicht nicht mehr so stark, es kamen doch viele enttäuscht wieder zurück und dämpften die Auswanderergelüste. Ein Vetter von mir, Hans von Kreuzberg-Breitenbach, ist auch nach Amerika gegangen.«

Einen Moment herrschte nach diesen Worten des Generals atemlose Stille an der Tafel. Alle hatten diesen Namen gehört und für jeden hatte er eine gewisse Bedeutung. Auch Mr. Crosshill zögerte einen Augenblick, ehe er antwortete.

»Ja, ich hörte von diesem Vetter bereits durch Tante

Stasi«, sagte er endlich langsam. »Ich hörte, daß ihn ein widriges Schicksal aus der Heimat trieb und daß er verschollen ist. Tante Stasi glaubt, er sei noch am Leben.«

»Das glaube ich nicht«, versicherte der General, »sonst hätte er doch wohl einmal von sich hören lassen.«

John Crosshill richtete sich straff auf. »Tante Stasi sagte mir, daß ein Makel auf seinem Namen ruhe, den er nicht hat entkräften können. Vielleicht hat ihn das veranlaßt, nichts mehr von sich hören zu lassen.«

Als er das gesagt hatte, erhob sich plötzlich Ronald von Ortlingen mit einem Ruck. Sein Gesicht war bleich, aber entschlossen.

»Ich bitte um Verzeihung, wenn ich das Gespräch unterbreche, meine verehrten Herrschaften. Aber ich hörte den Namen Hans von Kreuzbergs, und hörte Sie sagen, daß diesem Namen ein Makel anhaftet. Ich habe meiner sterbenden Mutter in die erkaltende Hand gelobt, daß ich, wo ich diesen Namen höre und wo man ihn mit einem Makel in Berührung bringt, für ihn eintreten werde mit allem, was mir zu Gebote steht.«

Der General sah ihn forschend an, während auf allen andern Gesichtern eine heimliche Spannung lag.

»Mein lieber Herr von Ortlingen, ein Zufall brachte uns auf diesen Namen. Gelegentlich unseres letzten Familientages in Berlin wurde er auch genannt, und Veva behauptete, Sie hätten den Verdacht, der sich an Hans von Kreuzbergs Namen heftet, als falsch bezeichnet, als einen Irrtum. Ich wollte Sie schon damals darüber befragen, kam aber nicht dazu. Wollen Sie nun jetzt die Güte haben, sich darüber zu äußern? Ihre Worte fallen um so schwerer ins Gewicht, als, wie Sie doch sicher wissen, Ihr verstorbener Vater selbst meinen Vetter einer schimpflichen Tat beschuldigte.«

Ronald war stehengeblieben. Die Muskeln seines Gesichts strafften sich, und seine Augen blickten groß und ernst.

»Es bedarf Ihrer Bitte nicht, Exzellenz, auch ohne sie würde ich es tun. Sie alle sollen hören, was ich zur Rechtfertigung Hans von Kreuzbergs zu sagen habe. Wahrscheinlich ist er längst nicht mehr am Leben, aber ich versprach meiner Mutter, seine Sache zu der meinigen zu machen und den Schimpf zu tilgen, den ihm mein eigner Vater zugefügt hat. Leicht wird es mir nicht, der Wahrheit die Ehre zu geben, denn ich muß damit meinen Vater anklagen. Ich bitte Sie, meine verehrten Herrschaften, mir eine Weile aufmerksam zuzuhören. Hans von Kreuzberg war mit meiner Mutter heimlich verlobt, mit Einwilligung ihrer Eltern, als sein Vater plötzlich starb und dadurch bekannt wurde, daß dieser weit über seine Verhältnisse gelebt hatte. Hans von Kreuzberg befand sich plötzlich in den schwierigsten Verhältnissen und war dadurch kein erstrebenswerter Schwiegersohn für ängstliche Eltern, die selbst mit pekuniären Schwierigkeiten zu kämpfen hatten. Er mußte seinen Abschied als Offizier nehmen und stand den neuen Verhältnissen zunächst hilflos gegenüber. Die Eltern meiner Mutter und ihre Geschwister drangen nun in sie, das Verlöbnis mit Hans von Kreuzberg zu lösen. In jener Zeit war mein Vater als Freier für meine Mutter aufgetreten, obwohl er ahnte, daß sie mit Hans von Kreuzberg heimlich versprochen war. Mein Vater liebte meine Mutter, aber noch mehr haßte er Hans von Kreuzberg, schon von Jugend auf, und beide Gefühle veranlaßten ihn, um meine Mutter zu werben. Diese wehrte sich lange gegen die Bestürmungen ihrer Familie, den reichen Freier zu bevorzugen, und schließlich sagte man ihr, daß sie unter den veränderten Verhältnissen nur eine Last und ein Hindernis für Hans von Kreuzberg sei. Kurzum, man suchte meine Mutter von ihm zu lösen mit allen Mitteln. Schließlich glaubte sie selbst, eine befreiende Tat für den Geliebten zu begehen, als sie endlich einwilligte, ihre Beziehungen zu ihm zu lösen und meines Vaters Gattin zu werden.

Mit heißen Tränen und tiefem Jammer beging sie diesen Treubruch. Aber ihr Herz blieb Eigentum des aufgegebenen Geliebten, sie hat es meinem Vater nie zuwenden können.

Hans von Kreuzberg soll wie von Sinnen gewesen sein. Als meine Mutter mit meinem Vater vor den Altar trat, hatte er in seiner Verzweiflung dazwischentreten wollen. Aber der Vater meiner Mutter und ihre Brüder hatten ihn mit Gewalt zurückgehalten und fortgeführt. Als meine Mutter davon hörte, wurde sie ohnmächtig. Und ohnmächtig trug sie mein Vater über die Schwelle seines Hauses.

Hans von Kreuzberg ertrotzte sich dann einige Wochen später ein letztes Wiedersehen mit meiner Mutter. Er hatte Gelegenheit gefunden, ihr ein Briefchen durch eine treue Dienerin zu übersenden, trotz der Wachsamkeit meines Vaters.

Hans von Kreuzberg weilte zu Besuch in Kreuzberg, wo er sich verabschieden wollte, da er nach Amerika auszuwandern gedachte. Meine Mutter wollte ihn nicht ohne Abschied ziehen lassen und willigte ein, ihn zu sehen. Mein Vater war zu einer Jagdgesellschaft geladen, und so war sie allein zu Hause. Ihre Zimmer lagen, wie Sie wissen, im Erdgeschoß, nach der Terrasse hinaus. Man kann von dieser direkt in ihre Zimmer eintreten. In ihrem kleinen Salon erwartete sie zur verabredeten Zeit, es war die Dunkelheit abgewartet worden, Hans von Kreuzberg. Ein verabredetes Zeichen gab ihm kund, daß sie wirklich allein war. Hans von Kreuzberg kam. Es war ein tiefschmerzliches Wiedersehen. Er war außer sich, als er vernahm, warum meine Mutter ihn aufgegeben hatte, und beschwor sie in seinem schmerzlichen Ungestüm, mit ihm nach Amerika zu fliehen. Meine Mutter hat mir gesagt, daß sie freudigen Herzens mit ihm gegangen wäre in Not und Tod, aber sie wußte, daß sie ein Kind haben würde, ehe das Jahr zu Ende ging, dessen Vater ihr Gatte war. Um des Kindes willen entsagte sie allem eigenen Glück und blieb zurück. Sie sprach dem Unglücklichen tröstend zu, bat ihn, sich zu beruhigen, obwohl sie selbst am Rand der Verzweiflung war, denn sie hatte ein Grauen vor der leidenschaftlichen Wildheit und Tyrannei meines Vaters.

Endlich hatte sie Hans von Kreuzberg leidlich beruhigt und drängte ihn, sich zu entfernen, damit sie nicht überrascht wurden. Um ihn nicht ganz ohne Trost ziehen zu lassen, übergab sie ihm zum Andenken ein Medaillon, das an goldner Halskette hing und in dem ihr Bildnis enthalten war. Das sollte ihm ein Talisman sein, er sollte es mit sich nehmen in den Kampf ums Dasein.

Sie, meine Herrschaften, entsinnen sich wohl des Medaillons, das meine Mutter auf ihrem Bild über meinem Schreibtisch um den Hals trägt, es ist dasselbe Schmuckstück, das sie dem Scheidenden gab.

Noch einmal hielten sie sich in dieser Abschiedsstunde umfangen, einen einzigen Kuß tauschend. Meine Mutter hat darüber nie Reue gefühlt, sie nahm ihrem Gatten nichts damit, denn sie hatte ihm nicht verhehlt, daß sie einen andern liebte, und er hatte sie trotzdem an sich gefesselt.

Mein Vater hatte nun an jenem Tage, von Argwohn und Unruhe getrieben, die Jagdgesellschaft sofort wieder verlassen und kehrte heimlich zurück, ohne daß meine Mutter eine Ahnung hatte. Diese wollte Hans von Kreuzberg durch den Park geleiten, damit er in der Dunkelheit nicht fehl gehe. Sie ging in ein anderes Zimmer, um sich ein Tuch zu holen.

In demselben Moment, als sie das Zimmer verlassen hatte, trat mein Vater plötzlich von der Terrasse aus hinein, wo er wohl schon eine Weile gestanden und die beiden belauscht hatte.

Hans von Kreuzberg stand dicht am Tisch, auf dem die geöffnete Schmuckkassette meiner Mutter noch stand, aus der sie das Medaillon genommen hatte. Ein Teil ihres Schmuckes lag noch achtlos daneben. Und er war eben im Begriff, das Medaillon in seiner Brusttasche zu bergen. Da faßte auch schon mein Vater mit jähem Griff seine Hand. So standen sie eine Weile und sahen sich mit feindlichen, haßerfüllten Augen an. Und wohl erst in diesem Augenblick kam meinem Vater der furchtbare Gedanke, wie er seinen Feind am besten unschädlich machen konnte.

Mit höhnischem Gesicht sah er ihn an.

›Ah, siehe da, Herr von Kreuzberg! Sie wollen wohl hier in aller Stille die Schmuckkassette meiner Frau ausrauben, um Ihre Reise ins Ausland zu finanzieren?‹

So hörte meine Mutter ihn vom Nebenzimmer aus mit schneidender Stimme sagen.

Entsetzt eilte sie herbei und sah, wie sich die beiden Männer mit bleichen, entstellten Gesichtern gegenüberstanden. Hans von Kreuzberg sprach kein Wort zu seiner Verteidigung, er biß die Zähne wie im Krampf aufeinander und war bleich wie der Tod.

Höhnisch rief mein Vater meiner Mutter zu:

›Ich habe einen Dieb abgefangen, einen Einbrecher, Anneliese! Sieh' ihn dir einmal an. Gerade wollte er mit deinen Schmucksachen durchgehen.‹

Meine Mutter schrie auf.

›Es ist nicht wahr, nicht wahr, ich selbst ...‹

Ehe sie enden konnte, faßte mein Vater hart und drohend ihre Hand. ›Wenn es nicht wahr wäre, welche Deutung wolltest du dann der Anwesenheit dieses Herrn um diese Stunde in deinem Salon geben, der im Begriff war, dies Medaillon in seiner Tasche zu bergen?‹ Sie wollte alles gestehen. Aber da dachte sie voll Entsetzen daran, daß sich die beiden Männer dann mit der Waffe gegenübertreten mußten. So beschloß sie zu schweigen, bis Hans von Kreuzberg in Sicherheit war. Sie rang die Hände und wußte nicht, was sie tun sollte.

Mein Vater sah Herrn von Kreuzberg an. Dieser wollte natürlich meine Mutter um keinen Preis bloßstellen und schwieg auch. Da sagte mein Vater wieder mit höhnischer Stimme:

›Sie sehen, Herr von Kreuzberg, meine Frau ist außer sich, sie kann es nicht fassen, daß Sie ein Dieb sind. Ich will aus Rücksicht auf Ihre Familie davon absehen, Sie der Polizei auszuliefern. Entfernen Sie sich sofort, das Medaillon lassen Sie wohl hier.‹

Außer sich vor Zorn, wollte sich Hans von Kreuzberg auf meinen Vater stürzen. Da warf sich meine Mutter zwischen die beiden Männer.

›Hans, um Gottes willen, Hans!‹ schrie sie in höchster Not und Qual.

Da riß sich der Unglückliche zusammen, sah meine Mutter noch einmal an mit einem Blick, der sich ihr für alle Zeiten in die Seele brannte, und sagte ihr ein leises

Lebewohl. Dann ging er schnell, wie auf der Flucht vor sich selbst, aus dem Zimmer.

Meine Mutter wollte ihm nacheilen, ihm noch ein Trostwort sagen, aber mein Vater vertrat ihr den Weg. Da brach sie ohnmächtig zusammen.

Als sie wieder zu sich kam, sagte sie meinem Vater alles, was geschehen war; sie hoffte, daß Hans von Kreuzberg bereits abgereist sei, wie er sich vorgenommen hatte. Mein Vater aber gab sich den Anschein, als glaube er, meine Mutter rede im Fieber. Er wußte, daß er sie und Hans von Kreuzberg härter traf, wenn er diesen einen Dieb nannte, als wenn er ihn vor die Pistole forderte. Außerdem wollte er wohl vermeiden, daß der Ruf seiner Gattin und somit sein guter Name getrübt würde, was bei einem Duell kaum zu vermeiden gewesen wäre.

Trotz der Bitten und des Flehens meiner Mutter ging mein Vater soweit nach Kreuzberg zu berichten, daß er Hans von Kreuzberg bei einem Diebstahl abgefaßt und aus seinem Hause gejagt habe. Als meine Mutter darauf erklärte, sie werde selbst nach Kreuzberg fahren und dem Onkel des Verdächtigten die Wahrheit sagen, da sagte ihr mein Vater im wilden Zorn: ›Dann schieße ich ihn nieder und dich mit.‹

Hans von Kreuzberg hatte, wohl in Angst und Sorge um meine Mutter, seine Abreise um einen Tag verschoben. Sein Onkel sagte ihm, wessen ihn mein Vater beschuldigte. Hans von Kreuzberg hat sich mit keinem Wort verteidigt, um meine Mutter nicht bloßzustellen. Er reiste ab, mit Schmach bedeckt. Es gelang ihm, meiner Mutter durch die treue Dienerin noch einige Zeilen zu senden, die ihr das Versprechen von ihm brachten, er werde trotzdem den Kampf mit dem Leben aufnehmen, sie möge sich seinetwegen nicht beunruhigen. Sein einziger Trost sei, daß ihr Ruf geschont worden sei. Er werde in Amerika ein neues Leben beginnen, aber seine Liebe werde ihr ewig gehören. Sein Onkel kam dann entsetzt und außer sich nach Ortlingen und bat meinen Vater, den Namen Kreuzberg zu schonen und die unerklärliche Verfehlung seines Neffen nicht an die Öffentlichkeit zu bringen. Das versprach mein Vater, denn es genügte seiner Rache, daß Hans von Kreuzberg, vor seiner Familie mit Schimpf und Schande bedeckt, die Heimat verlassen mußte.

Meine Mutter wußte er durch furchtbare Drohungen einzuschüchtern, so daß sie es nicht wagte, der Wahrheit die Ehre zu geben. Aber sie konnte ihm nie verzeihen, daß er sich auf so unedle Art gerächt hatte.

Seit jener Stunde lehnte sie jede Gemeinschaft mit meinem Vater ab und hoffte und wünschte, daß er sich von ihr scheiden lassen möchte. Aber er gab ihr die Freiheit nicht zurück, und er hat sie namenlos gequält, aus Zorn über ihre unentwegte Zurückhaltung.

Meine Mutter hat mir das alles erst nach dem Tode meines Vaters erzählt. Sie hat nie wieder etwas von Hans von Kreuzberg gehört, aber sie hat bis zuletzt gehofft, er möge wiederkehren, damit sie den Makel von ihm nehmen könne. Sie glaubte nicht an seinen Tod.

›Wäre er tot, ich hätte es auch im Herzen gefühlt‹, sagte sie noch in ihrer letzten Stunde, als sie mir das Versprechen abnahm, für ihn einzutreten, wo und wie ich nur immer könnte.

Aber gleichviel, ob Hans von Kreuzberg noch am Leben ist oder nicht, ich bezeuge feierlichst, daß er fälschlich des Diebstahls beschuldigt ist und daß er sich in dieser ganzen Angelegenheit als Kavalier und Edelmann benommen hat.«

Aufatmend schloß Ronald von Ortlingen seine Rede und setzte sich nieder. Er hatte starr geradeaus gesehen, weil es ihn peinigte, seinen eigenen Vater anzuklagen.

Nun erhob sich Lilian, während alle andern noch reglos und schweigend saßen. Sie trat an ihres Vaters Seite und faßte seine Hand. Aus Tante Stasis Augen fielen die Tränen herab, während sie John Crosshill unverwandt anblickte.

John Crosshill hob das bleiche gespannte Gesicht, in dem es voll Erregung zuckte, zu seiner Tochter empor, wie aus einem Traum erwachend.

»Papa, lieber Papa, darf ich Herrn von Ortlingen in deinem und meinem Namen danken?« fragte sie mit seltsam klarer und heller Stimme.

Der alte Herr vermochte nicht zu sprechen, er nickte nur mit feuchtschimmerndem Blick.

Da küßte ihn Lilian innig und trat hochaufgerichtet mit strahlenden Augen vor Ronald hin, der sie betroffen ansah. Sie reichte ihm die Hand.

»Herr von Ortlingen, ich danke Ihnen von ganzem Herzen, von ganzer Seele, daß Sie der Wahrheit die Ehre gaben und einen Schimpf tilgten von dem Namen Hans von Kreuzbergs.«

Ronald war aufgesprungen und führte ihre Hand an seine Lippen. Er fühlte, daß diese schlanke Mädchenhand zitterte in der seinen. Mit großen Augen sah er sie an.

»Mein gnädiges Fräulein, ich weiß nicht, warum Sie mir dafür danken.«

Da erhob sich John Crosshill zu seiner ganzen stattlichen Höhe.

»Lilian Crosshill hat dazu, wie Sie wohl meinen, Herr

von Ortlingen, weder ein Recht noch eine Veranlassung. Aber die Freiin Lilian von Kreuzberg-Breitenbach, die Tochter Hans von Kreuzbergs, darf dieses Recht wohl für sich in Anspruch nehmen.«

Alle sprangen von ihren Plätzen empor und starrten ihn ungläubig an. Nur Tante Stasi blieb sitzen und preßte das Taschentuch an ihre weinenden Augen. Nach einer atemlosen Pause fuhr John Crosshill fort:

»Ich schließe mich meiner Tochter an, Herr von Ortlingen. Ich danke Ihnen voll Herzlichkeit. Sie haben sich nicht gescheut, Ihren Vater preiszugeben, um einem Verfemten seine Ehre wiederzugeben. Ich bin Hans von Kreuzberg. Ich legte den Freiherrntitel in Amerika ab, da er mir dort nur lästig gewesen wäre, und anglisierte meinen Namen etwas gewaltsam. Auch aus dem deutschen Hans machte ich einen englischen John, und so hat niemand geahnt, daß ich unter diesem Namen zurückgekehrt war.«

»Doch, Hans Kreuzberg«, sagte jetzt Tante Stasi mit lauter, bewegter Stimme. »Ich habe dich erkannt in der ersten Minute, als ich dich wiedersah, trotzdem du vorsichtig eine blaue Brille aufgesetzt hattest. Ich erkannte dich an der Haltung, an dem Haaransatz über der Stirn und an der kleinen Narbe an den Schläfen. Aber ich ehrte deinen Willen und schwieg.«

John Crosshill – oder Hans von Kreuzberg, wie wir ihn jetzt nennen wollen, faßte ihre Hand.

»Und du hast an meine Unschuld geglaubt und bist für mich eingetreten, liebe Stasi. Ich war, ohne daß ihr alle es ahntet, Zeuge eures letzten Familientages und hörte mit meiner Tochter jedes Wort, das dort gesprochen wurde. Laß mich auch dir danken, daß du einem Verfemten ein treues Herz bewahrtest.«

Die alte Dame sah ihm ernst und klar in die Augen. »Ich schäme mich des Bekenntnisses nicht. Ich bin ja eine alte Frau, die ruhig darüber sprechen kann.«

Er küßte ihr in stummer Dankbarkeit die Hand.

Nun trat der General auf ihn zu und reichte ihm die Rechte.

»Ich habe dich nicht erkannt, lieber Hans. Aber um so mehr freut es mich nun, daß Kreuzberg doch nicht in fremde Hände gekommen ist. Und noch mehr freue ich mich, daß dein Name wieder rein ist von jedem Makel. Lieber Vetter, ich heiße dich mit Freuden in der Heimat und in der Familie willkommen.«

Lothar von Kreuzberg hatte am längsten gebraucht, sich zu fassen. Jetzt aber trat er rasch vor Hans von Kreuzberg hin.

»Jetzt weiß ich auch, wer meine Schulden bezahlt hat. Tante Stasi sagte mir, daß das Geld von einem Verwandten an Salzmann geschickt worden ist. Dieser Verwandte kannst du nur sein, Onkel Hans.«

Hans von Kreuzberg lächelte und sah Tante Stasi fragend an. »Auch das wußtest du, Stasi?«

»Ich sah deine Handschrift auf meiner Visitenkarte. Aber so schwer es mir auch geworden ist, habe ich dich doch nicht verraten. Gegen deinen Willen wollte ich den Schleier nicht lüften.«

Lilian war endlich von Ronald fortgetreten auf Veva zu. Sie sahen sich an und lagen sich plötzlich in den Armen.

»Jetzt weiß ich, warum ich dich gleich so liebhatte, Lilian«, sagte Veva bewegt.

Es gab noch ein langes, aufgeregtes Durcheinander, ein Fragen und Erklären. Soviel hatte man sich zu sagen, daß das Diner nicht mehr zu seinem Recht kam.

Man erhob sich und ging in ein Nebenzimmer. Hans von Kreuzberg zog Ronald an seine Seite und sprach mit ihm von seiner Mutter, Lothar und Lilian standen beisammen, und der General unterhielt sich aufgeregt mit Veva und Tante Stasi.

Lilian legte ihre Hand auf Lothars Arm. »Nun, lieber Vetter, jetzt wissen Sie, weshalb ich mir Ihre Freundschaft um jeden Preis bewahren wollte«, sagte sie schelmisch.

»Ja, Lilian, jetzt weiß ich's. Aber das ›Sie‹ streichen wir nun aus unserm Verkehr. Zum Vetter gehört das Du.«

»Gut, du sollst deinen Willen haben. Und wir sind nun gut Freund auf Lebenszeit.«

Ronald hatte noch kein Wort weiter mit Lilian gewechselt, seit sie ihm so innig und mit so strahlenden Augen gedankt hatte. Ihren Blick, ihr Lächeln wollte er mit auf die Reise nehmen. Er hatte sich von ihrem Vater verabschiedet, ehe sie ihn hinausbegleitete. Nun wartete er, daß sie zurückkam. Er konnte nicht fort ohne ein letztes Lebewohl.

Abseits stand er im Nebenzimmer, während sich Tante Stasi, der General, Veva und Lothar noch immer erregt unterhielten. Durch dieses Zimmer mußte Lilian kommen, wenn sie von ihrem Vater zurückkehrte. Und als sie dann nach ziemlich langer Zeit eintrat, schritt er ihr entgegen.

»Ehe ich mich von Ihnen verabschiede, mein gnädiges Fräulein, möchte ich noch eine Frage an Sie richten. Als wir uns in Berlin, im Vestibül des Hotels zuerst begegneten, sahen Sie mich so seltsam an. Und als Sie dann oben auf der Treppe neben mir standen, lag ein dringendes Forschen in Ihrem Blick, das ich mir nie erklären konnte.

Jetzt könnte ich eine Erklärung finden, wenn Sie mir sagen würden, daß Sie damals schon wußten, wer ich war.« Lilian blickte ihn groß und offen an.

»Ja, ich wußte es. Ich hörte, daß Sie ein Herr beim Namen rief. Und diesen Namen kannte ich genau aus den Erzählungen meines Vaters. Ich wußte schon damals, daß Sie der Sohn des Todfeindes meines Vaters und der Frau waren, die mein Vater im Leben am meisten geliebt hatte.«

»Dann weiß ich auch, weshalb Sie mir so feindlich gesinnt waren und sich immer so kalt und abweisend gegen mich verhielten. Sie mußten mir so feindlich gesinnt sein, weil mein Vater dem Ihren die Ehre stahl.«

»Ich konnte ja nicht wissen, daß Sie anders dachten als Ihr Vater«, sagte sie ausweichend.

Er faßte ihre Hand und küßte sie. »Jetzt aber wissen Sie es, mein gnädiges Fräulein, und ich darf Sie bitten, Ihren Groll gegen mich zu besiegen. Lange werde ich Ihnen jetzt nicht begegnen. Aber ich hoffe, wenn ich wiederkehre und Sie noch in Kreuzberg finde, dann werden Sie mir ohne Groll begegnen können.«

Sie wußte nicht, daß er glaubte, sie werde Kreuzberg bald verlassen, um dem Mann anzugehören, den sie liebte.

»Gewiß werde ich noch in Kreuzberg sein. Und Groll empfinde ich sicher nicht mehr gegen Sie, nur herzliche, innige Dankbarkeit, daß Sie meinen Vater von langer Pein erlösten durch Ihre Worte.«

»So leben Sie wohl, mein gnädiges Fräulein.«

»Auf Wiedersehen, Herr von Ortlingen, und glückliche Reise.« Er sah sie mit einem schmerzlichen Blick an, mit einem Blick, der ihr tief in die Seele drang, der sie namenlos quälte und doch beglückte.

Schnell verbeugte er sich und ging, um sich von den andern Herrschaften zu verabschieden.

Auf dem Heimweg dachte er an das, was er heute in Kreuzberg erlebt hatte. Mit tiefer Bitterkeit sagte er sich, daß er nun Lilian von Kreuzberg zu seiner Gemahlin hätte machen können, ohne auf Ortlingen verzichten zu müssen, wenn sie nicht einen andern liebte.

Lilian eilte, als Ronald gegangen war, hinauf in ihr Turmzimmer und schloß die Tür hinter sich zu.

Wie überwältigt von Schmerz und Herzeleid sank sie auf den Diwan. Eine unsagbare Unruhe war in ihrem Herzen. Ronalds letzter, schmerzlicher Blick verfolgte sie. Warum hatte er sie so angesehen, heute, und schon damals auf dem Gartenfest? Wenn er Genoveva liebte und in ihr sein Glück sah, dann durfte er doch nicht so unglücklich aussehen. Und warum war er nicht glücklich?

Wochen vergingen.

Die Kunde, daß John Crosshill mit dem vor dreißig Jahren ausgewanderten Hans von Kreuzberg identisch war, hatte sich schnell verbreitet. Niemand außerhalb der Familie hatte gewußt, daß seinem Namen ein Makel angeheftet worden war, und niemand erfuhr jetzt davon. Man wußte nur, daß er außer Landes gegangen war, weil er pekuniär ruiniert gewesen, und daß er nun als reicher Mann zurückgekommen war.

Warum er nichts hatte von sich hören lassen und sich selbst seiner Familie nicht gleich zu erkennen gegeben hatte, bildete das interessante Tagesgespräch. Lothar erklärte lachend, Onkel Hans habe erst eine Weile die gute Fee im Märchen spielen wollen, was ihm auch glänzend gelungen sei.

Es tauchte nun dieser und jener Jugendfreund des alten Herrn in Schloß Kreuzberg auf, um ihn zu begrüßen und alte Erinnerungen aufzufrischen. Der einzige Mensch, der mit stoischer Ruhe die Verwandlung Mr. Crosshills in einen deutschen Freiherrn betrachtete, war Mr. White. Er unternahm im Auftrag seines Herrn die nötigen Schritte, um dieser Verwandlung die offizielle Geltung zu verschaffen.

Seit Ronald von Ortlingen abgereist war, konnte Lilian Veva wieder unbefangener begegnen. Sie überhäufte die Cousine mit Geschenken und andern Beweisen ihrer Zuneigung, und sie arbeitete ernsthaft an sich, um das Sehnen ihres Herzens zur Ruhe zu bringen und ruhig an Ronald denken zu können. Die Cousinen waren jetzt fast unzertrennlich, und Lilians Vater freute sich der Liebe, die man seiner Tochter entgegenbrachte. Ruhiger als je sah er seinem Ende entgegen.

An Bobby Blount hatte Hans von Kreuzberg ausführlich geschrieben und ihm alles erklärt. Darauf schrieb dieser einen herzlichen Glückwunsch und einige Zeilen, aus denen stille Resignation klang.

»Das deutsche Freifräulein wird mir ebenso unerreichbar sein, wie es Miß Lilian war. Ich habe mich damit abgefunden und suche dem Leben Werte abzugewinnen, die mich darüber so viel als möglich trösten. Viel Schönes habe ich gesehen, und Weihnachten werde ich also mit Ihrer Erlaubnis bei Ihnen feiern und mich überzeugen, wie gut Sie sich als Schloßherrschaft eingelebt haben.«

Hans von Kreuzberg sah lächelnd seine Tochter an, als sie beide gelesen hatten. »Meine Lilian wird einem deutschen Mann die Hand zum Bund fürs Leben reichen. Das hat Bobby nun auch begriffen.«

Lilian antwortete nicht. Sie befanden sich in ihrem

Turmzimmer. Still trat sie ans Fenster und sah mit großen ernsten Augen nach Ortlingen hinüber. Durch die jetzt entlaubten Bäume konnte man die Turmspitzen des Ortlinger Schlosses sehen. Veva hatte sie ihr gestern gezeigt und gesagt: »Wir werden gleich wissen, wenn Ronald von Ortlingen heimkehrt, dann wird dort auf der Turmspitze die Flagge gehißt werden.«

Daran mußte Lilian denken. Sie wußte auch von Veva, daß Ronald bestimmt Weihnachten zu Hause sein würde, weil er seinen Vetter eingeladen habe. Dabei war Veva sehr rot geworden, Lilian hatte das Herz schmerzhaft gezuckt. Sie konnte trotz aller Selbstzucht nicht ruhig an das Wiedersehen mit Ronald denken.

Eines Tages bei Tisch brachte Tante Stasi das Gespräch auf Ronald.

»Er läßt so wenig von sich hören. Natürlich, alle Herren sind schreibfaul, zumal auf Reisen. Und seine Adresse vergißt er immer anzugeben. Man kann ihm nicht einmal schreiben«, sagte sie.

Veva lachte.

»Ach Tantchen, wenn du ihm etwas Wichtiges mitzuteilen hast, brauchst du nur bei Frau Hellmann telephonisch anzufragen, die weiß seine Adresse immer.«

Lilian saß mit gesenkten Augen, und auf ihrem Antlitz wechselten Röte und Blässe. Nun konnte sie sich erklären, auf welche Weise Veva und Ronald in Verbindung blieben in all der Zeit.

»Nun, so Wichtiges habe ich ihm nicht zu melden. Zu Weihnachten kommt er wohl heim. Und ich glaube, so lange geht er dann wohl nicht wieder fort. Ich denke, er wird sich nun bald verheiraten, es muß freilich eine Frau von altem Adel sein, so wie zum Beispiel die Freiinnen von Kreuzberg.«

Das sagte Tante Stasi mit besonderer Betonung und einem bedeutungsvollen Lächeln.

Lilian strich sich nervös über die Stirn. Tante Stasi weiß längst, daß Genoveva Ronalds Frau wird, dachte sie.

Sie sprang auf und verließ mit einem Vorwand das Zimmer. Sie konnte diese Anspielung auf die baldige Verheiratung Ronalds nicht ruhig ertragen.

Tante Stasi und Hans von Kreuzberg sahen sich lächelnd an.

Von Hans von Kreuzbergs Schlafzimmer war ein elektrischer Klingelzug nach Lilians Schlafzimmer gelegt worden, damit sie Charles auch in der Nacht zu jeder Zeit herbeirufen konnte, wenn der Vater einen Anfall bekam. Da jeder dieser Anfälle den Tod ihres Vaters herbeiführen konnte, wollte Lilian unbedingt jedesmal gerufen werden.

Es war eine rauhe Herbstnacht, als Lilian durch diese Klingel aus dem Schlaf aufgeschreckt wurde. Hastig fuhr sie empor. Sie wußte sogleich, weshalb sie gerufen wurde.

Eilig warf sie einen pelzgefütterten Morgenrock über das spitzenbesetzte Nachthemd. Dieser Morgenrock lag stets für solche Fälle bereit. Sie schlüpfte in weiche Pelzschuhe, die zum gleichen Zweck bereitstanden, und eilte in das Zimmer des Vaters hinüber.

Sie fand ihn, von Charles aufgerichtet und mit Kissen unterstützt, im Bett sitzend, mit gerötetem Gesicht und qualvoll nach Atem ringend.

Lilian kannte diesen besorgniserregenden Anblick. Sie eilte an seine Seite. »Mein lieber, armer Papa!«

Zitternd tasteten die Vaterhände über ihren blonden

Kopf, von dem die langen, schweren Flechten über den pelzgefütterten Morgenrock herabglitten.

»Ruhig, tapfer, mein geliebtes Kind!« stieß er mühsam hervor.

Sie lächelte ihm zu und streichelte ihm die kalten Hände. »Ist es schlimm, mein armer Papa?«

Diese zärtlichen Worte waren die letzten, die der Vater hörte.

Er sank in die Kissen zurück. Lilian umfaßte ihn und legte sein Haupt an ihre Schulter.

Noch einmal glitt die Hand des Leidenden über die seiner Tochter.

»Gott segne dich und Ronald!« stieß er mühsam, kaum verständlich, hervor.

Dann fiel seine Hand schlaff herab, das Haupt sank zurück, und ein Zucken und Strecken ging durch den Körper.

Lilian sah erschrocken auf ihn herab, in seine brechenden Augen hinein.

»Vater, Vater!«

Wie ein jammernder Schrei kam das über ihre Lippen. Aber der Vater hörte sie nicht mehr, er war tot.

Sie erzitterte, wie unter einem grausamen Streich. Mit einer unendlich sanften, zärtlichen Bewegung schloß sie die gebrochenen Augen und sank mit einem qualvollen Aufschluchzen in die Knie.

So lag sie im bitteren Schmerz und sah und hörte nichts, was um sie her vorging.

Charles hatte die andern Schloßbewohner geweckt, und nun ging die Kunde leise durch das ganze Haus. Der gütige Herr war tot.

Tante Stasi und Veva waren herbeigeeilt und knieten nun weinend und betend hinter Lilian an dem Totenlager.

Lilian rührte sich nicht von der Seite ihres Vaters, bis der Morgen kam. Da endlich trat Tante Stasi an sie heran und hob sie auf. »Komm, mein liebes Kind, du darfst nicht länger so liegen. Stehe auf, du machst dich krank.«

Da hob Lilian das blasse, schmerzverzogene Antlitz zu ihr empor. Und als sie in Tante Stasis wehe, leidvolle Augen sah, da warf sie sich aufschluchzend an ihre Brust.

»Du hast ihn auch geliebt! Ach, er war so vieler Liebe wert, mein einzig guter Vater. Ich kann es nicht fassen, daß er von mir ging.«

Sie hielten sich fest umschlungen. Tante Stasi streichelte mit zitternder Hand das blonde Mädchenhaupt und sah hinüber in das bleiche Antlitz des Mannes, dem sie ihr Leben lang in wunschloser Liebe und Treue angehangen hatte.

Sie hatte ihm versprochen, Lilian zu stützen und zu trösten, wenn er abgerufen würde. So bezwang sie ihren eigenen Jammer und tröstete Lilian mit lieben zärtlichen Worten.

Mr. White war zur Stelle und griff sofort beruhigend und ordnend ein. Er hatte genaue Instruktionen von seinem Herrn erhalten, was nach dessen Tode geschehen sollte. Ruhig und unbewegt war auch jetzt das Antlitz des Sekretärs. Aber als er einen Moment mit dem Toten allein war, beugte er sich über ihn und küßte seine kalte Hand.

Unter reger Beteiligung der Garnison und der ganzen Umgegend wurde Hans von Kreuzberg in der Kapelle von Kreuzberg beigesetzt, gerade, als der erste Schnee sich über Berg und Tal gebreitet hatte.

Veva hatte sofort Frau Hellmann gebeten, an Ronald

zu depeschieren, daß Hans von Kreuzberg gestorben sei. Und Ronald war herbeigeeilt aus dem Süden, wo er sich gerade befand, um noch zurechtzukommen, dem Toten die letzte Ehre zu erweisen.

Er war froh gewesen, einen Vorwand zur Heimreise zu haben, denn die Sehnsucht nach Lilians Anblick quälte ihn namenlos. Er meinte, alles andere ertragen zu können, wenn er nur wieder in ihrer Nähe weilen konnte.

Ronald hatte Lilian einen Kondolenzbesuch gemacht. Er fand sie schöner und holdseliger denn je, mit dem blassen, traurigen Gesicht. Sie trug ein langschleppendes Trauerkleid, von dem sich der satte, warme Goldton des Haares wundervoll abhob. So süß und anbetungswürdig erschien sie ihm, daß sein Herz bei ihrem Anblick erzitterte.

Lilian behielt nur mit Mühe ihre Fassung, als sie ihn wiedersah. Sie brauchte aber wenigstens kein lächelndes Antlitz zu zeigen. Sie sprachen nur wenige Worte zusammen und vermieden soviel wie möglich, sich anzusehen.

Genau eine Woche nach Hans von Kreuzbergs Tode wurde sein Testament eröffnet. Lilian war seine Universalerbin. Mit zahlreichen Legaten hatte er seine treuen Diener, Mr. White und wohltätige Stiftungen bedacht.

Zum Schluß wurde das Kodizill verlesen, in dem die beiden Freiinnen Genoveva und Anastasia von Kreuzberg-Breitenbach je mit einem bedeutenden Legat bedacht wurden.

Veva wurde vor Erregung leichenblaß; sie saß neben Lilian, und diese merkte, daß sie erzitterte und kaum ihre Erregung meistern konnte, bis der feierliche Akt zu Ende war. Tante Stasi weinte nur still vor sich hin.

Lilian konnte nicht begreifen, daß Veva so furchtbar aufgeregt war und vor Aufregung am ganzen Körper zitterte. Was konnte der künftigen Herrin von Ortlingen an solch einer verhältnismäßig kleinen Summe liegen?

Endlich war der feierliche Akt zu Ende, und die drei Damen waren allein. Da warf sich Veva aufschluchzend in Lilians Arme und umfaßte sie mit leidenschaftlicher Innigkeit.

»Lilian, ach Lilian, dein lieber teurer Vater; ich kann ihm nicht einmal danken. So lasse du dir meinen Dank gefallen. Ich bin ja so glücklich, so namenlos glücklich, daß dein Vater mich so großherzig bedacht hat und damit mein Glück begründet. Ist es denn nur wirklich wahr? Ist das auch kein Irrtum?«

Lilian schüttelte erstaunt den Kopf. »Scheint dir das ein so großes Glück, Genoveva? Gewiß gehört dir das Geld. Aber ich begreife deine Aufregung nicht.«

Veva lachte und weinte durcheinander.

»Ach, du weißt ja nicht, was ich mir mit dieser Summe für ein großes herrliches Glück erkaufen kann. Laß mich dir in dieser Stunde gestehen, daß ich schon lange heimlich verlobt bin. Ich hatte noch gar keine Aussicht auf eine baldige Verbindung. Aber nun werden alle Hindernisse fallen durch die Großmut deines lieben Vaters. Nun kann ich glücklich sein.«

Lilian wurde sehr bleich. »Liebe Genoveva, ich habe schon längst geahnt, daß du heimlich verlobt bist, ich wollte mich nur nicht in dein Vertrauen drängen. Aber ich verstehe trotzdem nicht, wie dein Glück von diesem Gelde abhängig sein kann. Ist denn Herr von Ortlingen nicht reich genug, eine vermögenslose Frau heiraten zu können?«

Veva blickte erstaunt in ihr Gesicht, und Tante Stasi horchte mit einem seltsamen Ausdruck auf, als mache sie eine sonderbare Entdeckung.

»Ronald? Du meinst Ronald? Ach Lilian, da bist du sehr im Irrtum. Nicht mit Ronald bin ich verlobt, sondern mit seinem Vetter Georg«, sagte Veva lächelnd.

Mit einem Ruck fuhr Lilian plötzlich empor. Alle Farbe wich aus ihrem Gesicht, und ihre Augen blickten groß und starr in die Vevas. »Was sagst du, Genoveva? Du bist nicht mit Ronald Ortlingen verlobt?«

»Nein, nein, ich sage dir doch, Georg von Strachwitz ist mein Verlobter.«

Lilian strich sich über die Augen, als müsse sie einen Schleier fortwischen. »Aber ich sah doch, daß dir Herr von Ortlingen heimlich Briefe zusteckte, sah doch, daß er dich küßte«, stieß sie heiser hervor, sich gewaltsam zur Ruhe zwingend.

Veva lachte. Sie hielt Lilians seltsames Wesen nur für Erstaunen. Nur Tante Stasi hatte schärfere Augen und wußte nun plötzlich, was Lilian das Herz so schwer bedrückt hatte. Aber sie sagte kein Wort und gab sich den Anschein der Unbefangenheit.

»Ach, liebe Lilian«, sagte Veva in lieblicher Schelmerei, »die Briefe, die mir Ronald brachte, waren von Georg. Und für jeden Brief bekam er einen Kuß zum Dank. Du weißt doch, wie vertraut wir von Kindheit auf zusammen sind, fast wie Bruder und Schwester. Aber nun du alles weißt, verstehst du doch meine Glückseligkeit. Mein Liebster ist ja so arm wie ich, und wir wußten bisher nicht, wovon wir uns ein Nest bauen sollten. Ronald hatte uns allerdings seine Hilfe versprochen, er zahlt ja Georg auch einen Zuschuß. Aber nun ist das nicht nötig, nun bin ich ja reich; so reich und so namenlos glücklich.

Wenn ich doch nur deinem lieben Vater noch danken könnte.«

So sprach Veva erregt, und dann fing sie wieder an zu weinen vor Glückseligkeit und umarmte Lilian, die bleich und zitternd dastand und nicht wußte, ob sie wachte oder träumte.

Mit bebenden Lippen erwiderte sie Vevas Kuß und strich ihr über das Haar. Aber sprechen konnte sie nicht.

Veva war viel zu sehr mit ihren eigenen Gedanken beschäftigt, als daß sie sich über Lilians Wesen gewundert hätte.

»Jetzt müßt ihr mich entschuldigen, du und Tante«, fuhr Veva erregt fort, »ich muß an Georg ein Telegramm abschicken. Nicht eine Minute länger als nötig soll er in Sorge bleiben. Ach, wird er eine Freude haben.«

Sie küßte Lilian und Tante Stasi noch einmal herzhaft ab und eilte hinaus.

Lilian sank wie kraftlos in einen Sessel. Sie faltete die Hände und saß reglos, wie gelähmt. Über ihre bleichen Wangen flossen erlösende Tränen. Wußte sie auch jetzt noch nicht, ob Ronald von Ortlingen sie liebte, so war es doch eine Befreiung aus namenloser Pein für sie, zu wissen, daß sie mit ihrer Liebe zu Ronald Veva kein Unrecht tat.

Alles bekam nun ein anderes Gesicht. Sie mußte sich erst langsam aus dem Irrtum heraustasten, in den sie sich in selbstquälerischer Pein verrannt hatte. Alles überdachte sie, was zwischen ihm und ihr geschehen und gesprochen war, und sie sah es jetzt von einem ganz andern Standpunkt aus. Jetzt bekamen auch seine schmerzlich-sehnsüchtigen Blicke eine andere Bedeutung für sie, an die sie freilich noch nicht zu glauben wagte.

Tante Stasi saß still in ihrem Sessel und sah mit warmen liebevollen Blicken auf das lautlos weinende Mädchen. Das also war es, was zwischen Lilian und Ronald trennend gestanden hatte. Nun verstand sie alles.

»Wir waren auf falscher Fährte, Hans. Deine Tochter trug ein schwereres Leid mit sich herum, als wir ahnten. Aber nun haben sie ja beide freie Bahn zueinander, und nun wird alles gut werden.«

Zwischen Veva und Lilian herrschte von dieser Stunde an ein noch viel innigeres Verhältnis.

Veva konnte sich nicht genug tun, von ihrem Georg zu erzählen, und Lilian wurde nicht müde, zuzuhören. Es lag eine wundersame Weichheit und Verträumtheit über Lilians Wesen. Es war eine süße Ruhe, ein köstlicher Frieden in ihre Brust eingezogen. Und bei alledem wurde die Trauer um den Vater milder, wenn sie auch nicht verblaßte und zuweilen mit voller Wucht über sie herfiel. Sie fühlte sich eins mit dem Verstorbenen, und seine Liebe schien ihr ein unvergängliches Gut, das ihr nie verlorengehen konnte.

In dieser friedsamen Stimmung wurden nun von den drei Damen Weihnachtsvorbereitungen getroffen. Lothar kam nach wie vor oft heraus und suchte die Damen aufzuheitern, die sonst jetzt wenig Gäste bei sich sahen.

Lilian bat Lothar gleich bei seinem ersten Besuch nach den Beisetzungsfeierlichkeiten, in Zukunft auch von ihr den monatlichen Zuschuß anzunehmen, den ihr Vater ihm gewährt hatte.

»Du mußt es tun, Lothar, ich habe es mit Papa ausgemacht, es ist sein Wille, den er nur nicht mehr niederschreiben konnte. Du darfst mich nicht hindern, ihn zu erfüllen.«

Lothar nahm dankbar an, was sie ihm so zart zu bieten verstand. Und um seine Rührung zu verbergen, sagte er scherzend:

»Du und dein Vater, Lilian, seid zu uns in die Heimat zurückgekommen wie das Christkind und der Weihnachtsmann zu artigen Kindern. Mit vollen Händen habt ihr Segen über uns gestreut. Und wir können so gar nichts tun, unsere Dankbarkeit zu bezeugen.«

Lilian wehrte nur lächelnd ab. Veva ging mit leuchtenden Augen umher und traf Weihnachtsvorbereitungen.

Im geheimen hatte dann Lilian mit Tante Stasi eine lange Konferenz. Die Folge davon war, daß Tante Stasi am nächsten Tage in die Hauptstadt reiste, um Weihnachtskommissionen für Lilian zu erledigen, wie sie sagte. Lilian hatte sie gebeten, eine komplette Wäscheausstattung für Veva zu bestellen. Die wollte sie Veva als Weihnachtsgeschenk aufbauen.

Tante Stasi war erst ein bißchen erschrocken gewesen, als Lilian ihr die Summe nannte, die sie dafür anlegen wollte.

»Das ist ja viel zuviel, Lilian«, sagte sie fassungslos.

Aber Lilian mußte der tiefen stillen Freude Ausdruck geben, daß Veva nicht Ronalds, sondern eines andern Mannes Braut war.

»Laß mich nur, Tante Stasi, ich kann mir den Luxus schon erlauben, unser Bräutchen auszustatten. Du sollst sehen, wie Genoveva strahlen wird. Lange werden wir sie nun leider nicht mehr bei uns behalten. Doch daran mag ich jetzt nicht denken. Ich behielte sie am liebsten immer in meiner Nähe und zergrüble mir schon lange den Kopf, wie ich das einrichten könnte.«

Lilian und Veva hatten in Tante Stasis Abwesenheit

alle Hände voll zu tun für die Weihnachtsvorbereitungen. Da herrliche Schlittenbahn war, fuhren sie jeden Tag im Schlitten spazieren und suchten sich im Wald selbst die Tannenbäume aus.

Ronald von Ortlingen war seit seinem Kondolenzbesuch noch nicht wieder in Kreuzberg gewesen. Er wollte die Damen nicht in ihrer Trauer stören. Aber Tag und Nacht sah er Lilian vor sich, in dem langschleppenden schwarzen Kleid, mit dem blassen, süßen Gesicht und dem leuchtenden Goldhaar.

Veva hatte ihm am Telefon jubelnd von ihrer »großen, großen Erbschaft« Bericht gegeben. Er wünschte ihr sehr warm und herzlich Glück, daß nun all ihre Not ein Ende hatte, und sagte ihr, daß er erst einige Zeit vergehen lassen wolle, ehe er seinen Glückwunsch persönlich wiederhole, da er jetzt nicht stören wolle.

Tante Stasi kam zurück. Lilian und Veva holten sie im Auto vom Bahnhof ab. Unterwegs begegneten sie Lothar, der mit Herrn von Thielen über den Markt ging. Lilian ließ das Auto halten, und die Herren traten grüßend heran.

»Ich komme morgen nach Kreuzberg hinaus, meine beiden schönen Bäschen, um euch Adieu zu sagen. Das Weihnachtsfest verlebe ich mit meinen Brüdern bei Papa«, sagte Lothar. Und als die beiden Herren dann weitergingen, sagte Thielen seufzend: »Du hast doch ein unverschämtes Glück, mein lieber Lothar. Zwei so reizende Cousinen auf einmal, das müßte polizeilich verboten werden.«

Lothar machte am nächsten Tag seinen Abschiedsbesuch. Erst nach Neujahr wollte er zurückkommen.

Während er noch mit den Damen plauderte, ließ sich Ronald melden. Als er eintrat und Lilian begrüßte, sah er, daß sich ihr Gesicht mit einer tiefen Röte bedeckte. Im Laufe der Unterhaltung fiel es ihm auf, daß sie ihn mit seltsamen Blicken ansah. Nichts war mehr in ihren Augen von dem abweisenden, kalten Stolz. Auch der Ton ihrer Stimme war anders als sonst, wenn sie mit ihm sprach. Sie vermied es nicht, wie früher stets, das Wort an ihn zu richten, sondern plauderte lebhaft mit ihm.

So glücklich hätte ihn das machen können, wenn er nicht geglaubt hätte, daß Lilian einen andern liebte.

Veva und Lothar waren hinüber in den großen Saal gegangen, um sich die Weihnachtstannen anzusehen, und da fiel es Tante Stasi plötzlich ein, daß sie im Haushalt etwas vergessen hatte. Sie eilte mit einer Entschuldigung hinaus.

So saßen sich Lilian und Ronald allein gegenüber.

Lilian blickte blaß und stumm auf ihre Hände hinab, die schlank und weiß auf ihrem Schoß ruhten.

Ronald sah sie mit brennenden Blicken an. Das Herz zog sich schmerzlich zusammen bei dem Gedanken, daß all dieser süße Liebreiz einem andern gehören würde. Er atmete tief und schwer und sagte leise, mit verhaltener Stimme:

»Ich bin Ihnen so sehr dankbar, mein gnädiges Fräulein, daß Sie mir jetzt nicht mehr so feindlich und abweisend gegenüberstehen.«

»Ich war Ihnen nie feindlich gesinnt, Herr von Ortlingen. Nur wüßte ich nicht, ob Sie mein oder meines Vaters Feind sein würden, wenn Sie erst wüßten, wer wir in Wirklichkeit waren.«

»Aber jetzt wissen Sie es. Und nun gestatten Sie mir, daß ich Ihnen ein ergebener Freund sein darf?«

Ihre Augen sahen mit einem so warmen Leuchten in die seinen, daß sein Herz stürmisch zu klopfen begann.

»Wollen Sie mir das wirklich sein, Herr von Ortlingen?« frage sie leise.

Hingerissen preßte er ihre Hand an seine Lippen. »Ich möchte Ihnen so gern meine schrankenlose Ergebenheit beweisen.«

Sie sahen sich eine Weile mit großen ernsten Augen an. Lilian errötete unter seinem Blick und zog ihre Hand aus der seinen. Da kam er wieder zu sich und strich sich über die Stirn.

Sie liebt ja einen andern, dachte er und gab sich Haltung.

»Ich habe eine Bitte an Sie, Herr von Ortlingen«, sagte Lilian ablenkend.

»Sprechen Sie, mein gnädiges Fräulein, sie ist erfüllt, wenn es in meiner Macht steht.«

Ein reizendes Lächeln huschte wie ein Sonnenstrahl über ihr Antlitz. »Ich will Sie auf keine zu harte Probe stellen«, sagte sie mit leiser Schelmerei. »Sie sollen mir nur gestatten, in diesen Tagen einmal nach Ortlingen zu kommen, mit Tante und Genoveva. Ich möchte das Bild Ihrer Mutter noch einmal betrachten. Damals, als ich mit Papa drüben war, konnte ich das nicht so tun, wie ich es wünschte. Ich mußte ja die Aufmerksamkeit von meinem Vater ablenken, der so maßlos erschüttert war.«

»Ja, kommen Sie, so oft und so lange Sie wollen. Verfügen Sie über mich und Ortlingen, ich weiß mir nichts Schöneres, als Ihnen dienen zu können«, sagte er erregt.

Ihr Herz klopfte laut und stark. Sie hätte aufjubeln mögen vor Freude, denn sie fühlte, daß ihr sein ganzes Herz entgegenschlug. Was sie seit dem Gartenfest nur scheu geahnt und immer wieder vor sich selbst verleugnet hatte, das war ihr nun Gewißheit geworden. Ronald von Ortlingen liebte sie, wenn er dieser Liebe auch noch nicht in Worten Ausdruck gab.

Es sang und klang in ihrem Herzen wie eine wundersame Melodie, und tausend süße Hoffnungen erfüllten ihre Seele und machten ihr das Herz weit.

»Ich werde Sie gleich beim Wort nehmen und über Sie verfügen, Herr von Ortlingen. Sie müssen Weihnachten mit uns feiern. Genovevas Verlobter wird ja wohl am Weihnachtsabend bei seiner Braut sein wollen. Werden Sie ihn begleiten, wenn ich Sie darum bitte?«

Was hätte Ronald nicht alles getan, wenn sie ihn in dieser lieben, herzlichen Weise gebeten hätte.

»Die Erfüllung dieser Bitte ist ein Geschenk für mich. Ich werde sehr gern kommen.«

»Und Sie werden uns nun wieder öfter besuchen, nicht wahr?«

»Wenn ich nicht störe, herzlich gern.«

»Nein, Sie stören nicht, wir alle haben Sie schmerzlich vermißt.«

Er sprang auf und trat von ihr fort. Es war ihm nicht möglich, ihr länger in die leuchtenden Augen zu sehen, ohne seine Ruhe und Beherrschung zu verlieren. Ihm war, als müsse er vor ihrem Zauber fliehen, so weit ihn seine Füße trugen, und doch wußte er, daß es ihn immer wieder magnetisch in ihre Nähe ziehen würde. Ein tiefes Schweigen entstand, aus dem sich beide nicht herausfinden konnten. Und die Sehnsucht wob goldene Bande um die beiden jungen Menschen.

Endlich traten Veva und Lothar wieder ein, und die Spannung löste sich in einer allgemeinen Unterhaltung.

»Herr von Ortlingen hat mir eben zugesagt, den Weihnachtsabend bei uns zu verbringen«, sagte Lilian so ruhig sie konnte.

Veva lachte. »Das habe ich nicht anders erwartet«, antwortete sie.

Lothar verabschiedete sich dann, aber Ronald blieb auf den Wunsch der Damen noch eine Weile.

Tante Stasi kam zurück und sah verstohlen forschend von Ronald zu Lilian. Aber sie fand nicht das, was sie erwartet hatte.

Sie sprachen nun von Georgs und Vevas Verlobung, die zum Weihnachtsfest proklamiert werden sollte. Veva schilderte Ronald ihre Freude bei der Testamentseröffnung, und dann sagte sie lächelnd:

»Und denke dir nun, Ronald, Lilian hat geglaubt, du und ich, wir seien ein heimliches Brautpaar. Ist das nicht drollig?«

Ronald sah betroffen zu Lilian hinüber, deren Antltiz sich mit dunkler Röte bedeckte.

»Das haben Sie geglaubt, mein gnädiges Fräulein?« fragte er unsicher.

Da hob sie plötzlich die Augen, voll und ernst sah sie ihn an, mit einem Ausdruck, der ihn seltsam erregte und unruhig machte, und doch stolz und frei.

»Ja, das habe ich ganz fest geglaubt«, sagte sie, ohne die Augen von ihm zu lassen.

Tante Stasi rief Veva an ihre Seite, um ihre Aufmerksamkeit von Ronald und Lilian abzulenken.

Ronald wußte nicht, wie er sich Lilians Wesen erklären sollte. In ihren Augen lag etwas, das ihn an sich selbst irre werden ließ.

In diesem Augenblick brachte ein Diener eine Depesche herein. Sie war an Lilian adressiert.

Sie öffnete dieselbe, und ein frohes, strahlendes Lächeln erhellte ihr Gesicht. »Bobby, lieber, alter Bobby«, sagte sie vor sich hin, so daß es Ronald hören konnte.

»Ein lieber, treuer Freund, der Sohn des einstigen Geschäftsfreundes und Kompagnons meines Vaters, der uns von Amerika nach Europa begleitete, meldet mir eben seine Ankunft für das Weihnachtsfest. Ich wußte schon, daß er kommen würde, er hatte es uns versprochen«, sagte sie dann erklärend. »Wir bekommen also noch einen jungen Herrn zu Gast, Tante Stasi. Du läßt wohl Zimmer bereitmachen und sorgst, daß es ihm recht gut gefällt.«

Diese Worte fielen wieder wie ein Reif über Ronalds heiße, sehnsüchtige Wünsche. Bobby Blount, »lieber, alter Bobby« hatte ihn Lilian genannt. Für Ronald gab es keinen Zweifel, das war der Mann, dem Lilians Herz gehörte. Er würde nach Kreuzberg kommen, würde vielleicht für immer bleiben oder gar Lilian mit sich fortnehmen.

Er biß die Zähne zusammen wie in wildem wütendem Schmerz. Ein Gefühl brennenden Hasses stieg in seiner Seele auf gegen diesen ihm unbekannten Bobby Blount. In dieser Stunde konnte er verstehen, daß sein Vater. Hans von Kreuzberg aus tiefstem Herzen gehaßt hatte.

Schnell verabschiedete er sich und ging. Tante Stasi sah mit einem seltsam forschenden Blick in sein blasses Gesicht. Als er, von Veva begleitet, hinausgegangen war, trat Tante Stasi an Lilians Seite und sagte lächelnd: »Mich sollte es nicht wundern, Lilian, wenn dieser Bobby Blount deinem Herzen sehr teuer wäre.«

Lilian sah erstaunt auf und schüttelte lächelnd den Kopf. »Ach nein, Tante Stasi, Bobby ist mir nur ein lieber, alter Freund. Er hat mich allerdings einmal zur Frau begehrt, aber ich habe ihn abweisen müssen und er hat sich darein ergeben. O nein, ich heirate ganz sicher keinen Amerikaner.«

Tante Stasi zögerte überlegend eine Weile. Dann sagte sie wie im Scherz: »Nun, nach deinem beglückten, zärtlichen Ausruf: ›Bobby – lieber, alter Bobby‹, mußte man annehmen, er sei deinem Herzen teuer. Und wenn sich Ronald von Ortlingen jetzt zur Revanche einbildet, daß du mit Bobby Blount heimlich verlobt bist, so wie du es von ihm und Veva glaubtest, dann sollte es mich gar nicht wundern.«

Erschrocken blickte Lilian zu ihr auf. »Ach Tante, das wird er doch nicht!« rief sie erschrocken.

Die alte Dame zuckte die Achseln. »Ich habe es mir ja auch eingebildet«, log sie tapfer. »Und wenn man sich mal in solch einen Irrtum verbeißt, hält man ihn fest, bis man gründlich eines Besseren belehrt wird. So ging es dir doch auch.«

Lilian legte die Hände aufs Herz. Wie, wenn Ronald sich wirklich Derartiges einbildete? Liebte er sie, wie sie so sehnlichst hoffte und wünschte, dann mußte ihm das sehr wehe tun. Das wußte sie aus eigener Erfahrung.

»Ach, Tante Stasi, das wäre mir doch sehr unangenehm, ich meine, wenn Herr von Ortlingen falsche Schlüsse ziehen würde.«

Um Tante Stasis Mund zuckte es humoristisch.

»Nun, du kannst ihm ja nächstens eine Erklärung geben, daß Bobby Blount nichts ist als dein Freund.«

Lilian atmete auf und nickte froh.

»Ja, das kann man tun, natürlich, ich werde das nicht vergessen, sonst denkt er am Ende wirklich, ich bin mit Bobby verlobt.«

Tante Stasi war sehr zufrieden mit sich.

Am nächsten Vormittag machte Lilian ganz allein eine Schlittenfahrt. Tante Stasi und Veva hatten erklärt, sie müßten unbedingt zu Hause bleiben, um Weihnachtsarbeiten fertigzumachen. Sie hatten beide kunstvolle Handarbeiten für Lilian angefertigt und mußten die letzten Stiche machen.

So entschloß sich Lilian, allein zu fahren.

In einen Zobelpelz gehüllt, eine kleine Pelztoque auf dem blonden Haar, nahm sie im Schlitten Platz. Es war ein leichtes, elegantes Gefährt, mit zwei edlen Pferden bespannt. Ein Diener breitete eine Pelzdecke über Lilian aus. Gerade als sie abfahren wollte, kam Mr. White herbeigelaufen, um noch eine eilige geschäftliche Frage an sie zu richten. Freundlich gab sie ihm Bescheid, und dann sagte sie lächelnd:

»Morgen kommt Mr. Blount nach Kreuzberg, Mr. White. Sie werden dann endlich wieder einmal ein amerikanisches Gesicht sehen. Wird Sie dann nicht die Sehnsucht nach drüben erfassen?«

Mr. White machte sein unbewegtes Gesicht. »Ich werde bleiben in Deutschland, solange mich Miß Lilian braucht. Das habe ich meinem unvergeßlichen Herrn versprochen, der mir soviel Gutes getan hat.«

Lilian reichte ihm die Hand. »Wird es Ihnen auch nicht zu hart ankommen?«

»Das ist gleich, ich bleibe, bis mich Miß Lilian fortschicken.«

»Vielleicht kann ich Sie eines Tages Ihres Versprechens entbinden, Mr. White, aber jetzt brauche ich Sie noch zu nötig.«

»Oh, yes, ich weiß.«

Lilian nickte ihm zu, und der Schlitten flog davon.

Leuchtenden Auges sah Lilian in die verschneite Winterpracht des Waldes. Der Schlitten flog, von den feurigen Pferden gezogen, wie ein Pfeil über die Schneedecke dahin. Lilian hatte keinen Diener mitgenommen, nur der Kutscher begleitete sie. Er saß, in seinen breiten Pelzkragen gehüllt, auf dem Bock.

Lilians Gedanken weilten bei Ronald von Ortlingen.

Sie dachte an die letzten Worte ihres Vaters, die einen Segen enthielten für sie und Ronald. Der Vater hatte wohl gefühlt, daß sie ihn liebte, und vielleicht hatten seine klugen, erfahrenen Augen tiefer gesehen als die ihren, vielleicht hatte er auch erkannt, daß Ronalds Herz sich ihr zuneigte. Nur sie war so töricht gewesen, sich mit einem Phantom zu quälen. Hoffentlich quälte sich jetzt Ronald nicht mit einem ähnlichen Irrtum. Sie mußte ihn bei erster Gelegenheit über ihre wahren Gefühle für Bobby aufklären.

Wohl eine Stunde war sie so dahingeflogen durch den herrlichen, verschneiten Wald. Da schreckte sie plötzlich ein Krachen und ein Ruck aus ihren Träumen empor. Der Schlitten flog zur Seite, und Lilian fiel sanft in einen Schneehaufen hinein.

Sie schrie auf vor Schrecken, und der Kutscher riß die Pferde zurück, die zum Glück sofort stillstanden.

Der Schlitten war mit aller Wucht gegen einen unter dem Schnee verborgenen großen Stein geprallt, und zwar so unglücklich, daß eine der Kufen zersplitterte.

Lilian war mit dem Schrecken davongekommen. Sie vermochte sich zum Glück selbst zu erheben. Der Kutscher konnte die feurigen Pferde nicht loslassen. Die junge Dame fand sofort ihre Ruhe wieder. Mit kräftigen Armen richtete sie den leichten Schlitten wieder auf, dem Kutscher bedeutend, die Pferde zu halten. Sie untersuchte den Schlitten mit kundigem Blick und sagte dann ruhig: »Die Kufe ist zerbrochen, ich werde nicht weiterfahren können. Wie weit sind wir wohl von Kreuzberg entfernt?«

»Eine gute Stunde, gnädiges Fräulein. Ich bitte sehr um Verzeihung, aber ich habe den Stein nicht gesehen. Gnädiges Fräulein haben sich doch nicht weh getan?«

Lilian lachte. »Es ging noch gut ab, ich fiel ziemlich weich in den Schnee. Lassen Sie es gut sein. Geben Sie mir einmal die Zügel und sehen Sie zu, ob sich der Schaden irgendwie notdürftig reparieren läßt, so daß wir wenigstens im Schritt heimfahren können. Mein Schuhzeug ist nicht für eine stundenlange Promenade in dem tiefen Schnee geeignet.«

Der Kutscher war froh, daß seine junge Herrin die Sache nicht tragisch nahm, und gab ihr die Zügel, dann legte er den Schlitten wieder auf die Seite, sah sich das Unheil an und schob die Pelzmütze hin und her.

»Das ist bös, da ist nichts zu machen«, sagte er verdrießlich.

In demselben Augenblick bog aus einem Seitengang ein anderer Schlitten. Lilian wandte sich nach ihm um, als sie das Schellengeläut vernahm. Ein einzelner Herr saß darin, der selbst kutschierte. Ihr Herz klopfte plötzlich schneller, sie erkannte Ortlingen. Auch er hatte sie erblickt und trieb seine Pferde zur schnelleren Gangart an. In kurzer Zeit war er neben ihr und sprang aus dem Schlitten.

»Gnädiges Fräulein, was ist geschehen? Sie haben doch nicht etwa Schaden gelitten?« fragte er erschrocken und sah sie besorgt an.

»Nur ein unfreiwilliger Aufenthalt. Ich habe mit einem Schneehaufen innige Bekanntschaft geschlossen«, sagte sie scherzend und erklärte, was geschehen war.

Ronald untersuchte nun selbst ihren Schlitten.

»Nein, da ist nichts zu machen. Ich preise den Zufall, der mich hier vorbeiführte. Bitte nehmen Sie in meinem

Schlitten Platz, ich werde Sie nach Kreuzberg zurückfahren. Der Kutscher muß die Pferde losspannen und Leute herschicken, die den Schlitten reparieren, damit er transportiert wird.«

Lilian mußte Ronalds Angebot annehmen, ob sie wollte oder nicht. Sie erzitterte leise bei dem Gedanken, mit ihm allein im Schlitten zu fahren, und wußte nicht, ob sie sich freuen oder fürchten sollte vor diesem Alleinsein.

»Sie müssen dann aber meinetwegen einen großen Umweg machen, Herr von Ortlingen.«

Er sah sie mit einem seltsamen Blick an. Mehr als sie fürchtete er das Alleinsein mit ihr. Und doch barg der Gedanke an dieses Alleinsein ein leises Glück für ihn.

»Es wird mir eine Ehre und ein Vergnügen sein«, sagte er hastig und hob sie in den Schlitten.

Da der Kutschbock an seinem Schlitten abgehängt war, mußte er neben ihr Platz nehmen und bat sie deshalb um Entschuldigung.

Sie lächelte unsicher. »Ich muß außerordentlich dankbar sein, daß sie mich mitnehmen«, scherzte sie.

Ihr Lächeln erregte ihn. Sie sah so reizend aus, mit den geröteten Wangen und den strahlenden Augen. Ein feiner, diskreter Duft entströmte ihrem Haar, und er fühlte, wie sich der weiche Pelz ihres Mantels an ihn schmiegte.

Als sie eine Weile schweigend dahingefahren waren, sagte Ronald endlich mit vor Erregung heiserer Stimme: »Ich habe gestern Ihre Einladung für den Weihnachtsabend angenommen. Sie verzeihen gütigst, wenn ich diese Zusage heute wieder zurücknehme, ich kann nicht kommen.«

Sie sah ihm mit großen Augen erschrocken ins Gesicht. Aber er richtete die seinen starr geradeaus, um sie nicht ansehen zu müssen.

»Und warum können Sie nicht kommen?« fragte sie zaghaft.

Er biß die Zähne fest aufeinander. Sie sah, wie die Muskeln in seinem Gesicht zuckten. Erst nach einer Weile antwortete er:

»Ich hörte gestern, daß Sie Besuch erwarten, einen Herrn, den Sie Ihren guten Freund nannten. Ich nehme an, daß er Ihnen noch mehr ist als ein Freund. Und ich könnte es nicht mit ansehen, wenn dieser Mann, den Sie so zärtlich Bobby nannten, Ihnen gegenüber Rechte geltend macht«, stieß er gequält hervor.

Ihr Antlitz überzog sich mit dunkler Glut. Sie sah ihn an mit einem Blick, in dem ein seliges, jubelndes Hoffen lag.

»Sie irren, Herr von Ortlingen«., sagte sie aufatmend. »Bobby Blount ist nur mein Freund, nicht mehr. Allerdings wollte er mir einmal mehr werden, aber ich mußte mich ihm versagen; weil ich ihn nicht liebte und nie meine Hand ohne mein Herz verschenken werde.«

Er wandte sich ihr langsam zu mit einem schmerzlichforschenden Blick. Aber ihre Augen leuchteten so voll und warm in die seinen, daß er alle Fassung verlor.

»Sehen Sie mich nicht so an, haben Sie acht auf sich, sonst mache ich von meinem Schlittenrecht Gebrauch«, stieß er zwischen den Zähnen hervor.

Sie ließ aber ihren Blick nicht von ihm.

»Was ist das für ein Recht, das Schlittenrecht?« fragte sie.

Seine Augen flammten einen Augenblick unbeherrscht in die ihren. »Das Schlittenrecht gestattet jedem Herrn, der eine Dame in seinem Schlitten fährt, sie zu küssen«, sagte er mit verhaltener Stimme.

Sie erzitterte und wurde blaß vor Erregung. Er sah und fühlte das und riß seine Augen von ihr los.

»Nein, nein, fürchten Sie nichts. Sie brauchen nicht zu zittern. Wenn ich Sie auch liebe, wie ein Mann nur ein Weib zu lieben vermag, ich weiß ja doch, daß ich keine Hoffnung haben darf, weiß, daß Sie einen andern lieben.«

Lilian saß wie im Fieber an seiner Seite. Ihre Augen ließen nicht von seinem geliebten Gesicht.

»Wer sagt Ihnen das?« entrang es sich ihren Lippen wie ein Schrei.

Hastig wandte er sich ihr wieder zu und sah sie düster forschend an.

»Sie selbst. Ich muß Ihnen da eine Beichte ablegen. Während des Gartenfestes in Kreuzberg war ich unfreiwilliger Zeuge Ihrer Unterhaltung mit Ihrem Vetter Lothar. Ich hörte, daß er um Sie warb und daß Sie ihn abwiesen. Meine Eifersucht auf ihn zerfiel in nichts. Aber sie wandte sich im verschärften Maße einem Unbekannten zu. Ich hörte, wie Sie Herrn von Kreuzberg sagten, daß Sie Ihr Herz schon verschenkt hätten, ehe Sie hierher kamen. Da wußte ich, daß mir keine Hoffnung blieb. Sie sprachen doch damals die Wahrheit?«

Es lag wie ein letzter Hoffnungsschimmer in seinen Augen.

Wieder stieg dunkle Röte in Lilians Gesicht. »Ja, ich sprach die Wahrheit«, sagte sie mit bebender Stimme.

Er seufzte tief auf. »Ich wußte es. Und dies Bekenntnis von Ihren Lippen hat mich fortgetrieben, in die Welt hinaus. Ich wollte meinen Frieden finden und Vergessen. Aber ich fand beides nicht. Und die ruhelose Sehnsucht nach Ihnen trieb mich wieder heim. Aber ich muß doch wieder fort, will ich mich nicht selbst verlieren. Verzeihen Sie mir, daß ich Ihnen mit diesem Bekenntnis lästig falle, ich hätte schweigen müssen. Aber in Ihrer Gegenwart vergesse ich alles, was ich muß. Also erlassen Sie es mir, Weihnachten nach Kreuzberg zu kommen. Sie werden mich verstehen. Nur eine Frage möchte ich noch an Sie richten. Ist der Mann, der das Glück hat, von Ihnen geliebt zu werden, ein Deutscher oder ein Amerikaner?«

Ein Lächeln lag auf Lilians Gesicht, so strahlend und süß, daß er die Zähne wie im Krampf zusammenbeißen mußte, um nicht aufzustöhnen in wilder Qual.

»Er ist ein Deutscher, Herr von Ortlingen«, sagte Lilian mit leiser Stimme, » und er weiß gar nicht, daß ich ihn liebe. Wir sind beide so töricht gewesen und haben uns so namenlos gequält. Ich sah ihn zuerst in Berlin im Vestibül unseres Hotels. Er ging an mir vorüber und sah mich an mit hellen, grauen Augen, die aus seinem gebräunten Gesicht leuchteten. Und von diesem Augenblick an wußte ich, daß dieser Mann mein Schicksal war, daß ich ihn nie vergessen konnte. Durch Zufall hörte ich gleich darauf seinen Namen. Es war der Name, den zwei Menschen trugen, von denen ich den einen hassen, den andern liebengelernt hatte, durch meinen Vater.«

Ronald hielt plötzlich mit einem Ruck die Pferde an und sah mit großen brennenden Augen in ihr lächelndes Gesicht, in ihre schönen Augen hinein, die stolz und glücklich leuchteten.

»Ich kam nach Kreuzberg«, fuhr sie fort, »und sah ihn wieder und glaubte, er gehöre einer andern, denn ich sah, daß er sie küßte und ihr heimlich Briefe gab. Da war ich sehr elend; aber ich zeigte mich stolz und kalt, damit er ja nicht merkte, wie es in mir aussah. Mein Herz tat mir oft so unsagbar weh, und ich schämte mich, daß ich einer andern ihr Glück neiden mußte. Und dann, vor kurzer Zeit erst, hörte ich, daß ich mich geirrt, daß nicht er jene andere liebte, sondern sein Vetter. Ich wußte da aber noch immer nicht, ob er mich liebte, aber jetzt weiß ich es, in dieser Stunde hat er es mir gesagt.«

Da brach es wie ein Schrei aus seiner Brust: »Lilian, Lilian, ist es wahr? Du liebst mich?«

Sie nickte lächelnd. »Von ganzem Herzen, von ganzer Seele. Wer war nun törichter von uns beiden, du oder ich?« sagte sie mit hinreißender Zärtlichkeit.

Er küßte zuerst ihre Augen und preßte dann seinen Mund auf ihre Lippen in einem Kuß, der gar kein Ende nehmen wollte und der alle Daseinswonnen umfaßte. Und sie schmiegte sich an ihn und vergaß alles Herzeleid in seinen Armen.

So saßen sie mitten im verschneiten Winterwald im Schlitten und wußten nichts von der Welt, als daß sie darinnen waren und das herrlichste Glück errungen hatten.

Erst das ungeduldige Stampfen und Schnauben der Pferde riß sie aus ihren Glücksträumen in die Wirklichkeit zurück. Sie schraken zusammen und sahen sich lächelnd an.

»Daß mir nur jetzt das Herz nicht bricht vor Glückseligkeit«, flüsterte Lilian.

Er sah ihr tief in die strahlenden Augen hinein. »Mein! Mein! Lilian, fühlst du, was du mir bist?«

Sie erschauerte vor der heißen Zärtlichkeit, die in seiner Stimme lag. »Mein Herz sagt es mir, ach, Ronald, was haben wir uns für Leid angetan in unserer Torheit.«

Lange noch hielt der Schlitten. Sie hatten sich ja soviel zu sagen, mußten sich all ihre Torheit beichten, ihr Hoffen und Fürchten, ihre Qual und ihr Leid. Dabei verging die Zeit wie im Fluge, zumal sie immer wieder zärtliche Küsse tauschten. Aber endlich löste sich Lilian aus Ronalds Armen.

»Jetzt müssen wir aber nach Hause, Ronald, sonst ist der Kutscher mit den Pferden eher daheim als wir, und Tante und Genoveva sorgen sich um mich.«

»Ach, das tut nichts, ich finde es hier im Wald so wunderschön«, sagte er in übermütiger Zärtlichkeit.

Sie lachte leise. »Ich auch! Aber trotzdem müssen wir heim!«

»Müssen wir wirklich?«

»Ja, und du mußt noch viel mehr.«

»Was denn?«

»Du mußt am Weihnachtsabend nun doch nach Kreuzberg kommen«, neckte sie.

Er sah sie zärtlich an. »Ich werde wohl jetzt jeden Tag nach Kreuzberg kommen müssen.«

»Wird dir das schwer?«

»Sehr schwer, weil ich doch immer wieder fortgehen muß.«

Sie nahm seine Hand und preßte sie an ihre heißen Wangen. »Aber Bobby Blount darf nicht merken, daß wir uns lieben, Ronald. Ich möchte ihm nicht wehe tun.«

»Oh, ich kann mich so gut an seine Stelle denken und will großmütig sein. Vor Fremden dürfen wir ja, der Trauer wegen, unser Glück überhaupt nicht verkünden.«

»Nein. Aber mein lieber Vater ist im Geiste bei uns und segnet unsern Bund. Und deine Mutter auch. Nur Tante Stasi und Genoveva wollen wir einweihen, nicht wahr?«

»Ja, ich fahre dich jetzt nach Kreuzberg und stelle mich ihnen als dein Verlobter vor. Daß unser Glück nicht gleich aller Welt verkündet wird, ist mir sehr lieb. Wir brauchen dann wenigstens keine neugierigen Augen zu fürchten. Aber sobald das Trauerjahr um deinen Vater vorüber ist, wirst du meine Frau, nicht wahr?« bat er, sie an sich ziehend.

Sie schmiegte sich an ihn. »So soll es sein, Ronald.«

Nun endlich faßte Ronald wieder die Zügel und ließ die Pferde ausgreifen. Aber noch mancher Kuß wurde unterwegs getauscht, und es war gut, daß ruhige, sichere Pferde vor den Schlitten gespannt waren, die selbst auf den Weg achteten.

Tante Stasi und Veva hatten schon in einiger Unruhe nach Lilian Ausschau gehalten. Sie sahen sie nun in Ronalds Schlitten zurückkommen und eilten erschrocken hinaus.

»Was ist geschehen, Lilian? Wo ist dein Schlitten?« fragte Veva.

»Gott sei Dank zerbrochen«, antwortete Ronald übermütig. »Tante Stasi, liebe Veva, ihr gestattet, daß ich mir erst einmal mein Schlittenrecht nehme.« Und er nahm Lilians Kopf in seine Hände und küßte sie auf den Mund. Lilian ließ es sich gefallen, und aus beider Augen glänzte das helle Glück. Da faßte Tante Stasi beider Hände.

»Ihr beiden törichten Menschen, mußte denn erst der Schlitten zerbrechen, ehe ihr zur Vernunft kommt?« fragte sie mit feuchtschimmernden Augen.

Lilian fiel ihr um den Hals. »Tante Stasi, bist du denn allwissend? Auch das hast du gewußt?«

Die alte Dame lachte. »Denkst du, ich habe dir umsonst gesagt, daß Ronald sich vielleicht einbilden könnte, du seiest mit Bobby Blount verlobt?«

Ronald und Lilian sahen sich lachend an. »Wahrhaftig,

sie weiß alles, Ronald. Du törichter Ronald, wie blind warst du, daß du nicht merktest, was Tante Stasi merkte.«

Er küßte ihre Hände und drückte sie an seine Augen. »Du törichte Lilian, daß du es auch nicht merktest.« Sie wollten einander umfassen, aber da schob sich Veva lachend dazwischen. »Nein, jetzt will ich euch erst einmal beide umfassen. Ach Lilian, jetzt weiß ich erst, was du gelitten haben mußt, als du glaubtest, Ronald sei mein Verlobter. Hast du mich nicht von Herzen darum hassen müssen?«

»Nein, ich konnte nicht, dazu hatte ich dich viel zu lieb. Ich wußte doch, daß du nichts dafür konntest, daß sich mein eigensinniges Herz just Ronald zuwenden mußte.«

Es kam nun eine selige Zeit für Ronald und Lilian, eine Zeit süßer Heimlichkeiten und leuchtenden Glückes.

Das Weihnachtsfest brachte dann Georg von Strachwitz und Bobby Blount.

Veva lachte und weinte in einem Atem, als sie die herrliche Brautausstattung auf ihrem Gabentisch fand.

»Du bist so gut zu mir, Lilian, wie soll ich dir nur danken«, sagte sie lachend und weinend. Und Georg von Strachwitz strahlte ebenfalls das helle Glück aus den Augen.

Auch Georg wußte um Ronalds Verlobung mit Lilian. Nur Bobby Blount wurde sie sorglich verborgen gehalten Lilian war lieb und freundlich zu ihm. Aber er wußte, daß er nichts mehr zu hoffen hatte. Augen der Liebe sind blind oder sehr scharf, Bobby Blount merkte trotz alledem, daß Lilian ihr Herz an Ronald verloren hatte.

Gleich nach dem Fest reiste er wieder ab. Diesmal nahm er für immer Abschied.

Georg von Strachwitz blieb bis über Neujahr. Die beiden Brautpaare hatten viel zu besprechen.

Lilian, die Georg sofort eine herzliche Sympathie entgegenbrachte, machte diesem den Vorschlag, seinen Abschied als Offizier zu nehmen und als ihr Administrator in Kreuzberg zu wohnen, mit Genoveva und Tante Stasi, wenn sie mit Ronald nach Ortlingen ging.

»Ich hätte auch sonst noch allerlei für Sie zu tun, Herr von Strachwitz. Mr. White ist mit seinem Herzen in Amerika und bleibt nur bei mir, weil er es meinem Vater versprochen hat. Er wäre froh, würde ich ihn seines Versprechens entbinden, denn er möchte sich gern in seiner Heimat selbständig machen. Ronald aber hat mit Ortlingen schon genug zu tun. Ich wüßte Kreuzberg bei Ihnen in guten Händen, und vor allem brauchte ich mich nicht von meiner lieben Genoveva zu trennen, die ja doch nicht gern in die enge Stadt zieht. Willigen Sie ein, so ist uns allen geholfen. An Arbeit soll es Ihnen nicht fehlen, und alles andere findet sich.«

Georg von Strachwitz besann sich nicht lange, das verlockende Angebot anzunehmen.

»Was sagst du dazu, Ronald?« fragte er.

»Ich sage, daß meine Lilian nicht nur eine gute Frau, mit allen Vorzügen einer solchen, ist, sondern daß sie sich in diesem Punkt auch als smarte, praktische Amerikanerin gezeigt hat. Ich freue mich herzlich, Georg, wenn du Lilians Anerbieten annimmst.«

Es wurde also beschlossen, daß Veva Ostern Hochzeit halten sollte. Lilians Zimmer samt dem Turmzimmer, sowie die Zimmer ihres Vaters sollten für sie reserviert bleiben. Alle andern Räumlichkeiten sollten dem jungen Paar und Tante Stasi zur Verfügung stehen. Lilian wollte dann bis zu ihrer Hochzeit in Kreuzberg bleiben.

So geschah es auch. Georg reiste wieder ab, um seine Zelte abzubrechen und seinen Abschied einzureichen. Am Tag nach seiner Abreise fuhr Lilian mit Veva und Tante Stasi nach Ortlingen hinüber.

Hand in Hand trat Ronald mit Lilian vor das Bild seiner Mutter. »Gelt, Mutter, das ist die Rechte? Sie soll das Glück wieder nach Ortlingen bringen«, sagte er. Und unter dem Bild der Mutter küßten sich die Liebenden in inniger Zärtlichkeit und heiliger Inbrunst.

Wenige Wochen, nachdem Lilian Ronalds Frau geworden war, führte Lothar von Kreuzberg Hansi von Arnstädt an den Altar. Er hatte sich im Februar mit ihr verlobt, als sie bei der Tochter seines Obersten zu Besuch war. Und nach Lothars eignem Ausspruch war er »ganz unverschämt glücklich«.

Zwei Jahre später meldete Bobby Blount seine Vermählung mit einer jungen Deutschamerikanerin

»Sie hat so schönes blondes Haar wie die frühere Miß Lilian Crosshill«, schrieb Bobby an Lilian.

Zwischen Kreuzberg und Ortlingen schlangen sich die Bande innigster Zusammengehörigkeit. In Kreuzberg lebten Georg und Veva mit Tante Stasi in einem bescheidenen Wohlstand, und in Ortlingen wurde ein großes Haus geführt. Aber unter beiden Dächern wohnte das Glück, und den beiden jungen Ehepaaren lachte es aus den Augen.

Hedwig Courths-Mahler

Sein Kind

BASTEI LÜBBE

1

Das Hochzeitsmahl war vorüber.

Das junge Paar stahl sich im Trubel des Aufbruchs heimlich weg, um sich für die bevorstehende Hochzeitsreise umzukleiden.

Es blieb ziemlich unbemerkt, daß es sich entfernte.

Die Braut drückte nur im Vorübergehen ihrem Vater die Hand und sagte: »Leb wohl, Papa, auf Wiedersehen!«

»Auf Wiedersehen, mein Kind! Glückliche Reise!« erwiderte dieser und gab den Druck der kleinen Hand zurück.

Die Hochzeitsgesellschaft war glänzend und befand sich in animiertester Stimmung. Sie hätte sich auch nicht in ihrem Vergnügen stören lassen durch die Abreise des Brautpaares, wenn sie sie bemerkt hätte. Es war reichlich für Kurzweil und Amüsement gesorgt. Und gleich nach der Tafel begann die Kapelle zum Tanz aufzuspielen. Zwischen die Klänge der Musik mischten sich Scherzen und Lachen.

Einige junge Damen, Freundinnen der Braut, begannen den Tanz mit einem Kostümreigen. Diesem Reigen sah die Hochzeitsgesellschaft zu. In manchen Gesichtern sah man spöttisches Lächeln.

»Viele sind berufen, aber wenige sind auserwählt«,

flüsterte ein junger Herr, verstohlen auf die Tänzerinnen deutend, seinem Freund zu.

Dieser lachte.

»Man kann mit und ohne Grazie tanzen, wie Figura zeigt«, erwiderte er leise lachend.

Es war wie immer in solchen Fällen: einige der jungen Damen tanzten anmutig, die andern mit viel Eifer und gutem Willen. Dafür erhöhten die letzteren die vergnügte Stimmung, ohne es zu ahnen und zu wollen. Jedenfalls konnte so das Brautpaar unbemerkt entschlüpfen.

Aber das geschah nicht in zärtlich süßem, von sehnsüchtigem Verlangen nach Alleinsein erfülltem Einverständnis. Der Bräutigam hatte verstohlen auf die Uhr gesehen, und seinen blassen, gespannten Zügen sah man die mühsam unterdrückte Nervosität an. Mit müdem, apathischem Ausdruck flog sein Blick über die Gesellschaft hinweg. Dies alles stand in scharfem Kontrast zu seiner kraftvoll schlanken, elastischen Gestalt, an der die Muskeln spielten, als seien sie von Stahl.

Leise, aber ziemlich kühl und förmlich hatte er seiner jungen Gattin zugeflüstert: »Es ist Zeit, Traude, wir müssen uns zur Abreise fertigmachen.«

Die Braut hatte kaum mit den Wimpern gezuckt. Ihre Augen blickten ruhig und gelassen in die ihres Gatten. »So laß uns aufbrechen«, erwiderte sie ohne jede Erregung.

Aber als er dann in der Menge verschwand, um seinen Eltern Lebewohl zu sagen, sah sie ihm mit einem seltsamen Blick nach.

War es Trauer oder Schmerz, was in den schönen tiefblauen Augen aufzuckte, oder Spott und Bitterkeit, gemischt mit stolzer Resignation?

Vielleicht lag von all diesen Empfindungen etwas im

Ausdruck dieser klaren Augen, die sonst mit viel Güte ins Leben blickten. Jedenfalls preßte sie die feingeschwungenen Lippen fest aufeinander, wie in herber Abwehr aller weicheren Gefühle. Die schlanke, jugendliche Gestalt mit den schön gerundeten Gliedern richtete sich hoch, und stolz auf. So verließ sie langsam den Saal. Die lange weiße Schleppe des Brautkleides, die von kostbaren Spitzen überrieselt war, in denen hie und da kleine Myrtensträuße steckten, floß hinter ihr her. Sie rauschte über die roten Teppichläufer und haftete zuweilen am Boden, als wolle sie die Trägerin zurückhalten.

Ihr Gatte hatte inzwischen von seinen Eltern Abschied genommen. An der hohen Glastür, die das Vestibül von den Festräumen trennte, erwartete er sie. Seine hohe, schlanke Gestalt lehnte an einem Pfeiler, und seine Augen blickten düster und geistesabwesend vor sich hin. Er schrak zusammen, als sie plötzlich neben ihm stand. Aber sogleich breitete sich wieder die starre Ruhe über sein energisches Gesicht. Sein schmaler, ausdrucksvoller Mund preßte sich fest zusammen, als müsse er einen herben Schmerz unterdrücken. Die Zähne schien er so fest aufeinander zu beißen, daß die Muskeln in seinem Gesicht zuckten.

Mit einer tadellosen Verbeugung trat er zu ihr heran und bot ihr den Arm.

Von der Seite warf Traude einen Blick in dies blasse, starre Männergesicht, und der herbe Zug um ihren Mund vertiefte sich noch. Stolzer hob sich ihr Kopf, und kälter wurde der Blick ihrer sonst so gütigen Augen.

Sie legte die Fingerspitzen auf seinen Arm, und er führte sie die teppichbelegte Treppe empor. Der Portier und ein Kellner sahen hinter dem jungen Paar her und tauschten einen lächelnden Blick.

Lothar Hochberg führte seine junge Frau zu dem für sie reservierten Zimmer im ersten Stock.

Ihre Zofe hatte ihre Reisekleider zurechtgelegt und wartete, um ihr beim Umkleiden behilflich zu sein.

Lothar öffnete die Tür und ließ seine Gattin mit einer artigen, nur zu artigen Verbeugung eintreten. Sorgsam legte er ihre Schleppe über die Schwelle, damit sie nicht eingeklemmt wurde.

»Wann kannst du fertig sein, Traude?« fragte er höflich. Es zuckte leise um ihren Mund, aber sie sah ruhig zu ihm auf. »In einer halben Stunde«, erwiderte sie mit derselben kühlen Förmlichkeit.

»Also werde ich dich in einer halben Stunde unten im Vestibül erwarten.«

»Es ist gut, Lothar.«

Er faßte ihre Hand und führte sie an die Lippen. Als er sich aufrichtete, trafen die Blicke der beiden jungen Gatten einander. Traudes Augen hatten noch den ruhig stolzen Blick, aber in den seinen ...?

Bisher hatte Traude in den Augen ihres Gatten nur immer den kühlen höflichen Blick gesehen. Aber jetzt las sie plötzlich einen Ausdruck darin, der ihre stolze Ruhe erschütterte. Es lagen eine stumme Bitte um Verzeihung und ein unsäglicher Schmerz in diesen grauen Männeraugen.

›Wie ein Mensch in tiefster Not‹, dachte die junge Frau voll Unruhe. Und die Güte ihres Wesens weckte ein seltsames Gefühl in ihr – fast waren es Mitleid und Erbarmen.

Traude konnte ruhigen Herzens keinen Menschen leiden sehen, und daß ihr Gatte litt, wurde ihr in diesem Moment klar.

Schnell ging er davon.

Gedankenverloren sah sie ihm nach, als sich die Tür hinter ihm geschlossen hatte. Sie wußte – hatte es vom ersten Moment an gewußt –, daß ihre Ehe mit Lothar Hochberg nur eine Konvenienzehe war. Ihre beiden Väter hatten sie geplant und vereinbart, und Lothar war, genau wie sie selbst, vor die Tatsache gestellt worden, daß sie füreinander bestimmt seien.

Sie hatten einander nicht verschwiegen, als sie sich verlobten, daß sie ohne Liebe in diese Ehe gingen.

Traude war zweiundzwanzig Jahre alt geworden, ohne daß ihr Herz gesprochen hätte. Die jungen Herren ihres Gesellschaftskreises hatten mit ihren Bemühungen um ihre Gunst alle ein Fiasko erlitten.

Die Bewerber waren zahlreich, denn Traude war nicht nur jung und schön, sondern, als einzige Tochter ihres Vaters, auch eine der reichsten Erbinnen der Stadt.

Ihr Vater war der Kommerzienrat Falkner, ein mehrfacher Millionär und Vorstandsmitglied verschiedener Aktiengesellschaften. Er hatte seine Tochter bisher ruhig gewähren lassen, wenn sie einem Freier nach dem anderen einen Korb gab. Denn es war keiner unter ihnen gewesen, den er sich zum Schwiegersohn gewünscht hätte. Traude wußte sehr wohl, daß sie hauptsächlich ihres Geldes wegen umworben wurde. Sie kannte genug vom Leben, um zu wissen, daß die jungen Herren ihrer Kreise zwar ihre Geliebten nach dem Herzen, ihre Frauen aber nach dem Geldbeutel wählten. Verschiedene ihrer Freundinnen waren so verheiratet, wie sie nicht verheiratet zu sein wünschte.

Denn Traude hatte trotz ihres ruhigen Stolzes ein sehr warmes Herz, junges rasches Blut und ihre Ideale und hoffte lange Zeit, daß ihr einmal ein Glück beschieden werden könne, wie sie es sich erträumte. Sie wehrte sich gegen die Gedanken, nur als Beigabe zu ihrem Geld in Kauf genommen zu werden.

Aber die große Liebe, auf die sie Jahr um Jahr in ihren Mädchenträumen gewartet hatte, war nicht gekommen. Sie fragte sich schließlich, ob es nicht töricht sei, auf die Verwirklichung ihrer Träume zu hoffen.

Und dann hatte ihr Vater ihr eines Tages gesagt: »Lothar Hochberg wird morgen kommen und um deine Hand anhalten. Ich wünsche, daß du diese Werbung annimmst. Du bist im heiratsfähigen Alter, und Lothar Hochberg ist von allen jungen Herren, die ich kenne, der vornehmste und gediegenste Charakter. Du wirst es nicht bereuen, wenn du ihm dein Jawort gibst.«

Die Worte hatten ein seltsames Gefühl ausgelöst in Traudes Herzen. Im ersten Moment wollte sie protestieren; aber dann preßte sie ihren Mund zusammen, sah nachdenklich vor sich hin und erwiderte nur: »Laß mich das erst bedenken.«

»Du hast Zeit bis morgen, Traude, und ich erwarte von dir, daß du vernünftig bist. Einen wertvolleren Menschen wirst du nicht finden als ihn. Ich habe ihn lange geprüft«, hatte ihr Vater erwidert.

Als Traude allein gewesen war, hatte sie sinnend vor sich hingesehen. Lothar Hochberg? Sie kannte ihn schon seit ihren Kindertagen. Als sie die ersten Wege zur Schule ging, war er ihr schon mit der roten Gymnasiastenmütze begegnet. Sein Vater besaß ein großes Fabrikunternehmen und war mit dem ihren befreundet.

Als sie dann zum jungen Mädchen herangewachsen war und die Selekta besuchte, trafen sie oft im Winter auf der Eisbahn zusammen, und seine warmgrauen Augen hatten lachend in die ihren geschaut. Einmal war einer ihrer langen, dicken Hängezöpfe an seinem Mantelknopf hängengeblieben, als sie an ihm vorüberlief. Das hatte weh getan. Er hatte sorgsam den Zopf gelöst und ihn einen Moment wohlgefällig auf der Hand gewogen.

Dann war sie so eilig weitergeeilt, daß sie stürzte. Schnell war er an ihrer Seite gewesen und hatte sie aufgehoben. Danach waren sie in ein Gespräch gekommen und zusammen weitergelaufen. Sie hatten gescherzt und gelacht, wie es junge Leute tun, und ein ganz klein wenig hatte er ihr den Hof gemacht. Er hatte sie sogar nach Hause begleitet, natürlich in Gesellschaft ihrer Hausdame, die nach dem Tod ihrer Mutter von ihrem Vater engagiert worden war.

Traude hatte lange danach immer ein wenig Herzklopfen bekommen, wenn sie an Lothar Hochberg dachte. Aber nach jenem Tage auf der Eisbahn hatten sie einander lange Zeit nicht wiedergesehen..

Bald darauf war Traude in ein Pensionat gekommen, und inzwischen hatte Lothar Hochberg bei der Garde sein Jahr abgedient. Als Traude Falkner aus dem Pensionat zurückkam, wohnte er schon in London, wo er bei einer befreundeten Firma als Volontär seine Kenntnisse erweiterte. Denn er sollte eines Tages der Nachfolger seines Vaters im Geschäft werden. Er war das einzige Kind seiner Eltern.

Als Lothar Hochberg nach Jahren zurückkam, war Traude inzwischen eine vielumworbene junge Dame geworden. Auf einem Ball waren sie sich zuerst wieder begegnet. Und seltsamerweise hatte Traudes Herz beim Anblick des jungen Mannes rebellisch geklopft.

Aber er schien sehr gemütsruhig zu sein, als er sie höflich begrüßte. Er bat sie auch um einen Tanz, aber sie fühlte, er tat es nur, um der Form zu genügen. Da zwang sie ihr Herz zur Ruhe und wurde kühl wie er.

Bald darauf hörte sie in einer Damengesellschaft, daß Lothar Hochberg ein Liebesverhältnis mit der Gesellschafterin seiner Mutter habe, und diese sei deshalb von seiner Mutter plötzlich entlassen worden.

Diese Nachricht hatte ihr einen kleinen Stich versetzt, aber sie hatte den Kopf stolz zurückgeworfen. Natürlich, er war wie die anderen alle. Er suchte sich eine Geliebte oder mehrere, und wenn er eines Tages eine Frau heimführen wollte, dann sah er sich, wie alle anderen, mit kühler, kritischer Gelassenheit nach einer entsprechenden Partie um, die, was Geld anbetraf, zu ihm paßte.

Das war nur ein Rechenexempel, sonst nichts!

Von diesem Tage an war Traude Falkner noch viel stolzer und abweisender geworden.

Dann war ein Gerücht zu ihr gedrungen, daß die Firma Hochberg und Sohn mit großen geschäftlichen Schwierigkeiten zu kämpfen habe; schließlich sprach man von enormen Verlusten, die vollends den Ruin der Firma in die Nähe rückten.

Am Tag darauf sagte ihr dann ihr Vater, daß Lothar Hochberg um ihre Hand anhalten würde.

Voll tiefer Bitterkeit hatte sie gedacht: Jetzt braucht er eine reiche Frau, jetzt bist du ihm gut genug. Sein Herz hat er anderweitig verschenkt, und er wird dir nun, wie die anderen es getan haben, eine Liebe vorheucheln, die er nicht empfindet. Du wirst die Lüge in seinem Antlitz sehen, und das wird dich verletzen und demütigen wie nichts zuvor.

Und sie hatte sich fest vorgenommen, obwohl ihr Vater diese Verbindung wünschte, ihn abzuweisen.

Aber als er dann mit einem seltsam blassen Gesicht vor ihr gestanden hatte, als er ehrlich bekannte, daß seines Vaters Wunsch ihn zu der Werbung veranlaßt habe, die er sich mühsam genug abquälte, als er sie mit zukkenden Lippen um ihre Hand bat, da hatte sie doch ja sagen müssen. Ein unerklärlicher Zwang hatte ihr das Ja auf die Lippen gedrängt, statt eines Nein.

Und sie hatte sich später nicht mehr zu erklären gewußt, weshalb sie ja gesagt hatte.

Ihre Brautzeit war nicht lang gewesen. Sie war in diesen Wochen kaum einmal auf Minuten mit Lothar allein zusammengekommen.

Und sie hätten einander auch nichts zu sagen gehabt, was nicht alle Welt hätte hören dürfen.

Traude hatte die Wochen ihrer Brautzeit wie in einem bedrückenden Traum erlebt, aus dem sie nicht erwachen konnte. Sie fühlte sich unfrei und gedemütigt. Wieder und wieder sagte sie sich, diese Verbindung sei eine Unmöglichkeit. Aber sie fand nicht die Kraft, sich zu befreien. Vielleicht wollte sie es auch nicht ernsthaft. Irgend etwas hatte sie neben Lothar Hochberg festgehalten. Und schließlich hatte sie sich in bitterer Resignation gesagt: Ob er oder ein anderer – es ist doch alles eins. Was du in der Ehe suchst, wirst du doch nie finden.

Und so stand sie nun mit dieser Resignation, mit ihrem Stolz und doch mit echt weiblichem Zagen vor der Zukunft, auf der Schwelle ihrer Ehe, gewiß, daß diese glücklos sein würde.

Während diese Gedanken quälend durch ihre Seele gingen, hatte ihr die Zofe das kostbare Brautkleid abgestreift und sie für die Reise umgekleidet. Nicht länger als eine halbe Stunde war darüber vergangen.

Traude warf noch einen flüchtigen Blick in den Spiegel, der eine elegante junge Dame im Reisedreß wiedergab.

Sie sah auf die Armbanduhr, um sich zu überzeugen, daß sie pünktlich war. Lässig streifte sie die Handschuhe über, gab ihrer Zofe noch einige Anweisungen und ging dann hinab ins Vestibül.

2

Als Lothar Hochberg seine junge Frau verlassen hatte, war er in das für ihn reservierte Zimmer geeilt. Er schloß es mit einem jähen Griff hinter sich ab, als fürchte er, es könne noch etwas Störendes bei ihm eindringen. Mit einem Aufatmen fiel er dann in seinen Sessel.

Das Gesicht in den Händen bergend, schloß er die brennenden Augen. So bot er ein Bild der Verzweiflung, des Kummers.

Und doch empfand er diese wenigen Minuten des Alleinseins als eine Wohltat nach unerträglicher Qual. Die Hochzeitsfeier hatte an seinen Nerven gezerrt. Er, der sonst nicht wußte, was Nerven waren, hatte in diesen Tagen gelernt, war für eine Marter sie einem bereiten konnten. Wieder und wieder drang ein stöhnendes Aufatmen aus seiner Brust. Und plötzlich ließ er die Arme schlaff herabsinken und starrte vor sich hin, als habe er eine Vision.

»Maria – arme kleine Maria, vergib – vergib, ich konnte es dir und mir nicht ersparen, du weißt es«, flüsterte er heiser, und ein Zittern lief über seinen Körper.

So saß er eine ganze Weile. Dann schrak er auf und riß sich zusammen. Ein Blick auf seine Uhr belehrte ihn, daß er in zehn Minuten fertig sein mußte. In zehn

Minuten mußte er seine junge Frau unten im Vestibül erwarten.

Seine Frau?

Ein bitteres Lächeln zog seine Mundwinkel herab, und seine Hand strich durch die Luft, als weise er etwas Störendes weit von sich. Traude Falkner war ihm freilich immer sympathisch gewesen, als Kind, als Backfisch und als erwachsene junge Dame. Vor Jahren – damals auf der Eisbahn – hatte er sogar ein wenig mit dem lustigen Backfisch geflirtet. Aber das war nur vorübergehend. Nichts als eine kühlfreundliche Sympathie war übriggeblieben, als er sie nach Jahren wiedersah, denn inzwischen war sein Herz anderweitig gebunden. Nie hatte er daran gedacht, Traude zu heiraten, bis er dazu gezwungen wurde.

Aber er war ihr doch dankbar, daß sie als Braut weder Zärtlichkeiten forderte noch gab. Der ruhigkühle Stolz, mit dem sie neben ihm ging, machte ihm diese Wochen leichter. Nur so war es ihm möglich gewesen, die Brautzeit zu überstehen. Und ihre stolze, zurückhaltende Ruhe mußte ihm nun auch helfen, eine Ehe mit ihr zu führen. Wenn er seiner Frau auch sonst nichts zu bieten hatte, an artigen Aufmerksamkeiten wollte er es nicht fehlen lassen.

Hastig kleidete er sich um und eilte dann hinab in das Vestibül. Kaum war er unten angelangt, als er auch schon Traude die Treppe in dem Reisekostüm, unter dem die schmalen, kleinen Füße in festen Lederstiefelchen hervorsahen, herabkommen sah.

In demselben Moment betrat ein halbwüchsiger Bursche das Hotelvestibül und wandte sich an den Portier. Er zeigte diesem die Adresse eines Briefes. Der Portier las sie und zeigte auf Lothar, an den der Brief adressiert war.

Der Bursche ging zu ihm hinüber, seine Mütze unter den Arm geklemmt.

Gerade in dem Moment, als Lothar seiner Frau den Arm reichen wollte, sagte der Bursche neben ihm: »Herr Hochberg, diesen Brief soll ich Ihnen persönlich übergeben.«

Lothar drehte sich zu dem Burschen um, nahm den Brief und gab gewohnheitsmäßig ein Trinkgeld.

»Du erlaubst, Traude? Ich will nachsehen, ob es etwas Wichtiges ist«, wandte er sich an seine Frau, während der Bursche verschwand.

Traude neigte zustimmend den Kopf. Lothar riß schnell den Brief auf. Er enthielt nur wenige Worte. Aber sie mußten eine erschütternde Nachricht enthalten. Er taumelte einige Schritte zurück und faßte, sich krampfhaft stützend, nach einer Sessellehne.

Aus seinem Gesicht war jeder Blutstropfen gewichen, auf seiner Stirn perlte kalter Schweiß, und seine Augen starrten verzweifelt vor sich hin.

Traude sah das alles, und instinktiv, ohne sich dessen bewußt zu werden, folgte sie ihrem gütigen Wesen. Sie trat an ihn heran und faßte seinen Arm. »Was ist dir, Lothar?« fragte sie teilnehmend.

Er riß sich mit übermenschlicher Anstrengung zusammen.

Ein verzerrtes Lächeln spielte um seinen Mund, und wie im Krampf drückte er das Schreiben in seiner Hand zusammen. Mit ausdruckslosen Augen starrte er Traude an. Tastend steckte er das Schreiben zu sich, verneigte sich wie ein Automat und bot ihr den Arm. »Es ist nichts – nichts«, kam es keuchend über seine Lippen.

Besorgt und erschrocken legte sie ihre Hand auf seinen Arm und führte ihn zu dem eleganten Auto, das am Portal wartete, um sie zum Bahnhof zu bringen.

Traude fühlte, daß ihr Gatte unsicher tastend wie ein Schlafwandler neben ihr ging.

Als sie ihren Platz im Wagen eingenommen hatte, stieg er zu ihr und fiel, wie aller Kraft beraubt, in die Wagenpolster. Es herrschte noch eine leichte Dämmerung, und Traude sah von der Seite in sein Gesicht.

Der Ausdruck dieses wie im Schmerz erstarrten Gesichtes schnitt ihr in die Seele und weckte wieder ihre menschliche Güte.

Leise legte sie ihre Hand auf seinen Arm. »Lothar, hast du eine schlimme Nachricht erhalten, daß du so erschüttert bist?«

Er schrak aus seiner Erstarrung auf. Sein Gesicht zuckte, er biß die Zähne hart aufeinander. Dann sagte er heiser und rauh: »Ja – eine furchtbare Nachricht, die mich bis ins Innerste getroffen hat. Verzeih, daß ich mich nicht besser beherrschen konnte.«

»Das bedarf doch keiner Entschuldigung. Ich sehe, du leidest. Kann ich dir nicht helfen?«

Er richtete sich aus seiner zusammengesunkenen Haltung auf und sah sie mit einem Blick an, den sie nie wieder vergessen konnte. So viel Qual und Schmerz lagen darin, daß alles andere in ihr unterging in einem großen Mitleid.

»Kann ich dir nicht helfen?« fragte sie nochmals.

Er schüttelte jäh den Kopf. »Mir helfen? Nein – nein, niemand kann das – niemand. Das muß ich allein tragen – ganz allein. Aber ja – ja –, helfen könntest du mir doch.«

»So sprich«, drängte sie.

Er strich sich über die Stirn, als müsse er sich besinnen. Endlich sagte er hastig und flehend: »Traude, es ist etwas ganz Außergewöhnliches, was ich von dir erbitten möchte, etwas, was ich jetzt eigentlich nicht von dir verlangen dürfte. Vielleicht wirst du mir sehr zürnen. Aber ich muß es dennoch wagen.«

»Sprich doch!« forderte sie, fast zornig vor Erregung. »Ich will dir helfen, wenn ich kann. Da bedarf es keiner kleinlichen Rücksichten. Was kann ich tun?«

Seine Augen bekamen einen bewußteren Ausdruck. »Die Nachricht, die ich eben erhalten habe, Traude – sie läßt mich nicht abreisen, bevor ich noch einen Weg gemacht habe, den ich gehen muß. Ich flehe dich an, laß uns unsere Reise um einige Stunden aufschieben. Es geht noch ein späterer Zug – gegen neun Uhr. Bis dahin kann ich wieder bei dir sein. Würdest du die große Güte haben, mich auf zwei Stunden zu beurlauben? Du dürftest aber nicht zur Hochzeitsgesellschaft zurückkehren. Es würde unliebsames Aufsehen erregen, das ich um deinetwillen vermeiden will. Du könntest mich vielleicht in einem Zimmer des Bahnhofshotels erwarten; ich würde dich dorthin bringen. Es ist ein unerhörtes Ansinnen, das ich dir stelle, ich weiß es, doch zürne mir nicht – hilf mir! Keinem Lebenden würde ich das Recht einräumen, mich jetzt von deiner Seite zu entfernen – aber ein Toter ruft nach mir. Forsche nicht weiter – zürne mir nicht – hilf mir!«

Es lag etwas Erschütterndes in diesen hastig hervorgestoßenen Worten. Traude schloß einen Moment die Augen. Sie wollte nicht forschen und grübeln, nur helfen. Wollte auch nicht fragen, ob dieser Tote nicht vielleicht eine tote Frau war.

Ihr Herz erzitterte vor Mitleid. Sie fühlte, daß sie einem Drama gegenüberstand, das vielleicht mit ihrer Hochzeit sein Ende gefunden hatte. Sie fühlte auch, daß dieses Drama an Lothars Seele zerrte wie ein schweres Verhängnis.

Tief atmete sie auf.

»Ich frage dich nichts, Lothar. Geh, wohin du gehen mußt, ich halte dich nicht zurück«, sagte sie fest.

Er faßte mit einem schmerzhaften Druck ihre Hand und preßte die Lippen darauf. »Dank – heißen Dank! Nie vergesse ich dir diese Großmut.«

Sie schüttelte heftig den Kopf. »Es ist keine Großmut! Daß ich dir zu helfen versuche, weil ich dich in Not und Bedrängnis weiß, ist doch selbstverständlich. Was forderst du Großes von mir? Daß ich einige Stunden auf dich warte; das ist doch kein Opfer.«

Mit einem seltsamen Blick sah er sie an. »Du bist sehr gütig. Nochmals heißen Dank.«

Der Wagen hielt am Bahnhofsportal. Um jedes Aufsehen zu vermeiden, half Lothar seiner Frau aussteigen und schickte den Wagen zurück. Ein Diener kam ihnen entgegen mit leichtem Handgepäck, den gelösten Fahrkarten und dem Gepäckschein. Er wollte das junge Paar zum Zug begleiten. Lothar nahm ihm alles ab und schickte ihn gleich mit dem Auto nach Hause. Dann deponierte er das Handgepäck am Gepäckschalter und wandte sich Traude wieder zu.

»Darf ich dich nun zum Bahnhofshotel führen?« fragte er anscheinend ruhig. Sie merkte aber, daß seine Nerven vibrierten, und um ihn möglichst bald zu erlösen, sagte sie »Es ist unnötig, daß wir erst ins Hotel gehen. Ich sehe, dies Wartezimmer ist fast leer. Führ mich hinein. Ich werde dort auf dich warten.«

Er sah in das Wartezimmer und überzeugte sich, daß sie recht hatte. So reichte er ihr den Arm. »Wie du wünschst, Traude.«

Er führte sie in ein Eckchen, das hinter einer Pflanzengruppe versteckt lag. Hinter einem runden Tisch stand ein rotes Plüschsofa, das mit weißen Deckchen belegt war. Es war ein ziemlich ungemütlicher Raum. Betreten sah Lothar seine Frau an. »Dieser Aufenthalt ist sehr primitiv, Traude.«

Sie wehrte hastig ab. »Laß solche Kleinigkeiten beiseite. Ich kann hier so gut warten wie sonst irgendwo.«

»Willst du es wirklich tun?«

»Gewiß, ich habe allerlei Reiselektüre bei mir, die wird mir die Zeit vertreiben. Du kannst mich unbesorgt allein lassen.«

Ein gequälter Ausdruck lag in seinen Augen. »Es ist mir schrecklich, Traude, daß ich das von dir fordern muß, aber ich kann nicht anders.«

Sie hob die Hand. »Sprich nicht mehr davon. Geh ruhig deinen Weg.«

Mit zuckendem Gesicht beugte er sich über ihre Hand. »Ich danke dir. In spätestens zwei Stunden bin ich zurück.«

Sie nickte, und dann fragte sie leise: »Du gehst zu einem Verstorbenen, wie du mir sagtest, Lothar. Willst du ihm diese Blumen mitnehmen? Für mich haben sie keinen Wert mehr.«

Damit reichte sie ihm den großen Rosenstrauß, den er für sie hatte ins Auto legen lassen – ihre Hochzeitsblumen!

Es ging wie ein jäher Ruck durch seine Gestalt. Unsicher sah er sie an. Ahnte sie, daß es eine tote Frau war, zu der es ihn hinzog mit unwiderstehlicher Gewalt?

Zögernd faßte er nach den Rosen. »Traude – ich weiß nicht, ob ich diese Blumen annehmen darf.«

Mit großen ernsten Augen sah sie ihn an. »Du darfst es, Lothar – auch wenn du die Rosen einer toten Frau bringen wirst«, erwiderte sie leise.

Da lief es wie ein Zittern über ihn hin. Er nahm die Blumen, drückte nochmals ihre Hand an die Lippen und eilte ohne ein weiteres Wort davon. Mit sinnenden Blikken sah sie ihm nach.

Für eine tote Frau – meine Hochzeitsblumen? Und doch werden sie bei ihr eher an der richtigen Stelle sein als bei mir. Er liebt sie, ich fühle es. Wer ist diese tote Frau, die ihn ruft, da er mit einer anderen die Hochzeitsreise antreten will? Ist es jenes junge, blonde Geschöpf, das bei seiner Mutter als Gesellschafterin engagiert war und von ihr plötzlich entlassen wurde?

Traude rief sich die Erscheinung jener jungen Dame ins Gedächtnis zurück. Früher, als sie noch nichts von Lothars Beziehungen zu ihr gehört hatte, war sie einige Male mit ihr zusammengetroffen. In Damengesellschaft hatte Frau Hochberg, Lothars Mutter, ihre Gesellschafterin zuweilen mitgebracht. Sie war eine schlichte, anmutige Erscheinung mit einem feinen, zarten Gesicht und einem fast kindlich schüchternen Wesen. Da sich niemand in der Gesellschaft um die bezahlte Gesellschafterin kümmerte, hatte Traude, ihrem Herzen folgend, freundlich mit ihr geplaudert.

Daran mußte sie denken, als sie sich jetzt fragte, ob dieses junge Wesen gestorben sei.

Woran war sie denn gestorben? An gebrochenem Herzen? Weil ihr Liebster Hochzeit hielt mit einer anderen?

Traude schauerte zusammen und richtete sich hastig abwehrend auf. Unsinn, daß sie sich solche Gedanken machte! Lothar würde sich wahrscheinlich nach Männerart längst mit einer anderen Geliebten getröstet haben, als jene blonde Gesellschafterin aus dem Haus seiner Eltern verschwand; es war ja schon lange her.

Aber für welche tote Frau ließ er sie jetzt allein, auf

dem ersten Weg, den sie gemeinsam gehen sollten? Allein saß sie hier in diesem nüchternen, häßlichen Raum, allein an ihrem Hochzeitstag.

Und doch konnte sie ihm nicht zürnen. Zu tiefe und schwere Linien hatte jene erschütternde Kunde in sein Gesicht gegraben.

War er schuldig am Tod dieser Frau? Dann trug er hart und schwer an dieser Schuld; nicht wie ein Leichtsinniger, der sich in egoistischen Gefühlen auch darüber hinweggesetzt hätte.

Sollte er zu ihr gehen, mochte er ihr ihre Hochzeitsblumen bringen. Sie würden auf einem Grab verwelken – auf dem Grab einer Unglücklichen!

Einer Unglücklichen?

War sie unglücklich zu nennen, wenn sie von Lothar Hochberg geliebt worden war?

Ein tiefer Seufzer entstieg ihrer Brust. Sie richtete sich straff auf und schalt sich selbst aus, weil sie phantastischen Träumen nachhing, denen jeder Grund fehlte.

Sie nahm ein Buch und versuchte zu lesen. Ein Kellner brachte ihr eine bestellte Erfrischung, von der sie jedoch nichts genoß.

Das Buch vermochte sie nicht zu fesseln, und so schlichen die Minuten wie eine Ewigkeit dahin. Sie mußte zurückdenken an die Hochzeitsgesellschaft, die noch vergnügt in den Festräumen des Hotels beisammen war.

Wenn diese Menschen sie hier würden sitzen sehen –. Oder wenn ihr Vater eine Ahnung davon hätte, wie allein sie hier war! Ein seltsames Lächeln huschte um ihren Mund. Die stolze Tochter des reichen Kommerzienrats Falkner begann ihre Ehe auf eine recht sonderbare Art. Ihr Hochzeitstag jedenfalls verlief sehr eigenartig.

›Vielleicht ist er ein Abbild meiner Ehe, in der ich wahrscheinlich auch sehr viel allein sein werde‹, dachte sie resigniert. Aber ihre Gedanken eilten dann doch wieder in seltsamer Unruhe hinter Lothar her.

3

Die zweite Stunde war noch nicht vorüber, als Lothar Hochberg wieder vor seiner Frau stand. Sie erschrak über sein Aussehen. Er schien um Jahre gealtert, so ernst und vergrämt sah er aus.

In seinen Augen brannte ein tiefes, quälendes Leid, und Traude fühlte ihr Herz wieder von Mitleid erfüllt. Der Mann, der da vor ihr stand, war unglücklich. Irgendein schwerer Schicksalsschlag hatte ihn bis ins Mark getroffen und seine kraftvolle Gestalt gebeugt. Und sie hatte vor dem Altar gelobt, Freud und Leid mit ihm zu tragen.

Traude war ein großzügiger Charakter. Kleinliche Eifersüchteleien lagen ihr fern. Nicht an sich vermochte sie jetzt zu denken, für sich wollte sie nichts fordern, obwohl sie ein Recht dazu gehabt hätte. Eine andere Frau an ihrer Stelle hätte sich vielleicht in kleinliche Übelnehmerei hineingesteigert und ihm Vorwürfe gemacht über Vernachlässigung und Zurücksetzung.

Das empfand Lothar Hochberg auch. In all seiner Verzweiflung und Unruhe staunte er über Traudes Großherzigkeit. Er empfand ihr ruhiges, teilnehmendes Wesen wie eine Wohltat, wie Balsam auf einer schmerzenden Wunde. Seinen Dank wehrte sie aber mit freundlicher Bestimmtheit ab.

Mit dem Abendzug traten sie dann ihre Reise an.

Traude fragte nicht, wo Lothar gewesen war. Er bemühte sich voll Aufmerksamkeit um sie, obwohl er noch immer eine Beute seines Kummers war.

Als sie sich allein in einem Abteil erster Klasse gegenübersaßen und der Zug sich in Bewegung setzte, wollte er sich sogar eine Unterhaltung abringen. Aber Traude legte die Hand auf seinen Arm und sah ihm ernst in die Augen.

»Quäle dich nicht! Mir ist es lieber, wenn wir jetzt beide schweigen«, sagte sie ruhig.

Er sah in ihre gütigen Augen. Dann nahm er ihre Hand und legte einen Moment sein zuckendes Gesicht darauf.

»Traude, deine Großmut und Güte sind bewundernswert. Nie vergesse ich dir, wie du mir diese Stunden hast tragen helfen«, stieß er in tiefer Erregung hervor.

Wahre Güte ist so selten im Leben. Und wenn wir ihr begegnen, staunen wir sie an wie ein Wunder. Sie hat auch Wunderkraft. Könnte jeder Mensch ein wenig mehr Güte geben, die ganze Welt würde reicher und schöner werden.

Traude war das selbstverständlich. Teilnahmsvoll sah sie ihren Gatten an.

»Ich sehe einen Menschen in Not, und diesem Menschen versprach ich vor wenigen Stunden mit heiligem Gelübde, alles mit ihm zu tragen. Ich nehme es ernst mit solchen Gelöbnissen. Danke mir also nicht, ich tue, was ich tun muß und wozu mich mein Wesen treibt«, sagte sie.

Warme Bewunderung für sie kam in ihm auf. Aber dann wurde dieses Gefühl wieder von seinem Schmerz erstickt.

Traude nahm ein Buch und gab sich den Anschein, als läse sie.

Lothar lehnte den Kopf mit geschlossenen Augen zurück. Seine Gedanken irrten zurück zu dem Bild, das sich seiner Seele grausam deutlich eingeprägt hatte. Er sah ein kleines schlichtes Zimmer vor sich, in dem auf einem schmalen weißen Bett ein blasses blondes Mädchen ruhte. Ihr Haar war naß und feuchtete das Kissen, ihre Augen waren geschlossen, und ein feierlicher Ernst lag auf ihren lieblichen Zügen. Die Hände hatte man ihr auf der Brust gefaltet – und auf diese Hände hatte er die Hochzeitsrosen seiner jungen Frau gelegt.

Mit diesem Bild vor Augen mußte er auf Hochzeitsreise gehen. War er schuld am Tod Maria Kastners? Nein, nein, er hatte sie über alles geliebt, und nie hätte er sich von ihr getrennt, wenn er nicht einem Zwang unterworfen worden wäre. Ein neidisches Schicksal hatte ihn gegen seinen Willen von ihr getrennt, von ihr, die er zu seinem Weib hatte machen wollen.

Oh, die Qualen der vergangenen Wochen, von denen die der letzten Stunden die schlimmsten gewesen waren.

Und neben ihm saß ein junges Geschöpf, das ein Recht hatte an ihn und ihm seine Qual nicht verschärfte mit zänkischen Forderungen, die er schuldig bleiben mußte. Das beschämte ihn fast.

Nach einigen Stunden erreichten sie Berlin, wo sie bis zum nächsten Tag Station machen wollten, um dann die Weiterreise anzutreten.

Im Hotel waren Zimmer für sie bestellt; Lothar begleitete seine Frau bis vor die Tür ihres Zimmers. Das seine lag dicht daneben, und auf der anderen Seite, neben Traudes Zimmer, war ein kleiner Salon für das junge Paar. Die Verbindungstüren zwischen diesen Zimmern standen offen.

»Wann darf ich dich abholen, um dich in den Speisesaal zu führen?« fragte Lothar seine Frau.

»Ich werde es dich durch den Zimmerkellner wissen lassen«, erwiderte sie und betrat ihr Zimmer.

Es fiel ihr sogleich ins Auge, daß die Verbindungstüren offenstanden. Es waren Doppeltüren.

Mit einem raschen Griff schloß sie die Doppeltür, die in Lothars Zimmer führte. Nur an der inneren Tür steckte ein Schlüssel, den sie schnell und leise im Schloß drehte.

Es war kaum geschehen, als sie Lothar drüben eintreten hörte. Sie atmete tief auf und schloß dann auch die Tür, die zum Salon führte, für den Fall, daß Lothar ihn noch betreten würde.

Dann legte sie Hut und Mantel ab und setzte sich an den kleinen Schreibtisch ans Fenster.

Die Feder flog über das Papier, und als sie fertig war, klingelte sie dem Zimmerkellner

»Bitte, geben Sie das Herrn Hochberg. Und dann bringen Sie mir etwas Tee und einen kleinen Imbiß«, sagte sie, als dieser eintrat.

Der Kellner verneigte sich. »Gnädige Frau wollen nicht im Speisesaal soupieren?«

»Nein, ich bin zu müde und will nur einen Imbiß auf meinem Zimmer einnehmen.«

»Wie gnädige Frau wünschen.«

Der Kellner verschwand, sah draußen achselzuckend auf den Brief hinab und klopfte an die Tür zu Lothars Zimmer.

Dieser rief zum Eintritt, und der Kellner überreichte ihm den Brief.

Etwas erstaunt nahm er ihn in Empfang. Als der Kellner das Zimmer verlassen hatte, öffnete er das Kuvert. Er faltete das Schreiben auseinander und las:

Lieber Lothar! Es ist besser, wenn wir uns heute abend

nicht mehr sehen. Es wird Dir so wenig daran liegen, noch im Speisesaal zu soupieren, wie mir. Das Erschütternde, das Du heute erlebt hast, wird in Dir nachklingen, und Du bedarfst der Ruhe. Auch ich bin müde, ich werde nur einen kleinen Imbiß nehmen und gleich schlafen gehen. Morgen früh erhältst Du Bescheid, wann ich bereit bin, mit Dir zu frühstücken. Auf Wiedersehen! Traude.

Ein tiefer Atemzug hob Lothars Brust. Es war ihm eine Erlösung, daß Traude ihn nicht mehr zu sehen wünschte. Tiefe Dankbarkeit erfüllte sein Herz. Wieviel Feingefühl und Großmut hatte sie ihm heute gezeigt! Und keine Bemerkung, daß sie sich vernachlässigt fühlte.

Wirklich, sie war ein vornehmer Charakter und hätte verdient, aus Liebe geheiratet zu werden. Es tat ihm weh, daß er ihr diese Liebe schuldig bleiben mußte. Und nur ein schwacher Trost war ihm das Bewußtsein, daß auch sie ihn nicht liebte. So mußte er nicht ihre tieferen Gefühle verletzen.

Traude trank eine Tasse Tee und aß eine Kleinigkeit. Dann ging sie zu Bett, lag aber noch lange, lange wach und lauschte immer wieder mit angehaltenem Atem hinüber zum Nebenzimmer. Trotz der Doppeltür hörte sie das leise, regelmäßige Geräusch von Schritten.

Endlich schlief sie ein, wachte aber nach einigen Stunden wieder auf. Und noch immer vernahm sie das Geräusch dieser ruhelosen Schritte. Sie sah nach der Uhr. Es war drei Uhr nachts.

Sie lauschte, von unruhigem Mitleid erfüllt. Und dann erhob sie sich plötzlich und trat an das Fenster.

Unten auf der breiten Großstadtstraße war es jetzt fast still. Nur einige schattenhafte Gestalten huschten noch vorüber und glitten durch den Schein der Laternen. Ein Auto fuhr in rasender Eile dahin.

Leise öffnete Traude das Fenster und beugte sich weit hinaus. Sie sah zu den Fenstern hinüber, die zu dem Zimmer ihres Gatten gehörten. Der helle, aus dem Zimmer fallende Lichtschein verriet ihr, daß er es wirklich war, der noch immer ruhelos wanderte und wachte. In Schmerzen wachte!

Was er heute erlebt hatte, mußte ihn namenlos erschüttert haben. Was es auch sein mochte, er trug schwer daran. Wenn ihn eine Schuld drückte, so büßte er sie hart. War es aber nur Unglück und keine Schuld, dann war er doppelt bemitleidenswert.

Traudes Herz tat sich weit auf. Lange stand sie und sah auf den Schatten, der sich an den Fenstern vorbeibewegte. Ach, es sprach so viel in ihrem Herzen zu seinen Gunsten, und sie fühlte plötzlich mit erschütternder Gewißheit, daß sie ihm im Herzen nicht gleichgültig gegenüberstand. Ihr Stolz hatte das nur nicht zugeben wollen. Aber in dieser Stunde fiel aller Stolz von ihr ab.

Nicht vorwurfsvoll konnte sie an ihn denken, denn er hatte ihr keine Liebe vorgeheuchelt, als er um sie warb.

Sie wußte noch jedes seiner Worte, das er zu ihr gesprochen hatte. Er hatte ihr gesagt:

»Unsere Väter wünschen eine Verbindung zwischen uns, mein gnädiges Fräulein, und deshalb stehe ich hier vor Ihnen. Ich bin überzeugt, daß Sie mir keine Liebe entgegenbringen und sich nur dem Wunsch Ihres Herrn Vaters fügen, wenn Sie mir Ihr Jawort geben. Sonst hätte ich vielleicht nicht den Mut gehabt, Sie zu bitten, meine Frau zu werden, denn mein Herz drängt mich nicht dazu. Das muß ich Ihnen ehrlich bekennen – ich will Sie nicht belügen. Ich habe immer viel Sympathie für Sie gehabt, und einmal – in ferner Jugendzeit – ging mein Gefühl für Sie in jugendlicher Schwärmerei auch wohl über diese Sympathie hinaus. Aber – dann ist etwas in mein Leben getreten, das mich alles andere vergessen ließ. Das muß allerdings nun aus und vorbei sein, für immer. Ich weiß, was ich meiner künftigen Frau schuldig bin. Aber ich stehe nun doch ziemlich arm an Gefühlen vor Ihnen, nur von dem Wunsche beseelt, Ihnen das Leben an meiner Seite nach Möglichkeit leicht zu machen. Darf ich nach allem, was ich Ihnen gesagt habe, um Ihre Hand bitten?«

Und die, die ein Nein bereitgehalten hatte, weil sie fürchtete, er werde Liebe heucheln, legte, von seiner Ehrlichkeit bezwungen, ihre Hand in die seine. Sie hatte geantwortet: »So wollen wir die Wünsche unserer Väter erfüllen, Herr Hochberg. Und Gott mag uns helfen, daß wir ehrlichen Herzens miteinander leben können und die Hochachtung voreinander nicht verlieren. Ohne Liebe kann man vielleicht zusammenleben, aber nicht ohne Hochachtung.«

Darauf hatte er ihre Hand an seine Lippen geführt und aufatmend gesagt: »Mögen Sie nie bereuen, mir Ihr Jawort gegeben zu haben. Ich hoffe, nie etwas zu tun, wodurch ich Ihre Hochachtung verlieren könnte.«

Und seltsam, daran glaubte Traude fest. Obwohl sie vorher geglaubt hatte, er sei ein Mann wie alle anderen, sagte sie sich: Nein, er ist besser, weil er ehrlich ist und keine falschen Gefühle heuchelt.

Was auch hinter ihm liegen mochte, ein leichtsinniger, gewissensloser Herzensbrecher war Lothar nicht, kein gefühlloser Egoist, der über ein gebrochenes Herz hinweg in die Ehe ging, die für ihn nur ein Rechenexempel war. Einem Zwang gehorchend, war er mit ihr vor den Altar getreten, vielleicht von tiefer Qual erfüllt. Und dann war eine Katastrophe über ihn hereingebrochen. Er litt so schwer darunter, wie es nur ein anständiger Charakter tun kann. Und dies Bewußtsein rief alle warmherzige Hilfsbereitschaft in ihr wach.

Was ich tun kann, ihm zu helfen, will ich tun, dachte sie.

Eine Weile sah sie noch zu den erhellten Fenstern hinüber, sah seinen ruhelosen Schatten und seufzte tief.

Leise schloß sie das Fenster.

Wenn ich alles wüßte, was ihn drückt, könnte ich ihm besser helfen, dachte sie ohne Egoismus.

Mit diesen Gedanken suchte sie ihr Bett wieder auf. Fröstelnd hüllte sie ihre schlanken Glieder in die weiche Daunendecke.

Eine Weile lauschte sie noch hinüber. Dann schlief sie endlich ein.

Aber sie seufzte zuweilen im Traum, als trüge ihre Seele eine Last.

4

Am nächsten Morgen erwachte Traude um acht Uhr. Sie erhob sich sogleich und kleidete sich an. Dann klingelte sie dem Kellner und sagte ihm: »Bitte, melden Sie meinem Mann, daß ich fertig bin.«

Der Kellner müßte sich seine eigenen Gedanken über das junge Ehepaar machen, er warf einen raschen Blick auf die junge Frau. »Der gnädige Herr wartet bereits seit einer halben Stunde im Salon drüben.« Damit deutete er auf die Tür, die in den Salon führte.

»Dann können Sie das Frühstück servieren«, sagte Traude ruhig.

Der Kellner verneigte sich und öffnete die Tür, die in den Salon führte.

Traude betrat den Raum, den typischen, eleganten Hotelsalon.

Lothar stand am Fenster und wandte sich rasch zu ihr um. Er ergriff einen Strauß taufrischer Rosen, die er eben unten in der Hotelgärtnerei erstanden hatte.

Mit einer unsicheren Bewegung bot er ihr den Strauß. »Traude, diese Rosen sollen für mich bitten, daß ich dir mit meiner Misere den gestrigen Tag verdorben habe. Ich kann es nicht tun«, sagte er mit verhaltener Stimme.

Sie sah in sein blasses, übernächtigtes Gesicht, in das sich ein tiefer Leidenszug eingegraben hatte.

»Weder du noch die Rosen brauchen um Verzeihung zu bitten«, erwiderte sie mit ruhiger Freundlichkeit.

Er küßte ihre Hand. »Du bist eine Frau voll Güte und Verständnis. Ich bewundere dich und danke dir.«

Ein resigniertes Lächeln huschte um ihren Mund, sie machte eine abwehrende Bewegung. »Bitte, nichts von Bewunderung und Dank. Müßt du so viele Worte machen um etwas Selbstverständliches?«

»Dem Guten ist das Gute immer das Selbstverständliche, doch es bleibt bewundernswert. Aber ich will da schweigen, in Worten kann ich ja doch nicht ausdrücken, wie dankbar ich dir bin. Hast du gut geschlafen?«

Sie sah ihm ruhig und nicht ohne Wärme in die Augen. »Ich habe gut geschlafen. Nur einmal wurde ich wach, da hörte ich deine Schritte und sah Licht in deinem Zimmer.«

Wie erloschen blickten seine Augen, die sie doch aus vergangenen Tagen strahlend und leuchtend kannte. »Verzeih, ich wußte nicht, daß ich dich störte.«

»Du hast mich nicht gestört. Es hat mir nur leid getan, daß ich dir nicht helfen konnte.«

Wieder drückte er ihre Hand an seine Lippen. »Du Gütige!«

Schnell zog sie ihre Hand aus der seinen.

»Laß das, Lothar! Wenn du mir Dank schuldig zu sein glaubst, dann laß uns als gute, treue Kameraden nebeneinander gehen. Schließe mich nicht aus von deinen Leiden, soweit du mir Einblick gewähren kannst. Ich will mich nicht in dein Vertrauen drängen, aber ich fordere meinen Teil an deinen Sorgen und Kümmernissen als mein gutes Recht.«

Er strich sich über die Augen. »Wenn du wüßtest, wie wohl mir deine Sorge tut. Mir ist, als streiche eine lindernde Hand über meine schmerzende Stirn, um sie zu glätten. Was du forderst, gewähre ich dir nur zu gern. Aber alle meine Sorgen kann ich nicht mit dir teilen, ich darf nicht. Es erschüttet mich, daß du mir so großherzig deine Kameradschaft anbietest. Ach, Traude, das ist vielleicht etwas, was mich am Verzweifeln hindern kann: ein guter Kamerad, ein Weggenosse, der tapfer Schritt mit mir hält, dem ich vertrauen kann von ganzem Herzen. Und der mir nicht kleinlich nachrechnet, wie oft ich ein trübes Gesicht mache, wie oft meine Gedanken auf der Flucht sind. Traude, wenn du mir solch ein Kamerad sein könntest, es würde mich vielleicht retten aus meinem Kummer.«

Sie reichte ihm die Hand, und als er sie ergriff, schlossen sich ihre Finger fest und warm um die seinen.

»Ich will dir dieser Kamerad sein, Lothar. Ohne zu

fragen und zu deuteln, will ich mit dir gehen, auch über steinige Wege. Sei auch du mir ein Kamerad, dann können wir unsere Ehe doch auf einer Grundlage aufbauen, wo sie nicht von Kleinlichkeit und Oberflächlichkeit erstickt wird.«

Fest umschloß er ihre Hand und sah ihr warm in die Augen.

»Du bist ein wundervoller Mensch, Traude, und du wärest es wert gewesen, einen Gatten zu finden, der dir sein ganzes Herz entgegenbringt und dich von ganzer Seele liebt.«

Sie lächelte leise und verbarg den heimlichen Schmerz, der in ihrem Herzen war. »Sicher wärest auch du wert gewesen, eine Frau zu finden, die dich von Herzen liebt. Aber alle Menschen können nicht glücklich werden. So wollen wir uns mit dem begnügen, was uns das Schicksal geben will.«

»›Danke dir, mein guter Kamerad.‹«

Sie hielten sich noch fest bei den Händen, als der Kellner mit dem Frühstückstablett eintrat. Da ließen sie sich los und traten voneinander zurück. Der Kellner deckte den Tisch und verschwand dann diskret.

Das junge Paar ließ sich am Frühstückstisch nieder. Traude füllte selbst die Tassen. Lothar trank sehr schnell den starken, schwarzen Kaffee. Aber er wollte nichts essen.

Da legte ihm Traude vor.

»Du mußt etwas zu dir nehmen, sonst machst du dich krank. Wir haben heute eine weite Reise vor, und deine Kräfte dürfen nicht versagen. Vergiß nicht, daß ich schutzlos wäre, wenn dir etwas zustoßen würde.«

Das wirkte. Er raffte sich auf. »Du hast recht. Verzeih den Egoismus meines Schmerzes.«

Er aß gehorsam, was sie ihm vorlegte, obwohl er es kaum hinunterbrachte.

Traude suchte eine harmlose Unterhaltung in Gang zu halten, um ihn von seinen Gedanken abzulenken. Eine Stunde später reisten sie ab, dem Ziel ihrer Hochzeitsreise entgegen.

Der Zug führte sie in den sonnigen Süden. Je weiter sie kamen, desto frühlingshafter wurde die Welt. Sie fuhren in ein Blütenmeer hinein. Aber in ihren Herzen kam keine Freude auf. Das letzte Ziel ihrer Reise war die Riviera, die ihren herrlichsten Blütenzauber vor ihnen entfaltete.

In Nizza erhielt Traude in der zweiten Woche ihres Aufenthaltes einen Brief von einer »Freundin«. In diesem Brief hieß es unter anderem:

Du wirst wahrscheinlich schon gehört haben, liebste Traude, daß Maria Kastner, die ehemalige Gesellschafterin Deiner Frau Schwiegermama, sich im Schloßteich ertränkt hat. Es ist sonderbarerweise genau an Eurem Hochzeitstag geschehen. Es kursieren hier tolle Gerüchte über diesen Selbstmord, die ich aber lieber verschweigen will.

Traude ballte den Brief zornig zusammen. Sie wußte sehr genau, was von der »Freundschaft« dieser Dame zu halten war, die Lothar vergeblich die deutlichsten Avancen gemacht hatte. Sie gönnte es Traude nicht, daß sie Lothar Hochbergs Gattin geworden war, und wollte mit dieser Nachricht Wermut in ihren Glücksbecher träufeln.

In ihren Glücksbecher? Ach, wenn die Neidische geahnt hätte, wie wenig Glück dieser Becher enthielt, dann hätte sie sich nicht mit dieser Nachricht zu bemühen brauchen.

Aber Traude wußte nun, daß ihre Ahnung sie nicht getäuscht hatte, als sie annahm, daß der Tod der Geliebten – der freiwillige Tod – die Seele ihres Gatten bis ins Innerste erschüttert hatte.

War er schuldig?

Hatte er dieses Mädchen durch seine Untreue in den Tod getrieben? Aber nein, untreu war er ihr nicht geworden. Nicht freiwillig war er die Ehe mit einer anderen eingegangen. Sie wußte, daß sein Vater ihn gezwungen hatte. Mit welchen Mitteln, das war ihr nicht bekannt. Nur das wußte sie von ihrem Vater, daß die Firma Hochberg und Sohn dicht vor dem Bankrott gestanden hatte und nur durch seine Hilfe gerettet werden konnte.

Als ihr das der Vater offenbart hatte, fügte er hinzu: »Du machst trotzdem keine schlechte Partie. Diese Scharte wird ausgewetzt werden mit meiner Hilfe, und die alte Firma wird schnell wieder auf der Höhe sein. Daß sie auf dieser erhalten wird, dafür bürgt mir Lothar. Er ist ein äußerst begabter, tüchtiger und umsichtiger Kaufmann und versteht seine Branche von Grund auf. Fleißig und gewissenhaft ist er auch, überhaupt ein Prachtmensch, ein vornehmer Charakter. Du wirst nicht schlecht mit ihm fahren. Einen besseren hätte ich nicht finden können.« Wie oft Traude an die Worte ihres Vaters hatte denken müssen!

Ob er wohl wußte oder ahnte, daß Lothar ein Liebesverhältnis mit der Gesellschafterin seiner Mutter gehabt hatte? Oh, er würde sicher so gut davon gehört haben wie sie selbst. Aber unter Männern gilt so etwas nicht. Männer gestehen sich untereinander allerlei Privilegien zu. Sie dürfen vor der Ehe, unbeschadet ihrer Ehre, allerlei erleben, was einer Frau als Sünde angerechnet wird. Selbst wenn ihr Vater von dieser Sache gewußt hätte, wäre er darüber hinweggegangen.

Traude zog die Stirn zusammen.

Warum sie nur immer grübeln und denken mußte. Der dumme Brief hatte wieder alles in ihr wachgerufen, was sie in den letzten Tagen mühsam in sich niedergezwungen hatte. Und ein Schauer rann über ihre Glieder, als sie daran dachte, daß das stille blonde Mädchen mit dem lieblichen, schüchternen Gesicht den Tod gesucht hatte.

An meinem Hochzeitstag. Und meine Hochzeitsblumen hat er ihr gebracht.

Sie richtete sich straff auf, als müsse sie diesen Gedanken abwehren.

Beiderseitig hatte sich das junge Paar in dieser Zeit bemüht, in ehrlicher Kameradschaft miteinander zu leben. Sie hatten auch soviel wie möglich versucht, alles zu unterlassen, was die Wogen wieder zum Aufschäumen bringen konnte. Sie hatten sich in den amüsanten Trubel der eleganten Gesellschaft gestürzt, froh, etwas zu tun und zu denken zu haben.

Lothar hatte seine Gattin mit der zartesten Ritterlichkeit umgeben, hatte ihr tausend Aufmerksamkeiten erwiesen und für ihre Unterhaltung gesorgt. Er zwang sich, seine schmerzvollen Erinnerungen wenigstens auf Stunden zu vergessen und ihr eine Gemütsruhe vorzuspielen, die nicht vorhanden war.

Traude ließ sich aber nicht täuschen. Sie sah immer wieder den verzweifelten, starren Blick in seinen Augen. Sooft sie konnte, suchte sie ihn von seinen quälenden Gedanken abzulenken und zu zerstreuen. Aber sie fühlte betrübt, wie machtlos sie war.

›Wenn ihm etwas wirklich helfen kann, so ist es die anstrengendste Arbeit, die all seine Kräfte erfordert‹, dachte sie eines Tages.

Und von der Stunde an gab sie sich den Anschein, als habe sie Sehnsucht nach Hause.

Im Grunde empfand sie auch eine solche Sehnsucht, denn es war nicht leicht, unter all den fremden Menschen Tag für Tag mit Lothar zusammenzusein. Er nahm zwar mit rührender Dankbarkeit all ihre Hilfe an, küßte ihr die Hände und nannte sie seinen guten Kameraden. Aber es war doch zuviel Zwang in ihrem Verhältnis. Das lag auch daran, daß sie einander allerlei zu verbergen hatten. Lothar wollte seine Frau nicht merken lassen, daß seine Gedanken in Schmerzen an einem einsamen Grab weilten, und Traude suchte ihm zu verbergen, daß es ihr weh tat, wenn seine Gedanken so weit von ihr abirrten. Vor allen Dingen wollte sie vor ihm geheimhalten, daß sie sich mehr und mehr zu ihm hingezogen fühlte. Wollte sie sich doch selbst nicht eingestehen, daß sie ihn liebte – viel mehr liebte, als ihrer Herzensruhe gut war.

Diese Liebe hatte wohl, ihr unbewußt, immer in ihrem Herzen geschlafen. Und nun war sie unter Leid und Schmerzen aufgewacht.

Pries er ihre Güte, dann sagte sie sich gequält: ›All meine Güte wurzelt nur in meiner Liebe. Wenn ich ihn nicht liebte, wäre ich vielleicht hart und unduldsam.‹

Im Grunde glaubte sie das selbst nicht, denn in ihrem ureigensten Wesen war Güte. Sie quälte sich aber mit solchen Gedanken. Und so atmeten sie beide erlöst auf, als sie wieder heimreisen konnten. Es geschah eine Woche früher, als sie beabsichtigt hatten.

5

Das junge Paar bezog nach seiner Heimkehr ein reizendes Haus, dicht an den städtischen Promenadenanlagen. Kommerzienrat Falkner hatte diese Villa schon vor einigen Jahren gekauft und sie nun für seine Tochter ausbauen und ausstatten lassen.

Diese Häuslichkeit war ganz dafür geschaffen, ein glückliches junges Paar aufzunehmen. Die Dienerschaft war auch gut ausgewählt, lauter tüchtige, geschulte Leute, zum Teil aus dem Falknerschen Haushalt.

Als das junge Paar spätabends von seiner Reise zurückkam, fand es alles in bester Ordnung. Der Eßtisch war reizend gedeckt und mit Blumen geschmückt, ein gutes Mahl war bereit, die Weine temperiert, und in den Zimmern herrschte eine behagliche Wärme.

Es war der erste Tag im Mai, und man hatte, weil das Wetter noch kühl war, ein wenig eingeheizt. Kurzum – das traulichste Heim, das man sich nur denken konnte, umfing die Heimkehrenden.

Aber das lachende Glück, auf das diese Räume warteten, zog nicht mit ihnen ein.

Ernst blickten die Augen der jungen Herrin und noch ernster die ihres Gatten. Und wenn sie sich auch beide mit zarter Rücksichtnahme begegneten, so zeugte vielleicht gerade dies davon, daß dem Verhältnis die rechte Vertraulichkeit fehlte.

Am Morgen nach der Rückkehr verabschiedete sich Lothar nach dem Frühstück mit einem Handkuß von seiner Frau und fuhr mit seinem kleinen eleganten Auto hinaus zur Fabrik seines Vaters. Er sehnte sich wirklich nach Arbeit. In seinem Privatkontor erwartete ihn sein

Vater. Sie reichten einander die Hände mit einem festen Druck und sahen sich ernst in die Augen.

Der alte Herr, eine stattliche, sympathische Erscheinung, hatte viel Ähnlichkeit in seinem Äußeren mit seinem Sohn. In seinen Augen lag ein unsicheres, ängstliches Forschen, das er aber verbergen wollte.

»Gottlob, daß ihr gesund heimgekehrt seid, Lothar. Deiner Frau geht es doch gut?« fragte er mit einer absichtlich zur Schau getragenen Gemütlichkeit.

Es zuckte um Lothars Mund. Er wußte, daß der Vater sich verstellte.

»Ich danke dir, Vater, Traude befindet sich wohl.« Der alte Herr strich sich über das noch volle Haar. Er wich dem Blick des Sohnes aus.

»Das freut mich – freut mich sehr. Traude ist ein herrliches Geschöpf, nicht war, mein Sohn?«

Ein tiefer Atemzug hob Lothars Brust. »Ja, Vater, das ist sie. Niemand weiß es besser als ich.«

Mit einer inneren Unruhe kämpfend, nahm der Vater die Hand des Sohnes. »Es hätte schlimmer kommen können, nicht wahr?«

Geheime Angst und Sorge lagen in diesen Worten, in der ganzen Art des alten Herrn.

Lothar legte seine Hand auf den Arm des Vaters. »Laß gut sein, Vater! Da ich die Frau nicht bekommen konnte, nach der mein Herz verlangte, konnte ich keine bessere finden als Traude.«

Der alte Herr sank in einen Sessel und wischte sich über die Stirn: »Mein lieber Junge, ich wünschte, ich hätte dieses Opfer nicht von dir fordern müssen«, rang es sich über seine Lippen.

Lothar preßte den Mund zusammen. »Sprich nicht mehr davon. Es gab keine andere Wahl für mich. An dem

Tag, da du mir sagtest: ›Wenn du nicht hilfst, sind wir bankrott, und den Zusammenbruch will ich nicht überleben – lieber eine Kugel in den Kopf‹, da wußte ich, daß ich nur einen Weg gehen konnte. Ich bin ihn gegangen, wie – das ist meine Sache. Nun laß uns davon schweigen, für immer.«

Der alte Herr sank in sich zusammen und starrte den Sohn angstvoll an. »Nein«, stieß er rauh hervor. »noch kann ich nicht darüber schweigen. Ich habe dir noch etwas zu enthüllen, etwas Entsetzliches. So sehr ich mich fürchte, es dir zu sagen, so darfst du es doch nicht von anderer Seite erfahren. Ich wagte auch nicht, es dir zu schreiben. In Traudes Gegenwart durftest du diese Nachricht nicht bekommen. Aber nun mußt du es wissen, jetzt gleich.«

Lothar beugte sich zu dem Erschütterten hinab.

»Was ist es, Vater?«

Dieser stöhnte auf. »Lothar, fasse dich! Sie starb! Sie ist tot, Maria Kastner ist tot. Sie ging in den Schloßteich an deinem Hochzeitstag«, flüsterte er heiser, angstvoll zu dem Sohn aufsehend.

Dieser sah starr über den Kopf des Vaters ins Leere. »Ja, Vater, das hat sie getan, die arme kleine Maria, das scheue, ängstliche Kind. Ich weiß, daß sie das Leben von sich warf, weil es ihr wertlos geworden war, da sie es nicht mit mir verbringen konnte.«

Der Vater fuhr auf. »Du wußtest es schon? So ist mir jemand mit dieser Nachricht zuvorgekommen nach deiner Rückkehr?«

»Nein, nicht nach meiner Rückkehr. Ich erfuhr es noch vor meiner Abreise. Ein Bote brachte mir einen Brief ihrer Mutter. Hier ist er, du kannst ihn lesen.«

Er nahm ein Schreiben aus seiner Brieftasche und

reichte es dem alten Herrn. Dieser griff mit bebender Hand danach. Er las die unsicheren, von Tränen verwischten Schriftzüge, die im höchsten Schmerz eine Mutter niedergeschrieben hatte:

Maria hat sich das Leben genommen, man hat sie mir vor einer Stunde heimgebracht, bleich und kalt. Mein unglückliches Kind! Sie sollen es wissen – heute noch. Daß ich Ihnen nicht fluchen darf, war die letzte Bitte meines Kindes. Nun gehen Sie auf die Hochzeitsreise, Herr Hochberg! Frau Kastner

Vater und Sohn sahen sich mit brennenden Augen an.

»Und das erfuhrst du vor deiner Abreise?« stöhnte der alte Herr verzweifelt.

Lothar nickte. »Ja, Vater. Und ich ließ meine Frau zwei Stunden im Bahnhofswartesaal warten, um noch ein letztes Mal in das Gesicht zu sehen, aus dem mir immer nur Liebe entgegengestrahlt war. Ich habe Abschied genommen von Maria und habe ihr die Hochzeitsrosen meiner Frau in die kleinen starren Hände gelegt.«

Erschrocken war der alte Herr emporgefahren.

»Um Gottes willen! Und Traude?«

Ein bitteres Lächeln umspielte Lothars Mund.

»Du bist in Sorge, daß Traude etwas erfuhr? Nun, ich weiß nicht, ob sie etwas ahnt oder auch weiß. Jedenfalls gab sie mir ihre Blumen – für meine Tote. Und gab mir auch viel Güte und großherziges Verstehen, als sie meine Verzweiflung sah. Wenn ich ohne völligen Zusammenbruch über das alles hinweggekommen bin, dann danke ich es nur ihr. Sie ist wirklich ein herrliches Geschöpf, du hast recht damit.«

Schwer atmend fiel der alte Herr in den Sessel zurück. »Herrgott im Himmel! Und mit diesem Wissen hast du auf deine Hochzeitsreise gehen müssen?«

»Mit einer anderen Frau als Traude hätte ich es nicht ertragen können. Sie machte es mir leicht in ihrer Selbstlosigkeit.«

»Das soll ihr unvergessen sein. Nun brauche ich mich freilich nicht zu wundern, daß du in diesen Wochen um Jahre gealtert bist.«

Lothar machte eine abwehrende Geste. Sein Gesicht zeigte harte, feste Linien.

»Schwer hat es mich getroffen, Vater. Aber ich habe es verwinden müssen und muß allein damit fertig werden.«

Bekümmert sah der alte Herr zu ihm auf. »Eins laß dir noch sagen. Ich habe Frau Kastner, Marias Mutter, geschrieben, daß ich für sie und das Kind sorgen will. Sie hat mir aber darauf geantwortet, daß sie meiner Hilfe nicht bedürfe, da sie ihr schon von anderer Seite zuteil geworden wäre.«

»Ja, Vater, von meiner Seite natürlich. Als ich an meinem Hochzeitstag zu ihr kam, fand ich die Ärmste in dumpfer Verzweiflung. Sie sagte, für sie und das Kind sei es das beste, wenn sie Maria auf gleichem Weg folgen würden, denn sie sei zu schwach, für das Kind und sich zu sorgen. Maria lag kalt und starr auf ihrem Totenlager, und neben ihr saß in seinem Wägelchen das Kind und gab süße, unbeholfene Laute von sich. Ich fiel wie vernichtet über das junge, entseelte Geschöpf, das sein Leben um unserer Liebe willen hingeworfen hatte. Und mein wahnsinniger Schmerz löste den Groll der Mutter. Sie reichte mir einen Brief Marias, der an sie gerichtet war, und ein geschlossenes Schreiben, das

Maria für mich bestimmt hatte. In dem Brief an ihre Mutter bat Maria in rührender Weise ihre Mutter um Verzeihung, daß sie ihrem Leben ein Ende gemacht habe, und legte ihr das Kind ans Herz. Von mir wälzte sie alle Schuld ab und beschwor ihre Mutter, mir nicht zu zürnen. Und so kam es noch in jener qualvollen Stunde zwischen Frau Kastner und mir zu einer versöhnlichen Einigung. Ich beschwor sie, um des Kindes willen, von mir anzunehmen, was meinem Kind ein sorgloses Leben gewährleistete und ihm annehmbare Lebensmöglichkeiten schaffen konnte. Sie wehrte sich erst, wollte lieber mit dem Kind sterben, als etwas von mir anzunehmen. Erst als ich ihr vorstellte, daß Maria keine Ruhe finden würde, wenn ihrem Kind ein Leid geschähe, gab sie nach. Sie willigte schließlich ein, von mir anzunehmen, was sie braucht, damit sie sich ganz der Pflege und Wartung meines Kindes annehmen kann.«

Der alte Herr strich sich über die Stirn.

»So bist du wenigstens dieser Sorge ledig.«

»Ja, Vater. Und ich werde mich soviel wie möglich um das Ergehen meines Kindes kümmern, das wenigstens bin ich Maria schuldig.«

Sein Vater neigte den Kopf. »Tu, wozu dich dein Herz treibt. Aber – sei um Gottes willen vorsichtig, daß Traude nichts erfährt.«

Lothar richtete sich auf. »Ich verheimliche es ihr nur, um sie zu schonen. Sonst würde ich ihr lieber alles gestehen. Ich glaube, auch das würde sie verstehen und verzeihen.«

»Das kann man nie wissen, Lothar. In solchen Fällen sind Frauen oft unberechenbar. Traudes Vater habe ich ja alles gesagt, damals, als wir eure Verlobung planten.

Und auch er war dafür, daß Traude von deinem Vorleben nichts zu erfahren brauche. Er stellte nur die Forderung, daß dein Verhältnis zu Maria Kastner beendet werden müsse.«

Ein bitterer Zug erschien um Lothars Mund: »Nun, er wird von Marias Tod gehört haben und darüber beruhigt sein.«

»Ja, er hat davon gehört. Wir sprachen darüber. Es hat ihm leid getan, daß du von Maria Kastners Tod erfahren mußtest, denn er kennt dich gut genug, um zu wissen, wie schwer du es nimmst. Er riet mir, es dir so schonend wie möglich beizubringen. Daß du keine Schuld an ihrem Tod hast, weiß er, und du stehst wie immer hoch in seiner Achtung.«

Es zuckte seltsam in Lothars Gesicht. »Ja, auf uns Männer wird in solchen Fällen kein Stein geworfen, immer nur auf die Frau, für deren Schwäche doch tausend Milderungsgründe gefunden werden könnten. Arme Maria!« sagte er bitter und starrte vor sich hin.

Zagend faßte der Vater seine Hand. »Du mußt darüber hinwegkommen, Lothar. An dem Kind und an der Mutter kannst du gutmachen, soviel du willst. Und hoffentlich findest du in deiner Ehe mit Traude doch noch ein Glück. Ich werde noch heute zu ihr fahren, um sie zu begrüßen. Warst du schon bei Mutter?«

»Nein, Vater, ich hatte noch keine Zeit. Es soll nachher geschehen. Ich wollte mich nur erst bei dir zurückmelden. Liegt Wichtiges im Geschäft vor?«

Die beiden Herren besprachen nun allerlei geschäftliche Angelegenheiten, und Lothar war froh zu hören, daß viel Arbeit auf ihn wartete.

Kurz vor Tisch verließ Lothar die Fabrik, um seiner Mutter einen Besuch zu machen.

Die alte Dame, eine vornehme Erscheinung, die trotz ihres weißen Haares noch etwas mädchenhaft Graziöses in ihren Bewegungen hatte, kam ihm lebhaft entgegen und zog ihn neben sich auf den Diwan.

Sie plauderten eine Weile von allerlei Dingen, aber in den Augen der Mutter lag dabei eine heimliche Frage, ein unruhiges Forschen. Und schließlich, als eine kleine Pause entstand, sagte sie: »Ich freue mich, mein Sohn, daß du es so ruhig und gefaßt trägst. Vater hat dir doch alles gesagt?«

Er nickte. »Ja, Mutter. Sorge dich nicht, ich werde schon darüber hinwegkommen«, sagte er.

Lothar war es gewöhnt, wie auch sein Vater, die kleine zarte Frau zu schonen, ihr alles Schwere fernzuhalten. Die Mutter wurde von ihnen verwöhnt. Sie hatte etwas in ihrem Wesen, was diese Verwöhnung als etwas Selbstverständliches forderte. Sie seufzte jetzt ein wenig. »Ach, mein lieber Junge, ich muß mir immer wieder Vorwürfe machen, daß ich dich in diese Gefahr brachte. Hätte ich mir diese Gesellschafterin nicht engagiert, wäre all dieses Unglück nicht über dich gekommen.«

»Wer kann das wissen, Mutter. Ich hätte Maria Kastner auch anderweitig kennenlernen können. Und – wo sie mir auch begegnet wäre, ich hätte sie lieben müssen!«

Die alte Dame strich ordnend an ihrem Seidenkleid herab: »Aber es wäre dann doch nicht zu einem solchen Verhältnis gekommen, ich meine, zu so intimen Beziehungen. Gott sei es geklagt, hat sich Maria Kastner doch vergessen, und ich hatte sie für ein unbedingt anständiges Mädchen gehalten.«

Lothar zog die Stirn finster zusammen. Seine kleine

Mutter war gutmütig und tat mit Absicht niemand etwas zuleide. Aber sie war immer beschützt und behütet gewesen, so daß sie das wirkliche Leben mit seinem rauhen Hauch nie kennengelernt hatte. Er wußte, daß sie ein noch härteres Urteil über Maria gefällt haben würde, wenn sie ihn nicht hätte schonen wollen. Wie konnte seine weltfremde Mutter verstehen, was zwischen ihm und Maria gewesen war! Wie allgewaltig sie die Liebe zueinander gezogen hatte. Maria war das tugendhafteste Geschöpf gewesen, das er je kennengelernt, und sie hatte ihm nur ihr ganzes Sein und Wesen zu eigen gegeben, weil ihre Liebe zu ihm so groß und stark, so tief und heilig gewesen war. Nein, solch eine Liebe konnte seine Mutter nicht verstehen.

Mit einem fast mitleidigen Lächeln nahm er ihre weiße Hand. »Laß gut sein, Mutter, zerbrich dir nicht mehr den Kopf darüber. Das ist nichts für dich. Am besten, du denkst gar nicht mehr daran.«

Sie atmete wie erlöst auf. »Ja, ja, du hast recht, mein guter Sohn, es ist wirklich ein sehr peinliches Thema für mich. Solche Dinge habe ich mir immer ferngehalten. Nur deinetwegen kam ich darauf. Du sollst nicht denken, daß ich kein Herz für dich habe. Obwohl du mir das angetan hast, mein geliebter Sohn bist du doch. Wir wollen das alles vergessen. Sorge nur vor allen Dingen, daß Traude nichts erfährt davon – nun – von dem Kind.«

Widerwillig rangen sich die letzten Worte von ihren Lippen, und sie zog ihren Schal dicht um sich, als fürchte sie, mit etwas Häßlichem in Berührung zu kommen.

Lothar stieg eine jähe Röte in die Stirn. Es wehte ihm etwas eigentümlich Kaltes vom Wesen der Mutter entgegen. Er hatte sie bitten wollen, zuweilen nach seinem Kind zu sehen. Jetzt wußte er, daß er dies nicht tun durfte. Sie hätte sich entsetzt dagegen gewehrt.

Und er mußte sich fragen, wie Traude wohl an Stelle seiner Mutter gehandelt hätte.

Warm stieg es in ihm auf. Oh, sie wäre aus freiem Antrieb zu dem Kind gegangen.

»Du kannst unbesorgt sein, Mutter, auch in dieser Angelegenheit«, sagte er rauh.

Die alte Dame spielte mit der Lorgnette und sagte dann ein wenig verlegen: »Noch eine Frage, Lothar, du läßt doch – ich meine, Not läßt du doch das Kind nicht leiden?«

Er sprang auf und schloß einen Moment die Augen. Wenn seine Mutter eine rechte Mutter gewesen wäre, hätte sie sein Kind in mütterlicher Sorge an ihr Herz nehmen müssen. Ihre Frage war gut gemeint, in landläufiger Gutmütigkeit, aber sie tat ihm weh. Wie hatte sie daran zweifeln können, daß er für sein Kind sorgte! Hatte sie gar kein Verständnis für ihn? Etwas wie Groll wollte in ihm aufsteigen, aber dann mußte er wieder mitleidig lächeln.

Nein, seine kleine verwöhnte Mama konnte ihn nicht verstehen. Sie wehrte alles ängstlich von sich ab, was ihre schöne Seelenruhe trüben konnte. Sie sah in Maria Kastner eine Verlorene, obwohl er sie als seine Braut betrachtet und ihr die Ehe versprochen hatte. Daß es nicht geschehen war, lag an den Verhältnissen und an Maria selbst. Denn als er an jenem Tag zu ihr gekommen war, ganz zerrissen von quälender Sorge, und ihr gesagt hatte, daß er seines Vaters Leben und das Schicksal seines Hauses durch eine Ehe mit Traude Falkner retten sollte, hatte Maria für ihn entschieden. Mit ihren lieben, lieben Augen, die groß und ernst aus ihrem süßen, blassen Gesicht strahlten, hatte sie ihn angesehen und mit leise bebender Stimme gesagt: »Du mußt tun, was dein Vater von dir fordert, Lothar. Wir dürfen nicht an seinem Unglück schuld sein, das würden wir beide nicht ertragen. Dann erst wäre unsere Liebe Sünde. Ich gebe dich frei. Geh und rette deinen Vater. Denk nicht an mich.«

Seine Brust hob sich in tiefen Atemzügen. So hatte Maria zu ihm gesprochen. Und er hatte ihr Opfer annehmen müssen, um nicht schuldig zu werden am Unglück und dem möglichen Tod seines Vaters.

Aber dann war seiner armen kleinen Maria das Opfer doch zu schwer geworden. Auf seiner Brust ruhten ihre letzten Worte an ihn, zärtliche, rührende Worte. Sie bat ihn, ihr nicht zu zürnen, daß sie nicht die Kraft habe, das Leben ohne ihn weiter zu ertragen. Ach, arme kleine Maria, wie stark bandest du noch im Tod den Mann an dich!

Und seine Mutter konnte ihn fragen, ob er sein Kind, Marias Kind, nicht Not leiden lasse!

Er starrte vor sich hin.

»Lothar, um Gottes willen, was ist dir« fragte seine Mutter.

Er zuckte zusammen und strich sich über die Stirn. »Nichts – nichts, Mutter! Und sei beruhigt, ich lasse mein Kind gewiß keine Not leiden. Aber jetzt muß ich gehen: Traude wartet sicher schon auf mich.«

Befriedigt atmete die alte Dame auf. Sie hatte das Ihre getan, hatte sich überwunden, von ›solchen Dingen‹ zu reden, und fühlte sich nun wohl im Bewußtsein, einer schweren Pflicht genügt zu haben. Nun konnte sie diese peinliche Angelegenheit in Zukunft mit Stillschweigen übergehen. Der Tod dieser kleinen leichtsinnigen Person hatte sie wahrlich genug aufgeregt. Eine halbe Stunde hatte sie nicht schlafen können. Nun, nicht mehr daran denken. Lothar war ein Mann, und Männer kommen über so etwas hinweg. Sie wollte sich durch diese Angelegenheit nicht länger ihre äußere und innere Harmonie stören lassen, die sie so nötig brauchte zu ihrem einwandfreien, vornehmen Leben.

Lothars Mutter war eine gutmütige und liebenswürdige Dame. Aber von Lebenstiefen und Lebenskämpfen hatte sie keine Ahnung. Alles Störende war ihr immer beizeiten fortgeräumt worden. Sie hatte nicht einmal von dem drohenden Bankrott der Firma Hochberg und Sohn gehört. Das hatten ihr der Gatte und der Sohn ferngehalten, wie jede Sorge.

Und so hatte sie sich zu der anmutig heiteren, liebenswürdigen alten Dame entwickelt, die von ihrem isolierten Aussichtsturm aus das Leben durch eine rosig gefärbte Brille betrachtete. Es lag ein naiv liebenswürdiger Egoismus in ihrem Wesen, und es erschien ihr selbstverständlich, daß man ihr alles fernhielt, was ihre heitere Ruhe stören konnte.

Sie verabschiedete ihren Sohn sehr liebenswürdig, trug ihm herzliche Grüße an seine Frau auf und sprach die Hoffnung aus, daß Traude sie bald besuchen würde. Lothar küßte ihr artig die Hand und ging davon.

Als die Tür sich zwischen ihnen schloß, atmete er tief auf. ›Ach, Mutter, du sitzest in deinem Puppenheim, dich darf man nicht in das brausende, fordernde Leben hinausstellen‹, dachte er.

Seine Gedanken flogen zu Traude. Etwas wie Sehnsucht war in seiner Brust nach ihrem klaren, verständnisvollen, gütigen Wesen, nach ihrer dunklen, weichen

Stimme, nach ihren freundlichen, warm blickenden Augen.

Eilig schritt er zu seinem Wagen und fuhr davon.

6

Traude stand in dem reizenden Empirezimmer und ordnete frische Blumen in einige vor ihr stehende Vasen, als Lothar nach Hause kam.

Sie trug ein lichtblaues, fließendes Kleid, das sich um ihre schlanken Glieder schmiegte. Ihre dicken, kastanienbraunen Flechten waren zwanglos aufgesteckt, und über der reinen, klaren Stirn fiel das Haar in weichen Locken auseinander.

Ein tiefer, sinnender Ernst lag auf ihren feinen Zügen. Sie hörte Lothar nicht kommen. Die dicken Teppiche dämpften seine Schritte, und so stand er unter dem beiseite geschobenen Vorhang, ohne daß sie ihn bemerkt hatte. Eine Weile stand er so und sah zu ihr hinüber. Welch ein reizendes Bild bot seine schöne junge Gattin. Die Blumen in ihren Händen waren nicht lieblicher anzuschauen als sie selbst. Wie schade, wie traurig, daß er dieses reizende junge Weib nicht lieben konnte, wie sie es verdiente, geliebt zu werden.

Ein tiefer Seufzer entfloh seinen Lippen. Da blickte Traude auf. Ein liebes Lächeln huschte sogleich um ihren Mund, und ihre Augen sahen ihm freundlich entgegen.

»Schon zurück, Lothar?«

Er trat heran, küßte ihre Hand und sah sie mit einem kleinen Lächeln an. »Komme ich zu früh zu Tisch? Ich habe mich beeilt, weil ich fürchtete, zu spät zu kommen.«

Sie machte eine drollig erschrockene Gebärde.

»O weh, ich fürchte, du wirst auf das Mittagessen in deinem Haus warten müssen. Die Köchin hat mich gefragt, wann wir speisen wollen, und ich sagte ihr, um zwei Uhr. Jetzt fällt mir ein, daß ich gar nicht mit dir besprochen habe, ob dir diese Tischzeit recht ist. Papa speiste immer um zwei Uhr. Nun mußt du eine Viertelstunde warten. Aber wenn dir diese Zeit nicht paßt, ändern wir sie in Zukunft ab.«

»Nein, nein, es soll so bleiben, wie du es bestimmt hast. Ich richte mich dann danach. Wenn du gestattest, leiste ich dir Gesellschaft, bis wir zu Tisch gehen.«

»Gern, bitte, nimm Platz.«

»Gern, aber bitte, laß du dich in deiner reizenden Beschäftigung nicht stören.«

Traude befaßte sich wieder mit den Pflanzen.

»Ich habe mir selbst diese Blumen aus dem Garten geholt. Es ist alles, was ich fand. Acht Tage später wird die Auswahl schon größer sein, zumal, wenn wir so warmen Sonnenschein wie heute behalten. Der Flieder wird bald blühen, darauf freue ich mich.«

»Du liebst wohl den Flieder sehr?«

Sie neigte den Kopf. »Ja, weißt du, vor allem den dunkelvioletten, der ins Rötliche hinüberspielt und so dicke Blütendolden hat. Papa hatte mir unter mein Zimmerfenster einen großen Busch pflanzen lassen, der mit seinen Blüten bis in mein Zimmer hereinreichte. Das war schön. Das ganze Zimmer war voller Duft, wenn der Flieder aufbrach. So wird es nun auch hier werden, wenn der Busch erst noch ein wenig gewachsen ist. Dann wird mir sehr heimatlich zumute sein.«

So plauderte sie, um ihn zu zerstreuen. Er sah sie immerfort an. Ihr Anblick hatte etwas Erfrischendes für ihn. Es ging ein starker, lebensbejahender Zauber von ihr aus, und der legte sich wie Balsam auf sein krankes Herz.

»Hoffentlich fühlst du dich nicht erst dann heimisch in diesem wunderschönen Zuhause. Dein Vater hat doch sicher alles nach deinem Geschmack einrichten lassen. Ich finde die Räume wundervoll ausgestattet«, erwiderte er, um ihr etwas Liebes zu sagen.

Ihre Augen sahen ihn lächelnd an.

»Ja? Gefällt dir unser Heim?«

»Sehr. Es ist der passende Rahmen für deine Schönheit.«

Sie errötete leicht und hob abwehrend die Hand. »Halt, Kamerad! Komplimente zwischen uns gelten nicht«, sagte sie mit leichter Schelmerei.

Er erhob sich und trat zu ihr. Seine hohe schlanke Gestalt überragte die ihre.

»Wenn ich immer sagen wollte, was ich denke, so kämen lauter Sachen heraus, die du mit Komplimenten bezeichnen würdest. Aber es sind keine, Traude. Auch Kameraden dürfen einander angenehme Wahrheiten sagen, wenn sie sie empfinden.«

Wieder stieg ihr zarte Röte in die Wangen, und das Herz klopfte ihr laut und rasch. Aber sie hielt die leichte Schelmerei in ihren Mienen fest.

»Also, soviel Nettes denkst du über mich?«

Er faßte ihre Hand, sah darauf nieder und küßte ihr feines Handgelenk. Dann sagte er warm und herzlich: »Nettes? Das ist eine sehr schwache Bezeichnung für das, was ich von dir denke. Ich bin leider nicht imstande, die rechten Worte dafür zu finden. Aber das eine weiß ich: alles, was ich für dich empfinde, ist groß und gut wie du selbst. Wenn ich dich ansehe, ist mein Herz voll Dankbarkeit, und wenn ich fern von dir bin und an dich denke, auch. Nein, nein, wehre nicht schon wieder ab. Ich meine ja nicht, daß ich dir danken will, das magst du ja nicht. Aber dem Schicksal bin ich dankbar, daß ich dich gefunden habe.«

Mit einem ernsten Blick sah sie zu ihm auf.

»Bleib doch ehrlich, Lothar, wie du es bisher mir gegenüber gewesen bist. Ich weiß, daß du dir vom Schicksal eine andere Weggenossin erhofftest.«

Ein schwerer Atemzug entfloh seinen Lippen.

»Ich wollte nicht unehrlich sein, Traude. Du hast mich falsch verstanden. Ich wollte dir nur sagen, daß ich – da mir das Schicksal die Frau versagte, die mein Herz sich eigensinnig wünschte – keine andere hätte finden können, an deren Seite ich lieber gewesen wäre als an deiner. Wenn ich unehrlich gegen dich wäre, das würde ich mir nie verzeihen.«

Etwas Warmes, Wohliges stieg bei seinen Worten in ihr auf. Impulsiv reichte sie ihm die Hand.

»Hab Dank, daß du mir das sagst. Es freut mich. Laß uns gemeinsam weitergehen, ehrlich und offen und Hand in Hand, da es nicht Herz an Herz sein kann.«

Wieder küßte er innig ihre Hand. Wie gern hätte er ihr all seine Herzenssorgen ausgeschüttet. Welch eine Wohltat wäre es gewesen, dieser gütigen Frau alles zu beichten, was ihn bedrückte. Aber das durfte nicht sein.

In diesem Moment meldete ein Diener, es sei angerichtet.

Traude stellte die gefüllten Vasen an ihren Platz, dann sagte sie: »So laß uns zu Tisch gehen, Lothar.«

Beim Essen plauderten sie nur von oberflächlichen

Dingen. Traude fragte, wie Lothar seine Eltern gefunden habe. Er berichtete und sagte ihr, daß seine Mutter sie bald erwarte. Traude erzählte, daß ihr Vater gegen Abend ein Stündchen kommen werde, um auch Lothar zu begrüßen, sie habe ihm einen kurzen Besuch gemacht.

Dann erzählte Lothar, daß er viel Arbeit vorgefunden habe.

»Das ist gut, Lothar, Arbeit ist Medizin«, sagte Traude ernst.

Er nickte. »Ja, Traude, ich bin froh, daß ich viel zu tun bekomme.«

Nach Tisch verabschiedete sich Lothar, um wieder in die Fabrik zu fahren. Und Traude machte gleich am Nachmittag einen Besuch bei ihrer Schwiegermutter.

Diese nahm sie mit liebenswürdiger Zärtlichkeit auf, freute sich, daß Traude so wohl aussah, und besprach hausfrauliche Angelegenheiten mit ihr. Zu Traudes tiefstem Wesen fand die alte Dame keinen Zugang.

7

So gingen die Tage dahin. Scheinbar lebte das junge Paar in glücklicher Ehe. Es war immer im besten Einvernehmen und gegenseitig rücksichtsvoll. Nur sie beide wußten, daß ihrer Ehe das Beste und Wertvollste fehlte.

Traude erhielt Besuche und machte welche. Niemand sprach mit ihr über den Tod Maria Kastners, auch nicht die ›Freundin‹, die ihr den Tod nach Nizza gemeldet hatte. Traudes ernsten Augen gegenüber wagte sich der Klatsch nicht hervor.

Lothar vergrub sich in seine Arbeit. Er traf fast nur bei den Mahlzeiten mit seiner Frau zusammen oder in Gegenwart anderer Menschen. Sie besuchten natürlich Gesellschaften und empfingen auch Gäste im eigenen Haus. Dann zeigte sich Lothar, wie auch beim Alleinsein mit Traude, von ritterlicher Aufmerksamkeit. Wo er ihr eine Artigkeit erweisen konnte, tat er es mit Freuden. Wenn sie aber am Abend allein zu Hause waren, zog sich Lothar bald nach dem Abendessen in sein Arbeitszimmer zurück, um noch Geschäfte zu erledigen, die im Laufe des Tages liegengeblieben waren.

Er ahnte nicht, daß Traude ihm dann traurig nachsah. Da sie ihn nie merken ließ, daß ihr seine Gesellschaft erwünscht gewesen wäre, glaubte er, sie sei zufrieden, wenn er sie allein ließe bei ihrer Lektüre, ihren Handarbeiten oder ihren Noten.

Sie musizierte viel, weil es sie von ihren Gedanken ablenkte.

Jede Woche einmal ging Lothar allein des Abends aus. Sie wußte nicht, wohin er ging, und fragte auch nicht danach. Es fiel ihr aber auf, daß er nie darüber redete. Wäre er in einen Klub gegangen oder mit Freunden zusammengetroffen, hätte er doch mit ihr davon gesprochen.

In einer Gesellschaft hörte sie eines Abends, daß ein Freund ihrem Gatten Vorwürfe machte, daß er sich weder im Klub noch sonst in Freundeskreisen sehen lasse.

»Gnädige Frau, ich hoffe, Sie beurlauben Ihren Gatten bald einmal für einen Klubabend«, wandte er sich an sie.

»Das will ich gern tun«, erwiderte sie lächelnd.

Und einige Tage später sagte sie zu Lothar: »Willst du nicht einmal in den Klub gehen? Ich komme sonst in den Verdacht, daß ich dich deinen Freunden fernhalte.«

Er sah sie eine Weile schweigend an und dachte: ›Sie ist eine merkwürdige Frau. Jede andere an ihrer Stelle hätte jetzt gefragt: Wo verbringst du die Abende, die du nicht zu Hause und auch nicht im Klub bist? Sie aber fragt nicht.‹

Sich aufrichtend, sagte er dann: »Ich kann es ja gelegentlich tun, Traude, um diesen Verdacht von dir abzulenken. Aber nur darum. Mich verlangt nicht nach ehemaligem Junggesellenverkehr. Es liegt so viel hinter mir, was mich dafür untauglich gemacht hat. Man wird mich sehr langweilig finden.«

Aber am nächsten Abend sagte er nach dem Abendessen: »Wenn es dir recht ist, gehe ich heute in den Klub, Traude.«

Sie nickte ihm freundlich zu. »Gewiß ist es mir recht. Ich fahre dann noch auf ein Plauderstündchen zu deiner Mutter.«

»So begleite ich dich auf dem Weg bis zu meinen Eltern und fahre dann weiter.«

Sie war einverstanden.

Und wenige Minuten später fuhren sie zusammen fort.

Zwei Tage darauf – es war ein Donnerstag – erhob sich Lothar nach dem Abendessen. »Ich gehe noch aus, Traude, wenn du nicht anders über mich verfügt hast«, sagte er, mit einer leichten Verlegenheit kämpfend.

Sie wußte nun schon, daß er stets am Donnerstag ausging, und nahm sich an diesen Tagen nie etwas vor.

»Ich habe nicht anders über dich verfügt«, erwiderte sie, anscheinend seine Verlegenheit nicht bemerkend.

Und er ging, ohne ihr zu sagen, wohin. So geschah es auch in Zukunft jeden Donnerstagabend.

Und Traude sah ihm dann immer gedankenvoll nach und fragte sich: ›Wohin mag er nur gehen?‹

Aber nie ließ sie ihn merken, daß sie sich darüber beunruhigte.

Als der Flieder in voller Blüte stand und der süße Duft zum Fenster hereindrang, saß Traude eines Donnerstagsabends wieder allein zu Hause. Und wie so oft, weilten ihre Gedanken bei der toten Frau, die Lothars Liebe besessen hatte, sie wohl noch besaß. Sie sah im Geiste die kleine, blonde Gesellschafterin mit dem schüchternen, lieblichen Gesicht und dem stillen Wesen vor sich.

›So jung hat sie sterben müssen, und sie erlebt nun nie mehr einen Frühling, sie sieht keine Blumen, keinen Sonnenstrahl und hört keine Vogelstimmen. So sehr hat sie Lothar geliebt, daß sie gestorben ist an ihrer Liebe. Die Arme! Wie schwer muß ihr das Sterben geworden sein. Wo mag sie begraben sein? Wenn ich es wüßte, ich würde ihr Blumen bringen, Flieder und die ersten Rosen‹, dachte sie.

Und sie nahm sich vor, in den nächsten Tagen auf den Friedhof zu gehen und das Grab der Unglücklichen aufzusuchen und zu schmücken.

Das tat sie auch.

Der Totengräber führte sie zu dem Grab Maria Kastners. Es lag abseits an der Friedhofsmauer. Ein Holunderbaum breitete seine Zweige darüber, und unter dem Holunderbaum stand eine schlichte Holzbank.

Auf dieser Bank saß eine alte Dame in einfachem schwarzem Kleid. Auf dem grauen Haar trug sie einen mit Trauerkrepp bezogenen Hut.

Vor der alten Dame stand ein leichter Kinderwagen, in dem ein etwa einjähriges Kindchen saß.

Traude sah entzückt auf das reizende, blitzsaubere Kind, dessen Köpfchen von flachsblonden Löckchen bedeckt war.

Als sie sich dem Grab näherte, das ihr der Totengräber bezeichnet hatte, erhob sich die alte Dame hastig und fuhr mit dem leichten Wägelchen davon. Das Kind jauchzte drollig auf und schwang seinen Plüschbären hin und her, als wolle es Traude damit grüßen. Dabei sah es mit lachenden Augen zu ihr auf und plapperte ein drolliges Kauderwelsch, als müsse es ihr eifrig etwas erzählen.

Ganz bezaubert sah Traude dem Kind nach, ohne auf die alte Dame zu achten, die sehr bleich geworden war und mühsam die Tränen zurückdrängte.

Traude sah nun, als sie allein war, lange sinnend auf den schlichten Gedenkstein hinab, der den Namen Maria Kastner trug. Das Grab war gut in Ordnung gehalten und gepflegt. Zwischen Efeu blühten allerlei Frühlingsblumen.

Sie legte den Flieder und die Rosen, die sie im Arm trug, auf das Grab und fragte sich dabei, ob wohl Lothar zuweilen hierherkam.

Wie tröstend oder liebkosend strich ihre Hand über den Grabstein.

›Du Arme, mögest du Frieden gefunden haben für dein wundes Herz. Hätte ich gewußt, wie weh ich dir damit getan, ich hätte Lothars Hand gewiß nicht angenommen. Ob ich dir aber damit hätte helfen können?‹ dachte sie.

Langsam ging sie auf dem breiten, kiesbestreuten Weg dem Ausgang des Friedhofs zu. Sie sah sich suchend um, ob sie das reizende Kindchen nicht noch einmal erblickte. Es war aber nirgends zu sehen.

Traude ahnte nicht, daß die alte Dame sich mit dem Wägelchen hinter einer Gebüschgruppe verborgen und von dort aus ihr Tun verstohlen beobachtet hatte.

Als Traude den Friedhof verlassen hatte, fuhr die alte Dame mit dem Kinderwagen zum Grab zurück. Mit vergrämten Augen starrte sie auf die frischen Fliederdolden und die roten Rosen hinab.

»Fühlst du es, Maria, wer dir Blumen auf dein Grab gelegt hat? Sie war es – seine Frau, ich habe sie gleich erkannt, denn ich sah sie neulich an seiner Seite an mir vorüberfahren. Ihre Hochzeitsrosen hast du mit ins Grab genommen, und nun schmückt sie dein Grab. Schlaf, meine arme Maria! Mir ist so weh im Herzen.«

So sprach die alte Dame halblaut mit ihrem toten Kind. Und Tränen stürzten ihr aus den Augen.

Aber das Enkelkind ließ ihr nicht viel Zeit für ihren Schmerz.

Es lachte vergnügt und forderte die Aufmerksamkeit der alten Dame. Das Kind wußte nicht, daß sein Lachen über das Grab der toten Mutter dahinklang.

Der nächste Donnerstag war herbeigekommen. Und wieder verabschiedete sich Lothar gleich nach dem Abendessen von seiner Frau.

Er pflegte an diesen Abenden nie einen Wagen zu nehmen. Stets ging er zu Fuß.

Traude sah ihm nach. Sie saß auf der Veranda, weil der Abend sehr warm war.

Mit ernsten, sinnenden Augen blickte sie hinter ihm her, bis er verschwunden war. Eine tiefe Traurigkeit befiel sie.

Mochte sich auch ihre Ehe viel besser angelassen haben, als sie befürchtet hatte, mochte Lothar auch noch so aufmerksam und ritterlich ihr gegenüber sein, das Beste fehlte noch. Ganz abgesehen davon, daß er sie nicht liebte, fühlte sie auch schmerzlich, daß er ihr nicht unbedingt vertraute.

Irgendein Geheimnis stand zwischen ihnen, nicht nur die tote Maria Kastner. Hing das Geheimnis mit ihr zusammen? Aber das konnte sich Traude nicht denken. Maria Kastner war doch tot, ihr Grab konnte er so spät abends nicht mehr aufsuchen. Jetzt war doch der Friedhof geschlossen.

Wohin mochte er also gehen? Sehr lange blieb er nicht aus. Meist kam er schon nach Hause, wenn sie noch nicht zu Bett gegangen war. Aber er suchte dann stets sofort sein Zimmer auf, auch wenn sie in den Wohnräumen saß.

Sichtlich vermied er es dann, noch mit ihr zusammenzutreffen.

Wohin mochte er nur gehen?

Sie sann vergeblich darüber nach.

Und während der Flieder süß zu ihr emporduftete, füllte eine heiße Sehnsucht nach Liebe ihr Herz.

Warum gelang es ihr nicht, sich sein vereinsamtes Herz zu erringen? Der toten Maria raubte sie doch nichts, wenn er ihr seine Liebe schenkte. Sollte es nicht möglich sein, daß sein Herz sich ihr eines Tages erschloß?

Soviel Liebes und Gutes sagte er ihr oft; aber sein Herz wandte sich ihr nicht zu. Die Tote stand immer wieder zwischen ihnen, das fühlte sie. Sein Herz hatte sich noch nicht von ihr gelöst.

Würde es sich nie, niemals von ihr lösen?

Traudes Augen flogen zum sternenbesäten Himmel empor.

›Maria Kastner, wenn du als seliger Geist dort oben schwebst, gib mir den Mann frei, den ich liebe. Löse sein Herz von dir und wende es mir zu. Du hast ihn geliebt bis zum Tod, aber jetzt bis du losgelöst von allem Irdischen, kannst hier nicht mehr glücklich sein und nicht beglücken. Gönne mir den Mann, den ich liebe und dem du nichts mehr sein kannst. Laß sein Herz gesunden – für mich! Schenke ihn mir, wenn je in deiner Seele Güte lebte, denn ich liebe ihn, wie du ihn geliebt hast, und ich sehne mich danach, ihn glücklich zu machen. Hat er eine Schuld an dir zu büßen, so verzeih ihm. Ich kenne ihn zu gut, um nicht zu wissen, daß er sich nur schweren Herzens an dir versündigt hat, wenn er es tat. Und wenn ihn etwas von dir trennte, war es sicher nicht sein Wille. Auch mein Wille war es nicht, denn ich habe nicht gewußt, wie sehr ich ihn liebe, ehe ich seine Frau wurde. Ich habe ihn nicht begehrt, als er noch einer anderen Eigentum war – dein Eigentum. Und wenn du lebtest und er sein Glück nur bei dir finden könnte, ich würde ihn freigeben. Seliger Geist, hilf mir.‹

So flogen ihre Gedanken wie ein Gebet zum Sternenhimmel empor. Und plötzlich löste sich eine Sternschnuppe und fiel in weitem Bogen leuchtend am Himmel nieder.

Traude zuckte zusammen und fuhr aus ihren Träumen empor. Die Sternschnuppe war verschwunden. Ein Zufall war es, daß sie just in diesem Augenblick vom Himmel niederfiel. Aber dieser Zufall löste ein seltsames Gefühl in Traudes Herzen aus. Wie ein Gruß der Toten war ihr der leuchtende Funke erschienen, wie eine tröstliche Verheißung.

Sie strich sich über die Augen und lächelte über sich selbst.

›Törichte Traude, wohin verirren sich deine Träume!‹ schalt sie sich aus.

Und sie erhob sich, um ins Zimmer zu gehen.

In demselben Augenblick fuhr draußen ein Auto vor. Die Türglocke wurde gezogen, und das Tor öffnete sich automatisch. Das Auto fuhr durch den Garten bis an das Portal der Villa.

Traude erkannte das Auto ihres Vaters. Wenige Minuten später stand der alte Herr vor ihr.

»Guten Abend, Traude! Ich störe euch doch nicht? Mir war es zu einsam zu Hause, und ich wollte noch ein Stündchen mit euch plaudern.«

Traude begrüßte ihn lächelnd.

»Da mußt du mit mir allein vorliebnehmen, Papa.«

»Wieso? Ist Lothar nicht zu Hause?«

»Nein, gerade heute ist er ausgegangen. Es wird ihm leid tun, dich verpaßt zu haben.«

»Wo steckt er denn?«

Traude rückte dem Vater ein Kissen im Rücken zurecht; er hatte sich in einem Sessel niedergelassen. Sie errötete ein wenig, als sie nicht ganz wahrheitsgemäß antwortete:

»Er ist endlich wieder einmal in den Klub gegangen. Ich habe ihn förmlich forttreiben müssen, damit seine Freunde nicht denken, daß er unter dem Pantoffel steht.«

Sie sagte das, um nicht zugeben zu müssen, daß sie nicht wisse, wohin er gegangen sei.

Der alte Herr streckte sich behaglich im Lehnstuhl aus.

»Bist eine vernünftige kleine Frau, Traude. Ein Mann will auch einmal ein Männerwort mit seinen Freunden reden. Als ich freilich so jung mit deiner Mutter verheiratet war, gab es immer erst eine kleine Szene, wenn ich mal allein ausgehen wollte. Na, später ist es auch anders geworden, da wurde deine liebe Mutter eine ganz vernünftige Frau. Also, wenn Lothar nicht zu Hause ist, dann plaudern wir zwei ein Stündchen zusammen. Ich vermisse dich manchmal doch sehr, Traude! Als du immer um mich warst, habe ich es gar nicht so gemerkt, wie notwendig du zu meinem Wohlbefinden bist ...«

Sanft streichelte Traude über sein Haar. »Wirklich, Papa, fehle ich dir?«

Er tätschelte ihre Hand. »Na, ich kann ja zu dir kommen, wenn die Sehnsucht zu groß wird. Das war heute abend der Fall, und da bin ich. Nun laß mir eine gute Flasche Mosel aus dem Keller holen, kennst ja meine Lieblingsmarke. Und dann plaudern wir im Mondschein. Vielleicht spielst du mir auch ein paar Stücke auf dem Flügel. Weißt du, so was Lindes, Frühlingshaftes, so was in Mollakkorden.«

Traude klingelte dem Diener.

»Alles sollst du haben, Papa, den Mosel, ein Plauderstündchen und die Mollakkorde.«

Sie gab dem Diener Weisung.

Und dann saßen sie zusammen und plauderten. Auch über Lothar sprachen sie. Der Vater war des Lobes voll.

»Ein Prachtmensch ist er, Traude. Er weiß, was er will. Na, und den Wind hat er sich auch erst ordentlich um die Nase wehen lassen. Er hat auch als junger Mann seine Dummheiten gemacht, das gehört dazu, das gibt nachher die besten Ehemänner – weiß ich aus Erfahrung. Gelt, Traude, du bist zufrieden mit dem Mann, den ich dir ausgesucht habe?«

Traude lächelte.

»Ja, Papa, ich wünsche mir keinen besseren. So wie er ist, ist er mir recht.«

Der alte Herr füllte sein Glas.

»Darauf will ich ein Glas bis zur Neige leeren, Traude.«

Und er tat es. Sie mußte ihm Bescheid tun.

Später ging Traude in das Musikzimmer, dessen Tür nach der Veranda weit offen stand.

Sie spielte, was der Vater hören wollte: Mendelssohn, Schubert und Schumann, und zuletzt des Vaters Lieblingsstück, ein Menuett von Mozart.

Der alte Herr schnurrte förmlich vor Behagen. Ein Mondscheinabend wie dieser, ein guter Tropfen und Traudes Musizieren, das gab einen guten Dreiklang.

Als Traude wieder zu ihm hinaustrat, trank er seinen Wein aus.

»So, nun fahre ich befriedigt nach Hause, mein Töchterchen. Es war ein reizendes Stündchen. Und du gehst nun auch zu Bett und wartest nicht, bis dein Mann nach Hause kommt. Klubabende sind immer lang, und es ist greulich für einen Mann, wenn er spät nach Hause kommt und die Frau zeigt sich mißgestimmt und übernächtigt.«

Traude lächelte.

»Das werde ich bestimmt nicht tun.«

»Du bist eine vernünftige Frau. Nun gute Nacht – es war behaglich, ich komme bald wieder.«

»Tu das, Papa, wir freuen uns immer, wenn du kommst.«

»Grüß mir Lothar recht herzlich! Auf Wiedersehen.«

»Auf Wiedersehen, Papa!«

Der alte Herr entfernte sich über die Verandastufen. Sein Wagen hielt noch vor dem Portal. Der Chauffeur hatte inzwischen mit der Dienerschaft zusammengesessen. Nun fuhr er seinen Herrn nach Hause. Als der Wagen verschwunden war, stand Traude noch eine Weile auf der Veranda und lauschte auf die stille Straße hinaus, ob ihr Mann noch nicht kam. Es war aber alles ruhig.

Traude hatte noch keine Lust, zu Bett zu gehen. Sie setzte sich wieder an den Flügel und musizierte weiter. Sie war eine Künstlerin auf dem Flügel und beherrschte ihn mit Meisterschaft. Vor allen Dingen sprach aus ihrem Spiel eine reiche, tiefe Seele. Und das gab ihm die höchste Vollendung.

8

Lothar war, als er sein Haus verlassen hatte, einige Straßen weit gegangen, dann hatte er an einer Ecke eine Straßenbahn bestiegen. Nach zehn Minuten stieg er aus und ging eine stille, menschenleere Gasse hinab, in der schmale, sehr kleine Mietshäuser standen.

Vor einem dieser Häuser machte er halt. Er betrat den Hausflur und stieg eine Treppe hoch bis zum Hochparterre.

Hier wohnte Frau Anna Kastner. Ihr Name stand auf einem Porzellanschild neben der Klingel.

Lothar zog die Klingel, und gleich darauf öffnete eine alte Dame die Tür. Es war dieselbe, die mit dem Kinderwagen dicht bei Marias Grab gesessen hatte, als Traude es besuchte. Sie trug auch jetzt ein schlichtes schwarzes Wollkleid, aber eine breite weiße Schürze darüber.

»Guten Abend, Mutter Kastner!« sagte Lothar, den Hut ziehend.

»Guten Abend, Herr Hochberg«, erwiderte sie und ließ ihn eintreten.

»Lori ist doch noch nicht zu Bett gebracht?« fragte er, während er seinen leichten Paletot ablegte.

»Nein, ich bin eben dabei, sie für die Nacht fertig zu machen. Sie ist so lebhaft heute, als ob sie wüßte, daß Sie kommen.«

Sie traten beide in ein sauber und behaglich eingerichtetes Zimmer. In einem weißen Gitterbettchen stand, sich an den Stäben festhaltend, das reizende Kind mit den flachsblonden Locken. Es lachte und zappelte und plapperte eifrig sein Kauderwelsch, aus dem man nur immer wieder ›Papi‹ heraushören konnte.

Als Lothar herantrat, ließ es die Gitterstäbe los und streckte ihm die Ärmchen entgegen. Es wäre gefallen, wenn Lothar es nicht in seinen Armen aufgefangen hätte. Innig drückte er das warme, dralle Kinderkörperchen an sich und schloß einen Moment die Augen.

»Kleine Lori – liebe, kleine Lori!«

Lori drückte ihr Näschen an die Wange des Vaters und faßte mit den Händen in sein Haar. Und dabei erzählte sie in ihrer unverständlichen Sprache eine lange Geschichte.

Die alte Dame stand dabei und sah Vater und Kind mit seltsam schimmernden Augen an.

Lothar wendete sich nach ihr um.

»Mutter Kastner, gibt es ein süßeres Kind als unsere Lori?«

Es zuckte in Frau Kastners Gesicht.

»Sie ist das Ebenbild meiner Maria, genauso hat Maria als Kind ausgesehen, nur die Augen hat Lori von Ihnen.«

Lothars Gesicht hatte sich im Schmerz zusammengezogen. Er küßte die flachsblonden Härchen.

»Sie soll auch so ein guter, lieber Mensch werden, wie es Maria war.«

Ein dumpfer Laut kam über die Lippen der alten Frau. »Die besten Menschen müssen jung sterben«, sagte sie.

»Nicht so bitter, Mutter Kastner, es tut mir weh.«

»Ja, ja, ich schweige schon still. Weh will ich Ihnen nicht tun. Sie haben genug Schmerzen ertragen. Aber nun geben Sie mir Lori, sie muß zu Bett.«

Er gab ihr das Kind, nachdem er es nochmals zärtlich geküßt hatte.

Lori wurde von Frau Kastner entkleidet und auf einen Wickeltisch gelegt. Lothar saß daneben und sah der Nachttoilette seiner kleinen Tochter zu.

Gerührt sah er auf sie nieder, wenn die kleinen Fäustchen seine Finger umklammerten.

»Halt fest, kleine Lori, halt fest«, sagte er leise und küßte die rosigen Fingerchen.

Als Lori, in ein langes weißes Nachtkittelchen gehüllt, zu Bett gelegt worden war, setzte er sich ein Weilchen an ihr Lager, bis sie ihre Milchflasche mit einigen Unterbrechungen – sie hatte dazwischen immer wieder etwas zu erzählen – geleert hatte. Dann kamen noch einige schläfrig gelallte Laute – und Lori war eingeschlafen. Köstlich ruhig atmete die kleine Brust, und die Fäustchen lagen auf der blütenweißen Decke wie zwei rosa Röschen.

Tief aufatmend erhob sich Lothar. Am Bett seines Kindes zog immer ein wohltuender Friede in sein Herz.

Er trat in das Nebenzimmer, einen hübschen, behaglichen Wohnraum mit schlichten alten, aber gut erhaltenen Möbeln. Frau Kastner saß mit einer feinen Stickerei beschäftigt am Tisch.

»Sie haben ja schon wieder so eine feine Arbeit vor, die Ihre Augen anstrengt. Das sollen Sie doch nicht«, sagte er vorwurfsvoll.

»Es strengt mich nicht an, und in der Zeit, da mich Lori nicht braucht, muß ich irgend etwas tun, um Geld zu verdienen.«

Seine Stirn rötete sich. »Das brauchen Sie nicht. Gönnen Sie sich Ruhe, wenn Lori schläft.«

»Ich sitze ja ganz still dabei.«

»Sie wissen aber doch, daß Sie alles, was Sie benötigen, von mir bekommen.«

Sie nickte. »Ja, Sie sorgen sehr großmütig für die Lori und mich. Aber – ich will doch das Gefühl haben, daß ich auch hinzutue, was in meinen Kräften steht. Was übrig bleibt, spare ich für Lori.«

Er setzte sich zu ihr. »Im Hochsommer gehen Sie mit Lori einige Wochen an die Ostsee, Mutter Kastner. Das wird Lori guttun. Meine Eltern haben mich als Kind auch jeden Sommer an die Ostsee geschickt. Lori kann im Sand spielen und die reine Seeluft atmen. Das kräftigt die Lunge.«

Mit einem sonderbaren Blick sah die alte Dame zu ihm auf. »Sie meinen es gut, Herr Hochberg, und es tut mir wohl, wie Sie zu dem Kind sind. Aber so was taugt nicht, Lori wird zu sehr verwöhnt. Später, wenn sie erwachsen ist, wird es ihr dann schwer, entbehren zu müssen.«

Er stützte den Kopf in die Hand.

»Sie wird nie entbehren müssen. Ich werde immer für meine Tochter sorgen.«

Frau Kastner zuckte leicht die Achseln. »Das wollen

Sie natürlich; und jetzt scheint Ihnen das auch alles durchführbar. Aber wenn Maria erst mal so an die zehn Jahre im Grab ruht oder auch schon früher –, dann verblaßt das alles in Ihrem Herzen, was Sie jetzt erlebt haben. Und dann wird auch das Interesse an Ihrem Kind vergehen.«

Mit großen, ernsten Augen sah er in ihr freudloses Gesicht. »Mutter Kastner, Lori ist doch mein Kind, ich habe es sehr lieb. Kommen Sie doch nicht immer wieder auf solche Gedanken.«

Sie atmete tief auf. »Sie werden andere Kinder haben, eheliche Kinder, dann wird für die kleine, rechtlose Lori nicht viel Liebe übrigbleiben.«

Es zuckte gequält in seinem Gesicht. So bittere Ausfälle der alten Frau mußte er oft anhören. Aber er vermochte ihr nicht zu zürnen.

»Glauben Sie wirklich, daß es anders wird? Kann ein Vater nicht mehr als ein Kind lieben? Wird seine Liebe für jedes einzelne Kind darum weniger?«

»Ihre ehelichen Kinder werden immer um Sie sein, Lori aber nicht. Sie werden Sie immer nur verstohlen sehen können; und je älter Lori wird, um so beschwerlicher wird das werden. Schließlich wird es Ihnen unbequem, und Ihre Besuche werden immer mehr einschlafen. Das ist so der Lauf der Welt.«

Er seufzte auf. »Ich muß es der Zeit überlassen, Sie zu überzeugen. Worte nützen nichts, das sehe ich ein. Ich bin meiner sicher, glauben Sie mir das. Für mich ist Lori in einer Ehe geboren, in einer heiligen Verbindung. Sie ist meine Tochter, und ich werde für ihre Zukunft sorgen. Jedenfalls gehen Sie im Hochsommer vier Wochen mit Lori an die See. Auch Sie haben eine Erholung nötig und müssen sich für Lori gesund erhalten. Das ist meine größte Sorge. Denn bei Ihnen weiß ich Lori in guter, treuer Hut.«

Die alte Dame wischte sich verstohlen über die Augen. »Sie sind ein guter Mensch, ich weiß es. Und es ist kein Wunder, daß meine Maria ihr ganzes Herz an Sie gehängt hatte. Übrigens geht jetzt hier der Keuchhusten um, und es kann Lori nur guttun, wenn sie gekräftigt wird in guter, reiner Luft. Ich bin ja soviel wie möglich mit ihr im Freien. Wir können ja noch darüber sprechen. Jetzt möchte ich Ihnen aber etwas anderes sagen. Ich bin nur noch im Zweifel, ob es recht ist, wenn ich es Ihnen sage.«

Fragend blickte er sie an. »Was ist es denn?«

Sie ließ die Stickerei sinken und sah ihn ernst und unruhig an. »Ich war vor einigen Tagen mit Lori an Marias Grab. Da ist eine Bank in der Nähe, und bei schönem Wetter fahre ich Lori oft hin, damit Maria doch etwas hat von ihrem Kind. Es ist sonst immer ganz einsam an der Stelle, selten verirrt sich ein Mensch dorthin. Aber neulich kam eine vornehme Dame an das Grab – an Marias Grab. Der Totengräber führte sie und zeigte es ihr. Sie trug einen ganzen Arm voll Blumen, Flieder und roter Rosen. Erst, als sie ganz nahe kam, erkannte ich sie mit meinen kurzsichtigen Augen. Es war Ihre junge Frau, Herr Hochberg.«

Lothar fuhr auf und starrte sie betroffen an. »Meine Frau? An Marias Grab?«

Frau Kastner nickte. »Ja, sie war es. Ich fuhr schnell mit Loris Wägelchen davon und versteckte mich mit ihm hinter einem Gebüsch. Und da sah ich, wie Ihre Frau die Blumen auf Marias Grab legte. Ganz deutlich sah ich auch, daß sie liebkosend mit ihren Händen über den Grabstein strich. Und als sie sich nach einer Weile entfernte und an meinem Versteck vorüberkam, bemerkte ich, daß ihre Augen sehr traurig blickten. Es hat mir ans Herz gegriffen. Daß sie meinem Kind Blumen brachte, ist ein schöner Zug von ihr. Sie muß sehr gut sein.«

Lothar hatte voll Erregung zugehört. Er nickte schwer. »Ja, ihr Herz ist voll echter Güte. Aber – wenn sie an Marias Grab war, dann weiß sie auch, was Maria mir gewesen ist und daß sie für mich in den Tod ging.«

»Wußte sie das denn nicht? Sie hat Ihnen doch damals ihre Hochzeitsblumen für Maria mitgegeben?«

»Ja, für die tote Frau, zu der es mich von ihrer Seite trieb. Aber ich wußte nicht, daß sie Marias Namen kannte im Zusammenhang mit mir.«

»Ist Ihnen das unangenehm?«

Er schüttelte den Kopf. »Nein, nein – meine Frau ist viel zu großherzig, um mich damit zu quälen. Das sehen Sie ja daraus, daß sie Maria Blumen brachte. Welche Frau an ihrer Stelle würde das tun?«

Frau Kastner strich sich über die Stirn. »Ja, sie muß ein guter Mensch sein. Freilich, Maria ist tot. Der Lebenden würde sie anders gegenüberstehen. Und wenn sie gewußt hätte, daß Lori Marias Kind ist und das Ihre, dann hätte sie wohl nicht so freundlich auf das Kind gesehen, das ihr etwas vorplapperte.«

Nachdenklich sah er sie an. »Meinen Sie, daß sie zu meinem Kind feindselig sein würde?«

Frau Kastner nickte energisch. »Ganz gewiß! Über so etwas kommt eine Frau nicht hinweg. Da müßte sie schon ein reiner Engel sein.«

Er sah nach der Uhr, erhob sich und seufzte. Freundlich verabschiedete er sich und versprach, am nächsten Donnerstag wiederzukommen.

»Wenn es mir einmal donnerstags nicht passen sollte, erhalten Sie vorher Nachricht«, sagte er.

Noch einmal trat er an Loris Bettchen heran. Er neigte sich und küßte leise die schlafrote Wange. Das friedliche Bild seines schlafenden Kindes ging mit ihm.

In Gedanken verloren, trat er den Heimweg an. Er ging den ganzen Weg zu Fuß, um ruhig zu werden. Es hatte ihn doch bis ins Innerste erregt, daß Traude am Grab Marias gewesen war. Das Herz wurde ihm warm und weit und war doch voll Unruhe.

Woher wußte Traude von Maria Kastner? Wie hatte sie erfahren, daß sie es gewesen war, die ihm nahegestanden hatte?

Freilich, möglicherweise hatte es die Dienerschaft seiner Eltern ausgeplaudert, daß Maria seinetwegen von seiner Mutter entlassen worden war. Und Marias freiwilliger Tod an seinem Hochzeitstag würde den Gerüchten Nahrung gegeben haben. Nun, mochte sie es wissen. Von Marias Kind konnte sie überhaupt keine Ahnung haben. Das war strenges Geheimnis geblieben für die Welt. Nur wenige vertrauenswürdige Personen wußten davon. Hatte er es doch selbst lange Zeit nicht geahnt, daß Maria Mutter geworden war! Als seine Mutter Maria in seiner Abwesenheit entlassen hatte, war sie auch für ihn monatelang verschwunden gewesen, hatte sich vor ihm versteckt. Und trotz allen Suchens hatte ihn erst nach langer Zeit ein Zufall auf ihre Spur gebracht.

Er seufzte.

Über eine gewisse Grenze hinaus geht auch die großherzigste Frau nicht. Und so sehr es ihn oft in seinem Inneren drängte, Traude rückhaltlos alles zu beichten, was auf seiner Seele lag, sagte er sich doch immer wieder, daß er sein Geheimnis vor ihr bewahren müsse. Auch in ihrem Interesse, um sie nicht zu beunruhigen.

Als er daheim ankam, sah er im Musikzimmer noch Licht, und er hörte, daß Traude am Flügel saß und spielte. Sonst war er stets, wenn er von seinem Kind kam, in sein Zimmer gegangen, ohne Traude noch zu sehen. Es war ihm immer wie ein Unrecht gegen die Mutter seines Kindes erschienen, wenn er an diesen Abenden noch der Lebenden ein Recht an sich eingeräumt hätte.

Aber heute zögerte er im Vestibül, nachdem er einem Diener Hut und Paletot übergeben hatte. Er blieb stehen und lauschte auf die seltsam schwermütigen Klänge, die Traude dem Hügel entlockte. Wie eine Klage tönte es an sein Ohr und sein Herz. Wider Willen lockte ihn dies Spiel zu seiner Frau.

Er trat in das Musikzimmer.

Traude erblickte ihn und schrak zusammen. Sie hatte sich ganz in ihren Tönen verloren. Jäh brach sie das Spiel ab und sah mit großen Augen in sein blasses, ernstes Gesicht, aus dem die Augen fast hilfeflehend in die ihren blickten.

Sie konnte sich seinen Blick nicht deuten und vermochte auch im Moment nicht zu sprechen. Es war ganz ungewöhnlich, daß er an einem Donnerstagabend nach seinem geheimnisvollen Ausgang noch zu ihr kam. Das Herz klopfte ihr bis in den Hals hinauf.

Er trat langsam näher.

»Verzeih, Traude, ich wollte dich nicht stören. Ich hörte dich spielen, und ich möchte dir gern ein Weilchen zuhören, wenn du es gestattest. Du spielst wundervoll«, sagte er schnell.

Sie hatte sich schnell gefaßt und nickte ihm freundlich zu.

»Das will ich gern tun.«

Er setzte sich in eine dunkle Ecke, wo das Licht nicht hinfiel.

Traude blätterte eine Weile in den Noten, um der Unruhe, die jäh in ihr aufgeflackert war, Herr zu werden. Sie fühlte instinktiv, daß seine Augen auf ihr ruhten. Das machte sie unsicher. Sie spielte ein Notturno von Chopin. Und dabei wurde sie wieder frei von ihrer Unsicherheit. Sie begann, ohne Noten zu spielen, was ihr gerade in den Sinn kam. Zum Teil waren es freie Fantasien. Sie improvisierte meisterhaft. Und ihr Empfinden floß in das hinein, was sie spielte. Sie vergaß über ihrem Spiel, daß sie nicht allein war. Ihre Seele flog davon, in eine Sphäre, in die sie nur ihre heimlichen Träume entführten. Was ihr Herz bedrückte, was sie bewegte, drückte sie in Tönen aus.

So sprach ihre Seele zu dem ernsten, stillen Mann. Was ihr Mund nie verraten hätte, das enthüllte ihm ihr Spiel. Es klagte und weinte, jauchzte und flehte und riß an seinem Herzen.

Alles in und um diese beiden Menschen löste sich auf in harmonischen Klängen. Lothar war zumute, als löse sich alles Leid seiner Seele, als ströme ein neues, glückseliges Empfinden über ihn dahin. Wie eine Offenbarung wirkte diese Musik auf ihn, eine Offenbarung des wahren Wesens seiner jungen Gattin. Es bewegte ihn tief, so, als vertraue sie ihm scheu ein heiliges, unausgesprochenes Geheimnis an.

Wie gebannt saß er und sah in das feine, liebliche Frauengesicht mit den reinen Zügen und den ernsten, gütigen Augen. Sein Blick weitete sich, als sähe er sie zum erstenmal in all ihrer Schönheit und Anmut.

Und zum erstenmal vergaß er Maria ganz in ihrer Gegenwart, zum erstenmal war seine Seele ganz in ihrem Bann.

Ihre Hände spielten jetzt eine heitere, leichte Melodie, die süß und heimlich zu seinem Herzen sprach. Es war wie eine Erinnerung an die Jugendzeit. Er mußte daran denken, wie er mit Traude Falkner in heller Lust über die Eisfläche getollt war, wie sie beide in jugendlichem Übermut miteinander gescherzt und gelacht hatten. Er sah im Geist ihre starken, kastanienbraunen Zöpfe vor sich herflattern, sah ihren schlanken Körper in dem weißwollenen Eislaufkostüm dahinfliegen. Ja, damals hatte ihm Traude Falkner sehr wohl gefallen, obwohl sie noch ein halbes Kind war. Er war sich mit seinen zweiundzwanzig Jahren so männlich neben ihr vorgekommen.

Es hatte ihm auch ein wenig leid getan, daß er sie dann lange Zeit nicht wiedersah, bis er sie vergessen hatte, im frohen, frischen Weltgetriebe erst, und dann in seiner Liebe zu Maria. Und als ihm sein Vater eines Tages gesagt hatte, er müsse Traude Falkner heiraten, war sie ihm nichts mehr gewesen als ein Hindernis auf dem Weg zu seinem Glück.

Jetzt aber, nachdem sie seit Monaten sein Weib und ihm immer nur mit Güte und Verständnis begegnet war, jetzt, da ihre süßen, seelenvollen Töne so herzbewegend zu ihm sprachen, da wurde ihm das Herz warm und weit, als müsse es sich auftun – für alle Zeit.

Traude hatte ihr Spiel beendet. Ihre Hände glitten von den Tasten. So saß sie eine Weile, traumverloren und weltentrückt. Sie war sich noch nicht wieder bewußt, daß sie nicht allein war. Aber da drang aus der dunklen Ecke ein tiefer Seufzer an ihr Ohr. Sie schrak zusammen und sah zu ihrem Gatten hinüber. Er erhob sich langsam und trat in den Lichtkreis der Lampe. Schwer und unsicher war sein Schritt. Und als er dicht neben ihr stand, sah sie, daß es in seinem Gesicht vor unterdrückter Erregung zuckte.

Sie erhob sich jäh und sah ihn besorgt und fragend an. »Lothar?« rief sie bange und unsicher, weil sie nicht wußte, was ihn quälte. Da haschte er nach ihrer Hand, drückte sie an seine Stirn, an seine Augen, an seinen Mund und eilte dann, ohne ein Wort zu sprechen, wie von einer unsichtbaren Macht getrieben, davon.

Sie stand wie gelähmt, sah ihm mit klopfendem Herzen nach und blickte dann auf ihre Hand herab, auf der noch sein Kuß brannte.

Ein trockenes Schluchzen erschütterte ihren Körper. Sie preßte die Lippen auf dieselbe Stelle, wo die seinen zuvor geruht hatten.

›Warum flieht er vor mir? Was bewegt ihn?‹ fragte sie sich.

Aber zwischen allem Sorgen und Bangen schob sich doch, scheu erwacht, ein leise treibender Hoffnungskeim, daß sein Herz ihr gegenüber nicht mehr ganz gleichgültig war.

Langsam schloß sie den Flügel, breitete die kostbar gestickte Decke darüber und ging hinauf in ihr Zimmer. Eine Weile stand sie noch am offenen Fenster und schaute zu dem leuchtenden Sternenhimmel empor.

Dann begab sie sich zur Ruhe.

9

Drüben in seinem Zimmer lag indessen Lothar auf seinem Diwan, das Gesicht in den Händen vergraben. Der Zauber, den Traudes Musik auf ihn ausgeübt hatte, war verflogen. Er machte sich Vorwürfe, daß er Maria vergessen hatte, jetzt schon vergessen, nachdem sie erst seit Monaten in der Erde ruhte.

›Verzeih mir, Maria, ich habe dich namenlos geliebt, und meine Liebe wäre nie gestorben, wenn du am Leben geblieben wärest. Aber mein einsames Herz sehnt sich nach liebevollem Verständnis, und das finde ich bei Traude. Könnte ich mit ihr von dir reden, dann würde sich sicher der Druck von meiner Seele lösen, und ich würde endlich wieder Frieden finden. Sie hat dir Blumen gebracht, Maria. Warum hat sie es getan? Aus Mitleid mit dir? Oder weshalb sonst?‹

So stürmte es durch seine Gedanken. Er wurde zwischen den Gefühlen hin und her gerissen und wußte nicht, ob er dem leisen Sehnen nachgeben durfte, das ihn zu Traude hinzog, oder ob er Maria über das Grab hinaus die Treue halten mußte, um vor sich selbst bestehen zu können.

In dieser Nacht vergaß er, sein Bett aufzusuchen. Übermüdet schief er endlich auf dem Diwan ein und erwachte am Morgen fröstelnd, mit steifen, schweren Gliedern.

Ein Bad und kräftige Bewegung gaben ihm seine Elastizität zurück. Und als er mit Traude am Frühstückstisch zusammentraf, war ihm nichts anzumerken.

Auch Traude hatte ihre Ruhe wiedergefunden. Mit ruhiger Freundlichkeit sah sie zu ihm auf, als er sie begrüßte.

Er sah sie bittend an.

»Ich muß mich wegen meines seltsamen Benehmens am gestrigen Abend bei dir entschuldigen, Traude. Deine Musik hat mich bis ins Innerste erregt. Nie zuvor hast du so gespielt wie gestern abend.«

Sie errötete ein wenig und machte sich am Frühstückstisch zu schaffen. »Ich war ins Fantasieren gekommen, Lothar, das ist eine schlechte Gewohnheit von mir, wenn ich allein bin. Und ich hatte ganz vergessen, daß ich einen Zuhörer hatte. Du saßest so still in deiner dunklen Ecke –«

Sie nahmen am Frühstückstisch Platz. Er sah sie seltsam an. Nie war sie ihm so schön erschienen wie heute. Sie trug ein schlichtes weißes Morgenkleid, das in weichen, duftigen Falten an ihr niederfiel. Ihr Gesicht war ein wenig blasser als sonst, nur die feingeschwungenen Lippen glühten ihm entgegen aus diesem weißen Gesicht.

Er entrang sich ein Lächeln.

»Wenn du immer so gut spielst, wenn du dich allein wähnst, möchte ich dich öfter ganz heimlich belauschen.«

Sie nahm einen leichten Ton an. »Es ist natürlich, daß man am besten spielt, wenn man durch nichts abgelenkt wird. Übrigens war Papa gestern abend hier. Wir haben geplaudert, und ich mußte musizieren. Papa war noch nicht lange fort, als du heimkamst. Er läßt dich grüßen.«

»Danke! Ich bedaure, seinen Besuch verfehlt zu haben. Wahrscheinlich sehe ihn heute draußen in der Fabrik. Wir haben Geschäfte miteinander zu erledigen.«

Traudes Gesicht rötete sich plötzlich. Sie sah ihn unsicher an. »Wenn du mit Papa von gestern abend sprechen solltest, bitte, sage ihm dann, daß du im Klub gewesen bist.«

Erstaunt sah er sie an. »Warum soll ich das sagen?«

Sie errötete noch mehr. »Weil – nun, weil ich Papa nicht sagen wollte, ich wüßte nicht, wohin du gegangen seist, da habe ich gesagt, du seiest im Klub.«

Er sah eine Weile auf seinen Teller hinab. Seine Lippen preßten sich aufeinander. Dann sah er zu ihr auf. »Es ist bewundernswert, Traude, daß du mich niemals fragst, wohin ich gehe, wenn ich donnerstags abends das Haus verlasse.«

Sie hielt seinen Blick aus. »Warum sollte ich dich fragen? Du wirst deine Gründe haben, nicht darüber zu sprechen, sonst hättest du es mir gesagt. Würde ich dich fragen, müßte ich dich vielleicht zu einer Unwahrheit zwingen. Das will ich nicht.«

Eine Weile blieb es still zwischen ihnen. Endlich faßte er über den Tisch nach ihrer Hand und sagte mit verhaltener Stimme. »Du bleibst dir doch immer selbst treu, Traude. Keine andere Frau an deiner Stelle würde mich so schweigend gehen lassen. Und ich kann dir leider deine vornehme Zurückhaltung nicht einmal durch schrankenlose Offenheit lohnen.«

Es zuckte leise um ihren Mund, fast wie verhaltenes Weinen. »Glaube nicht, daß ich mich in dein Vertrauen drängen will«, sagte sie fast schroff.

Er atmete tief auf. »In mein Vertrauen? Ach, Traude, ich wüßte keinen Menschen, dem ich rückhaltloser in allen Dingen vertrauen könnte als dir. Aber – es gibt Dinge, die man niemandem anvertrauen darf. Ja, ich habe ein Geheimnis vor dir. Aber ich halte es hauptsächlich aufrecht, um dich zu schonen. Es ist eine Sache, die dich vielleicht beunruhigen oder wenigstens stören könnte. Zürne mir nicht, wenn ich mit dir nicht darüber spreche. Sei auch fernerhin großzügig und frage nicht, wohin ich donnerstags abends gehe.«

Mit schwerem Ernst sah sie in seine Augen.

»Sei unbesorgt – ich frage nicht. Aber wenn du dies Geheimnis nur aus Schonung für mich aufrechterhältst, dann muß ich dir sagen, daß solche Schonung zuweilen grausamer sein kann als die größte Rücksichtlosigkeit. Solange dein Schweigen auch für dich ersprießlich ist – aus irgendwelchen Gründen –, so lange schweige. Aber tue es nicht, um mich zu schonen. Ich bin kein schwaches, schonungsbedürftiges Geschöpf, das keinen rauhen Luftzug verträgt, und gehöre nicht zu den Frauen, die sich am liebsten unter einem Glassturz verkriechen, um nicht mit dem fordernden Leben in Berührung zu kommen. Ich habe bemerkt, daß du und dein Vater deine Mutter ängstlich von allem abschließen, was sie nur ein wenig aufregen könnte. Deine Mutter fühlt sich wohl dabei, ja, sie fordert es sogar. Ich aber bin von anderer Art. Du kannst mir nichts Lieberes tun, als mich an deinen Lebenskämpfen teilnehmen zu lassen. Du wirst mich immer als getreuen Kameraden an deiner Seite finden. Ich weiß ganz bestimmt, daß dich nicht irgendein Vergnügen oder gar ein leichtsinniges Abenteuer fortführt. Dazu kenne ich dich zu gut, und ich spüre den Ernst deines Wesens, wenn du gehst und kommst. Mir ist, als führe dich irgendeine Pflicht jeden Donnerstag weg, und ich habe immer nur den dringenden Wunsch, dir zu helfen. Könnte ich es doch!«

Ihre beiden Hände faßte er in die seinen und sah ihr tief in die Augen. »Womit verdiene ich all deine Güte und Hilfsbereitschaft? Es ist so quälend für mich, vor dir mit leeren Händen zu stehen.«

Sie errötete jäh und zog ihre Hände aus den seinen.

»Ich halte es für meine Pflicht, dir beizustehen mit all meinen Kräften«, sagte sie fast abweisend, um sich nicht zu verraten.

Da lehnte er sich zurück. »Du hast ein sehr stark ausgeprägtes Pflichtgefühl. Aber sonst pflegen Pflichtmenschen meist herb und streng zu sein. Du bist es nicht. Alles an dir ist Freundlichkeit.«

Sie preßte die Lippen zusammen.

›Alles an mir und in mir ist Liebe – Liebe für dich‹, dachte sie schmerzerfüllt.

Und hastig wechselte sie das Thema. Bald darauf verabschiedete er sich mit einem Handkuß von ihr.

Unterwegs mußte er noch viel über diese Unterredung nachdenken. Es lockte ihn mehr als je, ihr sein Geheimnis anzuvertrauen. Aber er wagte es nicht.

›Nie wird sie darüber hinwegkommen, daß ich ein Kind habe. Und wenn sie meine kleine Lori nicht annehmen könnte, das ertrüge ich nicht‹, sagte er sich.

Und so hütete er sein Geheimnis weiter. Aber je länger er es wahren mußte, desto mehr lastete es auf seiner Seele.

Am Nachmittag dieses Tages fuhr Traude zu ihrer Schwiegermutter. Die alte Dame begrüßte sie heiter lächelnd in ihrer lebhaften Liebenswürdigkeit.

»Ah, da ist mein Traudchen! Wie lieb von dir, daß du mich aufsuchst. Gerade war ich dabei, mir zu überlegen, ob ich zu dir fahren sollte, weil ich große Sehnsucht nach einem Plauderstündchen mit dir hatte. Nun ist es mir um so lieber, daß du gekommen bist. Komm, wir trinken Tee zusammen und plaudern uns aus.«

Voll zärtlicher Geschäftigkeit zog die alte Dame Traude in ihr Wohnzimmer.

Die ganze Wohnung atmete den Geist der Hausfrau. Da waren überall zierliche Kissen und Deckchen, feine Handarbeiten, mollige Winkelchen, Blumen und heitere Farbtöne. Alles war licht und schön, alles voll sorgloser Behaglichkeit.

Und doch war über allem ein Hauch von Unwirklichkeit, wie über einem Puppenheim, in dem keine wirklichen Menschen wohnten.

Diesen Widerspruch empfand Traude immer wieder, wenn sie zu ihrer Schwiegermutter kam.

Sie wurde von der alten Dame in ein zierliches, mit Kissen belegtes Ecksofa gedrückt, vor dem ein runder Tisch stand. Frau Flora Hochberg ließ sich ihrer Schwiegertochter gegenüber in einem hohen, weichgepolsterten Wangenstuhl nieder. Ihre feinen, zierlichen Hände ordneten graziös noch dies und das an dem reizend gedeckten Teetisch.

Eine alte Dienerin, von der allein sich Frau Hochberg persönlich bedienen ließ, seit sie keine Gesellschafterin mehr um sich hatte, brachte ihr ein seidenes Tuch, das sie ihr um die Schultern legte, und rückte ihr Fußkissen zurecht.

Dann servierte sie den Tee.

Behaglich lehnte sich die alte Dame zurück.

»Nun füllen Sie die Tassen, Alwine, dann lassen Sie uns allein!« sagte sie zu der Dienerin.

Sie verkehrte auch mit ihrer Dienerschaft in einem heiter-freundlichen Ton, ohne jemals die geringste Vertraulichkeit zu dulden.

Als die Dienerin sich entfernt hatte, sagte die alte Dame lächelnd:

»Wie behaglich, daß du bei mir bist, liebe Traude. Manchmal fühle ich mich doch recht einsam. Ich vermisse es sehr, daß ich jetzt keine junge Gesellschafterin mehr um mich habe.«

Forschend sah Traude zu ihr hinüber.

»Warum engagierst du dir keine, Mama?«

»Ach, weißt du, man weiß doch nie so recht, wen man ins Haus bekommt. Bitte, lang doch zu, Traude, die kleinen Kuchen sind ganz frisch.«

Traude nahm von den Teekuchen, und in ihrem Herzen erwachte plötzlich der Wunsch, von ihrer Schwiegermutter Näheres über Maria Kastner zu erfahren. Sie fragte kurz entschlossen, wenn auch mit einer leichten Unsicherheit:

»Deine letzte Gesellschafterin war Fräulein Maria Kastner, nicht wahr, Mama?«

Flora Hochberg rückte ein wenig nervös in ihrem Sessel. »Ja, ja – so hieß sie. Aber sprechen wir doch von etwas anderem, Kind.«

Mit festem Blick sah Traude ihr in die Augen.

»Verzeih, Mama, aber ich möchte gern einmal mit dir über die junge Dame sprechen. Ich lernte sie in deiner Gesellschaft kennen, und sie hat einen sehr guten Eindruck auf mich gemacht. Es sind nun allerlei Gerüchte zu mir gedrungen, du weißt ja, wie das in solchen Fällen ist. Ich habe also auch erfahren, daß zwischen Fräulein Kastner und Lothar etwas gespielt hat. Und da ich Lothar natürlich nicht danach fragen möchte, bitte ich dich, mir einmal die volle Wahrheit über diese Angelegenheit zu sagen. Nur du kannst sie mir enthüllen. Ich frage nicht aus Neugier. Aber ich sehe gern klar und kann mich an niemand wenden als an dich.«

Flora Hochberg war blaß geworden und wieder rot. Sie strich mit beiden Händen an ihrem Kleid herab, das sich eng um ihr zierliches Persönchen schmiegte. Wie eine Mimose zog sie sich zusammen, und auf ihrem Antlitz lag eine peinliche Verlegenheit.

»Ach, liebe Traude, ich bitte dich dringend, verschone mich mit diesem Thema. Es ist nicht gut, daran zu rühren. Sieh mal, Kind, das sind vergangene Dinge. Und wir Frauen haben kein Recht an der Vergangenheit unserer Männer.«

»Wirklich nicht, Mama?« fragte Traude ernst.

Die alte Dame hob abwehrend die Hände.

»Gott behüte uns davor, daß wir uns damit befassen müßten. Die Frau ist natürlich ihrem Gatten Rechenschaft schuldig über ihre Vergangenheit, aber der Mann soll seine Vergangenheit für sich behalten. Er ist es sogar seiner Frau schuldig, ihr jeden Einblick zu ersparen; denn die Männer sind gröber geartet als wir Frauen, und leicht tritt etwas Häßliches an uns heran, vor dem wir besser die Augen schließen.«

Traude preßte die Lippen zusammen. Dann sagte sie fest: »Ich kann nicht so ganz deiner Ansicht sein, Mama, und es liegt mir fern, anzunehmen, daß Lothar etwas Häßliches oder Niedriges zu verbergen hätte.«

Flora Hochberg spielte nervös mit ihrem Taschentuch. »Um Gottes willen, Kind, davon kann natürlich keine Rede sein. Mein Sohn ist immer ein Ehrenmann gewesen. Aber bei den Männern heißt es eben: Jugend hat keine Tugend. Die Sache mit Maria Kastner – je nun, sie hätte mehr auf sich halten müssen. Es liegt immer an der Frau, wie sich der Mann zu ihr verhält. Sie hätte sich nicht einbilden dürfen, daß Lothar sie zu seiner Frau machen würde.«

Traude neigte sich vor. »Hat sie das geglaubt?« fragte sie mit blassen Lippen.

Die alte Dame wedelte sich mit dem Taschentuch Kühlung zu. »Ach, liebes Kind, daß du dieses Thema aufgebracht hast! Vielleicht hat sie es geglaubt, vielleicht war sie auch nur in ihrem Leichtsinn zu einer Liebelei bereit. Ich weiß nicht, was vorgegangen ist, will es auch nicht wissen. Vor solchen Dingen schließt man die Augen. Man muß es tun. Ich begreife nicht, daß du davon sprechen konntest. Lothar ist jetzt dein Mann, und was vergangen ist, kehrt nicht wieder. Im übrigen ist diese Maria Kastner gestorben.«

»Ja, Mama, das weiß ich, sie hat sich ertränkt.«

Die alte Dame fuhr in ihrem Sessel auf und hielt sich die Ohren zu.

»Kind, ach, Kind, laß die Toten ruhen. Sie hat ihr wertlos gewordenes Leben von sich geworfen. Wenn sie mehr auf sich gehalten hätte, brauchte sie das nicht zu tun. Ich bitte dich ernstlich, schone meine Nerven! Ich kann nicht ohne Grausen von solchen Dingen sprechen. Wozu so etwas erneut aufwühlen? Das sollte von einem abgleiten, es darf keine Spuren hinterlassen. Sei froh, daß man dich mit diesen Dingen unbehelligt gelassen hat. Sprechen wir von etwas anderem. Lothar wäre außer sich, wüßte er, daß du davon angefangen hast.«

Traude zwang ihre Erregung nieder. Sie sah ein, daß sie mit ihrer Schwiegermutter tatsächlich nicht davon sprechen konnte. Sie war eben die Frau im Glashaus, die sich vor den Lebensforderungen abschloß. Es wurde Traude klar, daß Lothar sie nach seiner Mutter einschätzen würde. Sicher war er der Ansicht, daß er mit ihr nicht über seine Vergangenheit sprechen dürfe, vielleicht nur, um sie zu schonen.

Hatte die Frau wirklich kein Recht an der Vergangenheit ihres Mannes? Mußte sie in bezug darauf Vogel-

Strauß-Politik treiben und sich blind und taub stellen? Sie atmete auf. »Da es dir so unangenehm ist, Mama, wollen wir nicht mehr davon sprechen. Du brauchst auch Lothar nichts davon zu sagen, wenn du es nicht für nötig hältst.«

Erlöst aufatmend faßte die alte Dame Traudes Hand und streichelte sie. »So ist es recht, Traudchen. Mache dir keine dummen, schweren Gedanken. Das schadet der Schönheit. Immer heiter und froh über alle Erdenschwere hinweggleiten, das erhält jung und lebensfrisch. Sieh mich an! Hätte ich mein weißes Haar nicht, das leider in meiner Familie erblich ist, so würde man mich für zwanzig Jahre jünger halten, als ich bin. Und die Männer sind uns dankbar, wenn wir ihnen mit unserem Frohsinn das Leben angenehm machen.«

»Meinst du nicht, Mama, daß es auch Männer gibt, die gern mit ihrer Frau ihre Sorgen teilen würden?«

Flora Hochberg lachte, und Traude fiel es zum erstenmal auf, wie seelenlos dieses Lachen klang.

»Närrchen, das muß man ihnen gar nicht erst weismachen. Wozu auch? Helfen kann man doch nicht. Und Sorgen machen alt und häßlich. Jeder Mann will aber seine Frau möglichst jung und hübsch haben. Das ist die Hauptsache, merke es dir.«

Zu dieser heiter-egoistischen Lebensanschauung konnte sich Traude nicht bekehren. Sie sprach es aber nicht aus. Die beiden Damen plauderten nun über oberflächliche Dinge. Traude hatte bisher nie in Gegenwart ihrer Schwiegermutter sehr warm werden können. Heute aber fühlte sie sich von deren Wesen bis ins innerste Herz erkaltet. Und sie sagte, daß Lothar ihr nie ein schwerwiegendes Geheimnis anvertrauen würde, wenn er sie nach seiner Mutter beurteilte.

Sie hatte ihm freilich heute morgen gesagt, daß sie von anderer Art sei als seine Mutter. Aber immerhin, er würde sie schonen wollen, schonen und mit dieser Schonung quälen. Die Unterhaltung zwischen Traude und ihrer Schwiegermutter wollte nicht wieder recht in Gang kommen; sie atmeten beide heimlich auf, als Lothars Vater dazukam. Er freute sich herzlich, Traude vorzufinden, und erbat sich von seiner Frau eine Tasse Tee.

10

Das Verhältnis zwischen den beiden jungen Gatten wurde in der nächsten Zeit wieder etwas förmlicher. Traude gab sich zurückhaltender als sonst, und Lothar hatte in seinem Innern schwere Kämpfe zu bestehen. Um sich abzulenken, vergrub er sich mit verbissenem Eifer in seine Arbeit.

So kam der Hochsommer heran, und Lothar schickte Frau Kastner mit der kleinen Lori in ein Ostseebad.

Der erste Donnerstagabend kam heran. Traude war erstaunt, daß ihr Gatte zu Hause blieb. Als er nach Tisch zu ihr ins Wohnzimmer trat, sah sie in fragend an.

»Gehst du nicht aus?«

Er setzte sich zu ihr und sah sie ein wenig verlegen und unsicher an.

»Nein, ich gehe nicht aus, störe ich dich?«

Sie schüttelte lächelnd den Kopf.

»Nein, ganz gewiß nicht. Ich wollte nur lesen, aber meine Lektüre kann ich auf eine andere Zeit verlegen.«

»So darf ich dir Gesellschaft leisten?«

»Gern – wenn du nichts anderes vorhast. Wollen wir draußen auf der Veranda sitzen? Es ist sehr warm.«

»Wie du willst.«

Sie gingen hinaus. Traude schaltete das Licht der großen elektrischen Stehlampe ein, die mit einem Lampenschirm aus blumiger Seide behängt war, Perlfransen schlossen den Lampenschirm ab, die leise im Winde schaukelten. So saßen sie unter der Lampe einander gegenüber, ein kleines rundes Tischchen zwischen sich. Sie plauderten über allerlei Tagesfragen.

Selten genug waren solche Stunden für das junge Paar. Wenn sie nicht Gesellschaft hatten oder eingeladen waren, saß Lothar über seiner Arbeit.

Heute hatte er nichts Wichtigeres zu tun, und es lockte ihn, in Traudes Gesellschaft zu sein.

Nachdem sie einige Zeit geplaudert hatten, fragte Lothar bittend:

»Würdest du ein wenig musizieren, Traude?«

Die nickte lächelnd. Er sah das bunte Licht, das durch den Lampenschirm fiel, auf ihrem hellen Kleid spielen. Das Kleid ließ den schlanken Hals und die Unterarme frei, und ihm war, als sähe er das rote Blut unter der zarten Haut pulsieren. Eine Sehnsucht überkam ihn, sie in seine Arme zu ziehen, seinen Kopf an ihre Schulter zu legen und sich alles von der Seele zu reden, was ihn bedrückte.

Aber er beherrschte sich.

Sie erhob sich langsam und sah ihn fragend an.

»Was soll ich spielen?« fragte sie.

»Was du willst, was dir der Augenblick eingibt.«

Sie trat in das Musikzimmer, und wenige Minuten später klang und sang der Flügel unter ihren Händen. Sie spielte Grieg und Beethoven, zuletzt die Mondscheinsonate.

Reglos lauschte Lothar, den Kopf in die Hand gestützt. Seine Augen starrten in die dunkle Sommernacht, hinüber zu den Jasminbüschen, die mit Blüten übersät waren. Wie hypnotisiert starrte er auf die Büsche. Ihm war plötzlich, als teilten sie sich, um eine schlanke, schemenhafte Gestalt hervortreten zu lassen. Ein blasses, süßes Gesicht mit geschlossenen Augen krönte diese Gestalt. Und blondes, feuchtes Haar fiel an ihr hernieder. Auf der weißen Stirn war ein Leuchten.

Mit brennenden Augen sah Lothar auf dieses trügerische Bild, das ihm seine Fantasie vorzauberte.

»Maria – kleine Maria! Vergessen bist du nicht – wirst nie vergessen sein, trotz allem«, flüsterte er.

Die weiße Gestalt zerfloß in ein Nichts. Jasminblüten dufteten durch die Nacht.

Lothar richtete sich auf. Er hatte geträumt. Maria war nicht da. Sie lebte nur in seiner Erinnerung, so, wie er sie auf dem Totenbett hatte liegen sehen.

»Armes, süßes Kind, du mußtest sterben an deiner großen Liebe.«

Er faßte nach seiner Brusttasche. Da ruhte Marias letzter Brief an ihn, ihr letzter Gruß!

Die Erinnerung an sie hielt ihn immer wieder fest, wenn sich sein Herz der schönen, gütigen Frau da drinnen zuwenden wollte.

Die Tote forderte immer wieder ihr Recht. Aber von drinnen klang es so süß und verheißungsvoll, wie köstlicher Friede, wie Glück und Ruhe. Das lockte und lockte: ›Komm an den Quell des Lebens, stille den brennenden Durst, du darfst es, denn du bist ohne Schuld.‹

Ach, das frohe, lachende Leben – wer es umfangen könnte! Strahlte es ihm nicht verheißungsvoll entgegen aus den tiefblauen Augen seiner schönen jungen Frau?

War es ein Irrtum, wenn er zuweilen noch etwas anderes in Traudes Augen zu lesen meinte als Güte und Freundlichkeit? Verrieten ihm ihre Augen nicht, was ihm an jenem Abend ihr selbstvergessenes Spiel verraten hatte, daß er geliebt wurde, geliebt von der wundervollen Frau, die seiner Seele wieder und wieder wohltat?

Sprachen ihre Töne jetzt nicht wieder von Liebe, von hingebungsvoller, selbstloser Liebe?

Ach, wie schmeichelten sich die dunklen, weichen Klänge in sein Herz.

Aber Maria hatte ihn auch so selbstlos und treu geliebt. War es möglich, daß ihm ein zweites Mal ein so wundervolles und starkes Gefühl geschenkt wurde? Hatte Traude Marias Erbe angetreten? Lebte in ihrer Seele fort, was zu köstlich war, um zu sterben?

Aber womit hatte er es verdient, daß zwei Frauen ihm eine solche große Liebe schenkten? Konnte es wirklich sein, daß Traudes stolzes Herz sich ihm zugewandt hatte?

Wenn Traude ihn aber liebte, litt sie dann nicht daran, daß sie keine Entgegnung bei ihm fand, daß ihrer Liebe keine Erfüllung wurde? Lud er da nicht abermals, ohne es zu wollen, eine Schuld auf sich?

Er atmete tief und schwer.

Drinnen verklangen die Töne, Traude kam heraus. Er sah sie an, ohne etwas zu sagen, nahm ihre Hand und küßte sie. Im Schein der Lampe sah er lange auf ihre schöne Hand herab. Sie war schlank und fein in der Form und seltsam beseelt.

Ihre Hand zitterte leise in der seinen. Es gibt Menschen, die erröten, wenn man ihre Hände betrachtet. Dazu gehörte Traude.

Sanft und leise streichelte er mit seiner Hand über die ihre und sagte halblaut, wie in Gedanken verloren, mit verhaltener Stimme:

»Schließ mir die Augen beide
mit den lieben Händen zu,
geht doch alles, was ich leide,
unter deiner Hand zur Ruh.«

Sie atmete tief und gepreßt. Und als er nun leise ihre Hand aus der seinen gleiten ließ und mit bittenden Augen zu ihr aufsah, zwang sie die Verwirrung in sich nieder und legte sanft und lind ihre Hand auf seine Augen.

»Könnte ich dir Frieden geben, Lothar. Ich fühle, du krankst noch immer an deinem Leid.«

Er hielt ganz still unter ihrer Hand. »Möchtest du mir Frieden geben, Traude?« fragte er leise.

Sie zwang das Zittern in sich nieder. Sanft und ruhig klang ihre Stimme. »Oh, wie gern – stände es nur in meiner Macht, mein armer Kamerad.«

Ihre Worte taten ihm wohl. Nur das Wort Kamerad wollte ihm nicht gefallen in diesem Augenblick. Aber so friedlich war es unter ihrer kühlen, weichen Hand. Er rührte sich nicht und sagte nur: »Wenn es in eines Menschen Macht liegt, mir Frieden zu geben, so liegt es in der deinen. Vielleicht komme ich eines Tages zu dir und bitte dich, diese Macht zu erproben. Wirst du es dann tun?«

Ein Leuchten, das er nicht sehen konnte, brach aus ihren Augen. »Das werde ich gewiß. Ich fürchte nur, meine Macht ist nicht groß genug.«

Er nahm ihre Hand von seinen Augen und küßte sie andachtsvoll. Dann sah er zu ihr auf. »Sie ist groß, wie deine Güte. Ich baue darauf. Darf ich jetzt eine Frage an dich richten, Traude?«

»Tu es.«

»Bitte, setz dich zu mir.« Sie tat es. »Nun frage.«

»Wirst du mir die Wahrheit darauf sagen?«

»Wenn ich es tun kann, ja. Wenn nicht, werde ich schweigen. Unwahr will ich keinesfalls sein.«

»Du kannst die Wahrheit sagen. Ich will dich fragen, ob du dich in unserer Ehe sehr unglücklich fühlst?«

Ein schönes Leuchten erhellte ihr Gesicht. »Unglücklich? O nein! Solange du so zu mir stehst wie bisher, solange ich fühle, daß ich dir nützen, helfen kann, werde ich nicht unglücklich sein.«

Er sah sie forschend an. »Würde es in meiner Hand liegen, dich unglücklich oder glücklich zu machen?« fragte er weiter.

Da errötete sie jäh und lehnte sich in ihren Sessel zu rück. »Du wolltest nur eine Frage an mich richten, und mehr wollte ich dir nicht beantworten.«

Er richtete sich auf. »Verzeih! Ich will dich nicht quälen. Laß uns noch ein Weilchen plaudern, oder bist du müde?«

»Nein, ich bin nicht müde.«

»Aber du sitzt unbequem; hier, nimm dieses Kissen.«

Er legte ihr ein Kissen in den Rücken. »Ich danke dir«, sagte sie.

Wieder Platz nehmend, sagte er lächelnd: »Weißt du, daß ich jetzt oft an die Zeit denken muß, als dein Haar noch in langen Zöpfen über den Rücken fiel?«

Sie lachte ein wenig.

»Ach, damals war ich ein wildes Ding.«

»Lebhaft und frisch warst du, nicht wild. Erinnerst du dich, daß wir zusammen fleißig Eissport betrieben haben?«

Sie nickte. »O ja.«

»Einmal blieb dein Zopf an meinem Knopf hängen.«

»Ja, und gleich darauf fiel ich – verlor das Gleichgewicht.«

»Und ich hob dich auf und war froh, daß dir nichts geschehen war. Damals gehörte ich zu deinen Verehrern. Ich hatte dir an jenem Tag sogar eine Zopfschleife gestohlen, die ich lange mit mir herumgetragen habe.«

»Wirklich?« fragte sie, lebhaft zu ihm aufsehend, mit einem schelmischen Lächeln.

Da erinnerte sie ihn lebhaft an den Backfisch von einst. »Ja, wirklich. Ich habe diese Schleife sogar verstohlen geküßt, aber ganz verstohlen. Denn meiner angehenden jungen Männlichkeit schien es beinahe blamabel, daß ich in einen Backfisch verliebt war. Zum Ausgleich schwärmte ich später für eine Schauspielerin, die beinahe meine Mutter hätte sein können.«

Traude lachte.

Er sah sie seltsam an.

»Das war dein Lachen von einst, Traude. Ich fürchtete schon, du könntest es ganz verlernt haben. Dein Lachen und deine Zöpfe, daran habe ich am längsten gedacht. Deine Zöpfe waren wunderschön und in der ganzen Stadt berühmt. Schade, daß sie dir nicht mehr über den Rücken fallen. Wir hatten uns später aus den Augen verloren. Darüber hatten wir uns fast vergessen.«

Sie zog den Mund leise an einer Seite empor, so daß sich ein ganz feines Grübchen bildete, und ihre Augen lächelten ihm gedankenverloren zu. »O nein, ich hatte dich nicht vergessen. Wir Frauen bewahren unsere Erinnerungen sorgfältiger auf als ihr Männer.«

Sie schwiegen eine Weile, dann sagte Traude aufatmend: »Wie stark die Rosen heute abend duften – und der Jasmin.«

»Aber der Flieder duftet nicht mehr, Traude.«

»Nein – die Fliederzeit ist vorbei.«

Er nahm ihre Hand und blickte in ihr klares, reines Gesicht. »Traude, ich möchte dir für etwas danken, was ich bisher unterlassen habe.«

Fragend sah sie in seine Augen.

»Wofür willst du mir danken?«

»Dafür, daß du Flieder und Rosen und später auch andere Blumen auf ein einsames Grab an der Friedhofsmauer legtest.«

Sie schrak zusammen. »Du weißt das?«

Er nickte. »Ja, ich weiß es.«

»Hast du mich gesehen?«

»Nein, ich sah nur die Blumen auf dem Grab, mehrere Male.«

»Und da wußtest du gleich, daß sie von mir waren?«

»Ja, ich wußte es gleich. Ich hatte aber zuvor gehört – von dem Totengräber –, daß du nach dem Grab gefragt hattest.«

»Oh, wie ungeschickt von dem Totengräber.«

»Sollte ich es nicht wissen?«

Sie schüttelte hastig den Kopf. »Nein.«

»Warum nicht?«

»Weil das aussehen konnte, als wollte ich mich in dein Vertrauen drängen.«

»O nein, nie hätte ich das so aufgefaßt. Darf ich fragen, wer dir gesagt hat, daß Maria Kastner und ich ...«

Sie zog die Stirn ein wenig zusammen. »Es gibt gute Freundinnen, die dafür sorgen, daß man so etwas erfährt.«

Seine Augen blickten düster. »Ich hätte mir denken

können, daß auch der Klatsch vor dir nicht haltmachte. Um so bewundernswerter ist es, daß du der armen Toten Blumen brachtest.«

Sie strich sich über die Stirn. »Es tat mir so leid, daß kein Sonnenstrahl zu ihr dringen kann, kein Vogelsang, kein Blumenduft. So jung hat sie sterben müssen.«

»Du großes Herz«, sagte er erschüttert. Tränen zitterten in seiner Stimme.

»Nein, sag das nicht.«

»Laß es mich wenigstens denken. Und nochmals – hab vielen Dank, daß du ihr Blumen brachtest. Was man dir auch über sie gesagt haben mag, sie war es wert, diese Blumen zu empfangen. Ich – ich habe sie sehr geliebt, diese arme Tote. Sieh in diesem Bekenntnis den größten Beweis meines Vertrauens. Nur einer sehr großmütigen Frau kann ein Mann solch ein Geständnis machen.«

Traude erhob sich. Tränen glänzten in ihrem Blick. »Bedaure sie doch nicht, diese Tote! Du hast sie ja geliebt, liebst sie noch über das Grab hinaus. Ist sie nicht vielmehr beneidenswert, solch einer Liebe wegen? Wie viele Frauen müssen ungeliebt durchs Leben gehen. Aber nun ist es spät geworden, und ich bin müde. Gute Nacht, Lothar.«

Auch er erhob sich. »Gute Nacht, Traude.«

Er wollte ihr noch die Hand küssen, aber sie war schnell davongegangen. Tiefbewegt sah er ihr nach. Ihre letzten Worte trafen ihn wie ein Vorwurf.

›Wie viele Frauen müssen ungeliebt durchs Leben gehen.‹ Er wußte, daß es kein Vorwurf sein sollte, aber es traf ihn doch.

Fast war es ihm zur Gewißheit geworden, daß sie ihn liebte.

Seine Brust hob sich in schweren Atemzügen. Lange saß er noch allein auf der Veranda. Die Sommernacht umgab ihn schweigend und sprach doch mit tausend Stimmen zu ihm. Das Recht der Toten verblaßte langsam in seinem Herzen, und das Recht der Lebenden stellte seine Forderungen an ihn.

Seine Seele kämpfte heute nicht mehr. Sie war erfüllt von einem verheißungsvollen Frieden.

Droben aber in ihrem Zimmer lag Traude auf ihrem Lager und preßte die Hände auf das wildklopfende Herz, in das sich die Eifersucht auf eine Tote einkrallen wollte.

Dieser Abend hatte heiße Wünsche in ihr wachgerufen. Ihre Seele wollte nicht mehr resignieren. Sie fragte sich unter Schmerzen, ob sie auf immer verdammt sei, im Schatten einer Toten zu leben. Was band Lothar noch an Maria Kastner?

Er mußte oft ihr Grab besuchen, da er von ihren Blumen wußte.

Hatte die Tote noch ein Recht an ihn? Band eine Schuld ihn unlösbar an die einstige Geliebte?

Oh, daß sie ihn erlösen könnte von dieser Schuld, daß er frei würde – frei für sie, damit er ihr sein Herz zuwenden konnte.

Ganz fremd war sie ihm in seinem Herzen nicht, das fühlte sie. Geduld mußte sie haben, bis sich seine Seele gelöst hatte von der Toten! ›Dann, Vater im Himmel, dann wende mir sein Herz zu. Die Tote kann er nicht mehr beglücken, all seine Liebe kann sie nicht mehr zum Leben erwecken. Aber mich – mich könnte sie unsagbar glücklich machen, ich sehne mich nach seiner Liebe wie die Blume nach dem Licht.‹

Tränen traten ihr in die Augen. Der Aufruhr ihrer Seele

ging langsam unter diesen Tränen zur Ruhe. Ein seliges Lächeln huschte um ihre Lippen. Sie dachte an alles, was er ihr heute abend gesagt hatte. Auch das Gedicht kam ihr noch einmal in den Sinn:

> Schließe mir die Augen beide
> mit den lieben Händen zu,
> geht doch alles, was ich leide,
> unter deiner Hand zur Ruh.

Sie seufzte tief auf. Ehe sie einschlief, dachte sie noch: ›Und heute war Donnerstag – der erste Donnerstag, an dem er daheim blieb.‹

11

Fünf Donnerstage war Lothar abends nicht ausgegangen. Diese Wochen verlebte das junge Paar in einer seltsamen Stimmung. Es war wie ein heimliches Suchen und Werben herüber und hinüber. In Traudes Herzen schossen die Hoffnungskeime üppiger empor.

Sie wußte nicht, weshalb sie so glücklich war, daß er donnerstags nicht mehr ausging. ›Irgend etwas, was ihn immer wieder von mir entfernte, ist nun hinweggeräumt‹, dachte sie.

Aber dann kam der sechste Donnerstag, und an diesem Abend sagte Lothar gleich nach dem Abendessen: »Ich möchte heute noch ausgehen. Traude, du entschuldigst mich wohl.«

Sie hatte sich in der Gewalt, aber er sah doch, wie sie

erblaßte, wie ihre Lippen leise bebten. Still neigte sie den Kopf.

Aber sie hatte das Gefühl, als trete nun wieder irgendein geheimnisvolles Hindernis zwischen sie.

Er zog ihre Hand an seine Lippen. »Ich bleibe höchstens zwei Stunden aus, Traude, und hoffe, dich noch wach zu finden, wenn ich heimkomme.«

»Wenn ich nicht zu müde bin. Ich werde heute zeitig zur Ruhe gehen«, rang es sich über ihre bebenden Lippen.

Er sah unsicher auf sie hinab, dann verabschiedete er sich aber und ging.

Seufzend sah sie ihm nach. Nun war das Geheimnis wieder da und quälte sie. Wie ein kalter Hauch lag es von diesem Abend an zwischen ihnen.

Jeden Donnerstag ging er nun wieder aus, gleich nach dem Abendessen. Stets blieb er nur eine kurze Zeit, höchstens zwei Stunden, aber es schmerzte sie, daß dieses Geheimnis erneut zwischen ihnen stand.

Sie war zu stolz, ihm nachzuforschen oder zu fragen. Er merkte ihr an, daß sie litt, und er kämpfte mit sich, ob er ihr sein Geheimnis nicht enthüllen sollte. Aber die Angst, daß sie nicht darüber hinwegkommen könnte, daß er ein Kind hatte, die Furcht, sie könnte feindselig seinem Kind gegenüber sein, band ihm immer wieder die Zunge.

So verging der Herbst, und der lange Winter hatte mit einem ersten leichten Schneefall seine Visitenkarte abgegeben.

Eines Donnerstags abends begegnete Traude ihrem Gatten, nachdem er sich schon von ihr verabschiedet hatte, im Vestibül. Er wollte gerade gehen; sie wollte hinauf auf ihr Zimmer, ahnungslos, daß er noch nicht weg war.

So standen sie sich plötzlich unerwartet gegenüber. Und Traude sah, daß ihr Mann einen in blaues Papier eingeschlagenen länglichen Karton im Arm trug.

Bei ihrem Anblick wollte er den Hut ziehen. Dabei entfiel ihm der Karton, das Papier blätterte auseinander, und durch den Fall öffnete sich der Deckel.

Zu Traudes Erstaunen sah sie in dem offenen Karton eine Puppe liegen.

Eine Puppe?

Es war eine der reizenden Käthe-Kruse-Puppen, ein sogenanntes Charakterbaby, die Traude immer so niedlich fand, wenn sie im Schaufenster welche sah. Lothar war die Röte der Verlegenheit in die Stirn gestiegen. Ein Diener sprang hinzu, hob den Karton auf und wickelte ihn wieder ein. Lothar nahm hastig das Paket an sich und ging mit eiligem Gruß davon.

Traude war auf demselben Fleck stehengeblieben und sah ihm verständnislos nach. Sie konnte sich nicht erklären, wie ihr Mann dazu kam, eine Käthe-Kruse-Puppe im Karton mit sich herumzutragen.

Lothar fragte sich inzwischen mit klopfendem Herzen, was Traude wohl über diese Puppe denken würde, die er für sein Töchterchen gekauft hatte.

Als Lothar heute in das behagliche Wohnzimmer Frau Kastners trat, kam ihm Lori jubelnd entgegengelaufen.

»Papa, lieber Papa – Lorikind liebhaben!« Damit streckte sie ihm die Ärmchen entgegen.

Er hob sie empor und küßte sie zärtlich. »Lorikind muß Papa auch liebhaben.«

Das kleine Persönchen nickte mit verständnisvoller Wichtigkeit. »Sehr lieb!«

»Sieh hier, was hat Papa dem Lorikind mitgebracht?«

Er ließ Lori nieder und nahm die Puppe aus dem Karton.

Lori jauchzte und zappelte.

»Oh, ßöne Puppe – Lorikind will haben!«

Er gab ihr die Puppe, die sie fest an sich preßte.

»Sag dem lieben Papa danke schön!« ermahnte Frau Kastner ihre Enkelin.

Eilig und flüchtig entledigte sich Lori ihrer Dankespflicht. Sie strebte von dem Arm ihres Vaters hinunter und wollte ihr Puppenkind zu Bett bringen, ehe sie selbst zu Bett gebracht wurde. Es sollte mir ihr schlafen gehen.

Lothar sah lächelnd dem kindlich-rührenden Spiel seines kleinen Töchterchens zu. ›Seltsam – kleine Mädchen werden wohl schon als Mütter geboren, weil sie immer gleich wissen, wie sie mit einer Puppe umzugehen haben‹, dachte er. Es war drollig und lieb, wie Lori die Puppe herzte und küßte, dann wieder auszankte und beruhigte. Sorgsam, ein wenig ungeschickt, aber mit großem Eifer legte sie die Puppe zu Bett, deckte sie zu und behauptete, sie weine, weil sie Milch haben wolle.

»Droßmama, muß Puppikind Milch deben«, sagte sie energisch.

Und die Großmama brachte die für Lori bestimmte Milchflasche und legte sie der Puppe an den Mund.

Da war Lori zufrieden. Die rührende kleine Mutter hatte ihre Pflicht getan und wurde nun selbst zu Bett gebracht.

Dabei gab es noch einige zärtliche Szenen zwischen Vater und Tochter. Dazwischen sah die kleine Puppenmutter aber immer wieder nach ihrem Puppenkind hinüber und flüsterte mit großen Augen: »Pst! Puppentind släft!«

Da mußte der Vater im Flüsterton sprechen.

Trotz aller Zärtlichkeit für sein Töchterchen war Lothar aber heute ein wenig zerstreut. Er mußte immer wieder darüber grübeln, was Traude wohl von der Puppe gedacht haben mochte.

Er kam zu keinem Ergebnis, aber das Herz wurde ihm schwer.

Das Geheimnis, das er vor Traude bewahren mußte, wurde drückender, und immer sehnlicher wünschte er, es ihr enthüllen zu können.

Trotzdem sagte er sich:

›Darüber kann wohl keine Frau hinwegkommen, auch Traude nicht. Weiß sie erst, daß ich Donnerstag abends zu meinem Kind gehe – Marias Kind –, wird sie verstimmt und unruhig sein. Gerade, wenn sie mich liebt, wird sie sich quälen, wenn ich zu Lori gehe. Und quälen will ich sie doch nicht.‹

Dagegen hielt er sich freilich vor, daß Traude ihm gesagt hatte, daß sie nicht geschont sein wolle und Schonung zuweilen grausamer sei als Rücksichtslosigkeit. Doch wagte er nicht, die Probe zu machen. Denn von Tag zu Tag wurde ihm Traude lieber, sie wuchs ihm mehr und mehr ans Herz. Aber Marias Kind stand zwischen ihnen. Wenn auch das Andenken an Maria verblaßte, ihr Kind hielt ihn fest. Er fürchtete, Traude könnte ihn, wenn er sein Geheimnis enthüllte, vor die Wahl stellen: Das Kind oder ich. Und diese Wahl würde ihm schwerfallen.

Freilich sagte er sich zuweilen: Sie ist zu gut und großmütig, als daß sie von mir fordern könnte, mein Kind zu vernachlässigen. Aber gleich danach kamen wieder die Zweifel.

Jedenfalls quälte ihn die Unsicherheit sehr, wenn er sich auch langsam von dem Bann zu lösen begann, der seit Marias Tod auf ihm lastete.

Obwohl er schuldlos war, hatte er das Schuldgefühl an Marias Tod noch nicht loswerden können. Immer hatte er das Empfinden, daß Traude allein ihm sagen könne, ob er schuldig oder unschuldig sei. Aber dann mußte sie alles wissen.

Doch an der großen Beichte hinderte ihn der Umstand, daß Lori da war.

Frau Kastner hatte Lothar schon eine ganze Weile mit forschenden Blicken betrachtet. Sie merkte, daß er zerstreut war. Er hatte zweimal auf eine Frage Loris eine falsche Antwort gegeben. Die alte Dame war immer auf eine Art eifersüchtiger Hut, daß ihrem Enkelkind auch sein Recht werde.

Gerade, weil der Vater Lori freiwillig ein Recht einräumte, wachte sie ängstlich darüber. Als Lori, mit ihrer Puppe im Arm, sanft eingeschlafen war und Lothar zu Frau Kastner ins Wohnzimmer trat, sah sie fragend zu ihm auf.

»Sie sind doch nicht krank, Herr Hochberg? Mir scheint, Sie sehen heute sehr blaß aus.«

Er nahm sich zusammen. »Nicht daß ich wüßte, Mutter Kastner.«

Die alte Dame strich sich über das graue Haar.

»Sie haben Lori zweimal ganz verkehrte Antworten gegeben«, sagte sie mit leisem Vorwurf.

Er mußte über ihre eifersüchtigen Augen lächeln. »Ich dachte an wichtige Dinge«, erwiderte er.

Sie seufzte auf. »So, so? Ich fürchtete, Sie wären nicht wohl. Das ist meine größte Angst. Wenn Sie einmal krank würden, das wäre schrecklich. Dann könnten Sie nicht zu uns kommen und wir nicht zu Ihnen. Und wenn Ihnen gar etwas zustoßen würde, was sollte dann aus Lori werden?«

Er legte seine Hand auf ihre Schulter.

»Seien Sie ganz ruhig, Mutter Kastner. Ich habe für diesen Fall Vorsorge getroffen. Sie würden auch dann, wie bisher, an jedem Ersten auf der Deutschen Bank die Summe für Lori erhalten, die Sie bisher erhalten haben. Bis zu Loris Mündigkeit bleibt das so. Und dann erhält Lori das Kapital, dessen Zinsen jetzt eben den Betrag ausmachen, den Sie monatlich erhalten. Sind Sie nun beruhigt?«

Es zuckte und arbeitete in ihrem Gesicht. Hastig nahm sie seine Hand. »Ich danke Ihnen, daß Sie mir das gesagt haben, Herr Hochberg. Konnte ich doch bisher die Sorgen um Loris Zukunft nicht loswerden. Ich weiß ja zu gut, was es heißt, ein armes Mädchen zu sein. Ganz ärgerlich bin ich nun auf mich, daß ich immer wieder Zweifel an Ihrer väterlichen Liebe und Güte aufkommen ließ. Es war häßlich von mir. Aber Ihre Handlungsweise steht eben einzig da, denn ich weiß sehr wohl, daß Sie nicht verpflichtet sind, in solcher Weise für Lori zu sorgen.«

Ernst sah er ihr in die vergrämten Augen.

»Vor dem Gesetz bin ich freilich nicht verpflichtet, Mutter Kastner, aber es gibt ungeschriebene Gesetze, die jeder Mensch in seiner eigenen Brust trägt. Und ich möchte um keinen Preis zu den Männern gehören, die ihr eigen Fleisch und Blut darben lassen, weil es nicht in einer von der Kirche und dem Gesetz sanktionierten Ehe geboren ist. Ich habe solche Männer nie verstehen können. Maria war meine Frau, wenn auch nur vor Gott und meinem Herzen. Und Lori ist mein geliebtes Kind, für dessen Wohl ich sorge, wie es mir mein Herz und mein Gewissen vorschreibt.«

Die Tränen stürzten Frau Kastner aus den Augen.

»Gott lohne Ihnen diese Worte, Herr Hochberg. Und ich wünsche Ihnen, daß Sie in Ihrer Ehe ein volles Glück finden. Sie verdienen es; und meine arme Maria hat ja doch nichts davon, wenn Sie nicht glücklich sind.«

Er atmete tief auf, und seine Zähne bissen sich fest aufeinander. Dann nahm er seinen Hut und Mantel.

»Wie es das Schicksal will, Mutter Kastner! Gute Nacht, ich muß nach Hause gehen. Auf Wiedersehen nächsten Donnerstag«, sagte er.

Sie gab ihm das Geleit bis zur Wohnungstür, dann ging sie hinein zu Loris Bett.

»Schlaf ruhig, mein Liebling, wenn du auch keine Mutter mehr hast, dein Vater hat dich lieb«, sagte sie leise.

12

Lothar hatte seiner Mutter einen Besuch gemacht. Die alte Dame plauderte in ihrer heiteren Art und machte ihm große Vorwürfe, daß er sich sowenig bei ihr sehen lasse.

»Wenn Traude nicht zuweilen zu mir käme, so hörte ich kaum etwas von euch. Du warst so lange nicht bei mir«, sagte sie.

»Verzeih, Mama, aber es gab allerlei Abhaltungen«, erwiderte er.

Sie wehrte lächelnd ab. »Nun ja, nun ja, ich meine es auch nicht schlimm. Junge Eheleute sind sich selbst genug. Das soll auch so sein. Und dein Frauchen ist ein reizendes Geschöpf. Weißt du, sie hat nur ein wenig zu moderne Ansichten und einen Hang zu allerlei törichten Gründlichkeiten, den man ihr abgewöhnen muß. Das gibt sich schon. Ich suche sie soviel wie möglich zu beeinflussen«.

Lothar dachte bei sich, daß es seiner Mutter kaum gelingen würde, einen Einfluß auf Traude auszuüben. Er lächelte ein klein wenig spöttisch.

»Also, du willst Traude in die Schule nehmen?«

Sie zog ihn leise am Ohr. »Ich glaube, der Schlingel will mich verspotten. Laß nur gut sein. Zu etwas ist deine alte Mutter doch noch nütze. Einen Stein habe ich dir ganz sicher aus dem Weg geräumt.«

Fragend sah er sie an. »Was meinst du damit?«

Sie reckte wichtig ihr zierliches Persönchen in den Schultern.

»Nun, Traude hatte es sich in ihr hübsches Köpfchen gesetzt, Näheres über die Affäre mit Maria Kastner – ich muß den Namen leider noch einmal aussprechen – zu erfahren. Sie fragte mich einmal geradezu danach.«

Er zuckte betroffen zusammen. »Sie fragte danach?«

»Ja, aber ich habe ihr ganz energisch erklärt, daß es für uns Frauen manchmal das beste ist, nichts zu wissen. Ich wollte dir erst nichts davon sagen, aber es ist doch für alle Fälle besser, wenn du weißt, daß sie von der dummen Geschichte gehört hat. Sollte sie dir noch einmal damit kommen, so bist du wenigstens gewappnet.«

Lothar biß sich auf die Lippen und sah vor sich hin.

»Wann war es, als Traude dir diese Frage vorlegte?«

»Vor einigen Wochen, ich weiß nicht mehr genau, wann es war. Aber du kannst ganz unbesorgt sein, das war nur so ein Einfall von Traude. Sie hatte wohl etwas darüber gehört und wollte Näheres wissen. Dich selbst wollte sie nicht fragen. Ich habe sie gleich zur Räson gebracht; es ist ja auch Unsinn, was braucht sie davon zu wissen? Was ich nicht weiß, macht mich nicht heiß. Wie gesagt, sie ist ein entzückendes Geschöpf, nur ein wenig zu nachdenklich. Aber das gewöhne ich ihr schon noch ab. Sei ganz ruhig.«

Lothar war aber gar nicht beruhigt. Er zwang sich, noch ein Weilchen mit seiner Mutter zu plaudern, mit dem leichten, heiteren Ton, den sie liebte, aber dabei dachte er an ganz andere Dinge.

Als er sich dann verabschiedete und nach Hause fuhr, mußte er immer wieder darüber nachdenken, was ihm seine Mutter über Traude erzählt hatte.

Er wußte nun, daß Traude sich danach sehnte, die ganze Wahrheit über Maria Kastner zu wissen. Sonst hätte sie nicht seine Mutter danach gefragt.

Und zum erstenmal fragte er sich, ob sie nicht recht habe, wenn sie seine Rücksicht grausam fand. Sie hatte ein Recht an der Wahrheit, die er ihr vorenthielt. Er war nicht der Ansicht seiner Mutter, daß die Frau kein Anrecht habe an der Vergangenheit des Mannes.

Sollte er ihr also nicht doch eine volle Beichte ablegen, gleichviel, wie sie diese aufnahm? War es nicht für sie beide eine unnütze Quälerei, wenn er über das Vergangene schwieg?

Vielleicht war sie doch noch großherziger, als er glaubte. Vielleicht gönnte sie ihm, wenn er ihr alles sagte, die seltenen Abende bei seinem Kind. Wie sie es auch aufnahm – alles war wohl besser, als dieses Geheimnis weiter zwischen sich und ihr bestehen zu lassen. Sobald sich eine passende Gelegenheit ergab, wollte er mit ihr sprechen, ihr alles sagen.

Als er nach Hause kam, sah er in Traudes Ankleidezimmer Licht. Da fiel ihm erst ein, daß sie heute abend zu einer großen Festlichkeit geladen waren und zugesagt hatten.

Er sah auf die Uhr; es blieb ihm gerade noch Zeit, sich umzukleiden.

Lieber wäre er zu Hause geblieben. Am liebsten hätte er gleich heute mit ihr gesprochen. Nun, da er den Entschluß gefaßt hatte, wollte er keine Verzögerung mehr.

Aber gerade jetzt häuften sich die geselligen Pflichten. Jetzt würde er eine ganze Weile keinen ruhigen Abend mehr mit Traude verleben können. Heute gab es diese große Festlichkeit, morgen war es ein interessantes Gastspiel in der Oper, das Traude nicht versäumen wollte, und übermorgen hatten sie selbst Gäste. Danach kam sein Donnerstag. So sah er voraus, daß in den nächsten Tagen keine Zeit und Gelegenheit zu einer ruhigen Aussprache bleiben würden.

Das verstimmte ihn. Denn plötzlich meinte er, nicht länger warten zu können, bis alles zwischen Traude und ihm ganz klar war.

Eilig begab er sich in sein Zimmer, um sich für das Fest umzukleiden. Er wollte Traude nicht warten lassen.

Als er fertig war und auf den breiten teppichbelegten Gang hinaustrat, sah er, daß zur selben Zeit Traude ihr Zimmer verließ. An der Treppe, die in das Vestibül hinabführte, traf er mit ihr zusammen.

Seine Augen öffneten sich weit. Traude sah wundervoll aus in einer eleganten Robe aus perlfarbigem Schleierstoff, der über ein zartrosa Unterkleid in weichen Falten an ihrer schlanken Gestalt herabfiel. Breite Säume in Perlstickerei beschwerten den Schleierstoff. Es war eine kostbare Toilette. Sie ließ die herrlichen Schultern, den stolzen Nacken und die Unterarme frei, während die Oberarme nur mit perlbesticktem Schleierstoff bekleidet waren.

Er atmete schwer, als sein Blick sie umfing, und seine Lippen preßten sich fest auf ihre Hand.

»Wie eine junge Königin siehst du aus, Traude. Du wirst alle anderen Damen in den Schatten stellen«, sagte er mit verhaltener Stimme.

Mehr als seine Worte verwirrte sie der Ton, in dem er sie aussprach, und der aufflammende Blick seiner Augen. Zum erstenmal sah sie etwas Heißes, Sehnsüchtiges darin. Ein Erschauern lief über sie hin. Sie preßte die Handflächen zusammen und zwang ein Lächeln in ihr Gesicht.

»Komplimente sind doch aus unserm Vokabular gestrichen, Kamerad«, sagte sie.

Dunkel ruhte sein Blick in dem ihren. Es wollten sich heiße, werbende Worte aus seinem Herzen ringen, aber Traude legte ihre Hand auf seinen Arm und sagte so ruhig wie möglich:

»Es ist Zeit, wir müssen uns beeilen, sonst kommen wir zu spät.«

Da bezwang er sich und führte sie, ohne etwas zu erwidern, die Treppe hinab. Sie waren aber noch nicht bis zu dem breiten Podest gelangt, an dem sich die Treppe teilte und an zwei Seiten in das Vestibül hinabführte, als Traude plötzlich strauchelte. Sie war mit ihrem hohen Absatz in einer Teppichfalte hängengeblieben. Hätte Lothar sie nicht schnell in seinen Armen aufgefangen, wäre sie gestürzt.

Fest hielt er sie in seinen Armen, an seinem Herzen, und als er merkte, daß sie leicht zitterte, preßte er sie noch fester an sich.

So lag sie eine Weile und sah fassungslos erschrocken in seine Augen, die über ihr waren und groß und flammend in die ihren blickten, mit einer verzehrenden Sehnsucht, die sie lähmte.

»Traude – süße, liebe Traude, hast du dir weh getan?« stieß er erregt hervor. Es lag eine unglaubliche Weichheit und Zärtlichkeit in seiner Stimme. Ein unbeschreibliches Glücksgefühl durchströmte die beiden Menschen. Wie gebannt sahen sie einander an. Traude war zumute, als sei ein Singen und Klingen in der Luft, und als werde sie emporgetragen, weit fort in selige Gefilde.

Ungläubig und zaghaft sah sie zu ihm auf. Da preßte er seine Lippen auf die ihren, in einem langen heißen Kuß.

So standen sie einige Augenblicke eng aneinandergeschmiegt, sich selbst und die Welt vergessend. Und ihre Herzen schlugen gegeneinander in lautem Schlag.

Sie kamen erst wieder zu sich, als oben eine Tür geöffnet und geschlossen wurde. Traudes Zofe kam herunter, um ihrer Herrin den kostbaren Pelzmantel zu bringen.

Das junge Paar raffte sich auf. Traudes Gesicht glühte, und Lothars Arm löste sich von ihr. Er legte ihre bebende Hand auf seinen Arm und führte sie vollends die Treppe hinab.

Sie sprachen kein Wort, hätten jetzt um keinen Preis sprechen können. Ein Chaos von Gefühlen war auf sie eingestürmt.

Schweigend nahm Lothar der Zofe den Mantel ab und legte ihn selbst um die Schultern seiner Frau. Dann führte er sie zu dem wartenden Auto, half ihr einsteigen und setzte sich zu ihr.

Ohne ein Wort zu sagen, ohne sich anzusehen, legten sie die kurze Fahrt zurück. Beide hingen ihren aufgewühlten Gedanken nach.

In Traudes Herzen jauchzte und jubelte ein unklares Glücksempfinden. Der schwache Hoffnungsschimmer war plötzlich stark und kräftig emporgeschossen. Sie schloß die Augen und rief sich seinen Blick, seine Worte von vorhin ins Gedächtnis zurück. So, wie Lothar sie eben angesehen hatte, sah ein Mann nur die Frau an, die er liebte.

Diese Gewißheit jagte ihr das Blut in raschem Lauf durch die Adern. Unter ihrem kostbaren Pelzmantel preßte sie die Hand auf das wild klopfende Herz.

Kein Laut kam über ihre Lippen. Sie fürchtete, daß sie alles zerstören könne, was sie erhofft und erträumt hatte, wenn sie auch nur einen Laut in diese verhaltene Stille hineinklingen ließ.

Und Lothar?

Er war sich plötzlich ganz klar bewußt geworden, daß er Traude liebte, von ganzem Herzen, mit all seinem Denken und Fühlen. Das, was er einst für Maria empfunden hatte, war langsam verblaßt und gestorben. Aber das blühende Leben streckte fordernd und sehnend die Arme nach ihm aus.

Noch einen letzten Kampf kämpfte er mit sich selbst. Er beschwor das Andenken an Maria herauf. Aber ihr Gesicht war wie ein Schemen. Das Recht der Lebenden stellte sich vor das Recht der Toten.

›Zürne mir nicht, kleine Maria, zu mächtig zieht mich das süße, starke Leben neben mir an. Es ruft und lockt aus den gütigen, liebevollen Augen meiner Frau. Lange habe ich mich gegen diesen Zauber gewehrt, jetzt kann ich micht mehr.‹

So dachte er, während er mit ineinandergekrampften Händen neben Traude saß. Der Wagen hielt, ehe die beiden Menschen ihre Erregung in sich niedergekämpft hatten.

Lothar sprang hinaus und hob Traude aus dem Wagen. Er hielt sie fester als nötig und sah in ihr glühendes und wieder erblassendes Gesicht.

Noch immer sprachen sie nicht.

Wenige Minuten später waren sie von vielen Menschen umringt. Die Wogen des Festes rissen sie auseinander, und keine Minute war ihnen beschert, in der sie ungestört miteinander hätten sein können.

Aber in all dem Festtrubel flogen ihre Herzen sehnsüchtig zueinander, und ihre Blicke trafen sich immer wieder mit heißem, sehnsuchtsvollem Leuchten.

Nie war Traude so schön gewesen wie an diesem Abend. Das fanden auch noch viele andere als Lothar. Die schöne Frau wurde von Verehrern umringt, und Lothar brannte die Eifersucht im Herzen. Er hätte all die Männer, die ihr Artigkeiten sagten und sie zum Tanz führten, aus ihrer Nähe fortschleudern, hätte ihnen zurufen mögen: »Geht weg, sie gehört mir – mir allein!«

Über seiner glühenden Liebe vergaß er alles. Der Egoismus seiner kraftvollen, fordernden Jugend konnte nicht mehr haltmachen vor dem Schatten einer Toten.

So verging Stunde um Stunde, und die Sehnsucht der Gatten loderte immer höher empor, je weniger sie einander erreichen konnten. Auch Lothar mußte mit anderen Damen plaudern und tanzen. Dann wurde er von einigen Freunden eine lange Zeit festgehalten, die ihm ernste Vorwürfe machten, daß er sich sowenig im Klub sehen lasse.

»Auch die schönste Frau darf einen Mann seinen Freunden nicht ganz abspenstig machen. Es wird Zeit, daß du aus den Flitterwochen herauskommst«, sagte der eine der Herren.

Lothar hörte nur mit halbem Ohr zu. Er bemerkte, daß Traude mit einem jungen Offizier vorübertanzte, und sah ihr mit brennenden Augen nach.

»Mensch, du machst Augen wie Othello«, rief ihm ein anderer seiner Freunde zu.

»Würde ich an seiner Stelle auch tun«, sagte ein dritter.

Lothar wehrte sich mit einem scherzhaften Einwurf und machte sich von seinen Freunden los. Der Tanz war zu Ende, und der Offizier führte Traude in den Erfrischungsraum neben dem Ballsaal.

Da eilte er ihr schnell nach.

Seine Freunde sahen sich lächelnd an.

»Kinder, der ist ja bis über beide Ohren in seine Frau verliebt!«

»Na, Kunststück! Warum sollte er es auch nicht sein!«

»Also scheint die Chose mit der kleinen Gesellschafterin seiner Mutter doch nicht ernsthaft gewesen zu sein.«

»Für ihn vielleicht nicht, aber für sie. Das arme Ding ist doch in den Schloßteich gegangen.«

»Scheußliches Pech für Lothar. Lieber Gott, wenn die kleinen Mädchen alle gleich in den Schloßteich gehen wollten!«

Lothar kümmerte sich nicht um das, was seine Freunde über ihn sagten. Das Fest hatte inzwischen seinen Höhepunkt erreicht. Endlich entdeckte er seine Frau auf einem Rundsofa. Der Offizier stand vor ihr und plauderte mit ihr.

Aufs Geratewohl ließ sich Lothar am Büfett einen Eisbecher geben und brachte ihn Traude.

Sie nahm ihm errötend das Glas ab. Der Offizier zog sich diskret mit einer Verbeugung zurück.

»Bist du noch nicht müde, Traude?« fragte er mit bebenden Lippen.

Sie löffelte das Gefrorene und sah unsicher zu ihm auf. »Es ist wohl schon spät?«

Er sah nach der Uhr. In demselben Moment ging eine unruhige Bewegung durch die festliche Menge, und ein Diener rief laut den Namen Hochberg in den Saal hinein.

Lothar wandte sich um und meldete sich. Da trat der Diener schnell an ihn heran.

»Sie möchten ans Telefon kommen, Herr Hochberg.«

»Wer will mich sprechen?« fragte Lothar.

»Soviel ich verstehen konnte, war es Ihr Herr Vater. Er meldete, daß in den Fabrikräumen Feuer ausgebrochen sei, will Sie aber jedenfalls selbst sprechen.«

Lothar schrak zusammen und eilte ans Telefon.

»Bist du es, Vater?«

»Ja, Junge. Es ist Feuer im großen Lagerraum ausgebrochen. Der Wächter meldete es mir soeben. Du mußt sofort in die Fabrik hinausfahren. Ich komme auch gleich hinaus.«

»Ich breche sofort auf, Vater. Auf Wiedersehen. Hoffentlich ist es nicht zu schlimm.«

Einen Moment stand Lothar wie erstarrt, als er den Hörer hingehängt hatte. Aus seinen heißen, sehnsüchtigen Empfindungen riß ihn diese Nachricht, als sei ihm kaltes Wasser über den Kopf gegossen worden.

Er eilte zu Traude zurück. Sie kam ihm voll Unruhe entgegen, denn sie hatte die Schreckensbotschaft schon gehört.

»Was hast du für Nachrichten, Lothar?« fragte sie mit blassen Lippen.

Er berichtete eilig, sie mit brennenden Augen ansehend.

»Ich muß sofort hinausfahren, Traude«, schloß er seinen Bericht.

Sie zeigte sich ruhig und gefaßt, obwohl ihre Hände bebten. »Menschenleben können doch nicht in Gefahr sein?«

»Sicher nicht. Kannst du nachher allein mit dem Diener nach Hause fahren, Traude? Ich schicke dir das Auto sofort zurück.«

Sie nickte ruhig. »Sorge dich nicht um mich. Ich warte hier, bis das Auto zurückkommt, und fahre dann nach Hause.«

Er küßte ihre Hand und sah sie seltsam an.

»Ich hätte dir heute noch so viel zu sagen gehabt, Traude«, flüsterte er.

Ihre Augen leuchteten zu ihm auf. »Morgen ist auch noch ein Tag, Lothar, ich warte.«

Sie preßten ihre Hände mit einem festen Druck zusammen und sahen sich noch einmal tief in die Augen.

Dann eilte er davon.

Traude wurde von allen Seiten umringt und mit Fragen bestürmt. Sie konnte aber die entfesselte Neugier nicht befriedigen. Einige der Herren waren an ein Fenster getreten und behaupteten, einen Feuerschein am Himmel zu sehen. Jedenfalls war die festliche Stimmung gestört. Außerdem war es schon sehr spät geworden, und so brachen die Gäste langsam auf.

Traude mußte warten, bis der Wagen zurückkehrte.

Eine Anzahl Herren umgaben sie und warteten, bis sie die schöne Frau an ihren Wagen begleiten konnten.

Traude atmete erleichtert auf, als sie allein im Auto saß. Die letzte Stunde war eine Nervenmarter für sie gewesen.

Kaum war sie zu Hause angelangt, als telefoniert wurde. Ihr Mann verlangte sie zu sprechen.

»Bist du gut zu Hause angekommen, Traude?« fragte er.

»Ja, Lothar, wie steht es draußen?«

»Es hätte schlimmer kommen können. Das Feuer wird sich hoffentlich auf einen Herd beschränken lassen. Ein großer Lagerschuppen ist auf unerklärliche Weise in Brand geraten. Es war zu befürchten, daß die Flammen auf den rechten Flügel des Hauptgebäudes übergreifen würden, aber die Feuerwehr hat diese Gefahr abgewendet. Vorsichtshalber haben wir die Bücher in den Mittelbau schaffen lassen, doch hoffe ich, daß es unnötig gewesen ist.«

Traude atmete auf.

»Ich danke dir, daß du mich gleich angerufen hast. Werdet ihr großen Schaden haben?«

»In diesem Lagerschuppen befanden sich nur Rohmaterialien, Garne und Gespinste. Die sind bald wieder zu beschaffen. Der Schaden beläuft sich auf zirka hunderttausend Mark, ist aber durch Versicherungen abgedeckt.«

»Und Menschenleben waren nicht gefährdet?«

»Gottlob nein. Ein Feuerwehrmann hat freilich durch ein herabfallendes Holzscheit an den Händen Brandwunden erhalten. Sie sind aber schon verbunden und nicht erheblich. Also sorge dich nicht. Geh ruhig zu Bett, Traude. Ich habe noch einige Stunden hier zu tun, weil ich Vater nach Hause geschickt habe. Wärest du so freundlich, mir einen praktischen Anzug mit dem Auto herzuschicken? Ich bin doch noch im Gesellschaftsanzug.«

»Das soll sogleich geschehen, Lothar. Hast du sonst noch Wünsche?«

»Tausend Wünsche, aber die kann ich dir erst verraten, wenn wir uns wiedersehen. Gute Nacht, Traude!«

»Gute Nacht, Lothar!«

Traude hängte den Hörer an. Ein helles Leuchten lag auf ihren reinen Zügen. Sie faltete die Hände und drückte sie an ihr Herz.

»Vater im Himmel – Vater im Himmel, soll ich doch noch glücklich werden?« flüsterte sie vor sich hin.

Wie im Traum ging sie und gab den Auftrag, daß Lothar ein Anzug gesandt wurde. Sie sorgte auch dafür, daß ein kräftiger Imbiß dazu kam. Es war möglich, daß er draußen gebraucht wurde.

Erst als das Autö abgefahren war, ging sie zu Bett. Sie schlief bald ein mit einem glücklich verträumten Lächeln. Es war eine erwartungsvolle Feiertagsstimmung in ihrer Seele, als sollte ihr der kommende Tag etwas Köstliches bringen.

13

Als Traude erwachte, schien die helle, klare Wintersonne in ihre Fenster. Sie richtete sich auf und sah auf die Uhr. Erschrocken blickte sie um sich. Die zehnte Stunde war bereits angebrochen.

Schnell erhob sie sich, klingelte ihrer Dienerin und ließ sich ihr Bad richten.

»Ist der gnädige Herr schon nach Hause gekommen, Jenny?« fragte sie.

»Nein, gnädige Frau. Aber der Herr Vater war hier und wollte melden, daß der gnädige Herr vor Mittag nicht nach Hause kommen könne. Er wollte aber nicht, daß ich die gnädige Frau wecke.«

»Es ist gut, Jenny. Also schnell ein Bad; ich will mich ankleiden.«

Die Dienerin verschwand, und Traude machte sich an ihre Toilette.

Als sie angekleidet war und gefrühstückt hatte, telefonierte sie mit der Fabrik. Ihr Schwiegervater meldete sich.

»Du bist schon wieder draußen, Papa?« fragte sie.

»Ja, Traude, ich hatte keine Ruhe zu Hause. Und Lothar weiß ohnehin nicht, wo er zuerst anfangen soll. Es ist ein großes Durcheinander, und Lothar will nicht von der Stelle, bevor nicht alles geordnet ist. Du hättest ihn sehen müssen, wie er mitten im Trubel stand, wie ein Fels im Meer. Im Grunde war ich ganz überflüssig, und er hat mich einfach nach Hause geschickt.«

»Das war recht so, Papa. So hast du doch ein paar Stunden schlafen können.«

»Geschlafen habe ich freilich nicht, dazu war ich zu unruhig. Ich hatte zu große Angst, daß das Feuer auf das Hauptgebäude übergreifen könnte. Gottlob ist das vermieden worden. Aber du möchtest Lothar wohl selbst sprechen?«

»Wenn es möglich wäre, gern Papa.«

»So warte ein Weilchen, ich will ihn herbeirufen.«

Nach einigen Minuten meldete sich Lothar am Telefon.

»Bist du da, Traude?«

»Ja, Lothar, wie geht es dir?«

»Gut, ich habe nur noch viel zu tun – und große Sehnsucht nach dir. Aber vor Tisch komme ich nicht los hier; ich will erst wieder Ordnung haben, sonst geht alles drunter und drüber. Um zwei Uhr hoffe ich, bestimmt zu Hause zu sein.«

»Kann ich irgend etwas für dich tun? Brauchst du etwas?«

»Ich danke dir, nein. Der Imbiß kam mir sehr zustatten. Das Feuer ist übrigens ganz erstickt und der Schaden zu übersehen.«

»Bist du sehr müde?«

»Das ist nicht das schlimmste. Etwas anderes quält mich viel mehr. Aber ich muß stillhalten, bis ich bei dir sein kann. Das Feuer brach sehr zur Unzeit aus. Jetzt muß ich abbrechen, man ruft nach mir. Auf Wiedersehen heute mittag, Traude – meine Traude!«

»Auf Wiedersehen!« wiederholte Traude mit bebender Stimme.

Mit lächelnder Versonnenheit ging sie langsam durch die Zimmer.

»Er hat Sehnsucht nach mir – nach mir!« sagte sie leise vor sich hin.

Und dann stieg ein seltsamer Laut aus ihrem Innern empor. War es ein Schluchzen oder ein Lachen? Sie wußte es selbst nicht. Mit großen Augen sah sie sich im Zimmer um. Hatte heute nicht alles ein anderes Gesicht? Und die Sonne, sie schien so hell und warm mitten im Winter.

Aufatmend blieb sie am Fenster stehen. Was fing sie nur an, um sich die Zeit bis Mittag zu vertreiben? Zu ihrer Schwiegermutter fahren? Ach nein, mit der konnte sie heute nicht sprechen. Aber hinaus ins Freie mußte sie. Da verging die Zeit schneller.

Sie kleidete sich an, und dabei fiel ihr ein, was sie mit ihrer freien Zeit anfangen konnte. Sie wollte hinaus auf den Friedhof gehen, an Maria Kastners Grab, und ihr wieder Blumen bringen. Heute sollte sie besonders schöne haben, das Schönste, was sie in der Blumenhandlung bekam; denn im Garten blühten keine Blumen mehr.

Schnell machte sie sich fertig. In einer Blumenhandlung kaufte sie einen Arm voll Blumen und fuhr dann zum Friedhof hinaus.

Sinnend sah sie auf die Blumen hinab. Sie würden erfrieren über Nacht, aber solange die Sonne schien, hielten sie sich gewiß frisch. Und heute mußte Maria Kastners Grab geschmückt werden – heute.

Als sie an das Grab herankam, fand sie es, wie die anderen Gräber, mit Schnee bedeckt. Nur der Stein ragte heraus, und einige grüne Tannenzweige lagen über den Schneehügel gebreitet. Die hatte jemand hergelegt, nachdem der Schnee schon gefallen war. Sollte es Lothar gewesen sein? Sie verteilte die Blumen zwischen die Tannenzweige. Ihr Herz war voll heißen Flehens.

»Neide mir mein Glück nicht, abgeschiedener Geist, wenn es sich erfüllen sollte. Ich will dein Andenken nicht aus seiner Seele verdrängen, mit ihm vereint will ich in Zukunft dein Grab schmücken. Er hat dich geliebt. Nun gönne es mir, wenn sich sein Herz mir zuwendet. Gönne mir ein Glück, das dir nicht mehr werden kann.«

Wie ein Gebet rangen sich diese Worte aus ihrer Seele. Langsam erhob sie sich wieder und klopfte den Schnee von ihren Kleidern. Dann ging sie zum Ausgang des Friedhofes zurück, wo ihr Wagen wartete.

Auf dem breiten Hauptweg hatte sie eine Begegnung.

Eine alte Dame in schwarzer Kleidung schob einen zierlichen Kinderschlitten vor sich her. Darin saß ein entzükkendes kleines Mädchen in einem weißen Flauschmäntelchen. Auf die flachsblonden Löckchen des Kindes war eine weiße Mütze gedrückt, und die Händchen steckten in weißwollenen Fäustlingen, die an einer Schnur um den Hals befestigt waren. Fest an sich gedrückt hielt das kleine Mädchen eine Puppe. Traude wußte nicht, daß sie das Kind und die alte Dame dicht an Maria Kastners Grab getroffen hatte, als sie es das erstemal aufsuchte. Die kleine Lori hatte sich inzwischen sehr entwickelt, und auf die alte Dame hatte sie damals nicht geachtet. Sie blickte aber auch heute voll Entzücken auf das reizende Kind, das mit lachenden Augen zu ihr aufsah. Unwillkürlich blieb Traude stehen, um das Kind zu betrachten.

»Welch ein reizendes Geschöpfchen!« sagte sie, halb entschuldigend wegen ihrer Anrede, zu der alten Dame.

Frau Kastner, die in der sonnigen Mittagszeit wieder einmal das Grab ihrer Tochter aufsuchen wollte, machte nur eine unsichere Bewegung und sah zur Seite. Sie wollte den Schlitten weiterschieben. Da zappelte die kleine Lori und streckte die Händchen nach Traude aus.

»ßöne Dame – liebhaben«, plauderte sie.

Ganz warm wurde Traude ums Herz.

»Du süßes, kleines Mädchen«, sagte sie und streichelte über die flachsblonden Löckchen, die sich aus der Mütze drängten.

Lori zappelte vergnügt, während Frau Kastner wie auf Kohlen stand. Da fiel die Puppe aus Loris Arm in den Schnee, der den Weg bedeckte. Traude bückte sich, um sie aufzuheben.

»Armes Puppitind, runterdefallt. ßöne, liebe Dame aufdehebt«, plapperte Lori.

»Hier hast du dein Puppenkind wieder, kleines Mädchen«, sagte Traude lächelnd und klopfte den Schnee von dem Kleid der Puppe.

In diesem Moment stutzte sie. Sie sah mit großen Augen auf die Puppe hinab. Wie seltsam, das war genau dieselbe Puppe, die neulich abends ihrem Gatten entfallen war.

Ein Lächeln huschte über Traudes Gesicht. Keine Ahnung kam ihr, daß es wirklich dieselbe Puppe war. Diese Art Puppen – so meinte sie – scheint jetzt sehr beliebt zu sein. In ihrer Kinderzeit kannte man die Käthe-Kruse-Babys noch nicht.

»Schau, es ist ganz heil geblieben, dein Puppenkind«, sagte sie, Lori ihre Puppe in den Arm legend.

»Puppitind heil deblieben! Armes Puppitind – bist defallt«, plauderte Lori und drückte ihre Puppe fest an sich.

»Hast du dein Puppikind lieb?« fragte Traude.

Lori nickte energisch. »Lori hat Puppitind lieb und Papa und Droßmama – und ßöne Dame.«

»Die entzückende Kleine hat wohl keine Mutter mehr?« fragte Traude die alte Dame, die mit seltsam blassem, zuckendem Gesicht dabeistand und sichtlich betreten war.

»Nein, sie hat keine Mutter mehr«, stieß sie fast schroff heraus, um die Unterhaltung abzubrechen. Frau Kastner wußte selbst nicht, was sie von dieser Begegnung befürchten sollte. Sie war ihr jedenfalls sehr peinlich, während Traude ganz ahnungslos blieb.

»Armes Kleines! Wie heißt du denn, kleine Puppenmama?« fuhr Traude fort.

Aber ehe Lori antworten konnte, was sie sonst auf diese Fragezuerwidernpflegte, nämlich: »Lori Tastner heißt Loritind«, schob Frau Kastner plötzlich eilig den Schlitten weiter.

»Sie verzeihen, ich habe kalte Füße und muß weitergehen«, sagte sie dabei laut, um zu übertönen, was Lori sagte.

Traude sah lächelnd dem Kinde nach.

»ßöne Dame – liebe Dame!« rief Lori noch zurück.

Traude winkte ihr nach.

So ein süßes Dingelchen, dachte sie. Nichts Lieblicheres gab es doch als solch ein reizendes, gutgepflegtes Kind, das vor Frische und Sauberkeit leuchtete.

Langsam ging sie weiter. Hätte sie nur eine Ahnung gehabt, wessen Kind soeben wieder ihren Weg gekreuzt hatte, so hätte sie es sicher als ein Zeichen betrachtet, daß Maria Kastners abgeschiedener Geist ihr freundlich gesinnt war.

Während sie weiterging, mußte sie wieder an die Käthe-Kruse-Puppe denken, die ihrem Mann neulich heruntergefallen war. Für wen sollte wohl diese Puppe bestimmt gewesen sein? Ob er an den mysteriösen Donnerstagen in einer Familie verkehrte, wo Kinder waren? Aber warum machte er dann ein so tiefes Geheimnis daraus? Sie atmete auf und lächelte.

›Wenn sich erfüllt, was ich seit gestern abend erhoffe und erwarte, seit er mich im Arm gehalten und mich gefragt hat: Traude – süße, liebe Traude, hast du dir weh getan? –, dann erfahre ich auch das Geheimnis dieser Donnerstage‹, sagte sie sich.

Sie schritt nun schneller aus. Die Sehnsucht trieb sie heim. Vielleicht war Lothar schon zu Hause, früher, als er vorausgesehen hatte.

Frau Kastner war inzwischen an Marias Grab angelangt. Lori drückte ihre Puppe an sich.

»Sst! Mami schläft«, sagte sie, mit geheimnisvoll großen Augen auf den Grabhügel blickend.

Frau Kastner sah die herrlichen Blumen, die Traude Hochberg auf das Grab gelegt hatte.

»Was sagst du dazu, Maria, immer wieder bringt sie dir Blumen. Und wie lieb sie zu dem Kind war. Wenn sie wüßte, Maria, alles wüßte? Aber sie ist ein selten guter Mensch, und er muß sie dafür liebhaben. Gelt, mein Mariechen, du würdest es selber wollen?« So sprach die alte Frau, ihrer Gewohnheit folgend, halblaut zu ihrem toten Kind.

Aber Lori ließ ihrer Großmutter nicht viel Zeit. Sie hatte hundert Fragen und plauderte bunt durcheinander mit der Großmutter, der toten Mutter und dem Puppenkind. Auch die »ßöne Dame« spukte noch in ihrer Phantasie.

14

Als Traude nach Hause kam, war Lothar noch nicht heimgekehrt. Sie kleidete sich um und setzte sich mit einem Buch ins Wohnzimmer an den Kamin, der freilich nur den Zentralheizungskörper umkleidete, aber doch einen behaglichen Anblick bot. Das Buch fesselte sie jedoch nicht sehr. Sie lauschte, sooft sie ein Geräusch vernahm. Endlich hörte sie das Auto vorfahren. Es mußte Lothar sein.

Das Herz klopfte ihr bis in den Hals hinauf, aber sie

vermochte sich nicht zu rühren, wie gelähmt blieb sie sitzen und wartete. Wartete mit zitternden Gliedern und bald glühenden, bald erblassenden Wangen.

Eine Weile blieb alles still, dann öffnete sich die Tür, und statt des Erwarteten trat ein Diener ein.

»Der gnädige Herr ist soeben heimgekommen und läßt die gnädige Frau um Verzeihung bitten, daß er warten läßt. Er muß sich erst umkleiden. Seine Kleidung ist beim Brand beschmutzt worden«, meldete er.

Und sie saß und wartete weiter; die Minuten wurden ihr zu Ewigkeiten.

Doch endlich, endlich öffnete sich die Tür, und Lothar trat hastig ein. Sein Gesicht war bleich und zeigte Spuren von Überanstrengung, aber in seinen Augen leuchtete es. Mit wenigen Schritten war er bei ihr und sank auf eine kleine Fußbank an ihrer Seite. Er umfaßte sie mit beiden Armen und legte seinen Kopf in ihren Schoß. So lag er eine ganze Weile ganz stumm, und sie fühlte, daß der starke Mann zitterte unter der Wucht der auf ihn einstürmenden Gefühle.

Zagend und in fast mütterlicher Zärtlichkeit strich sie über sein im Nacken kurz geschnittenes Haar. Da fing er ihre Hand ein, preßte sie an seine Lippen und sah mit brennenden Augen zu ihr auf.

»Traude, seit gestern abend warte ich voll Sehnsucht auf den Augenblick, daß ich so bei dir sein kann, allein mit dir. Hast du gefühlt, Traude, wie ich mich nach dir gesehnt habe?«

Sie neigte leise den Kopf. »Ja, Lothar, ich habe es gefühlt. Ich – ich habe gewartet, wie du!«

Ein verlorener Laut brach aus seiner Brust. Dann atmete er tief auf. »Ehe ich dir sage, Traude, was in meinem Herzen für dich erwacht ist, sollst du erfahren, was hinter mir liegt. Ich habe lange mit mir gekämpft, ob ich es tun soll. Aber du hast mir selbst gesagt, daß Schonung grausamer sein kann als tausend Rücksichtslosigkeiten. Und wenn zwischen uns beiden alles klar sein soll, mußt du alles wissen, was ich dir bisher verheimlichte, aus Schonung für dich. Darf ich dir alles sagen, Traude?«

Sie sah mit ihren gütigen Augen in sein gequältes Gesicht. »Sag mir alles, Lothar. Laß mich alles mit dir tragen. Verschweige mir kein einziges Wort, auch wenn es dir schwerfällt. Fühle und denke nur das eine: daß ich da bin, um alles mit dir zu tragen, was dich drückt.«

Er barg sein zuckendes Gesicht in ihren Händen. »Du Liebe, du großes, gütiges Herz! So laß mich dir alles beichten. Du weißt, daß Maria Kastner Gesellschafterin meiner Mutter war.«

»Ja, Lothar.«

»Ich liebte sie vom ersten Augenblick an, als ich sie sah. Nicht, weil sie schön war – oft hatten mich viel schönere Frauen kalt gelassen –, sondern weil sie etwas rührend Hilfloses hatte in ihrer Art. Glaube mir, Traude, trotz allem, was man dir vielleicht über sie gesagt hat, sie war alles andere als leichtfertig. Ein tugendhafteres Geschöpf kannst du dir nicht denken. Sie war lauter und rein in ihrem Herzen.«

»Ich glaube es dir, Lothar, denn auch auf mich hat sie, als ich sie einige Male in Gesellschaft deiner Mutter traf, einen sehr guten Eindruck gemacht.«

Er nickte. »Du warst lieb und gut zu ihr. Sie hat es mir gesagt. Wie könntest du auch anders zu einem Menschen sein. Als ich sie kennengelernt hatte, zwang ich mich, ihr auszuweichen, gerade, weil sie einen so tiefen Eindruck auf mich machte. Und sie huschte scheu, ja in ängstlicher Hast an mir vorüber. Kaum, daß wir in den ersten Wochen ein Wort wechselten.

Und doch liebten wir uns vom ersten Augenblick an. Tut es dir weh, Traude, daß ich es dir sage?«

Sie strich über seinen Kopf. »Nein, es tut mir nicht weh. Dein Vertrauen macht mich stolz und glücklich. Sprich ruhig weiter, schone mich nicht, ich will nun alles hören.«

Er atmete tief auf. »Schließlich kam, was kommen mußte. Was wir füreinander fühlten, war so mächtig geworden, daß es uns eines Tages wortlos einander in die Arme trieb. Ich hielt das zitternde Mädchen an meinem Herzen und wußte nur das eine, daß ich es freiwillig nie wieder lassen würde.

Sieh, Traude, ich hatte eine große Macht über Maria; von dem Moment an, als sie zum erstenmal in meinen Armen lag, hatte sie keinen Willen als den meinen. Sie war mein Geschöpf und tat blindlings, was ich von ihr forderte. Ich fühlte mich im Besitz ihrer Liebe wie ein König. Das scheue, kleine Mädchen hatte nicht weniger Macht über mich, als ich über sie. Und ich war festen Willens, sie zu meiner Frau zu machen. Das sagte ich ihr und nannte sie meine Braut. Aber mit den Eltern hatte ich noch nicht gesprochen. Mein Vater schien in jener Zeit viele geschäftliche Sorgen zu haben, so daß ich immer wieder auf eine günstige Stunde wartete, und meine kleine Mutter? Du weißt, Traude, daß wir ihr immer alles Schwere und Aufregende ferngehalten haben. Ich wußte, daß sie eine Verbindung mit Maria nicht befürworten würde, weil so etwas aus dem Rahmen fiel, in dem sich ihr Leben bewegte.

So zögerte ich immer wieder – und Maria bestärkte mich darin. Sie war so ängstlich und fürchtete sich schrecklich vor dem Groll meiner Eltern. Der Gedanke, daß sie sich ihnen gegenüber zu ihrer Liebe bekennen müsse, ließ sie erzittern. Wie undankbar kam sie sich vor, daß sie für alle Freundlichkeit, die sie in unserem Hause genoß, mein Herz an sich gefesselt hatte. Ihren ängstlichen Bitten folgend, zögerte ich, meinen Eltern unser heimliches Verlöbnis zu offenbaren, zögerte so lange, daß Maria schließlich – meiner drängenden Leidenschaft folgend – vor Gott mein Weib wurde, ehe die Eltern etwas ahnten.«

Er schwieg und sah unruhig in Traudes Gesicht. Es war blaß geworden, um den feinen Mund lag eine tiefe Erregung.

»Sprich weiter«, bat sie ernst.

Er küßte ihre Hand. »Du darfst Maria nicht verurteilen. Ich – ich allein war schuld daran. Sie war mein Geschöpf, war willenlos mir ergeben, und sie liebte mich mit schrankenloser Innigkeit, so daß sie mir keinen Wunsch versagen konnte.

Ich sah ein, daß ich nicht länger zögern durfte, meinen Eltern zu sagen, daß Maria meine Braut war. Gleich am anderen Tage sollte es geschehen. Es war wirklich höchste Zeit, denn ich merkte, daß meine Mutter mißtrauisch wurde.

Ich hatte Maria, ehe wir uns trennten, gesagt, daß ich am nächsten Tag alles mit meinen Eltern besprechen wollte. Weil sie zu große Angst vor dieser Eröffnung hatte, schlug ich ihr vor, sie möge sich am nächsten Mittag, ehe ich nach Hause käme, unter einem Vorwand Urlaub geben lassen und bei ihrer Mutter die Entscheidung abwarten. Ihre Mutter wohnt in unserer Stadt, ich wußte aber die Adresse nicht und bat Maria, sie mir aufzuschreiben und an einen bestimmten Ort zu legen, wo wir zuweilen Briefe füreinander versteckten, wenn wir uns etwas zu sagen hatten. Sie versprach es auch.

Als ich am anderen Tag um die Mittagszeit nach Haus kam, war Maria fort. Aber nicht für einen kurzen Urlaub, sondern für immer. Meine Mutter sagte mir, sie habe Maria plötzlich entlassen müssen, die junge Dame habe ihr Veranlassung gegeben, an ihrer Ehrenhaftigkeit zuzweifeln. Ich war außer mir und wollte meine Beichte beginnen, aber meine Mutter hielt sich die Ohren zu und bat mich nervös, sie mit ›solchen Dingen‹ nicht zu belästigen.

Mein Vater kam dazu, und trotz des Protestes meiner Mutter sagte ich nun meinen Eltern, daß ich Maria liebe und sie zu meiner Frau machen wolle.

Mutter war außer sich, und Vater gab mir ruhig und nachdrücklich zu bedenken, daß solche ›Liebeleien‹ nicht zu ernsten Verbindungen führen dürften.

Erregt erwiderte ich, es sei keine Liebelei, sondern eine heilige, tiefe Liebe, und Maria werde unter allen Umständen meine Frau, sie habe mein Wort.

Da sagte mein Vater zu mir:

›Ich muß dich darauf aufmerksam machen, daß unsere Verhältnisse dir nicht den Luxus gestatten, eine arme Frau heimzuführen. Du mußt unter allen Umständen eine reiche Heirat machen.‹

Erregt wehrte ich ab, es fielen heftige Worte. Schließlich sagte meine Mutter: ›Ehe du dich weiter deinen Eltern gegenüber vergißt, besinne dich und komm zur Ruhe. Wir wollen jetzt nicht mehr darüber sprechen. Wenn wir ruhiger geworden sind, wollen wir dies Thema erledigen.‹

So brachen wir vorläufig ab. Ich wollte Maria eine beruhigende Zeile senden und suchte in dem Versteck nach einer Nachricht von ihr, die mir ihre Adresse verraten konnte.

Ich fand auch einen Brief von ihr. In diesem Schreiben teilte sie mir in rührenden Worten mit, nach dem, was zwischen uns geschehen sei, sei sie nicht wert, meine Frau zu werden. Sie habe das nach der Unterredung mit meiner Mutter eingesehen. Sie würde eine schwere Schuld auf sich laden, wenn ihretwegen ein Zerwürfnis zwischen meinen Eltern und mir stattfände. Meine Mutter habe ihr auch die Überzeugung beigebracht, daß es mein Unglück wäre, wenn sie sich nicht von mir löse, denn ein armes Mädchen würde mir, ihrem Geliebten, Sorge und Not bringen. Dazu habe sie mich viel zu lieb. Sie habe meiner Mutter ihr Wort gegeben, jede Verbindung mit mir in Zukunft aufzugeben und mich nicht wiederzusehen. Sie gehe also aus meinem Leben, ohne mich wissen zu lassen, wohin sie ginge. Die Erinnerung an meine Liebe nehme sie mit als kostbarsten Schatz. Ich möge mich nicht auflehnen gegen den Willen meiner Eltern, denn das sei Sünde wider Gottes Gebot. ›Alles Glück der Welt für Dich, mein Lothar. Du hast mir die Sonne gegeben, nun ist sie wieder erloschen, aber ich sah sie doch einmal in mein armes Dasein leuchten.‹ Das waren ihre letzten Worte in diesem Brief.

Ich fühlte mich nach allem nur noch fester an Maria gebunden und erklärte das ruhig und bestimmt meinen Eltern. Und ich flehte meine Mutter an, mir zu sagen, wohin Maria sich gewandt habe, oder wenigstens, wo ihre Mutter wohne. Meine Mutter behauptete, sie habe Maria ihr Wort gegeben, ihren Aufenthalt nicht zu verraten, und werde es auch ohnedies nicht tun. Ich müsse vernünftig sein. Aber ich war gar nicht vernünftig, sondern machte meiner Mutter Vorwürfe, daß sie Maria hilflos hinausgestoßen habe. Da erwiderte sie mir, sie habe Maria ausreichende Hilfe angeboten, doch diese habe darauf verzichtet.

Ich gab mich damit natürlich nicht zufrieden und tat alles, was in meiner Macht lag, um die Adresse von Marias Mutter ausfindig zu machen. Als das endlich geschehen war und ich vor der Wohnung der Frau Kastner stand, war es zu spät. Die Wohnung war leer, niemand konnte mir sagen, wohin Mutter und Tochter sich gewandt hatten. Die beiden Damen seien nach auswärts verzogen, hörte ich von einer Nachbarin.

Ich war wie im Fieber. Ruhelos verbrachte ich die Tage – Wochen – Monate, immer voll Eifer nach Marias Aufenthalt forschend. Meine Liebe starb nicht, wie meine Eltern gehofft hatten, sie wuchs immer mehr, und es quälte mich schrecklich, daß ich auch Maria unglücklich wußte und nichts über ihr Ergehen erfahren konnte. Die Angst um sie ließ mich nicht los, wußte ich doch, wie hilflos sie dem rauhen Leben gegenüberstand.

Es war, als sei sie vom Erdboden verschwunden, alle Nachforschungen blieben erfolglos.

So war fast ein Jahr vergangen. Ich war vor Verzweiflung ganz stumpfsinnig geworden und saß eines Abends im Klub, um mich in lustiger Gesellschaft zu betäuben. Da sagte plötzlich ein Freund zu mir:

›Heute habe ich die kleine Kastner gesehen, die bei deiner Mutter Gesellschafterin war.‹

Ich zuckte zusammen und starrte ihn an. Mich beherrschend, fragte ich, so ruhig ich konnte: ›Wo hast du sie gesehen?‹

›Im Handarbeitsgeschäft von Brühl & Co. Ich war mit meiner Kusine dort, die Einkäufe machte. Da kam die kleine Kastner und lieferte Perlstickerei ab. Sie scheint für die Firma zu arbeiten. Übrigens sah sie ziemlich elend aus. Aber ein süßes Ding ist sie immer noch – und scheu wie eine Gazelle.‹

Mir stand fast das Herz still. Gleich am nächsten Morgen ging ich zu Brühl & Co. Ich wußte, daß Maria sehr kunstvolle Perlstickereien arbeiten konnte, und fragte in dem Geschäft, ob man mir nicht eine besonders geschickte Perlstickerin empfehlen könne. Die Verkäuferin gab mir wirklich die ersehnte Auskunft.

›Unsere beste Arbeiterin ist Fräulein Kastner‹, sagte sie und gab mir die Adresse.

Wie ich aus dem Laden kam, in ein Auto und in die abgelegene Straße, in der Maria wohnte, das weiß ich heute nicht mehr. Eine halbe Stunde später stand ich jedenfalls vor der kleinen Wohnung in einem schlichten Mietshaus. An der Tür zeigte ein Porzellanschild den Namen Kastner.

Ich läutete, und gleich darauf stand Maria selbst vor mir. Sie erschrak, wurde bleich wie der Tod und wankte. Aber da hielt ich sie schon in meinen Armen, an meinem Herzen, und sie hatte wieder keinen anderen Willen als den meinen.

Ach, Traude, wie war ich in jener Stunde erschüttert!«

Überwältigt von der Erinnerung, barg Lothar sein Gesicht im Schoß seiner Frau, die atemlos seinen Worten gelauscht hatte. Eine geraume Zeit herrschte Schweigen. Zitternd strich Traude über den gebeugten Kopf ihres Gatten.

Nach einer Weile raffte er sich auf und sprach weiter:

»Maria war nur noch ein Schatten von einst, aber in ihrer rührenden Schüchternheit erschien sie mir liebenswerter als je.

Ihre Mutter kam dazu, als ich Maria im Arm hielt und küßte. Sie zeigte sich mir schroff und feindlich. Aber als ich ihr sagte, wie ich mich nach Maria gesehnt, wie ich nach ihr gesucht hatte und daß ich gekommen sei, um mein Wort einzulösen und Maria zu meiner Frau zu machen, da wurde die alte Dame stiller. Und Maria bat für mich. Sie ruhte an meinem Herzen und lächelte unter Tränen, wie nur sie lächeln konnte, wie ein hilfloses, aber glückliches Kind. Was ich an jenem Tag noch erfuhr – etwas, was mich ungeheuer erschütterte und erregte –, das sollst du erst am Schluß meiner Beichte erfahren. Willst du mir weiter zuhören, Traude?«

Sie sah ernst und tief erschüttert in seine Augen und atmete zitternd auf. »Alles will ich hören, Lothar«, bat sie mit versagender Stimme.

Lothar berichtete weiter: »Es begann nun eine wundervolle Zeit für uns. Maria gab jeden Widerstand auf gegen eine Verbindung mit mir, weil sie sah, wie unglücklich sie mich durch ihre Flucht gemacht hatte. Ich beschloß, meine Eltern langsam darauf vorzubereiten, daß ich Maria gefunden hatte und sie trotz ihres Widerspruchs zu heiraten gedächte.

Frau Kastner wollte mir erst verbieten, Maria wiederzusehen, bevor nicht meine Eltern ihre Einwilligung gegeben hätten. Aber unseren gemeinsamen Bitten gegenüber war sie machtlos. Sie liebte ihr Kind und fühlte wohl, daß ich es ehrlich mit Maria meinte und wirklich den Willen hatte, sie zu heiraten.

So sahen wir uns fast täglich, immer in Gegenwart

ihrer Mutter. Aber es waren doch glückselige Stunden, in denen wir unsere gemeinsame Zukunft ausmalten. Ich zog mich von allen Vergnügungen zurück und lebte nur meiner Arbeit und Maria. Aber eine neue, schwere Sorge kam hinzu. Unser Haus hatte die ganze Zeit mit großen Schwierigkeiten zu kämpfen gehabt; und nun kam ein schwerer Verlust dazu. Der Bankrott einer großen Firma drohte uns mit in den Abgrund zu reißen. Wir standen plötzlich vor dem fast völligen Ruin. Ich sah ein, daß ich meinem Vater jetzt unmöglich mit meinen Wünschen kommen konnte.

Was in meiner Kraft stand, den Ruin aufzuhalten, versuchte ich, und auch mein Vater rang verzweifelt gegen den Untergang. Wir kamen nächtelang nicht zu Bett und arbeiteten unermüdlich. Es war vergebens. Der Zusammenbruch war unvermeidlich, wenn nicht unerwartete Hilfe kam.

Und eines Abends sagte mir mein Vater mit bleichem, erregtem Gesicht, daß ich uns alle retten könne, wenn ich um die Hand der Tochter des Kommerzienrats Falkner anhalten würde.

Ich fuhr auf und sagte: Niemals! Und ich gestand meinem Vater, daß ich Maria wiedergefunden hatte und mit meiner Ehre an sie gebunden sei. Da sagte mein Vater mit einem erschütternden Ausdruck: ›Den Zusammenbruch meiner Firma überlebte ich nicht. Wenn du mich nicht retten kannst oder willst, mache ich ein Ende mit mir. In deiner Hand liegt das Schicksal deines Hauses und deines Vaters Leben. Nun wähle!‹«

Wieder schwieg Lothar, von der Erinnerung überwältigt. Traude beugte sich über ihn und strich ihm übers Haar.

»Armer, armer Lothar! Wie sehr mußt du gelitten haben. Die Entscheidung war sehr schwer für dich«, sagte sie teilnahmsvoll.

Er preßte seine Lippen auf ihre Hand und sah mit brennenden Augen zu ihr auf.

»Das weiß Gott, Traude! Jene Nacht vergesse ich nie. Ich hatte zu wählen zwischen meines Vaters Leben und meinem und Marias Glück. Zu einem Entschluß kam ich nicht bis zum Morgen. Sobald es tagte, ging ich zu Maria und sagte ihr, vor welche Entscheidung mein Vater mich gestellt hatte.«

»Und Maria?« fragte Traude tiefbewegt.

Er atmete tief und schwer.

»Maria blieb sich selbst treu. Sie beschwor mich, von ihr abzulassen und meinen Vater zu retten. Mit rührenden Worten suchte sie mich zu überzeugen, daß der Verzicht ihr leicht werden würde, weil sie sich trotz allem von mir geliebt wisse.

›Mein Leben wird nie ganz ohne Sonne sein, denn ich habe die Erinnerung an die Stunden, da du mir gehörtest. Und du mußt in dem Gedanken Trost suchen, daß du deine Sohnespflicht erfüllt hast‹, sagte sie, und das glaubte ich schließlich.

Es war eine Stunde, die ich nie vergessen werde, diese letzte Stunde in Marias Gesellschaft. Noch einmal hielt ich sie umfangen, sah in ihre tapferen Augen, sah das erzwungene Lächeln in ihrem schmalen Gesicht. Sie lächelte noch, als ich mich losriß von ihr, lächelte – und hatte doch den Tod im Herzen.

Was nun kam, weißt du selber, Traude. Ich sagte meinem Vater, daß ich über seinen Tod hinweg nicht glücklich werden könne und Maria selbst mich gebeten habe, seinen Wunsch zu erfüllen.

So warb ich um dich, Traude. Ich tat es in einer furchtbaren Stimmung. Denn mein Herz gehörte Maria, und ich wußte, daß ich ihr sehr weh tun mußte. Wie weh ich ihr getan, das erfuhr ich erst an unserem Hochzeitstag. Ich hatte sie nicht wiedergesehen. Du weißt, daß ich ein Schreiben erhielt, als wir unsere Hochzeitsreise antreten wollten. Es war von Marias Mutter. Sie teilte mir mit, daß Maria den Tod gesucht habe. Ihre kurzen Worte waren voll Groll und Bitterkeit. Ich konnte es ihr nachempfinden.

Wie es in mir aussah, kannst du ermessen. Alles war weh und zerrissen in mir. Und ich mußte doch Maria noch einmal sehen, mußte Abschied von ihr nehmen, um jeden Preis.

Da bat ich dich, mir zwei Stunden zu schenken. Deine selbstlose Güte träufelte den ersten Balsam in mein wundes, zerrissenes Gemüt. Von dir fort eilte ich an Marias Totenlager. Ihre Mutter war erstarrt vor Schmerz, aber sie fluchte mir nicht. Maria hatte bei ihr für mich gebeten in einem letzten Brief. Auch für mich hatte sie ein Schreiben hinterlassen; ich trage es seit jener Stunde immer bei mir, du sollst es lesen, Traude.«

Lothar hatte sich aufgerichtet und entnahm einem Fach seiner Brieftasche einen Brief, dem man ansah, daß er oft gelesen worden war.

Traude nahm das Briefblatt mit einem leisen Erschauern, ihre Hand zitterte leise.

Lothar legte sein Gesicht in ihren Schoß und wartete bis sie gelesen hatte.

Der Brief lautete:

Mein Liebster! Noch einmal will ich Dich so nennen. Zürne mir nicht, daß ich nicht so tapfer sein kann, wie ich wollte. Als ich heute die Kirchenglocken klingen hörte, zerbrach meine letzte Kraft. Ich kann nicht ertragen, was ich mir auferlegt hatte. Hätte ich Dich nicht wiedergesehen, wäre es vielleicht gegangen. Aber da ich mich in Deiner Liebe von neuem so glücklich gefühlt habe, weiß ich jetzt, daß ich ohne sie nicht weiterleben kann. Das habe ich in diesen Wochen gefühlt, als ich Dich nicht mehr wiedersah.

Zürne mir nicht, Lothar, daß ich mein Leid zur Ruhe trage, gönne mir den Frieden, den ich suche.

Ich habe Dich zu lieb. Der Gedanke, daß Du einer anderen gehörst, würde mich neidisch und schlecht machen. Es ist auch für Dich das beste. Es macht Dich im Herzen frei – für die andere. Nimm sie an Dein Herz, wenn Du den Schmerz um mich verwunden hast. Ich kenne sie, sie ist lieb und gut wie wenige Menschen. Sie wird Dich trösten über meinen Verlust. Und ich werde selig schlafen in dem Bewußtsein, daß Deine Liebe mir gehört hat, bis zu meinem letzten Atemzug. Darüber hinaus will ich sie nicht begehren. Leb wohl, mein geliebter Lothar, alles Glück der Welt für Dich, mein einzig Geliebter. Süß war das Leben, solange Du mir gehörtest. Nun wird die dunkle Nacht kommen, davor fürchte ich mich. Wenn ich auch tapfer sein wollte und Dich selbst zu der anderen schickte, so schrie mein Herz doch: Kein Leben ohne ihn! Sei nicht böse, Geliebter, ich gehe schlafen.

Für Mutter und Lori bitte ich nicht. Ich weiß sie bei Dir in guter Hut. Mach Dir keinen Vorwurf. So wie es gekommen ist, mußte es kommen, es war unser Schicksal. Nimm einen letzten Kuß. Leb wohl, ich liebe Dich bis in den Tod.

Deine Maria

Erschüttert ließ Traude den Brief sinken. Große Tränen rannen ihr aus den Augen.

»Die Arme – die Ärmste, was muß sie gelitten haben! Und du, mein armer Lothar! Oh, ich habe es gefühlt an unserem Hochzeitstag, daß du namenlose Schmerzen littest. Um dieses Leiden willen wurdest du mir teuer. Ich sah, daß du nicht einer von den vielen warst, die über verratene Liebe leichtsinnig hinweggehen. Daß du Maria Kastner geliebt hattest, wußte ich. Und in Nizza erhielt ich die Nachricht, daß sie an unserem Hochzeitstag den Tod gesucht hatte. Da verstand ich alles und suchte dich aufzurichten, zu zerstreuen.«

Er küßte eine Träne fort, die aus ihren Augen auf ihre Hand herabgefallen war.

»Traude, liebe, süße Traude, du hast mein krankes Herz gesund gemacht durch deine Güte. Nun hat es sich dir zugewandt, obwohl ich dagegen angekämpft habe. Ich wollte Maria Kastner die Treue halten. Doch noch ist kein Jahr vergangen seit ihrem Tode, und mein Herz gehört dir. Zu mächtig warst du in deiner Güte, ich mußte dem Zauber erliegen. Sag, Traude, war das ein Unrecht? Bin ich schuldig an Marias Tod? Du weißt, daß nur du allein mich verdammen oder freisprechen kannst. In deine Hände lege ich das Richteramt. Darf ich mich schuldlos fühlen? Darf ich dich lieben ohne Gewissenspein, wie es mir mein Herz eingibt? Ich habe gefühlt, daß du mich wiederliebst, Traude, es hat mich selig und unselig zugleich gemacht. Mit allen Fasern meines Seins habe ich zu dir hingestrebt und mich nur zurückgehalten, weil ich mir das Glück nicht zubilligte, glücklich zu werden auf den Trümmern von Marias Glück. Aber nun kann ich nicht mehr kämpfen. Ich übergebe mich dir mit gebundenen Händen; sprich mein Urteil, Traude.«

Ergriffen neigte sie sich über ihn und lehnte ihre Wange an die seine.

»Du bist unschuldig, Lothar. Schuldig ist nur, der Böses will und tut. Gegen das Schicksal kann sich kein Mensch zur Wehr setzen. Und glaube mir, Maria Kastner würde dein Glück wollen. Ich spreche ja nicht nur für dich, auch für mich. Denn ich habe dich lieb, sehr, sehr lieb. Und ich will dich festhalten mit der ganzen Kraft meines Herzens. Bedenke, daß niemandem gedient wäre, wenn auch wir beide unglücklich würden. Laß uns mutig nach unserem Glück fassen, wir können es reinen Herzens tun.«

Da umfaßte er sie mit einem tiefen, zitternden Atemzug.

»Mein geliebtes Weib, du hast mich begnadigt, ich danke dir, ich danke dir!«

Sie sahen einander tief in die Augen, dann fanden sich ihre Lippen in einem langen, innigen Kuß. Es war, als wollten sie sich nicht mehr voneinander lösen. Endlich machte sich Traude aus seinen Armen frei und sah ihn an mit einem glückseligen Blick.

»Sind nun alle Schatten verschwunden, mein Lothar?«

Er strich sich über die Stirn, als erwache er aus einem Traum.

»Noch nicht alle, meine Traude. Noch bin ich nicht ganz zu Ende mit meiner Beichte. Etwas habe ich dir noch zu sagen, und ich bin bange, wie du es aufnehmen wirst.«

Fragend sah sie ihn an.

»Was gibt es noch zu sagen?«

Er sprang auf, ging eine Weile im Zimmer auf und ab und zog sich dann einen Sessel neben den ihren.

»Liebe Traude, jetzt kommt noch ein Appell an dein

gütiges Herz. So sehr ich dich liebe, ein Teilchen meines Herzens muß ich mir vorbehalten, und ich weiß nicht, ob du es dir gefallen lassen wirst.«

Voll Unruhe sah sie ihn an. »Quäle mich nicht, sprich schnell«, bat sie.

Er atmete auf. »Das Geheimnis meiner Donnerstagabende will ich dir nun enthüllen, Traude. Als ich Maria damals nach langem, vergeblichem Suchen fand, da erfuhr ich, daß sie inzwischen Mutter geworden war. Ich fand mein Töchterchen bei ihr. Das war es, was mich so namenlos erschütterte. Mein Kind war zur Welt gekommen, ohne daß ich eine Ahnung davon gehabt hatte. Ich staunte das kleine Wunder an, bis ins Innerste erregt, und mein Herz umschloß das kleine, hilflose Wesen vom ersten Augenblick an. Meine kleine Lori ist inzwischen zu einem Menschlein herangewachsen, das auf festen Beinen herumläuft. Sie kommt mir jetzt entgegen, wenn ich sie am Donnerstagabend besuche. Ich bleibe dann bei ihr, bis sie eingeschlafen ist. Traude, so lieb ich dich habe, von meinem Kind darfst du mich nicht zurückhalten. Laß mir jede Woche einen Abend, wo ich bei ihm sein kann. Darf ich dich darum bitten?«

Traude war blaß geworden bis in die Lippen.

»Ein Kind? Ein Kind hast du? Das also ist des Rätsels Lösung«, stammelte sie und sah mit großen Augen in sein Gesicht.

»Ja, Traude, ein süßes, kleines Mädchen ist meine Lori. Laß mich bitte jetzt nicht irre werden an deinem guten, großen Herzen.«

Traude atmet auf. Ein Lächeln, ein schönes, leuchtendes Lächeln flog über ihre Züge. Mit einer fast mütterlichen, zarten Gebärde strich sie über seine Stirn.

»Du wunderlicher Mann, du sollst ganz sicher nicht

vergeblich an mein Herz appellieren. Aber laß mich jetzt erst einmal diesen Gedanken erfassen. Es scheint mir so wunderbar! Wo ist dein Kind?«

»Marias Mutter hat es in ihre Obhut genommen«, erwiderte er aufatmend.

Sinnend sah Traude vor sich hin. »Sag mir doch, wie sieht diese Frau Kastner aus?«

Erstaunt beschrieb er sie ihr.

Traude atmete unruhig. »Und die kleine Lori hat flachsblonde Löckchen, nicht wahr?«

»Ja, Traude, du hast sie schon einmal gesehen, an Marias Grab, als du ihr die ersten Blumen brachtest. Da saß Frau Kastner auf einer Bank in der Nähe des Grabes, und Lori war dabei in ihrem Wägelchen. Von Frau Kastner erfuhr ich, daß du am Grab gewesen warst.«

Traude strich sich über die Stirn. »Ja, ich erinnere mich. Und ich muß sie heute wiedergesehen haben, alle beide. Ich war auf dem Friedhof heute vormittag, um Maria Kastner Blumen zu bringen und sie zu bitten, mir mein Glück nicht zu neiden. Als ich den Friedhof verlassen wollte, kam mir eine alte Dame in Trauerkleidung entgegen, die einen Kinderschlitten vor sich herschob. In dem Schlitten saß ein süßes, kleines Mädchen, es nannte sich Lorikind und hatte dieselbe Puppe im Arm, die du neulich im Vestibül fallen ließest. Das muß dein Töchterchen gewesen sein. Jetzt erkläre ich mir auch, weshalb die alte Dame so unsicher war und so schnell davoneilte, als ich das Kind nach seinem Namen fragte.«

Lothar nickte. »Das ist sicher Lori mit ihrer Großmutter gewesen.«

Eine Weile sah Traude vor sich hin, ohne zu sprechen. Lothar sah sie unruhig an. Er legte den Arm um sie.

»Traude, tut es dir sehr weh, daß ich ein Kind habe?«

Sie sah zu ihm auf, als kehrten ihre Gedanken aus der Ferne zurück. Ein seltsames Lächeln umspielte ihren Mund.

»Nein, Lothar, es tut mir nicht weh. Nur seltsam ist es. Ich muß darüber nachsinnen wie über eine Melodie, die ich nicht loswerden kann.«

»Aber du wirst mich nicht daran hindern, mein Kind zu sehen wie bisher?«

Sie warf sich plötzlich an seine Brust und barg ihr Gesicht an seiner Schulter.

»Nein, Lothar, das werde ich ganz sicher nicht. Ich danke dir, daß du mir nun alles gesagt hast. Soviel habe ich über dies Geheimnis nachgegrübelt, und – nun ist alles so einfach. Aber, über alledem habe ich vergessen, daß du sehr müde sein mußt und hungrig. Kannst du nach Tisch ein paar Stunden ruhen, oder mußt du wieder in die Fabrik?«

»Erst gegen Abend, ehe wir in die Oper fahren, möchte ich noch einmal nach dem Rechten sehen.«

Traude ließ das Mittagessen auftragen, und das junge Paar speiste zusammen. Es war, als säßen sie sich heute das erste Mal allein gegenüber. Immer wieder küßte Lothar Traudes Hände und sah sie mit zärtlichen, aufleuchtenden Blicken an.

Und als er sich nach Tisch zum Schlafen niederlegen sollte, bat er:

»Du mußt aber bei mir bleiben, Traude, ich kann dich jetzt nicht mehr lassen.«.

Da setzte sie sich lächelnd neben den Diwan, auf den er sich zum Schlafen ausstreckte. Er hielt ihre Hand in der seinen und sah zärtlich zu ihr auf, bis sie ihm die Hand über die Augen legte. Da schlief er ein.

15

Es war eine seltsame Stunde, die Traude, still an ihres Gatten Seite sitzend, verbrachte. Alles, was er ihr gebeichtet hatte, ging noch einmal durch ihre Gedanken. Am stärksten hatte sie die Eröffnung berührt, daß Lothar ein Kind besaß. Darauf war sie nicht gefaßt gewesen. Es rüttelte an ihrem ganzen Sein und Wesen, viel mehr, als sie Lothar gezeigt hatte. Als sie nun mit ihren Gedanken zur Ruhe kam, als sie so still auf den schlafenden Gatten hinabsah, legte sie sich ein heiliges Gelübde ab.

Sie dachte an die süße, kleine Lori, dachte daran, daß diese ihr gerade entgegengekommen war, als sie mit vollem Herzen von Maria Kastners Grab kam. War das nicht ein Zeichen des Himmels für sie?

In ihrer Seele war Feiertagsstimmung. Sie wollte sich wert zeigen ihres Glücks, wollte es sich redlich verdienen. Maria Kastner hatte in ihrem letzten Brief an Lothar geschrieben: ›Nimm sie an Dein Herz, wenn Du den Schmerz um mich verwunden hast.‹ Diese Worte hatten ihr gegolten. Sie hatten auch ihr die Seele frei gemacht, weil sie daraus ersah, daß Maria ihr nicht mißgönnte, was sie selbst nicht besitzen durfte. Dafür wollte sie Maria danken, durch eine Tat, die zugleich des Gatten Herz von dem letzten Schmerz befreite. Aber, sprechen wollte sie nicht über das, was sie vorhatte, bis es geschehen war.

Als Lothar die Augen wieder aufschlug, sah er Traude mit einem so verklärten Gesicht dasitzen, daß er seinen Blick nicht vön ihr wenden konnte. Sie bemerkte nicht, daß er erwacht war.

Lange sah er sie an, ohne sich zu rühren. Wie eine Offenbarung wirkte ihre strahlende Schönheit auf ihn. Es war, als werde sie von innen durchleuchtet. Sanft tastete er nach ihrer Hand.

»Traude!«

Sie zuckte leise zusammen und sah ihn mit einem verlorenen Lächeln an. »Ausgeschlafen?« fragte sie mit leiser Schelmerei.

Er drückte ihre Hand an sein Herz.

»Schon eine ganze Weile liege ich mit offenen Augen und belausche deine Seele. Du mußt etwas Wunderschönes gedacht haben. Und ich bin eifersüchtig auf deine Gedanken. Wo flogen sie hin?«

Sie neigte sich über ihn und sah ihm mit ihren tiefblauen Augen bis ins Herz hinein.

»Ich habe darüber nachgedacht, wie ich dich glücklich machen kann.«

Er zog sie zu sich herab: »Weißt du es nicht? Dadurch, daß du selbst glücklich wirst, an meiner Seite. Ach, Traude, süße Frau, du hast mich schon so glücklich gemacht, wie ich nie mehr zu werden hoffte.«

Sie strich zärtlich über seine Stirn. »Ich will auch nichts halb tun«, sagte sie leise.

Zart nahm er ihren Kopf in beide Hände und preßte seine Lippen fest auf die ihren. »Du hast nichts Halbes getan«, sagte er dann aufatmend. »Meine Seele ist so leicht und frei, ich bin so wunschlos zufrieden. Alle Unruhe, aller Zweifel sind von mir abgefallen. Traude, wie glücklich bin ich, daß du mich liebst, und daß ich dich lieben kann.«

Und er küßte sie wieder, bis ihnen beiden der Atem verging.

Dann sprang er auf.

»So gerne ich bei dir bleiben möchte, muß ich doch noch einmal in die Fabrik, um nach dem Rechten zu sehen. Weißt du, daß es mir gar nicht lieb ist, daß wir heute abend in die Oper gehen sollen? Ich bliebe lieber mit dir allein zu Hause. Der berühmte Gast hätte sich einen anderen Abend zu seinem Gastspiel aussuchen können.«

Schelmisch sah sie ihn an. »Das finde ich auch.«

»Aber du mußt ihn unbedingt hören?«

Sie schüttelte den Kopf. »O nein.«

»Du sagtest gestern, daß du ihn unbedingt hören müßtest.«

Sie errötete und lachte verwirrt. »Ach, das war gestern.«

Er riß sie in seine Arme. »Süße! Heute ist es also nicht mehr wichtig?«

»Nein, heute ist mir nichts wichtig – außer dir!«

Er küßte sie. »So laß uns daheim bleiben, wir zwei allein, Traude. Mir ist, als seien wir noch nie allein gewesen.«

Sie schmiegte sich an ihn. »Ein Schatten stand zwischen uns, der ist jetzt gebannt. Morgen, wenn du eine Stunde Zeit hast, wollen wir gemeinsam zu Marias Grab gehen. Ich habe ihr versprochen, daß wir ihr zusammen Blumen bringen werden. Yergessen soll sie nicht sein, die arme, kleine Maria, die dich so sehr geliebt hat. Ach, wie gut kann ich sie verstehen!«

Er streichelte ihr Haar. »Womit habe ich verdient, daß zwei so herrliche Frauen mir ihre Liebe schenken?« brach es bewegt aus ihm hervor.

Strahlend sah sie in seine Augen. »Damit, daß du bist, wie du bist, Lothar. Du bist ein seltener Mensch und verdienst viel Liebe. Aber nun geh, damit du bald wiederkommst.«

»Auf Wiedersehen, Traude!«

»Auf Wiedersehen!«

Noch einen heißen, innigen Kuß tauschten sie, dann eilte er davon. Traude sah ihm nach, bis er ihren Blicken entschwunden war. Dann ging sie langsam durch die Zimmer. Ihre Gedanken arbeitete an einem bestimmten Plan.

Nach einer Weile, nachdem sie für den Abend ein Festmahl bestellt hatte, suchte sie ihr Zimmer auf und kleidete sich um. Ein festliches, weißes Kleid legte sie an, das sie besonders gut kleidete. Und ihre Zofe konnte sie heute gar nicht recht zufriedenstellen. Immer erschien sie sich noch nicht schön genug. Schließlich steckte sie eine rote Rose an den spitzen Ausschnitt ihres Kleides.

Errötend betrachtete sie sich im Spiegel, als sie fertig war.

Als Lothar am Abend nach Hause kam, trat sie ihm strahlend entgegen – wie eine junge Königin. Trunken vor Entzücken umfing er sie mit beiden Armen.

Wundervolle Tage verlebte das junge Ehepaar nun. Es hatte soviel nachzuholen, hatte sich soviel zu sagen. Nur von der kleinen Lori sprachen sie, wie auf Verabredung, beide nicht. Lothar vermied es absichtlich, sein Kind zu erwähnen, aber im Grunde seines Herzens wartete er sehnsüchtig darauf, daß Traude mit ihm über Lori sprechen würde. Er wartete auf ein Wunder, doch dieses Wunder erfüllte sich nicht. Es quälte ihn ein wenig, daß Traude seinem Kind anscheinend so gleichgültig gegenüberstand. War ihr auch nichts Unfreundliches gegen Lori anzumerken, so fehlte ihm doch etwas, er wußte nur nicht, was er erwartet hatte.

Es gab also doch eine Grenze, auch für die Güte dieser großherzigen Frau. Es hätte ihn ungemein beglückt, wenn sie nur einmal den Wunsch geäußert hätte, das Kind zu sehen. Aber Traude schien unfähig zu sein, ihm diesen Wunsch von den Augen abzulesen. Das brachte ihm doch eine leise Enttäuschung, wenn er sich auch sagte, er dürfe nichts Unmögliches von ihr verlangen.

So kam der erste Donnerstag nach seiner Aussprache mit Traude heran. Schwerer als sonst wurde es ihm, sie zu verlassen, aber es wäre ihm als ein Unrecht gegen sein Kind erschienen, hätte er sich abhalten lassen. Zögernd erhob er sich nach Tisch und sah nach der Uhr. Unruhig blickte er auf seine Frau.

Da reichte sie ihm mit einem seltsamen Lächeln die Hand: »Laß dich nicht aufhalten, Lothar, dieser Abend gehört deinem Kind«, sagte sie.

Er sagte sich, daß nicht jede Frau ihn so ruhig hätte gehen lassen; aber trotzdem hatte er von ihr mehr erwartet.

Ihr die Hand küssend, fragte er leise: »Tut es dir weh, daß ich gehe?«

Sie atmete auf: »Vielleicht ein wenig, weil ich mit jeder Stunde geize, die du bei mir bist. Aber du kommst ja bald zurück, ich warte auf dich.«

Er küßte sie und ging.

Versonnen lächelnd sah sie ihm nach.

»Ich quäle dich ein wenig, ich weiß es! Aber du sollst bald erlöst werden. Du sollst mich nicht oft allein lassen, ich werde dich bei mir behalten kraft meiner Liebe«, sagte sie vor sich hin.

Es lag etwas Geheimnisvolles in ihrem Wesen in den nächsten Wochen. Lothar ahnte jedoch nicht, was sie plante. Traude hatte noch nie einem Weihnachtsfest mit soviel Aufregung und Ungeduld entgegengesehen wie diesem. Stundenlang fuhr sie umher und machte Einkäufe. Pakete von großem Umfang wurden abgegeben, und einige Zimmer wurden vor Lothar abgeschlossen. Dahinein durfte er nicht gehen. Kam zufällig ein Paket an, wenn er zu Hause war, trieb sie ihn schnell davon. Fragte er, warum sie das tue, legte sie geheimnisvoll den Finger auf den Mund.

»Weihnachtsgeheimnis, Lothar. Du darfst nichts sehen und nichts fragen. Ich möchte ein rechtes, echtes Weihnachtsfest haben, mit allen süßen Torheiten und Geheimniskrämereien. Und einen Riesentannenbaum will ich schmücken, mit allem, was mich in meinem Kindertagen erfreute. Nicht die vornehme, konventionelle Pracht, die in den letzten Jahren zu meinen Weihnachtsbäumen gehörte. Allerlei süßer, bunter Tand soll daran hängen. Es soll ein glückliches Weihnachtsfest werden.«

Sie sah so reizend in ihrem Eifer aus, daß er sie an sich zog und küßte. Lachend sah sie zu ihm auf und entwikkelte ihr Weihnachtsprogramm.

»Am Heiligen Abend werden wir zwei uns zuerst ganz allein bescheren, ganz zeitig, sobald es dunkel wird. Und erst einige Stunden später sollen deine Eltern und mein Vater kommen. Erst dann bekommen die Leute beschert, und zuletzt bauen wir den Eltern auf. Ich freue mich, Lothar! Freu dich doch auch.«

Er nickte ihr lächelnd zu, aber das Herz war ihm doch ein wenig schwer. Wann sollte er eine Stunde für seine kleine Lori freibekommen? Mutter Kastner erwartete ihn bestimmt. Er hatte gedacht, gleich nach Einbruch der Dunkelheit zu seinem Kind zu gehen, um wenigstens ein Stündchen bei ihm zu bleiben. Traudes Programm machte ihm das unmöglich. Das quälte ihn. Seine süße, kleine Lori plauderte schon jetzt aufgeregt vom Christengel.

»Tistengel ist schon bei Loritind dewesen, Papi! Ist eine liebe, ßöne Dame – hat Loritind lieb, sehr lieb«, hatte sie am letzten Donnerstag gesagt.

Er hatte Frau Kastner fragend angesehen. »Was meint Lori mit dem Christengel, Mutter Kastner?«

Diese hatte sich mit dem abgewandtem Gesicht etwas zu schaffen gemacht. »Ach, das sind so Weihnachtsphantasien – Weihnachtsmärchen, die ich Lori erzählt habe.«

Lothar hatte nicht weiter darauf geachtet und sich mit dieser Erklärung zufriedengegeben.

Als seine Frau ihm jetzt ihr Weihnachtsprogramm enthüllte, überlegte er hin und her, wie er für Lori ein Stündchen freimachen könne. Und schließlich faßte er sich ein Herz und sagte, ihre Hand in die seine nehmend: »Liebe Traude, eine Stunde mußt du mir – ehe die Eltern kommen – freigeben, damit ich meinem Kind bescheren kann.«

Es zuckte um ihren Mund. Er sah es und fürchtete, sie verletzt zu haben. Bittend streichelte er ihre Händ und sah sie flehend an. Da nahm sie lächelnd seinen Kopf in ihre Hände, küßte ihn auf den Mund und sagte hastig: »Natürlich, sobald wir beide einander beschert haben, kannst du zu deinem Kind gehen. Das hatte ich vergessen.«

Es tat ihm weh, daß sie es vergessen hatte. Aber er war doch froh, daß sie ihm eine Stunde freigab. Dankbar küßte er sie.

Damit war dies Thema erledigt.

Traude hatte mit ihren Weihnachtsvorbereitungen alle Hände voll zu tun, und täglich fuhr sie aus.

Es war einige Tage vor dem Fest, als sie am Vormittag wieder das Auto vorfahren ließ. Diesmal fuhr sie nicht in die innere Stadt, wo ein Laden an den anderen stieß, sondern in eine abgelegene, stille Gegend. An einer Straßenecke ließ sie das Auto halten. Sie stieg aus und gab dem Chauffeur Weisung, hier auf sie zu warten.

Dieser sah mit einem sonderbaren Blick hinter ihr her.

›Hm! Wenn die Gnädige nicht in so glücklicher Ehe lebte, könnte man denken, sie gehe hier auf galante Abenteuer aus. Das ist doch nun schon das fünfte Mal, daß ich hier an der Ecke auf sie warten muß. Wohin sie geht, soll ich nicht wissen. Na, vielleicht geht es nur um eine Weihnachtsüberraschung für den gnädigen Herrn‹, dachte er.

Traude kümmerte sich nicht darum. Sie ging schnell um die Straßenecke, und nach einigen Minuten betrat sie das schmale Mietshaus. Im Hochparterre klingelte sie, und gleich darauf wurde ihr aufgemacht.

»Guten Tag, Frau Kastner«, sagte sie freundlich.

Die alte Dame ließ sie eintreten. »Guten Tag, gnädige Frau. Lori hat mich schon den ganzen Tag gequalt, ob der liebe Christengel nicht komme.«

Traude lachte. Schnell legte sie Pelz und Hut ab und trat mit Frau Kastner in das kleine behagliche Wohnzimmer. Da saß Lori auf dem Fußboden auf einem Kissen, umgeben von allerlei Spielzeug.

Als Traude eintrat, erhob sie sich, so schnell sie konnte und trippelte auf Traude zu.

»ßöne, liebe Dame – duter Tristengel«, jauchzte sie.

Traude fing Lori in den Armen auf und herzte und

küßte sie. Eine lange zärtliche Begrüßung folgte. Wie eine liebevolle Mutter plauderte die junge Frau mit dem Kind.

Frau Kastner stand dabei und sah mit seltsamen Blikken auf die Gruppe.

»Gestern abend hätte Lori beinahe alles verraten, gnädige Frau«, sagte sie nach einer Weile.

Fragend sah sich Traude nach ihr um. »Wie denn?«

»Sie sagte zu ihrem Papa, daß der Christengel sie am Weihnachtstag in ein schönes Haus zum lieben Papi bringen würde.«

Traude erschrak.

»Kleine Plaudertasche!« sagte sie, das Kind küssend. Und zu Frau Kastner gewandt, fuhr sie fort:

»Er hat doch hoffentlich nichts gemerkt?«

Frau Kastner schüttelte den Kopf.

»Nein, nein, ich habe es ganz harmlos erklärt, wie neulich, als Lori vom Christengel und der schönen, lieben Dame sprach.«

»Tistengel ist ßöne Dame, hat Loritind lieb«, plauderte Lori, sich in das Gespräch mischend und die Ärmchen um Traudes Hals legend.

Diese drückte das Kind zärtlich an sich. »Ja, mein Süßes, sie hat dich lieb, sehr lieb.«

Nach einer Weile wurde Lori wieder zu ihren Spielsachen gesetzt, und Traude sprach leise mit Frau Kastner.

»Also am Heiligen Abend schicke ich Ihnen kurz vor vier den Wagen, und Sie kommen und bringen mir Lori. Bitte, halten Sie sich rechtzeitig bereit.«

Frau Kastner nickte seufzend und sah sehr blaß und traurig aus. »Ja, ja, ich werde Ihnen Lori bringen, gnädige Frau. Ich sehe es ja ein, es ist ein großes Glück für das Kind, daß Sie es an Kindes Statt annehmen wollen.

Aber das Herz ist mir doch furchtbar schwer. Wenn ich meinem Enkelkind auch nicht im Weg stehen will, so wird mir doch mit Lori alles genommen, was mich noch am Leben festhält und – was mir von Maria geblieben ist.«

Überrascht und betroffen sah Traude in das vergrämte Gesicht. »Was reden Sie da, liebe Frau Kastner? Wer will Ihnen Lori nehmen?«

Die alte Dame wischte sich verstohlen über ihre Augen. »Nun – Sie doch, gnädige Frau. Sie wollen doch Lori für immer in Ihr Haus aufnehmen, damit sich der Vater nicht mehr von ihr zu trennen braucht.«

Traude faßte plötzlich verstehend ihre zitternden Hände. »Ach, mein Gott, jetzt merke ich erst, wie sehr Sie mich mißverstanden haben. Halten Sie mich für so herzlos, daß ich Sie vom Kind Ihrer Tochter trennen will?«

Fragend und unruhig sah Frau Kastner auf die junge Frau. »Aber Sie wollen doch Lori zu sich nehmen, in Ihr Haus?«

Sanft streichelte Traude die zitternde Hand der alten Dame. »Ja, das will ich tun. Vater und Kind sollen nicht länger getrennt sein, denn mein Mann liebt sein Töchterchen zärtlich. Er soll an Lori gutmachen, was er wider Willen an ihrer Mutter verschulden mußte. Und ich will Lori aufnehmen, um das Andenken an Ihre arme Tochter hochzuhalten, denn ich weiß, daß sie ein guter Mensch war. Aber wie konnten Sie glauben, daß ich es tun würde, ohne, auf Ihre Gefühle Rücksicht zu nehmen? Nein, nein, liebe Mutter Kastner, Sie sollen nicht neue Schmerzen zu tragen haben, wenn ich es verhindern kann. Ich habe es als selbstverständlich angesehen, daß Sie mit Lori in unser Haus übersiedeln. So gut wie Sie kann uns doch niemand Lori hüten und pflegen. Ich habe viele gesellige Pflichten und muß oft ausgehen. Soll ich das Kind bezahlten Dienstboten überlassen? Ich habe fest damit gerechnet, daß Sie als Loris Pflegerin bei uns bleiben. Das werden Sie doch?«

Ein Zittern lief über den Körper der alten Frau. Sie faßte plötzlich die Hand Traudes und wollte sie an ihre Lippen ziehen.

Erschrocken hinderte die junge Frau sie daran. »Nicht doch! Was tun Sie denn da?«

»Ihnen danken – O mein Gott, so viel Güte! Gott lohne es Ihnen durch ein reiches Glück. Ich bin ganz fassungslos!« schluchzte die alte Dame.

Bewegt sah Traude in ihr zuckendes Gesicht. »Liebe Mutter Kastner, es ist beinahe beschämend für mich, daß Sie so viel von meiner Güte reden. Es ist keine Güte. Ich liebe meinen Mann, und ich will ihm sein Kind bringen, das ich liebe, weil es ihm gehört. Er soll sich nicht auf kurze Stunden zu seiner Lori stehlen müssen. Und außerdem will ich auf meine Art dazu helfen, daß die Rechtlosigkeit dieser armen Kinder aufhört, die nach Recht und Gesetz zur Vaterlosigkeit verdammt sind. Das habe ich immer als unerhörte Grausamkeit empfunden. Diese Grausamkeit könnte durch ein wenig menschliches Verstehen aus der Welt geschafft werden. Alle Frauen müßten zusammenstehen um zu helfen, diesen armen Geschöpfen zu ihrem Recht zu verhelfen. Dazu gehört freilich etwas Güte, aber die sollte selbstverständlich sein. Hätte ich einen Witwer geheiratet, dann hätte ich sein Kind aufnehmen müssen. Lothar hat Ihre Tochter als seine Braut, als sein Weib angesehen. Für mich ist sie daher so viel wie seine Frau. Und Lori soll mir ein geliebtes Kind sein!«

»Und – wenn Ihnen der Himmel selbst Kinder schenkt?«

Traude errötete, aber ihre Augen leuchteten. »Dann wird Lori ihre Schwester sein. Gottlob sind wir reich genug, um für mehr als nur ein Kind sorgen zu können.«

»Aber was werden die Leute dazu sagen? Was die Eltern von Herrn Hochberg, was Ihr Herr Vater?«

Traude reckte sich hoch auf. »Das lassen Sie meine Sorge sein. Wenn ich Lori unter meinen Schutz nehme, tue ich es ganz. Mit meiner ganzen Kraft werde ich dafür eintreten, daß ihre Rechtlosigkeit aufhört. Wenn ich für das Kind einstehe, hat niemand etwas dagegen zu sagen. Und ich hoffe, daß ich sowohl meinen Vater als auch Lothars Eltern davon überzeugen kann, daß Lori in ihres Vaters Haus gehört.«

Fest drückte Frau Kastner Traudes Hand.

»Wenn alle Frauen so dächten wie Sie, würde es viel weniger Elend auf der Welt geben. Gott segne Sie! Ich will täglich dafür beten. Aber ich bin noch ganz fassungslos. Soll ich wirklich bei Lori bleiben?«

»Ganz gewiß. Sie tun mir damit einen großen Gefallen. Bei aller Liebe hätte ich nicht genug Umsicht und Übung, Loris Pflege zu übernehmen, und auch nicht genügend Zeit. Ich wäre in einer schwierigen Lage, kämen Sie nicht mit zu uns. Lori kann Ihre liebevolle Pflege ganz gewiß nicht entbehren. Und in unserem Haushalt kommt es wirklich nicht darauf an, ob eine Person mehr vorhanden ist. Nein, nein, bitte, danken Sie mir nicht, das kann ich nicht annehmen.«

Auf diese zarte Weise suchte Traude der alten Dame das Gefühl einzuflößen, als sei sie die Gebende.

Frau Kastner war tief bewegt. Immer wieder liefen ihr

die Tränen über die Wangen, bis es Lori merkte. Diese ließ ihre Spielsachen im Stich und trippelte auf die alte Dame zu.

»Droßmama nicht weinen. Lori will gutes Tind sein«, bettelte sie und streichelte die alte Dame.

Diese drückte das Kind fest an sicht. »Mein Herzenskind, Großmama freut sich so sehr auf das Weihnachtsfest.«

»Loritind auch freuen, liebe, ßöne Dame auch freuen«, forderte Lori.

Traude küßte sie auf die glühende Wange.

»Und der liebe Papa freut sich auch«, sagte sie bewegt.

Gleich darauf mußte sich Traude verabschieden.

»Also um vier Uhr am Heiligen Abend. Sie brauchen nur mit Lori den Wagen zu besteigen. Hier packen Sie alles so ein, daß meine Leute nach dem Fest Ihre Sachen abholen können. Alles andere überlassen Sie mir, Mutter Kastner«, sagte sie, ehe sie wieder ging.

»Das will ich tun, liebe, gnädige Frau. Gott lohne Ihnen, was Sie an uns zu tun gedenken.«

Hastig wehrte Traude ab. Sie küßte Lori noch einmal, reichte Frau Kastner mit warmem Druck die Hand und ging.

Frau Kastner drückte die Hände aufs Herz und sah zum Himmel auf.

»Sie ist ein Engel an Güte, nicht wahr, mein Mariechen? Das hast du wohl beim lieben Gott für uns erbeten!«

16

Der Heilige Abend kam heran. Schon vor vier Uhr war die Dunkelheit hereingebrochen. Es schneite heftig. Echtes, rechtes Weihnachtswetter.

Traude hatte noch in dem großen Saal zu tun, in dem sie die Weihnachtsbescherung aufgebaut hatte. Lothar durfte nicht hereinkommen, damit er das für Lori bestimmte Spielzeug nicht bemerkte. Er hatte strenge Weisung erhalten, sein Zimmer nicht eher zu verlassen, als bis ihn Traude selbst rufen würde.

Die Fenster seines Zimmers lagen nicht nach der Straßenseite zu. So konnte er den Wagen mit Lori und Frau Kastner nicht ankommen sehen und hören.

Traude wartete voll Unruhe auf den Wagen. Sie überblickte noch einmal alle Gabentische, ob auch nichts vergessen sei. Für ihren Gatten hatte sie nichts hingelegt. Alles, was sie hätte kaufen können, erschien ihr so nichtssagend. Wollte sie ihm heute doch das Köstlichste schenken, was ihre Liebe sich für ihn abgerungen hatte.

Sie war in großer Errgeung. Ihre Wangen brannten, und ihre Augen strahlten, als sie endlich den Wagen vorfahren hörte. Sie eilte selbst hinaus, um Lori und Frau Kastner in Empfang zu nehmen.

In aller Heimlichkeit hatte sie die verschlossen gehaltenen Zimmer für Lori und ihre Großmutter herrichten lassen. In diese Zimmer führte sie nun die beiden. Für Lori war ein helles, luftiges Kinderzimmer mit weißen Möbeln ausgestattet worden, und daneben lag das hübsche große Schlafzimmer für Großmutter und Enkelin.

Traude zog Lori unter zärtlichem Lachen und unter Neckereien, die ihre Aufregung verbergen sollten, selbst das weiße Flauschmäntelchen aus und musterte des Kindes Festtoilette. Das reizende Kind trug ein weißes Kleid mit einer blauen Schärpe. Eine große blaue Schleife hielt auf dem Kopf die losen, flachsbonden Löckchen zusammen, und die drallen Beinchen steckten in weißen Schuhen und Strümpfen. Befriedigt nickte Traude Frau Kastner zu.

»Ein richtiger, süßer Weihnachtsengel!« sagte sie, das Kind küssend.

Sie selbst trug ebenfalls ein schlichtweißes Kleid. Auf ihren kastanienbraunen Haaren spielten rötliche Lichter, und die Augen strahlten in weichem, schimmerndem Glanz.

Frau Kastner hatte ihr bestes schwarzseidenes Kleid angelegt und trug ein kleines Spitzenhütchen auf dem grauen Haar.

»Mir klopft das Herz wie ein Hammer, gnädige Frau. Wenn nur alles gutgeht«, meinte sie zagend.

Die alte Frau war so wenig an Glück gewöhnt, daß sie dieses ihr so groß erscheinende Glück noch nicht zu fassen vermochte.

Traude lächelte ihr zu.

»Herrlich wird alles gehen, liebe Mutter Kastner. Nur Mut! Und nicht gleich bange sein, wenn später die alten Herrschaften kommen und nicht sofort einverstanden sind mit meiner Überraschung. Ich bringe das schon in Ordnung. Die Hauptsache ist, daß Loris Vater seine Weihnachtsfreude hat. Und die soll er erst ganz ungestört genießen. Deshalb habe ich Sie so zeitig hergebeten. Nun kommen Sie, folgen Sie mir. Ich will Lori meinem Mann unter dem Tannenbaum bescheren.«

Sie hob Lori auf und ging in den Saal hinüber. Frau Kastner folgte und sah mit großen Augen auf die vornehme, gediegene Pracht dieses Hauses. Sie atmete ein wenig beklommen. Aber Lori lachte und plauderte vergnügt mit Traude.

Im Saal stellte Traude das Kind unter den bunt geschmückten Tannenbaum, den Lori großäugig bestaunte. Sie gab ihr, um sie still zu halten, ein Bilderbuch.

»So, nun ist Lorikind ganz mäuschenstill, bis der liebe Papa kommt«, sagte sie leise und geheimnisvoll.

Lori nickte verständnisinnig. »Bis lieber Papa kommt. Oh – viele ßöne Lichter!«

Damit wandte sie ihr Interesse wieder dem Tannenbaum zu. Traude küßte sie lächelnd. »Aber Lorikind muß ganz lieb und still sein.«

Lori nickte und stand im Anschauen all der Herrlichkeit versunken.

Traude gab Frau Kastner ein Zeichen und huschte hinaus. Sie eilte in das Zimmer ihres Mannes. Mit glühenden Wangen und glänzenden Augen stand sie vor ihm und faßte seine Hand.

»Nun komm, Lothar, das Christkind ist da!«

Sie zog ihn mit sich fort.

Er lächelte über ihren Eifer.

»Mir ist ganz weihnachtlich zumute, Traude. Ich habe, wie in meiner Kinderzeit, im Dunkeln in meinem Zimmer gesessen und auf das Christkind gewartet.«

Vor dem Eingang zum Saal verhielt Traude den Schritt. »Es ist gekommen, Lothar, wie du es dir im stillen gewünscht hast. Tritt ein und sieh, ob es das rechte Christkind ist.«

Damit öffnete sie die Tür.

Da stand im hellen Lichterglanz des Tannenbaums ein weißgekleidetes, flachsblondes Persönchen und sah mit großen Augen nach der Tür.

»Papi, lieber Papi! Da ist dein Loritind!« jubelte es und lief ihm entgegen.

Lothar stand wie erstarrt und schaute ungläubig auf das Wunder. Erst als Lori ungeduldig an ihm zog und zerrte, kam er zu sich. Er beugte sich hinab, hob das Kind hoch und drückte es fest an sich.

»Lori – meine kleine Lori, wie kommst du hierher?«

»Liebe, ßöne Dame herdebringt!« berichtete Lori und zeigte auf Traude, die an der Tür stehengeblieben war. Lothar sah sich nach ihr um. Es zuckte und arbeitete mächtig in seinem Gesicht. In seinen Augen glänzte es feucht. Lori auf dem Arm, trat er zu Traude heran und umfaßte sie mit seinem anderen Arm.

»Du! Du Gütige! Ich hätte wissen sollen, daß du nichts Halbes tust. Ich Kleingläubiger zweifelte, hielt es für unmöglich, daß ein Wunder geschehen könne. Nun sehe ich es vor mir. Und du hast es vollbracht. Das vergesse ich dir nie – niemals,« stieß er mit versagender Stimme hervor.

Traude schluckte an ihren Tränen.

»Ach, Lothar, ich habe dir doch versprochen, dich ganz glücklich zu machen. Dazu gehört das Kind, das weiß ich. Während ich freiwillig teile, gewinne ich. Lori soll immer bei uns bleiben, damit du dich donnerstags nicht mehr zu ihr stehlen mußt«, sagte sie halb gerührt, halb schelmisch.

Maßlos erregt, drückte Lothar seine großherzige Frau und sein Kind an sich. Er konnte lange nicht sprechen. Abwechselnd küßte er Traude und das Kind, und Lori streichelte einmal den Vater und einmal Traude.

»Lieber Gott, auf so ein herrliches Weihnachtsgeschenk war ich nicht vorbereitet! Ich kann dir nicht danken, Traude, das Herz ist mir zu voll«, sagte Lothar endlich, sich zur Ruhe zwingend.

In diesem Augenblick hörte man ein Schluchzen hinter dem Tannenbaum. Lothar wandte sich um und erblickte Frau Kastner. Er drückte Traude an sich und führte sie zu der alten Frau hinüber.

»Mutter Kastner, daß meine Frau auch Sie nicht vergessen hat, das gehört zu ihr. Sie tut immer ganz, was das gütige Herz ihr vorschreibt.«

»Oh, sie ist ein Engel«, stieß die alte Frau schluchzend hervor.

Traude drückte sie lächelnd in ihren Sessel.

»Kein Engel, Mutter Kastner, das will ich auch nicht sein. Was ich tat, geschah im Egoismus meiner Liebe. Ich will frohe, glückliche Menschen um mich sehen. Und nun genug der Rührung. Jetzt soll Lorikind seine Bescherung haben. Komm, mein Goldschatz, wir wollen sehen, was das Christkind dir gebracht hat.«

Damit zog Traude die verhüllenden Decken von den Gaben fort.

Es gab nun eine richtige, feierliche Weihnachtsbescherung. Lothar hielt Traude in seinem Arm und sah mit ihr auf das Kind hinab, das mit der glücklichen Großmutter die schönen Spielsachen bestaunte, die ein liebevolles Frauenherz für sie aufgebaut hatte.

Lothar barg sein Gesicht in Traudes Händen und sah sie dann an, daß sie vor Glück erzitterte.

Später trafen Lothars Eltern zugleich mit Traudes Vater ein.

Sie standen sprachlos der kleinen Lori gegenüber und blickten dann fragend auf Traude.

Diese erklärte ruhig und bestimmt, daß sie das Kind ihres Mannes ins Haus geholt habe und es für immer bei sich behalten würde. Frau Kastner werde als Loris Pflegerin im Hause bleiben. Das gab eine große Aufregung. Traudes Vater war am ruhigsten. Er sah seine Tochter an und sagte nur: »Hast du das auch gut bedacht, Traude?«

Da antwortete sie mit leuchtenden Augen: »Ja, Papa! Du hast mir einmal gesagt, jeder Mensch sollte sich bemühen, ein Stückchen Unrecht aus der Welt zu schaffen, dann wäre bald damit aufgeräumt. Danach habe ich gehandelt. Ich habe geholfen, ein Unrecht der Gesellschaft an diesem schuldlosen Kind wettzumachen.«

Da zog sie ihr Vater an sich. »Brav, Traude!«

Weiter sagte er nichts. Er wandte sich dem Kind zu. Und auch Lothars Vater sparte sich jeden Einwand und fand sich schnell in die etwas heikle Situation. Klein Lori gewann im Sturm mit ihrer Lieblichkeit die Herzen der beiden alten Herren.

Nur Lothars zierliche Mutter trippelte aufgeregt hin und her und stand wie der leibhaftig gewordene Protest diesem Ereignis gegenüber. Sie erklärte außer sich, daß ›so etwas‹ nicht angehe. Sie jammerte, daß es ein großes Aufsehen geben werde und fragte immer wieder, was die Leute dazu sagen sollten. Und streng und kritisch, all ihre Liebenswürdigkeit vergessend, erklärte sie Traude, daß ihre Handlungsweise weit über die Grenzen dessen hinausgehe, was einer Frau in solchen Dingen gestattet sei.

Traude ließ die alte Dame eine ganze Weile gewähren und drückte nur verstohlen Frau Kastners Hand. Diese zitterte am ganzen Körper.

Lothar versuchte, seine Mutter zu beruhigen. Aber sie erklärte erregt: »Das darfst du nicht zulassen, Lothar, das gibt einen unerhörten Eklat. Ihr macht euch unmöglich und uns dazu. Das darfst du mir nicht antun.«

So kannte Lothar seine sonst so heitere, ausgeglichene

Mutter gar nicht. Hilfesuchend sah er sich nach Traude um. Sie trat zu ihm. Und mit einer energischen Gebärde zog sie plötzlich ihre Schwiegermutter mit sich ins Nebenzimmer. Den Zurückbleibenden nickte sie beruhigend zu.

Als die beiden Damen allein waren, faßte Traude die Hand von Frau Hochberg und sagte fest und bestimmt: »Jetzt darfst du aber kein Wort mehr gegen Loris Aufnahme in unserem Haus sagen, liebe Mama. Ich habe deiner Aufregung und der Überraschung viel zugute gehalten. Vielleicht hätte ich dich vorbereiten sollen, aber ich wußte, daß du mir abraten würdest.«

»Ja, bei Gott, das hätte ich getan.«

»Laß mich ausreden, Mama, hör mich an. Nein, ich hätte mir nicht abraten lassen zu tun, was ich für recht hielt. Ich bitte dich, Mama, mache Lothar nicht das Herz schwer. Er hat genug gelitten. Du solltest doch dazu helfen gutzumachen, wo etwas gutzumachen ist. Wenn du willst, daß Lothar auch in Zukunft voll Liebe und Verehrung zu seiner Mutter aufsehen soll, so füge dich wenigstens ohne weiteren Widerspruch in das, was geschehen ist. Vor allen Dingen sage kein Wort mehr gegen das Kind, das Lothar herzlich liebt. Wir müßten dich sonst für eine sehr herzlose Mutter halten. Ganz ehrlich muß ich dir sagen, Mama, daß ich nicht verstehen kann, daß du mehr als ein Jahr vergehen lassen konntest, ohne dich auch nur ein einziges Mal nach deinem Enkelkind umzusehen. Ich habe das nicht schön gefunden.«

Flora Hochberg sah fast entsetzt in Traudes Gesicht, das sie zum erstenmal hart und streng sah.

»Mein Gott, Traude, in welchem Ton sprichst du denn mit mir? Was willst du nur? Das Kind hat doch kein

Recht an Lothar. Natürlich soll er zahlen, was nötig ist. Aber darüber hinaus hat er keine Verpflichtungen.«

Traudes Augen blitzten fast zornig auf.

»Keine Verpflichtungen gegen ein Geschöpf, dem er das Leben gab? Mama, es ist doch sein eigen Fleisch und Blut, dieses Kind, wenn es auch nicht in einer gesetzlich sanktionierten Ehe geboren wurde.«

»O Gott, Traude, es ist fast unanständig, davon zu reden«, sagte die alte Dame und strich an ihrem Kleid herab. Traude sah sie fassungslos an. Sie sah ein, daß diese Frau sie nicht verstand, nicht verstehen konnte.

»Du hast noch nicht darüber nachgedacht, Mama. Sieh meinen Vater und Lothars Vater, sie haben mehr schlichte Güte und Menschlichkeit in diesem Fall gezeigt als du. Setz dich über diese kleinlich engherzigen Bedenken hinweg, die Frauen zu den unbarmherzigsten Richterinnen ihrer unglücklichen Mitschwestern machen. Wer von Kind auf in einem sicheren Hafen geborgen ist, soll nicht die verurteilen, die auf hoher stürmischer See, der sie schutzlos preisgegeben sind, Schiffbruch erleiden. Sei doch nur ein wenig gütig und großmütig.«

Die alte Dame wand sich unter Traudes Blick.

»Aber es geht doch wirklich nicht! Wenn ich auch alle Bedenken aufgeben wollte, was sollen die Leute dazu sagen?«

Stolz richtete sich Traude empor.

»Oh, über die kleinliche Menschenfurcht! Was liegt daran, was fremde Menschen sagen! Deines Sohnes Glück muß schwerer wiegen für dich. Laß sie reden! Sie werden bald genug andere Veranlassungen finden, sich aufzuregen. Tritt ihnen nur ruhig und stolz gegenüber und zeige ihnen, daß wir über der Situation stehen. Mama, liebe Mama, sei gut und sei klug. Komm mit mir hinüber und sage deinem Sohn ein gutes Wort. Soll er dich für eine böse, kaltherzige Frau halten und dir seine Liebe entziehen? Schnell, verwische die unguten Worte, die du sprachst, und schone die arme alte Frau da drüben, die du in ihrem unglücklichen Kind kränktest, dessen ganze Schuld darin bestand, daß sie deinen Sohn über alles liebte. Ungeschehen kannst du doch nichts machen. Lori bleibt in unserem Haus als unser liebes Kind. Wenn ich dafür einstehe, wer will dagegen sein? Zeige dich nicht härter als das Schicksal!«

Traudes eindringliche Worte blieben nicht ohne Wirkung. Frau Hochberg sah ein daß sie diesmal nicht um ›solche Dinge‹ herumkommen konnte. Sie gab endlich ihren Widerstand auf. Seufzend erklärte sie, ihre Nerven seien zum Zerreißen gespannt von der Aufregung. Aber sie ging dennoch mit hinüber und quälte sich einige Worte ab, die ein Einlenken bedeuten sollten.

Da nahm Traude die kleine Lori an der Hand und führte sie zu der alten Frau. »Lorikind, sag zu der guten Dame: Großmama, ich hab' dich lieb, habe mich auch lieb!«

Lori sah zu der alten Dame empor und lachte sie ahnungslos an. »Ist nicht Doßmama – dort ist Doßmama. Bist du lieb mit Loritind, dute Dame?«

Hilflos sah Flora Hochberg auf das reizende Kind hinab und blickte dann um sich.

Da trafen ihre Augen in die ihres Sohnes. Unbeschreiblich war sein Blick. Es zuckte und arbeitete in seinem Gesicht.

»Mutter!« rief er mit einem rauhen, gequälten Laut.

Die alte Dame erschrak. Sie fühlte plötzlich, daß ihres Sohnes Liebe für sie auf dem Spiel stand. Und da beugte sie sich zu Lori hinab und küßte sie. Und als die weichen

Kinderlippen die ihren berührten, kam ein unklares Glücksgefühl über sie, und sie küßte das Kind noch einmal und zog es an sich.

Klein Lori hatte gesiegt.

Im Laufe des Abends entspannte sich die aufgeregte Stimmung. Und es war seltsam: zwischen Kinderlachen und Kinderplaudern stand eine große, tiefe Rührung der Erwachsenen, der sich auch Flora Hochberg nicht entziehen konnte.

Als Lori müde wurde, ging sie erst noch einmal von einem zum anderen. Alle herzten und küßten das reizende Persönchen. Und Frau Kastner konnte sich mit dem frohen Bewußtsein mit Lori zurückziehen, daß ihr Enkelkind festen, Fuß gefaßt hatte im Haus seines Vaters.

Als an diesem Abend das junge Paar allein war, umfaßte Lothar seine Frau mit einem tiefen, tiefen Atemzug.

»Meine Traude – ich kann nicht in Worte fassen, was meine Seele bewegt. Wie soll ich dir danken?«

»Mußt du mir danken?« fragte sie, ihn leuchtenden Auges ansehend.

»Ja, ohne Unterlaß. Ich schulde dir soviel!«

Sie schmiegte sich an ihn.

»Nur eins: dein Glück, damit auch ich glücklich bleiben kann.«

Er küßte sie in andachtsvoller Innigkeit.

»Solange ich dich liebhabe, werde ich glücklich sein. Du bist das Glück«, sagte er bewegt.

Und sie sahen sich tief in die Augen.

Band 12840

Marie Jaoul de Poncheville

Der kleine Schamane

»Man muß lange Zeit gehen, bevor man entdeckt, was man in seinem Herzen trägt. Der Weg ist lang und hart, aber er ist auch wunderschön.«

Molom, der Schamane, durchwandert die weiten Grassteppen der Mongolei. Er verfügt nicht nur über magische Kräfte, sonern hält den Menschen auch einen Spiegel vor, so daß sie sich selbst erkennen können. Am Baikalsee trifft er auf den kleinen Jungen Yonden und nimmt ihn als Schüler bei sich auf, um ihm sein Wissen weiterzugeben. Gemeinsam erleben sie viele gefährliche Abenteuer, die nur ein Ziel haben: Yonden die Erkenntnis zu lehren. Am Ende ihres gemeinsamen Weges übergibt Malom den kleinen Schamanen den buddhistischen Mönchen des Gandan-Klosters, in dem die wahren Schlüssel der Weisheit verborgen liegen...

Band 12853

Selma Vrooland

Mein kleiner Himmel voller Geigen

Selma ist eine alleinstehende Mutter und Sozialhilfeempfängerin. Mit ihren beiden Söhnen Paul und René führt sie ein Leben abseits der gesellschaftlichen Normen, in dem menschliche Wärme ein gefülltes Portemonnaie ersetzt. Doch ohne Geld geht's leider nicht, das stellt Selma nicht nur dann fest, wenn der Staubsauger den Geist aufgibt oder Paul auf Klassenfahrt gehen soll. Einfallsreichtum ist gefragt, denn natürlich ist in einer Notlage weder von den Ämtern noch von »Freunden« Hilfe zu erwarten. Doch wer nichts zu verlieren hat, wird mutiger – und endlich begreift Selma, daß sie besser durchkommt, wenn sie nicht länger »brav« ist...

Ein Buch über eine Frau, die mit Witz und Respektlosigkeit ihr Leben in den Griff zu bekommen versucht.

BASTEI LÜBBE